노라
NORA

노라

NORA

A BIOGRAPHY OF NORA JOYCE

어문학사

그녀의 상(이미지)은 영원히
그의 영혼 속으로
빠져들었다.

제임스 조이스
『젊은 예술가의 초상』

골웨이의 가장 훌륭한 사진사 R.W. 시몬스가 찍은 것으로, 트
리에스테에서 발견된 미확인 사진(1895~1900경), 노라는 그녀
의 단추 달린 신발을 신고, 그녀의 어머니 또는, 한층 있을 법
하게, 그녀가 입은 옷으로 판단컨대, 그녀의 유복한 조모 캐더
린 힐리와 함께 하다.

"골웨이 도시의 생선 시장에서," 노라 시절에 J.M. 싱이 찍은 사
진, 노라가 그녀의 조모와 함께 살았던 화이트홀 근처의 선창.

골웨이의 '프레젠테이션 수녀원,' 거기 노라는
1896년 12살의 나이에 수위로 일했다.

세기의 전환기 더블린, 나소 가街.

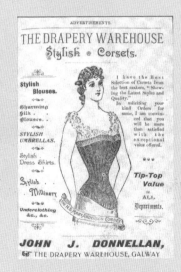

윌리 멀바, 노라의 1904년 골웨이의 보이 프렌드요, '조 영 탄산수 공장' 의 회계원. 조이스는 1912년에 멀바를 여전히 질투했는데, 그가 노라에게 "소다수 공장의 당신의 친구는…… 나의 운시들을 쓸 수 있어?" 라고 썼다(1912년 8월 19일, 『서간문집』 II, 304).

1902년의 한 골웨이 광고는 조이스가 구애하는 동안 노라에게 글을 썼을 때, 그것의 불편함에 대한 절실한 이유를 암시한다. "제발 그 가슴 바디를 치워요. 나는 우체통과 포옹하고 싶지 않아요" (1904년 7월 12일(?), 『서간문집』, II, 43-44).

① 에바 조이스가 그녀의 어린 조카와 함께, 1910~11년경 트리에
   스테의 한 모자점에서 서로 자랑해 보이고 있다.

② 취리히의 노라, 조지오 및 루치아. 노라는 흰 레이스 천의 블라우
   스와 어릿광대 스타일의 모자를, 그리고 루치아는 불룩 나온 허
   리를 한 레이스 가장자리 장식의 드레스를 입고 있다.

③ 프레찌오소가, 자신이 노라에게 구혼하려던 1913년, 트리에스
   테의 한 레스토랑을 떠나고 있다.

① 1904년의 제임스 조이스, 그의 친구 콘스탄틴 커런이 사진을 찍었을 때, 무슨 생각을 하고 있는지를 그에게 묻자, 조이스는 대답하기를, "그가 5실링을 내게 빌려줄까 생각하고 있었어."

② 1918년, 취리히, '영국 공연자' 협회 제작, 싱 작 『말을 타고, 바다로』에 출연한 캐슬린 역의 노라 바나클.

① 조이스는, 취리히에서 젊은 유대인 친구인 오토카
　로 바이스가 노라에게 보인 그의 관심을 질투했다.

② 해리엇 쇼 위버 여사.

오토카로 바이스가 찍은 취리히의 제임스 조이스의
사진, 그의 초기의 멋부림을 드러낸다.

취리히의 '허텐스트라스 스쿨'에
서 그녀의 급우들과 함께 찍은 루
치아(1918~1919경).

조이스의 누이동생 아이린, 트
리에스테서 그녀의 은행가 남편
인 프란티섹 샤우렉과 딸들 앨
리아 노라 및 보제나, 1926년 샤
우렉의 자살 수년 전 찍은 사진.

노라의 성공한 숙부, 마이클 힐
리, '왕실 정부 관청'의 세관원.

취리히, 유니버지트 가 30번지, 거
기 조이스 가족은 아파트에서 살았
는데(1818~1919), 뒤쪽에, 마르테 플
라이슈만의 아파트가 바라보였다.

트리에스테의 조이스, 1919~1920년경.

① 트리에스테의 투릴오 실배스트리가
그린 노라의 초상화, 그는 그녀가 자
신이 여태 만난 가장 아름다운 여인
이라 말했다.

② 1919년 취리히에서 프랭크 버전이
그린 노라의 초상화.

③ 1920년대 초, 작가요, 노라의 가까운
친구들 중의 하나였던, 마이론 너팅
이 파리에서 그린 노라의 초상화.

조이스는, 1920년대 파리의 미국인으로, 맨 레이의 제자였던 최고의 사진 작가 베레니스 애보트의 단골이었다. 그녀가 앉은 다음, 노라는 새로 유행 하는 투피스를 착용하기로 결정했다. : 소매가 꽉 끼는 셔츠와 아마도 주름이 잡히고 보석과 같은 구슬 장식이 있는 물방울 무늬 스커트와 함께 입고 있다. 그녀의 머리는 현대풍으로 물결처럼 늘어뜨렸다.

베레니스 애보트가 찍은
루치아는 패션의 극치로
서, 긴 스웨터에, 이튼칼라
의 블라우스 및 짧게 자른
머리카락을 하고 있다.

조이스 내외는 최고의 사진사들
의 고객이었다. 1920년대 파리의
미국인, 버니스 애보트는 만래이
의 조수였다. 그의 모델을 위해, 조
이스는 자신의 일상적 안경 없이,
그러나 나비 타이를 매고, 포즈를
취했는데―1920년대의 대담한 주
간 의상이었다.

① 『율리시스』의 출판과 해리엇 쇼 위
버의 12,000파운드의 증여금에 잇
따라 찍은, 1924년의 조이스 가족.

② 파리, 제7관구의 호비악 광장, 조이
스 가문의 가장 행복했던 가정.

③ 노라와 아들 조지오, 1926년경. 노
라는 유행하는 밝은 칼라의 캐주
얼 복장을 입고, 아마도 그녀가 가
장 좋아하는 금빛 물부리가 달린
이집트 담배를 피고 있다.

파리에서의 노라의 최고 친구, 캐슬린(레너 부인). 부유한 바이리 가족은 1934년에 조이스 내외와 자동차로 장거리 여행을 했으며, 그들을 프랑스의 남부와 취리히에로 몰았다.

1931년 7월 4일, 켄싱턴에서의 조이스 내외의 결혼일. 노라는 그녀의 남편 또는 변호사보다 사진사들에 의해 덜 당황스럽다.

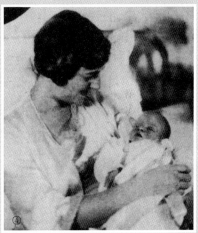

① 사랑하는 딸, 헬런 캐스토 플라이슈만과 함께, 뉴욕의 캐스토 가족의 가장, 아돌프 캐스토. 그의 아들 대이비드 플라이슈만 및 그의 며느리. 왼쪽에, 앨프레드 캐스토 부인, 오른쪽에, 로버트 캐스토 부인. 사진은 약 30살 나이의 헬런으로, 당시 그녀가 조지오 조이스와 연애했을 때 찍은 것으로 보인다.

② 프랑스의, 아마도 코테레에서의 헬런과 조지오, 1928년의, 프레니 가문의 캐스토의 가정.

③ 할아버지로서 제임스 조이스는, 심지어 테니스 화를 선호했다.

④ 프랑스의 한 일간지 사교 란에 실린 헬런 조이스와 새로 탄생한 스티븐.

① 조지오의 요구로, 그녀가 분명히 찍은 사진인, 낮은 네크
  라인과 여우 털을 한 할리우드 스타일의 노라. 조이스는
  그의 아들에게 썼다. : 자기 사진에 만족하는 여인을 내가
  발견하면, 나는 교황에게 꽃다발을 보내리라.

② 1935년 레이게이트의 루치아와 함께 한 해리엇 쇼 위버,
  그녀는 소녀가 아일랜드의 정신병에서 회복하도록 도우
  려고 애쓰는 긴장을 보여준다.

1935년, 카로라 기디온—
웰카가 로크린을 방문하
여, 노라를 쳐다보는 동
안, 조이스가 그녀에게 만
족한 듯 미소 짓고 있다.

1948년, 취리히의 노라.

1948년, 취리히의 노라와 조지오가 로버트 캐스토의 딸이 찍은 사진을 위해 포즈를 취하고 있다.

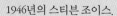

1946년의 스티븐 조이스.

1979년 영국, 노드앰턴, 성 앤드류즈 병원의 71세의 루치아 조이스.

저자_브렌다 매독스

매독스는 현재 런던에 살고 있는 작가 및 기자로서, 여인, 결혼 및 아일랜드에 관해 광범위하게 글을 썼다. 『바벨을 넘어, 통신의 새로운 지시』를 비롯하여, 『반쪽 부모』, 『누가 엘리자베스 테일러를 두려워하라?』 등의 저서가 있고, 현재 영국《이코노미스트》지의 아일랜드에 관한 가정 문제 편집자로 활약하고 있다. 또한 그녀는 조이스 학자로서 이 전기에서, 조이스 문학 전역의 이해를 위한 그녀의 박식한 혜안을 보여주는 바, 특히 그녀의 『피네간의 경야』에 대한 통찰력과 이해는 독자로 하여금 그를 이해하는 데 크게 도우리라. 여기 그녀의 전기는 조이스 학자는 말할 것도 없고, 일반 독자에게도 절친한 공감으로 다가가리라.

역자_김종건

서울대 사대 영문과 졸, 대학원 영문과 졸, 미국 털사대 대학원 영문과 졸(박사), 고려대 영어교육과 교수(영문학), 아일랜드 국립 더블린 대학 "조이스 서머스쿨" 강사(1993, 2005), 현재 한국 제임스 조이스 학회 고문 및 고려대 명예 교수

저서

『율리시스 주석본』(범우사), 『율리시스 연구』 I, II (고려대 출판부), 『율리시스 지지 연구』(고려대 출판부), 『피네간의 경야 읽기』(정음사), 『피네간의 경야 연구』 I, II(근간) (고려대 출판부)

역서

『조이스 문학 전집』(범우사)―『한 푼짜리 시』, 『실내악』, 『지아코모 조이스』, 『망명자들』, 『에피파니』, 『더블린 사람들』, 『영웅 스티븐』, 『젊은 예술가의 초상』, 『율리시스』(생각의 나무) (3정판), 『비평문선』, 『피네간의 경야』(범우사)

수상

한국 번역 문학상, 고려대 학술상

저자의 소개문

노라에 대한 나의 호기심은, 여러 해 전 하버드 대학에서 존 캘러가 그의 앵글로―아이리시 문학의 세미나에서, 조이스 가문은 그들의 가정에서 이탈리아어를 말했다고 언급했을 때 시작되었다. 나의 조부모는 아일랜드와 이탈리아로부터 미국으로 온 이민자들로서, 나는 서부로가 아니고 동부로 간 이 아일랜드 가족에 대해 흥미를 느꼈다.

1982년에 출판된 조이스에 관한 리처드 엘먼의 기념비적 전기의 개정판은 나의 호기심을 재차 불러일으켰다. 나는 노라에 관해 한층 더 알기를 갈구하면서 책을 썼다. 어떻게 그녀는 골웨이로부터 트리에스테, 취리히, 그리고 파리까지의 여정을 일구어냈던가? 조이스가 가진 편집광이 그의 많은 우정을 파괴했고, 우리가 판단해 보건대, 그의 아이들의 기를 꺾었던 그이보다, 어떻게 그녀가 더 오래 살았던가? 왜 그녀는 언제나 그토록 익살맞았던가?

또한 조이스 내외의 결혼은 대답을 얻지 못한 많은 질문들을 제시했다. 어떻게 수녀원 훈련을 받은 한 소녀가 자신과 결혼하기를 거절한 남자와 함께 1904년에 도망칠 용기를 가졌던가? 왜 조이스 내외는 27년 동안 동거 생활을 한 다음, 1931년에 보통 사람이 갖는 결혼 문제로 고심했던가? 노라의 어린 아들이 자기보다 11살이나 젊은 유대―미국인의 이혼녀와 가깝게 지냈을 때, 그녀는 무슨 생각을 했던가? 그리고 그녀가 인쇄된 말에 대해 한 마디 저주도 하지 않았을 때, 조이스의 어디가 그토록 마음에 들었던가?

다른 관심들이 이 책에 재료를 공급했다.『이코노미스트』지의 가정 문제 편집자로서, 나는 북아일랜드와 아일랜드에 관해 글을 썼고, 그곳에 많은 여행을 했으니, 교황 요한 파울 II세의 방문은 이 책을 위한 또 하나의 자극이었다. 나는 피임, 낙태, 이혼 그리고 서출에 관해 시간을 오래 끌던 아일랜드의 논쟁에 매력을 갖고 살펴보았다. 여인들이 어떤 문제를 가지던 간에, 아일랜드 여인들은 그러한 것들을 한층 힘들게 이겨내어 왔다. 나는 노라 바나클을, 품성과 매력의 힘 이외에 어떠한 것으로도 준비를 갖추지 않은 채, 그녀의 환경에서 한사코 도망치려는—아일랜드 소녀의 어떤 유형의 대표로서 보기 시작했다.

조이스 전설은—1908년에 나의 외조부모가 했던 사랑의 도피 및 나의 가족 중 한 구성원에게 생긴 정신분열증이라는 갑작스런 몰락과 같은—한층 개인적인 근거에 닿았지만, 나는 일을 착수하는 데 이들 중 아무것도 필요치 않았다. 노라 바나클은 한 보고자의 꿈, 즉 조이스 이야기의 개발되지 않은 한 모퉁이다. 그녀에겐 나와 같은 많은 추종자들이 있는데, 그들은 언제나 더 많이 알고 싶어 했다.

내가 처음 조이스의 전기가인 리처드 엘먼에게 노라의 전기에 관해 말했을 때 그는 회의적이었다. 그는 편지들이 거의 존재하지 않는다고 말했으며, 조이스와 노라는 좀처럼 떨어져 살지 않았고, 그들의 친구들은 이미 사망했다. 심지어 여성 논문을 위한 자료마저 없다고, 그는 딱 잘라 말했다.

그러자 엘먼은 1987년 그가 사망하기 전에 그의 마음을 완전히 바꾸었는지, 노라에 대한 연구가 이루어지기를 내심 기다리고 있음을 인식하게 되었다고 내게 관대하게 말했다. 그는 친절하게도 내가 그에게 던진 질문에 대한 암시, 이름, 주소, 그리고 답을 제공해 주었다. 그는 1986년 12월에 내게 전화를 걸어 자신은 '운동 뉴론 질환'에 걸렸다고 말했다. 말을 하기가 곤란한데도 그는 내게 조이스의 숙모 조세핀, 윌리엄 머래이 부인의 생존하는 딸을 추적할 수 있는지를 질문했다.

엘먼은 1987년 5월에 사망했다. 나는 그와 내가 의견을 달리했던 점들에 대해 토론할 기회를 잃어버렸다. 하나를 제외하고. 1985년에 나는 옥스퍼드에 있는 그들의 집으로 엘먼 내외를 방문하면서, 당시『뉴욕타임스 서평』지에 게재하기로 예정된, "노라는 요리를 할 수 있었던가?"라는 나의 논문의 한 사본을 그에게 주었다. "그녀는 할 수 없었어." 그는 미소를 띠우며 말했는데, 그의 아내의 반대에 봉착했다. "노라는 할 수 있었어요."『여인에 관한 사고』의 저자인 매리 엘먼이 말했다. "그녀는 치킨을 요리할 수 있었어요. 그리고 그녀는 익살맞았어요." 엘먼은 그 마지막 말에 동의했다. 그는, 노라가 점검했던 새 아파트에 관해 그녀가 조이스에게 보고한 말을 언제나 재미있어 했다. "그곳은 생쥐가 들어가 모욕하기에 적합하지 않은 데야."

이 책을 위해 새로운 정보의 많은 전거典據들이 있었다. 주된 것은 코넬 대학의 조이스 소장품에서, 그리고 대영 도서관의 해리엇 쇼 위버 서류에서, 커다란 뭉치의 아직 발표되지 않은 편지들이었다. 또한 남 일리노이 대학의 허버트 고먼 소장품의 값진 자료와, 오스틴에 있는 텍사스 대학의 '인문학 연구 센터'의 루치아와 헬런 캐스토 조이스의 서류들에서 발견되는 노라에 대한 많은 통찰력이 있었다.

1920년대 및 1930년대 파리의 기록 문서, 그리고 그 문서들이 마련된 것으로부터 나온 노트들 역시 또 다른 전거였다. 그녀의 남편에 집중하는(안 될 게 뭐람) 저자들과 편집자들에 의해 내버려진 자료 속에, 노라는 매우 여러 번 담겨 있었다. 그런데도 어떤 삭제된 자료는 여성적인 영역에 잘 들어맞았다. 꼭 한 가지 예를 들면, 조이스 내외의 친구이자, 예술 비평가요, 작가인 아서 파우워는, 자신의『제임스 조이스와의 대화』를 준비하면서, 조이스 내외가 어떻게 파리에서 그들의 저녁을 보냈는지 서술했다. : "연극 구경을 한 다음 그들은 집으로 가는 도중 카페(프랜시스 카페)에서 이따금 전화를 하지요." 그의 편집자는 그 문장을 단수로 읽도록 변경했다. : "조이스가 연극 구경을 한 다음 그는 이따금 전화를 하지요……." 이러한 수정은, 그가 집에 당도하자 아내에 대한 그의 청승맞은 잔소리가 자신을 괴롭히기를 기다리는 동안, 자진하여 흥청거리는 태평한 예술가를 보여준다.

　　제임스 조이스는 노라 없이 거의 한 발짝도 움직이지 않았다. 그의 의존성은 내가 이 책을 쓰기 시작했을 때 여전히 살아 있었던 그의 옛 친구들의 몇 명을 통해 강조되었는데, 아서 파우워, 마리아 졸라스, 그리고 몬느(스튜어트 부인) 길버트가 그들이다. 또한 회견을 위한 보다 젊은 세대, 지금은 70대 나이의 사람들로, 그들은 조이스 가족을 잘 알았고, 그들의 회고를 나와 나누었다. 특히 노라에 관한 정보통으로, 파리의 조이스 가정에 빈번하게 방문했던, 콘스탄틴 커란의 딸, 엘리자베스 솔터러, 노라의 최고 친구였던 캐슬린 배일리의 질녀인 이블린 쉐퍼러 차도네트, 그리고 제임스 스티븐즈의 의붓딸, 아이리스 와이즈가 있었다.

　　이어 노라의 편지들이 있었다. 조이스는 그녀가 어떤 편지도 쓰지 않았다고 주장하는 데 대한 자신의 이유를 밝혔다. 그는 누구보다 잘 알았다. 조이스는 "나는 당신이 쓴 13통의 편지를 가졌소" 하고 그들이 1904년 여름에 만났던 6주 뒤에 자랑삼아 떠벌렸다. 노라는 편지들을 과연 썼다. 문제는 조이스를 별개로 하고, 편지들을 보관한 사람이 거의 없었다는 점이다. 다행히도 조이스의 필체에 엄청난 영향을 보여주는 것들이 충분히 남아 있다. 그녀는 자신이 말하는 대로 썼다. 그녀는 즉각적이고, 직접적이며, 유머러스했으며, 그리고 그녀가 선택할 때에는 야비하기도 했다. 그녀는 음경을 '남근'으로 부르는 것을 부끄러워하지 않았다. 그녀는 또한 훌륭한 보고자였다.

　　전기가뿐만 아니라 한 보고자로서, 나는 공공의 문서들 속에 얼마나 많은 새롭고, 기대하지 않았던 정보가 자주 기다리며 놓여 있는지를 발견하고 기뻐했다. 나는 서류들에 대한 나의 요구에 응답해준, 트리에스테, 취리히, 파리, 런던, 미국, 더블린, 그리고 무엇보다 골웨이의 기록 보관소들에게 은혜를 입었다.

그러자 이는 발굴의 작업이었다. 그 결과로서, 나의 정보의 전거를 확인하기 위하여 나는 내가 좋아하는 이상으로 보다 많은 각주들을 달았다. 나는 조이스의 소설을 전기적 사실의 전거로서 사용하지 않았다. 그러나 한때 "상상은 기억이다"라고 말한 어떤 작가를 다룰 때, 극기는 일종의 긴장이었다. 조이스는 아마도 모든 다른 작가들 이상으로, 그의 인생을 자신의 예술의 생생한 소재로서 이용했으리라. 인생과 작품 간의 평행이 아주 두드러진 곳에서, 나는 그것들을 지적했다. 조이스 자신이 그러한 연관을 분명히 한 곳에, 『망명자들』에 대한 주석에 있어서처럼, 나는 정보를 한층 자유로이 이용했다.

나는 노라를 위해 어떤 인용도 생각해 내지 않았다. 그녀가 그렇게 했다는 증거를 내가 가졌을 때에만, "노라는 생각했다" 또는 "그녀는 이상히 여겼다"라고 썼다. 내가 그녀의 사상과 감정에 관해 명상했던 곳에, 나는 독자에게 그것을 분명히 하려고 노력했다.

나는 노라를 좋아하면서 이 책을 쓰기 시작했다. 나는 그녀를 두려워하며 끝냈다. 노라의 인생은, 20세기 전반의 중요한 정치적 및 사회적 폭력들 즉 두 개의 세계 전쟁, 아일랜드 및 이탈리아의 민족주의 갈등, 여성의 해방, 심지어 뉴욕 사회의 반유대주의—에 의해 흔들렸다. 그녀는 자신의 힘과 기지 및 평온을 가지고, 마치 자신이 제임스 조이스와 더불어 37년을 견뎠고, 인생이 무엇에 관한 것인지를 그에게 가르쳤듯, 그 모든 것을 참고 견뎠다.

노라는 범상했다. 조이스를 사랑하는 어느 누구도 그것이 얼마나 많이 전달할지 알 필요는 없을 것이다. 그녀는 익살맞고, 정열적이며, 용기 있는 데다, 즉각적이고도, 분명했다. 그녀는 이야기하고 이야기했다. 그녀의 목소리는 조이스의 모든 주요한 여성 인물들 속에 들릴 수 있다. 나는 그녀를 올바르게 다루었기를 희망한다.

브렌다 매독스

역자의 머리말

　　20세기 아일랜드의 거장 작가 제임스 조이스는 일생 동안 크고 작은 수많은 수난들을 겪어야 했다. 이를테면 그의 초기 작품 『더블린 사람들』이 여러 번 출판사에 의해 거절당했다. 런던으로부터 온 편지들은 『더블린 사람들』의 출판이 여느 때보다 한층 멀어졌음을 분명히 했다. 그는 홍채염의 공격에 시달렸다. 두 아이들과 골난 아내, 그리고 분개한 아우와 더불어 나눠 쓰는 방들—그의 '가정'은 소란스러웠다. 딸 루치아의 정신착란증은 조이스에게 인생 최대의 비극을 안겨 주었다. 이러한 수난에 골난, 무정부적 세월 동안 그가 『영웅 스티븐』을 『예술가의 초상』으로 개작하고, 『율리시스』와 『망명자들』을 고안하며, '죽은 사람들'을 끝내다니. 그것은 자기 자신의 영웅적 신념의 척도요, 철저한 목적의식이었다.

　　여기 오늘 우리에게 처음 번역되어 소개되는 브렌다 매독스(Brenda Maddox) 저의 『노라 바나클의 전기』(A Biography of Nora Joyce)는, 한 마디로 조이스의 아내 노라 바라클이야말로 그의 애인이요, 동료요, 조력자로서, 격려와 영감의 원천이었음을 말해준다. 그녀는 침착하고 참을성 있는 '당당한 존재'로서, 조이스와 일생 동안 "그녀의 절대적 독립심을 견지했는지라," 그의 성취와 업적 뒤에는 언제나 그녀의 헌신적인 뒷받침이 있었다.

　　노라는 육체적으로 매우 빼어난 여인이었다. 노만 메일러가 메릴린 먼로에 관해 쓴 대로, '사내들이 고개를 돌리고 혀를 나풀대는 용모와 태도를 가진 처녀들' 중의 하나였다. 그녀의 가장 두드러진 특징은 머리카락이었다. 노라는 밝은 톤의 싱싱한 얼굴빛과 두 눈을 가졌는데, 그들은 바깥 모퉁이에서 아래로 처지고, 왼쪽 눈시울에로 수그러짐으로써 덧붙인, 정열적인 촉감과 함께, 그녀에게 조롱조의 태도를 안겨 주었다. 그녀는 멋진 체격을 갖추었다. 그녀는 고개를 높이 쳐들고, 양 팔을 흔들면서, 길고 자신 있는 발걸음으로 걸었다. "우리는 모두 아일랜드 인들이요, 왕들의 후손들이지," 하고『율리시스』의 '네스토' 에피소드에서 디지 씨가 말하듯, 노라는 당당하게 걸었고("마치 여왕처럼," 조이스는 뒤에 말하곤 했다), 비할 수 없는 아일랜드적 자신감으로 모든 사내들의 눈 속을 곧장 직시하는 대담한 여인이었다.

또한 조이스가 그 키 큰 젊은 여인을 처음 보았을 때, 그녀의 움직이는 몸매, 그녀가 흔드는 양팔의 율동에 담긴 아름다움의 모든 것을 보았고, 이는 그를 감복시키기에 충분했다. 그것은 자신 있는 여인, 그녀의 엉덩이가 스커트 밑에 어떻게 움직이는지를 보여준다. 자신이 근시안인데도 스스로의 예술을 위한 본질적인 여인을 군중 속에서 잘 고른다는 점은 그의 천재성의 한 부분이었다. 모든 일생 동안 자신이 필요로 했던 것을 선택하는 확실성을 가지고, 그는 애초에 자기 자신을 그녀에게 소개했다. 그녀의 목소리와 넓고 탁 트인 얼굴은 그녀가 서부 골웨이 출신임을 말해 주었으며, 그녀가 입센으로부터의 자신의 이름(Nora)을 따온 것을 들었을 때 그는 기쁨에 가슴이 벅차올랐다. 입센은 그의 연극들의 정직성과 사실주의, 그리고 특히 여인에 대한 이해의 면에서 조이스의 우상이었다.

노라는 십중팔구 스스로 행하는 대로 행동했는데, 그녀는 우정을 갈구했고, 그것을 열렬히 즐기려고 했기 때문이다. 저 링센드에서 가진 첫날밤의 조이스 내외의 사적 감정은『율리시스』의 초기 한 구절에서 암시되며, 거기 조이스의 분신인 스티븐 데덜러스의 생각은 그가 주운 것으로 상상되는 소녀의 목소리와 혼성됨을 우리에게 말해준다.

나를 감촉하라. 부드러운 눈아. 부드럽고 부드럽고 부드러운 손아. 나는 여기 외로워. 오, 나를 곧 감촉하라, 지금. 모든 남자들에게 알려진 그 말은 뭐더라? 나는 여기 아주 홀로, 슬프기도. 감촉하라, 나를 감촉하라.

여기 그 '말'은 사랑이었다. 노라는 사랑하고 있었다.

조이스와 노라는 1904년 6월 16일에 그들 최초의 낭만적 랑데부를 가졌고, 이날 조이스의 말대로, 그녀는 그를 "남자로 만들었다". "아일랜드는 중요함에 틀림없어요,"『율리시스』에서 데덜러스는 블룸에게 말하는데, "왜냐하면 그것은 내게 속하니까요." 노라는 중요한데, 왜냐하면 그녀는 조이스에게 속했기 때문이요, 또한 그에게 결코 속하지 않았기 때문이다. 그녀는 두 사람들 중의 강자였거니와, 그가 그녀에게 보다 그녀가 그에게 훨씬 더 영향을 준 확고부동한 정신이었다. 뒤에『젊은 예술가의 초상』이 된 조이스의 자서전적 소설『영웅 스티븐』에서 주인공 스티븐은 기도하는 중에, 그의 성공은 "구원의 한층 매력적인 그릇 같은 마리아 때문이었다". 조이스는 노라 속에서 자신의 구원을 느꼈으니―노라야말로 그를 구하고, 그를 만족시키고, 용서했던 마리아 같은 여인이었다.

노라는 37년을 조이스와 동거하며 남편이 사망한 날까지 그와 함께 할 만큼 좀처럼 그와 떨어지지 않았다. 그들이 처음 만났을 때 그의 부친 존 조이스는 노라의 성姓 Barnacle(삿갓조개)을 듣자, "그녀는 그를 붙들고 늘어질 거야" 하며 짓궂게 농담했듯, 그녀는 자신의 트리에스테, 파리 및 취리히의 오디세우스적 긴 방랑을 통하여 그녀의 경이적이요, 지속적인 용기와 지각의 힘을 갖고 그녀의 가정을 꾸려 나갔다. 그녀는, 조이스의 창작을 위해 가장 중요하게도 조이스가 자신의 걸작들의 기초로 사용했던 고국에 대한 삶의 연계인, 이른바 '휴대용 아일랜드'(portable Ireland)로서 봉사했다. 노라는 평정을 지니고 자신의 존재의 조건들을 감수하며 일상을 보냈다. 조이스가 세상을 떠났을 때, 평소 조이스 내외의 친구였던 켄네스 레딘은 노라에 관해『아이리시 타임스』지에 썼다. : "나는 조이스 부인의 아름다운 골웨이 목소리, 그녀의 후대와 한결같은 멋진 유머…… 그리고 더블린의 해외 이식에 대한 결코 변하지 않는 감각을 기억한다."

노라는 조이스의 작품에 직간접적으로 많은 영향을 끼쳤다. 『피네간의 경야』의 종말에서 여주인공 아나 리비아의 사멸하는 말들은 노라의 것일 수 있으며, 1951년 65세로 생을 마감한 그녀의 죽음은 세계의 신문에 의해 알려졌다. 같은 해 4월 23일자의 미국 『타임』지는 그녀의 남편의 성취에 담긴 그녀의 역할을 감동적으로 전했다. : "사망, 제임스 조이스 부인(노라 바나클) 향년 65세, 그녀의 유명한 작가 겸 남편에 대한 오랜 막역한 친구요, 문학적 산파 격이자 실질적인 여인으로, 그녀는 그를 안주시키고 그의 작품을 완성하게 했다."

조이스의 천재에 비하면 노라는 무식했다. 그는 '무학의 여인'을 더 좋아했다. 조이스는 의심할 바 없이 노라의 단순성에 끌렸다. "나는 당신의 단순하고 명예로운 영혼의 힘에 엄청난 믿음을 갖고 있소." 그가 한때 그녀에게도 말했지만, 예를 들어 그가 평소에 영웅이라고 일컫던 W. 블레이크 및 W. 셰익스피어의 부인들은 '개발되지 못한 고상한 야만인들'(uncultivated Noble Savages)이었다. 노라에게 『율리시스』는 부분적으로 그것의 언어 때문에 특별한 어려움을 야기했다. 그러나 『피네간의 경야』에 대한 그녀의 열성이 입증하듯이, 그녀가 조이스의 작품을 총체적인 것으로 무시하지 않았음은 그의 시들을 인용하는 그녀의 시적 감상력과 그에 대한 즐거움 속에 드러났다.

우리는 조이스의 작품들에서 그의 천재적인 언어를 감탄하고 있으며, 특히 『경야』에서 조이스가 창조한, 이른바 '우주어'(universal language)의 기저는 노라가 말했던 방식임을 알 수 있다. 모든 그녀의 인생을 통해 그녀의 말씨는 한결같이 아일랜드의 음률을 지속했다. 만일 『경야』의 다국적 언어와 언어 유희가 『초상』에서 학감에 의해 이야기되는 영어에 반反하는 스티븐의 불평에 대한 조이스의 승리의 대답이라면— "우리가 이야기하고 있는 언어는 나의 것 이전에 그의 것이요." 또한 조이스의 유일한 희곡『망명자들』의 여주인공 버사를 비롯하여,『율리시스』의 몰리 블룸과『경야』의 아나 리비아의 말들은 조이스의 것 이전에 노라의 것임이 틀림없다. 우주적 진리를 언급하는 한 여성의 목소리를 사용하는 데에—만사는 죽고 다시 태어나는 것—조이스는 노라의 말씨를 우주적인 언어로 만들고 있었다.

노라는 조이스의 작품에서 모든 주요 여성 인물들의 모델로서, 그리고 한층 더한 것으로서 인식되어야 함이 마땅하다. 20세기 문학에서 가장 유명한 여성 인물인 몰리 블룸의 모델로서, 노라의 언어를 비롯하여, 그녀의 서간문들에 보인 느슨한 구문, 그 속의 구두점에 대한 무관심처럼, 이들은 조이스의 작가로서의 문학과 문체의 대담성에 그의 진로를 재현시킴으로써, 그것의 중요한 의미를 갖게 만든다. "자네 목격했나?" 그는 한때 그의 아우 스태니슬로스에게 물었다. "얼마나 많은 여인들이 편지를 쓸 때 구두점과 대문자를 무시하는지? 어떠한 순수한 인간도 여태 그녀가 서 있듯 나의 영혼과 그토록 밀접하게 서 있지 않아요." 이렇듯 조이스는 모든 여자들을 본능적이요, 어리석은 피조물들로 생각하기를 좋아했다.

노라의 언어뿐만 아니라 그녀의 평소 거동은 조이스 작품 전역에서 점철하거니와,『초상』을 제외하고 모든 작품에서, 최후의 말들은 그녀 같은 여인들에 의하여 이야기되기 마련이다.『더블린 사람들』의 가장 감동적인, 종곡이라 할, '죽은 사람들'에서 말들은 그레타 콘로이의 것이요, 그의 희곡『망명자들』에서, 그들은 여주인공 버사의 것인즉, "당신, 딕. 오 나의 이상하고 거친 애인이여, 내게 다시 되돌아와요!" 나아가,『율리시스』와『경야』에서 최후의 언급에 이르기까지 모든 막다른 독백들은 노라의 목소리의 모방이라 해도 결코 과언이 아니리라. 특히『율리시스』의 '페넬로페' 장을 씀에 있어서, 조이스의 본래의 의도는, 엘먼에 따르면, 노라로부터의 일련의 편지 형식으로 그를 쓰려는 것이었다. 만일 그렇다면, 노라는 상상하는 이상으로 이 에피소드에 대해 심지어 더 큰 영향을 끼쳤고, 문체에 대해서 뿐만 아니라, 그녀가 말하고 있는 소재에 대해서 이바지했으리라.

노라와 조이스의 서로에 대한 충성의 토대는 그들의 보다 깊은 의지함이요 사랑이었다. 그가 그녀를 만났을 때, 그녀는 그가 청년 시절 꿈꾸었던 천상의 미로부터 거리가 멀었으나, 이어 그는 보다 깊은 미를 그녀로부터 발견함으로써, 그녀는 그의 성취와 지혜의 근원이 되었다. 조이스의 초기 시들은, 고로, 그녀를 위한 것이었다. "만일 내가 당신의 자궁 속에 안주할 수 있다면, 그땐 나는 과연 나의 종족의 시인이 되리라."

여기 저명한 여성 전기가 브렌다 매독스가 쓴 노라 전기는, 『로스앤젤레스 서평』의 평대로, 그녀가 "커다란 성공으로 이룬 일종의 사랑의 이야기이다." 노라가 매독스의 매력적이요, 가공할 전기의 활기찬 페이지들에서 그녀의 모습을 드러낼 때, 그녀는 엄청난 위트와 매력의 여인이요, 조이스에게 감명을 준 뮤즈 여신으로서, 조이스의 인생 및 그의 예술을 가능하게 했던 힘과 용기의 화신임을 보여준다.

매독스의 전기는 그것의 탁월한 문학성과 그를 다듬는 문장력 및 유머, 숨김없는 성에 대한 묘사와 함께, 조이스 내외가 가진 숨은 사생활을 파헤친 전기 문학의 극을 이룬다. 그녀가 저간에 행한 조이스 연구를 위한 주도면밀하고, 철저한 탐구와 검색은 우리로 하여금 노라의 매력 및 그녀의 현신과 함께, 조이스 작품들의 이해를 위해 크게 도우리라. 『뉴욕 서평』이 보여주듯, "이는 순수하게도 문학적 전기들의 주제들이 통상적으로 해내지 못한 많은 면에서 생생하고, 개방된, 인간적으로 매력적이요, 인상적 초상화이다." 그녀의 전기는 한 아일랜드적 사건의 아주 철저한 연구로서(책의 1,260개에 달하는 수많은 주석들과 300여 종의 참고서 목록이 보여주듯), '인생의 중앙 무대를 살았던 한 여성 인물'의 발자취를 생생하게 각인하고 있다.

매독스의 『노라 전기』는 '살아 있는 소설'로서 감명 깊고 흥미롭다. 이는 일반의 전기를 초월하는 한 생생하고 탁월한 문학 작품이다. 리처드 엘먼의 기념비적 『조이스 전기』와 함께, 그녀의 전기는 조이스 내외의 헌신적이요, 내구적 결혼 생활 및 그들의 인생, '그들의 상호 관계에 있어서 부정할 수 없는 남녀 동성애적 요소'를 읽는 독자에게 일종의 신비로서 다가오리라. 특히, 조이스의 수백 통에 달하는 서간문들의 출판에 대한 그녀의 총체적 연구(책의 부록)에서, 매독스는 "더욱 더하게도, 조이스의 천재가 인간적 상상력의 금기(타부) 및 일상의 사상들을 프린트함으로써, 현대 문학을 해방시켰을 때, 그의 사적 편지들은 어떤 방도로도 그의 명성을 감소시킬 수는 없었을 것이라" 결론짓는다.

재론하거니와, 여기 매독스의 책은 인간 흥미의 황홀한 이야기요, 한 아일랜드적 사건의 재생 불가능한 연구로서, 파란만장한 노라 내외의 일생을 그녀의 숙련과 동정을 가지고 탁월하게 포착하고 있다. 그것은 페이지 하나하나를 읽을 가치가 있을지니, 왜냐하면 그녀의 산문은 비판적으로 그리고 해석적으로 강력하고도 호소적이기 때문이다. 나아가, 조이스의 천재 이외 모든 것에 대한 불확실에 끈덕지게 대항하는 노라의 순수한 의지와 독창성을 한 진지한 학구의 문학 작품으로 승화시킨 그녀의 전기야말로 『초상』의 스티븐 대덜러스가 더블린의 돌리마운트 해변에서 갖는 예술가적 사명의 다짐으로서 읽어 마땅하리라. : "살도록, 과오하도록, 추락하도록, 승리하도록, 인생에서 인생을 재창조하도록!"

김종건

노라 바나클의 약력

노라 바나클(Nora Barnacle, 1884~1951)은 20세기 천재 작가 제임스 조이스의 아내로, 1984년 3월 21일에 아일랜드의 서부 항구 도시 골웨이(Galway)에서 태어났다. 그녀의 아버지는 빵을 굽는 제빵사요, 극심한 음주가였다. 그녀의 어머니는 대가족을 위해 빚을 진 채, 살아가기 위한 노력으로 지쳐 있었다. 5살에 노라는 그녀의 할머니와 함께 살기 위해 집을 떠났다. 그리고 그녀의 양친들이 별거한 후로, 어머니의 형제들은 그녀의 생활 속에 점진적으로 중심적인 역할을 했다. 노라는 13살 나이에 학교를 떠난 후, 일련의 수공 일을 시작했다. 그녀가 골웨이의 '유니버시티 칼리지'의 대학생이었던 마이클 보드킨과 친밀해진 것은 10대의 사춘기 동안이었는데, 보드킨은 나중에 조이스의 초기 단편 소설집인 『더블린 사람들』의 고무적 이야기 '죽은 사람들'에서 마이클 퓨리의 모델이 된다. 또 다른 젊은 면식자인 윌리 멀비는, 『율리시스』에서 여자 주인공 몰리 블룸이 함께 산보한 최초 애인의 모델이 되었다. 노라와 멀비의 우정은 그녀의 숙부였던 토미 힐리를 너무나 화나게 해, 그 때문에 숙부는 그녀에게 야만적인 매질을 가했다. 이어 다음 주에 노라는 더블린을 향해 골웨이를 떠났는데, 그곳에서 그녀는 '핀즈 호텔'의 하녀 일자리를 찾았다.

노라가 도착한 몇 달 이내에, 20세의 그녀는 1904년 6월 10일 더블린에서 조이스를 만났다. 이어 같은 달 16일, 목요일에 더블린 만灣의 링센드에서 그와 함께 산보하려고 나섰는데, 조이스는 이날을 뒤에 『율리시스』 속에 불후화했다. 그들의 구애는 여름 내내 가일층 격화되었으며, 조이스의 편지들 및 친구들과 가족의 회상은 그가 그녀와 깊이 사랑에 빠졌음을 분명히 한다. 그러나 조이스는 아일랜드에서의 결혼 제도화 및 가족 생활에 대한 가톨릭교회의 권위의 부과를 거절했다. 아일랜드 사회의 인습에 따라 살고 싶지 않은 의지와, 대륙에 존재한다고 상상했던 지적 및 예술적 자유를 경험하려는 그의 욕망의 결과로, 조이스는 그해 10월 노라와 사랑의 도피를 감행했다.

조이스는 한 사람의 작가로서 스스로 입신할 때까지, 당시 오스트리아의 벌리츠 학교(Berlitz school)를 위해 일하면서, 영어 교사로서의 삶을 영위하기를 희망했다. 그 결과, 그와 노라는 자신들의 일을 위해 처음에는 폴라에로, 이어 1905년 초에 트리에스테로―유럽을 가로질러 여행했다(양 도시는 당시 오스트리아―헝가리 제국의 일부였다). 그녀는 이탈리아어와 독일어에 대해 아무런 지식이 없는 데다가, 돈은 부족하고 설상가상으로 남편의 심한 음주와 그녀의 임신까지 겹쳐 그 시기야말로 노라에게 정말로 힘겨운 시기였다. 1905년 7월 27일에 트리에스테에서 그들의 아들 조지오 조이스(Georgio Joyce)가 태어났고, 가족 생활이 결코 인습적이 되지 못하는 동안, 조지오의 탄생은 조이스 가문을 부르주아 형태의 존재 속에 빠지게 만들었다. 창조적 불안과 재정적 불확실이 결합된 압력은 그들 초기의 수년을 다 함께 망치게 만들었다. 1906년 7월에 노라, 조지오 및 조이스는 한층 안정된 환경을 위한 9개월간의 무모한 탐색을 위해 로마로 갔다. 1907년 3월에 가족은 트리에스테로 되돌아왔는데, 거기서 7월 26일 노라는 그들의 둘째 아이인 딸 루치아 조이스(Lucia Joyce)를 빈민 구역에서 낳았다. 다음 수년 동안 조이스는 꾸준히 글쓰기를 계속했고, 영어 문하생들을 개발함에 따라 가족의 생활은 개선되기 시작했다.

그러나 1909년에 노라와 조이스의 관계를 심한 시련 속에 빠트린 한 가지 위기가 발생했다. 조이스가 더블린에 있는 동안, 더블린의 유니버시티 칼리지 출신의 그의 급우들 중 하나인 빈센트 코스글래이브는, 노라와 조이스가 구애하고 있던 시기인 1904년 동안에 자신이 그녀와 친근한 상관관계를 즐겼음을 암시했다. 다행히 또 다른 대학 급우인 J.F. '번'이, 이러한 주장은 하등의 근거가 없음을 조이스에게 설득하는 데 성공했다. 수년 뒤, 1911년 또는 1912년에 트리에스테의 한 친구인 로베르토 프레치오소는 노라를 유혹하기 시작했으며, 그녀가 그것을 조이스에게 말했을 때, 그는 프레치오소에게 골이 난 채로 그를 노골적으로 모욕했다.

노라가 30대에 들어서자, 그녀와 조이스의 생활은 예측할 수 있는 유형에 익숙하게 되었다. 가족이 빈번하게 이사를 했지만 일상생활의 리듬은 아주잘 이루어졌다. 1915년에 영국 여권을 소지했던 조이스 가족은 중립국인 스위스를 향해 트리에스테를 떠나야 했는데, 이때쯤 노라는 이러한 이동과 대처해야 하는 법을 알았다. 제1차 세계대전이 끝났을 때, 그들은 자신들이 향후 거의 20년 동안을 살았던 파리에로 1921년 이사하기 전 잠시 트리에스테로 되돌아왔다.

1920년대와 1930년대는 조이스가 점진적으로 재정적 보상뿐만 아니라, 그동안 그의 작품에 대한 인식이 자라나는 기간으로 기록되었다(조이스가 스스로 불렀던, 자신의 '낭비벽'은 가족을 완전히 영원토록 상시 불안정하게 했다). 그러나 다른 관심들이 곧 정면에 나타났다. 조이스의 음주와 다른 건강 문제들에 대한 노라의 우려가 수년 동안에 걸쳐 커졌으며, 딸 루치아는 성년에 도달하자―정신분열증으로 진단된 채―자라나는 정서적 불안정을 드러냈다.

근 27년 동안 함께 살아온 후에, 조이스와 노라는 아이들의 상속권을 보호하기 위해 1931년 7월 4일에 합법적으로 결혼했다. 그들의 거동이 조지오와 루치아의 물질적 복지를 마련하는 동안, 그들은 딸의 심리적 악화를 막을 수 없음을 깨달았다. 1930년대에 걸쳐 제임스와 노라 두 사람은 루치아를 치료할 수 있는 모든 방법을 다 동원했으나, 치료의 어떠한 형태도 성공을 거두지 못했다. 종국에 노라는 딸의 정신분열증을 인정하는 수밖에 별 도리가 없었다.

제2차 세계대전이 발발한 지 약 3개월 후인 1939년 12월에, 조이스 가족은 프랑스의 시골을 향해 파리를 떠났다. 그들은 거의 1년 동안 파리 외곽의 다양한 지역에서 살았으며, 전체 가족을 돈독히 하기 위해 스위스로 가는 여행을 떠나려고 시도했다. 결국 그들은 루치아를 두고 떠나야 했으며, 후자는 이때쯤 입원했고, 1920년의 12월 말에 그들은 조지오와 손자 스티븐(Stephen)과 함께 취리히로 이사했다.

1941년 1월 13일, 그들이 도착한 지 한 달 이내에 조이스는 거의 40년 동안 함께 살아온 노라를 뒤로 한 채 사망했다. 그녀는 조지오와 함께 궁핍한 환경 속에 살면서 취리히에 남았다. 그러나 30년 이상 동안 흔히 있어 왔듯, 해리엇 위버의 우정과 관용은 노라를 도와 그녀의 어려운 처지를 극복하게 했다. 노라는 취리히에서 1951년 4월 10일에 사망했으며, 프룬텐 묘지에 매장되었으나 조이스 곁에 매장할 공간이 없었다. 하지만 1966년에 사람들은 그녀를 조이스 곁에 다시 매장했다.

조이스 가족 밖의 사람들에 대해서는, 조이스의 개인적 및 예술적 생활에 끼친 노라의 영향력을 측정하기는 불가능하다. 리처드 엘먼의 조이스 전기와 노라에 대한 브렌다 매독스의 전기는, 노라가 조이스의 정서적, 육감적, 가정적, 공적 및 창조적 세계들의 닻으로서 점령했던 중심적 위치를 분명하게 한다. 동시에 이러한 작품들의 두드러지게 다른 음조에 의해, 그리고 매독스의 노라의 서술에 대한 조이스 가족 구성원들의 거친 반응에 의해 입증되듯, 조이스 부인에 대한 어떠한 단 한 가지 견해도 그녀를 정당하게 평가할 수 없음을 우리는 알 수 있다.

가장 기본적인 수준에서 노라는 조이스의 작품들에 나타나는 수많은 여인들의 양상의 모델이 되었음이 분명하다. 그녀는 '죽은 사람들'에서 그레타 콘로이로서, 주이스의 유일한 희곡『망명자들』에서 버사로서,『율리시스』에서 몰리 블룸으로서, 그리고『피네간의 경야』에서 아나 리비아 프루라벨로서 가장 두

드러지게 나타난다. 그 위에 노라와 보낸 일생은 의심할 바 없이 『더블린 사람들』에서 『피네간의 경야』에까지, 조이스 작품의 여인들에 대한 묘사에 영향을 끼쳤다. 그러나 이 모든 것을 초월하여, 한 예술가가 아닌, 한 남자로서의 조이스에게 쏟은 그녀의 지속적인 관심은 심지어 가장 어려운 세월 동안에도 그를 떠받쳐 왔음에 틀림없다.

A. 니콜라스 파그노리

Contents

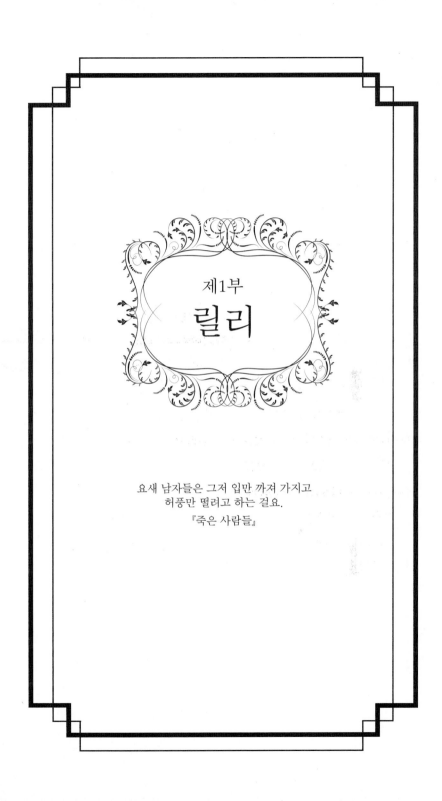

제1부

릴리

요새 남자들은 그저 입만 까져 가지고
허풍만 떨려고 하는 걸요.

『죽은 사람들』

1

핀즈 호텔로부터의 탈출

오늘날까지도 바다로 아일랜드를 출발하는 일은 소란스럽고 근심스런 사건이다. 대기는 아이들이 쇼핑백과 여행 가방의 더미를 가지고 계단 앞쪽 끝머리에 있음을 항의하는, 울부짖는 아우성으로 충만하다. 부모들은 지치고 성마른 채 자리를 차지하거나, 심지어 승선마저 걱정하지만(아일랜드 해를 건너는 페리보트는 만원일 수 있다), 그러나 그들은 비행기를 탈 여유가 없음을 안다. 영국까지의 비행은 단지 한 시간이 걸리지만, 비용은 두 배로 비싸다. 그러나 보트로 하는 긴 여행은 20세기 말에 처음 그랬던 것보다 좀처럼 더 빠르지 않다. 홀리헤드를 통한 밤새의 횡단은 흐린 눈을 한 여객들을 아침에 런던의 유스턴 정거장 속으로 계속 쏟아낸다.

가족의 무리는 여전히 규모가 커(한 그룹당 일곱 또는 여덟 명은 보통이다), 남녀는 여전히 완전 분리되어 있다. 일단 배를 타면 남자들은 그들의 10대 아들들과 그룹을 지어 바, 비디오 게임장, 또는 면세점을 향해 직행하는가 하면, 아낙들은 지난해 낳은 애기와 아장아장 걷는 꼬마 한두 명을 붙들고 자리를 찾거나, 멀리 떨어져 걷는 나이 먹은 애들에게 고함을 지른다. 보트가 떠나기 훨씬 전에 모든 자리는 가득 차고, 복도에는 짐들로 가득 쌓인 채, 어떤 승객들은 이미 잠들고 술에 취해 있다.

한번 슬쩍 둘러보아도 군중들은 '아일랜드 해'의 한쪽 면에 집이 있고 화이트칼라 노동자인 데다 휴가를 나온 사람들과, 건축 현장에서 일을 찾기 위해 영국으로 가는, 그 영토를 떠나는 젊은 노동자들을 쉽게 구별할 수 있다. 어느 뱃짐에서든, 아마 아일랜드에서 얻기 힘든 서비스직을 마음에 둔 여인들, 그리고 아일랜드를 영원히 떠나는 젊은이들도 있을 것이다.

모든 젊은 아일랜드인의 마음속에는, 1840년대의 대기근 이래 그랬듯이, 이민의 문제는 피할 수 없다. 아니라면, 왜 아닌가? 그리고 젊은이들은 일이나 혹은 보다 나은 임금만을 위해서 떠나지는 않는다. 아일랜드는 비록 인습들을 문제 삼지 않으면서 당장 거기에서 행복하게 사는 어떤 사람들이 있긴 해도, 여전히 신부神父 지배의 나라라, 즉 이혼이 금지되고, 보통 교육(종교를 가미하지 않는)이 거의 없는 데다, 응시하는 눈초리나 험담으로부터 거의 도망칠 수 없다. 더블린 바깥의 영국이나 다른 외국의 주민들이 즐기는 관용은 원주민 반체제 사람들에게 좀처럼 뻗치지 않는다.

과거에 아일랜드를 떠난 모든 보트들은 눈물과 더불어 진수되었다. '미국행의 밤샘'은 대서양을 가로지르기 위해 떠나는 누군가의 가정에서 벌어졌으며, 다음 날 부두에는 고뇌의 장면들이 벌어졌고, 가족은 서로 떨어졌으며, 어머니들은 자신들이 다시는 보지 못할 얼굴들을 쳐다보면서 형제자매들에게 작별을 고했다. 뒤에 남은 사람들은 분하게도 늙은 양친들을 돌봐야 하니, 감히 떠날 수 없는 그들 자신을 꾸짖었다.

1904년 10월 8일의 토요일 저녁 9시 직전에, 아주 빳빳하게 등을 곧추세운 한 키 큰 젊은 여인이 더블린을 떠나는 밤 보트의 통로를 걸어 올라가고 있었다. 그녀는 짙은 적갈색 머리카락, 높은 광대뼈, 그리고 검은 눈썹으로 돋보이는 검푸른 눈과 두툼한 검은 이마를 갖고 있었다. 그녀의 짙은 머리카락은 그녀의 귀 위로 드리워지고, 그녀의 테 넓은 모자 아래로 보다 잘 고정되도록, 긴 머리핀으로 묶여 있었다. 그녀는 싸늘한 10월 바람을 대비하여 빌린 외투를 입고 있었다.

그녀의 보트는 리피 강을 따라 더블린 부두 중의 하나인, 노드 월(북안벽北岸壁)로부터 떠나고 있었고, 거기에는 선창船窓을 통해 흘러나오는 불빛에 반사된 군중들이 혼잡하게 모여 있었다. 그들 중에는 성공을 비는 사람들과 애도하는 자들이 여객들과 엉켜 있었다. 울지 않는 사람들은 농담을 하거나, 서로 술을 돌려 건네며 즐기고 있었다.

노라 바나클이 떠나는 것에 대해 우는 사람은 하나도 없었으나, 그녀는 상관하지 않았다. 그녀는 자신이 아일랜드를 떠난다는 것을 골웨이의 가족에게뿐만 아니라, 더블린의 핀즈 호텔의 고용자들에게도 말하지 않았다. 만일 그들 가운데 누군가가 그녀의 행동을 눈치챘더라면, 그들은 그녀를 말리려고 애를 썼을 것이고, 결국 성공했을 테니까. 왜냐하면 그녀는 나이 스물에 여전히 미성년자요, 짐 조이스와 도망치고 있었기 때문이다.

노라 자신은 슬퍼할 이유가 없었다. 왜냐하면 그녀는, 사람들이 그로부터 거의 영영 돌아오지 않거나, 부자가 되고 나서 늙어 죽을 때까지 돌아오지 않을 미국으로가 아니라, 단지 런던과 파리 그리고 이어 취리히로의—그것이 어디든 간에—뱃길을 택하고 있었기 때문이다. 지리地理는 골웨이의 학교에서 그녀의 강점이 되지 못했다. 그녀는 3년 동안을 내리 그 과목에 낙제했다.

그녀는 군중을 통해 짐을 볼 수 있었는데, 그는 자신을 환송하러 온 친척들과 친구들에 의해 둘러싸여 있었다. 짐은 자기 자신을 친구도 없고 홀로라고 생각하기를 좋아했으나, 노라가 보았을 때 그것은 사실과 거리가 멀었다. 그는 눈물짓는 아버지 존 조이스와 함께 거기 서 있었다. 어머니가 돌아가신 뒤로 많은 아이들을 돌보는 것을 도와주었던, 그의 숙모 조세핀, 제일 큰 누이 포피, 그리고 그의 동생 스태니슬로스와 같이 했다. 짐이 노라에게 말한 대로, 스태니슬로스는 가족들 가운데 그를 이해했던 유일한 사람이었다.

　존 조이스 이외에 아무도 노라와 짐이 함께 도망치고 있음을 알지 못했지만, 그들은 그녀를 아는 기색을 전혀 보이지 않았다. 그녀와 짐은 보트가 떠날 때까지 서로 접근하지 않았다. 존 조이스는 자기 아들이 홀로 여행하고 있다는 것을 믿는 것으로 되어 있었다. 짐은 1902년 후반과 1903년 초반에 4개월 동안 파리에서 살았지만, 어머니의 임종으로 집에 불려갔었다. 이제―그의 아버지가 아는 한― 짐은 단지 자신이 떠났던 곳에서 다시 자리를 잡기 위하여 대륙으로 되돌아가고 있었다. 장남이자 사랑하는 아들과 작별함에 상심한 존 조이스는 항의하지 않았다. 그는 짐의 말에 동의했고, "자존심 있는 사람치고 아일랜드에 머무는 사람은 없다"라고 말했다.

　노라는 자존심과 용기를 가졌다. 그녀가 도망을 친 것은 한 해에 두 번째였으며, 그것은 처음보다 한층 쉬웠다. 그녀가 골웨이를 떠났을 때에는 전적으로 혼자였다. 그녀는 토미 숙부의 집에서 슬쩍 빠져나와 아무도 모르게 더블린으로 갔다.

　이제 그녀는 자신의 인생에서 가장 큰 모험을 하기 위해 배를 탔다. 핀즈 호텔의 사람들이 그녀가 도망친 걸 알면 뭐라고 할까? 그들은 주말에 일손이 모자라는 것에 골이 날 것이고, 골웨이에 있는 그녀의 가족에게 전보를 칠 것이다. 여주인은 노라가 술을 좋아하고, 그걸 멈출 줄 모르는 것으로 유명한 어떤 무직의 작가와 도망친 것을, 그녀의 가족에게 반드시 알릴 정도로 성질이 아주 고약했다.

　노라는 짐이 자신을 보기 위해 호텔로 찾아왔을 때 그가 보다 좋은 인상을 주기를 바랐다. 그는 밀짚모자를 쓰고, 불결한 캔버스 신을 신은 채, 바 안으로 들어오기 일쑤였다. 그녀는 초라하게 차려 입은 그의 모습을 보면서 자세히 살피며, 그에게 자신의 인생을 맡기는 것이 과연 현명한 것일까 하고 의아했다. 그녀에게 선택이 주어진다면, 그녀는 작가가 아닌 어떤 상점 주인, 의사, 학교 선생, 거의 어떤 이와도 생활하는 것이 더 나았으리라. 그러나 그녀는 그를 깊이 사랑하고 있었다. 대륙 생활에 대한 자신의 경험과 몇 개 구사할 수 있게 된 언어들로, 그는 우리 두 사람을 위한 일을 곧 발견할 것이라, 그녀는 확신했다.

노라는 미래를 두려워하지 않았다. 짐은 그들이 시도하고 있는 어려움을 그녀가 인식하지 못한다고 비난했으나, 그는 또한 그녀의 성급함을 인정했다. 그들이 함께 도피하는 것을 그가 밀고 나가도록 한 사람도 그녀였다. 그녀는 잃을 것이 아무것도 없었다. 그녀는 골웨이로 되돌아갈 수 없었다. 더블린에는 그녀를 위한 것이 아무것도 없었다.

그녀는 환상 속에 있지 않았다. 짐은 그녀와 결혼하려 하지 않았다. 그는 비록 그녀가 자신을 위해 자주 사랑을 고백했을지언정, 도리어 그녀를 사랑한다고는 말하지 않았다. 그가 말한 것은, 그녀가 해석했다시피, 다음과 거의 매한가지였다. : 자신은 결코 다른 어떤 사람에게 그토록 가까이 해본 적이 없다는 것, 그녀가 그의 생활을 함께 나누기를 선택한 사실이 그를 큰 기쁨으로 메웠다는 것이었다. 그는 자신이 그의 시대의 가장 위대한 작가들 가운데 하나가 되리라 확신했으니—자신이 실행할 신념보다 노라에게는 별 의미가 없는 야망이었다. 그녀는 남자를 잘 판단했고, 그의 말은 사실로 곧이 들렸다.

한 사람의 정열적인 소녀로서 그녀는 짐과 홀로 있기를 열망했다. 그녀는 사랑의 행로에 대해 호기심이 많았다. 거기에는 짐이 알지 못하는, 그녀 쪽의 여러 가지가 있었으나, 한 남자와 보내는 침대의 하룻밤은 그녀가 전에 시도한 적이 없는 경험이었다.

그들이 함께 떠나기를 결심하고 있었던 네 차례의 토요일들에 앞서, 짐은 한 아일랜드의 신문에 자신의 두 번째 단편을 발표했다. 그는 바로 그 주일에 그것을 썼으며, 그 속에 열아홉 살의—거의 정확하게 노라의 나이—더블린의 소녀 에블린에 관해 썼다. 소녀는 어둡고 안개 낀 밤에 '노드 월' 부두로 가서, 프랭크라는 한 수부와 도피할 계획이었다. 이 이야기에서 프랭크는 그녀의 손을 꽉 쥐었고, 보트는 경고의 휘파람을 불었다. 에블린은 얼어붙었다. 그녀는 임종의 어머니에게 자신이 아버지를 돌보겠노라고 스스로 행한 약속을 회상했다.

　—가요!
세상의 모든 바다가 그녀의 가슴으로 몰려드는 듯했다. 그가 그녀를 바닷속으로 끌어들이고 있는 듯했다. 그녀를 빠뜨려 죽일 것만 같았다. 그녀는 두 손으로 쇠 난간을 꼭 쥐었다.

에블린은 과거와 자신과의 유대를 끊고 나서 힘없이 주저앉았다. 노라는 힐끗 뒤돌아보지도 않고 떠났다.

2

남자―살인자

……그녀는 콘노트 출신이야, 그렇잖아?

그녀의 사람들은, 가브리엘이 짧게 말했다.

『죽은 사람들』

1920년대 초 파리의 어느 따뜻한 오후, 노라 조이스는 그녀의 딸 루치아와 투이레리스 가든의 한 젊은 아일랜드 소녀와 함께 걸어가고 있었는데, 당시 소녀들은 아이스크림을 파는 한 도붓장수를 발견했다. 소녀들은 지나갈 때 낄낄거리며 그에게로 달려가 얼마를 샀다. 그들은, 자신들이 사람들 속에서 먹는다거나, 옷에 얼룩을 내며 먹기에는 너무 나이가 많은 것을 알았다. 당혹감을 감추기 위해 루치아의 친구인 필리스 모스가 말했다. "조이스 부인이 우리를 뭘로 생각할까?"

노라는 그녀의 낮은 골웨이 목소리로 대답했다. "너희들은 내가 얼마나 소박한 사람 출신인지 몰라."

노라는 1884년 3월에 아일랜드의 서부에서 태어났는데, 앵글로―아이리시 문학자들은 그것을 낭만적으로 묘사하기 시작하고 있었으나, 원주민들은 그곳으로부터 도피하기를 열망하고 있었다. 연속적 기근이 1840년에 8백만 명으로부터 1920년에 4백50만 명의 아일랜드 인구를 앗아갔고, 아일랜드어를 말하는 서부와 북서부의 군郡들인—골탁트 지역보다 인구가 더 빨리 사라져가고 있는 곳은 어디에도 없었다. 콘노트(또는 때때로 철자 그대로, 콘낙트)는 골웨이, 매이요, 슬라이고, 래이트림 및 로스코몬의 군들을 포위하는 서부 주州들로서, 그것은 묘지보다 이민 보트로 더 많은 인구를 잃어가고 있었다. 그것은 또한 아일랜드에서 가장 낮은 산아율을 기록했다.

골웨이 시는, 그것의 오지와는 대조적으로, 삶과 부수됨의 장소였다. 그것은 1만 5천 명의 인구를 갖고 있으며, 항구, 시장 및 콘노트의 전체 광역을 위한 행정 중심이었다. 골웨이 시는 1837년 이래 가스등을 밝혔고, 파이프 수도가 거리 밑으로, 집들과 북적이는 셋집의 뒷마당 공동 수세식 변소로 흘러들어 갔다.

도시는, 아일랜드의 두 번째 항구로서 그의 17세기의 고귀함을 재차 획득하려는 꿈을 키웠으나, 망명자들이 그것의 일몰에 관해 노래하고 눈물짓던, 좁은 골웨이 만灣은 계속적인 침니沈泥가 쌓임으로써 그 꿈을 좌절시켰다. 1860년에 인디언 엠파이어라는 배가 입항하려고 했을 때, 그것은 항구 입구에 있던 마구에리트 바위를 들이받았다. 그렇지만 준설은 계속되었다. 골웨이는 북아메리카와 가장 가까운 영국 도서들 속의 항만이었고, '우편 항'이라 명명되는 희망을 애지중지 품고 있었다. 그것을 통해 빠른 기선들은 하루에 다섯 편의 기차들을 연결하면서, 캐나다와 런던 간의 편지와 화물들을 급송할 수 있었다.

도시의 거리들을 따라 군인들이 사방에 있었다. 도회의 1마일 바깥에는 렌모어 군대 병영이 콘노트 순찰대의 골웨이 의용군을 주둔시켰다. 푸른 장식테의 붉은색 제복을 입은 순찰대원들은 아주 인기가 있었고, 많은 골웨이 가족들은 순찰대의 그림을 그들의 집 벽에 붙였다.

시의 육해군의 존재는 상당한 부를 끌어들였다. 코리브 강둑에는 멋진 집들과, 더블린과 런던에서 찾을 법한 유행의 옷감들을 자랑하는 우아한 상점들이 있었다. 꼭 같은 요소들이 마찬가지로 많은 창녀들을 끌었는데, 골웨이의 주요 거리인 '상점 거리'에는 6페니 코너와 3페니 반 코너가 있었다. 또한 골웨이는 거지들과 과부들 그리고 고아들의 도시였다. 그곳에 있는 몇몇의 셋집들은 유럽에서 가장 나쁜 것이었다. 일련의 연속적인 작은 기아饑餓들이 큰 것을 뒤따라 일어나자, 토지에서 쫓겨난 사람들은 도시 속으로 굶주림을 쏟아부어, 거기에는 공장들 또는 이민자의 배들 이외에 그들을 위한 것은 아무것도 없었다. 더블린에서 보면 골웨이 시는 체닌(역주 : 미 동북부의 도시)이 뉴욕으로부터 멀리 보이듯, 황량하고 미개한 듯 보였다.

그러나 골웨이는 그 자체가 다르게 보았는지라─1902년의『골웨이 연감』에 따르면, "전반적인 성격에 있어서 아일랜드적이라기보다 한층 스페인적"이었다. 스페인과의 긴 무역이 무어 식의 농업을 일삼는 집들 속에 반영되었다. 또한 도시는 스페인의 상인 가족들이 한때 산책을 즐겼던 '스페인 아취'와 '스페인 퍼레이드'를 자랑했다. 또 1651년 올리버 크롬웰과 그의 군대에게 처절하게 반항했던 부족들의 직접적 후손들인, 14개의 골웨이 가족들에게 경의를 표하여 '부족들의 도시'라고 자칭했다. 이들 부족의 이름들은 두 개를 제외하고는, 아일랜드의 조상들인 아터스, 블레이크, 보드킨, 다아시, 딘, 폰트, 프렌치, 커윈, 마린, 모리스 및 스케럿과는 넓게 연관되지 않는다. 예외는 조이스와 린치이다.

골웨이 시는─황량하고 거친 방목 지역으로, 연못과 대서양까지 서쪽으로 산이 뻗어있는, 조이스 마을(Joyce Country)로 향하는 관문이다. 제임스 조이스가 노라를 만났을 때, 그는 아일랜드의 이 지역에 결코 발을 디디지 않았다. 그 자신의 조이스 계보는 서부의 코크 시로부터 왔다. 린치의 이름은 한층 도시와 연관성을 지녔다. 상점 거리에 있는 멋진 옛 저택인 '린치 성城'은 골웨이의 시장市長인 제임스 린치─피츠스티븐의 집이었는데, 그는 콜럼버스가 아메리카를 발견한 다음 해(기억은 아일랜드에서 요원하다) 오래된 감옥의 창문에서 자신의 아들을 교수형에 처형했다. 극도로 원칙을 중시하는 시장에겐 다른 대안이 없었다. 왜냐하면 그의 아들이 자신의 사랑의 적대자였던 열혈의 스페인인을 암살했기 때문이다. 린치하다라는 동사는 그것 자체의 의미를 아메리카 남부에서 가져왔으나, 골웨이에서 그 이름은 배신의 의미가 남게 되었다.

노라 바나클은 1884년 3월 21일 또는 22일에 태어났다(교회와 주 기록은 일치하지 않는다). 그녀의 탄생은 '골웨이 시영 공장'에서 일어났는데, 그녀의 가족이 무일푼이었기 때문이 아니라—그들은 그러지 않았다—1947~48년의 대기근 동안 그것은 1천 명 이상의 사람들에게 숙소를 제공했던, 멋진 석회석 테라스의 건물이 나중에 시를 위한 일반 병원으로 봉사했기 때문이다. 그녀의 양친은 제빵사인 토머스 바나클과, 침모針母이자 양재사였던 애니(호노라리아의 약자) 힐리였다. 애니는 26살의 키가 크고 잘생긴 여인으로, 상점 주인 패트릭 힐리와 캐드린 모티머 힐리의 딸이었다. 모티머 가문은 상류 계급이라는 어떤 자부심을 가졌다.

1884년에 톰과 애니 바나클(Annie Barnacle)은 3년 동안 결혼한 상태였으며, 이미 딸을 두었는데 이름은 매리였다. 노라 다음으로, 그들은 오래 기다렸던 아들 토머스를 갖기 전에 세 딸들을 더 가질 예정이었으나, 아들에 이어 1896년에 또 다른 소녀인 캐슬린이 뒤따랐다. 다른 한 소년은 어릴 때 죽었다. 모든 아이들은 노라와 캐슬린을 제외하고 집에서 태어났다. 애니 바나클이 그녀의 두 번째 아이를 위해 병원으로 간 사실은 그러한 탄생과의 문제를 암시한다. 탄생 직후에—노라의 세례 시기 또한 그러하다. 그녀의 이름은 노라아(Norah)로 등기되었다. 그것은 바나클 부인이 딸의 이름을 일생 동안 철자한 방식이요, 노라가 제임스 조이스를 만날 때까지 철자했던 방식이다.

톰 바나클은 아내보다 13살 더 나이가 많았고, 골웨이의 빵 구이 계열 출신이며, 그가 결혼할 때쯤에는 자신의 사업에 아주 능숙했다. 비록 그는 몇 년 동안 학교 교육을 받았으나 무식했다. 1881년에 애니 힐리와의 결혼에서, 그는 등기에 X로 서명해야 했다. 그러나 배움이 짧다는 것은, 그를 인구의 3분의 1과 구별짓지 못했으며, 대부분의 중등급 가족들이 결혼을 위해 제공했던 상당한 액수의 수수료(1파운드 10실링)를 신부에게 지불하기에 그는 충분한 돈을 벌고 있었다.

1904년에 제임스 조이스의 아버지는 그의 아들이 함께 도망간 소녀의 성姓을 들었을 때, 자신의 아들처럼 언제나 말장난을 억제할 수 없는 듯 부르짖었다. "바나클(조가비)이라, 그 애 곁에서 결코 떨어지지 않겠군." 그러나 골웨이에서 그와 같은 농담에 기분 언짢아 할 사람은 거의 없었다.

아일랜드의 서부에서 바나클은 아주 흔한 성이었다. 그것은, 북극의 황지에 살며, 겨울에 영국과 아일랜드의 큰 강어귀를 찾는 큰 새인 '조가비 거위'(흑기러기)에서 파생되었다. 골웨이의 사람들이 그걸 발음하는 방식은 여전히—비아나클(beanacle)—한번 훅 내뿜는다는, 새 이름의 기원을 가지는데, 그것은 중세 영어의 bernekke 및 중세 라틴어의 bernaca였다. 거위는 우화적인 새로서 오랫동안 의심스럽게 여겨져 왔는데, 그 이유인즉, 나무에서 과일처럼 자라다가 이어 영양을 찾아 바닷속으로 풍덩 빠지는 조가비로부터 새가 온 것이라고 믿어졌기 때문이다.

12세기에 웰스의 성직자 지랄더스 캠브렌시스는 더블린을 방문했을 때, 천 마리 이상의 조가비 거위들이 조가비들 사이에 에워싸인 채, 그들의 부리로 나무에 매달린 것을 보았다(그렇게 그는 주장했다). 그는 또한 아일랜드 사람들이 그 새를 고기(肉)가 아니라, 물고기(魚)로 분류하는 기이함을 이용하여, 고기가 금지되는 사순절 동안 그것을 먹도록 허락하는 것을 보았다. 『하이버니아(아일랜드) 지지地誌』에서, 지랄더스는 이를—새의 것이 아니라 아일랜드인들의 속임의 상징으로 서술했다. 그러나 그 이름은 그것의 본래 아일랜드 형태의 영어 해석으로 보다 잘 알려져 있으니, 즉 cadhan (또는, O cadhain)이다. 이것이 오 캐드하인(O Cadhain), 이어 캐인(Kane), 오 캐인(O Kane), 그리고 코인(coyne)이 되었다. 북 골웨이에는 바로 다른 바나클 족이 있었듯 많은 캐인 족 및 코인 족이 있었다. 오늘날 그 이름은 바나클처럼 아일랜드의 서부에 (그리고 매사추세츠, 보스턴에) 존재한다.

제임스 조이스는 결코 아버지의 과오를 범하지 않았다. 그는 특별한 열성 없이 1년 동안 아일랜드어를 공부했다.—그는 열광적 민족주의자 선생인 패트릭 피어스와 의견이 일치하지 않았는데, 선생은 아일랜드 작가들이 영어로 글을 써야 한다고 생각하지 않았다.—그러나 바나클 가족—캐드하인—바다 새의 연관은 그가 흥미를 가졌던 한 가지이다. 조이스의 작품에서 노라의 많은 공헌들 가운데, 바다 새 및 거위에 대한 숨겨진 언급들이 많이 있는데, 그는 이들을, 마치 중세의 승려들이 자신들이 좋아하는 꽃과 동물들을 채색된 두문자들 속에 짜 넣었듯 텍스트 속에 많이 감추었다. 『피네간의 경야』를 위한 노트들 사이에, 그는 "아일랜드 거위의 영광스런 이름"을 갈겼다.

그러나 노라의 배경에서 중요한 사실은 그녀가 누구의 딸이 아니라, 누구의 질녀였다는 점이다. 그녀의 숙부인 마이클 힐리는 골웨이의 탁월한 인물이었다. 노라 어머니의 두 형제들 가운데 누구보다 젊고, 영리했던 그는 '패트리칸 형제 중등학교'에서 공부를 잘했고, 1883년에 '여왕폐하의 정부 관청'에서 계속 일자리를 얻었다. 얼마 전에 영국 정부 관청은 인물보다는 오히려 경쟁을 통해 그것의 직위를 충당하기 시작했는데, 이는 유대인들, 감리교인들 및 다른 사람들과 마찬가지로, 가톨릭 교도들의 참가를 돕는 운동이었다.

마이클 힐리는 진급이 빨랐다. 골웨이 세관의 2급 보트 사공으로 출발하면서, 그는 리버풀에 5년 동안 파견되었다. 노라가 성숙해갈 때쯤 그는 돌아와, 적잖은 권력, 온전한 안전, 그리고 착실한 수입을 즐기는 세관원이 되었다. 그의 이름은 손때 묻은 인명록들 속에, 캐리 가문과 맥도날드 가문과 같은 탁월한 시민들 사이에 등록되었다. 그는 결코 결혼하지 않았다.

노라의 다른 외숙부는 토머스 힐리였다. 노라는 그를 토미 아저씨라고 불렀다. 키가 크고 남성적인 사나이였던 그는 잡역부로 일했고, 이어 노라의 아버지처럼 빵 굽는 일을 하게 되었다. 톰 힐리는 아일랜드식으로 늦게 결혼을 했고 (1989년 그가 서른 한 살이었을 때)—현대 문학의 진로를 바꾼, 1904년의 노라의 생애의 극적 중재와는 별개로—1926년 그의 사망 시까지 이름을 떨칠 만한 일은 별반 하지 않았다.

힐리 가문과 바나클 가문, 그리고 그들의 알려진 조상들은 골웨이 시에서 그들의 전숫 생애를 보냈으며, 5월의 네 번의 일요일마다 있는 연례 경기를 위해 도시 외곽의 멘로 성까지, 그리고 도시 밖으로 2마일의 기차 승차 거리에 있는 솔트힐의 경쾌한 수영 유흥지까지 여행을 했으나, 보다 더 멀리까지는 좀처럼 가지 않았다.

그래서 노라 바나클은 돌이킬 수 없게도 도시적인 여자였는데—무모하게 어느 낯선 사람에게 이야기를 마구 거는 J.M. '싱'의 피그린 마이크 같은 광야 출신의 맨발의 농부가 아니라, 머리에 리본을 달고, 머릿속에 날카로운 말재주를 지닌, 세상 물정에 밝은 도시의 소녀요, 정부 관청의 한 아저씨와도 같았다. 그녀의 초년 시절의 모든 사건들, 그녀의 가정, 그녀의 학교, 그녀의 일들, 그녀의 젊음의 희롱과 슬픔은, 생선 시장이나 마구간들과, 토탄 연기와 끓는 감자, 양배추의 짙은 냄새가 풍기는 골웨이 중앙의 좁은 한정 구역 내에서 일어났다. 모든 골웨이의 이정표들—린치 성, 옛 감옥, 성당, 기차 정거장, 도크, 오브라이언즈 다리 및 넌즈 섬―은 그녀가 매일 지나는 장소들이었다.

그것은 그녀가 제임스 조이스와 나눌 인생 고락의 한갓 전조였다. 그녀가 서부 유럽을 가로질러 도시에서 도시로 그를 동행하고, 최고로 멋진 유락지에서 휴일을 보냈을 때, 그들 중 가장 바람직하지 않는 일은 사람들로부터 떨어지는 것이었으리라.

노라의 어머니는 자신보다 지체가 낮은 사람과 결혼했다. 조이스 아버지 자신의 결혼에서처럼, 그녀는 그것을 결코 잊지 않았다. 그러나 바나클 가문과 힐리 가문 간의 사회적 차이가 무엇이든 간에, 재산 소유는 그들 가운데 하나가 아니었다. 세기의 전환기에 놓인 아일랜드에서, 가톨릭교는 가정 소유자의 지위를 향해 아직 그리 멀리 전진하지 못했다. 바나클 가문도 힐리 가문도 영원한 가정을 갖지 않았다. 노라가 1904년에 골웨이를 떠나기 전, 그녀의 양친은 일곱 번 주소를 옮겼는데―이는 그녀의 훗날의 생활을 기록하는 또 다른 유형이었다. 그들의 아이들이 성장했을 때, 애니와 토머스 바나클은 골웨이 중심부의 초라한 주소에 위치한 밀집하게 고리를 이룬 셋집들과 작은 집들을 순례했다.― 그들은 애비게이트 거리, 로레이 가로, 뉴타운랜드였다. 그들은 1896년 이후에 보오링 그린이라 불리는 린치 성 가까이 L자 형의 뒷골목에 위치한, 유리하기도 하고 불리기도 한 직공의 거처에서 언젠가 안정하게 되었다. 테라스 지역 또는 집들의 행렬, 벽난로가 있는 한 개의 메인 룸을 포함하는 작은 집은, 그것 옆으로부터 층계가 싱글 침실로 이어졌다. 여덟, 아홉 또는 더 많은 사람들의 가족이 사는 그와 같은 집들은 오늘날 벨파스트와 카딥의 얼스터 및 웰스 민속 박물관들에서 볼 수 있다. 19세기 켈트의 세계에서 잠자는 시설은 식사 시간처럼 그때그때 수시의 것이었으니, 아무도 북적임과 즉석 잠자리에 대해 불평하지 않았다.

문학적인 여행자들이 보링 그린 8번지(이전에 4번지)의 작은 테라스 집에 당도한 것은 노라 바나클의 가정을 눈여겨보기 위해서였다. 그러나 그 집은 주로 노라 어머니의 집으로, 거기서 노라는 1899년부터 어머니가 사망한 1939년까지 살았다. 노라는 유년 시절의 대부분을 그 밖의 다른 곳에서 보냈다.

노라가 두 살이었을 때, 그녀의 동생 블리짓(또한 데리아 혹은 딜리라 불리었다)이 1889년에 쌍둥이 자매에 잇따라 태어났다. 이러한 탄생들(다양한 설명을 지니며, 쓰인 기록은 없다) 중의 하나 또는 다른 하나에서, 노라는 그녀의 외조부인 캐드린 모티머 힐리와 같이 살기 위해 보내졌다. 이것이 노라의 최초의 망명이요, 그녀의 개성을 대부분 형성했던 한 가지였다.

군집한 보금자리를 떠남에, 노라는 많은 물질적인 이득을 얻었다. 그녀는 아마도, 먹을 입들이 너무나 많았던, 그녀의 어머니의 식탁에서 대접받던 것보다 한층 훌륭한 음식을 먹었다. 그녀의 조모인 힐리 댁에서 그녀는 레모네이드와 건포도 빵, 피아노와 벽의 그림들을 즐겼는데, 그림들은 크리스마스에 호랑가시나무와 담쟁이들로 장식되었다. 그녀의 조모는 그녀에게 친절했다. 그녀의 가장 좋은 친구였던 에밀 라이온스가 미국으로 떠나자, 노라는 달랠 길 없이 울었다. 힐리 부인은 그녀에게 입을 새 앞치마를 주었고, 버터 바른 빵과 함께 난로 가에 그녀를 앉혔다. 마이클 힐리는 단추로 채우는 한 켤레 구두를 가지고 그녀를 격려했다. 그녀의 조모는 또한 노라에게 훌륭한 식탁 매너와 예의 바른 말씨를 가르쳤다(그녀가 노라의 어머니를 가르쳤듯이). 그러나 노라는 그녀의 어머니가 자신을 문밖으로 내쫓은 것을 결코 용서하지 않았다.

힐리 부인의 집은 선창 근처의, 성 오가스틴 가街의 막다른 광장인 화이트홀에 위치했다. 그것은 거리를 정면으로 한 시끄러운 건물이요, 뒤에는 기병대의 숙사인, 캐슬 군대 막사로 향하는 뒤쪽 입구를 내다보고 있었다. 이리하여 노라는 보린 그린에 있는 그녀의 어머니로부터 단지 몇 분 거리에 있었고, 그녀가 아마도 허구한 날 티茶 타임 때 몸을 구부리고, 끝없는 찻잔으로 버터 바른 빵을 목구멍으로 씻어내리는 것을 자주 보았거니와—그녀가 유럽을 가로질러 매달렸던 또 다른 풍습이었다.

양육되기 위해 보내지다니, 그것은, 비록 그러한 실행이 흔한 것이었을지라도, 노라의 어머니와의 유대를 깨어버렸다. 노라는 그때부터 계속 독립적이요, 어떤 쓴맛을 품은, 그러나 자기―연민 없는 그녀 자신의 여인이었고, 그녀가 세상에서 자신의 길을 헤쳐 나갈 특질들을 유년 시절부터 의식했다. : 애교와 극기주의였다. 아이러니하게도, 수양딸을 그녀가 선택하다니, 그것은 노라의 외골수로 즐기는 성벽이요, 유머(종속적 아이들에게 흔한 특질)였으리라. 조모는 아마도 손녀를 그녀의 집으로 받아들임으로써 기꺼이 도와주려 할지 모르나, 그녀는 다루기 쉽고, 훌륭한 동료를 마련해주는 이를 더 좋아하리라.

모든 증거는, 5살의 나이에 노라가 19세기의 특별한 골웨이 여인이 되기 위한 순탄한 길에 있었음을 보여준다. 골웨이 태생의 작가 에이리스 딜런은 이러한 여인들을 "질병과 이민에 의해[때문에] 버림받은 채, 키 크고, 건장하며, 저력 있는 자들로, 남자들보다 한층 훌륭한 유머 감각을 지닌……" 그러나 또한 "그들로 하여금 나쁜 상황을 감수하게 하는 자신들의 마음의 억압된 특질을 지닌"자들로 서술했다.

노라가 무식하고 배우지 못했다니, 그것은 예술가와 함께 도망쳤던 하녀가 지닌 신화의 몫이다. "생각해 봐요!" 여행자들은 샌디코브 해안의 마텔로 탑의 조이스 박물관에서 말하는 것을 들었으리라. "그녀는 무식쟁이었어!" 그러한 믿음은 저능아와 함께 천재의 스릴에 가산이 되겠지만, 그러나 그것은 거짓이다. 노라는 12살 때까지 학교에 다녔는데―그것은 당시의 학교를 떠나는 보통의 나이었다. 그녀는 당시의 소녀들에게 수업료 없이 가능했던 최대의 학교 교육을 받았다. 많은 남녀들은 보다 덜 교육을 받았다.

골웨이는,『골웨이 연감』이 일렀듯, 엄격한 신교도 풍을 지닌 데다, 4개의 "수녀원이 있었으니……그들은 가난한 자들의 여아들을 위한 훈육에, 보다 높은 계급의 교육과 빈한자貧寒者의 구호에 이바지했다."

그것은 이들 중의 하나, 자비의 수녀원에서였나니, 그곳에서 노라는 5살 되던 해인 1889년에 그녀의 교육을 시작했다. 공장처럼 석회석으로 된 수녀원은 보오링 그린 바로 뒤, 골웨이의 뉴타운스미스로 알려진 지역에 있었다. 노라의 어머니는 그녀 이전에 그곳 학생이었다. 1892년 10월에 노라는 그녀가 문법, 지리, 재봉, 음악 및 그림과 동시에 세 R(기초교육인 읽기, 쓰기, 셈)을 공부했던, 그것의 중등 또는 '국립'학교의 시험에 합격했다. 노라를 『율리시스』의 몰리 블룸과 대등시하는 자들은 그녀가 철자와 글쓰기에서 좋은 점수를 딴 것을 유념해야 한다.

이들은 아마도 가장 명석한 소녀들이 아니었다. 모두들은 노라를 포함하여 학년을 되풀이했는데(노라는 4학년을 두 번 다녔다), 그러나 그 이유는 학술적인 것처럼 자주 경제적인 것 때문이었으며, 많은 학생들은 그들의 가족이 일하러 가기 위해 그들을 필요로 하거나 혹은 그들을 위해 일을 발견할 때까지 학교에 계속 머물렀다. 하지만 그들이 지적으로 천부의 재능을 가졌을지라도, 그들은 조금도 달리 대우받지 않았으리라. 학교 교육의 목적은 소녀들로 하여금 당면한 현실을 준비하는 것이요, 그것은 그들이 이민을 가든, 아일랜드에 머물든 간에 꼭 같았는지라, 바로 가사家事 때문이었다. 소녀들에게, 노라의 아저씨, 마이클 힐리와 같은 명석한 소년들에게 가능했던 것과 비교할만한 무상無償의 중등 교육은 없었다. 노라는 그러한 희망 또는 생각을 갖지 않았다.

그녀 세대의 젊은 여인들은 이따금 대학 학위를 따러 갔으나, 이들은 수녀원의 예비학교에 보낼 여유가 있는 부유한 가정 출신이었다. 심지어 노라가 살았던 빈곤한 골웨이 가톨릭 사회 내에서도 묘한 차등이 있었다. 가게 상인들 및 무역상들은 수공으로 일하거나 자선으로 먹고사는 자들에 비해 월등함을 느꼈다. 이리하여 빵 구이 아버지와 자신의 힐리와 연관을 가진 노라 바나클은, 아버지가 문지기였던 시씨 캐이시, 또는 고아였던 브리짓 패히 같은 자선 학교에서의 그녀의 급우들보다 한 수 위였다.

노라는 1896년 4월, 12살 나이에 학교를 떠났다. 자비 학교 수녀들은 그녀에게 좋은 일거리를 마련해 주었는지라, 그것은 그녀의 어머니의 집과 할머니의 집에 심지어 한층 가까운 성직 추천 수녀원의 여자 문지기였다. 성직 품급은 자비 수녀원 보다 한층 높은 사회계급을 갖는 것으로 생각되었으며, 자비 수녀들이 성직 추천원의 문을 두드리도록 노라에게 제안했던 것은 그녀의 외모와 상냥함에 대한 엄한 증언이다. 수도원의 말없는 세계와 외부의 거친 세계 간의 중재역을 행하는 것은 노라의 미래가 지닌 비축을 위한 타당한 훈련이었다.

노라가 학교를 떠날 무렵, 바나클 부인은 그녀의 혈통의 힘을 드러내면서 자신의 남편을 밖으로 내동댕이쳤다. 톰 바나클은 잘 알려진 결점들을 가졌었다. 그의 습관은 그로 하여금 자신의 빵 가게를 잃게 했는지라, 그러나 한 행상인 빵 구이인 그는 자유스런 작살처럼, 골웨이 시로부터 14마일 떨어진 오트래드까지의 빵집들에서 수요가 대단했다.

제임스 조이스는 나중에 그가 결코 본 적이 없는 장인의 무책임을 중시했다. "파파는 남자처럼 모든 롤빵과 덩어리 빵을 송두리째 다 마셔버렸어"라고 그는 그의 아우 스태니슬로스에게 썼다(마치 그가 가득한 봉급 봉투를 매 금요일 밤마다 집으로 습관처럼 갖고 오듯). 그러나 빵 구이 바나클은 약 5척 9의 땅딸막한 남자로, 골웨이에서 그의 멋진 유머, 화술 및 다정함으로 사랑을 받았다. 노라의 지방적 전기가인 캐논 패트래익 오 로이가 바나클의 골웨이 명성을 개략하듯, "정말로 그는 한잔하긴 하지만 그의 가족을 결코 망신시키지 않았다."

노라는 여러 해 뒤에 한 작가와 결혼하는 어려움에 관해 그녀의 여동생에게 불평하면서 말했다. "그인 약골이야, 캐슬린. 난 언제나 그의 꼬리를 따라다녀야 해. 난 우리 아빠 같은 남자와 결혼했어야 했을 걸."

노라는 조이스가 인정하고 싶었던 이상으로 그녀의 아버지를 분명히 더 좋아했다. 그는 노라의 애정을 위한 경쟁자에 대해 어떠한 생각도 관용으로 대할 수 없었다. 그가 그녀의 오래전에 품었던 남자들에 대한 그녀의 향수鄕愁에 놀랐을 때, 조이스는 틀림없이 톰 바나클을 일람표의 꼭대기에 두었으리라.

바나클은 아이들에게 자상했다. 그가 오틸라드에서 함께 합숙했던 빵 구이 집 번이 그이더러 자신의 딸들을 돌보도록 했고, 그들은 그가 화로 가에서 어떻게 자신들에게 귀신 이야기를 해주었는지 기억했다. 노라는 꼭 같은 대접을 즐겼으리라. 조이스의 에블린은 술 마시는 아버지를 가진 소녀이다. 하지만 "그인 때때로 참 좋을 수 있었어. 얼마 전에 그녀가 하루 동안 병으로 자리에 누었을 때, 그는 그녀에게 귀신 이야기를 읽어주고, 난로에서 그녀를 위해 토스트를 만들어 주었어."

아버지의 사라짐과 함께 노라는 그녀의 마이클 아저씨가 가정의 남자 우두머리가 됨을 알았다. 조이스는 스태니슬로스에게 "어머니의 가족은 참 '멋져'" 하고 말했다. 힐리 가문은 거드름 피웠다. 그들은 골웨이의 가장 유행한 사진사 R.W. 시몬즈에 의해 사진을 찍는 취미를 가졌는데, 사진사는 다음과 같은 슬로건으로 그의 비싼 값을 정당화했다. "나쁜 사진은 어떤 값에도 비싸다." 콘코트의 백작을 우두머리로 한, 한 고위 고객을 가졌던 시몬즈는 마이클 힐리를 수차례 사진 찍어주었다.

시몬즈는 또한 노라가 청춘기에 들어서자 그녀가 어떻게 보였는지를 가장 잘 추측하게 하는 사진을 찍었다. 그것은 한 키 큰 젊은 소녀를 보여주는데 ―그녀 곁의 나이 많은 여인처럼 큰 키에―짙은 검은 눈썹, 푸짐하나 다부진 입, 그리고 어깨는 사각으로 뻗었다. 그녀는 소녀답게 느슨히 매달린 물결 머리카락에다 큰 보타이를 달았고, 보기 흉한, 잘 어울리지 않으나 멋진 코트를 입었으며, 분명히 뾰족한 새 구두를 신고 있다. 비록 트리에스테의 조이스의 문서 사이에서 발견된 사진은 신분을 띠지 않을지라도, 몇몇 얼굴 모습들은 노라로서 소녀의 특징을 남기는지라, 남자의 것과 닮은 큰 마디의 커다란 양손, 양 눈썹의 모양, 입의 선 그리고 무엇보다 사팔눈 또는 왼쪽 눈의 약간의 사팔뜨기는 조이스로 하여금 그녀를 "졸린 눈을 한 노라"라고 부르게 했다. 그녀 곁에 서 있는 키 큰, 갈색 머리칼의 여인은 옷깃 시계와 팔지를 포함하여, 그녀의 보호적 태도와 멋진 의상으로 판단컨대, 노라의 할머니 캐더린 힐리일 수 있었다.

시몬즈의 힐리 가문의 후원은 또한 그들의 정책을 드러낸다. 시몬즈는 통일당원으로서 유명했다. 에일리스 딜론에 따르면, 어떠한 참된 민족주의자도 그를 후원하지 않았으리라. 힐리 가족들, 특히 관청의 직위를 가진 마이클은 영국 왕실의 필생의 지지자들이었다. 그것은 노라가 보유했던 일종의 충성심이었다.

노라는 아주 예쁜 소녀였다. 노만 메일러가 메릴린 먼로에 관해 쓴 대로, 작은 도시마다 반 다스의 그녀 같은 여인들―고개를 돌리고 혀를 나풀대는 용모와 태도를 가진 소녀들이 있기 마련이다. 그녀의 가장 두드러진 특징은 그녀의 머리카락이었다. 그녀는 하이칼라의 싱싱한 얼굴빛과 한 쌍의 눈을 가졌는데, 그들은 바깥 모퉁이에서 아래로 처지고, 왼쪽 눈시울로 수그러짐으로써 덧붙인, 정열적인 촉감과 함께, 그녀에게 조롱조의 태도를 안겨 주었다. 그리고 그녀의 어머니처럼 그녀는 멋진 체격을 가졌다. 노라는 고개를 높이 쳐들고, 양 팔을 흔들면서, 길고 자신 있는 발걸음으로 걸었다. "우리는 모두 아일랜드인들이요, 왕들의 후손들이지" 하고 『율리시스』의 디지 씨는 말한다. 노라는 당당하게 걸었고("마치 여왕처럼," 조이스는 뒤에 말하곤 했다), 비할 바 없는 아일랜드의 자신自信으로, 모든 이의 눈 속을 곧장 직시했다.

그러나 그녀의 자만심은 거부감 및 아마도 어떤 죄의식을 은폐했다. 집을 떠난 많은 아이들처럼, 그녀는 당연히 가질 뭔가를 자신이 행하는 듯 느꼈으리

라. 그녀는 심지어 그녀의 아버지의 떠나감에 대한 책임을 느꼈다. 그러나 한 예쁜 소녀로서 그녀는 유서 깊은 위안을 찾았으니, 그것은 유년 시절부터 한 무리의 감탄자들을 끄는 것이었다.

그녀는 자신의 매력들을 생각하면서 별반 어려움을 갖지 않았다. 이들은 그녀의 목소리를 포함했다. 그것은 만년에 그녀를 만난 거의 모든 사람에 의해 언급되었는데, 낮고, 메아리치는, 강하고 풍부한, 서부 아일랜드의 음조를 띤 목소리였다.

노라는 젊었을 때, 사망한 두 사람을 포함하여 많은 감탄 자들을 가졌다. 그녀가 13살에 접근하고 있었을 때, 그녀의 최초의 심각하게도 홀딱 반한 사건이 마이클 피니라 불리는 소년에게 일어났다. 그는 16살 반으로 학교 선생이었다(노라는 자신의 항의에도 불구하고 예민한 남자들을 좋아했다). 그녀는 그가 서부 윌리엄 가 근처에 살았기 때문에 일생 동안 그를 알아 왔었다. 1897년 2월에 그는 폐렴에 잇따라 장티푸스를 앓았으며, 공장 지역으로 이사했는데, 거기서 이래 후에 그는 죽었다. 그는 골웨이 시에서 두 마일 떨어진 라훈 공동묘지에 매장되었다.

노라는 슬픔으로 마음이 산란했다. 때는 그녀에게는 혹독한 겨울이었다. 단지 6주일 전, 정월 초하루에, 기관지염으로, 향년 67세에, 화이트홀에 있던 그들이 나누던 집에서—그녀의 사랑하는 할머니 또한 세상을 떠났다. 노라가 알아왔던 유일한 참된 가정이 사라졌다. 그리고 에밀 리온즈가 미국으로 가버리자 그녀는 자신이 진작 사랑했던 모든 사람을 잃었다.

다음으로 그녀에게 일어난 것은 분명치 않다. 1901년까지는, 10년간의 조사가 이루어졌을 때, 그녀는 볼링 그린 8번지의 그녀의 어머니 집에 살고 있었다. 그녀의 직업은(뒤에 제임스 조이스의 작품 속에 메아리들이 발견된다) 세탁부로서 기록되었다. 1904년까지는 그녀는 자신의 아저씨 토미와 함께 살고 있었던 것으로 알려지고 있으나, 그들의 주소는 알려져 있지 않다. 1897년에 힐리 부인이 사망했을 때, 톰 힐리는 여전히 미혼으로 있었으며, 뉴 독스 거리의 한 방에 살고 있었는데, 그곳은 멀지 않는 곳으로, 질녀에게 잠자리를 마련해 줄만한 집은 되지 못한 듯하다. 노라 자신은 세기의 전환기 주위의 몇 해 동안 그녀의 유일한 거처에 대한 단서를 남겼는지라, 당시 그녀는 파리의 한 친구에게 그녀의 유년 시절 동안 4년간을 수녀원에 살았음을 말했다.

만일 노라가 그녀의 돌아간 조모의 집으로부터 성직 추천 수녀원으로 직행했다면 그것은, 조이스가 자신의 가장 유명한 단편 이야기, '죽은 사람들'의 배경을 위해 끌어낸 사건들이 그녀의 13번째 생일 바로 전에 일어났음을 의미한다. 그해 그녀의 생활 세목들은 이야기에 잘 어울린다.

많은 사람들에 의하여 영어로 쓰인 가장 훌륭한 단편으로 생각되는, '죽은 사람들'의 끝나는 쪽들에서, 서부 출신의 붉은 머리카락의 아일랜드 여인, 그레타 콘로이는 그녀가 오래전에 알았던 한 소년을 생각하며 눈물을 불쑥 쏟는다. 그녀의 잘난체하는 남편이요, 지적 세계에서 잘 알려진 한 더블린 사람인 게이브리얼은 충격을 받는다. 그는 자신의 아내에게 구애하기 위해 손을 뻗치려고 했었다. 생색을 내면서 그는 그 젊은이가 누군지 묻는다.

─그것은 골웨이에서 내가 할머니와 함께 살고 있었을 때 알고 지내던 사람이었어요, 그녀는 말했다.

게이브리얼은, 그레타가 혹시 골웨이를 방문하면, 이 이전의 애인을 방문할 생각인지를 그녀에게 냉정히 묻는다.

─그는 죽었어요, 그녀는 마침내 말한다. 그인 단지 열일곱 때 죽었어요. 그처럼 어릴 때 죽다니 참 지독한 일이 아니어요?

게이브리얼은, 어떻게 소년이 그토록 젊어서 죽었는지를 묻는다. 폐병으로?

—그인 나 때문에 죽은 것 같아요, 그녀는 대답했다.

이 대답에 한 가닥 막연한 공포가 게이브리얼을 사로잡았는데, 마치 그가 의기양양하려고 희망했던 바로 그 순간에, 어떤 불가사의하고 복수심에 찬 존재가 그의 몽롱한 세계 속에서 그와 대적하기 위해 힘을 모으면서, 그를 향해 공격해 오는 듯했다.

그레타는 질문을 받지 않은 채 말을 계속했다. 소년의 이름은 마이클 퓨리였다.

—때는 겨울이었어요, 그녀는 말했다. 초겨울의 시작쯤, 제가 할머니 댁을 떠나 이곳 수녀원으로 오려고 하던 때였어요. 그리고 그는 단지 골웨이에 있는 그의 하숙집에서 앓고 있었는데, 외출이 금지되었고, 그래서 우터라드에 있는 그 집 식구들에게 편지로 알렸지요.

퓨리는, 그레타는 말하기를, 그녀가 함께 산보를 나가곤 했던 잘생긴 소년이었다. 그는 아주 멋진 목소리를 가졌으나 건강이 허약했다. 자신을 억제하려고 애쓰면서, 그녀는 자갈돌이 어떻게 그녀의 창문을 치는 것을 듣고, 정원 속으로 도망했는지를 서술한다.

거기 마당 끝에 그가 가엾게도 부들부들 떨고 있었어요.

—그래 당신은 그에게 집으로 돌아가라고 타이르지 않았소? 게이브리얼이 물었다.

—집으로 즉시 돌아가도록 그에게 애원했고, 비를 맞아 죽게 될 것이라 말했어요. 그러나 그는 살고 싶지 않다고 말했어요. 지금도 마찬가지로 그의 눈을 아주 잘 볼 수 있어요. 그는 나무가 한 그루 서 있는 담 끝에 서 있었어요.

—그래 그는 집으로 돌아갔소? 게이브리얼이 물었다.

—네, 그는 집으로 갔어요. 그리고 제가 수녀원에 온 지 1주일 만에 죽었고, 그의 친

척들의 출신지인 우터라드에 묻혔어요. 오, 그 소식을 듣던 날, 그가 죽었다는!

2월에 마이클 피니의 죽음과 새해 첫날 노라의 할머니의 그것과의 근접, 그리고 그녀가 자신의 할머니의 가정을 떠나는 경우가 피니로 하여금 노라의 나중 애인인 마이클 보드킨보다 소설의 마이클 퓨리를 위해 한층 가까운 모델이 되게 했으며, 그리하여 피니는 그 역에서 광범위하게 배역되었다. 피니의 나이는—그가 죽을 때 17살에 다섯 달이 모자랐다.—보드킨의 그것보다 그레타의 "그처럼 어릴 때 죽다니 참 지독한 일이 아니어요?"라는 말을 한층 뒷받침할 만하다. 보드킨은 20살에 죽었다. 더군다나 이름들은 유사하게 들린다. 피니로부터 퓨리에로의 변경은 조이가 좋아했던 일종의 음의 연관이요—심리학자들이 부르는 일종의 화음연쇄(Klanglink)이다.

성직추천 수녀원은, 더욱이 그 유명한 장면의 세팅을 마련할 수 있었으리라. 노라의 할머니의 집은 정원이 없었으나, 수녀원 뒤의 수녀들 정원은 그것을 통해 흐르는 코리브 강과 함께, 그리고 오를 수 있는 벽들로, 넓고, 관통할 수 있었다. 소년들은 지금도 들어와 사과를 훔친다(그 이야기에서 조이스는 그레타의 할머니의 집을 난스 아일랜드에 배치했는데, 이는 강과 운하로 둘러싸인 중앙 골웨이의 한 부분이었다).

생활은 당시의 사람들에게 그리고 노라에게 처참한 것이었다. 그녀가 막연하나 잘생긴 마이클 보드킨을 아주 좋아한 것은 의심할 바 없으며, 그는 또한 죽었다. 보드킨의 아버지는 프로스펙트 힐에서 한 당과 점을 운영했으며, 지방 대학을 탈퇴한 후 가스 회사에 일하러 다녔다. 폐병에 걸린 채, 그는 마이클 피니처럼 삭막한 겨울 중순에 굴복한 채, 1900년 2월 11일에 죽었다. 그는 또한 라운에 매장되었다. 노라는 당시 16살이었다.

아마 십중팔구 조이스는 노라의 기억들을 그녀의 두 잃은 친구들로 혼용했으리라. 그가 '죽은 사람들'을 위한 사실을 얻는 데는 별반 문제가 되지 않는다. 조이스는 자신의 예술과 귀에 어울리도록 그의 소재들을 재정비하고 유형화했다. 그러나 노라를 이해하기 위하여, 12살의 어린 나이에, 그녀가 밀접한 어머니의 감독 없이 떨어져, 동시에 위험한 성적 힘의 여인으로서 자기 자신을 보기 시작했음을 알다니, 그것은 중요한 일이다. 사실상 조이스는 두 애인들을 극적 효과를 위해서 뿐만 아니라 신빙성을 위해 합병했으리라. 한 소녀가 12살처럼 어릴 때, 한 애인을 포함하여 죽은 두 애인들을 가질 수 있으리라 믿을 독자는 거의 없으리라.

조이스는, 그가 자신의 아주 자서전적 연극인『망명자들』을 위한 노트를 마련했던 시점에, 비록 그가 이름들을 다르게 붙였을지언정, 노라가 죽은 두 애인들을 가졌음을 암시했다. 주된 여성 인물인 버사는 노라에 모델을 두고 있다. 조이스의 노트에서 'N.(B).' 아래의 항목은 말한다. : "보드킨은 죽었다. 컨즈는 죽었다. 수녀원에서 그들은 그녀를 남자—살인자라 불렀다."

남자—살인자란 우롱愚弄은 급소를 찔렸음에 틀림없다. 노라는 자신의 양심상 수녀원이 전혀 알지 못하는 적어도 하나의 다른 정복자를 가졌었다. 그녀가 16살이었을 때, 어떤 잘생긴 젊은 사제는 그녀가 마음에 들었는지라, 그녀를 사제석의 차茶으로 초청했다. 그러한 방문 동안 그는 그녀를 무릎에 끌어 앉히고, 그의 손으로 그녀의 옷 아래를 더듬기 시작했다. 노라는 휘저어 나왔으나, 죄를 범한 것은 그녀라는 말만 들었다. 그녀가 참회에서 그것을 말했을 때, 사제는, 범법자가 사제가 아니라 오히려 '어떤 남자'라고, 그녀가 말하도록 타일렀다.

노라는 바보 소리를 듣지 않았다. 자기—비방은 그녀의 습관이 아니었다. 그녀의 어머니는 그녀를 복종하게 하지 않았다. 바나클 부인은 변덕스러운 훈련 자였다. 그녀는 좋은 몸가짐과 산뜻함을 그녀의 딸들에게 주입시켰으며, 그들 가운데 누구에게도 화장을 허락하지 않았다. 그러나 그녀는 자신의 약점을 갖고 있었고(그녀는 심하게 코담배를 피웠다), 골웨이의 기억에 여전히 생생하게도, 캐슬린을 억제하기를 실패했으며, 그녀의 거친 말씨와 심한 음주로 인해 지방의 평판을 샀다. 애니 바나클은 그녀의 오빠들, 특히 마이클에게 심하게 의지했는데, 그녀는 자신이 남편을 짐 꾸리는 일에로 보낸 후에 그녀의 벅찬 아이들 무리를 부양했다.

톰 힐리가 모험적인 여 조카(질녀)를 훈련시키려고 애를 쓰다니, 아마도 그의 새 아내 배데리아에 의해 고무된 것이었으리라. 그는 개암나무 막대기를 흔들며, 그리고 노라를 찾으면서, 밤에 골웨이 주위를 싸돌아다녔다. 그가 배회했을 때, 그는 '나의 산山 처녀여, 일어나라'라는 아일랜드 곡을 휘파람 불었다. 노라는 밤을 통해 그것이 흘러오는 것을 들었을 때, 두려움에 몸이 얼어붙는 듯했다.

노라는 감정을 억제하지 않았다. 그녀의 가장 친한 친구인 매리 오홀란과 함께 그녀는 도망갈 길을 발견했다. 매리와 함께 그녀는 남장을 한 채 머리카락을 남자용 모자 아래 감추고, 골웨이와 '아이어' 광장을 탐험했다. 노라는 고귀함, 뽐냄, 자신 그리고 덩치 큰 소년을 위해 어둠 속을 빠져나가는 높은 대담성을 가졌었다. 한때 그들은 두려운 토미 아저씨를 탐지해내기까지 했다. 매리는 짙은 가짜 목소리로 "안녕하세요"라고 말한 뒤 달아났다.

이성異性의 옷을 입다니, 그것은 세기의 전환기에 경시할 일이 아니었다. 파리에서 여성들이 남성의 옷을 입는 것은 엄격하게 통제된 조례에 의해 금지되었다. 아일랜드에서 민족주의자 피아나조직은 아름다운 여 백작 마키위츠(처녀 명, 리사델의 콘스탄스 고오－브스)를 설득하여 그들과 함께 행진하는 것을 단념시키기를 바라며, 피아나 제복을 입는 것 이외에 대중의 행사에 참가하는 것은 불법이라고 알리는 결의안을 통과시켰다. 이 단호한 여 백작은 재단사로 하여금 자신에게 제복을 짓도록 함으로써 그들을 선수쳤다. 그녀의 대담성은, 그러나 단지 허리까지 뻗었을 뿐이다. 군인의 재킷 아래 그녀는 스커트를 입었다. 바지를 당겨 입고 모자를 쓰는 것은 노라에게 어떤 용감성을 요했는지라, 그녀의 개성 속에 남성적 요소들의 수락을 드러냈다.

결혼이 얼마나 빨리 환멸이나 마취로 바뀌는지를 보는 것은 골웨이의 소녀들에게 그들의 참사랑에 관하여 꿈꾸는 것을 결코 멈추게 하지 않았다. 그들은 많은 미신적 경기들을 했는데, 그것의 목적은 그들의 미래의 남편의 이름을 알아내는 것이었다. 경기들, 고대 결혼―예측의 의식儀式에 대한 고전적 예들은 더블린에서보다 원시의 서부에서 한층 큰 중요성을 띠었거니와―놀랄 일이 아닌 즉, 원 소재는 한층 가까이에서 입수되었기 때문이다. 매리 오홀란은 리처드 엘먼의 조이스 전기를 위한 인터뷰에서 그들을 서술했다.

노라와 그녀의 소녀 친구들은 그들의 입을 밀麥로 가득 채우고, 문간에서 귀를 기울여 들으면서 이웃 주위를 뛰어다녔다. 만일 소년의 이름이 불리면, 그것은 그들의 남편이 되는 자였다. 그들은 한 푼 값어치의 핀들을 사서, 아홉 개를 한 개의 사과에다 꽂고, 열 번째 것을 내던졌으며, 사과를 그들의 왼쪽 스타킹에 넣었다. 그들은 스타킹을 오른쪽 양말 대님으로 묶었으며, 이어 그들의 미래의 남편을 꿈꾸기 희망하면서 잠자리로 갔다.

경기는 만성절에 절정에 달했다. 노라와 매리는 낯선 정원으로 들어가 머리만 한 캐비지를 훔치곤 했다. 그들은 캐비지를 들판으로 들고 들어가, 퇴비 더미를 발견하고 그 위에 서서 캐비지를 먹으며 거울 속을 들여다보곤 했다. 거기에 그들은 재차 그들의 미래의 남편의 얼굴을 훌쩍 보기를 희망했다.

대부분의 소녀들은 결국 조이스가 모욕적으로 노라에게 '붉은 머리의 시골뜨기'로 서술한 것으로 보상받았으리라. 노라는 틀림없이 거울을 들여다보자, 제임스 조이스의 길고 우스꽝스런, 앙상한 용모가 아니라, 그녀의 검고 잘생긴, 잃어버린 애인 마이클 보드킨과 닮은 한 환상을 보기를 희망했으리라. 그러나 의식儀式은 하나의 커다란 변화가 불시에 그녀의 생활 속에 한 중요한 날에 나타나기를 기대하도록 그녀에게 마련해 주었다. 어떠한 결혼 편람도 이득이 더 될 수는 없었으리라. 그녀가 숙명적 게임들을 하고 놀자, 고개를 뒤로 젖히고 큰 웃음을 터트렸을지니, 그것은 노라의 성격의 한 증표였다.

노라는 신앙이 두터운 소녀로서 미사에 규칙적으로 갔다. 학교에서 그녀가 십자가 신도회에 속했을 때, 거기를 떠나자마자 그녀는 성심 신도회에 합세했다. 그녀는 규칙적으로 모임에 갔고, 적어도 한 달에 한 번 참회에 갔으며, 신도회 일요일에 성당에서 영성체를 받았다. 그러나 그녀는 참회를 두려워하며 살지 않았다. 그녀는 훌륭한 소녀가 할 수 있듯 거친 난폭자였다. 그녀는 자신의 대화를 '하느님'이니 '저주'와 같은 말로 흩뿌리면서 쉽사리 맹세했다. 그리고 그녀의 소녀 친구들과 함께 어둠 속에 낄낄거리며, 불결한 말들을 말하는 것을 연습하곤 했다. 그녀는 자신의 육체 때문에 당황하지 않았다. : 그녀의 풍부한 음모陰毛에 성가신 채, 그녀는 그것을 가위로 도로 다듬었다.

노라는 실질적인 농담을 좋아했고, 가게를 들치기하기 직전에 멈추었다. 프로스펙트 힐에 프랜시스 부인이 경영하는 단과점이 하나 있었는데, 그녀는 거의 장님이었다. 노라는 매리와 함께 들어가 반 푼짜리 당과를 주문하곤 했는데, 노파가 주위를 더듬어 찾고 있는 동안, 한 파운드 무게를 저울 위에 놓았다. 때때로 그들은, 노파가 등을 돌리자 당과를 슬쩍 집곤 했다. 그들을 가장 기쁘게 했던 못된 장난은 한 젊은 이웃인 짐 콘넬을 그들의 희생자로 만들었던 일이다. 짐인 그는 글을 읽을 수 없는지라, 자신이 기대하고 있는 미국행 통행을 위한 서류가 든 편지에 관해 모든 이에게 이야기하고 있었다. 노라와 매리는 밖으로 나가 그들이 발견할 수 있는 가장 큰 봉투를 사서, 감초 당과가 담긴 큰 카드로 그것을 채워, 짐 콘넬에게 그것을 우편으로 부쳤다. 콘넬이 공식 문서처럼 보이는 봉투를 받았을 때, 그는 너무나 흥분한 나머지 길 건너 오홀란 댁으로 달려가, 그에게 서류를 읽어 달라고 했다. 그가 자신에게 행해진 장난을 확인했을 때, 그는 너무나 골이 나서 그의 약혼녀를 비난하며 약혼을 파기했다. 노라와 매리는 그들의 웃음을 억제하려고 애쓰면서 도망쳐 숨어야 했다. 그들은 매리가 기억한 대로, "한 주일 동안 감히 눈에 띄지 않았다."

노라가 학교를 떠난 것과 골웨이를 떠난 것 사이의 수년을 어떻게 보냈는지에 관해 별반 아는 바 없다. 고용의 기록은 없다. 그러나 그녀는 모든 시간을 수녀원에서 보낸 것 같지는 않다. 아마도 그녀는 오고만 댁의 북빈더리에서 일했으리라(그렇지 않고 왜 조이스가 오코만 댁에게 자서한 『율리시스』의 최초 판을 보냈던가?). 그녀는 아마도 한 의사 가족을 위한 하녀로서 일했으리라. 그러나 바나클 자매들은 너무나 많이 있었기 때문에 아무도 확신할 수 없다. 그녀가 생애를 위해 세탁을 하거나 다리미질을 한 것은, 조사 보고가 말하는 대로, 있을 법하다. 그녀는 언제나 옷과 리넨을 잘 다루었는데, 아마도 어머니로부터 획득한 기술이요, 어머니는 양재사였다. 그녀의 많은 사진들은 직물, 리본 및 풀 먹인 옷깃에 대한 재능을 암시한다. 심지어 한 소녀로서, 그녀는 멋진 옷을 좋아했고, 다른 사람들이 입은 것들을 감탄했다. 그녀는 언제나 차림새가 단정했다. 그녀가 젊은 여인으로 성장하자, 그녀는 자신의 핀으로 족두리를 만듦으로써, 숱 많은 머리카락을 만지는 법을 배웠다. 그녀는 옷깃을 다리미질하거나, 나비 타이를 매는 솜씨가 대단했다. 그녀는 향내 나는 손수건을 그녀의 옷 속에 핀으로 꽂는 것을 좋아했고, 따라서 그녀가 걸어갈 때 향유 또는 장미의 냄새를 발산했다.

어느 날 노라가 오브라엔 다리를 건넜을 때 거기 통로에 건방진 눈을 한 어떤 말쑥한 젊은 회계사가 서 있었다. 노라는 그가 누군지 알았다. 그의 이름은(첫 음절에 강세가 있는, 거의 단숨에 '멀―비'로 발음되는) 위리엄 멀바였다. 그는 시골 문법학교에 다녔다. 멀바 가족은 매리 거리에 사는 유일한 신교도들이었다. 그의 누이는 결혼하여 오토라드에 살았다. 노라는 그와 외출하고 싶었던가?

노라는 뭘 말해야 할지를 몰랐다. 그녀는 그에게 마구 끌리지 않았는데, 또는 그렇게 그녀는 매리에게 말했으나, 골웨이의 소녀들은 만일 그들이 밤에 외출하거나 춤추러 가기를 원하면, 보이 프렌드가 필요했다. 매리와 의논한 끝에 그녀는 멀바의 초청을 받아들이기로 결정했다. 그는 유용한 에스코트(호위자)였다. 그녀보다 3살 위인 그는 조 영의 광천수 공장에서 회계사로 일했다(노라는 그녀의 구혼자들의 선택에 있어서 결코 자신보다 지체肢體가 낮은 사람을 원치 않았다).

멀바와 외출하는 것은 토미 아저씨를 속이는 것을 의미했다. 그는 종교 때문에 그녀를 멀바와 외출하는 것을 금지시켰다. 노라는 방도를 강구했다. 매리를 공모자로서 고르면서, 그녀는 저녁에 자신이 교회에 가노라고 말하곤 했다. 이어 그녀와 매리는 푸란시스 거리의 애비 교회까지 함께 거닌 다음, 노라는 매리를 혼자 기다리게 남겨두고, 윌리를 만나기 위해 슬쩍 빠져나갔다(의심할 바 없이 그들이 다다르고 있는 것을 의아해 하면서). 노라가 돌아왔을 때, 그들은 매리의 집으로 갔고, 노라는 큰소리로 웃어대면서 윌리가 그녀에게 선사한 선물들—초콜릿과 크림 당과—을 오홀란 댁의 식탁 위에 온통 흩뿌렸다. 윌리는 노라와 아주 많이 사랑에 빠졌다.

노라와 윌리가 어둠 속에 무엇을 했는지는 결코 알 수 없다. 그러나 '멀비가 첫째였어'라는 글은, 비록 멀비가 성취한 것이 분명하지 않을지라도, 『율리시스』에서 몰리 블룸의 독백을 읽는 독자에게 잘 알려진다. 노라는 어느 아일랜드의 소녀처럼 혼전 임신의 위험을 알았다. 서출庶出의 아이를 갖는다는 것은 일종의 파멸이었다. 위험을 무릅쓰고 그걸 감행했음이 알려지다니 거의 수치스런 짓이었다. 스태니슬로스 조이스가 나중에 그의 유년 시절의 아일랜드에 관해 쓰려 했듯, "만일 남녀가 결혼 전에 성교를 한 것이 알려지면, 일생 동안 그들에게 불리하게 기억된다." 골웨이는 더블린처럼 청교도적이 아니요, 그곳의 승려들은 많은 임신 중인 남녀를 결혼시켰다. 불법적 탄생을 피하기 위하여 무슨 수단이 쓰였던 간에—이민, 유아 살해, 그리고 자살은 절망자들에게는 유일한 다른 대안이었다. 피임이나 혹은 유산遺産은 없었다.—그들은 작동했다. 골웨이에서 서출 비율은 거의 영(제로)이었다. 1901년에 골웨이 시는 895의 탄생에서 단지 11건의 사생아를 기록했다.

모든 것을 고려해 보건대, 윌리 멀바는 노라에게 그녀가 미덕을 잃지 않고 남자를 즐겁게 하는 법을 가르쳤던 최초의 남자인 듯하다. 『율리시스』에서 몰리 블룸은 그의 혀를 자신의 입에 넣은 최초의 남자인 멀비에 의한 그녀의 비결을 스스로 설명한다. "……우리는 그걸 어떻게 끝냈지. 그래요. 오, 그래, 나는 그로 하여금 나의 손수건에다 쏟게 했어……."

'죽은 사람들'이 증명하듯, 아무것도 조이스로 하여금 노라의 감상적 교육보다 더 흥미를 느끼게 한 것은 없다. 윌리 멀바의 경우에 있어서, 그의 이름 자체를 조이스는 몰리 블룸의 첫 애인에게 부여했거니와 (그걸 발음되는 대로 읽히도록 단지 변경하면서), 후세는, 광천수 공장 출신의 젊은 사내와 노라 바나클이, 노라가 애비 교회의 신도 석에서 기다리는 그녀의 걸프렌드에게 토로한 것보다 더 멀리 그들의 포옹 속에 감히 행한 바를 의심할 권리는 주어져 있다.

무엇이 진행되고 있었던 간에 노라의 토미 아저씨에게는 너무 벅찬 것이었다. 그는 그녀가 명령을 어기고 멀바를 만나는 것을 알고, 어느 날 밤 그녀가 귀가하는 길에 그녀를 붙들었다. "글쎄, 이봐," 그는 선언했다. "신교도하고 재차 외출을!" 애니 바나클이 현장에 있었고, 톰이 그녀를 문밖으로 명령했을 때,

애니는 자신의 딸을 보호하기 위해 머물기보다 그녀의 오빠에게 복종함으로써 자신의 딸을 어렵게 만들었다. 손이 미치지 못하는 애니와 함께, 노라가 양 무릎을 잡고, 그에게 제발 멈추도록 애걸하며 마루에 넘어질 때까지, 톰은 개암나무 지팡이를 가지고 그녀를 때렸다.

그것은 적어도 노라가 제임스 조이스에게 말한 이야기이다. 그것이 모두 진리가 아님을 믿을 이유들이 있다.

세기의 전환기의 가족들에 있어서 젊은이들이 매를 맞는 것은 흔한 일이었으나, 그들이 다른 종교의 어떤 이들과 영합했기 때문은 아니었다. 1904년의 골웨이는 오늘의 벨파스트가 아니었다. 당시에 골웨이에서 신교들과 가톨릭교도들 간의 관계는 두드러졌다. 양 종교의 가족들은 나란히 살았고, 각자의 다른 가정을 방문했다. 새 수녀들이 자비의 수녀회의 제도 속으로 받아들여졌을 때, 수녀원은 언제나 신교도로 하여금 의식을 목격하도록 초청했다.

노라의 가족들이, 노라가 신교도와 놀아남으로서 벌을 받았기 때문에 도회를 떠났다는 것을 사람들에게 말했으리라는 것은, 윌리 멀바의 딸에 따르면, "그들이 단지 얼마나 거친 사람들이었던가를" 입증한다. 노리가 윌리를 개종시키기를 원했다면 그녀는 단지 노력해야 했다. 그가 3년 뒤에 결혼했을 때, 그의 형제들이 번갈아 그랬듯이, 그는 가톨릭교도가 되었다.

노라는 그녀의 관능적 눈길과 방자스런 태도가 자신의 가족을 당황하게 만들었기 때문에, 벌을 받았다는 것이 한층 있을 법하다. 1904년까지 마이클 힐리는 필경 연봉 150파운드의 좋은 수당을 가진 세관의 탁월한 수세리가 되었다. 그는 존중할만한 명성을 가진 남자였다. 그는 심지어 자신의 형제로 하여금 훈련의 행위를 취하도록 권장했으리라(비록 마이클 힐리는 후년에 제임스 조이스를 관대하게 도왔을지언정, 그는 골웨이에서 노라와 대단히 엄격했던 것으로 기억된다). 톰 힐리, 그로서는, 신교도주의를 자유주의와 동일시했으리라. 그의 여 조카는 사제에게 참회할 필요가 없었던 한 젊은 남자와 외출하고 있었다.

그러한 이야기에서 그녀가 조이스에게 그것을 말했듯이, 노라는 그녀의 아저씨들이 그녀의 성적 자력磁力에 관해 가졌던 어떠한 우려도 숨기지 않았다. 하지만 그녀는 그녀 자신의 힘에 스스로 놀랐으리라. 피니와 보드킨의 죽음이 그녀의 마음에 있었다. 자신의 힘을 초월했던 한 사제를 유혹함에 있어서 그녀의 죄 또한 그랬었다. 그녀는 톰 힐리의 분노 뒤에 친족상간적 동경 또한 감각했으리라.

매질이 있은 한 주일 뒤, 톰 힐리는 어떠한 여 조카에게도 매를 허용하지 않았다. 골웨이는 몇 개의 가정 봉사 대리점들이 있었다. 그들 가운데 하나는 어떤 핀부인에 의해 하부 도미닉 거리에 운명되었는데, 노라가 걷는 매일의 행로에 있었다. 그들 중 어느 것이든 더블린의 일에 관한 정보를 마련할 수 있었다. 노라는 기회를 포착했다. 그녀가 인생을 경험한 것에 미루어 미사의 종말에 성처녀에게 행한 기도의 말은 진실이었으니, 인생은 눈물의 골짜기였다. 더블린에서 그것은 더 이상 나쁠 수 없었으리라. 그녀는 집으로부터 그리고 골웨이로부터 살며시 빠져나왔다. 그녀는 '그녀의 신교도'에게 또는 그녀의 어머니에게 애써 작별하지 않았다.

3

1904년의 여름

"찬스(우연한 기회)는," 하고 제임스 조이스는 한때 말했거니와, "내가 필요한 것을 내게 공급한다. 나는 비틀거리며 걸어가는 사람을 닮았다. 나의 발이 뭔가 맞부딪친다, 내가 몸을 구부리자, 그것은 정확하게 내가 바라는 것이다."

1904년 6월 10일 더블린의 나소 거리에서 찬스는 그에게 노라 바나클을 공급했다. 당시 22살의 조이스는, 윌리 멀바가 전에 어떤 골웨이 다리에서 그랬던 것처럼 노라를 보자, 그녀에게 다가가서 말을 걸었다.

사랑은 첫눈에 심하게 과소평가된다. 단지 한 번의 홀쩍 봄이 사람을 온통 뺏을 수 있다. 조이스가 아주 많이 볼 수 있었던 한 그런 것은 없었다. 1904년에 비록 그는 일생 동안 그의 눈으로 고통을 받았을지라도 그는 안경을 쓰지 않고 있었다. 왜냐하면 의사가 안경 없이 지내는 것이 그의 시력을 강하게 한다고 충고했기 때문이다. 그가 그 키 큰 젊은 여인을 근시안으로 자세히 보았을 때 알아낸 모든 것이란 그녀의 몸매, 그녀의 머리카락 그리고 그녀의 발걸음이었다. 그녀가 움직이는 모양과 흔드는 양팔은 그를 설득하기에 충분했다. 산책하는 것이란 말이 그것을 위한 그가 좋아하는 말들 중의 하나였으리라. 뽐내는 이란 말이 또 하나의 것이요, 그것은 자신 있는 여인, 그녀의 엉덩이가 그녀의 스커트 밑에 움직이는 자를 의미했다. 자신의 예술을 위한 본질적인 여인을 군중으로부터 근시안적으로 고른다는 것은 제임스 조이스의 천재의 한 부분이었다. 그의 모든 일생 동안 자신이 필요로 했던 것을 고르는 꼭 같은 확실성을 가지고, 그는 자기 자신을 소개했다. 그녀의 목소리와 그녀의 넓고, 탁 터인 얼굴은 그녀가 서부 출신이라는 것을 말해 주었으며, 그녀가 입센으로부터의 이름을 가진 것을 들었을 때 그의 기쁨은 상상할 수 있으리라. 입센은 그의 연극들의 정직과 사실주의, 그리고 특히 여인에 대한 그의 이해로서 조이스의 우상이었다 (모든 더블린의 문학계는 조이스가 단지 열여덟 살에 존경받는 런던의 『포트나이트리 리뷰』 지에 입센에 관한 한 편의 기사를 출판한 것을 알았다. 암흑의 북쪽으로부터 한 통의 감사하는 편지가 거장 자신으로부터 서평의 편집자에게 왔을 때, 조이스의 친구들과 선생들은, 아마도 제임스 조이스가 그이 자신 예술적 숙명을 지닌 오만스런 예언자 이상임을 인식하기 시작했으리라).

게다가 노라의 이름의 음 자체가 조이스에게 호소했다. 멋진 경輕 테너 목소리로 훈련된 가수로서, 그는 오우(oo) 및 오(o)의 모음에 대해 언제나 흥분했다(그는 뒤에 자신의 아이들인 조지오와 루치아를 위한 그리고 그의 두 주된 문학적 창조물인 몰리와 리오폴드 블룸을 위한 이름들을 선택함에 있어서 그들에게 끌렸으리라). 만일 노라가 브리지트 혹은 마벨이었더라면 그녀는 자신의 영혼 속으로 그토록 쉽사리 걸어들어 갔을 것인가?

노라 역시 그녀가 본 것을 좋아했다. : 부드럽고 짙은 갈색의 머리카락, 길고, 얄팍한 얼굴, 불룩 나온 턱, 그리고 강렬하고 창백한, 거의 투명한 푸른 눈을 가진 날씬한 남자. 그의 돌출한 턱은 그의 얼굴 전체를 위로 밀어 올렸다. 그는 그녀를 자만심이 강하고, 기대되는 매력으로 쳐다보았다. 그의 날씬함과 곧은 태도 때문에 조이스는 실제보다 한층 키가 커 보였다. 5척 10에 그는 노라의 아버지만큼 대략 같은 키였고, 노라 자신보다 그렇게 더 크지는 않았다. 그의 이름 역시 그녀의 귀에 행복하게 들렸다. 두 두운의 단음 철자, 이름의 두 번째는 (마치 보드킨의 것처럼) 골웨이의 훌륭한 가문의 이름들의 하나였다. 그녀는 잇따른 화요일 저녁, 8시 30분에 메리온 광장에 있는 윌리엄 와일드 댁 곁에서 만나기로 동의했는데, 그곳은 지방의 이정표요, 그녀가 일하는 곳과 가깝지만 남의 눈에 띄기에 거리가 충분히 멀었다.

노라는 더블린으로 오기 위해 도보로 착륙했다. 그녀는 나소 거리의 동쪽 넓은 지역인 레인스터 거리의 핀즈 호텔에서 일을 찾았다. 작고(단지 12개의 방을 가진) 초라하지만, 훌륭한 그리고 중심인 핀즈 호텔은, 아일랜드의 신교도 대학인 트리니티 대학을 둘러싼 벽의 일부를 형성하는지라, 18세기 붉은 벽돌집들의 행렬의 첫 두 줄을 점령했다. 핀즈 호텔의 그녀의 높은 방으로부터, 노라는 '트리니티 허풍쟁이'로 불리는, 조이스의 부유한 친구 올리버 성, 존 고가티(당시에 트리니티로부터 학위를 지닌 몇몇 가톨릭교도들 중의 하나)의 마음속을 들여다볼 수 있었으리라.

킬데어, 도우슨 및 그래프턴 거리들 근처에는 더블린에서 가장 우아한 상점들이 있었다. 몇 분 이내에 노라는 브라운 토마스의 진열장에서 최신 유행을, 또는 뷰리 카페에서 높이 쌓인 케이크를 살피기 위해 걸었는데, 그녀는 여행객들이 핀즈 호텔로부터 모퉁이를 돌아 웨스트랜드 로우 정거장의 임항열차로 가며 오며 할 때, 대륙이 가까움을 느낄 수 있었다.

핀즈 호텔은 조이스와 그의 친구들이 자신들의 것이라 불렀던 잔디밭을 접하고 있었다. 그들은 근처의 성 스테반즈 그린 공원의 예수회 학교인 유니버시티 칼리지의 학생들 혹은 졸업생들이었고, 그들은 서로서로 토론하거나 거리 풍경을 살피면서 킬데어 가의 국립 도서관 주위를 맴돌았다.

조이스는 빈들빈들 시간을 보냈다. 1902년에 그는 유니버시티 칼리지로부터 여성의 과목으로 간주되는 프랑스어와 이탈리아어에서 게으른 '합격' 등급을 받았다. 그의 대학 시절 동안, 자신의 대학 예비교인 벨비디어에서 보였던 눈부신 재주를 과시하는 데 실패했는데, 거기서 그는 15살에 전全 아일랜드에서 영작문에 1등을 했었다. 학위를 취득한 다음, 그는 처음 의학을, 이어 법률을 공부하려고 애쓰면서 몇 달을 파리에서 보냈다. 그는 이어 문학 잡지에 손을 써보았다. 때는 비참한 시기였다. 그리하여 그는 배고픔과 지독한 치통을 앓았다. 그러나 더블린으로 돌아온 이래 그리고 특히 1903년 8월에 어머니가 돌아간 이래, 그는 발작적으로 글을 가르치거나 쓰면서, 그리고 아홉 명의 어린아이들을 부양하는 짐을 진 아버지를 돕는 데 속수무책인 채 방탕 생활에 빠졌다.

하지만 조이스의 친구들은 그를 신중함과 존경으로 다루었다. 그들은 그의 펜의 힘과 그의 자신의 위대함에 대한 스스로의 확신을 두려워했다.

조이스와 그의 동료들은 노라를 눈으로 보아 알았던 것이 가능하다. 그는 1904년에 세 사람의 가까운 친구들을 가졌는데, 당시 의학도인 고가티를 비롯하여, 역시 의학도인 빈센트 코스그래이브 및 『젊은 예술가의 초상』에서 크랜리의 모델인 존 프랜시스 번이었다. 균형 잡힌 체격과 섹시한 붉은 머리의 현장에의 도착은 이러한 숙련된 소녀 관측자들의 주의를 사로잡을 만했다. 후년에 번은, 그들 서로의 친구 코스그래이브가 노라를 조이스에게 소개했다고 주장했으리라.

노라는 그녀가 조이스를 어떻게 만났는지의 이야기를 자주 했고, 언제나 그것을 꼭 같은 식으로 말하지 않았다. 때때로 그녀에게 그는 수병모를 쓰고, 스웨덴의 수병처럼 보았다. 다른 때에는 그녀는 그가 크고 하얀 중절모를 쓰고, 발까지 끌리는 긴 외투를 입고 있음을 기억했다(조이스가 그해 여름 두 가지 의상을 즐겨 입고 있었을 때─파리에서 갖고 온 보헤미아 옷차림, 둥글고 넓은 테의 모자, 미끈한 타이, 그리고 '요트놀이' 장비 중─그녀는 아마도 두 가지를 많이 보았으리라). 그녀의 누이동생에게 그녀는 그가 이상하고, 엄하고, 몸 둘레에 마이클 보드킨 모습을 품기는 작은 소년 같이 아주 닮아 보였다고 말했다. 그리고 그녀는 그의 초라한 신발을 결코 잊지 않았다.

핀즈 호텔에서 노라는 단지 주당 한두 실링을 벌일 수 있었으나, 돈은 침식의 마련보다 큰 문제가 되지 않았다. 핀즈 호텔의 안주인은 그녀가 이민선을 위한 대안을 마련하고 있음을, 그리고 아무튼 더블린의 소녀들은 어떤 일이고 찾는 것에 운이 좋다는 것을 알았다. 조이스의 많은 자매들은 끝없이 일을 신청하고 재차 신청하고 있었고, 그의 누이인 매리는 1907년 16살 나이에 여전히 그의 아버지의 집에 살면서, 주당 3실링으로 '출근하는' 일자리를 얻는 데 기뻐했다. "일자리는 그렇게 좋은 것이 못되지만, 그것의 최고 특징은 내가 거기서 모든 식사, 아침, 저녁 그리고 차, 그리고 식사마다 모든 것 중 최고급을 먹는다는 거야."

노라는 보호받지 못하는 무일푼의 여성이 지닌 위험에 대해 잘못 생각하지 않았다. 그녀 주위의 자선기관의 이름들은 바로 일종의 경고였다. 아일랜드의 폐병환자를 위한 국립 병원이 철물상과 세탁소를 지나, 핀즈 호텔로부터 바로 레인스터 거리를 따라 있었다. 거기에 아일랜드의 여자 맹인 수용소, 존경할 신교도 빈자를 위한 은퇴소, 백지와 발광자를 위한 성 패트릭 병원, 여자 고아원, 그리고 잡혼의 빈곤 고아의 교육과 지원을 위한 신교 연합이 있었다.

핀즈 호텔에서의 그녀의 시간은 길었다. 그러나 적어도 이론상으로 노라는 이틀째 저녁은 자유였다. 때때로 그녀는 둘 혹은 셋의 자유스런 밤을 연속적으로 가졌다. 만일 일들이 바쁘면, 그러나 그녀는 쉬는 밤을 희생해야 했으며, 때때로 몇 시간이 지나면 바로 조반을 먹게 될지라도 아침 2시까지 일을 해야 했다.

노라는 객실 시녀로서 기억된다. 그러나 그녀는 침구를 다듬을 뿐만 아니라, 식탁을 시중들어야 했으며, 또한 잘생기고 유능했기 때문에, 주장(바)에서 일을 했다(그것은 금전을 다루는 것을 포함했기에, 높은 신분을 요하는 의무였으나, 그녀는 후년에 주장 시녀(바 메이드)란 말을 사용하는 것을 아주 반대했다). 핀즈 호텔의 모든 면에서 그녀는 자신이 개인 사택에서 하녀로서 일할 때보다 한층 큰 독립과 우정을 즐겼다.

그러나 노라는 더블린에서 외로웠다. 그리고 그녀는 외로움에 익숙하지 않았다. 전차, 극장, 통근버스 및 유동 인구를 가진 도시는, 그녀가 모든 삶을 아는 듯했던 다정한 골웨이와 비교하여 하나의 수도에 지나지 않았다. 자주 그녀의 타고난 멋진 정신은 우울과 어색한 아픔과 고통의 발작에 마음이 꺾였다. 그녀의 자유 시간은 우울하게 매달려 있었다. 만일 그녀가 낯선 사람들에게 말을 걸지 않았더라면, 그녀는 호텔의 소녀들 이외에 전혀 친구들이 없었을 것이다.

더블린에서, 골웨이에서보다 한층 심하게 노라는 볼일 없는 남성의 주의에 취약했다. 핀즈 호텔의 손님들 중의 하나인 호로한이란 자는 그녀에게 추잡한 시선을 던지며, 초청하듯 콘돔을 보여주면서 그녀를 유혹했다. 노라는 감동을 받지 않았다. 조이스의 이야기 '죽은 사람들'은 혀가 날카로운 접대부 소녀, 릴리에 의해 열린다. "요사이 사내들은 입만 까져가지고 상대방으로부터 뭐든 얻어내려고만 해요." ―그것은 마치 노라의 말처럼 들린다. 만일 그 말이 노라의 입술로부터 직접 떨어지지 않았다면, 그것은 분명히 그녀의 마음속에 있었으리라. 남성에 대한 경계심은 노라의 생존을 위한 전략이었다.

훌륭한 태도에다, 말씨가 세련되고, 쾌활한 그리고 비위협적인 한 젊은 남자가 어느 날 더블린에서 그녀의 통로에 발을 들여 놓았을 때, 따라서 노라는 어느 날 저녁 자기와 만나자는 그의 초청을 받고 아주 행복했다.

그러나 그녀는 나타나지 않았다. 조이스는 약속한 장소와 약속한 시간에 나타나, 기다리다 마침내 포기해 버렸다. 여인들과 더불어 한층 자신 있는 남자라면 어찌된 영문인지 발견하려고 호텔에로 찾아갔으리라. 조이스는 대신 노라에게 한 통의 편지를 썼다. 편지의 첫 말은 아이러니하게도 예언적인 것으로, 아지랑이를 공급하거니와, 그를 통해 심지어 스물 둘의 나이에 그는 세계를 응시했다.

셸론 가도 60번지
1904년 6월 15일

나는 아마 눈이 멀었나 보오. 나는 오랫동안 적갈색의 머리카락을 가진 머리를 보았는데 그게 당신의 것이 아니라는 것을 알았소. 나는 아주 낙심하여 귀가했소. 나는 시간 약속을 하고 싶지만, 당신에게 맞지 않은가 하오. 나는 당신이 친절하게도 나와 약속을 해주기를 바라오. ─만일 당신이 나를 잊지 않았다면!

제임스 A. 조이스

노라는 그를 잊지 않았다. 가장 있을 법하게도, 그녀는 저녁에 짬을 낼 수 없었거나 그에게 알릴 방도가 없었기 때문에 랑데부를 어겼으리라. 그러나 그녀가 일단 그의 주소와 함께 편지를 받은 이상, 그녀는 그의 두 번째 초청을 받을 수 있었고, 이번에는 그를 실망시키지 않았다.

그들의 첫 데이트 일은 1904년 6월 16일 목요일이었던가? 아마도. 그것이 이야기 될 수 있는 최선의 것이리라. 편지나 혹은 일기로부터는 6월 16일이 노라 바나클과 제임스 조이스를 앞과 뒤로 나눌 날짜라는 증거는 없다. ─전혀, 《율리시스》의 행동의 날짜를 별개로 하고.

리처드 엘먼에게, 노라와 조이스가 처음으로 6월 16일 함께 산보를 나갔다는 문학적 증거는 압도적이었다. "이 날짜에『율리시스』를 잡은 것은 비록 노라에게 간접적이지만 가장 설득력 있는 공헌이었다"라고 엘먼은 말한다. "그것은 그가 주위의 세계와 관계를 맺고, 그의 어머니의 죽음 이래 그가 느꼈던 외로움을 멀리 뒤로 했던 날짜이다."

1920년대 후반과 1930년대에 있어서 조이스 주위를 맴돌았던 미국의 열렬한 작가 허버트 고먼은, 권위 있는 전기를 마련하려고 애쓰면서, 조이스 자신으로부터 그것을 찾아내려고 노력했다. 고먼이 당시의 위대한 작가에게 전기적 질문을 겁 많게 제출했을 때, 그는 한 개를 제외하고 모든 질문들에 대해(노라의 필체처럼 보이는 것으로) 답을 받았다.

질문, 왜 당신은 블룸즈데이를 위해 1904년 6월 16일을 택했나요? 그날은 노라를 만난 날인가요?
답, 나중에 답하리다.

고먼은 그의 대답을 결코 받지 않았다. 1941년에 출판된 그의 책에, 그는 "노라 바나클과 그의 첫 만남 뒤로 엿새 동안 어떤 비상한 일도 조이스에게 일어난 증거는 없다"라고 결론지었다.

날짜의 기원은 분명히 조이스가 알리기를 원치 않았던 뭔가 중요한 것으로—아마도 연관은 너무나 개별적이요, 너무나 충격적이기 때문이리라.

노라가 최초의 만남을 위해 메리온 광장의 모퉁이에서 그와 합세했을 때, 조이스는 그녀를 더블린 중심의 어느 극장이나 카페에로 데리고 가지는 않았어도, 오히려 선창을 지나 항구를 향해 링센드로 알려진, 밤에는 한적한 동쪽에로였다. 그들 사이의 끌림은 즉각적이었고, 11시 반까지 핀즈 호텔로 돌아가야 했던 노라는 시간을 낭비하지 않았다. 조이스에게 감사하게 놀랍게도, 그녀는 그의 바지 단추를 풀고, 자신의 손을 밀어 넣으며, 그의 셔츠를 옆으로 재꼈으니, 그리하여 어떤 기술로서 행동하면서(그의 나중의 설명에 따르면), 그를 남자로 만들었다.

또 다른 남자라면 그의 행운을 자축하고, 빠른 유혹을 강요했으리라. 대신 유혹당한 것은 조이스였다. 그의 경험에서 아무것도, 그의 경건한 어머니로부터 예수회원들에게까지, 노라의 성적 접근의 솔직함과 직접성에 대비하여 그를 준비하게 한 것은 없었다. 그녀에 대한 존경을 잃는 대신에 그는 일생을 위한 사랑에 빠졌다.

그의 마음속에, 그러나 조이스는, 젊은 소녀들이 남자에 의해 가리켜 받지 않는 한, 그들이 최초로 이러한 일을 하지 않을 것임을 알았다. 전해에 어떤 낭만적 책들을 서평하면서, 그는 '변덕스런 습관의 소녀'라는 구절을 사용했거니와, 고로 그는 그의 새침 떠는 자매들과 더블린의 사창가인 킵스 옥의 철면피한 창녀들 간에 소녀의 범주(카테고리)가 있음을 잘 알았는지라, 거기서 그는 자신의 성적 만족을 발견하는 데 익숙했었다.

노라가 첫 데이트에 낯선 남자와 그토록 대담하게 행동을 하다니, 그것은 구애의 조용한 형태상의 가능성을 암시한다. 그것은 어쩔 수 없다. 창녀들은 나소 거리에서 그들의 사업에 열성이다. 노라는 돈이 극히 모자랐으며, 링센드는 사교적 대화의 저녁을 위해 행실 있는 소녀가 갈 곳이 못되는 장소였다. 골웨이에서 거기 노라의 평판은 그녀가 불결한 책의 악명 높은 저자와 여러 해 동안 결혼하지 않은 채 살아온 수치로부터 방금 회복하고 있는 터라, 거리의 전설적 만남에 관한 억측이 여전히 존재한다. "그녀는 스스로를 얼간이로 삼았어," 그들은 말하기를, "그 따위 사내를 줍다니."

노라가 돈을 위해 호의를 교환할 의도였다면, 그녀는 사람을 잘못 골랐을 것이다. 조이스는 구걸의 천재였다. 그가 그녀로부터 돈을 뺏는 것이 한층 있을 법했다. 『더블린 사람들』의 또 다른 단편인 '두 건달들'은, 잇따른 해에 쓰였거니와, 어떤 하녀 걸 프렌드를 가진, 젠체하는 젊은 더블린 사내를 묘사한다. 소녀는 그를 '한 작은 계급'으로 믿으면서, 첫 데이트에서 그에게 굴하고, 이어 나중에 그에게 한 잎의 금화를 준다. 그는 그녀가 '임신했을까' 걱정했지만, 그의 친구에게 "그녀는 피임을 꾀하고 있다"라고 확신시킨다.

노라는 그녀의 골웨이의 만남들로부터 임신을 피하는 방법을 알았다. 그녀는 십중팔구 자신이 행하는 대로 행동했으니, 왜냐하면 그녀는 우정을 갈구했으며 즐기려고 열렬했다. 저 링센드에서의 첫 밤의 그들 자신의 사적 감정은 『율리시스』의 초기 한 구절에서 암시되는지라, 거기 조이스의 분신인 스티븐 데 덜러스의 목소리와 생각은 그가 주운 것으로 상상하는 소녀의 목소리와 혼성 된다.

나를 감촉하라. 부드러운 눈아. 부드럽고 부드럽고 부드러운 손아. 나는 여기 외로 워. 오, 나를 곧 감촉하라, 지금. 모든 남자들에게 알려진 그 말은 뭐더라? 나는 여 기 아주 홀로, 슬프기도. 감촉하라, 나를 감촉하라.

여기 그 말은 사랑이었다. 노라는 사랑하고 있었다. 1주일 이내 그녀는 조 이스에게 편지를 쓰고 있었다.

1904년 6월 23일
레인스터 거리 2번지

나의 귀중한 애인, 우리는 바쁘기 때문에 나는 아마 오늘 저녁 당신을 만날 수 없음 을 당신에게 알리는 한 줄 글을 그러나 당신을 위해 편리하다면 토요일 저녁 같은 장소에서 사랑으로—N. 바나클
급히 씀을 용서해요.

그것은 조이스에게 보낸 현존하는 첫 편지이다. 몇몇 빠른 말들 속에 그것 은 그들의 기질의 대조를 드러낸다. 그녀에게 한 그의 최초의 편지는 형식적이 요, 꼼꼼하고, 탄원적이며, 거절을 두려워하는 것인 반면, 노라의 편지는 부주의 하고, 자신 있는, 그리고 수치를 모르듯 정열적인 것이었다.

그들의 구애는 급히 진행되었다. 그들은 노라가 자유 시간이 있을 때마다 서로 만났다. 고가티, 코스그래이브, 및 스태니슬로스는 조이스가 '바나클 양' 과 보낸 시간을 원망하기 시작했다. 그와 노라가 확고한 한 쌍이 되었을 때, 조

이스는 자신의 이상한 모자에다 추레한 옷을 입고 호텔에서 그녀를 맞으러 오곤 했다.

그해 늦은 여름, 노라는 자신의 행동 때문에 그녀가 조이스의 존경을 잃지 않았을까 두려워하기 시작했으며, 그는 자신이 호텔에서 그녀를 떠난 뒤에 그녀에게 어느 날 저녁 편지를 썼으니, 그녀가 움츠린 채 자신들이 함께 행한 일에 관해 불안해 하는 듯한 것을 목격했다는 것이다. 그녀는 아직 그녀의 남자를 이해하지 못했다.

> 나는 그러나 그것을 일종의 성사聖事로 생각하는지라 그것을 회상할 때 나를 놀라운 기쁨으로 채우는구려. 당신은 아마도 그것이 왜 내가 그것 때문에 당신을 아주 많이 존경하는 것인지 당장 이해하지 못할 거요. 당신이 나의 마음을 많이 이해하지 못하듯. 그러나 동시에 그것은 일종의 성사였으니, 내 속에 슬픔과 퇴락의 마지막 감각을 남겼다오. ─슬픔을, 왜냐하면 나는 그 성사가 일종의 타협과 퇴락으로 선택했던 비상하고도, 우울한 유약함을 당신 속에 보았기 때문이요, 나는 내가 우리들의 현재의 사귐의 관례보다 열등함을 당신의 눈 속에서 이해했기 때문이오.

1904년의 여름 내내, 그들이 배를 타고 떠났던 10월의 밤까지, 노라는 그들의 포옹을 더 이상 가지려는 조이스의 시도들에 저항했다. 그녀는 떠들썩한 키스를 그에게 보냈으며, 그는 25분 동안 키스를 그녀의 목에다 심었다(적어도 편지에서). 그의 손이 너무 멀리 빗나가자, 그러나 그녀는 그걸 떠밀어버렸다(그가 그녀를 터치하는 것이 거꾸로 보다 한층 죄스럽다는 그의 믿음을 그녀는 나누었다). 의심할 바 없이 조이스는 그해 여름, 그의 아우가 회상한대로 죄와 처녀성으로 강박되었다.

노라는 조이스가 뒤에 스스로 마음을 꾀었던 만큼 즉시 그를 정복하지 않았다. 그들의 첫 데이트 한 주일 뒤에 조이스는 어느 날 저녁 빈센드 코스그래이브와 함께 성 스테번 그린 공원에서 산보하고 있었는데, 그때 또 다른 매력적인 소녀에게 말을 걸었다.

그의 약한 시력이 그 경우에 그를 실망시켰는 바, 왜냐하면 그는 그녀의 에스코트(동반자)가 가까이 서 있는 것을 보지 못했기 때문이다. 그림자로부터 불쑥 나타나면서 젊은이는 조이스를 뻗도록 쳤으니, 그에게 뺨, 상처, 타박상 그리고 멍든 눈을 남겼다. 어떤 종류의 폭력이든 두려워했던 조이스는―그는 심지어 천둥을 겁냈거니와―되레 싸울 시도를 하지 않았다. 대신 그는 코스그래이브가 그를 돕는 데 실패한 것에 대해 비난했다. 그는 배신당한 것으로 생각했다. 버림받은 새로운 감정이 그로 하여금 사랑에 빠짐에 있어서 노라의 안내를 갑자가 따르도록 할 수 있게 했으리라.

　그들을 그토록 빨리 끄는 데는 많은 것이 있었다. 양자는 그들의 어머니를 잃었다(비록 노라는 한번 골웨이로 귀향 여행을 했을지라도, 그녀는 자신이 언제 어머니를 재차 보게 될는지 알지 못했다). 그들은 둘 다 그들의 가족의 나머지로부터 소원疏遠되었다. 조이스는 스태니슬로스를 제외하면서, 어느 형제자매든 소용이 없다고 말했다. 동시에 그들 양자는 냉소적이요, 웃음에 대비한, 냉정한 고객들이었다. 노라는 사람들을 판단하는 날카로운 본능 및 빠르고 재치 있는 혀를 가지고, 조이스를 그녀가 끌었던 만큼 그를 기쁘게 했다. 코스그래이브가 머리를 치켜드는 방식에 관해 그녀가 말한 뭔가가 조이스로 하여금 그자에게 말하지 않겠다고 웃기게도 약속하게 만들었다.[1]

　몇몇 짧은 주간들이 지나자 노라는 조이스의 환상의 여인들을 날려버렸다. 그는 그 달에 '나의 사랑은 가벼운 옷을 입고 있네'라는 예쁜 타이틀을 가진 시를 발표했다. 노라는 가벼운 옷을 입지 않았다. 1904년의 여름은 서늘하고, 자주 잿빛으로, 그들은 그들의 구애를 문밖에서 행했다. 노라는 그녀의 코트가 필요했다(뒤에 이탈리아인들로서 10년을 산 다음, 조이스 내외는 비와 회색의 하늘이 운

1_『피네간의 경야』에서 아나 리비아 플루라벨은 말한다, "아마 그게 당신이 벽돌두頭를 지닌 이유일지니 마치. 그리하여 사람들은 당신이 골격을 잃었다고 생각하도다." (621). 또한 조이스의 서간문들 참조, II, 57.

명이 보낸 특별한 박해라도 되는 양, 그들에 대해 언제나 심하게 불평했으나, 그들이 사랑에 빠진 그해 여름 날씨는 자신들을 괴롭히지 않았다). 그녀가 그것을 입도록 주장하자, 조이스는 그녀가 얼마나 고집이 센지를 알기 시작했다. 그는 재차 그녀로 하여금 코트를 포기하게 하도록 애썼다.

당신은 거대한 털 오버코트를 입고, 기네스 회사의 차들과 함께 돌아다니는 사람을 여태 본 적이 있소? 당신은 자신을 그들처럼 만들려고 애를 쓰는 거요?

심지어 더욱이 그는 그녀가 입었던 뻣뻣한 코르셋을 싫어했다("왜 당신은 이 저주할 것들은 입는 거요?"). 어느 밤, 그녀에게 글을 쓰면서 그는 청했다.

제발 그 가슴바디를 떼버려요, 난 우체통을 포옹하고 싶지 않으니. 내 말 듣소?(그녀는 크게 웃기 시작했다)

"코르셋을 더 이상 입지 말아요." 그는 두 번째로 청했다. 조이스는 쓸데없는 말을 했다. 노라의 코르셋은 그녀의 옷을 알맞게 매달기 위해 필요했다.

그들의 연애 사건의 빠른 진행은 뛰어난 우편 제도에 달렸었다. 하루에 다섯 번의 배달이 있었고, 첫 수거收去는 아침 1시 15분에 있었다. 조이스는 짧은 아침 시간에 편지 쓰기를 좋아했고, 편의를 충분히 이용했다. 노라와의 만남에서 되돌아온 다음에, 그는 긴, 고통스런, 자기─토로의 편지들을 쓰면서 밤을 지새웠고("대부분의 일에 쏟는 내 마음을 당신이 알아야 하다니 그건 단지 타당할 뿐이오"), 그녀가 아침이면 보게 되리라는 것을 확신한 채, 편지들을 우편함으로 가져갔다. 그들 양자는, 마치 노라가 그를 만날 수 없음을 그에게 알리는 6월 23일자의 그녀의 첫 지급 편지에서 그랬던 것처럼, 저 쪽 같은 저녁에 데이트를 할 것인지 혹은 취소할 것인지를 점심에 앞서 우송한 편지들에 의존했다.

그해 여름 그들의 통신 교환은 노라가 무학無學이라는 어떤 암시도 거짓임을 논증한다. 그해 여름 그가 그녀에게 쓴 긴 자기─분석적 편지들은『예술가의 초상』보다 심지어 한층 직접적으로 조이스의 젊은이로서 자신의 마음의 상태를 드러낸다. 그것은 열등한 지식인에게 보내진 그런 유형의 편지가 아니다. 조이스는 말로 노라에게 구애했고, 그는 그녀의 말을 원했다. 7월 12일 그는 그녀더러 그에게 편지를 쓰도록 청했고, 노라는 호의를 보였다. 9월 초순까지는 그는 자신이 그녀로부터 13통의 편지들을 수집했음을 자랑으로 떠벌릴 수 있었다.

노라는 오래지 않아 조이스가 그의 강렬한 상상력을 가지고 많은 일상의 일들을 비상하게 보는 것을 알았다. 예를 들면, 여인들의 의상衣裳을 그는 그들의 육체처럼 흥분적인 것으로 생각하는 듯했다. 어느 저녁 그는 그녀의 장갑 한 짝을 훔쳐 그것을 침대에로 함께 가져갔다. 그는 수줍게 그녀에게 쓰기를, "그건 밤새도록 내 곁에 놓여 있었소.—단추가 풀린 채—그러나 그것은 달리 아주 타당하게 처신했소.—노라처럼." 그는 그녀가 단추가 풀린 채라는 이중의 의미를 파악하리라는 것을 알았다. 동시에 그는 노라에게 자신의 편지를 침대 속으로 그녀와 함께 가져가도록 요구했을 때 그녀에게 에로틱한 목적으로 편지를 사용하기 위한 그녀의 첫 지시를 주었다.

7월 21일 그는 자신이 훔친 장갑을 보상하기 위하여 그녀에게 장갑 한 켤레를 사 주었다. 그는 새것의 비용이 얼마일지를 알았다. 그는 그의 누이들로부터 이러한 작은 사치품들이 얼마나 비싼지를 알았다.

여름이 지나가고, 그가 노라에게 점점 더 집착했을 때, 조이스는 최초의 의심스런 증후를 드러냈다. 그녀는 그가 설명할 수 없었던 세 번의 자유스런 저녁을 연속적으로 가졌다. 그녀가 토요일, 일요일 또는 월요일 그를 만날 수 없다니, 그녀는 어디 갔었던가? 그는 알고 싶었다. 그녀의 답변에 대한 아무런 기록도 없다.

그들의 서로의 열중에도 불구하고, 조이스와 노라는 그들의 주소의 쓰인 형태에 있어서 관례적으로 공식적이었다. 조이스에게 모든 낱말은 거의 마력적 힘을 가졌거니와, 그는 특별한 금기禁忌(터부)를 자신의 첫 이름의 사용에다 첨부했다. 예를 들면, 심지어 7월 8일까지는 그가 '귀여운 삐죽대는 노라'로서 인사할 수 있었을지라도, 그는 'J.A.J.'로서 서명했다. 그가 그녀와 함께 있을 때 그는 자신의 일상의 냉소주의를 버렸기 때문에, 심지어 그가 자신이 아는 어느 누구에게보다 그녀에게 한층 가까워지고 있다고 스스로 말했을 때에도, 그는 어떻게 자신을 서명해야 할지를 정할 수 없었고, 따라서 전혀 아무것도 서명하지 않았다. 때때로 그는 W.B. 예이츠 혹은 빈센조 볼너델리와 같은 변덕스러운 익명들 뒤에 숨었다. 때가 9월이 지나고서야 그는 자신을 '짐(Jim)'이라 쓸 수 있었으니—그 어떤 것 못지않게, 노라에 대한 공식적 몰두를 의미하는 친교의 고백이었다. 노라는 그러한 특권을 자만으로 감수했으며, 과시하듯 친구들 정면에서 짐 하고 그를 불렀는데, 친구들은(습관대로) 단지 성姓으로 그를 불렀다. 하지만 그를 위해 그녀의 이름을 서명했을 때, 그녀 역시 관례에 의해 억제되었다. '나의 귀중한 당신'으로 시작되는 그녀의 편지는 'N. 노라'로 끝났는데, '나의 가장 사랑하는'으로 다르게 시작하는 말은 '키스와 함께 노라 바나클'이란 말로 끝맺었다.

많은 것이 사회적 차이로 제임스 조이스와 노라 바나클 사이에 이루어졌지만, 그런데도 그들의 교육의 엄청난 차이를 예외로 하고, 그들은 아주 달랐던가? 조이스는 아일랜드 생활의 두 가지 커다란 공포—배고픔과 추방—를 경험했고, 노라는 골웨이에서 안락한 생활과는 아주 거리가 멀었다. 두 사람은 너무나 많은 딸들을 가진 것에 실망한 술꾼의 아버지들(존 조이스는 열 명 중 여섯 명의 딸을, 톰 바나클은 여덟 중 여섯을 낳았거니와)로부터 태어났는데, 그들이 낳은 큰 무리들을 부양함에 있어서 전혀 고통받지 않는 아버지들이었다. 공히 존 조이스와 톰 바나클에게, 빵 벌이(생업)는 가족을 보다 싼 지역으로 이사하게 함으로써 이루어졌다. 조이스 가문은 바나클 가문보다 심지어 더 유목민 생활을 했다. 제임스 조이스가 탄생했던 여러 해들과 그가 노라를 만난 시기 사이에 그의 가족은 열세 번을 이사했다.

양가는 사랑이 없는 가정의 야만성으로 고통을 받았다. 조이스의 어머니는, 비록 그녀가 짓밟혔는데도, 그녀 자신 유약한 훈련자는 아니었다(그녀의 형벌들 중의 하나는, 조이스가 한 친구에게 떠벌렸듯이, 그녀의 아이들의 머리를 화장실 변기통에 빠뜨리고, 사슬을 끌어당기는 것이었다). 양가는 종교적 질서를 지닌 열성적 멤버들과 함께 가까운 지역에 살았다. 양가는 신도회들을 결합시켰다. 양가는 의식儀式에 강한 뜻을 지녔고, 휴일을 축하하는 것을 사랑했다. 조이스는 여섯 살에 기숙학교에 보내졌다. 『초상』의 초기 페이지는 어머니에 대한 아이의 동경, 침대를 적시는 공포 및 집으로부터 떠난 아이의 휴가에 대한 동경을 보여준다.

성적으로 그들은 너무나 비슷했는데, 그들의 가족의 표준으로 반도叛徒들이었다. 조이스의 첫 성적 만남은 그가 열네 살 때 한 창녀와 함께였다. 그가 노라를 만났을 쯤에 그는 성병의 기간을 가졌고, 그가 고가티와 가진 통신으로 판단하건대, 1904년 2월에 재발했다. 심지어 그의 누이동생 포피마저도, 스태니슬로스가 그의 개인 일기에 털어 놓았듯, '짐과 찰리의 창부 짓'을 알았다.

조이스는 구조救助에 성숙했다. 파리에서의 그의 넉 달 동안에 그는 호모섹스와 피학대 음란증의 환상으로 고통을 받았고, 그의 본능은 억제되지 않은 채, 어디로 그를 인도할지를 몰랐다.

그는 과연 그것이 자신의 예술을 위기에 빠뜨릴 것을 알았다. 노라 속에 그는 자신의 구원을 느꼈다. ―그를 구하고, 그를 만족시키고, 용서했던 여인. "당신과 나의 젊은 남성에 대한 관계는," 그는 나중에 그녀에게 말했다. "성처녀와 나의 소년 시절에 대한 관계와 같소." (뒤에 『초상』이 된, 조이스의 자서전적 소설 『영웅 스티븐』에서 스티븐이 기도한 것은, "구원의 한층 연약하고 한층 매력적인 그릇 같은 마리아에게였다)

보다 10년 일찍이, 조이스와 노라는 경제적인 차이로 서로 헤어질 수 있었으리라. 존 조이스는 인생을 유복하게 시작했었다. 그의 어머니는 일찍이 과부가 되었고 결코 재혼하지 않은 채, 코크의 그의 가족 재산으로부터 얻은 독립적 수입을 그녀의 유독자인 존에게 남겼다.

그의 빠른 경제적 기울음에 대하여, 존 조이스는 보다 낮은 신분의 가족, 무시받는 머래이 가문과의 자신의 결혼을 비난하는 데 결코 서슴지 않았다. 그러나 그이 자신의 방탕이 자신의 몰락의 원인이었음이 그 밖에 모든 이들에게 분명했다. 1894년에 그는 빚을 갚기 위하여 코크의 토지를(1,875파운드에) 팔아야만 했다. 그때부터 그는 빚 속으로 한층 재빨리 그리고 한층 깊이 빠져들었고, 그의 가족을 점진적으로 초라한 지역들에로 인도했으며, 마침내 1904년에 그와 아홉 아이들이 비좁게 살았던 조그마한 집은, 골웨이, 볼링 그린의 바나클 가족의 비좁은 오두막집보다 거의 더 넓지 않았다. 조이스는 『초상』에서 스티븐 데덜러스의 아버지를 다음과 같이 총괄한다.

> 의과 대학생, 보트 선수, 테너 가수, 아마추어 배우, 고래고래 고함치는 정객, 소지주, 소 투기자, 술꾼, 호인, 이야기꾼, 남의 비서, 양조업계의 유지, 수세리, 지금은 파산자로서 자신의 과거를 찬미하는 자.

1904년까지는 사실상 노라의 상승세에 있던 마이클 아저씨의 연 수입(약 150파운드)은 조이스의 아버지의 두 배보다 더 많았다. 1904년까지 존 조이스는 집을 사기 위하여 연금의 일부를 현금으로 바꾸었고, 이어 집을 잃은 뒤 연금으로 1년에 70파운드를 받았다.

노라의 경험이 조이스의 그것과 가장 달랐던 것은 그들의 존경스런 어머니들의 반응에 있었다. 애미 바나클과 매리 조이스는 닮은 것이 전혀 없었다. 조이스 부인은 마흔 넷의 나이에 암으로 죽기 전까지 거의 매년 아기를 낳았다. 게다가 몇 번의 유산을 고려하면, 그녀의 성인 생활에서 자신이 임신하지 않은 사생활은 거의 없었다. 그녀는 절대적으로 자신의 교회의 가르침을 따랐다. 그녀는 자신의 상태가 어떻든 간에 그녀의 혼인의 의무를 수행하기를 거절하지 않았다. 스태니슬로스는 그의 형이 여태 그랬던 것보다 한층 반―가톨릭적 및 반―아이랜드적으로 성장했으며, 그의 어머니의 수동적임에 반항했다. "그녀는 반란적이었어야 했어." 그는 뒤에 썼다. "그러나 그녀가 살았던 저 미운 나라와 미운 시기에 그것은 성격의 상당한 힘을 요구했을지니, 그것을 그녀는 소유하지 못했어." 한때 매리 조이스는 그녀의 남편을 떠날 것을 고려했었다. 그녀가 자신의 신부에게 말하자 그는 몹시 골이 나서 그녀를 돌려보냈다.

애니 바나클은 대조적으로, 그녀가 남편을 더 이상 받아들일 수 없자 그를 밖으로 팽개쳤을 뿐만 아니라 합법적 별거 명령장에 지원했던 바, 그것은 그녀로 하여금 그녀가 자신의 오빠 마이클로부터 받았던 원조에 첨가하여, 국가로부터 주당 12실린 6펜스를 받을 수 있게 했다.

바나클 부인은 확실히 매리 조이스가 겪었던 육체적 학대의 공포 속에 결코 살지 않았다. 스태니슬로스는 아버지(그는 그를 증오했거니와)가 그들의 어머니를 발로 차면서 고함을 지르는 것을 회상했다. "지금은 맹세코 그만둘 시간이야!" 어린아이들은 비명을 지르면서 방으로부터 도망쳤으나, 제임스(조이스)는 재치 빠르게 "그의[아버지의] 등 뒤로 얼른 뛰어넘어, 그가 균형을 잃게 하고, 모두들을 마루에 엎드리도록 했다." 경찰서의 한 경사가 소란을 논하기 위해 며칠 뒤에 집을 방문했을 때, 그것의 소음이 이웃 사람들의 귀에 뻗쳤으니, 스태니슬로스는 그것을 하층 계급에 대한 최후의 깔봄으로 해석했다. "우리는 마침내 이웃 토공土工들이나 농사꾼과 같은 수준에 달했어."

조이스는 그의 자신의 가족의 몰락에 대해 아주 민감했는지라, 노라에 대한 경멸을 예리하게 의식했다. 어떤 이는 그녀를 '시골뜨기'('죽은 사람들'에서 그레타에게 적용되는 비웃음)로 불렸으리라. 조이스는 노라의 감정을 붙들어 두지 않았다. "우리가 함께 있는 것을 아는 어떤 사람들은 당신 때문에 나를 자주 모욕하지." 그는 마치 그것이 그녀의 감정을 상하게 하지 않는 양, 그녀에게 말했다. 노라는 레이디 그레고리와 그의 무리들에 대한 조이스의 적의로 인해, 그의 얼마나 많은 상상되는 감탄자들이 그를 깔보는지를 느꼈으리라.

앵글로—아이리시 더블린의 문학계는 대단히 배타적이었다. W. B. 예이츠는 그의 살롱으로 초대받지 않은 채 오는 사람의 등골을 오싹하게 했다. 신교도계의 지적 전문가들 또는 토지 소유의 배경을 가진 사람들에게, 가톨릭 도시의 중하위급 출신인 조이스는 분명히 인색하게 보였다. 소설가요, 극작가인 조지 무어는, 나중에 조이스를 거지 이외 아무것도 아닌 양 서술했다. 조이스의 작품들이 뒤에 그의 조잡함 때문에 모욕을 받았을 때, 무어 같은 많은 사람들은 자신들이 더 이상 보다 나은 것을 기대하지 않을 것인 양 어깨를 으쓱했다.

마찬가지로 아이리시 가톨릭교들 사이에는 속물 근성이 있었다. 조이스는 두 개의 유명한 학교인 킬데어 군의 클론고우즈 우두 칼리지에, 뒤이어 더블린의 밸비디어 칼리지에 재학했었다. 이는 아들을 크게 자랑하던 그의 아버지 때문으로, 그는 자신의 아들이 최고임을 주장했다. 양 학교는 예수회에 의하여 운영되었다. 그 사이 빈곤이 조이스로 하여금 품위가 덜한 크리스천 블러더즈에 의해 운영되는 학교에 억지로 재학하게 했으나, 그이 아버지는 자신의 아들이 '패디 스팅크(냄새)와 미키 머드(진흙)'와 함께 사귀는 것에 불행한 채, 아들을 학교에서 데리고 나와버렸다. 그러나 조이스는 보다 좋은 학교의 보다 가난한 소년들 사이에 있었는데, 후년에 밸베디의 교장은 조이스에 관해 말하기를, "그의 배경이 학교의 수준만큼 어울리지 않은 소년을 여기서 교육시키다니 잘못이었어." 그의 아버지는, 교장이 말하듯, 한 '졸부'였다.

조이스의 의학도 친구 올리버 고가티는, 그가 삼대에 걸친 의학도들 출신이란 것 때문에 가톨릭교들 사이에서 드문 존재였다. 그의 전기가인 우릭 오코 너가 말하듯, 고가티는 '그의 세대의 가톨릭들에게 영향을 끼쳤던 열등감이나 불안감으로부터' 자유스러웠다. 고가티의 트리니티 학위와 옥스퍼드 대학 시절은 그에게 과잉 보상적 오만을 부여했다. 그는 그들이 친구들이요, 나중에 냉혹했을 때, 조이스에게 선심 쓰는 척하고 있었다. 조이는 "(술집의)우두머리 사환이 아니었어." 고가티는 말했다. "그는 전혀 어떤 사환 출신이 아니었어." 그는 조이스를 동정했다고 고가티는 말했는지라, 그리고 그는 조이스가 알코올 중독자인 아버지와 '드러난 신경성'을 가진 어머니와 함께 '비참한 배경과 가식적 교육' 사이에서 상처받은 것으로 보았다. 고가티는 또한 (많은 이들이 뒤에 그러하듯) 조이스의 과도한 예의에서 뭔가 하찮은 부르주아적인 것을 보았다. "그는 교회의 보다 낮은 신분들의 하나에서, 평신도의 형식적이요 수줍은 태도를 가졌었어."

그의 주어진 배경으로, 조이스가 중류 계급의 더블린 소녀들을 수줍고 얻기 어려운 그리고 생색을 부리는 자들로 본 것은, 그런고로 놀랄 일이 아니다. 조이스는 이러한 소녀들과는 결코 마음이 편지 않았음을 노라에게 말했다. 그는 그들을 인위적이요, 불성실하게 알았다. 그가 가장 잘 알았던 살롱은 시히 집안의 것이었다. 데이비드 시히는 골웨이의 의회 의원이었고, 그는 두 아들과 네 딸들을 가졌는데, 조이스는 그들 가운데 가장 예뻤던 매리에게 한때 반했다. 그는 마운트조이 광장에서 바로 떨어진 곳의 밸비디어 플레이스의 그들의 응접실에서 노래하거나, 제스처 게임을 하면서 많은 저녁을 보냈다. 그것은 그가 더블린 귀족 사회에 오른 가장 높은 것이었다. 하지만 시히의 네 딸들은 그가 흥미 있고 재주가 있는데도, 세련되지 못하다고 생각했다. '파로시'란 말은 하나 시히가 나중에 그를 서술하기 위해 택한 말로—즉 거칠고 야만적이란 뜻이다. 그러나 한나는 '그의 주변에 지독히도 심각한' 뭔가가 또한 있다고 회상했다.

더블린 사회에로, 심지어 시히 가문에 좀처럼 초대되지 못했던 스태니슬로스는, 매리 시히야말로 그의 형 제임스의 어떤 감정의 나풀거림을 여태 불러일으킨 유일한 다른 소녀였음을, 그러나 '그가 곧 뒤에 자기 스스로 할 수 있음을 들어낸 '야생적, 광휘의' 영속적인 정열에 비교하면, 그것은 사랑이라 불러질 수 없을 것임을' 믿었다.

스태니슬로스는 자신이 그것을 보았을 때 겸양을 알았다. 그는 시히의 소녀들이 사회의 '현명한 처녀들'로서, 그의 형의 천재와 거친 태도에 의해 흥분되었음을 느꼈다. 소녀들이 짐에게 아첨했던 식은 '멍청이'(스태니슬로스가 자기 자신에 관해 언급했듯이)를 시기하게 만들었으나, "그들은 그를 하이웨이 노상에서 홀로 만나지 않을 것이요, 게다가 그와 결혼하지도 않으리라."

냉담한 손을 지닌, 훌륭하고 좋은 가문의 소녀들을 꿈꾼 다음에, 조이스는 그런고로, 가족으로 부담받지 않는, 강인하고도, 세련되지 않은, 뿌리 없는, 지방 소녀, 어떤 가톨릭의 의식意識 없는 한 가톨릭의 소녀를 자신의 인생의 파트너로서 주저하지 않고 택했다.

그러나 조이스가 봉사하는―소녀 환상들로부터 자기 자신이 면제되었다고 가상함은 잘못이리라. 그의 가족은 조이스가 약 13살이었을 때 여전히 번창했고, 스무 살 가량의 한 왈가닥 시녀를 고용했었다. 어느 날 조이스는 그녀를 자신의 무릎 위로 끌어당겨 찰싹 쳤다. 그 사건은 스태니슬로스가 벨비디어의 예수회 교장이 행한 심문을 위해 소환되지 않았던들 잊어버렸을 것이다. 교장은 스태니슬로스의 탁월하고 고집 쎈 형의 비도덕성의 증거를 면밀히 조사했고, 스태니슬로스는 그 이야기를 과거로부터 지워버렸다. "이러한 것이 아일랜드 생활에 있어서 신부의 지배였으니(그리고 지배이니), 나의 머릿속에 결코 들어가지 않는 생각이야, 그는 그렇게 할 권리가 없었어" 하고 스태니슬로스는 말했다. 교장은 당연히 그 이야기를 조이스의 어머니에게 곧장 가져갔고, 그녀의 아들이 나쁜 길로 쏠리고 있다고 말했다. 그녀는 놀래는 기색 없이 시녀를 비난했는데, 시녀는 오래전에 그들을 위한 봉사를 그만두었다. 조이스의 아버지가 교장을 만나러 가자 그는 그에게 경고했다. "저 소년은 당신에게 근심을 안겨줄 거요." "천만에, 그는 그렇지 않을 거야." 존 조이스는 그를 되레 비웃는 말로 말했다. "왜냐하면 나는 그를 내버려두지 않을 것이기 때문이오(제임스는 그러나 그저 웃었을 뿐 스태니슬로스를 멍텅구리로 불렀다).

조이스는 의심할 바 없이 노라의 단순성에 의해 끌렸다. "나는 단순하고 명예로운 영혼의 힘에 엄청난 믿음을 갖고 있소" 하고 그는 노라에게 한때 말했다. 그러나 그는 또한 봉사하는 소녀의 취약성과 유효성에 의해 자극받았는데 ─이는 『더블린 사람들』에 있어서 그가 한껏 이용한 주제이다. '죽은 사람들'에서 날카로운 혀를 가진 릴리는 그가 소녀들을 바보로서 모두 간주하지 않았음을 보여준다. 그러나 조이스가 아일랜드 작가인 매리 콜럼에게 말했듯이, "나는 지적 여인들을 싫어한다." 그는 노라를 일련의 낯선 환경으로 이사하게 하고, 지갑의 힘을 보류함으로써, 그녀를, 어떤 의미에서, 노역 속에 빠트렸다.

조이스는 모든 여자들이 본능적이요, 어리석은 피조물들로 생각하기를 좋아했다. "자네 목격했나." 그는 한때 스태니슬로스에게 물었다. "얼마나 많은 여인들이 편지를 쓸 때 구두점과 대문자를 무시하는지?" 그것은 자기 잇속만 차리는 관찰이었다. 유니버시티 칼리지에서 그는 그것의 여성 가맹 기관인 성 매리즈 유니버시티 칼리지에 참석했던 많은 젊은 여성들을 만났는데, 그들은 구두점의 정밀과 더 많은 것들을 이해했다. 한나 시히와 매리 콜럼(당시 매리 마퀴어)이 그들 사이에 끼어 있었으나, 전반적으로 그는 소위 자신이 부르는 '여성 동지'를 피했다. 대학에서 한 학부 여자는 조잡한 메시지가 쓰인 포스트카드를 받고, 조이스가 그것을 썼다는 것을 가상했을 때, 그녀는 그에게 항의하기 위해 글을 썼다. 그이, 즉 제임스 A. 조이스는 여학생들이 가족의 친구들이 아닌 한, 그들과 결코 교신하지 않는지라, 이러한 포스트카드를 쓰다니 생각할 수 없는 일이라고 냉정하게 대답했다. 사실은 그가 대학생이 되었을 쯤에, 그의 가족은 너무나 저락했기 때문에 가족의 친구였던 여학생들은 하나도 없었다.

그러나 노라는 그녀가 그의 육체와 마찬가지로 그녀의 말들과, 그녀의 영혼(그가 계속 주장하다시피)을 사랑하는 문인을 자신이 붙들었음을 알았다. "내게 글을 써요, 노라." 그는 간청했다. 그는 자신의 글을 그녀를 위해 애써 해석하려고 하지 않았으나, 그는 자신이 인식받고 있다는 것을 그녀가 알고 있음을 확신했다. 그는 그녀에 의해 공히 영감을 받은 두 통의 연애 시를 발표했다. 그녀는 그들을 암기했다. 8월 11일 그의 어머니의 기일 기념일에, 그는 미친 신부에 관한, 자신의 처음 발표된 단편인 '자매'가 실린 한 권의 『아이리시 홈스테드』지를 그녀에게 보냈다. 그는 그것을 그녀를 위해 해석하려 하지 않았다(그것은 마찬가지로 평이 좋았으니, 그것의 상징주의는 아직도 학자들을 당혹하게 한다). 그가 말한 모든 것이란 "내(스티븐 데덜러스)가 쓴 글이요"였다.

3일 뒤에, 그러나 마치 자신이 그의 표준까지 솟아야 함을 인식한 듯, 노라는 밖으로 나가 그녀의 어머니가 좋아했던 그런 종류의 자색 바이올렛 꽃과 밝은 녹색 잎들이 그려진 어떤 장식된 편지지를 사서, 그녀의 최고의 필체로서 그리고 커다란 위엄을 스스로 표현하려고 애쓰면서, 그에게 한 통의 공식적인 연애 편지를 썼다.

레인스터 거리
1904년 8월 16일

나의 사랑

우리가 지난밤 헤어진 이래, 내가 그토록 깊이 느꼈던 나의 고독이 마치 마력에 의해서인 양 흐려진 듯했어요. 그러나 맙소사, 그것도 잠시, 그러자 이어 나는 여느때보다 한층 심하게 되었어요. 내가 당신의 편지를 읽는 그 순간부터 아침에 다시그걸 열 때까지 나는 눈을 감았지요. 나는 모든 있을 수 있는 여러 상황 아래 언제나 당신과 함께 있어요. 당신에게 이야기하며 당신과 같이 걸으며 갑자기 다른 장소에서 당신을 만나면서 마침내 나는 나의 정신이 나의 몸을 떠나 잠 속에서 당신을 찾아가는 것이 아닌가 생각하지요. 더욱이 당신을 발견하다니 아마도 이것은단지 환상인가 봐요. 또한 이따금 하루 내내 계속되는 우울의 발작 속으로 빠져들다니 그것을 발산하는 것이 거의 불가능해요. 이제 이 편지를 끝마쳐야 할 시간이거의 다 된 듯 내가 쓰면 쓸수록 한층 고독하게 느껴져요. 당신과 그토록 멀리 떨어져 있는 탓인가 봐요. 그리고 당신이 내 곁에 있으면 내가 말하기를 원하는 것을 써야 한다는 생각이 나를 한층 비참하게 만들어요. 고로 행복과 사랑을 빌며 여불비례—.
저를 믿을지니 언제나 당신의 것×××××××

노라 바나클

과장되지만, 이 사랑스런 편지는 노라의 보다 나중의 명성을 손상시키는데 큰 몫을 했다. 조이스는 그것을 스태니슬로스에게 보여주었으며, J.F. 번은노라가 그것을 서간문에서 베낀 것이 틀림없다고 말했다(번은, 노라 가문의 대단한 지지자로, 자신이 그토록 잔인한 짓을 했으리라는 것을 뒤에 부인했다). 편지는 조이스의 서간문들 사이에 그리고 엘먼의 전기 속의 팩시밀리에서 복제된 노라의유일한 것이다.—아마도 그것이 꽃무늬의 메모지에 쓰였기 때문에. 엘먼은 편지를 노라의 성격에 대한 열쇠로서 이용했으며, 노라의 "총체적 성실성에 대한조이스 자신의 시도에도 불구하고 그녀의 술책은 그에게 여인의 부도덕성에 대한 암시를 주었다"고 말했다.

그러나 조이스는 노라로부터 너무나 많은 편지를 받았기 때문에, 어떻게 그녀가 자신의 진짜 산문 문체로부터 출발했었는지를 알았다. 그녀가 자신의 늦은—야간 편지들에서, 단어들로 페이지를 메우면서 그에게 쓴 방식은, 잠의 가장자리에 있는 정렬적인 한 여인의 온화하고, 구두점 없는 유출(감적인 말)을 자신이 사용한, 최초의 암시를 그에게 주었음에 틀림없다.

친애하는 짐
나는 오늘밤 너무나 피곤하기에 저녁에 예기치 않게 내가 받은 당신의 친절한 편지에 대해 많은 감사를 말할 수 없어요. 배달부가 왔을 때 나는 너무나 바쁜지라 당신의 편지를 읽기 위해 침실로 달려갔어요. 나는 다섯 번 부름을 받았으나 못 들은 척했다오. 지금 시간은 11시 반 그러니 나는 눈을 거의 뜰 수 없음을 당신에게 말할 필요가 없어요. 그리고 나는 내가 당신을 그토록 많이 생각할 수 있는 밤 지새우는 것이 기쁜지라 아침에 내가 깨어나면 나는 당신 이외 아무도 생각지 않을 거예요. 잘자요. 내일 저녁 오후 7시까지.

노라 ×××××××××

이러한 글줄들은, 조이스 학자인 필립 헤링이 노라야말로 조이스가『율리시스』를 끝낸, 몰리 블룸의 긴 내적 독백을 위한 주된 문체적 영향으로 생각되어야 한다고, 주장한 이유를 보여준다.

8월 16일의 그녀의 편지를 쓰기 위하여, 노라는 자신이 말하기를 원했던 것을 정확하게 표현하는 모델을 발견했을지니, 왜냐하면 그녀는 자신의 한층 자발적 편지들에서 스스로 말했던 것, 그리고 그녀가 그를 만날 때마다 조이스에게 말했던 것을 그녀의 의시되는 편지에서 정확히 말했기 때문이다. 즉 그녀는 자나 깨나 매 순간마다 그를 생각했으며, 그이 없이는 낙담했다. 8월 16일의 첫 말들은 특히 의미 신중하다. : "내가 그토록 깊이 느꼈던 나의 고독……"

노라는 고독했는데, 그녀가 사랑에 빠져있을 뿐만 아니라, 그러한 사랑에 대한 대안을 갖지 못했기 때문이다. 그녀는 세상에 홀로였다. 조이스는 그녀가 가진 모든 것이었으며, 미래를 위한 그녀의 유일한 희망이었다. 조이스가 그녀의 연애 편지를 그의 친구들에게 보여줌으로써 기분을 전환하고 있었던 동안, 그녀는 자신의 작은 방에서 그들을 읽고 또 읽으며, 그 의미를 이해하려고 애쓰면서, 그들을 홀로 간직하고 있었다.

늦여름쯤에 그는 자랑스럽게 그녀를 대중 속에 호위하고 있었다. 그는 자신이 더블린의 가장 멋진 음악당인 앤티언트 콘서트 룸에서 8월 27일에 유명한 존 맥콜맥처럼 같은 프로그램에 나타나 자신이 부르는 노래를 그녀가 듣게 되기를 열망했다. 그가 한 주일 내내 리허설을 하며 신경과민이었을 때, 그는 노라를 콘서트로 스스로 데려오지 않고, 그 대신 빈센트 코스그래이브를 대리로 내세웠다.

코스그래이브는 그저 기꺼이 감사할 따름이었다. 약 5척 8의 키에 튼튼하고 생기 넘친 채, 거의 언제나 회색 나사 복에 모자를 쓴 그는 조이스보다 4살 더 먹었는데, 여인들에게 한층 외관상 흥미를 보였으며, 고가티 이외 군중의 누구보다 그들을 유혹하고 있었는지라, 그런데 고가티의 강박관념은 한층 심하게 해부적이었다. 코스그래이브는 영원한 의학도요—고가티는 그를 '만성적 의학도'라 불렀으니, 병원에서 살기를 좋아하는 자였다. 그해 여름 코스그래이브는 멋있고 유명한 토마스 마이어즈 경의 외과의(조수)로서 일하고 있었다. 그는 이미 자신의 관심을 노라에게 쏟았었다(고가티는 뒤에 코스그래이브가 "아름다운 다갈색 머리카락을 한 노라 양과 산보에로 나감으로써 질투를 야기했다고" 회상했다). 노라는 그러나 조이스에게 자신은 관심이 없었음을 확신시켰다.

만일 코스그래이브가 구혼하려고 원했다면 기회는 거기 있었다. 그러나 조이스가 플랫폼에 오르고 노래하기 시작했을 쯤에, 코스그래이브의 찬스는 사라져 버렸다. 조이스의 노래의 아름다움은 노라를 깊이 감동시켰다. 그가 선택한 약간의 노래들, '그녀의 단순성 속에' 그리고 '나의 사랑은 먼 카운트리에서 오다'는 그녀를 곧바로 겨냥한 듯했다. 노라는 조이스 씨가 감미로운 테너의 목소리를 소유했다던가(비록 비평계는 목소리가 고음에 강세를 지닌 경향이 있음을 알았지만), 그는 그것을 '예술적 감동성'을 가지고 사용했다는 『프리먼즈 저널』지의 논평에, 전심으로 동의했다. 여러 해 뒤에 노라가 그들의 유럽 친구들에 "짐은 노래에 매달려야 했어"라고 말했을 때, 그녀는 그의 글재주를 깔보았을 뿐만 아니라—사실 그녀는 그랬다.—사랑을 나누는 그들의 첫 주들 동안 음악적 승리에 대한 조이스의 밤을 되새겨 생각하고 있었다.

조이스는 아마도 영국을 향하여 아일랜드를 떠나는 것에 관해 여전히 산만하게 말하고 있었다. 노라는 다시 한 번 주도권을 잡으면서, 그가 자기도 역시 데리고 가도록 압박하기 시작했다. 그녀는 호텔 안주인과 싸우고 있었으며, 관심을 다른 데로 돌리지 않았다. 더블린에서 그녀의 생활은 짐 없이는 과연 삭막하리라. 그는 그녀를 '나의 사랑하는 순진하고, 흥분하고, 깊은 목소리를 한, 졸리는, 초초한 노라'라 부르면서, 그녀를 억제하려고 애를 썼다.

그들이 함께 아일랜드를 떠날 수 있으리라는 생각이 그의 마음속에 천천히 자리 잡았다. 조이스는 유혹을 받았지만 겁이 났다. 그는 한 부양자를, 특히, 만일 그녀가 본래 모습으로 되돌아간다면, 자신을 인습적 결혼 생활로 귀찮도록 조를 자를 받아들일 적소에 있지 않았다. 지독한 정직성을 가지고, 마치 자신의 노래에 의해 암시된 어떤 거짓 달콤함을 발산시키려는 듯, 조이스는 8월 29일 노라에게 자신이 어떤 사람인지 그리고 어떤 사람이 되려는지를 말했다. 노라는 몹시 동요되었다. 그녀는 회복할 시간이 거의 없었는지라, 왜냐하면 당시 표면상으로 그가 그녀의 눈 속에 드러나는 것을 보았던 번뇌에 대한 사과로서, 그는 그녀에게 한 통의 편지를 썼으나, 그녀는 정작 그것 모두를 재차 한

자 한 자 판독할 겨를이 거의 없었다.

나는 내가 말한 것으로 오늘밤 당신을 아마 괴롭혔을 거요. 하지만 확실히 대부분의 일들에 쏟은 나의 마음을 당신이 아는 것이 좋지 않을까 하오? 나의 마음은 모든 현재의 사회 질서나 기독교리—가정, 인식된 덕망들, 생의 계급들 그리고 종교적 교의를 거절하오. 나의 가정은 단지 낭비벽의 습관 때문에 망친 중산 계급이었고, 그것을 나는 물려받았소. 나의 어머니는, 내 생각에, 아버지의 학대에 의해, 수년간의 고통에 의해, 그리고 나의 행동의 냉소적 솔직성에 의해 천천히 죽어갔소……. 나는 그녀를 한 희생자로 만든 제도를 저주했소.

그가 이어 말한 것이 그녀를 한층 해쳤다. 노라의 종교는 그녀의 인생의 한 부분이었다. 조이스는 그녀의 신앙 때문에 그녀를 괴롭혔다. 그러나 이제 그는 교회를 공격했다. 그가 그것을 떠났다고, 그는 말했나니, 자신이 16살이었을 때, '나의 천성의 충동' 때문에, 그러나 그는 지금 그것을 증오했다.

나는 내가 쓰고 말하고 행하는 것으로 인해 공개적 전쟁을 하고 있소. 나는 한 방랑자로서 이외에는 사회 질서에 들어갈 수 없소. 나는 세 번 의학을, 한 번은 법률, 한 번은 음악을 공부하기 시작했소. 1주일 전 나는 여행의 배우로서 떠나기를 작정하고 있었소. 나는 그 계획에 힘을 쏟을 수가 없나니 당신이 나의 팔꿈치를 계속 잡아당기고 있기 때문이오. 나의 인생의 실질적인 어려움들은 믿을 수 없는 것이지만 나는 그들을 무시하오.

노라는 조이스 자신에 관한 그의 최악의 고백을 들었고, 고통스런 냉담함으로 어깨를 으쓱해 하며 핀즈 호텔 안으로 들어갔다. 그녀는 그가 말하고 있던 바를 완전히 이해했다. 그는 그녀의 육체를 원했다("나는 이제 그게 무슨 말인지 알아요." 그녀는 그에게 말했다). 그는 결코 그녀의 남편이 되지 않으리라. 커튼과 가구 및 이웃을 가진 멋진 가정을 가진 안정된 가족생활로서라면, 그는 결코 그들을 그녀에게 주지 못하리라. 그는 생각을 온통 무시했다.

그러나 그녀는 그가 말했던 바를 모두 경청했다. ─ "어떠한 인간도 여태 당신이 서 있듯 나의 영혼과 그토록 밀접하게 서 있지 않아요." ─그리고 그녀는 또 다른 메시지를 분별했다. 그는 그녀, 노라 바나클이 필요했다. 어떤 다른 여인도 도움이 되지 않으리라. 그는 그녀의 사랑뿐만 아니라, 그녀의 힘과 그녀의 지분거림이 필요했다. 그의 필요 속에 그녀의 안전이 놓여 있었다. 그는 그녀에게 도망가기를 그리고 그와 같이 살기를 요구하고 있었던가? 그녀는 여전히 확실치가 않았다.

득의만면이 절망과 엇갈렸다. 조이스는 그가 노라와 사랑한다는 뉴스를 그의 누이인 포피에게 터트렸다. 그는 또한 스태니슬로스에게 말했다. 스태니슬로스는, 비록 형이 이해하는 바를 전적으로 좋아하지 않았을지언정, 그가 형을 이해한다는 데 동의했다. 스태니슬로스는 비록 그가 자신이 형의 그늘 속에 있음을 체념할지라도, 한결같이 자기 자신을 보호하기 위해 싸웠다. 조이스는 자기 자신의 이익보다 다른 사람의 이익에 대해 지나치게 무관심했다. 스태니슬로스 자신의 전망은 가족의 쇄락으로 꺾였다. 비록 그가 분명히 스스로의 상당한 지적 능력을 지녔을지라도, 그는 형보다 열등한 교육을 받았다. 스태니슬로스는 그것이, 그가 나중에 말했듯, "나라가 [조이스의] 계급과 종교를 가진 소년에게 제공해야 했던 최고의 교육"을 마련해 주었음을 알았을지라도, 그를 위한 클론고우즈 우드 기숙학교는 없었다. 게다가 대학도 없었다.

조이스의 또 다른 형제인 찰스가 있었다(네 번째인 조지는 사망했다). 찰스는 스태니슬로스처럼 벨비디어에 재학할 수 있었고, 당시 존 조이스는 교장으로 하여금 수험료 없이 자신의 아들들을 맡도록 권했다.

그의 형이 가진 최초의 확고한 소녀에 대하여, 스태니슬로스는 두 마음이었다. 노라는 짐에게 값어치가 없다고, 그는 생각했다. 그녀는 멋진 머리카락을, 스태니슬로스는 인정했는지라, 그러나 그녀의 얼굴과 입술은 '평범한 표정'을 가졌다. 그는 노라가 조이스를 공공연히 "내 사랑" 하고 부르는 걸 듣자 몸서리를 쳤다. 짐을 위한 동료로서, 그러나 노라는 고가티에게 한층 호감을 샀다. 스태니슬로스는 유쾌한 의학도를 상당한 이유로서 증오했다. 고가티는 그를 촌뜨기 및 두툼한 귓불이라 불렀다.

조이스가 자신의 어머니를 파괴한 '제도'를 저주했을 때, 그는 가톨릭교회뿐만 아니라, 아일랜드에 있어서 성(섹스)들 간의 비참한 상태를 의미했다. 그러한 유형은 타산적인 재정적 안정에 의하여 진행되는, 긴 계약(전적으로 결혼한 자들을 위한)을 위한 것이었다. 일단 결혼하면, 남자들은 자신들의 친구들 무리를 탐하는 반면, 여자들은 집에 머물러 큰 가족을 부양하고, 장남을 맹목적으로 사랑하며, 사랑의 그리고 성에 대한 죄의 가장 지독한 쓴 약(경험)을 그에게 주었다(성적 죄의 무거운 짐은 아일랜드의 높은 비율의 정신 분열증의 가능한 이유들 중의 하나로서 암시되었다).

소문난 여성에게 속하는 어떤 이익들이 있었다. 아일랜드의 여성들은 그들의 어머니를 이상화하거나 또는 그들의 자연적 본능을 같은 정도까지 억압하도록 강요당하지는 않았다. 결과로서, 아일랜드의 남성들은 열의에 찬 그들의 자유를 시기했다. 이러한 시기는 아일랜드의 민요의 가사들 속에 잘 표현된다. "확실히 여성들은 남성들보다 한층 고약한지라. / 그들은 지옥으로 보내졌고, 재차 내던져졌도다." 노라는, 단독으로 그녀의 어머니와 거리가 먼 한 아일랜드 여성으로서, 비상하게도 다툼이 자유로운 개성을 지녔다. 이러한 사람들은 성적 죄로 파멸된 사람들(조이스처럼)에게 압도적으로 매력적이다. 노라가 행한 바를 자신은 별 유감없이 행했다.

여름이 진행되자, 조이스는 이곳에서부터 저곳으로—가구가 비치된 방, 친척의 가정, 그의 아버지의 누추한 집으로 이사하면서, 여느 때보다 한층 불안정했다. 초여름에 그는 더블린의 남쪽 해안의 마텔로 탑으로 이사했으며, 그곳을 고가티는 임대하고 있었다. 탑은 19세기 초에 나폴레옹의 침입에 대항하는 방어용으로 아일랜드 주변에 세워진 일련의 요새들의 하나였다.

노라는 이사에 관해 행복할 수가 없었다. 조이스는 결코 그녀를 자신의 가장 탁월한 친구에게 소개하지 않았다. 그러나 그녀는 고가티가 부유한 것을, 그리고 그가 더블린의 한 집을, 그리고 그가 엄마라고 부르는 만만찮은 과부와 함께 시골의 한 별장을 나누고 있음을 알았다. 노라 또한 마텔로 탑을 알고 있었다. 고가티 부인은 골웨이 출신으로, 그녀의 가족인 올리버 가문은 이어 광장의 한 집과 함께 번성한 제분업자들이요, 톰 바나클이 한 때 일했던 빵 가게를 소유했다. 고가티는 7월 22일 이래 조이스가 입주하리라 기대하고 있었다. 조이스의 노라에 대한 구애가 지연의 이유였으리니, 왜냐하면 탑은 더블린의 남서부 8망일에 위치했기 때문이다.

조이스가 탑에 머무르는 시작에서, 희푸른 더블린 만灣의 장쾌한 경관과 함께, 그는 만족했고, 심지어 기분이 좋았다. 9월 12일 그는 노라에게 썼다.

탑, 샌티코브

사랑하는 노라, 글쎄 우리가 오늘밤 만날 수 없다니 정말 불쾌한 아침이구려. 여기 비가 퍼붓고, 바다는 바위를 따라 날아오르오. 나는 여기 난로 가에 홀로 앉아 있어야 하오. 그러나 곧 코스그래이브를 만나기 위해 도회로 들어가야만 하오. 날씨가 저녁에는 좋을 것 같소. 만일 그렇다면, 나는 당신을 만날 수 있을 테지만, 날씨가 좋지 않으면 외출하지 마오. 당신이 매일 보다 나아지길 희망하오. 지도상의 저 장소를 발견했소? 우리가 오늘밤 만나지 않으면―내일 8시에. 짐

지도地圖에 대한 언급은 그들이 떠나감에 대해, 아마 막연하게 이야기하고 있었음을, 그러나 그는 노라의 초조함에 대해 비난했음을, 그리고 몇 년 뒤에, 심지어 노라 바나클이 '비상飛翔을 향해 그를 과격하게 밀어붙인 힘'이었음

을 그가 그의 아주―비평적 전기가인 고먼으로 하여금 말하도록 심지어 허락했음을 암시한다.

노라는 그날 저녁 홀로 남아, 짐에게 글을 썼다.

나는 오늘 당신이 도회에 있으면 비에 젖지 않기를 희망해요. 나는 날씨가 좋으면 내일 저녁 8시 15분에 당신을 볼 수 있기를 기대해요. 간밤 이래 몸이 한층 좋아졌어요. 하지만 오늘밤 조금 외로움을 느껴요. 비가 너무나 오기에 나는 종일 당신의 편지를 읽고 있었어요. 그 밖에 할 일이 없기에 나는 당신이 교회와 사회 질서를 거절한 데 대한 당신의 저 기다란 편지를 재차 읽고 또 읽어요. 그러나 그것을 이해할 수 없는지라 그걸 내일 저녁 당신에게 가져갈 참이어요.―그러면 아마 당신은 나를 이해시킬 테죠.
이만 줄여요. 당신의 사랑하는 소녀 올림.

노라 ××××

급히 써서 미안해요.
이 편지를 받을 즈음 당신은 화로에 불을 피우고 있을 테죠.

알려져 있는 한, 노라는 조이스가 교회를 떠난 데 대해 그를 결코 비난하지 않았다. 그녀는 자신의 견해를 홀로 간직했다. 만일 그가 다른 어떤 이를 바라보듯 그녀를 결코 바라보지 않았다고 말할 수 있다면, 왜 그는 그녀를 사랑한다고 말할 수 없는지, 그녀로서는 거의 이해하기 어려웠다. 그녀는 그에게 그녀의 사랑을 수없이 말했었다. 그의 핑계는 자신의 생활이 그를 아주 미루게 하게 했다는 것이었다. 그녀는 낙심하지 않았다. 그녀가 갈망했던 선언에 그가 당도할 수 있었던 가장 가까운 것이란 아퀴너스의 재가공再加工이었다. : "인간의 행복이 모든 면에서 '사랑하는 것임을' 굳게 지키도록 추구하는 것이라면 그럼 아마도 당신에 대한 나의 애정은 일종의 사랑일지라."

그들의 구애는 고가티와의 그의 관계 때문에 시련을 겪게 했다. 조이스는 한 번에 단지 한 사람의 친밀한 친구를 갖는 그런 유의 사람이었다. 번은 코스그래이브로, 코스그래이브는 고가티로, 그리고 고가티는 노라로 이어졌고, 고가티는 바뀌는 것을 좋아하지 않았다. 조이스의 모든 옛 벗들은 그의 출판된 시들을 읽었으며, 어떤 이들은 그들 중 한 구절인 '그의 사랑은 그의 동료로다'라는 시행으로부터의 '동료'를 노라에 대한 언급으로 생각했다.

고가티는 여전히 조이스에 대한 또 다른 원한을 품었다. 조이스는 '성직'이라 불리는 해학시를 야만스럽게 썼고, 이를 그는 친구들에게 배부했다. 그 속에 그는 자신의 천재를 인정했거나, 자신을 도우려고 애썼던 많은 영향력 있는 사람들을 조롱했다. 조이스는 J.M. 싱, 조지 무어 및 위선적 다른 문학인들을 고소했고, 고가티를 속물 근성으로서 조소했다. 조이스는 아일랜드의 문예 부흥을 격멸하는 것 이외 아무것도 하지 않았다. 자기 자신을 마왕과 비교하면서, 그는 자신을 '스스로—숙명적이요, 두려움 없는, 친구도 없고, 동료도 없는, 홀로'로서 생각했으며, 모두들이 켈트의 황혼 속에 희롱대는 동안, 아일랜드 생활의 거친 현실에 관해 글을 썼다. : "그들은 자신들의 꿈 많은 꿈을 꿈꿀지니 / 나는 그들의 불결한 흐름을 벗어나도다."

두 젊은 남자들 간의 최후의 붕괴는 9월 14일의 한밤중에 나타났다. 그들은 탑을 체네빅스 트렌치라는 이름을 가진 옥스퍼드 출신의 이상한 영국인과 나누었다. 그날 밤, 그는 자신이 한 마리 흑 표범에 의해 공격당하는 것을 꿈꾸면서, 잠에서 깨어나 침대 곁에 있는 권총을 잡고, 어둠 속으로 쏘았다. 고가티는 물러서지 않은 채, 자기 자신의 총을 잡고 조이스의 머리 근처에 매달린 주전자들과 프라이팬들을 모두 쏘아 떨어트렸다. 조이스는, 고가티가 잘 알았듯, 천둥소리에 너무나 놀라는데, 폭풍 동안 테이블 아래 숨곤 했다.

깊이 동요된 채 조이스는 급히 옷을 입고, 때가 한밤중임에도 탑으로부터 도망쳐, 어둠 속에 그의 사촌의 집까지 9마일을 걸어야 했으며, 거기서 그는 피난처를 구했다. 그는 심지어 자신의 물건들을 되찾으려고(그는 그이 대신 한 친구로 하여금 그렇게 하도록 했거니와) 결코 되돌아오지 않았으나,『율리시스』의 열리는 장면에서 거기 자신의 며칠들을 불후화不朽化했다.

우연의 일치든 아니든 간에, 그것은 조이스가 노라로 하여금 자기와 도피하도록 공식적으로 초청한 저 긴 날의 밤이었다. 그것은 그녀가 프러포즈라고 부를 수 있는 것은 아니었다. 그는 아주 에둘러 요구했다. : "나를 이해할 자 있을까?" 노라는 그를 이해했고, 그녀의 대답을 장만했다. 그는 그녀에게 자신과 함께 갈 것을 요구하고 있었다. 그는 그녀더러 자기와 결혼할 것을 요구하지는 않았다. 그녀는 예스라 대답했다.

다음 날 밤, 조이스는 그의 조국에 자신의 등을 돌린 사나이의 목소리로서 쓴 편지에, 그들의 약속을 확약했다.

> 내가 지난 밤 당신을 기다리는 동안 나는 심지어 한층 잠 못 이루었소. 나는 내가 당신을 위해 아일랜드의 모든 종교적 및 사회적 힘과 싸우며, 나 자신 이외 의지할 것은 아무것도 없는 듯했소. 이곳에는 인생이 없소. ─천연함도 정직도. 사람들은 일생 동안 같은 집들에 함께 살다가 종국에는 영원히 떨어져 버리지요. 당신은 자신이 나에 관한 어떤 오해 하에 있지 않음을 확신하오? 당신이 내게 묻는 어떤 질문이든 나는 정직하고 참되게 대답하리라는 것을 기억하오. 그러나 만일 당신이 물을 것이 없으면, 나는 또한 당신을 이해할 것이오. 이런 식으로 당신이 나의 위험한 인생에서 내 곁에 서 있기를 선택할 수 있는 사실은 나를 큰 자만과 기쁨으로 채우고 있소.

그것은 노라가 갈망했던 사랑의 선언은 아니였으나 그것은 진리였다. 그가 그해 여름에 그녀에게 한 모든 약속을 그는 지켰다. 그는 그녀를 기다리는 '파란 많은 인생'에 대한 한갓 비전을 제시했으나, 그는 또한 그녀의 사랑은 값지기를 그리고 그것을 보상하기를 희망했다. 그는 그녀에게 자신의 것일 수 있는 어떠한 행복도 그녀와 나누기를 희망한다고 확신시켰다.

일단 맡겨진 채 그들은 침묵했고, 서로 불안했다. 조이스는 또한 노라를 질문하기 시작했다. 그는 힐리와의 연관에 관해 알고 싶었다. "당신네 사람들은 부유하오?" 그는 물었다. 노라는 거리가 멀어갔다.—아마도 그는 돈을 추구하고 있으리라.—그러나 조이스는 어설프게 스스로 변명했는지라, 그는 혹시 '그녀가 자신이 알아왔던 안락을 빼앗기는 것은 아닌지를' 단지 알고 싶어 애쓰고 있을 뿐이라고 말했다. 노라는 그녀의 조모가 유언장에 뭔가를 그녀에게 남겼으리라는 희망(아마도 조이스로 하여금 그의 마음을 변경하는 것을 지연시키기 위해서)을 과연 품게 했다.

조이스는 노라와의 사랑의 도피에 대한 생각을 J.F. 번에게 꺼냈다. 번은 자기 자신 결혼의 형식과 무관한 채, 조이스에게 노라를 위한 그의 감정의 깊이에 관해 질문했으며, 확신을 받자 말했다. "기다리지 말게, 주저하지 말게. 노라에게 물어 보고, 만일 그녀가 자네와 함께 가겠다고 동의하면, 그녀를 데리고 가게."

조이스는 그 소식을 그의 숙모인 조세핀 머래이에게 가져갔다. 그의 외숙부의 아내인 조세핀 숙모는 매이 조이스가 사망한 뒤, 비록 그녀가 자신의 여섯 아이들을 가졌을지라도, 조이스 집안의 아홉 아이들을 어머니로서 돌볼 수 있었음을 온정으로 수행했었다. 머래이 부인은, 조이스가 노라를 부양할 방도가 없기 때문에 계획 밖으로 그에게 말하려고 애썼으나, 그가 그녀와 결혼할 계획이 없음을—그가 자신의 신앙을 잃었기 때문에 어느 사람이든 자기를 두고 무의미한 말을 하게 하지 않을 것임을, 그러나 그와 노라는 의식儀式이 없어도 결혼의 의미를 덜하지 않으리라는 것을, 덧붙였을 때—그녀는 반대하지 않았다. 비록 독실한 가톨릭교도였지만 그녀는 이해하는 여인이었고, 게다가 그녀는, 조이스의 자매들처럼 노라가 짐을 안주시키리라 희망했다. "만일 네가 뭐든 믿지 않는다면, 그걸 행할 아무런 의미가 없지." 그녀는 그에게 말했고, 자신이 도울 수 있는 것은 돕겠다고 약속했다.

그것은 계획에 여러 달이 걸릴 그런 종류의 동기가 아니었다. 조이스는 몇 주일 동안에 그것을 성취하려고 애썼다. 다시 한 번 인상적인 우편 서비스가 그 것의 역할을 했다. 조이스는 신문들을 뒤졌고, 자기 자신과 노라를 위해 우편으로 일거리를 주문했으며 답을 기다렸다. 어떤 가능성을 포착하면서 그는 다른 것들 가운데, 마킷 라센이라는, 린컨샤 주의 작은 도회에 있는, 중부지역 학자 알선소가 낸 광고에 답했다. 비록 알선소가 유럽의 직업 기회를 위한 신경 중추역을 할 것 같지 않았을지라도, 그것은 대륙에서 일할 영어 선생을 찾고 있었고—바로 조이스가 찾는 것이었다.

9월 17일에 통신사는 어떤 E. 길포드라는 이가 보낸 편지로서 답했다. 미스 길포드는 그녀가 '벌리츠 스쿨 콘티넌트'에 영어 선생으로서 그를 위해 일을 예약했으나, 그가 그녀에게 2기니의 돈을 미리 우송할 때까지 명세서를 보류하겠다고 서술했다.

조이스는 마킷 라센의 사무원들에게 전보를 쳤고, 미스 길포드는 훌륭한 성격의 여자라는 확신을 받은 다음, 그녀가 요구하는 큰 액수를 믿음을 갖고 그녀에게 보냈다.

노라에게 기다림은 괴로운 것이었다. 매일은 새로운 가능성을 가져왔다. 그녀는 파리로, 다음은 암스테르담으로 갈 수 있으리라. 그녀는 어느 날 생각했다. 그의 편지들의 하나에 대한 답장에서, 조이스는 노라를 위해 런던에 일자리를 발견했으나 자신을 위해서는 아니었다. 그의 편지의 실질적 세목들은 더해가는 긴장과 엇갈렸다. 그들은 서로에게 뭐라 말할지 몰랐다. 그는 심지어 자신의 편지에서 떠듬거리고 있음을 스스로 발견했다.

그런데 왜 나는 말들에 대해 수줍어해야 한담? 왜 나는 내 마음속에 내가 계속적으로 당신을 부르고 있는 것으로 당신을 불러서는 안 되는가? 어떠한 말도 당신의 이

름이 될 정도로 충분히 상냥하지 않다면 나를 막고 있는 것은 무엇인가? 짐

시간이 있으면 편지 하오.

노라는 시간을 거의 발견할 수 없었다. 그녀는 어떤 번민의 기색을 주지 않은 채, 혼자서 모든 계획을 가지면서 호텔에서의 자신의 의무를 지켜 나가야 했다. 9월 29일에 그녀는 다음과 같이 썼다.

사랑하는 짐, 나는 당신의 감기가 한층 나아지길 희망해요. 나는 당신이 요즘 아주 말이 없음을 느껴요. 당신이 나를 너무나 일찍 떠난 결과로 당신을 보지 못한 듯 나는 간밤에 느꼈어요. 내가 들어왔을 때 물러가 당신을 그토록 많이 생각하지 않으려고 생각했으나 여기 큰 주연이 있었는지라 나는 내가 상관하지 않는 사람들 사이에 끼기를 좋아하지 않았음을 당신에게 말할 필요가 없어요. 시간이 2시였기에 나는 침대로 가서 바보처럼 당신을 생각하며 내내 앉아 있었어요. 나는 당신 곁을 떠나서는 안 될 시간이 다가오기를 동경했어요.
사랑하는 짐, 나는 오늘밤 너무나 외로워 무엇을 말해야 할지 몰라요. 내가 이렇게 앉아 글을 쓰다니 무모한 듯 나는 차라리 당신과 같이 있는 것이 더 좋을지니 나는 내일 밤 당신을 만나면 당신이 좋은 소식을 갖기를 희망하는지라 8시 15분에 외출.
그때까지 모든 나의 생각을 당신에게 주면서

노라

10월 4일에, 조이스는 마침내 노라가 바랐던 뉴스를 그녀에게 줄 수 있었다. 미스 길포드는 마침내 그의 새로운 일이 기다리는 나라(스위스)의 이름과 심지어 도시의 이름(취리히)을 밝혔다. 기분이 들뜬 채, 조이스는 자신이 받은 또 다른 편지를 마음에서 지워버렸는지라, 그것은 런던의 벌리츠 스쿨에서 온 것으로, 영 연방에는 어떠한 분교들도 없음을 그리고 그는 낯선 사람들을 주의해야 함을 그에게 경고했다.

"보트가 정작 우리를 위해 휘파람 불기 시작하고 있소." 그는 노라에게 썼

다. 그의 단 하나의 진짜 걱정은 골웨이의 노라의 어머니 또는 숙부들이 냄새를 맡고, 그들을 막으려고 하지 않을까 하는 것이었다. 그는 자신이 아일랜드를 떠나는 뉴스를 아버지에게 터트렸으나, 노라를 언급하지는 않았다.

조이스는 심지어 노라가 알지 않을까 두려워했을지라도, 그녀는 자신의 결정의 거대함을 알아차렸다. 결혼도 하지 않고 도망감으로써 그녀 역시 사회 질서를 어기고, 반항의 공개적 행위를 수행하고 있었다. 그녀는 배수의 진을 치고 있었는데, 만일 조이스가 그녀를 버리면, 자신을 해외에서 부양할 길이 없었다. 비영어권의 나라에서 그녀는 심지어 가정부로서도 일을 발견할 것 같지 않았다. 그녀의 용기는, 그의 것처럼, 그녀를 깎아내렸던 자들에 대한 신랄함으로 무장되어 있었다.

취리히까지의 배 삯은 3파운드 12실링으로, 두 사람을 위해 7파운드 10실링이요, 그들의 트렁크를 부치는 데 1파운드가 가산되었다. 조이스는 그가 조소했던 자들로부터 돈을 빌리는 것을 부끄러워하지 않았다. 래이디 그레고리가 5실링을 주었고, 그의 출판자인 조지 러셀이 10실링을 주었다. 그의 아버지가 얼마간을 주었는데—7파운드임을 그는 나중에 주장했다. 비록 조이스는 그의 출판된 세 편의 시들에 대해 지불받지 않았으나, 한 가지 새 단편 소설인 '경기 뒤에'에 대해 또 다른 기니를 호주머니에 넣었다. 그리하여 그들은 떠날 준비를 갖추었다. 그들은 조이스의 나중의 명성과 함께 단지 더해 갔던 루머와 조소의 홍수를 그들의 지나간 발자취에 남겼다. 조지 러셀은 불쌍한 소녀를 동정했으며, 조이스가 그녀를 버릴 것이 뻔했다. 이전의 또 다른 친구인 프랜시스 스케핑턴은 노라의 미래가 조이스 자신의 것보다 한층 의심스럽다고 생각했다. 코스그래이브는 조이스에게 그녀는 그에게 조금도 도움이 되지 않을 것이라고 말했다. 여인들은 노라가 어떻게 조이스로 하여금 그와 함께 그녀를 데리고 가도록 설득했는지에 관해 의심을 가졌다. 브렌던 엔드 도미닉의 어머니 카스린 베한 부인은 여러 해 뒤에 다음과 같이 말했다 :

모든 이들은 우리의 양심의 존재에 관해 말하지! 그는 오직 자신의 가족을 떠나기를 바랐지만, 또 다른 것에 직행했다. 그가 그녀와 아일랜드를 떠나기 전에 그녀는 특별한 상태(임신)에 있으리라 상상되었다. 나는 그녀가 모든 걸 꾸려 나갈지 의심스럽다.

조이스와 노라가 아일랜드에 그들의 등을 돌렸을 때, 22살과 20살로, 그들은 엄청난 용기를 가졌다. 그러나 그해 아일랜드 출신 37,413명의 다른 사람들도 그랬다. 그가 자신의 종족의 창조되지 않은 양심을 버리기 위해 떠나려 한다거나, 노라가 그의 미혼의 신부로서 겪어야 할 종교적 훈련 생활을 제쳐 놓았던 사실을 별개로 하더라도, 그들은 틀림없이 전형적 아일랜드 이민들이었다. 만일 노라가 어떤 형태로든 하녀로서 자기 자신을 서술한다면, 그녀는 최대의 이민 범주, 즉 콘노트 출신의 여성 가정부들의 역할이었으리라. 주된 차이는 그들의 목적지였다. 그들은 다른 나라들에서 '조이스 가문'으로서 그들의 생활을 꾸려야할지니—거기에는—요이스? 체우스? 초이스?—그 누구도 그들의 이름을 거의 제대로 발음할 수 없었으리라. 그들의 직함은 뒤에 남았지만, 때가 되면 이 또한 아일랜드를 떠나리라.

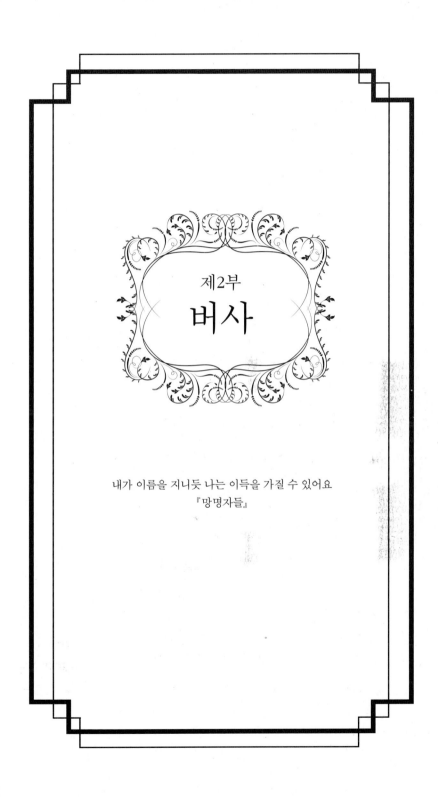

제2부

버사

내가 이름을 지니듯 나는 이득을 가질 수 있어요
『망명자들』

4

조이스 여사(시니오라)

더블린을 떠난 지 3일째 되던 아침에, 그들이 취리히에 도착하여 정거장 근처의 한 여관을 발견하자마자, 노라는 조이스에게 그녀의 몸을 허락했다. 그들은 자신들의 최초의 자유스런 밤을 여행하며 보냈는데, 그것은 그들의 최초의 기회였다. 조이스는 더블린에 떨어져 있는 스태니슬로스에게 말하는 걸 기다릴 수 없었다. 비록 그가 자신의 일자리에 관한 세목을 알기 위해 벌리츠 학교에서 4시에 시간 약속을 했을지언정, 그는 다음 소식을 가지고 급히 더블린을 향해 편지를 띄웠다. : "그녀는 이제 처녀가 아니야. 그녀는 감동적이야." 다음 순간, 갑절의 의미를 즐기면서, 그는 자신의 아우에게 그들 상호의 친구들과 접촉하여, 1파운드가 되도록 충분한 돈을 구하여 그것을 자신에게 보내도록 청했다.

더욱이 그들은 신속하게 축하했으니 그것은 잘한 짓이었다. 왜냐하면 벌리츠의 교장은 제임스 조이스뿐만 아니라 린컨샤의, 마케트 라센의 E. 길포드를 결코 들은 적이 없음이 들어났기 때문이요, 그들 중 아무도 어떻든 빈자리가 없을 때를 상관하지 않았기 때문이다. 그러나 조이스의 매력과 끈기가 곧 교장으로 하여금 남부 유럽의 전숯 벌리츠 전산망을 두들겨, 다음 8일간 또는 10일간 안으로 스위스나 또는 이태리아의 어느 곳에 일을 약속할 것을 제의했다. 그는 그곳에 도달하기 위한 그들의 차 삯을 지불하리라.

거기 그들의 대부 자금을 늘리면서 기다리는 것밖에 다른 도리가 없었다. 노라는 한 작가와 호텔에서 삶의 첫 맛을 보았다. 조이스는 자신의 자서전적 소설에 깊이 몰두하는 동안, 노라는 상점들을 배회했고, 그녀의 어머니가 신문에 자신의 사라짐을 광고하지 않았는지 궁금해 하며, 마음속으로 자신의 새 생활에 대한 생각들을 쫓고 있었다.

그녀는 정말로 처녀였던가? 의문이 조이스를 계속 괴롭혔다. 그는 찾았거니와, 시트에 몇 방울의 피를 발견하고 만족했으나, 그것은 월경의 피血일 수 있었다. 노라는 자신들이 파리에 도착했던 전날 그녀의 월경을 하고 있었고, 조이스는, 자신의 순회를 시작하면서, 그들의 임항열차臨港列車가 도착했던, 가르 상―라자레 근처의 파르크 몬쏘, 공원에 그녀를 남겨두고 떠났다. 그에게는, 그가 월경을 위해 사용한 완곡어법인, '그녀의 신발이 그녀를 괴롭히고 있다'라는 사실이 그녀를 뒤에 남겨두고 떠나는 편리한 구실이었다. 그녀의 존재는 그가 더 많은 돈을 긁어모으려고 애써야만 했을 때 그를 귀찮게 했으리라. 그는 자신이 학생 시절에 알았고, 자기에게 60프랑을 준, 어떤 프랑스의 정신 요법사를, 그리고 유니버시티 카레지 출신의 두드러지게도 충격적인, 두 가톨릭 친구들, 콘스탄틴 커란과 제임스 머나간을 방문했다.

나중에 그러나 노라의 있을 수 있는 부정不貞에 대한 증거가 강박적으로 넘쳐흐르면서, 조이스는 그녀가 처녀성을 포기했을 때 피가 아주 거의 없었다는 것을 그녀에게 비난하듯 상기시켰다. 그는 노라가 내내 알아왔던 것이 무엇인지 인식하게 되었으니, 즉 남자들은 월경의 피, 혼인의 피, 또는 다른 어떤 종류의 것의 차이를 말할 수 없을지라. 몰리 블룸이 『율리시스』에서 말하듯,

……남자들이란 언제나 침대 위에 얼룩을 보고 싶어 하지. 상대방이 처녀인지 아닌지 알기 위해서지. 그따위 것이 그네들의 마음을 온통 점령하고 있단 말이야. 그들은 또 정말 바보야. 과부나 아니면 40번 이상이나 이혼한 여자라도 붉은 잉크 칠만 하면 된단 말이야. 혹은 흑 딸기 주스……

노라가 이전에 완전한 성행위를 시도했었는지를 그에게 말하려고 하지 않는 한, 그가 알 수 있는 길은 없었다.

노라의 월경이 다음 날까지 과연 오래 계속 머물렀다면, 그들은 덜 이상적인 조건 아래 그들의 부부결합을 심방新房 치렀을 것이요, 노라의 욕망의 억제는, 그녀가 처음에 마음이 내기지 않았다는, 조이스의 수년 뒤에 그녀에게 한 지분거리는 말을 설명했으리라. 시녀는 다른 시녀들이 눈치채는 바를 알고 있기 마련이다.

여러 해 뒤에, 조이스가 노라의 순결에 관해 자신의 의심을 토로했을 것 같은 유일한 친구였던, 존 F. 번이 말하기를, 그가 두 사람을 서로에게 소개한 것으로 믿었던 빈센트 코스그래이브는, 노라가 조이스를 만나기 전에, 나중이 아니라, 그녀의 육체적 지식을 잘 알고 있었으리라는 것이었다. "조이스는 그의 아내로부터 처녀성을 요구할 이유가 없었는지라, 그는 그이 자신이 처녀가 아니기 때문이었어" 하고 번은 말했다.

취리히의 그 벌리츠 남자는 자신의 말처럼 약속을 잘 지켰다. 8일 뒤에 노라와 조이스는 당시 오스트리아의 도시였던 트리에스테의 메아리 울리는 신고전주의식 기차 정거장에 모습을 드러냈다. 다시 한 번 조이스는 공원에 앉아 있는—정거장을 바라보는 먼지 많은 공원에—노라를 남겨두고 떠났으나, 이번에도 그는 돌아오지 않았다. 그녀가 마치 주인 없는 봇짐마냥, 근처의 항구로부터 수병들과 노동자들의 추파의 시선에 노출된 채, 앉아 있자 여러 시간이 지나갔다.

　비록 그녀는 이전에 그것을 인식하지 않았더라도, 그녀는 주위의 이상한 세계와의 교신의 모든 말을 위해서뿐만 아니라 그녀가 먹는 모든 한 모금을 위해서, 하느님을 믿는 대신에 그를 믿도록 자신에게 요구했던, 그 젊은 남자(조이스)에 의지하고 있음을 당시 알고 있었다. 그녀가 기도하지 않았다고 생각하다니 불가능한 일이다.

　갑자기 조이스는 되돌아왔는데 그는 상당한 핑계를 갖고 있었다. 피아짜 그란드를 빠져 걸어가면서, 그는 어떤 술 취한 영국 수병들과 트리에스테의 순경 사이에 벌어진 한 논쟁과 우연히 마주쳤다. 그는 이탈리아 말을 했기 때문에 도울 것을 제의했지만, 자신이 수병들과 함께 감옥으로 차에 실려감을 알 뿐이었다. 그는 오직 영국 영사領事의 인색한 노력으로 풀려났다(아일랜드인으로서 노라와 조이스는 영국 신민이었다). 조이스는 재빨리 노라에게 보상을 했다. 그는 아름다운 피아짜 폰테로쏘에 방을 구했는데, 그곳은 청록색의 운하와 번지르르한 야채 및 꽃들로 충만한 시장 상점들을 내려다보는 핑크색 정면을 가진 집들의 광장—노라가 알프스의 유럽 남부를 처음 관망하는 듯한 멋진 조망이었다. 조이스 또한 완전히 마음이 편함을 드러냈다. 그는 전적인 낯선 사람들로부터 '고리대금'을 교묘히 이끌어 냈고, 심지어 두 학생들에게 영어를 개인 지도함으로써 약간의 푼돈을 벌이기까지 했다. 그러나 벌리츠 네트워크는 그들을 재차 실망시켰다. 또 다른 약속된 일이 한 가지 신기루로 바뀌었다. 그리하여 그들의 돈이 흘러나갔고, 그들에게 싸게 살 곳이 없어졌다. 그들은 두 주 동안 네 번이나 이사했다.

　전처럼 벌리츠는 그들의 희망을 꺾은 다음에 구조하기에 이르렀다. 만일 그들이 기선을 타고 낯선 곳으로 한층 멀리, 지금의 유고슬라비아의 해안까지 여행을 한다면 일거리는 있었다. 1904년 10월 말에 노라와 조이스는 벌리츠가 새 학교를 여는, 트리에스테의 남쪽 150마일 떨어진 폴라의 한 가구 비치된 방인, 그들의 최초의 가정에 마침내 안주하게 되었는데, 거기에는 항아리와 주전자, 프라이팬이 함께 했다.

아드리아 해상에 있는 오스트리아-헝가리 제국의 가장 큰 기지인 폴라는, 세르비아어와 독일어(공식 언어)를 지배하는 이탈리아어의 망가진 형태를 지닌 다언어多言語의 도시였다. 벌리츠는 지방 신문에다, 그의 교수진의 두 번째 영어 선생인 제임스 A. 조이스 학사의 도착을 이탈리아어로 포고했고, 앞서 등을 돌렸던 모든 자들에게 레슨을 위해 돌아와 등록하도록 간청했다. 조이스의 급료는 나쁘지 않았으니—주당 16시간의 수업에 2파운드를 받았으며, 그는 글을 쓰기 위해 그리고 노라를 위해 많은 시간을 가졌다.

그들의 가정생활은 예정대로 시작되었는지라, 좋은 주소를 가진 일련의 나쁜 방들이었다. 그들이 이따금 굶기는 했지만, 조이스 내외는 결코 빈민굴이나, 심지어 아일랜드에서 자신들의 주소들에 비교될 수 있는 노동 계급의 이웃들 속에 살지 않았다. 조이스는 외국인들이 선호하는 유럽 도시들의 중심부 지역들을 찾았는데—오늘의 조이스 학자들에게 커다란 은혜가 되게도—광장, 정거장, 은행, 그리고 활발한 외국 신문들을 읽는 그들의 국제적 고객들을 가진 카페들 근처였다.

노라와 조이스에게 그들의 일정은 신혼의 축복이었다. 그는 스태니슬로스에게 자세한 소식을 보내는 것을 즐겼다. 우리는 9시에 일어나고, 노라는 초콜릿을 만들지. 대낮에 우리는 점심을 먹는데, 이는 우리가(혹은 오히려 그녀) 맞은편 여숙에서 사서 요리하지요(스프, 고기, 감자 및 그 밖에 등등). 4시에 우리는 초콜릿을 먹고 8시에 노라가 요리한 저녁식사를 하지. 그런 다음 신문을 읽기 위해 미라마 카페에로 떠나지요……. 그리고 우리는 밤중 경에 돌아온다오.

조이스는 물론 프랑스 및 이탈리아 신문들을 읽을 수 있었으나, 노라는 『데일리 매일』지를 먼저 낚아챘고, 유럽을 통해 그것을 내내 읽었다.

노라는 소꿉장난하기를 좋아했다. 조이스 가문을 위해 친구들을 그들의 집으로 초청하는 대륙적 염오는 싫었다. 그들은 학교에서 만나는 사람들을 대접했다. 프랑치니─브루니 내외[2], 20대의 멋있는 이탈리아 커플로, 그들은 노래를 사랑했으며, 그들 또한 사랑의 도피를 했었다. 다른 영어 선생인, 아이어즈 및 학교 서기인 아마리자 그로보닉이란 이름의 유고슬라비아 노처녀. 노라는 그들 모두를 위하여 영국식 푸딩을 만들었다.

노라는 조이스를 위해 또한 계속 일했다. 그녀는 파마 아이론을 가지고, 그의 머리카락을 돈을새김으로 모양냈는지라, 고로 그것은 한층 짙고, 한층 유럽풍으로 보였다. 그녀는 그의 용모를 사랑했다. "당신은 성자의 얼굴을 가졌어요." 그녀는 그에게 말했다. 그녀는 터키 식의 연초를 사용하여, 그의 궐련을 말아 그로 하여금 돈을 저축하게 했다. 그리고 그녀 자신도 흡연을 했다(그들 양자는 심한 흡연자들이었다). 비록 노라는 조이스더러 책을 끝내고, 그들이 파리로 돌아갈 수 있도록 유명하게 되기를 권했지만, 그녀는 자신의 새로운 생활을 즐겼으며, 조이스에게 스태니슬로스가 아일랜드에서 어떻게 생활을 견디며 살아가는지 물었다. 왜 짐은 그의 아우를 외국에 가도록 돕지 않는지를, 그녀는 따지고 물었다. 조이스는 그러한 욕망을 그의 아버지에게 보냈지만, 자신은 혼자 여행하고 있다는 핑계를 계속했다.

조이스는 관용의 조세핀 숙모와는 어떠한 구실도 필요하지 않았다. 노라에게 편지를 쓰고 있을 때, 편지를 '조이스 시니오라'라고 언급한 것이 그녀를

2_알레산드로 프랑치니는 그의 아내의 성을 자기 자신의 것에 첨가하여, 그것을 프랑치니─브루니로 만들었으나, 노라, 제임스, 및 스태니슬로스 조이스는 언제나 그들 부부를 프랑치니스로서 언급했다.

골나게 하지 않는지 숙모에게 그는 물었다. 그러한 타이틀로 노라는 그들의 지인들에게 알려졌다. 폴라의 벌리츠 교장은 동료 사회주의자인 데다가 추정상의 자유사상가였는데, 조이스 자신 및 노라는 혼인 증서가 없다고 그에게 털어놓자, 그들이 단지 혼인한 것인 양 모든 증서에 서명할 것을 현명하게도 충고했다. 수속은 쉬웠고 그것은 작용했다. 아내의 이름, 노라. 처녀 명, 바나클. 출생지, 골웨이. 그 서류 없는 시기에서, 패스포트는 필요 없었고, 그들의 결혼 청구는 그들의 말로 이루어졌다.

　　그들의 육체적 외모에 대한 존경심은 또 다른 문제였다. 그들의 트렁크가 도착하지 않았기 때문에 그들은 옷을 바꿀 수가 없었다. 매일 매일, 노라는 그녀가 핀즈 호텔에서 걸어 나왔을 때의 옷을 그대로 입었다. 그들의 초라함은 용서받지 못했다. 그들이 트리에테로부터 폴라의 부두에 도착했을 때, 벌리츠로부터의 그들의 공식적인 환영객은 너무나 충격을 받았는지라, 그가 나중에 다른 이들에게 말한 대로, 그는 '자살 또는 암살'을 명상했다. 그들의 친구 프랜치니는 나중에 그들이 도착했을 때 무엇으로 보였는지를 회상했다. 프랜치니의 기억은, 비록 조이스가 일단 유명하게 되자 그의 옛 친구들을 물들였던 이탈리아식의 과장과 시기猜忌에 의해 영향을 받았을지라도, 아마도 과녁에서 그리 멀지 않았다 :

　　　거지처럼 옷이 남루하고 떨어진 채. [조이스는 털을 잃은 하이에나 같은 트렁크를 태연하게 끌었는데…… 그것의 모든 째진 틈으로부터 물건들이 바람에 댕그랑 매달렸는데도 그는 그걸 집어 넣을 생각을 하지 않았다. 조이스 부인은 한쪽에 초라하게 테 넓은 밀짚모자와 무릎 아래 매달린 오버코트에 묻힌 채, 넝마더미처럼 보였다. 곤두선 채 움직이지 않고 그녀는 자신의 시선을, 얼굴에 아무런 표정 없이, 이 사람 저 사람으로 옮겨 놓았다.

곤두선 채 움직이지 않고. 그것이 그날 노라가 다가오는 모든 고통을 아랑곳하지 않는 식이었다. 그녀는 꼿꼿이 서 있었으니, 그러나 그녀는 또한 자기 자신 생각에 잠겼다. 그것은 조이스에 대항하는 그녀의 최선의 방어를 입증하는 것이었다.

그러나 그녀는 그것을 자주 사용할 수 없었다. 그들은 자신들의 대부분의 시간을 함께 보냈다. 노라는 지적 동료가 아니었으나, 확실히, 그러나 지루함과 아주 거리가 멀었다. 그녀는 날카로운 혀, 상스러운 관찰의 재능, 조이스가 결코 들어보지 못한 아일랜드 서부로부터의 지식의 보고를 가졌다. 그녀는 그를 위해 아일랜드의 노래를 불렀다. "톰 그레고리 영감은, 커다란 동물원을 가졌대요." 이 노래에서 그는 성적 빈정거림을 즐겼다. 그리고 '오그림의 처녀'를. 하녀가 그녀의 아기와 함께 애인에게 버림받은 저 우울한 노래는 그들 양자를 위한 그것 자체의 이중의 의미를 가졌었다. 그녀는 짐에게 가사를 가르쳤고, 그이 이외 어떤 다른 동료도 갖지 않은 채 그녀는 말하고 또 말했다.

그녀는 게다가 테이프 녹음기 속으로 말하고 있어야 했으리라. 그녀의 짐은, 그녀의 과거, 골웨이에 관한 모든 것, 그녀의 자매, 수녀, 그녀의 보이 프렌드, 음식, 심지어 그의 환상들로부터의 모든 단편에 흥미를 가졌다. 그리하여 이 세 목들은 더블린에로 길을 터고 있었다. 스태니슬로스는, "사내처럼 모든 빵을 술 마셔 버리는 빵 구이 바나클에 관해, 두리번거리는 손을 가진 목사보, 및 그의 개암나무 지팡이를 지닌 톰 숙부에 관해 모든 것을 알았다. 노라가 계속 떠듬거렸을 때, 그녀 자신은 조이스가 만사를 스태니슬로스에게 말하고 있음을 결코 꿈꿀 수 없었으리라.

> 마이클 숙부는 부인과 아이들을 부양하지, 그동안 파파는 콘노트의 먼 곳에서 빵을 굽고 술을 마셔요. M 숙부는 대단히 부자지, 파파는 가족에 의해 아주 모욕적으로 대우받지. 노라는 자신의 어머니가 그와 함께 잠자지 않으리라 말해. 노라는 그녀에게 약간의 돈을 남긴 할머니와 같이 말고는 살지 않았어.

그녀는 자신의 젊음의 뭔가를 내게 말했어, 그리고 자기만족을 위한 점잖은 예술을 인정하지. 그녀는 많은 연애 사건을 가졌어. 그중 하나는 죽은 소년과 아주 젊었을 때였지. 그녀는 그의 죽음의 소식으로 자리에 몸져누웠어.

'점잖은 예술'에 관한 그의 구절에서, 조이스는 여성에게 수음手淫이 보다 작은 죄임을 함축하는 것 같다. 그와 그의 아우는 공히 수음에 대해 죄를 짓는 것으로 느꼈는데, 스태니슬로스는 뒤에 그것을, 술 취함과 함께, 아일랜드인의 고질병들 중의 하나로서 분류하려 했다.

그것으로 생각났지만, 조이스는 그의 독신자 아우로 하여금 결혼 생활의 장면들로 안달하게 했다. "나는 정말로 쓸 수가 없어." 조이스는 한 편지를 끝냈다. "노라는 장롱의 속옷 한 벌을 입어보고 있어. 실례하네." 다른 편지에서, 그는 자기가 하고 있는 모든 것을 기록했다. : 영어를 가르치는 일, 독일어를 배우는 일, 소설, 시집(『실내악』이라 불리는), 한층 짧은 단편들을 쓰는 일…… "맙소사, 나는 최근 매우 부지런한 사람인 것 같아. 그리고 이어 노라도!"

노라의 경험들은, 많은 면에서 그이 자신의 것보다 한층 전통적으로 아일랜드적이었는데, 그가 그들의 작은 방의 테이블에서 쓰고 있던 이야기들 속으로 재빨리 길을 모색했다. 그들은 『더블린 사람들』이라 그가 부르는 단편집 속으로 들어갔다. 조이스는 에블린의 머리 내부로부터의 더 많은 견해를 얻기 위해 '에블린'을 개정했다. 그의 가공의 열아홉 살 처녀는 이제 그녀의 아버지의 폭력이 '그녀에게 가슴 두근거림을 주었음을' 알았다. 에블린의 집의 벽들은 '축복의 마가랫 매리 앨코그에게 행한 약속'의 채색화를 희롱하도록 개량되었다 (축복의 마가랫 매리는 골웨이에서 성심의 예배소를 건립했는데, 그것의 신심회에 노라는 속했다). 이야기에 관한 계속적인 수수께끼 같은 말, 에블린의 죽어가는 어머니가 중얼거리는 서부 아일랜드 말인— "데레바운 세라운! 데레바운 세라운!"(역주 : 다양한 해석이 있거니와, 이를테면, '향락의 종말은 고통')—은 노라를 경유하여 조이스에게 당도했으리라. 골웨이 사람들의 보통 말은 아일랜드의 표현들로 충만했고, 캐슬린 힐리 노파가 죽었을 때, 노라가 살고 있던 집에서 이러한 구절을 중얼거릴 수 있었다. 조이스는 사실주의를 찾으면서, 자신의 소설을 위한 세목들을 발명함에 있어서 언제나 불안했고, 사실적 증거로부터 끌어내기를 더 좋아했는데, 앞서 수상한 어구는 자신의 경험의 무無로부터 왔음이 확실하다.

1904년 11월에, 그들이 스토브 없는(그 이유는 노라가 그들의 요리를 카페에서 했기 때문에) 그들의 방 속에 정주한 직후, 조이스는 '만성절 전야'(『더블린 사람들』의 일부로서 출판되었을 때에는 '진흙'으로 재명명되었거니와)라 불리는 이야기를 쓰기 시작했다. 이야기 속에 그는 더블린의 한 세탁소에서 일하는, 작은 몸집의 노처녀 마리아에 관해 썼다. 마리아는 어떤 친구와 즐거운 저녁을 보내기를 기대하면서 일을 그만두고 떠나는지라, 그녀는 그를 한 젊은 남자로서 알았고, 그는 이제 가족과 아이들을 가졌다. 그러나 그녀의 저녁은 망쳤으니, 그때 그녀는 아이들의 운수 게임 속으로 말려든다. 눈을 가린 채 마리아는 반지(결혼의 증표)를 찾으려 하지만, 아이들은 요술로 그녀가 자신의 손을 진흙(죽음의 상징―그녀가 기대할 수 있는 모든 것)의 사발 속으로 넣게 만든다.

조이스는 너무나 독창적인 작가인지라, 노라가 만성절로 향수에 젖은 채, 단지 그들이 자신들의 폴라의 방 둘레에 앉아, 골웨이에서 그들이 행하는 일에 관해 그날 저녁 꿍꿍대고 있었다는 이유만으로, 이 이야기를 시작하지는 않았다. 그러나 이러한 풍부한 지식으로 무장된 채, 그는 그것을 쓰레기로 내버려두기에는 너무나 현명했다. '진흙'의 게임들은 노라와 매리 오홀란이 골웨이에서 만성절에 놀았던 결혼 예행의 의식儀式 바로 그것이었다. 가련하고, 눈에 안대를 두른 마리아에게 못된 장난을 하는 '두 이웃집 소녀들'은 노라와 매리가 프로스펙트 힐의 당과 점을 가졌던 그 불운한 장님 숙녀에게 그랬던 것보다 잔인하지 않았다(이 이야기는 또한 조이스의 많은 자매들의 궁지에 대한 한 조각 슬픔보다 더 많은 것을 함유하고 있었으니, 그들 중 어떤 자매들은 남편들을 분명히 결코 찾지 못한 채, 더블린의 따분한 일들 속에 외로운 생활을 보내며 숙명적으로 외로이 살아야 했다).

노라는 그녀가 종이에 잉크 칠을 함으로써 생애를 유지했던 한 남자를 선택한 사실(그녀는 '결혼한 것'으로 스스로 생각했거니와)에 자기 자신을 맞추려고 애썼다. 그것은 쉽지 않았다. 그는 자신의 시들 중의 하나를 발표한 런던의 한 잡지『스피커』지를 그녀에게 보여 주었고, 그녀가 그것을 곧잘 잃어버리자 그녀를 꾸짖었다.

그녀는 그가 읽고 있는 것을 따르거나, 그에게 그녀 자신의 의견을 주려고 노력했다. 그녀는 조지 무어의 단편 '밀드래드 로우슨'을 읽었는데, 그 책을 싫증이 나서 내려 놓았다. "그 남자는 이야기를 끝내는 법을 몰라요." 그녀는 말했다. 그녀는 더블린 신문『T.T. 위클리』지를 읽자, 입센의 이름이 눈에 띄었다. "그이가 당신이 아는 입센인가요?"그녀는 짐에게 물었다. 그녀는 처음으로 신학의 문제에 흥미를 느꼈다. "예수와 하나님은 같은가요?" 그녀는 그에게 물었다. 그녀는 그의 글을 관대히 다루었는지라, 왜냐하면 그의 글이 자신들로 하여금 파리에서 결국 부유하게 살게 할 것이라는 것을 기대했기 때문이다(그녀는 아주 옳았으나, 그들 가운데 아무도 자신들이 얼마나 오래 기다려야 할 것인지를 믿으려 하지 않았다).

스태니슬로스에게 한 편지에서, 조이스는 노라를 순진한 원시인이라 묘사했다. "스태니더러 내가 그를 거들떠보지 않는다고 말해요!" 그는 그녀가 그처럼 말한 것을 인용했다. 그는 얼마나 노라가 시네마(그 부분의 세계가 아주 발전시킨 기술적 경이)를 즐기는지를 빈정대듯 서술했으며, 잔인한 로타리오가 그의 배신당한 걸프렌드를 강 속에 던져 넣었을 때 그녀 자신을 참을 수 없었다. "오, 순경 양반, 저이를 붙들어요!" 그녀는 크게 부르짖었다. 그리고 그녀는 조이스가『율리시스』에서 거듭해서 사용할, 저 아일랜드 말의 뒤집힌 형태로서 표현했다. "네가 다시 되돌아올 때까지 나는 악마를 부를 테다!" 조이스가 위경련을 알았을 때, 그녀는 '짐의 고통을 빼서 가도록' 하느님께 기도했다(그녀는, 그러나 교회에서 기도하거나, 또는 골웨이 및 폴라에 흔한 한 가지 습관, 미사에 가는 것으로 스스로를 위안함으로써, 그의 분노를 억지로 감행하지 않았다).

　　노라의 궤변의 결여는 총체적 진리는 아니었다. 조이스는 너무나 많은 것들—싸움, 홀로 있는 것, 개들, 뿐만 아니라 천둥소리—을 겁냈기 때문에, 노라는 그가 아이 같다고 생각했다. 그녀는 그를 '단순한 마음씨의 짐'이라 불렀다. 그녀는 재빨리 그의 기댐을 조정하는 법을 배웠다. 어느 날 밤 그녀는, 분명히 그가 그녀에게 말하지 않은 채 밤새도록 밖에 머무는 것에 대해, 그를 벌주기로 마음먹었다. 그들이 카페 미라마에 갔을 때, 그녀는 그의 시선을 피한 채, 정면으로 돌처럼 빤히 쳐다보며 앉아 있었다. 조이스는 그녀에게 절망적인 음조를 갈겼다.

　　　사랑하는 노라, 제발 오늘밤 아무튼 불행하지 맙시다. 뭔가 잘못이 있으면 제발 내게 말해요. 나는 벌써 부들부들 떨기 시작하고 있소. 만일 당신이 곧 이전처럼 나를 쳐다보지 않으면 나는 카페 위아래로 마구 달려야 할 것 같소……. 우리가 집에 가면 난 당신한테 백 번 키스하리다. 이자가 당신을 괴롭혔거나 아니면 내가 외박해서 당신을 괴롭혔단 말이요? 짐

'이자'는 아마도 학교의 다른 영어 선생인 아이어즈였으리라. 그는 노라가 조이스에게는 아무런 값어치가 없다고 말했으며, 한때 그는 노라를 울게 만들었다. 조이스는 그를 밖으로 내던졌었다. 저 외국의 상황에서, 그것은 조이스와 노라 간의 부조화를 한 동료 영국인에게 인식하게 했다. 나머지 사람들에게 노라와 조이스는 어울리는 한 쌍으로, '아일랜드의 쌍'이었다.
　　그들은 자신들의 매력으로 살았다. 그들의 흥미감과 기회감은 많은 친구

들을 끌었다. 그들은 통상적으로 음악과 함께 멋진 파티를 베풀었다. 심지어 춥고 작은 방 속에서 그들의 첫 크리스마스를 위해서, 그들은 피아노를 세냈고, 모두들 노래할 수 있도록 했다(더블린으로부터 스태니슬로스는 호두 푸딩을 기증했다).

그들의 매력은 프란치니스 내외를 끌었는지라, 그들은 1905년 초에 자신들과 집을 같이 나누도록 그들을 초청했다. 노라와 조이스는 셔터가 달린 창문과 따뜻한 스토브, 그리고 글 쓰는 책상을 갖춘, 햇빛 드는 아파트로 이사한 것을 기뻐했다. 비록 그렇더라도, 그들은 매일 밤 외식을 했으며, 프란치니 가족은 같은 수입으로 살면서, 자신들은 그들과 합세할 여유가 없음을 느꼈다.

그러자 나중에처럼 조이스 내외는 사는 법이 빈약했다. 노라가 조이스를 결코 떠나지 않는 많은 이유들 중의 하나는, 비록 그녀가 자주 그렇게 하도록 위협했지만, 그녀는 그가 그녀에게 주는 생활을 즐겼던 것이다. 가정 경제에 대한 그들의 태도에서, 노라와 조이스는 돈은 쓰기 위한 것이요, 잘 사는 것은 과거에 대한 최선의 복수임을 믿는 데 있어서 하나같았다.

그들의 모든 생활 동안 한결같이 외식을 하다니, 그것은 노라가 요리를 할 수 없다는 이야기를 불러일으켰다. 그녀는 할 수 있었다. 그녀는 그들 내외가 즐기는 소박한 아일랜드 음식을, 특히 사탕절임, 푸딩 및 케이크를, 그러나 그녀는 저녁이면 조이스와 기꺼이 밖으로 동행했는데, 그 이유는 그녀에게 일을 줄이는 것이요, 조이스가 하루의 외로운 글쓰기 뒤에 외출하고, 보고, 보여지기를 좋아했기 때문이다.

조이스는 스태니슬로스에게 노라는 친구들이 없다고 불평했지만, 그녀는 크로틸드 프란치니와 친밀해졌다. 크로틸드는 한 어린아이와 집에 틀어박혀 있었는데, 노라와 친구가 되는 것을 환영했으며, 그녀가 흥미로 넘쳐 있음을 알았다. 크로틸드는 플로렌스 출신으로, 순 이탈리아어를 말했으며, 노라를 개인 지도 하기 시작했다. 노라는 그녀의 남편처럼 그 언어를 말하는 것을 야심적으로 꿈꾸었다. 크로틸드 역시 이탈리아 요리와 패션에서 노라의 교육을 떠맡았다. 노라는 자신의 교육적 열세를 새로이 의식하고, 조이스에게 그녀가 수녀원에서 배우지 못한 지리학을 자신에게 가르쳐 주도록, 그리고 그들이 파리에로 되돌아갈 수 있을 그날을 위한 준비로서, 마찬가지로 프랑스어의 레슨을 가르쳐 주도록 요구했다.

그러나 그들 생활의 한 분야에서 그녀는 개인지도가 필요 없었다. 노라는 성교를 열성과 상상력으로 맞이했다. 자주 그녀는 자신이 그들의 구애에서 그랬던 것처럼, 그것을 선도했다. 심지어 폴라에서 최초의 밤에, 당시 그녀는 그 날 일찍이 자신들의 공식적 환영자에게 너무나 너절하고 움츠려 보였는데도, 그녀는 침대에서 거칠도록 열정적이었다. 조이스는 기뻐했지만, 약간 압도되었다. 어느 날 밤, 벌거벗은 채 그녀는 말馬처럼 그를 걸터타고, 소릴 질렀다. "엿 먹어, 여보! 엿 먹어, 여보!" 그녀의 행동은 한 사나운 여인에 의해 지배되는 모든 꿈을 완수했는데, 노라가 개시 뒤로 단지 3주일 만에 이러한 열정을 쏟을 수 있다니, 그것은 여인의 쌓인 불꽃의 욕망으로 그에게 영원한 경외감을 남기게 했다.

에드워드 왕조의 여인들의 저주라 할 월경대는, 물에 빨고, 삶고, 말려야 할 필요가 있었으나, 그녀를 귀찮게 하지는 않았다. 노라는 최초의 기회에—1904년 10월 말—임신을 했다. 조이스는 가족을, 또는 적어도 한 가족 인이 되는 것을 갈망했다. 그와 노라가 그것을 토론한 기록은 없다. 그들의 경험에서, 남자 보태기 여자의 평균은 아이와 동등하다는 것은 논쟁의 여지가 없었다. 그러자 그들은 고독을 느끼기 시작했다. 노라는 여전히 그녀의 어머니와의 접촉 밖에 있었다. 그녀가 아일랜드를 떠나 한 남자와 새 생활을 꾸리려는 일을 애니 바나클에게 알렸던 유일한 길은 파리로부터 그녀에게 한 통의 엽서를 써서 보내는 것이었다. "즐겁도록 허전한," 조이는 스태니슬로우스에게 썼다. 노라와 함께 고립되고, 그의 친구들로부터 차단된 채, 그는 노라와 나눌 수 없었던 모든 것을 그의 아우에게 보낸 사적 편지 속에 쏟아부었다.

노라는, 조이스가 스태니슬로스에게 말하기를, 아기 탄생의 사실들에 관해 "찬탄할 만큼 무식했으며," 그 또한 그랬다. 그는 스태니슬로스에게 코스그래이브와 함께 앉아서, 조산술에 관한 어떤 책을 연구하도록 요구했으며, 조세핀 숙모에게 지시적 편지를 노라에게 쓰도록 부탁했다. 비록 자신이 쉽게 환멸을 느꼈을지라도, 그는 "나를 믿는 용기를 가졌던 이 천성에는 어떤 위선도 발견할 수 없었다"는 머래이 부인의 말을 계속 감동적으로 신뢰했다. 그가 자신의 숙모에게 상기시켰거니와, 그의 냉소적 친구들이 그가 그럴 거라고 예언했듯, 그는 노라 곁을 떠나지 않았다.

2월 2일에 노라는 최초로 조이스의 생일(그의 23번째)을 축하했다. 영국인인 아이어즈와 벌리츠 학교의 서기 프로레인 그로보닉과 함께, 그들은 브리오니 섬으로 기선 유람을 했다. 그것은 조이스가 어떤 생일이든 간주했던 엄숙함에 대한 노라의 소개였다. 그는 예수회로부터 의식의 습관을 배운 바 있었다. 그에게 성스러운 날은 적당한 축하를 요구했으며, 그이 자신의 기념일은 그의 개인적 전례의 달력에서 최고의 휴일이었다.

이러한 외출 뒤로, 조이스는 포레인 그로보닉이 자기에게 염모를 품고 있었다고 스태니슬로스에게 말했다. 우쭐한 채 그는 자기에게 여인들을 끄는 뭔가가 있다고 마음먹었다. 하지만 그는 자신이 알았던 것보다 더 많은 것을 알아챘으니, 왜냐하면 벌리츠의 서기를 그의 아우에게 서술함에 있어서, 그는 그녀를 '우울한 꼬마 자웅 동체'라고 불렀으며, 그가 특별히 끌리는 여성의 타입임을 식별했다. 노라는 그녀의 강한 걸음걸이, 남자다운 눈썹 및 굵은 마디의 손과 함께, 그녀 자신 많은 자웅동체적 특질들을 가졌었다.

조이스는 노라를 교육받지 못한 여인으로서 생각하기를 좋아했다. : 그것은 그녀를 한층 자신의 창조물로서 보이도록 만들었고, 그가 공개적으로 그녀에 대한 자신의 기댐을 시인한 것은 그의 길고도 여러 해 동안의 유사—장님(눈멈)이 10년 뒤에야 비로소 시작되었을 때였다. 그들이 같이 한 생활 초기 여러 달 동안, 그는 그녀의 외관상의 불충분한 것을 옹호했다. 그는 스태니슬로스에게 자신이 그녀의 성격을 감탄한다고 말했는데, 그것은 많은 면에서 자기 자신의 것보다 한층 감탄할 만한 것이었다. 그는 자신이 결코 그녀를 쓸모 있는 사람으로 만들지 못하리라는 코스그래브의 우롱에 대해 스태니슬로스에게 말했지만 '코스그레브와 내가 부족한 많은 면들에서 그녀는 어떤 제조 과정도 전혀 요구하지 않을 것이라' 선언했다.

더블린에서 조이스의 문학적 중재자로서, 스태니슬로스는 많은 할 일을 했다. 그들 중 하나는 코스그래이브에게 조이스의 소설에서 그의 이름이 익명의 린치라는 뉴스를 터트리는 것이었다. 모든 것 가운데 그의 가장 큰 봉사는 조이스의 통신자로서 행동하는 것이었다.

조이스는, 그의 노라와의 앞서 여름의 편지 교환이 보여주듯, 거의 매일의 마음의 정화淨化로서 자기 자신을 종이 위에 설명하는 것이 필요했다. 그리고 자신의 만족한 감정적 필요와 더불어, 그는 자신의 작업에 관해 이야기할 필요가 있었다. 그러한 주제에서 노라는 아무런 쓸모가 없었다. 그녀는, 조이스가 자신의 아우에게 썼거니와, 예술에 대해 '경치게도 전혀' 상관하지 않았으니, 즉 그의 천성의 한 측면에 대해 "그녀는 결코 어떤 동정도 갖지 않으리라."

그러한 공격은 전혀 정당화되지 않았는데, 왜냐하면 그가 자신의 소설의 한 장을 노라에게 읽었을 때, 그녀는 그것이 탁월함을 발견했기 때문이다. 더욱이, 그녀는 그의 시들을 암송했다. 그럼에도 불구하고 조이스가 자신의 노트북으로부터 자신의 소설 속으로 베끼는 그의 광경이 그녀를 짜증나게 했다. "저 종이를 온통 휴지로 만들 작정이에요?" 그녀는 알기를 바랐다. 조이스는 자기 자신을 교육받지 못한 정부情婦를 가진 한 예술가—하이네와 마음속으로 비유했다.

여러 달이 지나가자, 노라와 조이스는 풀이 죽었고, 향수적이 되었으며, 서로의 신경을 불태웠다. 조이스는 더욱더 술을 마셨다. 많은 말다툼이 있었다. 노라는 그것을 사랑의 싸움으로 간과하려고 노력했으나, 그녀는 자신의 아버지처럼 꼭 같은 유약함을 지닌 남자와 자신의 운명을 함께 함을, 그리고 고독의 긴 시간들, 심지어 세월로서 운명지어졌음을 깨닫기 시작했다. 만일 그들이 보스턴이나 혹은 멜본으로 이주했더라면, 그녀는 아일랜드 지역의 영어를 말하는 사람들 사이에 있게 되었으리라. 대신 그녀는 아무도 여태 들어보지 못한, 모기들, 반바지 입은 사내들, 그리고 그녀가 초기 임신의 역겨운 몇 달 동안 거의 참을 수 없었던 이상하고 기름기 많은 음식으로 충만한 유럽의 괴상하고 낯선 모퉁이에 상륙했던 것이다.

심지어 조이스는 그들의 더블린 친구들에게 자신들은, 그가 그걸 생각했듯, '터키를 향한 아래쪽' 역수逆水(침체된 환경)에 있다는 것을, 알리고 싶지 않았다. 그러나 고가티는 찾아냈는지라 뉴스를 퍼트렸다. : "시인은 아드리아 해상의 폴라에로 도피했다. 한 하녀가 그의 도피를 분담했다."

그들의 마음은 내내 더블린의 절반에 가 있었는데, 조이스는 자신이 모욕하기 위해 의도한 자들에게 그가 쓴 '성직'이란 시를 배부하려고 노력했고, 노라는 호텔의 사람들이 뭐라 말하고 있는지 궁금해 했다. 스태니슬로스가 "핀즈 호텔의 모든 사람들이 '바나클 양은 도망쳤다' 고 말했음을 되로 보고했을 때, 노라는 비통하게도 실망했다. 그녀의 커다란 도전적 행위는 빛을 잃고 있었다.

그의 한 편지에서, 스태니슬로스는 조이스가 코스그래이브를 경계해야 한다는 것을 암시했고, 그이 또한 노라를 비평적으로 썼는지라, 그러나 조이스에게 그 따위 일은 아무것도 아니었다 :

코스그래이브……는, 내가 기억할 수 있는 한, 나에 대한 불성실의 죄는 없었어……. 그대는 노라가 훈련되지 못한 마음을 가졌기 때문에 그녀에게 가혹하다. 그녀는 현재 프랑스어를 배우고 있어. ─아주 천천히. 그녀의 성벽은, 내가 보는 한 나 자신의 것보다 한층 고상하고, 그녀의 사랑 또한 그녀에 대한 나의 것보다 한층 커. 나는 그녀를 감탄하며, 그녀를 사랑하고 믿고 있어. ─얼마나 많은지는 말할 수 없어.

노라의 임신이 진척했을 때, 조이스는 자기 자신을 변경하고 있었다. 그는 새 갈색 양복, 빨간 타이, 그리고(그는 결국 안경이 필요할 것임을 인식하면서) 코안경을 샀다. 더블린의 텁수룩한 보헤미안은 약간 멋 부리는 이탈리아의 가족 인으로 이울러졌는지라, 그가 고향에 보낸 다양한 편지들에서 스스로 밝혔듯이, 그는 '아주 예쁜 남자'였다. 『더블린 사람들』의 진행은 또한 임신의 그것을 모방했다. 이야기의 주제들은 유년 시절에서 청년 시절로, 정치적, 종교적 및 결혼 생활로 움직였다. 의만擬娩(역주 : 아내 분만 시의 남편 진통 시늉)에 대한 최고의 촉진觸診(역주 : 치료를 위한 어루만짐)이 공급되었는데, 당시 조이스는 스태니슬로스에게 "소다수가 가득한 항아리 위에 6시간 동안 앉음으로써 비비狒狒(역주 : 원숭이의 일종) 같은 아기를 생산할 참"이라 선언했다. 뚱뚱한 이미지는 한 유아를, 그리고 애기들이 나타나는 여성의 정확한 동공洞空에 관한 얼떨떨함인, 남자아이를 드러낸다.

부활절까지는 그들은 트리에스테의 벌리츠 학교로 전근되었다. 조이스는 벌리츠 지역을 싫어했는데, 그곳의 교주校主는 조이스가 다른 직장의 지원을 막기 위해 그의 학위증을 자물쇠를 채웠다. 그러나 그와 노라는 푸른 아드리아 해海로 내리 달리는 숲의 언덕, 그것의 세계적 활발성, 그것의 분수, 그것의 바다에로 열린 멋진 광장 그리고 오페라 하우스, 베르디의 동상을 가진, 크고 아름다운 도시를 사랑했다. 작곡가를 위해 건립된 최초의 기념비, 베르디 상은 가장 멋진 국제적 가수들을 끌었는데, 그들은 트리에스테가 밀란과 비엔나 간의 노선에서 편리한 단기 체재지임을 알았다.

자신의 아이의 출생을 기다리면서, 노라는 여전히 골웨이의 그녀의 가족과 뭔가 행하기를 원치 않았다. 그녀의 어머니는, 그러나 그녀가 어디에, 누구하고 같이 있는지를 찾아냈다. 노라가 믿듯, 결코 자신의 딸에게 무관심하지 않은 바나클 부인은 그녀를 도로 데리고 오기 위해 필사적이었다.

골웨이로부터 그녀는 예리하게 편지를 썼고, 그녀가 아는 더블린의 한 노파로부터 도움을 청했는데, 이 노파는 제임스 조이스를 아는, 고가티의 어머니였다(골웨이 출신의 어떤 올리버). 그 만만찮은 어머니가 할 수 있는 일은 그리 많지 않았다. 고가티는 많은 흥미를 느꼈고, 조이스의 동생인 찰리에게 농담을 했다. : "사람들은 아마도 노라의 영혼에 대해 많이 말하리라."

노라는 번성하고 있었으며 잠시 동안 만족했다. 그들은 3월에 그녀의 스물한 번째 생일을 축하했다. 5개월의 임신으로, 그녀는 마침내 성인이 되었다. 그녀는 옷을 입는 동안에도 노래했으며, 조이스는 그녀의 제약받지 않는 소녀다운 행동을 그의 아우를 위해 서술하기를 즐겼다.

> 현재 그녀는 한 조각 종이에서 잼을 핥고 있어. 그녀는 아주 잘 있고, 지금은 너울을 쓰고, 아주 예뻐 보여. 방금 그녀가 들어와 말하는 거야, "집 안주인이 그녀의 암탉을 여기다 누이고 있어. 오, 그는 나중에 귀여운 알을 낳을 거예요."
> 맙소사! 오 맙소사!

그들은 피아짜 폰테로소에로 되돌아와 3번지에 방을 구했다. 노라는 조이스가 사방에 놓아둔 이상한 잡지나 책을 읽으며 빈둥거렸다. 조이스가 글을 쓰려고 하자, 그녀는 잉크 묻은 종이로 그를 칠했다. 조이스는 즐거웠다. 그들의 집 안주인은 노라의 뚱뚱한 허리를 목격했을 때 그렇지 않았다. 그녀는 그들에게 이사하기 위해 한 달의 여유를 주었다. 학교의 선생들 또한 노라의 상태에 놀랐고, 조이스가 미쳤음에 틀림없다고 말했다. 학교에서 단지 몇 분간 떨어져—학교는 산 니코로 경유의 어둡고 좁은 골목에 있었으나, 항구, 오페라 하우스, 그리고 조이스에게 매력을 주었던 멋지고, 푸른 돔의 희랍 교회들과 거의 가까이 있었다.—그들은 자신들을 기꺼이 받아들일 한 안주인을 발견했다. 교육에 대한 큰 존경심을 가진 한 상냥한 유대 여인 시니오라 카나루토는 자신의 집에 뛰어난 학교의 선생들 중의 하나를 입주시키는 것을 기뻐했다.

조이스는 자신이 여전히 결혼의 관례를 거절한 데 대해 스스로 만족하고 있었다. 그는 재차 스태니슬로스에게 보낸 한 편지에서 그것을 정당화했다.

> 그러나 왜 나는 노라로 하여금 내게 그녀의 인생을 맹서하도록 신부나 변호사에게 그녀를 데리고 가야 한담? 그리고 왜 나는 나의 부모가 내게 씌운 바로 그 귀찮은 믿음의 짐을 내 아이에게 덮어씌워야 한담?

그는 자신을 사회주의자로 보았다. 그는 고백하기를, 자신은 스스로 매력적인 솔직성을 가지고, 돈을 버는 비사회주의자의 흥미를 가졌지만, 그러나 "내가 재산을 모으면, 그것을 지킬지는 결코 확실치 않아."

프란치니스 가문 또한 트리에스테로 이사했다. 노라는 대단히 감사했다. 그들은 많은 시간을 배고픔으로 지냈으나, 이제는 적어도 함께 굶주리는 위안을 가졌다. 벌리츠로부터의 주당 임금은 더블린의 수준으로 훌륭한 지불이었으나(약 1파운드 50실링으로, 더블린에서 스태니슬로스는 주당 15실링의 일을 찾고 있었다), 숙식의 비용은 또한 무거운 것이었다. 조이스는 가끔 그의 급료에서 선불로 빌렸고, 매 토요일 아침 벌리츠 학교가 그에게 빚진 나머지를 받으려는 행렬에서 첫 번째였다. 조이스는 여황제인 마리아 테레사의 두상頭狀이 표면에 새겨진 커다한 동전을 쥐면서, 프란치니에 따르면, 그는 "그것을 뒤집어—처음에 머리, 이어 꽁지를—그의 엷고 단단한 손바닥에 그리고 그의 심술궂은 눈까지 들어올리곤 했다. 이어 불만스레 그는 그것을 포켓 속에 넣고, 미지 속으로 뛰어 나가곤 했다."

노라는 조이스가 돈을 갖고 들어올 수 있는데도 그렇게 하지 않는 데 몹시 골이 났다. 그는 신문의 경쟁에 참여하는 것과 같은 어리석은 일들에 시간을 낭비했지만, 그렇지 않고는 모든 여가를 글 쓰는 데 보냈다. 그녀가 만족하게도 프란치니스 내외는 짐의 목소리가 너무나 멋진 데다가, 만일 그가 직업적으로 노래를 부르면, 그가 재정적 걱정을 해결할 수 있을 것이라는 데 그녀와 동의했다.

노라는 그녀의 조모인 캐더린 힐리로부터 자신의 유산遺産을 모으려고 애쓸 시기가 당도했음을 마음먹었다. 놀랄 것도 없이 스태니슬로스는 숙제를 받아들었다. 조이스는 그의 아우에게 모티머 힐리의 유언장을 찾아보도록 지시했는지라, 후자는 1895년과 1897사이에 사망했다. 그의 요구는, 비록 노라가 자신의 조모가 어느 해에 사망했는지 기억할 수 없었지만, 그녀는 편지를 써서 요구하기에는 자신의 어머니로부터 여전히 너무 유리되어 있었음 보여준다. 그것은 노라가 그녀의 조모의 집을 떠날 때 얼마나 정말이지 어렸는지 조이스가 잘 알았음을 또한 분명히 한다. 그가 스태니슬로스에게 준 날짜들은 힐리 부인의 사망 시에 노라를 11살 또는 12살로서 알렸다.

그러나 노라를 기다리는 돈은 없었다. 만일 그녀가 조이스를 '두 건달들'에서처럼, 그가 '약간의 현금을 지닌 착하고 단순한 소녀'와 함께 정주할 꿈으로 인도했더라면, 그녀는 그를 실망시켰으리라. 힐리 부인은 유서를 남기지 않고 돌아갔으며, 스태니슬로스의 탐색은 실패할 수밖에 없었다. 노라는 조이스에게 자신은 그걸 믿을 수 없다고 말했다. 스태니슬로스는 그녀가 틀림없이 잘못을 저질렀으리라 주장했다.

그들의 생활 수준은 여전히 있는 그대로 모순당착적이었다. 그들은 규칙적으로 오페라에 갔으며, 적어도 예술에 대한 그들의 감상에 있어서 동등하게 어울렸다. 조이스는 그가 할 수 있는 한 신사의 습관을 지속할 것을 고집했으며, 화랑의 높은 싸구려 좌석으로부터, 그의 어떤 부유한 학생들의 머리를 내려다보는 것이 그들 양자를 화나게 했다. 벌리츠 학교에서 조이스는, 자신의 타고난 우아함과 날카로운 재치를 가지고, 너무나 빨리 귀족, 편집자, 상인 및 온통 손으로 물구나무 서는 시간과 영어를 배우는 욕망을 지닌, 훌륭한 가문의 젊은 여인의 추종자들을 획득했는지라, 그는 개인 교수로서 개업할 유혹을 받았다. 그러나 벌리츠가 개인 교수를 금지시켰을 때, 그는 자신의 직업을 포기할 수 없었다. 그들의 가정 경제는 너무나 불확실했다.

노라는, 그가 폴라에서 알았듯이, 세심한 아내의 작은 경제를 낭비가 심한 남편과 함께 꾸려 나갈 준비가 되어 있지 않았다. 하지만 그들은 여전히 외식을 했다. 그녀는 함께 나누는 부엌에서 요리하기를 거절했으며, ―상당한 이유로―쇼핑을 두려워했다. 트리에스트는, 조이스가 스태니슬로스에게 진술한대로, 그가 여태 본 가장 마음에 거슬리는 장소였다.

> 사람들의 비 시민성을 과장하는 것은 거의 불가능하다. 소녀들과 여인들이 노라에게 너무나 거슬리는지라, 그녀는 거리에서 외출하기가 두렵다네. 노라는 트리에스테의 사투리를 약 서른 마디 말할 수 있어(내가 그녀에게 프랑스어를 애서 가르치는 걸 실패했지), 고로 그녀가 외출할 때마다 나는 그녀와 동행해야 하고, 나는 자주 합리적 값으로 아주 간단한 물건을 찾는 데 오후를 보내야만 해.

재빨리 그들은 자신들이 아름다운 모습의 땅에 착륙한 것을 알았다. 조이스는 다음과 같이 개탄했다.

> 트리에스테 사람들은 옷에 대단한 '스타일리스트' 인지라, 부두에서 멋진 옷을 자랑할 수 있기 위해 자주 밥을 굶주리다니. 그리하여 그녀는 자신의 망가진 육체와

그녀의 짧은 4크라운짜리 스커트 및 귀 위로 덮은 머리카락을 하고, 어깨나 팔꿈치로 밀리고, 웃음거리가 되다니.

그의 자신의 갈색 양복은 잘 받아들여지지 않았다. 학교에서 지겨운 영국인인 아이어즈는 폴라에서부터 트리에스테로 전근 온 사람으로, 조이스에게 말했다. "나는 괴짜 사람들이 별반 취미를 갖지 않음을 가끔 목격하지. 그들은 아무거나 입지요. 내가 당신한테 귀띔을 하지. 만일 당신이 취미가 없으면, 회색으로 즐겨요. 회색에 매달려요. 무슨 종류인들 상관 말고―언제나 신사답게 보여요."

자신의 새로운 책임과 좌절에 직면한 채 조이스는 심하게 음주를 계속했다. 노라는 절망 속에 빠졌다. 그녀는 거의 외출할 수도 그를 찾을 수도 없었다. 그녀가 프란치니스를 보낸 어느 날 밤, 그는 조이스가 구 도시의 한 도랑에 드러누워 있는 것을 발견했다. 조이스는 언제나 노라가 자기를 다른 남자와 다름을 발견하지 못한다고 불평했다. 그녀에게 그는 그러지 않았다. 임신으로 몸이 부풀은 채, 이상한 기후와 문화 속에서, 그녀는 자신의 어머니의 남자(남편)와 다름없는 남자를 지녔으니, 만일 그가 그녀를 떠나면, 그녀 자신과 아기를 위한 부양을 요구할 어떤 법적 유대도 갖지 않았다.

아기는 8월이 만기였다. 노라의 가장 무거운 달들은 지독히도 더운 날씨에 대한 그녀의 첫 경험과 일치했다. 그녀는 울면서 하루 종일 침대에 누워 있었다. 심지어 조이스가 밖으로 나가 바느질 모형을 샀을지라도, 아기의 옷을 만들 수 없었다고 그녀는 말했다. 천만에, 그녀는 골웨이로 되돌아가기를 원치 않는다고, 주장했다. 그래요, 그녀는 아기를 갖기를 원했다.

조이스는, 그러나 자신의 의심을 스태니슬로스에게 털어 놓았으니, "그녀는 안전하게 이식移植될 수 없는 저 식물들의 하나야." 그는 특히 그녀의 최초의 임신에서 그녀에게 여자친구 한 사람이 필요한 것을 알았다. 그녀는 이탈리아어를 말하는 프란치니스말고도, 자신과 과거 그녀를 모독했던 영국의 다른 영어 선생 이외에 말할 사람이 아무도 없었다. 때때로 그녀가 카페에서 두 남자와 앉아 있었을 때, 그녀는 저녁 내내 한 마디 말을 하지 않았다. 조이스는 그녀의 눈물을 가지고 '무슨 이상하고 까다로운 창조물'을 태어나게 할지 의아해했다. 그는 여전히 그녀를 사랑했다. 아마도 유일하고 옳은 일은 그녀를 자신의 기질에 알맞은 환경―다른 말로, 아일랜드―에로 도로 데리고 가는 것이었다. 그들 양자는 아일랜드의 음식에 대한 환상으로 소모했다. 노라는 난로 가의 주전자를 보기를 갈망했다. 그들은 자신들이 과거 그랬듯 그렇게는 계속 살 수는 없다. 조이스가 스태니슬로스에게 자신의 모든 비애를 쏟아 놓았을 때, 그는 '노드 월'(북안 벽)로부터 그와 함께 떠났던 그녀의 용감성을, 그리고 그의 성격에 대한 그녀의 사랑하는 이해를 스스로 상기시켰다.

> 나는 내가 어떤 이에게 행했던 것보다 더 이상 그녀에게 나 자신을 확실히 복종시켰는지라, 나는 그녀가 나를 격려하지 않았던들 이 편지를 시작했으리라 믿지 않아요.

조이스는 비범한 계획을 마음에 품었는데, 그것을 그는 한 자 한 자 마음속에 아로새겼다. 그와 노라가 더블린으로 돌아가면, 스태니슬로스와 교외에 오막집을 하나 가지리라. 조이스는 그것을 벌리츠로부터의 자신의 저금으로, 그가 『더블린 사람들』의 출판으로부터 기대되는 돈으로, 그리고 스태니슬로스 자신의 번 돈으로 투자하리라. 그가 확신하지 않는 유일한 것은, 그는 가로되, 그이 및 그의 '동료'에 대한 그의 아우의 태도였다.

두 사람 가운데 어느 쪽이 출산에 관한 사실들에 더 무식한지를 말하는 것은 어렵다. 노라가 감정을 억누를 수 있는 모든 것은 맥주였다. 조이스는 그녀의 소화 불량의 책임을 이탈리아 음식에다 덮어씌웠다. 그는 그들의 개성이 얼마나 서로 맞지 않은지를 인식하기 시작했다. 그녀가 여전히 그의 예술에 대해서는 전혀 상관하지 않는 것을, 그는 자신의 떨어져 있는 동생에게 명상하듯 말했다.

한번은 우리가 둘 다 지독히도 우울한 저녁을 보내고 있었을 때, 그녀는 "오, 애인이여, 당신은 당신의 애인의 이야기를 듣느뇨?"로 시작하는 나의 노래를 인용(오히려 오용)했어. 그것이 나로 하여금 9개월 동안 처음으로 내가 진지한 시인임을 생각하게 만들었어.

아마도 조이스는 만일 각자가 타자의 전혀 다른 개성을 받아들일 수 있다면, 서로는 함께 행복하리라는 새로운 희망으로 결론지었다. 그러나 그는 『실내악』의 첫 시로부터 '노라에게'라는 말을 제거시켰다.

'아홉 달들'이란 말이 조이스의 편지들에서 재삼재사 나타나는데—어떻게 그들의 망명의 정확한 시간이 노라의 임신과 일치하는지를 또 한 번 상기시키는 것이다.

매일 노라는 그녀의 점심을 카나루토 가족과 함께 들었고, 조이스는 자신의 것을 카페에서 들었다. 6월 26일에 노라가 식사를 하고 있는 동안, 그녀는 통증을 느끼기 시작했다. 그녀는 조이스가 돌아올 때까지 아무 말도 하지 않았다. 다 같이 그들은 징후를 진단하려고 노력했고 실패했다. 조이스는 마침내 카나루토 여인들을 소환했는데, 그들은 일어나고 있던 발생사에 관해 확신했다. 그들은 산파를 불렀고, 그들이 침대 가에 닿을 수 있도록 주위의 가구를 옮겼다. 조이스는 의사였던 자신의 학생들 중의 하나를 데리러 떠났는지라, 그때 그는 그들과 저녁식사를 함께 하자는 그 집안의 남자들의 초대를 감사하게도 받아들였다. 조이스가 언제나 유대인들의 후의를 발견했음은 놀랄 일이 아니다.

그들이 취리히에서 최초의 사랑을 한 뒤 9개월 및 16일이 지난 9시에, 노라는 그녀의 아기를 분만했다. 미남 사내아이야, 하고 늙은 유대인 아주머니는 트리에스테의 사투리로 선언했다. 그것은 언어를 배우는 확실한 길이었고, 노라는 배웠다. 여인들은 그녀의 용감성에 놀랐다. 산고 동안 노라는 거의 한 마디

소리도 내지 않았다. 그녀의 자세는, 단지 그녀가 아들이란 말을 들었을 때 흐트러졌는지라, 그녀는 기뻐서 손뼉을 쳤다. 산파에 의해 안내된 채 그녀는 아기를 자신의 가슴에 안고, 자신이 많은 우유를 가졌음을, 그리고 아기는 건강하게 자랄 것을 알았다.

조이스는 동등하게 기뻤다. 그는 아기를 안아 들고, 그에게 오페라의 아리아를 불러주곤 했다. 아기가 주의 깊게 들었을 때, 그는 애기가 아버지의 목소리를 이어받았다는 것을 정확하게 결론지었다. 그들은 그를 조지오라 이름 지었는데―조지라니, 죽은 조이스의 아우를 위해서였다. 노라 자신은 그녀의 아들을 이탈리아어와 영어의 멋진 합성어인 조오지이라 불렀다.

조이스는 자신의 집으로 전보를 보냈다. "손자 탄생 짐." 그가 역시 골웨이의 보링 그린에 전보를 보냈는지는 기록이 남아 있지 않다. 노라는 더블린으로부터 반응을 기다렸으니, 스태니슬로스는 때맞추어 전보를 보냈다. "조세핀 아주머니는 내가 대신 '브라보, 노라!'라고 말해달라고" 그리고 "코스그래이브는 좋은 소식이라 말하며, 스케핑턴에게 사적으로 소식 전하겠노라"고 했다. 그러나 그는 그러자 조이스의 소설에 관해 계속 길게 토론했다. 노라는 지겨웠다. 스태니의 편지는 그녀 말대로 온통 책들에 관한 것이었다.

노라 자신은 코스그래이브에게, 자신의 사진이 담긴 카드에다, 아기 탄생의 뉴스를 썼다. 그는 조이스에게 다음과 같이 씀으로써 대답했다.

친애하는 조이스, 노라가 방금 내게 자네의 마지막 편지를 답하지 않고 둔 데 대하여 나의 무례함을 상기시켰다네. 그러나 자네는 나의 나태를 알겠지. 나는 자네의 소설을 받은 뒤에 편지를 절반만 썼으나, 계속할 수 없었어. 고로 나는 그걸 가정의 용도로 맡겼다네……. 나는 노라의 분만의 기쁜 정보를 스케핑턴에게 제일 먼저 전하지 못한 것이 유감일세. 아무튼 나의 축하를 받아주고, 노라에게 그걸 전하오, B.가 잘 지내기를 희망하네. 나는 나 자신이 지속성을 잃었는지라, 자네의 소설에 관해 뭐라 말할 수 없어. 분량을 좀 더 찰리에게 보내구려. 그럼 나는 자네에게 비평을 도우도록 최선을 다하겠네. 그동안 왜 J의 이름으로—린치. 그밖에 무엇이든……. 나는 내일 노라에게 편지 쓰겠네. 카드의 색칠된 사진은 노라의 것인가. 그렇다면 나를 위해 그녀에게 인사하게. 그녀는 더블린의 브라운 점에서보다 한층 건강해 보이는군.

노라는 그들의 비아 샌 니코로의 작은 방에 갇힌 채, 그들의 아기와 그들의 돈의 결핍에 대처하려고 애를 썼다. 그녀는 자신이 도우려 할 수 있는 한 가지 일을 했는지라, 즉 세탁부로서 그녀의 옛 직업에 의존했다. 어느 날, 그녀가 세탁하고 있던 옷가지를 적을 종잇조각 때문에 성급하게도, 짐이 작업하고 있던 한 편의 새 이야기의 첫 페이지를 움켜쥐었다. '참혹한 사건'으로 불린 채, 그것은 이렇게 시작되었다. "제임스 더피 씨는 채프리조드에 살았는데, 그는 자신이 시민인 도시로부터 가능한 멀리 살고 싶었기 때문이다……." 노라는 그것을 뒤집어 그 뒤쪽에 자기 자신의 글을 썼다.

걸레 10, 슈미즈 2, 블라우스 1, 타월 3, 속옷 3벌, 조끼 3, 페티코트 4, 벨트 1, 셔츠 1, 앞치마 3, 바지 1벌, 베개 덧 1, 베개 2, 시트 2, 양말 2 켤레……

거기에 몇몇 다른 품목들이 있었다. 조이스는 페이지를 구조했다. 그는 그것을 스태니슬로스에게 보내기 위해 필요했는데, 후자는 그 이야기를 읽고, '부록과 함께' 그것을 그의 형에게 돌려보냈다.

조이스는 노라가 그들의 극히 빈곤한 시절에 세탁을 맡았었음을 몇 년 뒤에 떠벌렸으나, 그녀가 자신의 첫 해산 뒤 3주 동안을 그렇게 했음을 그는 말하지 않았다.

조이스는 아기의 탄생으로 즐거워했지만, 그는 부성父性에 시샘하듯 반응을 보였다. 노라에 의한 그의 배신의 공포가 조지오의 탄생으로부터 사실상 추정될 수 있으리라. 장남인 조이스는 그의 어머니의 총아였으며, 그의 어머니의 사망 후 불과 1년 만에 노라를 발견했다. 이제 노라가 1년 이내 어머니를 대치했다. 조이스는 고향에 편지를 씀으로써 아이로부터 자기 자신을 멀리했다. "그는 검푸른 눈을 가졌으나, 그걸 나로부터 물려받은 것 같지는 않아." 그는 스태니슬로스를 벌리츠의 자기와 합세하도록 권유하는 캠페인을 촉진했다. 그는 그 어느 때보다 한층 박해의 감정에 자기 자신을 맡겼다. 그가 생활로부터 바라는 모든 것이란, 그는 선언했는데, 어떤 펜과 잉크 그리고 자신의 펜을 날카롭게 다듬어 '나를 배신하고, 나를 지옥으로 보냈던 사람들에 관한 보잘것없는 작은 문장들을 쓰는' 마음의 평화였다.

많은 새 아버지들처럼, 그는 다른 여성들에 자기 자신이 끌림을 알았으며, 많은 교사들처럼, 그는 열렬한 감탄자들의 준비된 공급을 받았다. 이들 중의 하나는 비아 디 스코로라에 사는 배론 앰브로지오 랄리였으며, 또 다른 이는 두 구간 떨어져 사는 애니 쉬라이머로서, 오스트리아의 은행가의 딸이었다. 애니는 조이스보다 한 살 위로 1905년 가을에 그와 함께 공부했다. 그녀의 어머니 에미리아 보마이스터를 통해, 그녀는 부분적으로 유대인적이었고, 수줍으며, 세련되고, 음악에 숙달했다. 어느 날 조이스는 그녀에게 키스했고, 자기와 결혼할 것을 시사했다. 그가 심각했던 안 했던 간에(그는 법적으로, 결혼이 자유로운지라) 애니는 현혹되었고, 그녀의 아버지에게 일렀다. 그녀의 영어 수업은 끝이 났다. 쉬라이머 씨는 그녀의 딸이 비참한 영어 선생에게 빠진 생각에 진저리를 느꼈다. 그러나 조이스는 계속해서 애니에게 글을 썼고, 후년에 그의 책을 그녀에게 보냈는데, 그것을 그녀는 질투하듯 살피며 트리에스테의 그녀의 집 방문객들에게 보여주었다.

조이스는 의심을 초월하여 노라를 떠날 것을 생각하고 있었다. 1905년 12월에, 5개월에 가까운 조지오와 함께, 그는 조세핀 숙모에게 늦어도 2년 이내 일어날, 자신의 작품으로부터 얼마간의 돈을 받는 즉시 자신의 인생을 바꿀 것을 의도한다고 썼다.

저는 노라와 저 자신의 현재의 관계가 어떤 변화를 받으리라 제가 생각하고 있음을 숙모님게 말하기에 앞서 주저해 왔어요. 저는 단지 이제 그렇게 하는지라 왜냐하면 숙모는 다른 사람들과 그 문제를 토론할 것 같지 않은 사람이라는 것을 저는 생각해 왔기 때문입니다. 저의 생각에, 제가 예견할 이러한 변화가 발생한다면 부분적으로 저의 책임일 수 있지만, 그러나 그것은 저의 과오만으로 거의 일어나지 않을 것입니다. 감히 말하거니와 저는 어떤 여인이든 견디기 힘든 남자이지만 다른 한편으로 변경할 의향은 없습니다. 노라는 저와, 그녀가 알았던 나머지 남자들 간의 큰 차이를 두려고 하지 않는 것 같아요. 그리고 저는 그녀가 이 점에서 정당하고는 거의 믿지 않아요. 저는 아주 가정적 인물이못 돼요.─결국, 저는 한 예술가라 상상해요.─그리고 때때로 제가 모든 재능을가지고 살아갈 자유롭고 행복한 인생을 생각할 때, 저는 절망의 발작에 빠져요.동시에 저는 평균적 남편의 흉악함과 경쟁하기를 원치 않아요 그리고 저는 저의 길을 한층 분명히 볼 때까지 기다릴 거예요.

조이스는 『더블린 사람들』을 런던의 출판업자인 그랜트 리차즈에게 보냈다. "저는 어느 작가고 더블린을 세계에 제시했다고 생각지 않습니다." 그는 리차즈에게 썼다. "그것은 수천 년 동안 유럽의 한 수도였으며, 대영제국의 두 번째 도시로 상상되는데, 베니스보다 거의 3배만큼 큽니다." 조이스는, "저는 희망하나니, 나의 이야기들 위에 부동하는 부패의 특별한 냄새"를 위한 시장市場이 있기를 희망했다.

조이스가 리차즈의 대답을 기다리고 있었을 때, 그는 이야기의 소장품에계속 첨가했다. 1907년 봄에 그는 '작은 구름'을 완성했는데, 이는 인생을 하찮은 것으로 느끼고, 자신의 직업을 미워하는, 그리하여 운 나쁜 하루 뒤 귀가하여, 바이런의 어떤 시를 읽으려고 애쓰는, 한 젊은 남편의 이야기이다.

그것은 무모했다. 그는 읽을 수 없었다. 그는 아무것도 할 수 없었다. 아이의 울음 소리가 그의 귀의 고막을 찔렀다. 그건 무모하고, 무모했다! 그는 인생의 죄수였다.

꼬마 찬델러의 절망은 철저했는지라, 그것은 그의 젊은 아내가 방으로 들 어와, 남편에게는 주의를 기울이지도 않고, 그녀의 양팔로 아이를 빼서 안고, "나의 꼬마! 나의 귀여운 매니!"라고 중얼거리며, 아래위로 걸어갔을 때였다.

조지오의 탄생은 노라와 조이스에게 처음으로 위법의 실질적 문제를 선 사했다. 조이스는 부성이야말로 한 가지 법적 가공架空이요, 아이가 아버지의 이름을 따던 또는 어머니의 것을 따던 상관이 없다고 말하기를 좋아했다. 아무 래도 그가 1년 뒤에 출생신고를 했을 때, 그는 트리에스테의 오스트리아 제국 부관에게 출생 신고서에다 '서출(illegittimi)'보다 오히려 '서자(legittimi)'가 표시된 난을 체크하도록 권고했다.

그는 스태니슬로스에게 빌리츠 학교에서 영어를 가르치는 일과, 카나루 토 댁에 방 한 개를 찾아주었다. 스태니슬로스는 오페라와 카니발, 구운 너도 밤과 새 포도주의 환상을 제공하면서, 그는 '트리에스테의 겨울'보다 더 심한 일 을 할 수 있으리라 명랑하게 썼다.

10월에 그가 갈망하던 뉴스가 왔다. 스태니슬로스는 초대를 받아들였다. 이주移住에 있어서 스태니슬로스의 유일한 유감은, 그는 썼는지라, 그의 누이 들을 자신들의 술 취한 아버지와 함께 홀로 생활하도록 내버려두는 데 있었다. "넌 뭘 할 수 있니?" 하고 조이스는 대꾸했다. 그는 스태니슬로스에게 여행을 위해 1백 크라운(4파운드)을 보냈다(조이스는 낭비적일 뿐, 자신의 돈에 결코 인색하 지 않았다). 조이스는 그의 아우에게 그들의 미래를 위한 유일한 희망인, 그의 서 류를 가져오도록, 그리고 '이들 학교들을 후원하는, 저주할, 바보 같은 속물들' 때문에 옷을 멋있게 입도록 말했다.

더블린에서 존 조이스는 자신의 둘째 아들의 임박한 잃음에 무관심한 척했다. 스태니슬로스가 여행을 위해 약간의 돈을 요구했을 때, 그의 아버지는 돈을 찾아 지옥에나 가라고 말했다. 하지만 노라와 조이스가 떠나간 후 꼭 1년 만에, 정작 스태니슬로스가 보트를 타려고 갔을 때, 그는 전통적 작별을 부정하지 않았다. 뒤에 남은 마지막 아우 찰리는 트리에스테로 그 장면을 중계했다.

형이 떠나던 날 많은 울음과 젖은 눈들이 있었지. 우리가 보트로부터 돌아왔을 때, 조세핀 숙모는, 심각하게도, 북쪽 해안(조 아주머니의 집)으로 포피를 데리고 갔는데, 거기서, 나는 의심하지 않거니와, 그들은 비탄가悲嘆歌를 불렀지. 코스그래이브는 나와 함께 종일 남아 있었어.

찰리는 쌓인 우편물과 그의 트리에트에로의 다른 서류들을 선적하는 것에 관해 그가 스태니슬로스의 지시를 어떻게 따랐는지를 계속 서술했다.

나는 모든 책들을 짐 꾸렸어. 나는 또한 편지들을 될 수 있는 한 많이 트렁크에 알맞도록 넣었어. 악보를, 나는 또한 내 방으로 날랐지. 조세핀 숙모는 알고 싶어 하는지라. : 내가 그녀의 편지를 갖고 내려올 수 있는지, 그리고 그녀가 그들을 태울 수 있는지? 형은 짐의 '에피파니들'을 뒤에 남겨두고 떠난 것 같아. ―이건 잘못이었나?

형은 "짐(큰 형)에게 내가 여전히 잘 있다고 말해줘," 찰스는 쓸쓸하게 결론지었다.

스태니슬로스, 그는 이처럼 형의 서류들을 보살폈고, 그의 양친의 개인적 편지들과 함께 다른 종류의 예방책을 강구했다. 어느 날, 그의 어머니에 대한 아버지의 편지들을 발견하고, 그는 그들을 읽지 않은 채 모두 불태워버렸다. 그는 정말로 과거와의 유대를 끊어버렸다. 망명 뒤로 아일랜드를 세 번 방문했던 조이스와는 달리, 스태니슬로스는(비록 그는 더 오래 살았을지언정) 결코 귀국하지 않았고, 결코 다시는 자신의 무시당한 아버지의 얼굴을 보지 않았다.

두 형제들과 한 아내. 조이스가 언제나 상호관계 속에 창조한 듯한, 한 평범한 목가적 가정의 유형 그리고 또한 심리적 삼각관계라니, 어느 것도 가정적 평정의 처방은 아니었다. 스태니슬로스가 그의 긴 여행 끝에 트리에스테의 중앙 정거장에 도착했을 때, 자신은 충격을 받았다. 조이스는 그를 아주 냉정하게 맞이했다. 스태니슬로스의 의복에 관해, 조이스는 단지, 그의 아우가 너무나 달리 보였기에, 만일 그를 거리에서 지나치면 알아볼 수 없었을 것이라고 말했다. 이어 그는 스태니슬로스에게 자신과 노라는 파산했다고 말했다. 여행으로부터 무슨 돈이라도 남겨 가졌던가?

노라는 동등하게 환영적이 아니었다. 여전히 조지오를 돌보면서 그녀는 주로 짐과 자주 이탈리아어로 말했다. "만일 노라가 영어를 말하는 법을 잊었다면, 그녀는 무슨 언어를 말할까?" 스태니슬로스가 집으로 보낸 불평스런 편지에 숙모 조세핀은 답하여 물었다. 노라는 스태니슬로스를 눈으로 봐서 이외에는 거의 알지 못했지만, 그녀는 비아 샌 니코로의 그들의 가정에 그의 보탬이야말로 혼성된 축복임을 알 수 있었다. 스태니슬로스는, 조이스보다 약 2인치 키가 작은, 땅딸막하고, 사각의 얼굴에, 엄하게 보였는데, 중년의 20세로서, 여자들과는 자신이 없는 데다가, 정시에 식사하기를 열망하는 사나이였다. 더블린으로부터의 소식에 노라는 기뻤지만, 그녀는 스태니가 자신의 에너지를 빨아먹는 자요, 그들의 사생활의 침입자임을 알아차렸으니―그는 그들의 침실 옆에 그의 침실을 가졌다.―그리고 아일랜드로 고자질하는 편지를 되로 보내는 자였다.

노라는 제3자가 있다고 해서 일을 삼가는 타입은 아니었다. 스태니슬로스가 도착한 지 얼마 뒤에, 그녀와 조이스는 새 모자에 관해 지독한 싸움을 벌였다. 스태니슬로스는 당연히 그것을 보고했고, 조세핀 숙모는 충격을 받았다.

줄잡아 말하더라도 모자 이야기는 어느 다른 남자고 간에 술을 마시게 할지니 짐에게는 아주 화나게 하는 일임에 틀림없으리라. 나는 노라가 그렇게 별나다고 상상하고 싶지는 않지만 아마 오스트리아 풍의 환경이 아무튼 짐을 즐겁게 할 뭔가를 갖기에는 너무 흉한 것 같아. 그것은 확실히 그로 하여금 당장은 성나게 하기에 충분하리라 하지만 왜 문제를 삼아야할지 난 이해할 수가 없어. 짐은 내게 보낸 그의 편지에서 자신은 결코 혼자가 아니라고 말하지. 모두가 한 방에 살아야 하다니 화나게 할 것이 틀림없을 것 같아. 그러나 결국 우리는 작은 고독을 좋아할 때가 종종 있지…….

조세핀 숙모는 노라를 아주 잘 알지 못했다. 심지어 골웨이에서 노라는 스타일, 편물, 컷, 줄무늬, 특히 모자에 열정을 가졌고, 그리하여 이제 그녀 자신이 그것을 실행할 위치에 있었다.

조이스는 노라의 갈망에 대해 한 가지 약점을 가졌다. 노라는 그로부터 돈을 후릴 수 있는 유일한 사람이었다. 때때로 그녀는 아주 친절한 접근을 했다. ─ "저의 드레스를 위해 작은 벨벳을 사야 하니 5크라운을 내놔요." 그녀는 어느 날 메모로 말했다. 다른 때 그녀는 짐의 포켓으로부터 도움을 구했다. 어느 날 조이스는 골이 나서, 그의 아우에게 노라가 구두장이에게 지불하기 위해 얼마간의 돈을 훔쳤다고 불평했다. "왜 그녀로부터 돈을 도로 빼앗지 않아?" 스태니슬로스가 물었다. "왜냐하면 나는 힘이 없으니까"가 솔직한 대답이었다.

스태니슬로스는 노라가 조이스를 쥐고 흔드는 것을 보고 마음이 뒤숭숭했다. 그녀는 그로 하여금 야채 껍질을 벗기도록 요구했어,라고 고국에다 썼다. "그럴 솜씨가 어디 있어?" 조 숙모가 심술궂게 물었다. 보다 나쁜 충격은 조이스의 음주였다. 스태니슬로스는 더블린에서의 조이스의 통음 때문에 당황했었는지라, 이제 그의 형은 노라와 아이에게 필요한 돈을 내팽개치며, 한층 나쁘게 행동하고 있음을 보았다. 조이스는 스태니슬로스가 공급하고 있던 지적 교우를 모두 잊어버린 듯했다. 그는 스태니슬로스의 봉급에 관해서만 상관하는 듯했다.

조세핀 숙모는 장거리 결혼 상담자로서 그녀가 할 수 있는 것을 하려고 애썼으며, 노라와 조이스에게 별도로 글을 썼다. "혼인은 작은 결점들을 갖고 있지." 그녀는 그들이 남자와 아내라는 그들의 가공의 이야기를 수락하면서 말했다.

그리고 모든 중요한 점에서 그들은 그랬다. 네 식구의 가족으로서 그들의 첫 크리스마스를 위해, 노라는, 그 후 매년 그랬듯이, 커다란 의식과 함께 자두 푸딩을 만들었다. 그러나 그들은 어수선한 신년 전야를 가졌으며, 그들 세 사람 모두는 자신들의 생활이 어떻게 돌아가는지에 대해 찌무룩했다. 신년에 조세핀 숙모는 노라가 다시 임신할까 걱정하며, 그녀의 어머니다운 충고를 담은 긴 약속의 편지를 썼다.

노드브룩, 빌라스 4번지
1906년 1월 8일

사랑하는 노라

네 편지 참 고맙다. 편지를 지금 쓰는 것은 틀림없이 아주 어려우리라. 네 아들이 아마도 이가 나고 있을지니, 결과로 어른의 치통처럼 그건 애기에게 아주 고약하지. 따라서 아주 불안하리라. 가련한 꼬마가 자신의 몫으로 고통을 받고 있음에 틀림없으니, 너와 짐 그리고 스태니가 간호를 분담하기를 희망하오. 그는 지금쯤 아주 애교가 있으리라. 네 건강이 좋다니 반갑다. 할 수 있다면 계속 그렇게 하기를, 기억할지니 비록 네가 월경을 볼 수 없을지라도, 너는 재차 임신할지니, 만일 그런 일이 생기면, 즉시 조지에게 젖을 떼도록 해라. 내가 너를 놀라게 하는지 모르겠네만 나는 단지 주의를 시키고 있을 뿐이란다……. 푸딩을 만들었다니 참 기쁘구나. 네가 할 수 있을 때마다 그건 사내들에게 커다란 대접일지니 아기가 얼마나 잘 자라는지 알려주겠지. 새해에 복 많이 받아라. 너와 짐에게 행복하고 성공적인 한 해가 되기를 기원한다.

여불비례
조세핀 숙모

스태니슬로스와 조이스에게 그녀는 말과는 달리 행동했다. 그녀는 자신의 두 조카들로부터 노라가 얼마나 나쁜 기질일 수 있는지를 들어왔다.

만사는 프란치너스 내외가 2월에 다시 한 번 비아 지오반니 보카치오 街의 집(또는 '구역'으로 불리는, 아파트 건물의 한 부분)을 나누도록 그들은 초청했을 때 노라의 마음을 편하게 했다. 정거장 뒤의 언덕 위 인기 없는 구역에서일지라도, 새 주소는 그들 네 식구들을 위한 더 많은 공간을 제공했는지라, 그리하여 조세핀 숙모는 노라가 이렇게 좋은 사람들과 옛날로 되돌아갔다는 소식을 듣고 기뻤다. 노라는 스태니슬로스의 존재에 대한 이득을 인정하기 시작했다. 그는 벌리츠에서 번 주당 40크라운의 대부분을 양도했다. 그는 또한 짐의 음주에 대해 직접적 행동을 취할 수 있었다. 그는 형을 등에 업고, 포구나 '옛 도시'의 카페로부터 집으로 데리고 오곤 했다(조이스는 언제고 그의 일생에 있어서 결코 호전적이 아니었으나, 오히려 너저분하기로 소문난 사람이었다. 그는 몸이 거의 무겁지 않았기 때문에, 친구들이 그를 자주 집으로 날라 침대에 눕혔다. 다음 날 그가 잠이 깨었을 때, 그는 불평을 하고 있었다. ―그의 다친 눈, 그리고 기타 등등―그러나 그는 아무튼 전혀 험악하게 굴지 않았다).

조이스는 자신의 학생들을 즐겁게 해주었던 한 독백에서, 그의 음주를 노라의 다산多産과 연결시켰다.

나의 아내는, 달리 아무것도 아닐지라도, 아기를 만드는 법과 비누 방울을 날리는 법을 안단 말이야. 우리는 조지 1세를 가졌지. 만일 내가 주의하지 않으면, 나를 왕조의 제2 상속자로 못 박을 판이야. 아니, 아니, 노라, 나의 아가씨, 나는 별로 그런 게임에는 취미가 없어요. 고로, 트리에스테 술집들이 있는 한, 남편은 밤에 외박하는 것이 보다 좋다고 나는 생각하지, 낡은 헝겊 조각처럼 매달리면서 말이야.

이 생기 없는 은유는 조이스가 음주를 산아 제한의 한 형태로서 보았음을 암시한다. 그는 피임을(마치 『율리시스』의 스티븐 그러하듯) 불찬성했다. 교회에 대한 그의 염오에도 불구하고, 그는 인공적 산아 제한(이는 바로 20세기 초에 사회적 및 신학적 문제가 되지 않았으나, 나중에 그렇게 되었다)에 대한 그것의 입장을 결코 비평하지 않았다. 그는 남편과의 떨어짐을 신부가 그녀에게 허락하지 않음으로 인한 그의 어머니의 많은 임신들을 비난했다.

노라와 그는 확실히 당시 또 다른 아이를 원치 않았다. 있을 수 있는 유일한 금지 조치는 주수법注水法(그들의 비좁은 숙소에서는 어렵게도) 또는 중절 성교였다. 아마도 노라는 모유 양육이 임신을 막으리라 기대했다. 그녀는 조지오가 19개월이 될 때까지 그를 손수 양육했다. 그녀의 기법이 무엇이든 간에 그것은 당분간 효과적이었으니, 왜냐하면 그녀는 1906년에 임신하지 않았기 때문이다.

스태니슬로스의 도착은 고국의 더블린에 있는 조이스 가문과의 한층 밀접한 유대를 의미했다. 비아 보카치오 가街의 작은 가정은 이렇듯 1천 마일 밖의 더블린과 한결같은 접속 속에 있었는데, 때때로 그것은 마치 그들이 유럽의 절반 대신 한 가로에 의해 분리된 가족처럼 느껴졌다. 스태니슬로스는 그 거리가 한층 더 크기를 바랐을지니, 왜냐하면 그는 더블린으로부터 돈에 대한 연속적 요구를 받았기 때문이다.

더블린의 자매들은 짐에게보다 스태니에게 한층 가까웠다. 짐은 장남으로서, 대학에서, 파리에서, 그리고 이어 트리에스테에서 너무나 멀리 떨어져 있었으며, 그는 어린 동생들에게 먼 인물이었다. 장녀인 포피는 물론 짐을 나머지들보다 더 잘 알고 있었는데, 그가 한때 그녀에게 편지를 쓰지 않은 것에 마음이 아팠는지라, 왜냐하면 그녀는 그와 노라의 도주를 도왔기 때문이다. "그는 나를 완전히 무시당한 사람처럼 취급했어." 그녀는 스태니슬로스에게 불평했고, 그는 그녀가 의미하는 바를 아주 잘 이해했다.

소녀들과 찰리가 원했던 것은 돈만이 아니었다. 신발, 의복, 및 의치義齒는

조이스의 가족 통신에서 한결같은 주제들이었다. 매이 조이스가 스태니에게 불평했듯,

우리는 여기 모두들 아주 잘 있어, 건강이 생각하듯 좋지 않은 찰리를 제외하고. 찰리는 구두도 옷도 없기 때문에 거의 또는 전혀 바람을 쐴 수가 없어. 만일 오빠가 운송비의 가치가 있는 옷이라도 있으면, 그건 하느님의 보낸 큰 선물이 되리라. 찰리는 내가 이걸 말하는 것을 들으면 불쾌할지니 고로 제발 그에게 보낸 어느 편지에도 말하지 말아요……. 포피는 손수 의복과 의치를 사려고 돈을 저축하고 있어. 나는 나 자신의 의치가 너무 낡았기 전에 내 자신의 것을 마련할 참이야…….

사랑하는 누이
매이 올림

스태니슬로스는 자신이 할 수 있는 것을 보냈으며, 찰리는 곧 사과조로 미안한 듯 버린 옷을 요구하고 있었다(조이스 가족의 양 끝들이 낡은 옷과, 구두 및 책들을 유럽을 가로질러 배로 보내는 용이함과 저렴함은 여전히 어제의 우체국의 서비스에 대한 또 다른 고마움이었다).

가족으로부터의 이러한 편지들은 노라더러 그녀가 짐에게 계속 매달려 있어야 함을 분명히 하는 것이었다. 아일랜드에는 돌려줄 것은 아무것도 없었다. 찰리 자신은 이민 갈 돈이 있었으면 하고 바랐다. 스태니슬로스, 자기로서는, 그가 과오를 범했구나 하고 생각하기 시작했다. 그가 트리에스테로 이주하다니, 자기 자신을 한 죄수로, 즉 두 낭비벽이 심한 가족들 사이에 괴롭힘을 당한 한 책임지는 인물로 만들게 할 뿐이었다. 그이 자신은 결혼하는 것을 생각하기 시작할 수 없었다(과연 또 다른 20년 동안 결혼하지 않았다).

노라는 돈이 더블린으로 도로 흘러가는 것을 보는 것이 행복할 수 없었으리라. 이러한 굶주리는 여러 달에도 불구하고, 그녀는 조이스가 그녀에게 말한 바를 믿었으니, 즉『더블린 사람들』이 출판되자마자 돈은 굴러 들어오기 시작하리라.

그랜트 리처즈는 런던에서 마침내『더블린 사람들』을 출판할 것을 동의했고, 리처즈가 원고료를 선불로 지불할 것을 거절했을 때 조이스는 분노했다. 리처즈는 단호했다. 그가 말한 걱정은,『더블린 사람들』은 더블린에 관한 것으로, 아일랜드에 관한 책은 팔리지 않는다는 것이었다(조이스는 자신이 책의 전망에 대해 어떤 생각도 갖지 않았으며, 만일 책이 영국에서 팔릴 바에는, 그럼 '1천5백만의 동포가 살고 있는 미국'에서도 팔릴 것이라 말하면서, 되받아 썼다).

1906년으로, 조이스의 부에 대한 꿈은 사라지기 시작했다. 2월에 리처즈는 조이스가 비용을 지불하지 않는 한『실내악』을 출판할 수 없다고 선언했다. 그리고 3월에『더블린 사람들』에 대한 계약이 서명된 후에, 리처즈는 하나의 날벼락을 보냈으니, 즉 영국 인쇄자는 책을 조판하지 않겠다는 것이었다. 영국 법아래에서 출판자뿐만 아니라 인쇄자는 그들이 출판하는 책의 외설과 명예 훼손에 대해 책임을 졌다. 인쇄자는 이야기들의 하나에서 성적 빈정댐, 또 다른하나에서 '경칠'(bloody)이란 단어, 특히 그것이 '저 경칠 여왕'과 같은 빅토리아여왕에 대한 언급일 때, 그것을 출판하는 위험을 감행하기를 원치 않았다.

조이스는 자신의 입장을 고수했다. 만일 그가 법을 어기는 자신의 책에서모든 것을 지운다면 남는 것은 무엇이랴? 아마 책의 제자題字뿐이리라. 그는 책이 인쇄되는 것을 보고, 그의 호주머니 속에 돈을 갖고 싶지만, 그것이 자신의예술을 악용하는 것을 의미한다면, 그러고 싶지 않았다. 비평의 최악의 효과는,조이스는 말했는데, 그것이 "나 자신의 글을 나 자신과 더불어 냉대 속으로 빠트렸다는 것"이었다.

사실인즉, 그러한 비평의 최악의 효과는 그를 한층 술을 마시게 하는 것이었다. 그것은 또한 노라의 야만스런 혀를 풀어 놓았다. 조세핀 숙모는 다시 한번 마음이 끌린 채―그녀의 가족 편에서― 짐을 충성스럽게 옹호하며, 노라를비난했다. 조이스의 성마른 기질은 이해될 수 있었으니, 왜냐하면 "그는 최근에 운명으로부터 너무나 많은 퇴짜들을 받아왔기 때문이라." 조 숙모는 다음과 같이 썼다.

그러나 정직하게 스태니, 나는 노라를 이해할 수 없거니와 확실히 그건 가공할 일
이야. 짐이 그들 가족을 부양하려고 최선을 다하고 있을 때 그에게 요리를 시키거
나 아기를 돌보게 하다니 확실히 그녀는 짐 그러하듯 착한 시도를 할 수 있으리라
그녀가 그토록 곧장 실망을 하다니 상대가 결코 안전할 수 없는 험한 말투를 가지
고 사람을 어떻게 하려는지 난 알 수가 없어. 짐이 술을 마시는 데는 구실이 있을지
니 음주하면 망각한다는 옛 이야기도 있지. 아마도 노라가 기분이 상하는 데는 어
떤 핑계가 있겠지만 그러나 그녀는 자신의 인생이 온통 장밋빛임을 기대할 수 없으
리니 확실히 그녀는 어떤 이따위 편지를 보낼 수 없으리라 이러한 한결같은 위험은
그대들 양자를 아주 괴롭게 하고 있음에 틀림없으리라. 그녀는 지금 그의 인생이
불행하다고 생각하지만 그녀 자신의 식구들을 어떻게 하겠다고 생각하는지……

조 숙모는 "조지가 현재에 맞서게 되는" 찬스가 없기를 희망했다. 그것이
"클라이맥스이리라" 그녀는 말했다.

노라는, 조세핀 숙모의 편지가 보여주다시피, 그녀의 어머니의 탄원에 의
해 감동을 받았고, 적어도 편지를 집으로 송달하기 시작했었다. 그녀는 자신을
부양할 수 없는 남자와 살고 있기 때문에, 자신이 골웨이로 귀가하리라 말하
면서, 이들 중의 한 통의 편지를 썼을 때, 조이스는 그녀의 어깨너머로 바라보면
서 말했다. : "만일 당신이 집으로 가려면, 적어도 대문자 T를 써요." 노라의 반
론은 다툴 여지가 없었거니와, "그게 무슨 차이예요?" 그녀는 따졌다.

노라는 자신의 어머니를 알았다. 애니 노라의 현존하는 몇몇 편지가 보여
주는 바에 의하면, 제1인칭은 노라의 어머니가 두문자로 위엄을 나타내지 않는
몇몇 말들 중의 하나였다.

조이스와 스태니슬로스는 만일 그들이 자신들의 아버지가 편지들을 이용
할 것이라 인식했더라면, 자신들의 고통스런 편지들을 보내는 것을 거역했으
리라. 존 조이스는 술집에서 '사람들로 하여금 예수회원들이 무슨 불한당으로

바뀔 수 있는지를 보도록 하기 위해!' 편지들을 기꺼이 읽어주었다. 그는 모든 사람들에게 자신은 트리에스테의 아들들로부터 한 푼 받은 바 없다고 말했다.

찰리 조이스는 스태니슬로스가 자기 자신 굶주리며, 집으로 돈을 보내기 위해 새 옷 없이 지낸다는 것을 알았을 때, 그의 아버지의 배은망덕을 듣고 화가 치솟았다. 찰리는 스태니슬로스의 버린 헌 옷을 입은 채, 자기 자신을 '천재도 아니요 예술가도 아닌, 그러나 둘 또는 적어도 한 사람의 아우'로서 생각했으며, '나를 많이 가르쳐 주었고, 많은 악을 뿌리 뽑아준 데 대하여' 그들 양자에게 감사했다(찰리는 가족의 심한 음주가들 중의 또 한 사람이었거니와). 그가 할 수 있는 최소의 것이란, 찰리는 느꼈듯이, 스태니가 트리에스테로부터 보낸 10실링의 선물에 대한 운명을 스태니슬로스에게 말하는 것이었다.

아빠가 간밤에 술에 취한 채 집에 돌아왔어. 나는 형이 이를 듣기에 틀림없이 곤란할 것임을 알아. 그러나 내가 그걸 말할지라도 그건 쉬운 일이 아니야. 고로 형은 사람을 얕보거나 실망시키기를 바라는 갈보들이나 형의 하찮은 돈을 술 마실 수 있음을 형은 또한 알리라. 나는 이들 신사들이 형이나 짐의 비용으로 스스로 즐길 수 있는 경우에 가까이 있어 봤으면 하고 진심으로 희망하지.

그는 심지어 한 벌의 바지 멜빵도 없을 정도로("나는 바지를 추켜올리려고—혁대 대신에 넥타이를 쓰고 있어") 너무나 가난한지라, 찰스는 트리에테의 그들의 형들의 궁지를 동정했다. 그들의 고통들 가운데 약간은 그들 자신이 초래한 것이 아니었다.

벌리츠 학교는 실패로 결딴나고 있었다. 경영자는 도망쳤고, 적어도 조이스 형제의 직업 중 하나가 위기에 처했으니, 당시 두 영어 선생들을 위한 충분한 일거리가 없어 보였다. 한 가지 점에서 학교 행정은 스태니슬로스를 폴라에로 보낼 생각이었다. "(작은)형 혹은 짐 또는 둘이 고향으로부터 그토록 멀리 외국 나라에서 굶주리거나 아사餓死에 가까워야 하다니, 그건 오히려 고통스런 일이야" 하고 찰스는 편지를 썼다. "조이스 가문은 불확실성 속에 살다 죽어야 하는 것이 숙명인 것 같아."

조이스의 궁핍에 관한 말이 그의 옛 친구인 고카티에게 뻗쳤다. 1906년으로 성공적인 외과의가 된 고가티는 뉴욕의 월도프—아스토리아로부터 편지를 보냈는데, 조이스가 미국으로 오면, 그곳에서, 고가티는 그에게 확신한대로, 그가 재빨리 돈을 벌 수 있을 것을 암시했다. 조이스는 미국을 고려하는 것을 거절했다(그가 언제나 그러하듯). 대신에 그는 은행에서 일할, 외국어에 능한 젊은 이를 구하는 한 로마 신문의 작은 광고를 알아냈다.

스스로의 소설을 끝내기 위해 필사적인 채, 조이스는 급진적 이사를 결심했다. 그는 노라와 아기를 로마로 데리고 가리라. 그곳에서 보다 짧은 시간 동안 두 배의 급료에, 그는 한 예술가(그이 자신)의 창조에 관한 자신의 책을 끝마치리라. 그는 로마의 노동 시간이 어떤 것인지 알아내려고 전혀 애쓰지 않았다.

고로 노라와 조이스는, 스태니슬로스를, 그가 그에게 자기 곁에 있도록 탄원했던 일곱 달 뒤에, 낯선 외국 도시에 홀로 남긴 채 짐을 꾸렸다. 그들은 또한 빵 구이, 재단사, 그리고 심지어 그들의 집 주인인 프란치니에게 계산서를 지불하지 않은 채 떠났다. 스태니슬로스에게 어떻게 그가 모든 이러한 채권자들에 직면할 것인지에 관한 자세한 교시를 주면서, 조이스는 만일 로마에서 일이 잘 되면 그를 부르러 보내겠다고 약속했다.

5

마돈나와 아이

그의 모든 일생 동안 조이스는 자신의 집안의 악습을 근절하는 이유들을 제시했다.─겹치는, 자주 모순 당착적인 이유들이요, 드물게도 진짜 것들이었다. 노라는 (어깨를) 으쓱하는 것(무시하는 짓) 그리고 각 새로운 변동을 참는 것을 배웠다. 일단 그가 결심을 하면 그를 멈추게 할 수 없었다.

회고컨대, 조이스는 자신의 머리를 맑게 하기 위하여 로마에로 가는 것이 필요했음이 분명하다. 그의 자서전적 소설은, 1천 페이지에서, 통제 불가능했다.『더블린 사람들』이 출판되지 않고 있었는데, 그는 그것을 개선할 생각을 가졌다. 그는 자신의 매력적인 시에 만족하지 않았고, 스스로는 진짜 시인이 아님을 알았다. 로마는 부화孵化의 시기로, 그로부터 다음 7년 동안 그의 위대한 작품이 출현했으며, 그리고 그로부터 그는 노라한테서 그녀의 가장 강력한 공헌들의 얼마간을 끌어냈다. 그것은 또한 그들의 결합을 다지는 시기였다. 22살과 24살에, 서로 이외에는 모든 이들로부터 차단된 채, 각자는 타자의 이국적 기질에 관용을 베풀고, 그들의 아이를 즐기며, 이탈리아인들로서 살기를 배웠다. 그러나 그것은 그들로 하여금 그것의 매 순간을 미워하는 것으로부터 정지시키지 못했다.

로마에서 그들은 가까운 친구들을 사귀지 못했다. 기념비들은 그들을 싫증나게 했는데, 조이스는 그에게 로마가 그의 조모의 시체를 전시함으로써, 그의 생계를 이어가는 사람을 상기시킨다고 말했다. 그들은 심지어 포도주를 좋아하지 않았다. 은행에서의 조이스의 시간들은 그들이 기대했던 것보다 훨씬 길었는지라―아침 8시 30분부터 저녁 7시 30분까지―그것은 로마에로의 이주의 목적 자체를 말소시키는 데다가, 그들은 여전히 돈이 없었다. 조이스는 매월 급료를 받았지만, 그들은 처음부터 빚 속에 있었고, 여행과 안주의 예외적 경비를 결코 따라 잡을 수 없었다.

핀즈 호텔 이래로 노라는 결코 그토록 외롭지가 않았다. 조이스는 은행이 열기 전에 카페에서 읽기 위해 아침 7시면 집을 떠났다. 그녀는 여전히 조지오를 달래면서, 사실상의 고독한 감금 속에 밀폐되었다. 하루의 유일한 여가는 로마식의 2시간의 점심시간이었는데, 그 시간에 그녀는 카페에서 조이스를 만나기 위해 조지오를 데리고 갔으며, 5시에 조지오가 낮잠을 잔 다음, 그를 카페로 데리고 가 혼자 커피를 마셨다.

수도首都는 몇몇 유일한 장점들을 지녔었다. 로마인들은 아이들을 사랑했다. 조지오가 레스토랑에서 작은 등 높은 의자에 앉았을 때 비스킷과 과일 선물의 세례를 받았고, 새 음식이 각각 도착할 때마다 기쁨으로 손뼉을 쳤다. 로마는 또한 많은 음악을 제공했다. 조지오는 조이스의 어깨 위에 등을 타고, 피아짜 코로나의 야외 금관 악기 밴드 음악회에 갔으며, 심지어 오페라에까지 그들을 동행했다(조이스 내외는 군중들이 소년으로 하여금 조용하도록 말했을 때 몹시 골이 났다). 거기에는 또한 그들의 새 향락이 있었으니, 시네마였다.

배덱커는 여행객들이 비아 델 콜소와 비아 댈 트리톤 사이의 '외국인 지역'에 숙박소를 찾도록 추천했는데, 조이스는 자신들을 위해 스페니스 스텝 근처의 작고 소박한 비아 프란티나에 방을 하나 찾았다. 피아짜 코로나의 모퉁이에 있는, 조이스의 은행에서의 일은 마치 아홉 채의 그림 집들인 양, 도보 거리 이내에 있었다.

그녀의 긴 텅 빈 시간에 노라는 모자를 쓰고, 조지오를 데려다가 어둠 속에 앉히고, 당시 이탈리아와 프랑스의 흥분이었던 깜박 필름을 관람했다. 그들의 주제는 노라의 마음에 친근했나니―사랑의 도피, 결혼 브로커, 후궁의 처첩들, 애인의 복수였다. 그해의 히트는 『지옥의 기사』로서 로마 기마 학교에 기초를 둔 드라마였다. 노라는 20센테시모의 화폐로서 고독한 아내의 백일몽에 탐닉했다.

그녀는 또한 골웨이에서의 자신의 기억들을 명상했다. 조이스가 시인 셸리의 무덤을 방문하기 위해 로마의 외곽으로 노라를 데리고 갔을 때, 그녀는 그를 깊이 감동시킨 일련의 우울한 낭만적 연관으로 대응했다. 뒤에 그는 자신의 극히 자서전적 희곡인 『망명자들』을 위한 스스로의 노트 속에 그들을 기록했다 (아 극 속에서 '리처드'는 그가 자기 자신에게 준 이름이요, 라훈은 골웨이 외곽의 묘지의 이름이다).

> 로마는 리처드가 그녀를 데리고 가는 낯선 세계요 이상한 인생이다. 라훈 그녀의 사람들. 그녀는 또한 라훈을 위해, 그녀의 사랑으로 죽은 그이, 그 암울한 소년을 위해 우나니, 그를 그녀는 마치 대지처럼 죽음과 붕괴 속에 포용한다. 그는 그녀의 매장된 인생이요, 그녀의 과거이다……

조이스가 연극을 쓰게 되었을 때, 그가 로마를 그들의 망명의 많은 장소들을 대표하도록 택한 것은 영원의 시市가 모든 다른 것 이상으로 그들을 가장 외국적으로 느끼도록 했던 것을 의미한다.

조이스 자신은 아일랜드의 조망으로 마음이 오락가락했다. 그는 베이컨과 계란의 아침 조반을 동경했다. 그는 단지 한 시간 동안만이래도, 더블린의 한복판 속으로 몰입할 수 있도록, 시간과 공간의 법들에 매달리는 것을 꿈꾸었다. 그는 심지어 한 개의 아일랜드 클럽이 있기를 원했는지라, 거기 그와 노라가 확신한 바, 그들은 로마에 많이 있는 자신들의 동포들을 만나기 위해 갈 수 있으리라.

노라의 아침의 주요한 사건은 우편의 도착이었다. 거기에는 트리에스테로부터의 편지들, 아일랜드로부터의 편지들, 그리고, 많이 기다리는 아일랜드의 신문들이 있었다. 어느 날 노라는 점심시간에 조이스에게 가져갈 어떤 멋진 소문을 발견했고, 그를 만나기 위해 달려가자 거리에서 그와 쿵 하고 부딪쳤다. "최신 뉴스를 맞춰 봐요, 누가 결혼했는지 맞춰 봐요." 그녀는 편지를 내밀면서 요구했다. 그것은 고가티였다. 그는 골웨이의 가톨릭 지주 가족 출신의 한 부유한 소녀인 마사 두안과 결혼했다. 뉴스는 그들 자신의 불규칙적인 상황에 대한 자신들의 인식을 새롭게 했으며, 조이스와 고가티 간의 간격에 다리를 놓을 수 없는 듯 만들었다. "나는 상상컨대 그가 감히 나를 자기 아내에게 보이려 하지도 않을 거야," 조이스는 그의 아우에게 썼다. "혹은 그 가련한 어머니가 그들의 밀월여행에 그들을 동행하는가?" 조이스는 나중에 고가티가 자신의 밀월에 대해 쓴 신문의 두 칼럼을 발표한 것을 목격했을 때, 그는 새 고가티 부인이 아주 멋진 동반자가 될 수 없었으리라 농담했으니─마치 그이 자신이 자신의 소설에 작업하기보다는 차라리 노라에게 취리히의 광경을 보여주며 자기 자신의 밀월을 보내는 듯했다.

노라와 그는 점점 더 깊은 빚에 몰입하고 있었다. 그들은 도움의 분명한 원천으로 진로를 바꾸었다. 노라는 스태니에게 구걸의 편지를 쓰는 귀찮은 일에 관여했다. 그것은 원조의 별난 형태였는 바, 당시 스태니슬로스는 돈을 타전해야 했고, 40리라를 전송하는 데 8리라가 들었다. 스태니슬로스는 여전히 조이스가 남긴 부채를 갚으려고 애쓰면서, 채권자들에 대한 새로운 지시를 가졌으니, 즉 그들에게 그가 스코틀랜드에 갔다고 말하는 것이었다. 스태니슬로스는 조지오를 아주 좋아했고(그가 자신의 방탕한 형을 매수하는 이유들 중의 하나), 노라는 그의 조카의 진전을 계속 그에게 알렸다.

> 그 애는 사방에 뛰어다닐 수 있고, 많이 말하며, 식욕이 좋은 데다 여덟 개의 이빨
> 이 나고, 노래도 불러요. 우리가 스태니는 어디 있어 물으면 그는 가슴을 치고 좀
> 더 빨리 말해요.

이것은 조이스에 관한 긴 편지 속의 삽입구였으니, 그것은 조이스로 하여금 구두점의 무관심에 대한 여성에게 행한 자신의 유명한 모욕을 행사하게 했다.

조지오는, 노라의 노트가 지적하다시피, 이탈리아어를 그의 제일 언어로서 배우고 있었다. 그는 '아디오'와 '아페티오'를 말할 수 있었다. 그는 '아브라치아'('나를 들어올려요') 대신 '아바'로, 그리고 '이 테리'('나를 내려줘요') 대신 '아타'라는 말로 명령했다. 조이스가 주석을 달았다시피, 두 개의 구절들을 그는 재빨리 번갈아 말했다. 조지오는 또한 '오 게수 미오'와 '브루토 브루토'란 말을 잽싸게 했는데, 이들은, 그가 그들의 서류들을 끌어당기거나, 그들의 신발 및 솔들을 감춤으로써 야기하는 성가심에 대한 어떤 보상으로서 그들을 기쁘게 했다.

그들이 언제나 돈이 모자라는 한 가지 이유는 자신들의 엄청난 식욕 때문이었다. 그들은 언제나 배가 고팠다. 조지오는 어른처럼 먹었다. 조이스 자신은, 성격과는 맞지 않게도, 음식 이외 아무것도 생각지 않았다. 그리고 노라는 그녀의 너무나 애송이 같은 육체로 남편에 의해 언제나 놀림받았던 한 유모로서, 그녀 자신의 식사를 줄이지 않았다. 노라의 보통 저녁식사는, 조이스가 그의 아우에게 자랑했다시피, 두 조각의 구운 고기, 두 이탈리아 산의 미트볼, 쌀을 다져 넣은 한 개의 토마토, 샐러드 및 절반 리터의 포도주였다. 때때로 조이스는 말했거니와, 그들은 한 접시의 햄과 함께, 그들 사이에 구운 치킨을 통째로 나누었으며, 여전히 배고픈 채 잠자리로 갔다. 이러한 자세한 서술 끝에 그는 스태니슬로스에게 자신은 재차 돈이 달랑달랑하기 때문에 50리라를 보내도록 요청했다.

10월 8일에 이 작은 가족은, 조이스가, 노라와 그들의 아이 속에 기쁨으로 넘쳐흐르면서, 소위 '나의 결혼일의 그리고 나의 마음의 즐거움의 날의 기념일'을 축하하기 위해 시골로 갔다. 그는 스태니슬로스를 위해 '우리들이 먹는 완전하고 정확한 일람표'를 기술했다.

오전 10시 30분, 햄, 빵 및 버터, 커피
오후 1시 30분, 수프, 구운 양고기와 감자, 빵 및 포도주
오후 4시, 소고기 수프, 빵과 포도주
오후 6시, 구운 송아지 고기, 빵, 고곤졸라 치즈 및 포도주
오후 8시 30분, 구운 송아지 고기, 빵과 포도 및 베르무트 술
오후 9시 30분, 저민 송아지 고기, 빵, 샐러드, 포도 및 포도주

그의 월급은, 그는 두려웠으니, 그들을 겨울 동안 견디게 할 수 없었으리라. 여전히 아일랜드 풍의 음식을 갈구하면서, 그는 자신들의 집의 요리사에게 영국식으로 흰 소스를 곁들인 양파 및 소의 내장 요리를 만들도록 가르쳤다.

그들은 또한 옷, 특히 노라의 것을 위해 돈이 필요했다. 조이스는 시간당 1리라에 영어 과외를 행함으로써 그들의 수입을 보충하고 있었거니와(이리하여 그가 집필을 위해 써야 했던 여분의 시간들을 소모하면서), 노라에게 한 벌의 스커트, 두 벌의 블라우스, 그리고 두 개의 빗을 사기 위해 29리라를 썼다. 비록 그이 자신의 바지는 앉는 자리가 너무나 낡아, 그가 은행에서 종일 자신의 긴 코트를 계속 입어야만 했을지언정, 그는 자기 자신을 위해 단지 한 벌의 셔츠와 한 개의 모자만을 샀다.

두 달 후에 그들은 절제하도록 결심했다. 그들은 집에서 식사하리라. 조이스는 노라에게 50리라를 주고, 그것으로 2주 동안 버티도록 말했다. 그러나 2주일 동안 그녀는 오일, 양초, 석탄, 커피와 설탕과 같은 비품들을 단지 비축하면서 돈의 절반을 썼다. 조이스는 그녀를 나무라지 않았다. 그는 투자의 논리

를 알았다.

고로 나는 우리가 마침내 시작한 것 같아. 유일한 일은 계획이 위태위태한지라, 왜
냐하면 만일 이달 말까지 학생을 구하지 못하면, 우리는 외상을 얻을 곳을 갖지 못
할 거요. 그러나 나는 돈을 저축할 것을 결심했기에 오히려 이 위험을 감행하기를
더 좋아하오.

여전히 그는 절제하기 위하여 수프만을 먹고 살고 있다고 스태니슬로스
에게 자신을 술회했지만, 노라와 조지오는 적당히 잘 먹고 있다고 덧붙였다(마
치 그가 그의 아우의 책임감에 너무나 많이 기대하고 있음을 아는 양). 스태니슬로스는
아무튼 게으름에 대해 조이스를 나무랄 수 없었다. 노라는 노트를 통해 '짐이
자기 자신에게 단 1분도 용납지 않는 양 너무나 많은 일을 하지 않게끔 타이르
도록' 스태니에게 청했다.

12월 2일에 그들은 낯익은 경험을 가졌는지라, 퇴거였다. 3주 전에 그들에
게 통지를 했던 집의 안주인은, 비아 프래티나에서 그들은 하룻밤도 더 이상 보
내게 하지 않겠다고 선언했다. 조이스가 은행에서 일을 끝낸 다음 3시간을 글
을 가르치기 때문에, 노라는 모자를 쓰고, 조지오를 끌어안은 채, 극장에서 두
시간을 보낸 뒤, 짐의 가르침이 끝날 때까지 기다렸다. 그러자 그들 모두는 밤
을 보내기 위한 장소를 찾는 순환을 시작했다. ─ "마치 성스러운 가족마냥," 조
이스는 말했다. 그러나 성스러운 가족과는 달리, 그들은 우선 커다란 저녁식사
를 했고, 이어 세낸 자동차로 탐색을 했다(자동차는 노라의 모자를 보호하기 위해 필
요했다). 그들이 찾아낸 세 번째 호텔이 그들을 받아들였고, 그들은 당시 한 달
치의 임대료의 절반 이상을 쓰면서, 네 밤 동안을 그곳에 머물렀다.

낮 동안 노라는 무겁고 꿈틀대는 아이를 거느리고, 이곳에서 저곳으로, 계

단 아래 위를 움직이면서, 새 방들을 찾았다. 노라는, 로마인들이 레스토랑에서 다른 사람들의 아이들을 그토록 좋아하면서도, 세든 사람들로서 그들을 환영하지 않음을 알았다. 한차례 퇴짜 뒤에 그녀는 너무나 골이 났는지라, 은행의 조이스에게 통렬한 비문법적 편지를 보냈다. 조이스는 그로부터 큰 웃음을 토했고, 그것을 스태니에게 전송했다.

그들의 탐색은, 타이버 가街와 평행하는 비아 몬테 브리안조에서 끝났는데, 당시 그들은 꼭대기 층의 부엌에 가까운 방 한 개를 택했다(그들은 아끼는 노력으로 해결했는지라, 집에서 점심을 먹고, 포도주 없이, 그러나 저녁에는 타라토리아에로 외출하여 스스로를 즐겼다). 방은 스파르타식이었으니, 즉 돌 마루에, 사무용 책상 한 개, 작은 테이블 한 개, 그리고 침대 한 개였다. 침대에서 그들은 잤는지라, 조이스는 이를 스태니슬로스에게 보고하는 것이 타당하다고 생각했다. "반대 방향에서 거꾸로 누워, 한 사람의 머리가 다른 사람의 꽁지 쪽으로."

『율리시스』에서 몰리 블룸은 그 문제에 대해 많이 말하는데, 그녀의 남편 또한 이 비전통적 잠자는 자세를 고집한다.

12월에 그들은 친구도 없이, 피아노도 없이, 현금도 없이, 황량한 크리스마스를 준비했다. 노라는 실현되지 못한 어떤 지불을 기대하면서, 그녀의 오랜 묘술을 생각해내어 약간의 계산서를 갚았다. "내일 우리는 입에 풀칠로 식사한다." 조이스는 그의 아우에게 크리스마스이브의 우편엽서에다 말했다. "내 생각에 자네는 고민을 전혀 덜 수 없었을 거야?"

그들의 배고픔과 향수에서부터 '죽은 사람들'의 성대하게 차린 크리스마스 식탁이 나왔다. 조이스는 그 이야기에 대한 생각을 로마에 있는 동안 고안했는데, 부분적으로 노라의 공상, 도시의 장례식 분위기 그리고 로마의 생활로부터의 그들의 소외감에 의해 영감을 받았다. 그의 고향 도시의 추악함에 대한 자신의 초상인『더블린 사람들』을 완료한 다음, 그는 자신이 더블린의 관대한 후의의 전통에 대해 공정하지 못했음을 느꼈다. 그런고로 몇 달 뒤에, 그가 작품에서 최후의, 가장 긴, 그리고 가장 중요한 이야기로서 '죽은 사람들'을 덧붙이려고 작정했을 때, 한 더블린의 뷔페 식탁에 대한 그의 서술은 순수한 향락의 조망 속에 거의 호색적이었다.

> 식탁 한쪽 끝에 한 마리 살찐 거위가 놓여 있었고, 다른 끝에는 주름진 종이 깔개 위에 바깥 껍질이 벗겨진 채, 빵 껍질 가루가 위에 뿌려진 커다란 햄이 한 개 파슬리의 잔가지로 뒤덮여 놓여 있었으며, 그의 정강이 주위에는 말쑥한 종이주름 장식이 그리고 그 곁에 한 라운드의 양념한 고기가 쌓여 있었다. 이 상반되는 양쪽 끝 사이에 평행을 이룬 작은 접시들의 행렬이 늘어서 있었으니, 두 개의 사원 모양을 한 접시들이었다. 블라망주와 붉은 덩어리가 가득한 좁은 접시 한 개, 자줏빛 건포도와 껍질을 벗긴 아몬드 송이가 담긴, 풀줄기 모양의 손잡이가 달린 커다란 초록 잎사귀─모양의 접시 한 개, 붉고 노란 스미르나 무화과의 단단한 장방형으로 쌓인 동료 접시가 한 개, 채친 육두구를 위에 올려 놓은 커스터드 접시 한 개, 금은 종이로 싼 초콜릿과 담과를 가득 담은 작은 사발 한 개, 그리고 약간의 기다란 샐러리가 그 속에 꽂힌 유리 꽃병 한 개.

조이스는, 크리스마스 만찬을 서술한다거나, 혹은 대 기근의 통렬한 메아리와 함께, 크리스마스의 향연을 망치는 공포를 전달할 수 있는, 가족 가운데 유일한 구성원은 아니었다. 나이 많은 존 조이스는 그러한 주제에 달인이었다. 1906년 12월의 저 꼭 같은 달에 그는 자신의 망명한 아들들의 각자에게, 그들이 1파운드의 돈을 빌려줄 수 있는지 물었다. 그들은 그렇게 해야 했고, 조이스는 자신의 것을 스태니슬로스로부터 빌려, 그이 자신이 신망을 얻도록 돈을 로마를 통해 더블린까지 발송되도록 주장했다. 노인은 겸허한 감사에서 달변이었다. 그의 아들들에게 감사하게도, 그는 마구 토로했지라, "토요일에 붉은 청어를 기대될 뻔한 것이, 칠면조와 햄, 오리와 베이컨, 자두 푸딩 등등, 그리고 펀치

술로 바뀌었어."

결과로서, 조이스 가족의 로마 휴일은 그들이 두려워했던 것만큼 나쁘지 않았다. 신년 전야에 그들은 웰스의 어떤 선생과 그의 걸 프렌드를 그들과 식사하도록 초청했다(조이스는 신년 전야를 홀로 보내는 것을 결코 좋아하지 않았거니와). 그러자 매니큐어 미조사美爪師인, 그 젊은 여인은 설날에 그녀의 우아한 아파트에서의 오찬에로 그들을 초청함으로써 보답했으며, 그녀는 에드워드 2세의 손톱을 자신이 손질했다고 그들에게 말함으로써 그들을 즐겁게 했다.

노라는 언제나 선물을 주는 것을 좋아했고, 아래층 늙은 하녀를 위한 선물을 사기 위해 돈을 애써 긁어모았다. 두 사람은 그 여인이 안주인과의 싸운 이야기를 노라가 귀담아 들어주자 친구가 되었다.

만일 조이스가 피임을 위해 머리—꽁지의 잠자리 배치를 의도했었다면, 그것은 너무 늦었었다. 신년에 노라는 자신이 재차 임신한 것을 발견했다. 그녀의 사기는 아주 낮았다. 그녀는 조지오를 젖 떼게 했다. 조이스는 자신의 집필과 더블린으로부터의 뉴스에 흥미를 느끼는 듯했다. 그는 대부분의 시간을 집과 떨어져 있었다. 그는 저녁 시간을 글을 가르치거나 비브리오테카 비토리오 에마뉴에레에서 공부를 하며, 아니면 술을 마시면서 보냈다. 그녀는 남편에 대해 걱정했다.

사랑하는 스태니, 짐은 편지를 끝낼 시간이 없는지라 오늘에야 편지를 부쳤어요. 그인 7시 반까지 은행에 머물러요. 그인 만찬을 위해 단지 반시간을 가질 뿐이죠. 8시에 레슨 그인 뭐든 목구멍에 적당히 채워 넘길 시간이 결코 없으니 그인 학교를 그만둬야 해요. 시간이 그럴 가치가 없어요. 조지오는 짐을 아주 좋아해요…….
노라

자신의 외로움 속에 노라는 조지오에게 매달렸다. 『망명자들』의 글줄들은 그녀가 조지오를 데리고 비아 몬테 브리안조의 그들의 건물 지붕으로 올라가, 성 피터의 돔과 로마의 하늘 선의 경사진 지붕과 지붕 층계들을 쳐다보고 싶었던 것을 암시한다. 그녀는 자신도 소년도 언제나 피할 수 없는 조지오에 대한 밀착과 그에 대한 의존을 확장시켰다.

조이스는 결코 그의 아들과 무슨 경쟁감을 인정하지 않았다. 그는 자기 자신의 아버지를 이상화했고, 그는 조지오를 이상화했다. 나이 많은 존 조이스가 1931년에 사망했을 때, 조이스는 썼는지라, "나는 언제나 그분을 아주 좋아했으니, 나 자신 죄인이 된 채, 그리고 심지어 그의 과오마저도 좋아했지. 나의 책들의 수백 페이지들 및 수십의 등장인물들은 그로부터 나왔어." 조이스는, 리처드 엘먼에 따르면, 오이디푸스 콤플렉스에 대한 프로이트적 견해를 동의하지 않았으니, "아마도 그가 자기 자신 속에 그에 관한 흔적을 거의 발견하지 않았기 때문이리라."

조이스는 그러나 노라가 그랬던 것보다 소년으로부터 자신이 한층 멀어졌음을 인지했고, 그들의 친밀함으로부터 배제되었음을 느꼈다. 그는 조지오가 자기와 노라가 서로 이야기하지 못하도록 하는 것을 알아챘다. 스태니슬로스를 위해 그는 가족의 장면을 스케치했다. : "콧물 흘리는 한 꼬마가 작은 테이블 가에 앉아 있다. : 침대 위에 마돈나와 애처로운 유아가 앉아 있다." 그는 또한 말했다.

분명히 조지오는 나와 연관된 가장 성공적인 존재야. 그러나 그는 단지 나의 작은 부분이지. 그러나 그는 오히려 나를 좋아하는 것 같아. 내가 밥 먹으러 오면 의자를 끌고 와 '아빠' 하고 말하지.

조이스는 한층 쉽사리 노라의 고독의 효과를 볼 수 있었다. 『망명자들』에서, 노라의 인물(즉 오만한 아일랜드 작가인 리처드의 젊고, 붉은 머리카락의, 평범한 아내)인 버사는 말한다.

> 정말이지, 얼마나 힘들었던지, 우리가 로마에서 살았을 때…… 전 거기 앉아서, 장
> 난감을 든 가엾은 아이와 함께 당신을 기다리곤 했지요. 아이가 잠이 들 때까지. 기
> 다리며 저는 로마 시의 모든 지붕들과 '테베레' 강을 볼 수 있었어요……. 그 강은
> 아름다웠어요. 딕, 단지 저만이 너무나도 슬펐죠. 저만이 혼자였어요. 딕, 당신에게
> 서 그리고 모든 사람들에게서 잊혀진 채.

조이스는, 단지 22살 나이의 노라를 이러한 이상한 환경에 빠트리는 것이
그녀를 혼란시켰음을 알았다. 그녀는 그의 휴대용의 아일랜드였지만, 그런데
도 그는 자신의 예술의 필요를 위해 그녀의 아일랜드 특성을 희생시켰다. 『망
명자들』에서, 리처드는 아일랜드에로 돌아온 다음, 버사에게 기적을 행사한 데
대해, 친구인 로버트에 의해 칭찬을 받았다.

> 로버트, 그대는 현재의 모든 그녀를 만들었어. 이상하고 경이적 개성 말이야.
> 리처드(암울하게), 아니면 내가 그녀를 죽였지.
> 로버트, 죽이다니?
> 리처드, 그녀의 영혼의 처녀성 말이야.

조이스는, 연극에 있어서처럼 그의 인생에서, 모성이 또한 노라의 영혼을
변형했음을 파악하지 못한 듯했다. 그는 어떤 의미에서, 사자를 위해서가 아니
라 생자를 위해서, 노라를 영원히 잃었다. 그가 정복할 수 없던 경쟁자는 그이
자신의 아들이었다.

노라는 조이스를 되찾으려고 애쓰면서, 전보다 한층 열심히 그의 지적 관
심을 지속시키려고 노력했다. 그녀는 『헤다 가쁠라』(역주: 입센 작의 연극)를 두
번 읽었다(그녀가 그걸 읽자마자 잊어버렸다고, 조이스는 그의 아우에게 말했다). 그녀
는 조이스의 유니버시티 칼리지의 지인들 중의 하나가 쓴 이야기의 새 책에 대

한 그녀의 경멸로서 그를 한층 기쁘게 했다. 노라는 이들 이야기들이 싫증나는 쓰레기임을 알았다. 아일랜드 생활의 흉한 현실에 대한 그녀의 견해에서 그녀는 짐과 동의했다.

스태니슬로스에게 행한 한 감동적인 편지에서, 조이스는 자기 자신의 예술적 신조, 즉 그가 남녀간의 사랑에 관해 쓰게 되었을 때, 그가 자신이 아는 바를 쓰려는 경고를 주었는지라, 그리하여,

> [이는] 순수한 남자 및 순수한 여자 그리고 정신적 사랑과 영원한 사랑에 관한 철없는 소리, 즉 진리의 면전에 놓인 뻔뻔스런 거짓이 아니었다. 나는 그러한 주제의 '의미'에 관해 많이 알지 못하지만, 가상컨대 어느 아침에 일어나, 그들 자신들이 매음적인 위험 속에 있지 않은 사람은 유럽에서 거의 없으리라.

2월 중순에 노라는 자신들의 방에 넌더리난 채 밖으로 나가, 콜소 가街에 보다 훌륭한 하나를 그들을 위해 힘겹게 찾아냈다. 그녀는 당시로서 이탈리아 어로 자신의 이해관계를 옹호할 수는 없었다. 어느 날 조이스가 그녀에게 바꿀 금전 한 잎을 주었을 때, 그녀는 우체국을 향해 달려갔으니, 단지 여관집 안주인에 의하여 제지당할 뿐이었는 바, 후자는 그녀에게 그것이 위폐라고 말했다. 그로 인해 우체국으로 두 번을 여행하게 했으나, 그러나 노라는 우체국으로 하여금 그걸 받도록 만들었다.

콜소 가의 방이 노라를 일시적으로 만족하게 하리라 감수하면서, 조이스는 자신들의 몬테 브리안조의 안주인에게 통고했다. 그는 그러자 마음을 바꾸고 대신 은행에 통고했다. 그는 로마로부터 아주 도망가고 싶었다. 불행히도 콜소 가의 안주인은 그녀의 집세를 요구하면서 내외를 레스토랑에서 추적했고, 쉽사리 상상할 수 있는 야단법석을 떨었다. 조이스는 양 여인들에게 지불해야 함으로써 일을 마무리 지었다(나중에 조이스가 각 국민은 일곱 중죄들 중의 하나와 동일시될 수 있다고 선언했을 때, 그는 이탈리아를 '혐오'로서 여겼다). 그는 마르세

유에로 그들 셋이 이사하는 생각으로 홀로 즐거워했다. 그는 말하기를, 자신은, 스태니슬로스가 그가 은행에서 안정하여 20년이 지나면, 경력, 한 채의 아파트, 한 하인, 학교 다니는 아이들, 저금통장을 가지는 것을 좋아했으리라 알았다. 이러한 생활은, 그러나 또한 그에게 '나의 만사에 있어서 큰 공포'를 남기리라. 대신에 그는 미지의 목적지를 향해 로마를 떠나고 싶었다. 스태니슬로스는 그 것이 무엇인지를 추측했으리라. 그가 가졌던 다음 뉴스는 전보였다. : "8시 도 착 방을 구하라."

그들은 도착했다. 스태니슬로스가 트리에스테의 플랫폼에서, 그들 사이에 단지 1리라를 가진, 노라, 조이스 및 조지오를 보았을 때, 그는 자신이 몇 주 전에 받은 구걸 편지의 한 글줄에 대한 진실을 잘 알았다. "이제 세 사람이 있다는 걸 기억해. 그리고 나는 상상컨대 네 사람일 때는 더 지독할 거야……."

바로 2년 전처럼, 노라는 트리에스테의 여름의 열기 속에 임신의 마지막 달들을 빠져나가야 했다. 1907년의 여름에 7월에 기대되는 그녀의 아이와 뒤쫓는 조지오와 함께, 그녀는 조이스가 류머티즘 열로 병을 앓으며, 시 병원으로 실려가는 것을 보았다.

그들의 귀환 이래, 그들은 많은 분량의 좋은 뉴스를 즐겼다. 조이스는 벌리츠에 되돌아와 주당 몇 시간을 떠들어 제겼다. 그는 또한 아일랜드에 관한 일련의 대중 연설로서 트리에스테의 자신의 입지를 향상시켰다. 그의 청중은 영국으로부터의 아일랜드의 독립 투쟁과 오스트리아로부터 이탈리아의 그것 사이의 평행을 쉽사리 보았다. 그의 연설은 시의 탁월한 신문인『일 피코로 델라』지에 기사로서 출판되었다. 한층 훌륭하게도 그의 36수의 시집인『실내악』이 출판되었다. 그것은 그들에게 어떤 돈을 가져다 주지는 않았지만, 훌륭한 서평을 받았고, 진지한 책이었다. 심지어『더블린 사람들』은 보다 한층 가깝게 다가

온 출판은 아닐지라도, 조이스는 마침내 출판된 저자가 되었다.

노라는 조세핀 숙모에게 짐의 병에 관해 썼으며, 조세핀 숙모는 병원 침대의 짐에게 곧장 답장을 썼다.

1907년 6월 4일

나의 가련한 짐

노라의 편지가 이토록 지독한 병으로 나의 최악의 두려움을 굳히다니……. 내가 널 간호하기를 얼마나 바라는지(노라에게 골나지 않게) 가련하게도 네가 고통하고 있는 걸 보는 것은 그녀에게 정말 안타까우리라……. 네 아들이 그렇게 튼튼하고 착하다니 장한 일이야. 그 앤 아빠를 너무나 보고 싶으리라 그가 그의 적대에게 어떻게 대하는지 궁금하구나. 노라가 그녀의 때가 가까우리라 나는 바라는지라 그러나 이번에는 잘되겠지…….

인생에 있어서 짐의 사명은, 조 숙모가 진솔하게 확신하는 대로, 글을 쓰는 것이니, 그리하여 그녀는 그의 행로의 모든 장애물에 대해 애통해 했다.

노라가 7월 26일 트리에스테의 오스패달 치비코까지 어떻게 길을 모색했는지는 알려지지 않는다.—그들은 학교 건너의 비아 산 니코로의 바로 뒤쪽에 살고 있었다. 아마도 스태니슬로스가 그녀를 호위했으리라. 그녀는 나중에 프란치니스에게 자신의 딸아이가 '거의 거리에서' 태어날 뻔했다고 말했다. 탄생은 조지오의 생일 바로 하루 전에 일어났기에, 7월 하순은 여러 해 동안 합동 축하를 위한 기회였으리라. 조이스는 병원의 또 다른 병동에서 그 소식을 들었으며, 그가 2년 동안 기다리며 계속 간직해 왔던 이름으로, 빛의 보호성자인, 루치아를 부여할 수 있는 것에 행복했다. 여기에 애니 힐리의 형태인, 아나를 덧붙여, 이 이름들이 아나 루치아로서 등록되었는지라, 여러 해 동안 고집해온 의도된 역순逆順이었다. 노라가 아기를 집으로 데리고 왔을 때(스태니슬로스가 자신의 방을 걸어서 도달해야 했던 방으로), 병원 당국은 그녀에게 20크라운을 주었으며, 이는 무료 병동에서 분만한 여인들에게 주는 표준 지불금이었다. 더블린으로부터 조세핀 숙모는 열광적으로 편지를 썼다.

> 트리에스테에서 눈 뜬 꼬마 아씨에게 천만 번의 환영을. 나는 애기가 그대와 노라에게 모든 행운을 가져다 주리라 확신하나니(행운은 최근에 그대를 약간 피해 왔는지라……)

노라가 그녀의 딸을 처음 보았을 때, 그녀의 심장은 뛰었음에 틀림없다. 유아는 모든 면에서 잘 다듬어진 채, 노라의 동생 페그처럼 한쪽 눈이 사팔뜨기였다. 페그(1889년에 애니 바나클한테서 태어난 쌍둥이들 중의 하나)는 사팔뜨기에 대해서 너무나 자의식적이었는지라, 사람들이 그녀를 볼 수 없도록 도망가, 숨기 일쑤였다. 한가지 불완전품으로서, 루치아의 사팔뜨기 눈은 한껏 가벼웠으나, 그럼에도 불구하고, 그것은 노라 자신의 졸리는 왼쪽 눈보다 한층 두드러졌다. 노라와 조이스는 소녀의 약점을 한층 근심거리로 믿었나니—그녀가 가질 연애의 기회에 있어서 기를 꺾을 수 있었다.—그리고 루치아 조이스 자신은 후년에 그녀의 외모의 약점으로 강박되었으리라.

더블린의 나머지 가족들은 새로 태어난 이름에 관해 그리 행복하지 못했다. 그들은 그것을 발음하는 데 자신이 없었다(조이스 가족은 언제나 이탈리아 형식인 '루치아'를 사용했다). 포피는 물었나니, "도대체 무엇 때문에 그렇게 부른담? 포피는 오빠가 그걸 선택했을 때 머리가 돌지 않았는지 알고 싶었어." 나이 많은 자매의 태도로서, 포피는 또한 조이스더러 그의 주거를 바꾸는 것을 멈추도록 권하기 위해 호통을 쳤다.

조이스의 심한 병에 대한 뉴스가 고가티가 일하고 있던 비엔나까지 뻗었다. 고가티는 조이스에게 선심 쓰는, 의사 편지를 보냈는데, 가로되, "자네가 류머티즘 열과 싸우는 데 그토록 시간이 모자라다니 안됐군. 심장 판막의 안전을 보장하는 데 적어도 6개월이 필요하다네." 고가티는 자신의 비용으로 비엔나에서 그와 합세하는 초대장뿐만 아니라, 도와주기 위한 1파운드(대충 오늘날의

50파운드와 대등한 금액)를 동봉했다. 고가티의 아내가 방금 더블린에서 19파운드 무게의 아기를 출산했는데, 그녀는 아일랜드에 머물고 있었고, 고가티는 옛날의 문인 친구와 함께함을 감사했으리라.

그의 새로운 아이에도 불구하고, 조이스는 갑자기 1907년 가을에 벌리츠 학교로부터 사임했는데, 왜냐하면 경영의 바뀜 때문에 그리고 개인 교수에 대한 금지 때문이었다. 그는 다양한 거친 계획들로 노닥거리고 있었으니—트리에스트에서 트위드 나사 천을 파는 일, 남아프리카로 이주하는 일, 플로렌스에서 글을 가르치는 일, 아일랜드로 귀국하여 왕립 대학에 교수직을 따는 일(『망명자들』의 이야기 줄거리의 주제), 가수가 되는 일—그러나 결국에 친절하고 오만한 트리에스테 인들의 한 개인 교사로서 생애를 시작함으로써, 자신의 운을 투입했는데, 그들은 영향력과 수시의 대금으로 그를 도울 채비를 하는 듯했다. 그는 대단히 인기가 있었으며, 여학생들은 그의 훌륭한 태도의 새롱거림에 계속 취약한 듯했고, 이는 비록 그들이 또한 그가 때때로 불쾌하거나 오만함을 알았을지라도, 지방의 남성 기질과는 아주 판판이었다. 어느 날 밤 조이스는 수업이 끝난 뒤 그의 몇몇 학생들과 합세하여, 그들과 함께 카페를 차례로 산양했다. 그는 소녀들의 하나와 춤추기를 요구했다. 그가 그녀와 춤추었을 때—"경쾌하게 멋지게," 그녀는 회상했는지라—그녀의 옷에 단, 한 송이 장미가 마루에 떨어졌다. 조이스는 그걸 회수하여 돌려주면서 말했나니, "내가 그대를 탈화脫花한(범한) 것 같군."

그러나 그는 사방에서 환영받지는 못했는데, 왜냐하면 그는 '술꾼'으로서 지독한 평판을 받고 있었기 때문이다.

좋은 가문의 한 젊은 여인이 조이스로부터 영어 수업을 받기를 원했으나, 그녀의 아버지는 그녀더러 '저 술꾼'과 수업하기를 거절했다. 또 다른 이가 뒤에 회상했거니와, 한때 그녀가 친구의 집에서 가진 레슨에서 조이스는 술이 취한 채 도착하여, 대리석 마루에서 갑자기 졸도했다. 자신의 영어 교수와 사랑에 빠졌던 그 친구가 그의 얼굴을 훔치려고 했으나, 그녀의 분개한 어머니가 그녀를 뒤로 끌어 제쳤다. 조이스가 제정신이 들었을 때 너무나 기분이 좋았으니, 모두들 그가 일부러 그 짓을 한 것으로 생각했다.

많은 사람들은 조이스의 술 취함을 즐겁게 알았는데, 특히 그것이 저녁의 사교 시간에 한정되었을 때였다.

스태니슬로스는 조이스의 행동이 즐겁지 않았다. 결코 노라도 아니었다. "그래, 가서 술에 취하구려. 그게 당신에게 안성맞춤이야. 코스그래이브는 당신이 미쳤다고 했어. 참으로, 정말이지." 그녀는 자신의 최악의 위협을 터뜨리면서 사납게 날뛰었다. "내가 내일 아이들을 세례시킬 테야." 그러나 그녀는 그러지 않았다. 조이스의 아이들은 세례 받지 않았는데, 그들의 아버지처럼, 참회자로서, 공식적인 형태로 등록되었다.

트리에테의 사기土氣는 더블린으로부터의 뉴스에 의해 격려되지 않았다. 더블린에서의 편지들은 절망의 꾸준한 둥둥 북소리를 지속했다. 아이린은 전화국 시험에 실패했다. 찰리는 미국으로 살 길을 모색하고 있었으며, 스태니슬로스의 낡은 양복을 여전히 원했다. 더블린의 세계는 조이스가『더블린 사람들』에서 묘사했듯 바로 그대로였다. 부자들은 점점 더 부자가 되었다. 고가티는 자신의 자동차를 타고 거리를 날고 있었다. 나머지 사람들에게 일거리는 거의 없었고, 고용인들은 용서가 없으며, 최소의 성적 실수는 파멸적이요, 그리하여 아버지들은 여전히 책임이 있었고, 특히 조이스 가문 자체가 그랬다. 존 조이스는 그들의 새집에 대한 임대료가 체불되었다. 그는 형들더러 찰리를 트리에트에로 데리고 가도록 간청했다. 매이는 주당 5실링으로 책상 뒤에 틀어박힌 채 물었다. "우리는 언제나 지금처럼 꼭 같은 빈민으로 있어야 한담? 이토록 영원히 돈이 궁하다니 단지 비참할 뿐이야." 그녀는 뒤에 선언했는지라, "그이는 지독히도 불량하고 고약한지라 그게 나의 아빠야."

크리스마스가 되돌아왔을 때, 존 조이스는 해에 있어서보다 더 나아지지 않았으나, 그는 자신의 돈 모으기 캠페인을 12월 14일에 시작했다. "이제 다음 두 주간을 한 푼 없이 보낼 판이니, 고로 상상컨대 너희들이 한 두파운드를 보낼 수 있으리라. 내가 돈을 가졌을 때 나는 너희들 중 어느 누구도 결코 거절하지 않았음을 상기시킬 필요는 없으렷다." 그것은 그들을 괴롭힐 마지막 크리스마스가 될지라, 그는 그들에게 확신시켰거니와, 왜냐하면 그는 입원할 참이요, 맨 먼저 세상을 떠날 것이 확실하기 때문이었다. 그는 '행복한 X마스 너의 사랑하는 아빠'라고 서명했는데, 그러고도 또 다른 24년을 살았다.

스태니슬로스는 착실하고, 책임감이 있으며, 분명히 순결하게 남아 있을 수 있는 듯했다. 찰리는 그렇게 성공적이 못 되었다. 곧 트리에스테는 더 많은 나쁜 뉴스를 더블린으로부터 접했는지라, 즉 찰리는 한 소녀와 문제에 휘말렸다는 것이다. 어찌하랴? 조세핀 숙모는 확실히 충격을 받지 않았다. 중요한 것은, 그녀는 노라, 짐 및 스태니에게 비밀리에 보고했는데, "알지 못한 자들로부터 사실을 멀리하는 것이었다." 찰리는 동의했고, 빈센트 코스그래이브 이외 아무한테도 말하지 않았다. 코스그래이브는 단단히 충고했다. 만일 한 가지 선택이 있다면, 감옥으로 가든가 아니면 결혼, 결혼하는 것이라, 그는 말했다.

찰리는 행복하게 자신의 선택을 했다. 그는 자신의 새 아내를 감탄했다. 키가 크고, 금발에 20세 나이로, 그녀는 그를 속이려 하지 않는다고, 그는 믿었다. "그녀는 내가 그녀의 남편인 한, 아무리 어려움을 겪어도 상관하지 않는다고, 말했어." 그는 그의 형들에게 자랑스럽게 썼다. 찰리는 매사추세츠의 브루클린에서, 광고 첨부자로서, 일을 구했고, 결혼한 지 1주일 이내에 그와 그의 임신한 아내는 출범했다. 존 조이스는 그의 큰 아들들을 위해 낯익은 장면을 서술함에 있어서 큰 기쁨을 가졌다:

> '일상의 무리들'이 그를 환송하려고 왔었어. 진짜든 가짜든 흔한 울음이 있었지……. 그리고 짐은 그대의 친구 코스그래이브가 한 잔을 위해 모든 유쾌하고, 하지만 틀림없는, 감사를 지속하는 걸 들으면 즐거워할 거야. 그리고 내 생각에 헤어질 때 그는 더 많은 술을 찾아 그의 아래 입술을 내밀고 있었지.

그것으로 존 조이스에게 여섯 미혼의 딸들을 수중에 남겼다. 그들은, 가장 나이든 애로부터 젊은 애에 이르기까지, 포피(마가랫), 아이린, 매이, 에바, 플로리 및 아기(마벨)였다. 그는 포피(그녀는 집안을 꾸려나가고 있었거니와)가 거드럭거리는 것을 알자, 그녀더러 뉴질랜드의 한 수녀원으로 출발하는 계획을 추진하도록 압력을 가했다.

그러나 노라는 자기 자신의 비참함을 가졌다. 1908년 여름 동안에 그녀는 자신이 다시 한 번 임신한 것을 알았다. 1908년 8월 4일에(날짜는 스태니슬로스의 일기에 분명히 기록되어 있기 때문에 알려지거니와) 그녀는 유산을 했다. 조이스는 나중에 태아의 '절단된 존재'를 유감스러워했던 유일한 사람으로 자신을 주장했다. 노라의 반응은 알려지지 않는다. 그녀와 조이스는 확실히 또 다른 아이를 기를 여유가 없었다. 바로 그 달 스태니슬로스는 자신이 형과 그의 식구를 아사餓死에서 여섯 차례 구했음을, 4백 크라운 때문에 말다툼 뒤로 그들을 돌보지 않았음을, 그의 일기 속에 털어 놓았다(비록 스태니슬로스는 여전히 노라의 식탁에서 식사를 했지만, 그는 결코, 1차 전쟁 뒤의 몇 달을 별개로 하고, 그들과 함께 재차 같은 거처를 나누지 않았다). 짐과 노라는 그들의 집 안주인이 자신들의 가구를 돌려주려 하지 않기 때문에 새 아파트에로 이사마저 할 수 없었다. 조세핀 숙모는 노라에게 편지를 썼을 때 그녀 자신의 견해를 삭제하지 않았다. 루치아는 다루기 쉬운 아이가 아니라는, 말(言)이 그녀에게 도달했었다.

　　너의 위험한 병에 관한 소식을 듣고 정말 안되었구나. 하지만 그렇다고 내가 아주
　　몰인정하다고는 생각지는 마라. 이제는 병이 끝났으니 기쁘구나. 또 다른 아이를
　　갖기에는 아마도 몸이 튼튼하지 못할 것인 즉 게다가 너의 아이로는 너무 벅차리라
　　가련한 짐 무슨 팔자로 그가 많은 고통을 겪다니……. 네가 유산할 때 아주 조심해
　　야 특히 (네가 재차 임신할 때마다) 너는 그때 언제나 재발할 대상이 되리라. 조지
　　오는 이제 귀여운 소년임에 틀림없지. 그리고 아빠에게는 커다란 기쁨의 원천일지
　　니 얼마 지나면 꼬마 소녀도 아주 멋있음을 너는 알게 되리라…….

　　충고는 허황한 것이었다. 노라는 결코 재차 임신하지 않았다.

　　빈곤과 불행은 고국의 편지 속에 쓰기 쉬웠고, 안정된 사랑과 성적 화합은
거의 불가능했다. 트리에스테에서의 메마른 세월은 모두 비참함이나 혹은 흉
악함이 아니었다. 노라는, 조이스가 그녀에게 물었던 밤처럼, 그녀의 상식의 재
치를 보존했는지라, "당신 어디서 나를 만나겠소?" 그녀는 대답했나니, "잠자
리에서 만나겠죠."
　　그리고 그들의 빈곤은, 늘 그렇듯, 비교적이었다. 아장아장 걷는 소년인
조지오 및 어떤 정체불명의, 짧고, 단단한 나이 먹은 여인과 함께한, 노라의 사
진은, 아름답게 옷을 치장하고, 만년에 있어서보다 한층 얼굴이 통통한 채, 그러
나 또한 그녀의 아이와 만족한 채, 평온한 여인임을 보여준다. 그녀의 머리카락
은 뒤로 땋아 붙였다. 그녀는 넓은 칼라와 길게 늘인 섶을 단, 우아하게 커트하
여, 경쾌한 칼라의 의상을 입고 있다. 그와 함께 그녀는 목에 핀으로 장식한 깃
이 높은 블라우스를 입고 있다. 조지오 또한 높은 가죽 구두(아마도 로마에서 산)
와 비상한 줄무늬 칼라의 더블인 코트와 함께, 유행의 극치처럼 보이는 것을 입
고 있다. 그들의 빈곤은 현금의 결핍으로 표현될 듯하지만, 그러나 조이스의 재

능에 감사하게도, 외상을 끌어내는 무능으로서가 아니었다.

꼭 같은 사진은 노라야말로『망명자들』에서 로버트가 갖는 버사에 대한 묘사에 아주 적합함을 보여주는지라, 우아하고, 친절하며, 소원하고, 부드러운 얼굴 모습과 유행에 대한 예리한 안식眼識을 지닌, "이상하고 아름다운 숙녀였다."(버사는 그녀의 크림 빛 장갑을 그녀의 파라솔 둘레에 매듭매고 있었다) '죽은 사람들'에서 또한, 그레타는 우아하고, 그녀의 옷의 형식적 미와 그녀의 머리카락의 색깔에 의해 그녀의 남편의 감탄을 자아낸다.

> 만일 그가 화가라면 그는 저러한 태도의 그녀를 그리리라. 그녀의 푸른 펠트 모는 어둠을 배경으로 그녀의 청동색의 머리카락을 자랑해 보여주었으며, 그녀의 스커트의 패널은 밝은 것들을 돋보이게 했다.

조이스는 자신의 아내가 아름답다고 생각했고, 다른 남자들이 그녀에게 끌리는 것을 즐거워했다.

이러한 남자들 가운데는 스태니슬로스가 있었다. 그는 노라에게 매혹되었으며, 그녀의 냉담함이 해롭게 느껴졌다. 그는 자신의 생각을 홀로 간직했고, 그들을 단지 자신의 일기에다 털어 놓았다.

조이스의 다른 골칫거리들이 쌓이고 있었다.『더블린 사람들』이 재차 거절당했다. 그는 홍채염의 공격에 시달렸다. 런던으로부터의 편지들은『더블린 사람들』의 출판이 여느 때보다 한층 멀어졌음을 분명히 했다. 두 아이들과, 골난 아내 및 분개한 아우와 더불어 나누는 방들—자신의 '가정'이 소란스러웠던, 이러한 골난, 무정부적 세월 동안, 그가『영웅 스티븐』을『예술가의 초상』으로 개작하고,『율리시스』와『망명자들』을 고안하고, '죽은 사람들'을 끝내다니. 그것은 자기 자신의 신념의 척도요, 목적의식이다.

비록 누이들이 그들의 최초의 꼬마 질녀요, 조카에게 동정적이었지만, 그들은, 존 조이스가 그의 아들의 '비참한 과오'라고 부른 후로 3년 동안, 여전히 노라라는 이름을 자진해서 부를 수 없었다. 매이는 '조이스 부인의 사진과 조지오'에 대해 그에게 감사했다. 그녀는 조지오를 '내 생각에 짐을 닮지 않고 오히려 그의 어머니를 닮은 멋진 꼬마'로 알았다. 존 조이스는 몇 달 뒤에 '루치아와 어머니'의 사진을 받고 기뻐했다. 찰리는 브루클린에서 편지를 썼다. "루시는 누구를 닮았어―형 혹은 조이스 부인?"

가련한 조세핀 부인은, 그녀의 노력에도 불구하고, 전혀 사진을 받지 않자 속이 상했다.

때는 아일랜드와 트리에스테 간의 불화를 치유할 시기였다. 1909년의 겨울에 조이스는 계획을 세우기로 결정했다. 노라가 그녀의 양 손에 두 아이들로 가득했을 때, 그는 여름에 스태니슬로스를 조지오와 함께 더블린으로 되돌려 보내기로 작정했는데, 잘생긴 아이가 가족을 설득하리라 기대했기 때문이다. 존 조이스는 그 뉴스에 즐거움으로 넘쳤으니, 조이스더러 아이에게 약간의 영어를 가르치도록 요구했다. "개인적으로 나는 나 자신을 젊은 신사에게 지적으로 전달하기를 바랄 뿐만 아니라, 그에게 늙은 할아비가 경칠 늙은 하나님이라는 생각을 가지고 네게 돌아가기를 원치 않기 때문이야." 존 조이스는 또한 그의 아들을 아일랜드로 되돌아오도록 유혹하려고 애썼다. "너는 트리에스테에서 너의 인생의 안정을 보내려고 의도하는가……. 너는 보다 높은 무언가에 열망해야 한다고 생각지 않은가?" (그는 한 통역자의 직職을 암시했다)

그러나 1909년의 봄에, 조이스의 박해감은 『더블린 사람들』의 언어에 대한 계속적인 소동으로 악화된 채, 거의 통제 불능이 되었다. 그는 자신의 머릿속에 더블린에 있는 자신의 가족들이 그의 귀여운 아들을 받아들이기를 원치 않는다는 생각을 가졌다. 그는 자신의 아버지에게 골난 편지를 썼다. 편지의 비합리성은 그의 누이 매이의 당혹스런 답에 의해 판단될 수 있다:

폰테노이 가 44
1909년 6월 3일

사랑하는 짐,

패피가 오빠의 편지 내용의 일부를 우리에게 말했어. 아무도 스태니와 조오지의 방문을 환영하는 것 같지 않다고 말하다니 도대체 무슨 뜻이람? 솔직히 말해서 그건 사실이 아니야. 포피가 방문 소식을 처음 들었을 때 그녀는 우리 모두가 스태니와 귀여운 조지오를 볼 전망에 얼마나 기뻤는지를 말하면서 오빠에게 편지를 썼어. 포피는, 내가 아는 한, 그 문제에 대해 세 통의 편지를 썼단 말이야. 조세핀 숙모, 아이린 및 내가 여러 번 편지를 했어, 그러나 방문이 환영 받지 못할 것이라는 오빠의 말을 내가 이해할 수 없다고는 우린 생각지 않아. 도대체 왜 오빠는 입원한다는 패피의 말에 주의를 기울이는지? 나는 오빠가 그를 보다 잘 안다고 생각했어. 그는 분명히 오빠가 그를 지난번 보았을 때와 꼭 같단 말이야 그는 아마 자주 냉정한 것 이외에는 조금도 바뀌지 않았어······. 오빠는 우리들 사이에 우리가 조지오를 돌볼 수 없거나 행복하게 할 수 없다고 생각해? 만일 오빠가 이걸 생각한다면, 오빠는 잘못이야. 만일 내가 판사라면 그는 많은 귀여움과 주의를 갖게 될 거야, 파피는 오히려 그의 저 작은 사진에 미쳐 있었어 고로 나는 그가 몸소 아이를 볼 때 어떻게 감정을 억누를지 상상할 수가 없어. 만일 그들이 오지 않으면 우리 모두에게 지독한 실망이 될 거야. 아이들은 그걸 결코 용서하지 않을 테지 나는 무엇이 오빠를 그런 편지를 쓸 수 있게 했는지 생각하고 있었어······. 노라는 몸이 한층 나아? 스태니가 다른 사람에게 편지를 쓰지 않다니 도대체 그에게 무슨 일이? 아이린은 돈을 받았어 & 그가 돈을 보내다니 참 고마운 일이야. 그건 집안사람들에게 커다란 은혜가 되었지 그러나 왜 그는 J. 숙모가 그토록 아픈 걸 들었을 때 그녀에게 편지를 쓰지 않았지? 너희 사내들은 언제나 가짜들이야.

오빠의 사랑하는 누이 매리 올림

1909년 7월 29일 기차가 웨스트랜드 로우 정거장으로 들어왔을 때, 조이스의 모든 가족들이 늘어섰다. 오래 기다리던 조지오가, 그의 아저씨(삼촌)가 아니고 그의 아버지에 의해 동행된 채 걸어 나왔다. "스태니는 어디 있어?" 가족이 물었다. 조이스는, 아주 정당하게, 자신의 아버지가 그의 아우를 보는 것이 심지어 더 행복하리라 가상했다.

조이스는, 노라더러 조지오에 관해 그의 누이들에게 지시하도록 요구하면서, 그녀에게 엽서를 재빨리 갈겼고, 그녀의 답을 기다리려고 노력했다. 여행은 그들이 헤어진 지 5년 만에 최초의 시간이었고, 그러자 그는 금단증세禁斷症勢(역주 : 여독의 구역질 등)를 재빨리 겪기 시작하고 있었다.

6

멀리 홀로

노라와 조이스가 더블린을 떠난 밤부터, 그들은 1941년의 그의 죽음까지 거의 결코 떨어지지 않았다. 한 가지 예외는 노라가 트리에스테에 머물고 있던 1909의 해로, 조이스가 아일랜드에로 두 번의 귀국 여행을 했을 때였다. 당시 그와 노라가 교환했던 편지들은 그들 간의 신비스런 유대의 핵심으로 곧장 나아갔다.

노라는 편지 쓰기를 좋아하지 않았다. 그녀는 자신이 사랑에 빠졌을 때처럼, 필요, 예의, 감정의 힘에 의하여 강제되었을 때만 썼다. 1909년 늦은 7월에 조이스가 조지오와 함께 더블린을 향해 떠났을 때, 그녀는 당장 그에게 편지하지 않았다. 그녀는 루치아와 바쁘게 지냈는데, 꼬마는 당시 어려운 두 살배기였다. 노라는 스태니슬로스를 위해 식사를 준비하고 있었다(조이스가 없을 때는 외식이 중단되었다).

노라는 스태니가 아니라 짐이 여행을 하는 것에 행복했다. 짐은 더블린에서 많은 것을 성취할 수 있었다. 런던의 출판자 그랜트 리처즈는 그로 하여금 이야기의 단어들에 대한 협상이 있은 지 3년 뒤에, 『더블린 사람들』을 잊어버린 채 그것을 취소하도록 했다. 더블린에서 짐은 마운셀 사의 조지 로보츠라는 새 출판자를 만나려고 했는데, 후자는 그에 흥미를 느끼는 듯했다. 짐은 또한—대학이나 혹은 정부 관청에서— 일을 얻을 가능성을 살피려고 했으며, 이는 그들 모두를, 스태니를 또한, 아일랜드로 귀환하게 했으리라. 무엇보다도 짐은 조지오를 골웨이에로 노라의 어머니를 만나기 위해 데리고 가려 했는데, 거기서 그들 양자는 처음으로 그녀를 만나리라. 노라의 가족과의 긴 균열은 끝나리라.

노라는 그들의 가족이 조지오를 만나면 얼마나 기뻐할까 소식을 기다렸다. 조지오는 검푸른 눈, 높은 이마 및 점잖은 용모를 가진 잘생긴, 체격 좋은 아이로 성장해 갔다. 그녀가 수 주일 동안 그들 두 사람 없이 지내다니 외로웠으리라, 그러나 생활은 그들이 되돌아오면 한층 수월해질 터인즉, 왜냐하면 노라는 짐더러, 그녀의 아이들을 돕기 위해 그의 누이들의 하나를 터리에스테에로 데리고 오도록 권했기 때문이다. 그러면 그녀는 저녁에 오페라나 카페에 가기 위해 한층 자유로우리라. 그들은 루치아가 태어난 이래 두 번 이사했다. 그들의 최근 방은 경쾌한 주거지인, 스쿠사 경유의 아파트 건물 이층에 있었는데, 대중의 공원, 시의 오페라 하우스 및 멋진 쇼핑 거리들의 근처였다. 조지오의 방은 여분의 사람이 나눌 수 있는 자기만의 방을 가졌다.

며칠 이내에, 두 통의 통신이 더블린으로부터 도착했으니, 조이스와 조지오는 안전하게 도착했다는 것을 알리는 한 통의 엽서, 그리고 스태니슬로스를 위한 한 통의 소식 편지였다. 조이스는 5년 동안의 부재 뒤에 큰 세계로부터 작은 세계로 되돌아오는 자들에게 합당한 저 비평적 정중함으로 대접받았다. 가족과 친구들은 모두, 그를 홀쭉하고, 우울한, 보다 나이 든, 외국풍의, 성숙한, 성직자연한, 그리고 세정에 밝은 것으로 그를 보는 다양한 판단으로, 그의 외모를 선언했다. 단지 빈센트 코스그래이브만이 그의 칭찬을 아끼지 않고 있었다. 그는 조이스를 '놀랍게 건강한' 자로 보았다.

조이스는, 싱 (시인)이 사망했을 때 그가 매독을 앓은 것으로 소문났다는 것을, 그가 우연히 알게 된, 더블린의 상스러운 험담의 약간을 스태니슬로스에게 중계하는 기회를 포착했다. 편지는 노라가 그에게 편지하도록 하는 호소로서 결론 났다. 그는 8월 4일 그것을 썼다.

며칠 뒤에 노라는 짐으로부터 8월 6일자의 편지를 받았다. 편지의 시작하는 말은 그녀를 얼굴에 주먹으로 한 대 치는 듯한 충격을 주었음에 틀림없었다. "노라 나는 골웨이에 가지 않겠소, 조지오도."

짧고 잔인한 문장으로, 조이스는 그녀에게 거슬리는 한 사건을 늘어 놓았다. 그는 그것을 사실로서 받아들였고, 자신이 그녀를 다시는 결코 믿을 수 없음을 알았다. 그는, 1904년의 그들의 성스러운 여름에 그녀가 그를 배신한 것을, "당시 나는 당신이 매 이틀 밤마다(밑줄) 나의 친구 한 사람과 만날 시간 약속을 하고…… 당신이 그와 함께 서서, 당신의 허리를 그의 팔로 감긴 채, 당신은 얼굴을 치켜들고 그에게 키스했음을" 단지 한 시간 전에 알았다. 포옹은 얼마나 멀리 뻗쳤던가? 조이스는, 자신이 말하기를, 편지를 쓰면서 슬픔과 수치로 울고 흐느꼈다고 말했다. 그가 볼 수 있는 모든 것이란 '다른 남자'에게 키스하려고 쳐든 그녀의 얼굴이었다. 그들 자신의 함께하는 인생은 끝났던가? 그녀, 그가 여태 믿었던 유일한 사람이 그를 속였다. 그의 사랑은 죽었다. 하지만 그는 그녀가 자기에게 편지하도록 세 번 간청했다.

조이스는 그녀의 비난자의 신분에 관하여 노라가 밝힐 것을 애쓰지 않았다. 그가 '그의 입술로부터'라는 이야기를 들었다고 말했을 때, 그가 코스그래브를 의미한다는 것을 그녀가 알았음을 그는 알았다. 만사가 파탄이 났다. 그의 친구들 가운데, 코스그래이브는 그녀를 가장 잘 알았다. 코스그래이브는 노라에게 개인적으로 글을 쓰거나, 조이스에게 그녀를 그녀의 첫 이름으로 부르는 대담성—조이스의 판단으로, 그녀의 옷 속의 손에 상당했던 친근성—을 행사했던 유일한 사람이었다. 통찰력을 가지고, 조이스는, 노라로 하여금 사랑의 도피를 단념시키는 코스그래이브의 시도를, 그리고 또한 여인들과 경험했던, 말 잘 구슬리는 의학도로서 코스르래이브의 명성을 회상할 수 있었다. 1909년 8월

6일 오후에, 코스그래이브는 조이스를 옆으로 데리고 가, 그이 역시 5년 전에 노라의 호의를 즐겼다고 자랑했을 때, 조이스는 주저하지 않고 그를 믿었다.

노라는 회복할 시간을 많이 갖지 않았다. 아침 6시 반에 쓴 편지가, 첫 번 것에 잇따라 도착했다. 조이스는 거의 잠을 자지 못했다. 통제된 히스테리와 특색 없게도 조잡한 언어를 가지고, 그는 그녀에게 질문들을 던졌다. 정작 조지오는 자신의 아이였던가? (기나긴 밤 동안 그는 자신과 노라가 최초로 성교를 했을 때 시트에 피가 거의 묻지 않았음을 회상했고, 9개월 및 16일 만에 조지오의 탄생에 앞서 노라가 당시 이미 임신하고 있었으리라는 가능성을 허락했음을 계산했다) 의문은 계속되었다. 그녀가 그이 이전에 다른 사람에 의해 먹혔던가? 그녀는 '저 다른 자'와 키스하기 위해 땅바닥에 누워 있었던가? (조이스가 '코스그래이브'라 쓰는 걸 거절하다니 그가 이름에 집착하는 마술적 힘을 보여준다) 그녀가 그를 접촉했듯이 꼭 같은 친근한 방법으로 그녀는 코스그래브를 접촉했던가?

5년의 모든 억압된 의문들이 터져 나왔다. 노라의 성적 자신감은, 나중에 조이스에게 분명했거니와, 어떤 모르는 곳에서 솟아나온 것이 아니었다. 그녀는 1904년 6월 너무 쉽게 자기에게 슬렁슬렁 걸어 들어왔다. 그는 다른 남자들과 재미를 본 것으로 알려진 소녀를 선택한 것에 대하여 사람들이 그를 비웃으리라는 것을 인정하는 최후의 사람이었다.

노라의 반응은 전적인 침묵이었다. 그녀의 이유들—피해, 분노, 편지로서 스스로를 옹호하는 무능 또는 죄—이 무엇이든 간에 그녀는 조이스의 고뇌를 누그러트리는 한 마디 말도 보내지 않았다. 대신, 그녀는 비난의 편지들을 스태니슬로스에게 보여주었는데, 후자는 자기 자신의 대답을 꾸미기 시작했다.

한편 더블린에서 조이는 마음이 산란했다. 그는 어떤 사람을 신뢰할 필요가 있었다. 분명한 사람은 J.F. 번으로, 그는 코스그래이브에 의해 대치될 때까지 그의 가장 좋은 친구였다. 조이스의 번과의 우정은 유니버시티 칼리지에서 형성되었으며, 그곳에서 조이스는, 둘 중에서 보다 젊음이로서, 번의 조용한, 운동 기술 및 성숙을 감탄했었다(번은 『초상』에서 스터븐의 친구인 클랜리의 모델이었다).

그해 여름 번은 더블린의 북부 지역인 이클레스 가 7번지인, 조지왕조 풍의 벽돌 연립주택에 살고 있었다. 그는 이미 조이스와 조지오로부터의 방문을 받았던 터라, 또 다른 것을 기대하지 않고 있었다. 번은 그런고로 조이스가 예고 없이 자기 집에 불쑥 들어왔을 때 깜짝 놀랐다.

나는 조이스가 아주 정서적임을 언제나 알아왔으나, 그를 몸부림치게 했던 놀라운 상태에 접근할 어떤 것을 오늘 오후 이전까지 결코 보지 못했다. 그는 발생했던 일을 내게 흐느끼며 말했을 때 눈물을 흘렸고, 신음했으며, 무모한 무능으로 몸짓했다. 나의 인생에 있어서 결코 한 인간이 그토록 더 흔들리는 것을 보지 못했는데, 당시 내가 그를 위해 느낀 슬픔과 나의 동정은 어떤 불쾌한 기억들을 영원히 말소하기에 충분했다. 나는 그에게 말했고, 그를 진정시키는 데 성공했다. 그리고 차차로 그는 '심연'에서 벗어났다. 그는 만찬과 저녁식사를 위해 머물었고, 밤을 나의 집에서 보냈다. 다음 날 아침 그는 일찍 일어나, 우울함에서 완전히 벗어났고, 조반 후에 그가 올 때처럼 흥흥거리며, 밖으로 나갔다.

이러한 치료적 효과에 대해 번은 무엇을 말했던가? 보다 나중 세월 동안 그는 기억할 수 없었다. 조이스에 따르면, 그러나 번은 코스그래이브의 이야기는 '새빨간 거짓말'이라 그에게 말했는데, 아마도 조이스의 노라와의 행복을 파괴하기 위하여 코스그래이브와 고가티에 의해 꾸며진 음모였으리라.

조이스는 번의 이론을 열렬히 그리고 즐겁게 받아들였다. 그는, 번이 열거한대로, 마음의 평화를 회복하여, 집을 떠났다. 조이스는 며칠 뒤에 그가 스태니슬로스로부터 소식을 들었을 때, 심지어 한층 더 안정되었다. 스태니슬로스는 자신이 4년 동안 비밀을 지켜왔었다. : 즉 1904년에 코스그래이브는 그가 노라를 조이스로부터 빼앗으려고 애썼지만, 실패했다고, 폭로했다. 코스그래이 브는 스태니슬로스 더러 그의 형에게 말하지 말도록 요구했고,— 짐에게 띄운 편지에서 코스그래이브는 한 배반적인 친구라는 숨은 암시를 흘린 것과는 별 도로, 스태니슬로스는 그의 약속을 지켰다. 조이스를 위해 스태니슬로스의 편 지는 번의 이론을 확실히 했다.

그러나 정작 번이 조이스에 대해 말한 것은 무엇이었던가? 1909년 8월 6일 의 사건은, 그것이 『율리시스』의 기원뿐만 아니라, 노라와 조이스 간의 상관관 계를 이해하는 데 핵심적인 것이기 때문에, 면밀히 조사해볼 필요가 있다(그의 '결혼'이 재탄생된 장소에 대한 위안과 감사에서, 조이스는 이클레스 가 7번지의 번의 주소 를 현대의 어디세우스 격인, 리오폴드 블룸의 더블린 집으로 삼았다).

번은 조이스를 오히려 정보보다는 사색의 토대에서 조이스를 안심시켰음 이 분명하다. 번은 코스그래이브의 이야기가 사실인지 아닌지 알지 못했다. 그 이 자신은 결코 여태 오리버 고가티를 만난 적이 없었다. 조이스에 대한 그의 말은 어버이가 아이에게 상상된 모욕에 대하여 덜 고통스러운 설명을 제공할 수 있듯, 친구를 진정시키기 위해 이야기된 감정적 응급 치료제였다. 번 자기 자신도 그 문제에 있어서 객관적이 아니었다. 그는 조이스로 하여금 1904년 노 라를 데리고 가도록 격려했으며, 그는 될 수 있는 한 빨리 그들 사이의 균열을 수습하기를 바랐다.

코스그래이브의 동기로 말하면, 만일 과연 그가 전체 이야기를 꾸몄다면, 그들은 이아고(역주: 셰익스피어 작 『오셀로』에 나오는 음흉하고 간약한 인물)의 이야 기로서 간주하기에는 매우 어려웠다. 1909년의 조이스는 오셀로도 아니요, 거 인(colossus)도 아니며, 단지 출판을 필사적으로 모색하는 젊은 작가였다. 노라는 데스티모나(역주: 오셀로의 아내)가 아니요, 트리에스테에서 세탁을 받아들이는 한 아일랜드의 이민이었다. 조이스는 코스그래이브와 고가티가 질투에서 그 리고 그가 어느 날 그들에 관해 쓸 것이라는 것에 대한 공포에서, 그의 가정의 행복을 흩어버리기를 원했다고 확신했다.─하자만 그들은 노라와의 그의 생활을 전혀 보지 못했고, 그들이 그 속에 특징을 갖는 책들(그 속에 코스그래이브가 린치인『영웅 스티븐』을 별개로 하고)은 아직 쓰이지 않았다.

조이스는 그와 노라를 음모하는 '저들 촌뜨기'에 관한 생각을 키웠으나, 그러기 위해서는 그로 하여금 많은 것을 간과하도록 요구했다. 그것은 고가티가, 바쁜 업무를 가진 성공적 외과의로서, 조이스의 예기치 않은 귀국 후로 코스그래이브를 만나, 조이스의 노라에 대한 믿음을 깨트리려고 음모하고 있음을 그로 하여금 믿도록 요구했다. 그것은 또한 그로 하여금 두 사내들─탑에 대한 분규로서의 고가티 그리고 린치의 익명으로서의 코스그래이브─이 그에게 복수를 원했음을 믿도록 요구했다. 그것은 또한, 그와 조이스가 전 주일 그들이 만나는 동안 헤어지자, 그가 조이스와 악수하며, "그것이 문학인 한, 자네가 내게 관해 뭐라 말하든 난 조금도 상관하지 않는단 말이야" 하고 말했을 때, 조이스로 하여금 고가티가 거짓말을 하고 있다고 단정하기를 요구했다.

방금 코넬 대학에 있는 조이스의 가족 편지에 대한 통찰력 및 접근과 함께, 조이스는 그해 여름에 심한 편집병의 상태에 있었음이 분명하다. 그는 법적 대응을 취하려고 신경을 곤두세우고 더블린으로 귀국했다.『더블린 사람들』, 그로 인해 그가 자신의 이름을 날리려고, 그의 동포들로 하여금 그가 그들을 어떻게 보았는지를 알리려고 간주했던 그 책은, 어디에서도 출판하려 하지 않았다. 그가 그토록 자랑했던 어린 아들은 사생아로 알려졌다(이러한 상처에 대한 민감성은 그가 조지오를 보기 원치 않는 그의 아버지와 자매들을 잘못 비난했을 때 이미 나타났다). 조이스의 편집병은 그가 더블린의 험담 맷돌 속으로 재차 들어갔을 때 단지 증가할 뿐이었다. 그는 사방에서 거절을 느꼈다. 그가 그것을 발견하지 않았던 곳에, 그는 그것을 만들어냈다.

노라로부터의 이별은 그의 닻을 현실로 움직이게 했다. 게다가 그의 친구들은 많이 변했다. 인생에 있어서 22세와 27세 사이의 세월은 긴 것으로서, 아일랜드에 남았던 많은 그의 옛 친구 무리들은 사회에서 출세했고, 결혼한 채 번영했다. 콘스탄틴 커런은 변호사였다. 조이스는 그를 '친구가 되기를 마음 내키지 않은' 자로 알았다. 토머스 케틀은, 유니버시티 칼리지의 또 다른 친구로서, 의회 의원이었고, 조이스가 그토록 감탄했던 소녀, 매리 시히와 결혼할 참이었다. 고가티는 도회에 멋진 집을, 시골에 또 하나의 집에 상담실을 가진, 외과의로서 입신출세했다.

조이스의 옛 친구들이 그의 귀환을 무시하다니 사실이 아니었다. 고가티는 배임背任을 수정하려고 노력했다. 그는 조이스를 오찬에 초청했으나, 이어 친구를 골나게 할 그러나 필연적으로 그렇게 하고만, 일종의 직업적 구실을 보내야만 했다.

> 다른 때 올 수 없는 친구가 1시에 오기로 되어 있는데. 이로 미루어, 혹시 자네가 나의 점심을 연기하는 걸 용서하면 고맙겠어. 내가 추후 연락하지. 여불비. O. G.

조이스가 과연 고가티의 방을 돌아보며, 멋진 장미 정원을 내다보았을 때, 그는 (그가 스태니슬로스에게 한 편지에서 떠벌렸듯이) '그로그 술, 포도주, 커피, 차'를 거절했다. 그는 또한 귀국한 망명자를 환영하는 그런 종류의 초대—고가티의 아내(조이스가 믿기에 고가티가 자신에게 결코 보여주지 않을 그 여인)를 만나기 위해 더블린으로부터 12마일 떨어진 아름다운 시골인 에니스케리에로 드라이브하는 기회—를 거절했다.

조이스는 시히의 딸들 중의 다른 하나인, 한나에 의해 만찬으로 초대받았는데, 그녀는 그의 친구 프랜시스 스캐핑턴과 방금 결혼한 처지였다. 조이스는 거절했다. 하지만 조이스가 어렸을 때 벨비디어 광장의 그들의 집을 그토록 자주 방문했던, 연상의 시히 내외인 한나의 부모가 그를 접촉하려 하지 않자, 그는 모욕으로 마음이 아리기 시작했다. 그는 자신이 배신자들의 땅에 있음을 알았다. 그는 자신이 기대한 대로 단지 대우받고 있었다. 2년 전 트리에스테의 아일랜드에 관한 그의 대중 연설의 하나에서, 그는 자신의 청중에게 아일랜드의 민족성을 위한 피니언 운동은 결코 성공할 수 없을지니, "단순히 아일랜드에는 바로 타당한 순간에, 밀고자가 언제나 나타나기 때문이라"고 말했다.

그이 자신의 생활에서, 2년 뒤에, 거의 적시에, 밀고자가 나타났는지라─ 그것은 단지 희생자가 노라였고, 아일랜드가 아니었다.

우연한 기회는 귀중한 것인지라, 코스그래이브가 조이스의 귀 속에 부어 넣은 이야기에서 어떤 진실이 있었으니─점심시간에, 아마도 군중의 주막에서, 조용히 이야기된 풍자로 가득한 말들이요─그리하여 조이스는 자신이 듣기를 갈망했던 이야기에로 그 말들을 변형했던 것이었다. 노라는, 핀즈 호텔에서 일하는 동안, 조이스가 설명할 수 없었던 자유로운 저녁들을 가졌었다. 조이스는 또한, 그가 노라를 코스그래이브와 이틀째 밤마다 만난 것을 공격했을 때 자신은 과장하고 있었음을 알았다. 그이 자신이 때때로 노라가 소요에 휘말리는 몇몇 밤을 보았거니와, 때때로 그녀의 자유 시간은 취소되었고, 그녀는 자신의 계획한 저녁을 쉬지 않았다. 코스그래이브와 고가티는 노라에 관해 단순한 악의적 기쁨에서 거짓말을 할 수 있었다는 것이 가능하다. 그것은 아일랜드의 잔인한 기지와 일치한다. 그러나 조이스 자신은 그가 옛 상처를 갖기 원했을 때 일부만의 진실을 부끄러워하지 않았다. 더블린에 있는 동안 그해 여름, 조이스는 고가티의 운전수가 도로의 사건에서 아이를 치었다는 소식을 들었을 때, 그는 트리에스테에 보고했거니와, "고가티가 지난주 아이를 죽였어."

노라 바나클의 구애에 관한 알려진 사실들의 보다 현실적 해석은, 코스그래이브가 과연 1904년 몇몇 저녁에 노라의 파트너가 되었으며 (조이스 자신이 그들 밤의 하나를 마련했거니와), 그리고 이러한 한 가지 또는 더 많은 경우에, 그녀가 심각하게 조이스에게 몸을 맡기기 전에, 그녀는 코스그래이브로 하여금 그녀를 애무하게 하고, 최소한 윌리 멀바가 골웨이에서 행했던 만큼 앞당겨 나아가게 했음이 있을 법하다.

보다 나중 세월에 번은 그의 억측들을 더 멀리 가져갔는지라―노라가 코스그래이브에게 자신을 맡겼음을, 그러나 그들의 관계는 그녀가 조이스와 사랑에 빠졌을 때 끝났다는 것이었다.

나의 지식으로, 조이스는 자기 자신을 '오장이진 자'로 생각하거나, 해서도 안 된다. 조이스를 노라에게 소개한 것은 코스그래이브였으며, 그리고 조이스가 1909년에 이클레스 가의 나를 방문하고 있었을 때, 코스글래이브는 그가 조이스를 그녀에게 소개하기 전에―후가 아니라, 노라에 관한 육체적 지식을 가졌다고 그에게 말했다. 이것이 조이스가 자신을 '오장이진 자'로서 생각해서는 안 되는 이유이다. 그리고, 과연, 조이스 자신은 그가 더블린으로부터 노라와 함께 떠나갔을 때 숫총각이 아니었다. 사실상, 조이스는 코스그래이브가 그와 노라를 함께 결합시켰던 사람임에 대해 그에게 감사하는 것 이외 달리 할 수 없을 것이요―그리고 같은 노라는 젊은 여인으로, 조이스 자신이 내게 이른대로, 그녀는 트리에스테에서 조이스가 잃는 동안 그녀 자신과 가족을 위해 돈을 마련하도록 하기 위해 세탁을 받아들였다. 노라는 제임스 조이스를 위해 멋지고, 뛰어난 내조자였다. 그녀는 훌륭한 소녀요 여인이었다. 이것이 모든 이들이 이제 알아야 하는 것이다. 그리고 이것이 그들이 알 필요가 있는 모든 것이다.

번은, 회고컨대, 노라에 의해 퇴짜 맞았다는 코스그래이브의 고백에 대한 스태니슬로스의 이야기를 믿지 않았다. 번에게, 남자들의 나이 차이는 아주 큰 것이었다. 코스그래이브는 당시 본디의 26세로, 당시 스태니슬로스 같은 20세의 어떤 이에게 성적인 실패를 털어 놓지 않았을 것이라고, 번은 말했다.

전체 가려진 에피소드의 명백한 진실은 조이스가 그것으로 파생된 공포나 구원의 격동 없이 『율리시스』를 쓸 수 없었으리라는 것이다. 그는 속히 우고 싶은 필요를 가졌는지라(비평가 리옹 에델은 그를 '불의不義 수집자'라 불렀다), 그것으로 세계 문학은 한층 풍요롭다. 책이 출판되지 않은 채 있는 비참한 좌절에 의해 악화된 이 필요는, 그이 주변의 사람들의 동기에 관한 어떤 분명한 견해에 대해서든 1909년의 조이스를 어둡게 했다. 그는 사방에 배반을 보았으며, 이를 아마도 유년 시절 이래 보았다(약간의 조이스 학자들은 『초상』의 열리는 페이지에서, 유년의 망가진 언어로 쓰인, 배신의 주제를 탐색해 왔거니와, 거기 스티븐 데덜러스는 자기 자신을 '아기 투쿠'(baby tuckoo)—다른 말로, 아기 쿠쿠(baby cuckoo) 또는 아기 오쟁이 (baby cuckold)—로 배신당할 운명의 멋진 꼬마로서 생각한다).

조이스는, 자신의 박해 환상을 만족하기 위하여, 노라가 그를 만났기 전에 자신의 처녀성의 상실을 감추었다고 단지 느낄 필요는 없었다. 그는 또한 그녀가 그들 자신의 구애 동안에 그를 배신했다고 믿었음에 틀림없다. 1904년의 두 연애 사건들은, 그가 정확하게 5년 뒤에 그의 마음속에 그들을 짜 맞추었을 때, 연속적이 아니라, 동시적임이 틀림없었다.

노라가 그를 만나기 전보다 오히려, 이틀째 밤마다 그를 배신했었다는 조이스의 주장과, 스티븐 데덜러스가 『율리시스』의 '프로테우스' 에피소드에서 홀로 갖는 긴 토론을 비교하는 것은 흥미로운 일이다. 스티븐은, 샌디마운트 해변을 거닐면서, 상징들이 하나하나 차례로 다가오는 가청적 경험과, 그들이 동시에 나타나는, 가시적인 것의 차이를 명상한다. 스티븐은 시간을 통해 흐르는 음악이나 혹은 문학이 공간 속에 존재하는지, 그 속에 시간이 존재하지 않는 그림 및 조각과 같은 가시적 예술과는 같을 수 없는지 자문한다. 스티븐은 두 가지를 '나크나이넨델'(하나하나 나란히, 가청적인 것)과 '네베나인넨털'(하나하나 차례로, 가시적인 것)로 구별한다.

조이스 자신의 예술에서, 그는 시작도 없고 끝도 없는, 시간 밖과 역사 밖에 놓인 책인 『피네간의 경야』를 씀으로서 궁지(딜레마)를 해결했지만, 그는 노라의 성적 과거에 있어서 연쇄적 사건들에 관한 개인적 불확실을 결코 해결하지 못했다.

코스그래이브가 8월 6일에 조이스의 마음의 평화를 파괴한 직후, 번은 그것을 회복시켰을지언정, 조이스는 노라를 위해 같은 것을 행사하려고 비참하게도 거의 2주일이 소요되었다. 8월 19에야 비로소 그는 그녀를 잘못 비난 한 것에 사과하려고 편지를 썼다. 당시 그는 왜 그녀가 편지하지 않았는지를 못마땅히 물음으로써 그렇게 했다. : "당신 몸이 좋지 않아요?"

그는, 번이 그에게 확신시켰듯, 코스그래이브의 이야기는 한갓 날조임을 계속 말했다. 이어 일련의 단음적 한—문장의 문단들이 뒤따랐는데, 재차 그것은 그의 일상의 서간 문체는 아니었다. 그는 무가치한 자였다. 그는 이제 그녀에게 가치 있는 사람이 되려고 노력하리라. 그는 방금 코코아 깍지가 든 3개의 커다란 백을 그녀에게 보냈다. 그의 누이동생 포피는 아일랜드를 떠나고 있었다(뉴질랜드의 수녀원을 향해). 그는 『더블린 사람들』의 계약을 막 서명했다. 아무것도 여인의 사랑만큼 값진 것은 없었다. 그녀는 그가 쓴 정신 나간 편지들을 읽으려 하지 않았다. 그는 어느 날 갈채 받으리니, 그녀는 그의 곁에 있으리라. 그는 자신의 시 4행을 끝맺었다. "나의 키스는 당신에게 이제 평화를 주리라." 편지는 사랑, 회개 및 화해를 위한 동경으로 넘친 채, 귀에 거슬리는, 한 가지 노트를 함유한다. : 그녀가 코스그래이브의 주장을 거절했다는 한마디를 그에게 보내달라는 필사적인 호소였다. 분명히 그는 아직도 전적으로 그녀의 무죄를 확신하지 않았다.

단지 그때, 노라가 '용서' 받았을 때, 그녀는 조이스에게 편지를 쓰기 시작했고, 그녀는 커다란 신랄함을 가지고 그렇게 했다. 그녀는 한 마디의 거부나 옹호도 하지 않았다. 그 대신 그녀는 그에게 자신이 『실내악』을 읽고 있다고 말했다. 그녀는 질투를 가진 남성의 얼얼한 신경을 감촉하면서, 스태니슬로스가 앞서 몇몇 주일의 마음의 동요에서 그녀에게 아주 친절했다고 덧붙여 말했다.

조이스는 사랑의 열정적 재선언으로 응답했다. 그가 그녀를 만났을 때, 그녀는 그가 청년 시절 꿈꾸었던 천상의 미로부터 거리가 멀었지만, 그에게 보다 깊은 미를 노정함으로써, 그의 성취와 그의 영감이 되었었다. 그의 시들은, 고로, 그녀를 위한 것이었다.

비록 그가 그녀에게 잔인했을지라도, 그는 말하기를, 적어도 그는 그녀의 관대한 온기와 자발성을 죽이지 않았다. 그는 자신이 그녀에게 많이 가르쳤고, 그녀는 그가 그녀를 만났을 때보다 한층 민감한 사람임을 자축했다. 그는 자신의 약속을 지키며, 그와 함께 자신의 누이 에바를 데리고 돌아가리라, 그리고 노라의 어머니와 그녀의 가족을 만나기 위해 골웨이에로 가리라, 하지만 그는 방문을 두려워했다. 그녀의 과거에 대한 어느 암시나 언급이 그의 질투의 기억을 되살릴지 몰랐기 때문이다. 그는 자신이 비이성적임을 알았으나, 자신의 공포를 통제할 수 있는 것은 아무것도 없었다. 그는, 그가 말했듯, 자신의 과거를 불합리하게도 질투했다.

조이스는 윌리 멀바가 여전히 골웨이에 잠복하고 있을 것을 알았고, 얼마나 많은 다른 농부 소년들이 마찬가지고 그러고 있는지를 확신할 수 없었다. 조이스의 돌연한 공포인즉, '죽은 사람들'의 완료 2년 뒤에 나타난 일이나, 과거를 몰아내기 위한 노력으로서, 그 이야기는 일종의 실패였음을 보여준다. 조이스는 결코 노라의 옛 사랑들에 대한 자신의 공포를 정복할 수 없었다.

비난, 회개, 보상. 8월 22일에, 조이스는 기조를 바꾸었다. 그는 '죽은 사람들'에서 그가 노라의 육체를 '이상하고, 음악적이며, 향내 나는'으로 서술했음을 그녀에게 상기시켰다(그의 말은 노라가 그의 이야기를 읽었다는, 그리고 그녀가 그레타 콘로이의 모델임을 그녀가 알았다는 신호이다). 그러자 그는, 뭔가 이상한 것—그녀가 그이 자신의 마음속에 여전히 불타고 있는 질투를 고무시킨 데 대한 어떤 형태의 보상을 그에게 빚지고 있음을 말했다. : "나에 대한 당신의 사랑은 나를 '전적으로' 잊게 만들기 위해 사납고, 과격한 것임에 틀림없어요."

그것은 마치 그가 상처받은 무리인 양했고, 그리고 그녀의 것은 수정하기 위한 책임과 같은 것이었다. 위안이 조이스 속에 에로틱한 환상의 급류를 방출했다. 그는 그날 그녀에 대하여, 우울로부터 음란에까지 모든 종류의 몸짓을 꿈꾸었다. 그녀는 그이로부터 어떠한 비밀도 갖지 않으리니—육체는 말할 것도 없고 마음의 사적 비밀(프라이버시)도. 그리고 그는 첨가하기를, 그가 그녀에게 한 가지 특별한 선물을 가져다주리라.

그러자 그는 자신이 그녀로부터 요구하는 그러한 종류의 보상, 그가 트리에스테로 되돌아가기 전에 그녀가 자기를 위해 마련할 수 있는 어떤 것에 대한 분명한 암시를 떨어뜨렸나니 : 그이 자신이 몸소 그녀에게 감히 보낼 수 없었던 어떤 종류의 한 통의 편지였다.

노라는, 조이스의 잇따르는 통신으로 판단하건대, 그의 욕망을 하사했다. 그녀는 과연 그를 이해했다. 조이스가 골웨이에 도착하여, 보링 그린의 식탁에 앉아, 그녀의 어머니에게 말을 하거나, 그녀가 자신의 조모와 함께 살았던 화이트홀의 집을 보기 위해 가려는 거의 같은 시각에, 노라는 아마도 그녀의 꼬마 딸을 침대에 누인 다음, 그녀의 펜을 집어, 그에게 한 통의 음란한 편지를 썼으리라.

더블린에서 나머지 시간동안, 조이스는 노라와의 자신의 재결합이외에 거의 생각할 수 없었다. 그는 자신의 사업상의 용건에 도달하기 위해 그리고 그와 에바를 위해 스태니슬로스에게 돈을 조르려고 애를 썼다. 그는 스태니슬로스에게 임박한 번영의 전망을 막 띄웠으니 : 다음 해(1910)에 그들 양자와 함께 개인 학생들을 가르치는 일과 더불어, 그의 책의 출판에 보태어, 그들은 훌륭한 생활을 영위할 것이요, 자신과 노라는 밀월여행을 떠나리라.

노라에게 한, 그의 편지들은 성질이 달랐다. 그녀는 이제 그에게 거의 매일 편지들을 썼고, 편지들은 수음手淫에 도움을 주었다. 그는 마음이 아주 뒤숭숭했고, 9월 2일 그녀에게 쓰기를, "내가 당신한테 말한 걸 행하는 것 때문에." 통신이 진행됨에 따라, 그는 조야한 말씨가 그를 얼마나 감정을 해치는지를 그녀에게 상기시켰다. 하지만 그는 심지어 자신의 편지가 아마도 너무 지나친 게 아닌가 의아해 했다. 아침에 그가 전날 밤 트리에스테로 편지를 부친 걸 기억했을 때 그는 자신에 넌더리가 났다. 그러나 적어도 자신을 위로했으니, 노라는 이제 그에 관한 바로 그 최악을, 그리고 그녀가 영원히 그를 사로잡고 있는 비밀을 지녔음을 이제 알았다. 혹은 그를 벌주고 있는 것(비밀)을. 한갓 새로운 피학대적 갈망이 표면에 나타나기 시작했다. 왜, 그는 따졌는지라, 그녀는 그를 보다 빨리 훈련시키지 않았던가? 그날 밤 그는 새로운 미친 환상을 가졌는데─그것은 그녀가 그를, 골이나 눈을 부릅뜨고, 매질하는 것이었다.

그는, 노라의 마돈나로서 그리고 창녀로서 환상들 사이에 자신이 오락가락했을 때, 자신은 정신이 나간 게 아닌가 의아했다. 그는 자신이 그녀를 성나게 하는 게 아닌가 두려웠으나, 그는 그녀에게 상기시켰듯이, 언제나 앞장서는 것은 그녀 자신이었다. 그는 그녀가 계속 독촉했던 폴라의 밤을 회상했다. 그는 그녀가 최악 상태의 자기를 알아주기를, 그리고 자신을 강하게 만들기 위해 그녀를 필요로 했던, 그녀가 사랑하는, 연약하고, 충동적 남자로서 생각해 주기를, 원했다. "나는 타인들에게 나의 프라이드와 기쁨을 주었어." 그는 끝마쳤다. "당신에게 나는 나의 죄, 나의 우행, 나의 연약함과 슬픔을 주오."

조이스는 노라가 처녀와 창녀 역을 둘 다 하도록 기대했다. 그러나 노라는 자신의 모순된 생각을 조화롭게 가졌다. 그녀는 조이스가 아기답지만, 그녀의 운명의 주인으로 생각했다. 그녀는 그를 사랑했고, 그를 욕망했고, 그러나 자신의 가족을 부양하지 않는 데 대해 무시했다. 각자는, 그런고로, 타자의 죄수였다. 조이스가 노라를 위해 샀던 선물은 그의 신뢰를 총괄했는지라, 그것은 『실내악』의 9번째 시행인 '사랑은 헤어지면 불행한 것'을 그가 새긴 상아 입방체의 목걸이였다. 조이스는 '세상의 그리고 나 자신의 심장의 악으로부터!' 자신을 구하도록 그녀에게 애원했을 때, 그가 그녀의 어딘가, 입이 아닌 곳에 키스하기를 원하는 것을 고백했을 때처럼, 노라는 그와 함께 그 속에 빠짐으로써 그의 상상된 비행의 고립으로부터 그를 구했다. 그는 그것이 어디인지를 추측하도록 그녀에게 내버려 두었다.

그가 부끄럽게 느꼈던 생각들 가운데 하나는 그이 자신의 아이들에 대한 질투였다. 그는 노라를 조지오 및 루치아와 더불어 나누는 것에 분개했다. 그는 그녀가 전적으로 자기 자신을 위해 필요했고, 그가 그녀에게 보낸 가학―피가학적 및 신성 모독적 이미지들의 타래 가운데 한 가닥 부르짖음이 있었으니 (입센의 『꼬마 요정』으로부터 거의 직통으로), '우리의 아이들은(내가 그들을 사랑하는 만큼) 우리들 사이에 나타나서는 안 된다'는 것이었다. 그는 심지어 더 나아가, 그들 중의 하나가 되기를 동경했다. 만일 그가 그녀의 자궁 속에 안주할 수 있다면, 만일 그가 그녀의 영혼의 일부가 된다면, '그 땐 나는 과연 나의 종족의 시인이 되리라.'

조이스는, 그가 더블린을 돌아다녔을 때, 자신이 그런척했던 것만큼 결코 무시당하지 않았다. 『더블린 사람들』이 다음 3월에 나오기 시작하리라. 그레삼 호텔의 환영회에서 그는 아일랜드의 미래의 위대한 작가로서 소개되리라. 그의 마음은, 그러나 노라와 함께 침대 속에 있었다. 그는 그녀에게 자신이 보낸 코코아를 매일 마시도록, 그의 몸매를 자신의 환상처럼 육욕적으로 만들도록 권고했다.

그는 그녀가 검은 속옷을 입기를, 그를 흥분하게 하는 방법들에 관해 생각하기를 원했다. 그의 육감적 동경은 또한 그의 귀환 여행의 생각들에게까지 뻗었다. 베니스로부터의 기차가 어떻게 아름다운 아리아 해海의 연안을, 미라마의 하얀 성, 그리고 이어 그들이 함께 발견한 도시인 '아름다운 트리에스테', 그들의 참된 가정이 있는 해갑海岬을 굽이쳐 지나갈지를.

8월이 9월로 바뀌었고, 시간은 꿈을 행사하기에 이르렀다. 에바는 그녀의 자매들이 주위에서 그녀를 도우는 가운데, 그들의 귀환의 모든 실질적 세목으로 바쁜 채 짐을 꾸리고 있었다. 조이스는 이제 더 이상 사나운 애욕적 환상에 의해 고통받지 않았고, 실질적 실무로 생각을 돌렸다. 그는 노라에게 계속해서, 때때로 하루에 두 번씩 편지를 썼다. 그는 자신이 귀국하면 노라가 청구서들로 안달할까 걱정하기 시작했다. 그는 그녀의 머리카락이, 화로를 손질하는 재로 충만해 어수선하지 않기를 희망했다. 그가 그녀를 보면 그녀는 울지 않으리라. 그는 그녀의 아름다운 눈이 맑아 보이기를 바랐다. 그리고 침대의 생각은 식탁의 생각으로 이울어졌다. "당신, 내게 작은 멋진 잔에 맛있는 블랙커피를 한잔 타 주겠소?" 그는 말했다. "저 콧물 흘리는 그로보닉 아씨에게 어떻게 하는지 묻구려. 맛있는 샐러드를 마련하구려, 여보? 또 하나, 마늘이나 양파를 집안으로 갖고 들어오지 말아요."

그는 약속했는지라, 자신은 더블린에 관해 말할 것이 너무나 많기 때문에, 그들이 다른 할 일이 없으면 밤새도록 그녀에게 들려주리라(이 메시지는 스태니슬로스에게 한 편지 속에 동봉되었으며, 그를 조이스는 개봉하지 않을 것이라 믿었다).

오래 기다리던 날이 다가왔다. 조이스는, 에바와 함께, 9월 13일 트리에스테에 도착했다. 노라는 푸른 속옷 블라우스의 멋진 회색 드레스를 입고, 그를 만나기 위해 달려 나왔다. "짐!" 그녀는 자신의 거친 목소리로 불렀다. 그들의 넘치는 재회가 스태니슬로스를 짜증나게 했다. 노라에 대한 그의 매력과 그녀가 자기에게 별반 주목하지 않는 상처를 억제하면서, 그는 자신이 '사랑은 헤어지면 불행한 것'이라 선언하는 목걸이를 보았을 때 구역질이 났다. 스태니는 중얼거렸다. "형제의 사랑도 마찬가지야."

만일 노라가 그들의 통신의 장면들이 즉각적으로 실행되는 것을 기대하고 있었다면, 그녀는 실망했으리라. 밤이 다가오고, 그녀의 길고 붉은 머리카락을 푸른 리본이 달린 그녀의 흰 속옷 위를 흘러내리면서, 그녀가 조이스에게 접근했을 때, 그녀는 그를 깨워야 했다. 그녀의 고집스런, 무정하고, 질투하는 애인은 잠들어 있었다.

5주 뒤에 노라는 재차 홀로였다. 조이스는 더블린에 되돌아갔다. 만일 기업할 마음이 없다면 그는 아무것도 아니었다. 네 명의 부유한 트리에스테인들이, 트리에스테에 도착한 그의 누이 에바에 의해 고무되어, 그가 꿈꾸어 왔던 새로운 벤처 사업에서 그를 후원했다. 더블린이―극장과 음악당을 사랑하는 인구 50만의 도시―여타 도회풍의 유럽을 휩쓸고 있는 유흥의 새로운 형태가 없는 데서야 어떠하리? 더블린의 최초의 영화관을 개설하는 자신의 계획에 있어서, 조이스는 견고하고 빠른 이익을 위한 기회를 마침내 보았다.

그러나 그가 애썼는데도, 조이스는 노라의 마음을 여전히 읽을 수 없었다. 그는 자신에 관한 그녀의 사양과 그녀의 종교에 대한 그녀의 참된 견해를 계속적으로 의심했다. 어느 날 그들이 쇼핑을 하며 외출하는 동안, 한 신부가 그들을 지나갔다. 조이스는, 노라를 시험하면서, 노라가 바로 그 광경이 비위에 거슬리지 않는지 물었다. "아니, 안 그래요." 그녀는 말했다.―조이스의 위안을 위해서 너무 짧고 메마른 대답이었다. 그는 우울 속으로 빠졌다. 그녀는 그의 동맹이었던가, 아니면 비밀리에 반대했던가? 그녀가 그를 실망시킨 것은 여러 번 있었다. 그녀는 『마담 버터플라이』에 대해 그에게 무례했는지라, 당시 그가 바라는 모든 것이란 그녀와 함께 음악을 듣는 즐거움이었다. 또 다른 밤 자신의 집필로서 성취하기를 희망한 모든 것을 그녀에게 이야기하고 싶어 견디지 못하면서, 그가 카페에서 늦게 귀가했을 때, 그녀는 들으려 하지 않았다. 그녀는 피곤했고, 잠자러 가기를 원했다.

그가 더블린으로 되돌아갈 시간이 왔을 때, 그들의 이별은 그렇게 정답지가 않았다. 노라가 짐을 환송하기 위해 그들의 아파트의 문 밖으로 걸어 나왔을 때, 그녀는 그가 밤늦게 귀가한 것에 너무나 골이 났기 때문에 그를 저능아로 불렀다(아마도 강력한 4음절의 이탈리아어의 형태로 모욕을 내뱉으면서). 그녀는 긴 별거에 직면했다. 짐은 심지어 크리스마스를 위해 집에 없으리라. 하지만 그녀가 기차가 빠져나가는 플랫폼에 섰을 때, 그녀는 자신의 울음을 보이지 않으려고 고개를 돌렸다.

이번에는 먼저 편지를 쓰도록 쫓긴 것은 노라였다. 더블린에서 온 것은 아무것도 없었다. 짐은 그녀에게 그녀의 고약한 성질의 작별 때문에 벌을 주고 있었다. 그녀는 자신의 가장 비천한 목소리를 사용했다. 그는 그녀가 싫증났던가? 왜 그는 한 무식한 보잘 것 없는 골웨이 소녀에 여태 흥미를 느꼈던가?

그녀의 작전이 작용했고, 조이스는 마침내 대답했다. 그는 그녀가 결코 싫증나지 않았다. 그는 단순히 그녀가 자기에게 공손하기를 바랐다. 그녀는 영화관을 설립하는 데 포함되는 모든 일로 그가 아주 바쁘리라는 것을 기억하리라. 그러나,

> 당신은 나의 유일한 사랑이오. 당신은 나를 완전히 당신의 수중에 갖고 있소. 만일 내가 앞으로 어떤 멋지고 고상한 걸 쓴다면 나는 단지 당신의 마음의 문간에서 귀 담아 들음으로써 그렇게 하리라는 것을 나는 알고, 느끼오.

이틀 뒤에 그는, 자신이 그녀의 너무나 일부분인지라, 그가 희망하듯, 그들은 한 사람처럼 그리고 심지어 같은 시간에 죽으리라 말하기 위해 글을 쓰고 있었다.

이러한 언명에 의해 동요되지 않을 자는 노라보다 한층 가혹한 마음씨의 여인을 요구하리라. 노라는 조이스의 나중 책들을 감상하지 않았을지라도, 그러나 그들의 개별적 관계에 있어서 그녀는 한결같이 그의 말들의 아름다움에 감동했다.

그녀는 또한 그가 선물을 가지고 그녀에게 구애하고 그녀의 용모에 대해

염려하는 식을 좋아했다. 그는 그녀가 충실하게 되기를, 그녀의 기름진 코코아를 마시기를 그리고 또한 그가 그녀에게 보내는, 도내갈 투위드 천의 여러 야드로 된, 드레스를 장만하는 준비로서 그녀가 지불할 재단사의 청구서의 얼마간을 갚도록 편지를 썼다(아마 그는 천 도매를 구했으리라. 더블린에서 그의 주된 상업적 행동들 중의 하나는 트리에스테의 상인들에게 아일랜드의 트위드 천의 수출을 다루는 대리점을 발견하는 것이리라). 그녀는 그가 바라듯 정확하게 앙상블을 만들어 가질지니 : 검푸르거나 혹은 구리 빛 공단으로, 스커트의 가두리에 거의 닿는, 그리고('죽은 사람들'에서 그가 그레타 콘로이와 연관시켰던 색깔들을 재창조하며) 그것의 칼라, 벨트 및 푸른 가죽의 소맷동으로 줄지은, 코트 말이다.

노라, 그녀는 자신의 옷장에 대한 조이스의 흥미 속에 흠뻑 빠진 채, 모피에 대한 그의 사랑을 그와 함께 나누었다(조이스는 그것의 에로틱한 소유뿐만 아니라 수선을 믿는 듯했다). 그녀는 그가 귀국하면, 자신이 커다란 기쁨으로 서술했듯이, 모자, 목도리 및 회색 다람쥐의 토시를 또한 가지리라. 그는 그들을 손수 선택했다. : 한쪽에 바이올렛 꽃으로 장식한 모자, 그리고 목도리 및 바이올렛 공단으로 줄진 토시를. 한층 더 많이 있을지니, 그는 약속했다. 만일 영화가 성공하면, 그녀는 자신이 여태 꿈꾸었던 것보다 더 많은 멋진 의상들을 가지리라.

즉각적인 선물로서, 그는 노라에게 몇 켤레의 장갑을 보냈고, 그녀에게 어떤 크리스마스 선물이 있을지를 미리 공포했다. : 양피지에다 그이 자신에 의해 손수 복사된 그녀 자신을 위한 『실내악』의 사본이었다.

노라는 그녀의 유머 감각을 전혀 잃지 않았다. 그녀는 핀즈 호텔에서 자신이 하녀로서 일했을 때의 문체로써 교활한 감사 편지를 썼다.

친애하는 조이스 씨, 당신이 내게 보낸 장갑 상자에 대한 친절에 대해서 어떻게 감사해야 할지요. 그건 멋지고 정말 어울리는지라 이토록 멋진 선물을 갖다니 정말 놀랄 일이에요. 당신은 몸 건강하기를 희망해요. 당신을 보면 참 기쁠지니 내게 편지 쓰기를 바라요. 그리고 언제 당신을 다시 만나게 될지 알려줘요. 현재 나는 오히려 바쁜지라 당분간 외출할 수 없어요. 날 용서하기를 원해요. 그리고 많은 감사를 받아주구려.

노라 바나클

11월의 몇 주일 동안 더블린과 트리에스테 간의 통신은 정규 일정으로 계속되었다. 보고할 많은 뉴스가 있었다. 트리에스테로부터 더블린까지, 스태니는, 에바의 향수, 그이 자신과 조지오의 건강, 오페라, 조이스의 부재 시의 그의 언어 학생을 가르치기 위한 준비에 관해 썼다. 더블린으로부터 트리에스테까지, 조이스는 새로운 시네마(볼타로 명명될)에 대한 전기기사電氣技士의 견적, 문학적 한담 및 가족에 대한 좋지 않은 뉴스의 통상적 장황한 이야기를 보냈다 : 입원 중인 그들의 아버지, 보스턴에서의 찰리의 빈곤, 퇴출에 직면한 그들의 자매들(집에 남아있는 다섯)이었다.

이러한 세속적 교환은 트리에스테로부터 조이스에게 보내진 두 통의 갑작스런 통신에 의해 이내 차단되었다. 첫째 것은 스태니슬로스로부터의 한 통의 전보였다. : "급송 4파운드 퇴출영장 집주인." 둘째 것은 노라로부터의 편지였다.

그녀는 그를 떠나고 있었다. 그녀는 아이들을 데리고, 골웨이로 되돌아오고 있었다. 그의 거짓 약속들과 남자답게 자신의 가족을 보호하는 전적인 무능이 그녀를 신물 나게 했다. 그는 정작 그녀를 신물 나게 했다. 퇴출의 위협이 그들의 계약을 파기하는 듯했다. 그녀는 단지 그가 그녀와 아이들을 돌보는 한, 그의 괴상한 성적 성벽을 참을 수 있었다.

조이스는, 그가 자주 노라를 지분거렸는데, 자기를 떠나려는 그녀의 위협을 결코 웃어넘길 수 없었다. 이번에 그는 굴복했다. 그는 그녀에게 애걸하며 편지를 썼으며, 자신을 돼지니, 비천한 사람이라 불렀다. 그는 노라와 아이들이 이러한 비행으로 살아서는 안 된다는 데 동의했다. 그는 그녀의 사랑을 마멸시켰다. 그녀는 자신이 그를 구했던 시궁창에로 그를 도로 포기해야 했다. 그는 그녀에게 자신의 수입의 2/3을 주리라.

한층 타당하게도, 그는 집세를 지불했다. 그는 비록 두 달 치는 아닐지라도 한 달 치의 밀린 집세에 충분한 1파운드 7실링, 거의 57 오스트리아 크라운을 트리에스테로 전송했다. 그리고 그는 또한 스태니슬로스에게 장거리 명령으로, 가능한 모든 조치를 취하도록, 퇴출로부터 노라와 조지오 및 루치아를 막도록, 심지어 가구라도 팔도록, 호통을 쳤다.

노라의 분노는 사라졌다. 재빨리 그녀는 그에게 가련한 시골처녀인, 또 다른 노라로 보였다. 이번에는 그녀가 사과할 차례였다. 그녀는 두 통의 편지를 보냈는데, 그것은 조이스를 너무나 감통시켰기 때문에, 트리에스테로부터 그의 후원자들이 볼타 영화관의 계획을 감독하기 위해 도착했을 때, 그는 그들을 핀즈 호텔(비록 더블린의 최고는 거의 아닐지언정)에 투숙하도록 예약했는지라, 그가 말하듯, 이는 그들에게 아주 많이 감명을 주었다.

핀즈 호텔은 변하지 않았다. "그곳은 아주 아일랜드적이라오." 조이스는 노라에게 썼다. "식탁의 무질서는 아일랜드적이요, 얼굴들 위의 놀라움 역시, 그 여인 자신과 그녀의 웨이트리스의 이상하게 보는 눈들." 그는 노라가 1904년에 살았던 곳을 손수 보기 위해 자신을 이층에 올라가게 하도록 웨이트리스를 나중에 설득했다. 거기서 그는 노라가 그의 연애편지를 읽었고, 거기 그와 함께 떠나갈 것을 작심한 가련한 하녀의 방을 보면서 환상에 흠뻑 몰입했다.

노라는 달리 활동했다. 그녀는 언제나 그이 앞을 한 걸음 앞서는 듯했다.

그녀의 편지들에서 그녀는 자신의 애욕적 공격성을 위한 수치심을 포기했다. 새로운 한 바퀴 외설적 통신을 개시하면서, 만일 그가 그녀의 지시에 복종하기를 실패하면, 그녀가 그를 벌할 것을 위협했다.

조이스가 1909년 9월 13일부터 10월 18일까지 여행하는 사이 트리에스테에 있던 짧은 시간 동안, 그와 노라는 이전보다 심지어 한층 끈덕지게, 그와 더불어 그들 사이에 아무런 수치의 가면이 없을, 그들의 성적 관계를 지속했다. 그는 자신이 그들의 여름의 별거 동안 꿈꾸었던 어떤 실행을 노라로부터 강요하기 시작했다. 그는 그녀에게 그를 흥분시키기 위해 그가 말하는 소위 '불결한 증후들' 및 '창녀다운 몸짓'을 행할 것을 그녀에게 가르쳤다. 그의 요구는 거기서 멈추지 않았다. 그는 자신이 그녀 아래 누워 바라보는 동안 그녀로 하여금 방취防臭(방귀)하도록 권했다. 노라는 너무나 당혹스러웠기에 나중에 그를 볼 수조차 없었다. 그녀의 당혹스러움마저 그를 기쁘게 했다.

조이스는 H.G. 웰즈가 뒤에 부른 대로 배변 강박관념을 지녔다. 배변(cloaca)은 라틴어의 하수구를 의미한다. 그의 어머니의 손에 의한 훈련과, 그가 침대를 적시는 것을 두려워했고, 골목대장들이 소년들을 '오물 웅덩이'(분뇨 구덩이)인, 차가운 점액에로 밀어 넣을 수 있었던, 클론고즈 우드 학교의 경험 사이 어딘가에서, 조이스는 모든 것이 비상하게도 즐거운 배설과 관계함을 알아 왔다. 더욱이 프로이트적 견해를 따르면—무의식은 배변을 돈의 낭비와 또는 아기 탄생과 연결시킨다.—조이스는 자기 자신의 가정 내에서 상당한 영향을 받았다. 그의 아버지의 거친 낭비벽은 보유력保有力의 정반대였다. 조이스 자신은 자신의 아버지의 '낭비벽의 습관'을 자기 자신과 '내가 소유할 수 있는 어떤 창조성'과 연결시켰다. 그의 다산의 어머니로서는, 짙은 갈색의 물건이 규칙적으로 그녀의 몸으로부터 펑 터져 나왔는데, 그것은 그녀의 인상받기 쉬운 장남을 두렵게 했음에 틀림없다.

짐이 어떻게 그의 강박관념을 받았는지는 노라의 그것과는 아무런 관계가 없었다. 개성의 별남은, 여인의 의상 및 모피에 대한 속물 숭배와 연결된 채, 그녀가 택했던 그 남자의 현실의 부분이었다.

그녀는 조이스의 기행을 견뎠고, 그것을 그녀 자신의 보호와 만족을 위해 조종했다. 조이스의 별난 성적 취미는, 어떤 면들에서 그녀를 지배하고 그의 힘을 보상하는, 그에 대한 일종의 장악을 그녀에게 주었다.

그녀는 또한 창녀들로부터 그를 멀리하게 하기 위한 그들의 외설적 통신에 종사했다. 조이스는 그녀가 그를 만났을 때, 이미 성병을 가졌었다. 그녀는 두려워했거니와, 그가 그녀와 떨어져 있을 때 더블린의 창녀들과의 교제에로 되돌아가는 것은 아닌지. 그는 자신의 전염병을 새롭게 하고, 필경 그것을 그녀에게 전하리라.

그는 자기 딴에는 그녀의 성욕에 대해서 걱정했다. 만일 그녀가 자신이 돌아갈 때까지 좌절을 참을 수 없으면, 그녀는 아마도, 그는 두려웠으니, 또 다른 남자에로 향하리라.

양자는, 그런고로, 두 번째 별거가 첫 번째 것에 너무나 빨리 잇따랐을 때, 새로운 한 차례의 수음적 통신을 위해 대비했다. 더블린에 되돌아와, 그는 색욕적 동경을 한 통의 편지 속에 부어 넣기 전 약 10일 동안 조금도 아랑곳하지 않았다. 노라는 직접으로 매음녀들에 대한 그녀의 오랜 우려를 되살렸지만, 그는 그녀가 그들이 할 수 있는 모든 것을 공급할 수 있다고 그녀에게 확신시켰고, 자신은 그의 편지들이 동등하게 그녀를 위해 예방적이 되기를 희망했다.

그러한 심하게 긴장된 주간들에서 노라의 조이스에 대한 실질적 편지들은 결코 표면에 떠오르지 않았다. 그러나 조이스는 출판된 그의 서간문들에서 그녀 자신의 말들을 너무나 충실하게 메아리 했기 때문에, 노라 자신의 말들을 재건하는 것은 가능하다. 이러한 말들은, 1909년 11월 말에, 그녀가 그이에 의해 먹히기(fucked)를 동경한다는 솔직한 선언으로 시작되었다.

조이스는 그이 앞 테이블에 그녀의 편지를 놓고, 그 낱말에 눈을 고정했는데, 그것은, 그가 12월 2일의 편지에서 말했거니와, "행위 그것 자체처럼, 짧고, 잔인한, 불가항력의 그리고 마성적"이었다. 그는 격앙된 외설로서 대답했는지라, 자신은 나중에 말을 할 때 결코 외설적 어구들을 쓰지 않았으며, 불결한 장난을 몹시 싫어했다고 그녀에게 상기시켰다. 하지만 그는 그녀에게 말했나니, 그녀가 그를 동물로 변형시켰다고 했다.

그들의 통신은 그러자 비상한 국면으로 들어갔다. 마치 그가 너무나 불결한 것들을 상상함으로써 자신은 그녀가 스스로 어떻게 쓰는지를 볼 때까지 그들을 쓸 수 없다고 그가 말했을 때처럼, 그는 언제나 그녀가 선수를 치도록 청하는 듯했다. 그는 또한, 생생한 묘사로서, 자신은 그녀의 상기된 얼굴, 미친 듯한 눈, 그리고 호색적인 창의력에 대한 생각들로 압도되었음을 분명히 했다. 그는 그녀의 성적 실행들을 서술했는지라. : 그의 고환睾丸을 애무하거나 간질이면서 또는 그의 직장直腸에 저항한 채, 그녀가 자신의 손가락을 쓰는 방법이었다.

만일 노라가 그의 외설의 어떤 것에 의해 감정을 상했다면, 그녀는 자신의 성격이나 자신의 미에 대한 정교한 서정적 표현을 함유하는 다른 구절들에 의해 완화되었으리라 그녀는 그가 그녀를 부른 사랑스런 이름에 대해 감사했다. : "울타리에 핀 나의 아름답고 야생의 꽃이여, 나의 검푸른, 비에 젖은 꽃."

이제 아무것도 그를 멈추게 할 수 없었다. 자신의 조국이 여태 낳은 가장 위대한 작가가 되리라 믿었던 한 남자는 자신이 품위 있는 외설 문학을 쓸 기회를 가진 것으로 보았다. 조이스는 또한 그가 자신의 미래의 글쓰기에서 사용할 기법들을 시연하는 기회를 포착했다. 그는 진리를 말하리라. 그는 자기 자신을—그리고 노라를—프로이트가 정신분석의 새로운 기술에서 그의 환자들에게 요구하는 바를, 정확하게 요구했나니 : 모든 생각을, 아무리 수치스러울지라도,

주춤함이 없이 말로 표현하는 것이었다.

놀라움은 제임스 조이스가 그것을 할 수 있다는 것이 아니라, 단지 자비의 수녀원에서 교육 받은, 노라 바나클이, 자신 있게 그와 경합했다는 것이요, 그리하여 그이 자신의 판단으로, 때때로 그를 능가했다는 것이다.

그의 편지들에서 그는 그녀가 처음 행했던 모든 일들을 목록으로 기록했다─최초의 외설적 말의 사용, 어둠 속에서 친근하게 그를 감촉했던 일, 하지만 이러한 일련의 생각들은 그녀의 경험에 대한 그의 성가시게 괴롭히는 의심들을 재차 부활시켰다.

놀랍게도, 코스그래이브의 외상外傷이 있은 지 3개월 뒤에, 그것이 영원히 문제를 해결했던 것 마냥, 그는 가장했거니와, 그는 노라가 무언가 중요한 것에 대해 고백했음을 암시하는 말로, 그녀의 과거에 관해 재차 모든 것을 그녀에게 질문하기 시작했다. '그 남자'는 자신의 손을 노라의 육체 속으로 쑤셔 넣었던가? 안쪽 얼마나 멀리? 그녀가 왔던가? 다른 남자가 왔던가? 그녀가 도왔던가? 그이, 조이스는, 그 남자의 것이 그녀가 여태 만진 최초의 음경(페니스)임을 믿으려 했던가?

기소起訴하는 어떤 법적 대리인도 더 이상 세심할 수 없었다. 조이스의 새 질문들의 정확함과 지속성은 아마도, 9월에 그가 트리에스테에 돌아오자, 노라가 1904년에 코스그래이브의 손이 금지된 영토 속으로 배회하도록 허락한 것을 시인했음을 암시한다. 하지만 조이스는 여전히 자신이 모든 것을 일러 받아야 함을 주장하고 있었다. 그녀는 그에게 모든 것을 말하기 두려워해서는 안 된다.: 그녀에 대한 그의 욕망은, 비록 자신이 그녀가 골웨이의 젊은 남자들의 절반에 의해 향락당했음을 알지라도, 느슨해지지 않으리라.

그는 그녀를 언제나 사랑하리라, 조이스는 주장했거니와, 왜냐하면 그가 쓰고, 그녀에게 말한 일들을 그는 결코 또 다른 여인에게 말할 수 없었기 때문이다. 노라는 자신이 그것을 들었을 때 진실을 알았다. 결혼의 맹세보다 한층 단단하게, 그들의 외설적 교환은 그들을 피차 묶어 놓았다. 노라는 또한 그녀가 조이스에게 충실했으나, 그녀는 또한 실질적임을 알았다. 그녀는 그를 재양틀(텐터)(역주 : 직물 조정 장치)의 갈고리 위에 보존했다(조바심 나게 했다). 우리는 그녀가 말하는 것을 상상할 수 있을지니, "그 남자에게 모든 것을 말할 필요는 없어요."

노라는 그녀 자신의 이익에 대한 책략을 쓰기 시작했다. 그의 새로운 심문에 대답하는 대신에, 그녀는 그가 저항할 수 없는 묘사로 그를 성나게 했다. 그녀는 너무나 돈이 부족하다고, 그녀는 속옷 없이 돌아다니고 있다고, 말했다.

마치 그녀가 열쇠를 사용하듯, 그녀는 환상과 돈의 새로운 돌출을 풀어 놓았다. 조이스는 속옷을 사도록 그녀에게 지폐를 보냈으며, 그가 사랑하는, 긴 다리의, 주름 장식 달린, 하의를 서술했다. 속옷은, 그녀는 말했는데, 만일 그녀가 갈색 물감으로 변색하면 개선되리라. 그는 그녀의 얼굴 위에 정액을 끼얹거나, 그녀와 비역하는 것을 꿈꾸었다.

노라는 맹렬히 계속 밀고 나갔다. 그녀는 그가 자신의 편지를 읽을 때 두 번 수음을 하도록 말했다. 그가 돌아오면, 그녀는 말하기를, 그녀는 그를 수음하게 하리라, 그리고 그녀는 그로 하여금 자신의 음부를 핥도록 바랐다. 그녀는 자신이 '항문 간간'을 정말 좋아한다고 말했다. 그녀는 묻기를, 자신들이 그토록 오랫동안 '뒤쪽으로' 그 짓을 행한 것을 그가 기억할 수 있는지를?

조이스는 과연 기억했다. 그의 교접의 흐름은―그의 12월 8일의 편지는 그녀의 뒤쪽에서 터져 나오는 방취에 관해 말했나니―그것의 악취의 흥분 속에 거의 읽을 수 없을 지경이다.

편지들은 자기―자극에 대한 도움으로서 기획되었지만, 조이스는 시네마를 꾸미노라 지친 나날에 이어 아침 2, 3시까지 그것에 탐닉할 수 없었다. 그는 자신이 가족과 나누었던 폰티노니 거리 44번지의 작은 집의 자기 방 속에서 편지들을 썼고, 보기에 그들의 물리적 외관에는 아무런 에로틱한 것이 없다. 그들은 산뜻한 편지들이다. 첫째 것은 카드처럼 접힌 작고, 푸른 용지 위에, 나머지는 보다 큰 크림—빛의 종이 위에, 거의 한 자도 지워지지 않은 채, 작고, 조심스런 필체로 쓰여 있다. 편지들은 수음의 행위를 하는 동안 글을 쓴 흔적은 없다. 과연 선명한 가장 불결한 구절들은, 한층 세속적인 것과 비교하여, 조이스가 낮동안에 쓴 거친 원고들로부터 심지어 뺏겼으리라는 것을 암시한다. 그럼에도 불구하고, 그들의 내용은 안도의 절규로 구멍이 뚫려있다. 한 통의 편지에서 조이스는 자신의 바지를 바꿀 필요 때문에 그가 소등나팔 소리를 듣지 못했다고 고백했다.

노라 자신의 성적 취미는 항문적이었던 것 같지는 않으나, 그녀는 자신의 남자를 장악하기를 원했고, 돈을 우려내기를 바랐으며, 성적 게임을 사랑했다. 한때 그는 그녀의 편지가 예기치 않게 냉정한 것을 불평했다. 그는 또 다른 은행권을 보냈다. 그는 더없이 행복했으니, "그녀는 내가 그녀의 항문 성교하기를 바라고, 내가 구강성교하기를 원하며, 나의 단추를 풀고 나의 물건을 꺼내, 그것을 젖꼭지처럼 빨기를 바란다."라고 그녀가 그에게 말했을 때였다. 그는 그녀가 사용한 불결한 말들에 의해 현혹되었는지라, 그는 외설적 말들을 그녀의 입술이 '푹푹 내뿜는 것'(거의 빈둥거리다라는 말 만큼 노라를 위해 그가 좋아한 말)을 볼 수 있기를 바랐다. 그는 또한 호색 문학(포르노)에 대한 그녀 자신의 재능에 의해 압도되었는데, 거기에서 그녀는 '변소'에서 혼자 용변 보는 것을 서술했다.

변소—마루바닥 시설을 갖춘, 대륙 스타일의 수세식 화장실—는 아마도 노라가 가족 아파트에서 사생활을 발견할 수 있는 유일한 장소였다. 그는 또한 자신이 방금 듣기를 원했던 바를 어떻게 그녀가 말할 수 있는지를 감탄했다. : "글쎄, 당신이 속옷에 분糞을 칠하고, 여보, 내가 당신을 ×하도록 해봐요……."

노라는 이러한 글쓰기 게임에서 그를 능가할 수 있다고 자랑했고, 그는, 특히 그녀가 입에 혀를 넣는 용도를 서술했을 때, 그녀의 우위성을 인정했다(그리고, 그는 분명히 말했는 바, 그는 그녀가 구강성교를 의미하지 않았음을 알았다). 그는 또한, 자신이 5년 전에 그랬듯이, 편지를 그것 자체로 외설적 목적으로 사용할 것을 교시했다. 그녀는 그것을 몸 아래 깔고, 그 위에 가스를 내뿜거나, 아마도 더 심한 짓을 한 다음 그것을 그에게 보냈어야 했으리라. "나의 사랑하는 갈색 항문의 ×할 새에게."

8월에 있어서처럼, 에로틱한 통신의 초점은 그 발걸음을 더해감에 따라 바뀌었다. 1909년 12월 중순까지, 약 반 다스의 편지들을 쓴 다음에, 조이스는 유아적 및 피가학성의 이미지들에로 하강했다. 그는 매를 맞는 요구를 되살렸다. 만일 그의 인분人糞이 그녀를 기분 상하게 한다면, 그는 그녀에게, '당신이 이전에 그랬듯이 채찍으로' 그를 깨우쳐 주기를 요구했다. 그는 노라, 혹은, 부푼 가슴과 커다란 살진 허벅지를 가진, 그녀의 보다 강한 대리자가, 그의 바지를 찢고 마치 그가 장난꾸러기 아이인 듯 그를 때려줄 것을 욕망했다.

그는 그녀의 색욕의 재주에 경의를 표했지만 계속 스스로 가능성들을 암시했다. : 층계 위에서, 부엌 식탁 위에서, 수세식 화장실에서. 그녀의 모자와 스타킹만으로, 한 송이 꽃을 가지고 그녀의 가슴으로부터 막대처럼 받쳐주면서, 사내처럼, 군인과 함께 하는 간호사처럼…… 언제나 그녀는 지배적 파트너가 될 것이요, 그는 수동적 수치인이 되리라.

그는 자신의 가장 비천한 이미지들을 계속 결합했다— 배변하는 암퇘지마냥 그이 위로 꿀꿀거리는 노라—가장 서정적으로—"나의 사랑, 나의 인생, 나의 별, 나의 작은 이상한 눈을 한 아일랜드."

12월 20일의 그의 편지에서, 조이스는 그의 가장 현란한 항문 환상에 몸을

맡겼으니 : 그녀의 하얀 속옷을 찢어 여는 한 소녀와 그녀의 엉덩이로부터 불거지는 '불룩한 갈색의 물건'이었다. 그의 오르가슴을 기록한 같은 편지는 또한 통신의 전환점을 기록했다. 그때부터, 자신의 편지들 속에 그는 화로와 가정의 축복의 생각으로 표류하면서 표면으로 솟았다. 그는 부엌 벽을 장식하기 위해 포스터를 부치는 일, 새로운 커튼을 달고, 안락의자에 앉아 있는 것을 꿈꾸었다. 아일랜드적 및 이탈리아적 기호 음식의 유치한 조망들이 그의 머리 속에 춤추었다. 그는 폴렌타 죽, 장어 죽, 짓이긴 감자, 구운 불고기, 마카로니와 찜 구이 쇠고기 덩이, 대구 양념구이…… 당시 그의 명상 위로 돌출하는 유일한 따뜻하고, 갈색의 이미지는 그가 부엌을 위해 원했던 새 리놀륨 깔개와 같은 종류의 것이었다. 그의 동경은, 한 달의 공간 동안, 질(膣)에서 항문에로 자궁에로 그를 점령했다.

불결한 편지들은 끝났다. 조이스와 노라는 결코 그러한 식으로 재차 통신하지 않았다. 더블린에 그가 머무는 나머지 동안, 조이스는 자신의 편지들을 사랑을 담은 소년다운 시적 발로에 한정했다("나의 사랑하는 이슬에 젖은 서부의 꽃에게 백만 번의 키스를, 곱실 머리카락의 나의 사랑하는 노라에게 기백만의 키스를"). 그는 12월 20일의 '볼타' 극장의 개관과, 크리스마스의 계획들로 강박되었다. 바나클 부인은 그에게 칠면조를 보냈다. 크리스마스 군중들 사이 분망한 채, 그는 그럼에도 불구하고 노라에게, 어떤 악보와, 표지에 수놓인 조이스 가문의 문장 紋章와 함께, 그녀에게 약속한 『실내악』의 복사판을 보냈다. 그는 그들 둘이 정월에 트리에스테에 도착할 때 맛볼 수 있도록 약간의 특별한 이탈리아제의 크리스마스 캔디를 아이린이 마련하도록 그녀에게 요구했다.

질투의 불꽃은 전혀 꺼지지 않았다. 조이스는 어느 날 더블린에서 근심의 고약한 공격을 받았는데, 당시 그는 그의 자매들이 프레젠테이션 수녀원에서 노라를 알았던 그곳 골웨이 출신의 순경을 만났다. 그 낯선 자는 노라의 과거에 관해 무엇을 슬그머니 드러내려고 하지 않았던가? 다행히도 순경은 노라를 단지 '붉은 꼽실 머리카락과 자만한 보행을 가진 바나클 소녀'로서 기억했다.

노라로서도 역시 불결한 환락은 끝이 났다. 그녀는 자신이 시작했던 제자리로 되돌아왔다. : 돈도 없이, 다가오는 크리스마스와 함께. 다시 한 번 그녀는 자신이 달인이 되고 있는 다른 종류의 편지를 조이스에게 보냈다. : 그녀는 충분히 자신이 있었다. 그녀는 아이들을 데리고 골웨이로 가고 있었다. 이번에 그녀는 진심이었다.

다시 한 번 작전이 작동했다. 14크라운의 돈이 크리스마스 전야에 전송으로 도착했고, 한층 비참하고 현란한 산문이 뒤따랐다. : "나의 귀여운 어머니 나를 당신의 자궁의 어두운 성소 속으로 끌어주오." 노라는 대답으로 크리스마스 인사를 보냈으며, 그들과 함께 그녀는 설명의 한마디 말없이, 결혼 축하 카드를 동봉했다. 이제 그녀는 그의 비밀의 욕구를 만족시켰기 때문에, 카드는 암시했는지라, 아마 그는 그녀의 것에 정성을 쏟았으리라.

그 '불결한 편지들'은, 조이스 학자들에게 알려진 대로, 오늘날, 성적 혁명으로서 나중에, 여전히 불결하다. 배설물은 여전히 냄새를 품긴다. 땅은 여전히 오염과 감염을 암시한다. 대부분 편지들은 애욕적이지 않다. 이미지들은 너무나 상스럽고, 유치하며, 반복적이다. 『제임스 조이스의 서간문 선집』에서 그들을 읽는 독자는 『율리시스』의 몰리 블룸과 함께, 생각하기 쉬울지니, "오 맙소사, 나로 하여금 경멸로부터 벗어나게 하소서." 그러나 편지들은, 조이스 및 또한 노라뿐만 아니라, 그녀의 개성 및 나아가 『율리시스』에 대한 그녀가 바친 공현의 이해를 위해 중요하다. 당시 조이스는 몰리 블룸더러 다음을 말하게 했다.

> 나는 속옷을 끌어내리고 그의 얼굴 정면에다 불쑥 솟게 해줄 테야. 실물 그 자체를 말이야. 그러면 그이는 혓바닥을 그곳 7마일까지 뻗칠 수 있지. 나의 갈색 부분에 이르면 그이에게 말할 테야. 1파운드 아니면 30실링쯤 필요해요. 난 속옷이 사고 싶어요……

그는 노라의 편지를 안내로써 사용했다. 위의 구절은, 그 밖에 다른 것과 마찬가지로, 조이스가 노라에게 약속했다시피, 그가 '당신의 마음의 문간에서' 귀담아듣고 있었음을 보여주었다.

불결한 편지들은 답하지 않은 채 남아 있는 많은 의문들을 야기한다. 노라와 조이스는 항문 섹스를 산아 제한의 형태로서 간주했던가? 조이스가 자신들은 피차 육체적 비밀을 갖지 않았다고 요구했음에도 불구하고, 성에 관한 그들의 편지들의 모든 명확성에서, 임신의 가능성에 대한 언급은 없다. 그리고 노라는 트리에스테에서 편지들을 어디다 간수했던가? 조이스는 그녀에게 그들을 그녀 자신 보관하도록 경고했다. 하지만 우편이 스쿠사 경유로 도착했을 때, 에바와 스태니는 물었음에 틀림없으니, "짐한테서 온 편지, 노라? 뭘 그가 말해야 한담?"

보다 나중 그녀의 인생에서, 노라가 그녀의 남편의 외설에 대한 농간을 불평했을 때, 그녀가 『율리시스』의 페이지들보다 한층 강한 증거로부터 자신의 의견을 끌어냈음을 거의 아무도 인식하지 않았다.

가장 바람직하지 않은 방법에 의한 성적 좌절을 해결하기 위한 남편과 아내 간의 교신의 한 형태로서, 조이스 내외의 1909년의 통신은 유일한 것에서 거리가 멀었다. 19세기의 성에 관한 피터 개이의 작품들은 빅토리아 조의 점잔 빼는 행위야말로 단지 표면적임을 보여준다. 배설적 강박관념은 또한, 1904년 5

월에 미국에서 쓰인 한 편지의 다음과 같은 구절이 보여주듯 흔한 것이었다.

> 나는 오늘 기차로 여기까지 오면서 욕망으로 거의 황량했소. 나는 당신의 방광이
> 터질 듯 요尿(소변)로 충만하기를 바랐소, 그러면 당신은, 당신의 생명을 구하기 위
> 해, 당신이 전적으로 스스로를 비우고, 내가 당신의 요로 터질 듯 완전히 충만할 때
> 까지, 나의 입속에다 소변을 봄으로써만이 후련할 수 있을 것이오……

필자는 보스턴의 고드프리 로웰 캐보트라는 당사자로, 그는 웨스트버지
니아까지 사업 여행을 하는 동안 아침 4시 12분에 그의 아내 미니에게 편지를
쓰고 있었다.

노라에게 불결한 편지는 유출의 그리고 통제의 한 행사였다. 그녀는 짐에
게 자신이 서류상 그와 경쟁을 할 수 있음을 증명했고, 그녀는 자신이 그녀의
호기심 많은 남자를 확고히 자신의 지배하에 장악했음을 스스로 증명했다. 그
녀에게 전체 통신에서 가장 기억할 수 있는 글줄은 12월 13일 또는 경의 전적인
굴복의 선언이었을지니 : "나는 결코(결코에 4번의 밑줄 친 채) 다시는 당신을 떠
나지 않으리라."

7

조이스 가문의 집

3개월의 공간 속에, 노라, 그녀는 5년 동안 여인에게 한 마디 영어도 거의 말하지 않았거니와, 그녀 자신이 아일랜드로부터 온 두 소녀들과 함께 가정 안에 있음을 발견했다. 더블린에서 사람들은 조이스에게 시누이를 집으로 데리고 가는 것에 대해 경고했으나, 1909년 10월의 에바의 도착에 이어 1910년 1월의 아이린의 도착은 노라에게 바로 그녀가 원하는 것, 우정과 도움을 주었다. 조이스의 자매들은 가톨릭 아일랜드의 강한 일진풍이었다. 그들은 미사에 규칙적으로 갔으며, 의무를 가진 성스러운 나날을 기억했다. "나를 위해 기도하라!" 노라는 그녀가 짐과 함께 침대에 머무르는 동안 에바와 아이린이 교회를 향해 떠나자, 부르짖곤 했다. 짐은 그들의 관례에 대하여 마음이 편치 않았으며, 그가 그들을 칭한 대로, '가톨릭 광들'을 조지오 또는 루치아를 그들과 함께 데리고 가게 하고 싶지 않았다.

둘 중에 한층 종교적인, 18세의 에바는, 1909년 8월에 그들의 제일 나이 많은 자매에 의해 짐과 함께 트리에스테로 돌아올 자로서 선택되었는지라, 왜냐하면 포피는 에바가 훌륭한 영향을 입증하리라 희망했기 때문이다. 에바의 엄격한 양심, 그러나 그녀의 적응에 나쁘게 작용했다. 조이스와 노라는 트리에스테에서 발견된 풍부한 문화의 혼성을 즐겼는데, 그곳에는 유대인들, 세르비아 인들, 오스트리아 인들 및 이태리아 인들뿐만 아니라 희랍인들(그들은 조이스가 믿기로, 행운을 자신에게 가져왔다)이 있었다. 그러나 에바는 그러지 않았다. 그녀가 트리에스테에 도착한 순간부터 향수에 빠진 채, 에바는 노라와 짐이 결혼하지 않았음을 잊을 수 없었다. 더욱이 그녀는 자신의 오빠가 스스로 빠져나올 수 없는 잘못된 위치에 말려들었다고 믿었다. 노라의 세속성이 그녀에게 충격을 주었다. 1910년 8월에 그들은 중심가 근처의 보다 큰 아파트에로 이사했다. 어느 날 가구를 정돈하기 위해 작업한 뒤에, 그들 모두는 그 효과를 감탄하기 위해 의자들 속으로 파묻혔다. 갑자기 노라는 요강을 들어, 그것을 방안의 가장 높은 가구 위에 당당하게 놓았다. 에바는 움츠렸다. 조이스의 소녀들은 아무도, 그녀는 느꼈으니, 그런 천박한 일을 하지 않았다.

아이린은 한층 노라 타입이었다. 날카로운 혀와 흉내에 능한, 얇고, 모난, 잘생긴 용모 및 조이스 풍의 푸르고, 찌르는 듯한 눈을 가진 아이린은 그녀의 새 가정에 대해 불안이 없었다. 그녀는 자신의 목소리를 자랑했고, 오페라 가수로서 야심을 가졌다. 트리에스테는, 그녀에게, 그녀의 진짜 목적지인, 밀란을 향한, 바로 한 단계에 불과했다. 그녀는 조이스가 여행을 준비하는 것을 도왔으며, 볼타극장이 개관했을 때 그곳에서 일했고, 그가 그들의 여행을 위해 산, 따뜻한 코트와 장갑을 행복하게 받아들였다. 조이스는 선견지명은 없었으나 관대했는데, 그의 누이들이 더블린에서 살고 있던 모양새에 섬뜩했고, 그가 가능하다면, 그들 모두를 트리에스테로 데리고 오려 했다. 그는 노라에게 1년 남짓 안으로 그들을, 그녀의 자매들 중의 한 사람, 아마도 데리아를, 마찬가지로 데리고 오리라 약속했다.

노라는 비록 아무런 편지들이 남아 있지 않을지라도, 골웨이로부터 비슷한 압력을 받았으리라. 아일랜드의 생활은 그녀의 형제인 톰과 그녀의 다섯 자매들에게, 그것이 조이스 가문에게 그랬듯이, 살벌한 전망을 지녔는데, 그들 모두는, 그들 대부분이 영원히 이민을 가리라. 하지만 노라는 그들 중 아무도 조이스 가정 속으로, 방문객으로서 이외에는, 결코, 그리고 트리에스트로 결코 데리고 오지 않았다.

그들로서는, 조이스와 스태니슬로스는 트리에스에서 결국 조이스 공동체를 수립한 셈이었다. 뒤에 남은 자매들은 동경하듯 그것에 합세하기를 꿈꾸었다. 그곳은 여러모로 즐거운 곳이었다. 조지오와 루치아는 모든 이를 웃게 만들었다. 임대한 피아노 주위에는 많은 노래가 불리었다. 성 패트릭 날은, 크리스마스와 조이스의 생일만큼 거의, 축하받는, 위대한 순간이었다. 노라, 아이린 및 에바는 함께 요리를 했다. 노라는 다진 감자, 백포도주 및 약간의 계피로 가득 채운 치킨을 불에 구웠는데, 이는 그녀의 특기였다. 그녀는 또한 연례의 크리스마스 푸딩을 마련했으니, 그를 위해, 조이스를 포함하여, 그들 모두는 재료를 구하려고 트리에스테를 돌아다녔다. 부엌에서 그들 모두의 활동 바로 한복판에 조이스가 앉아 있었다. 그는 거기서 작업하기를 좋아했는데, 햇빛은 최고요, 그의 발을 테이블 위에 뻗쳐 세우고, 글을 읽거나, 혹은 그를 가로 질러 신문을 펴고, 글을 쓰곤 했다. 그들의 재잘거림은 그를 결코 괴롭히지 않았다.

그것은 진정한 가족생활이었거니와, 일상적으로 돈에 관한, 많은 논쟁이 거기 있음을 의미했다. 스태니슬로스는 바깥의 어색한 남자, 속죄양이었다. 뉴바 경유의 자기 자신의 방 속에 살면서, 그는 다른 사람들과 식사를 하고, 그의 자매들을 보조하기 위하여, 자기 몫 이상으로 식대를 지불했다. 이따금, 그러나 그가 저녁에 도착했을 때, 그는, 다른 이들은 이미 식사를 끝낸 채, 아이들을 데리고 밖을 나갔고, 자기 혼자 남아 식사를 했다. 그는 두 가족들을 부양하면서 거절당하고 이용당한 느낌이었다. 그는 심지어 때때로 노라의 의복 청구서에 돈을 기부하도록 요청받았다. 스태니슬로스는 노라, 짐 및 그의 자매들이 그의 등 뒤에서 자기를 놀려대고 있음을 알았지만, 그러나 그들이 돈이 모자랄 때마다, 그에게 달려왔다. 심지어 꼬마 조오지마저 스태니슬로스를 가족의 식권으로 생각했다. "우린 오늘 먹을 게 하나도 없어." 거리에서 그를 만나자, 아이는 어느 날 숙부를 나무랐다. "그걸 명심해요." 스태니슬로스에게 설상가상으로, 그들 모두는 그를 음모하는 식이었다. 아이린은 한 때 새 블라우스를 위해 그를 속여 자기에게 돈을 주도록 요구했고, 이어 미리 타협함으로써 짐에게 그것을 가계 지출부에 기록하도록 넘겨 주었다.

스태니슬로스는 자신의 비참함과 성적 좌절을 자신의 일기에 갈겨 놓았다. 그는 자신의 형은 천재요, 생활에 있어서 그이 자신의 역할은 천재를 기아와 음주로부터 보호하는 것임을 믿었다. 1천 마일 바깥에는 조세핀 숙모가, 그녀의 일상의 지각으로, 트리에스테의 긴장을 느꼈으며, 스태니슬로스가 자기 자신을 저급하게 생각하는 것에 관해 그를 꾸짖었다. "글쎄 아주 많은 다른 이들은 달리 생각하고 있어." 그녀는 설득보다 한층 애정으로 말했다.

말할 필요도 없이, 조이스의 상업 속으로의 유람은 노라를 외투, 의복 및 모피 속에 묶어두지 않았다. "'볼타' 영화관은 어떻게 돼가고 있어?" 그의 아버지는 물었다. "사기당한 게 아니냐, 글쎄?" 조이스는 그가 10%의 이익을 약속 받았기 때문에 과연 사기당했다고 느꼈다. 그러나 아무런 이익이 없는지라, 그 사업이 부득이 그해 여름 난처하게 매각되었을 때, 그의 후원자들은 그에게 아무것도 주지 않을 것을 정당하게 느꼈다.

돈의 익숙한 부족은, 재단사와 양복상과의 그들의 신용이 허락하는 한, 조이스 못지않게 노라를 마찬가지로 옷치장으로부터 제지시키지 않았다. 트리에스테에서 찍은 가족사진들은 더블린으로 도로 보내진 빈곤의 이야기를 거짓으로 전한다. 에바와 루치아의 스튜디오 초상화는, 예를 들면, 거대한 모자를 과시하는 세 살짜리 소녀와 그녀의 숙모를 보여주거니와, 모자의 층을 이룬 주름 장식은 값비싼 수공을 대변한다. 그것은 마치 조이스 가문이, 그들의 의상에 있어서, 조이스가 가르쳐야 했던 속물숭배자들과의 자신들의 동등함을 선언하기 위해 필요했을 듯하다.

트리에테의 상업사회의 오만함은 조이스를 괴롭혔다. 조이스는 백작들, 남작들, 상인들 및 전문적 인물들을 즐겼고, 최대한 이용했다. 하지만 비록 그가 자극적일지라도, 아무도 그를 천재로 생각하지 않았다. 그들의 눈으로, 그는 보다 하층 계급의 일원으로 남았다. 한 가지 증후는 그의 아내가 일을 해야 하는 것이었다. 또 다른 하나는 그의 아파트들의 검소함이었다. 더욱 더 하게도 조이스는 노라 없이 많은 곳에서 배회했다. 한 트리에스테 여인은 노라의 부재를 타당한 의류의 결핍으로 깎아내렸다. "당신은 올바른 옷을 입어야만 했어." 그녀는 말했다.

조이스는, 타일 깐 마루 및 초상들이 걸린 벽들을 가진 우아한 베네수엘라 풍의 별장과 같은 멋진 집들에 진작 들어갔으나, 단지 한 교사로서였다. 그것은 에토르 시미치의 가정으로, 그의 자랑스럽고, 아름다운 아내, 리비아의 가정이었다. 시미치 내외는 조이스를 결코 사교적으로 받아들이지 않았다. 리비아 시미치는 노라를 그녀의 다리미질에 고용했다(이 일을 노라는 자신의 집에서 행했고, 그것이 끝나면 되돌려 주었다). 시미치 가족은 노라보다 아이린을 한층 세련되게 생각했으며, 조이스를 재정적으로 돕기 위해, 아이린을 그의 딸의 가정교사로 고용했다. 그러나 사회적 거리감은 대단히 컸다. 조이스, 그는 시미치 부인을 아름다운 숙녀의 모델로 간주했는데, 자신이 고용인으로서 이외에 문지방을 결코 넘지 않았음을 결코 잊지 않았다. 더욱이 리비아 시미치는 노라를 거리에서 만났을 때 그녀를 냉대했다.

조이스 가문은 그들이 자신들의 도움을 고용할 수 없을 정도로 비천하지는 않았다. "우리는 삼촌을 위해 요리하려 트리에스테에 온 게 아니야." 에바와 아이린은 스태니슬러스에게 말했다. 1910년 가을에, 조이스는 이름이 매리

컨이란 젊은 시골 소녀를 하녀 및 유모로서 고용했으며, 보다 높은 급료를 제공함으로써, 그녀를 다른 직업으로부터 유인했다. 매리 컨은 조이스 가문을 위해 일하는 것을 즐겼다. 그녀는 규칙적으로 돈을 지불받았을 뿐만 아니라(조이스가 수전노가 아닌 또 다른 증후), 돈 많은 트리에스테 인으로부터 팁을 받았는데, 그 자는 레슨을 하러 왔으며, 거리에 면한 문에서 집 안으로 들어와야 했고, 위층으로 세 개의 층계를 거쳐 조이스의 아파트로 인도되었다.

매리는 노라를 좋아했는데, 그녀를 언제나 웃거나, 재미로 넘치는 자로 알았다. 그녀는 노라가 조이스의 우울증에서부터 그를 집적여 끌어내리려고 애쓰는 방법을 감탄했다. 그녀는 노라로부터 대낮 식사를 장만하는 방법을 배웠다. 비록 노라는 많은 이탈리아 음식들에 통달했지만, 그녀와 조이스는 아일랜드 음식을 더 좋아했고, 점심으로 그들은 베이컨, 캐비지 및 감자 같은 아주 전통적 혼합식을 먹었으며, 뜨거운 차로 목을 씻어내렸다. 노라는 그녀의 오후를 피아노 연습을 하면서 보냈는데 그것에 아주 열심히 일했다. 그녀는 또한, 짐이 자기에게 레슨을 하고 있었기 때문에, 그녀의 이탈리아어를 개선하려고 노력했다. 다림질을 하고 있는 동안, 노라는 가정에 대해 이야기하곤 했으며, 가로되, "오, 넌 아일랜드에서는 옷을 어떻게 말리는지를 봐야 해, 매리."

노라는 그녀의 손이 루치아로 가득했다. 아이는 다루기 어려웠고 자주 병을 앓았다. 그녀는 목에 부스럼으로 고통을 받았고, 노라를 기분 상하게 했다. "이에 관해서 아무한테도 말하지 마." 그녀는 매리에게 지시했다. 노라는 가정 약품들에 대해 익숙했지만, 루치아가 이하선염을 앓았을 때, 그녀는 빵과 밀크의 습포를 만들어, 아이의 목에 그것을 끈으로 매어주었다(후년에 루치아는 이 치료가 그녀의 턱에 작은 흉터를 야기했음을 확신했고, 그것에 관해 몹시 수줍어했다).

노라는 루치아를 사랑했다. 그러나 많은 아일랜드의 또는 이탈리아의 어머니들처럼 그녀는 자신의 아들을 더 좋아했다. 조이스는, 차례로, 그의 딸을 더 좋아했으며, 자장가를 불러 그녀를 흔들어 잠재우곤 했다. "옛날에 루치아라 불리는 한 아이가 있었대요……." 노라는 그녀가 조지오에게 그랬듯이, 모유로서 루치아를 키우지 않았는지라, 이를 조이스는 언제나 몹시 서운해 했다. 그녀는 결코 그녀의 아들에게처럼 그녀의 딸에게 가까이 느껴보지 않았으니, 부분적인 이유인즉, 루치아가 1907년에 태어났을 때, 노라는, 허약한 남편, 두 살난 아들과 함께, 돈도 없이, 조지오의 탄생에 잇따른 몇 주 동안 자신이 그렇지 않았듯, 다소 지쳐 있었기 때문이었다.

노라는, 그럼에도 불구하고, 매리더러 조지오를 돌보는 일을 많이 하도록 내버려 두었고, 그러자 꼬마가 성실을 다른 데로 돌리는 것을 알고 마음이 상했다. 1911년의 여름 동안, 매리는 시골의 그녀의 가족을 방문하기 위해 조지오와 아이린을 데리고 갔는데, 그러자 조지오가 집에 돌아오기를 거절하는 것을 알았다. 노라와 조이스는 둘이 몹시 당황했고, 그리하여 조이스는 적어도 여덟 편의 기차들을 헛되이 만나야 했다. 엄하게, 그는 매리에게 편지를 쓰고, 그녀에게 조지오를 바로 다음 날 도로 데리고 오도록, 그리고 조지오에게 그가 더 이상 집으로 오기를 원치 않기 때문에 아버지가 몹시 슬퍼한다고 말하도록 명령했다. 만일 조지오가 거역하면, 조이스는 매리에게 훈시했거니와, 그녀는 그를 복종하도록 경찰을 불러야 했을 것이다.

매리 컨과 함께 그녀가 갖는 쉬운 잡담의 부분으로서, 노라는 자신이 유산을 했음을 서술했고, 자신은 더 이상의 아이들을 가질 수 없다고 말했다. 자신이 또 다른 아이를 낳을 수 없는 것을 그녀가 의미했는지 또는 그녀가 더 많은 임신을 피하도록 충고를 받았는지 어떤지는, 그녀는 말하지 않았다. 그녀와 조이스는, 통신에서 섹스에 관한 문제에 대해 결코 언급하지 않았다. 그들의 아이들이 그들 사이에 생겨서는 안 된다는 그의 탄원은 그가 자신의 지갑에 대한 요구를 두려워했듯, 노라의 주의에 대한 새로운 요구를 두려워했음을 의미하지만, 그러나 그는 그 문제에 대하여 두 마음이었다. : 보다 나중 세월에, 특히 그가 술에 취했을 때, 그는 보다 큰 가족에 대한 욕망을 동경하듯 말하곤 했다(죽은 아이에 대한 끝없는 상실감은—리오폴드와 몰리 블룸 내외의 꼬마 루디처럼—『율리시스』를 통해 흐른다). 노라의 셋째 아이의 '잘린 존재'에 대한 조이스의 언급은, 그녀가, 자신의 트리에스테의 여자 친구들의 어떤 도움으로, 그것을 유산시켰으리라는 의심을 반영하는 것이 심지어 가능하다.

노라는 부인병의 어려움으로부터 고통을 받은 것으로 알려진다. 조지오와 루치아가 아주 어렸을 때, 그녀는 건강을 위해 좋은 기후로 알려진 마을인, 비시나다에 그녀와 함께 그들을 데리고 갔으나, 여행은 실패였다. 아이들이 병이 난데다가, 그녀가 짐에게 보낸 편지에서 불평한 대로, 살 물건은 아무것도 없었다.

사랑하는 짐
나는 여기 온 이래 조금도 즐길 수 없어요. 루시가 내내 앓는 데다가 그 애가 나아지면 조오지가 간밤에 병이 나, 밤새도록 토하고 오늘은 열이 있는지라 루시와 내가 여기 온 이래 한 밤도 자지 않았으니 이곳의 거친 관경을 볼 때마다 그 애는 울기 시작해요. 그 애는 지나에게도 가려하지 않으며 내가 그 애를 종일 데리고 다녀야 하니 음식은 아주 느끼하여 그것이 아마 조지를 배탈 나게 한 듯 당신은 호주머니 돈을 보낼 염려를 할 필요가 없어요. 월요일보다 더 오래 여기 머물 생각은 없어요, 고로 희망컨대 당신이 그걸 주선하구려. 나는 기선으로 되돌아 갈 생각인지라 당신의 눈이 한결 나아지기를 여기는 상점들도 없으니 현재로서 더 이상 살 수도 없어요. 스태니의 건강을 바라며.
곧 답장해요.

노라
아직도 계속

마지막 두 단어는 어떤 종류의 질膣의 방출에 대한 부부 암호처럼 보이는

데, 노라가 그것을 사용하는 신중함은, 그녀가, 그들의 북적이는 집안에서, 사적 편지들이 의도된 수취인보다 다른 사람에 의해 읽혀질 가능성에 대해 그녀의 남편보다 한층 기민했음을 보여준다. 노라와 조이스 그들 자신들은 말다툼을 많이 했다. 어느 날, 그녀에 대한 격분의 발작에서, 조이스는『영웅 스티븐』의 원고를 집어, 그것을 난로 속에 던져 넣고는 방을 뛰쳐나갔다. "이 책은 그를 유명하게 만들 거야." 노라는 매리에게 말했다. "그이가 그걸 파괴하지 않도록 감추어야 해." 조이스는 너무나 영리하기에 자신이 중요하다고 생각한 작품을 불속에 던질 수 없었다. 그는『영웅 스티븐』을『젊은 예술가의 초상』으로 바꾸는 일을 잘 진행하고 있었다. 그럼에도 불구하고, 그는 가정의 소방대에 감사했고, 거기에는 자신이 다시 쓸 수 없는 구절들이 있었다고 그의 누이 아이린에게 말했다.

노라는 출판자들에 의한 계속적인 거절이 짐을 얼마나 냉소적이요, 우울하게 만드는지를 볼 수 있었다. 그녀는 그 때문에 그를 지분거리려고 애를 썼지만, 그는 자신이『더블린 사람들』이 빛을 볼 때까지는『초상』을 끝낼 수 없음을 확신했다. 하지만 더블린의 출판자 조지 로버츠가 책을 출판하기로 계약한 2년 뒤까지 여전히 그에 대한 증후가 보이지 않았다. 더블린에서 조이스 가족은 매달 기대한 듯 책 선반들을 쳐다보며 실망했다.

트리에스테에서 조이스는 영국 문학과 아일랜드 정치의 해설자로서 좋은 평판을 얻고 있었다. 트리에스테의『피코라 델라 세라』지의 편집자요, 조이스의 초기 학생들 중의 하나인 로베르토 프레치오소는 그로 하여금 신문에 기사들을 기고하도록 요구했는데, 1912년에 조이스는 '아일랜드 문학의 자유주의와 사실주의'에 관한 두 대중 강연을 행하도록 초대받았다.

이들 가운데 하나에서, 조이스는 신용 있는 트리스테 인들에게 노라와 자신의 상관관계에 대한 이상과 현실을 일별하도록 했다. 그는 자신이 커다란 친근성을 느꼈던 윌리엄 블레이크에 관해 말했으며, 블레이크와 '전적으로 무식한 여인'인, 그의 아내 캐더린 간에 존재했던 강력한 매력을 서술했다. 조이스는 아이에게 이중의 의미를 가지고 이야기를 말하는 성인成人처럼, 세목들을 단순히 언술했다:

> 다른 많은 위대한 천재의 인간들처럼, 블레이크는 교양 있고, 세련된 여성들에 끌리지 않았다. 그가, 모호하고, 육감적 정신 상태의, 단순한 여인을 더 좋아했던지……(극장의 은어로부터의 평범한 말을 빌린다면), 혹은 그의 비한정적 이기주의에서든지, 그는 그의 애인의 영혼이, 그의 바로 눈 아래, 자유롭고, 매일 정화하는, 자기 자신의 느리고, 고통스런 창조물, 즉 구름 속에 숨은 악마(그가 말하듯)가 되기를 바랐다. 어느 것이 진실이든, 사실은 블레이크 부인이 아주 예쁘지도, 아주 지적이지도 않았다는 것이다. 사실상, 그녀는 무식했으며, 시인은 그녀가 읽거나 쓰도록 가르치려고 애를 썼다. 그는 너무나 잘 성공했는지라 몇 년 동안에 그의 아내는 그가 조각하는 일, 그림을 수정하는 일을 도왔으며, 그녀 자신 속에 선견의 능력을 배양하고 있었다.

그들이 인생을 함께하는 초년에, 그것이 블레이크를 이해하는 데 아주 중요한 것인 양, 조이스는 서술을 계속했다. "만일 우리가 젊은 부부를 별리시켰던 문화와 기질의 커다란 차이를 명심한다면 불화와 오해는 이해하기 쉽다."

노라는, 조이스가 당황하게도, 결코 캐더린 블레이크와 같은 인물이 되지 못했다. 그녀는 그의 작업으로부터, 천성적 오만에서 뿐만 아니라 자기—보존에서 스스로 유리되었다. 그녀는 자신이 그래야 했을 때 그를 도왔다. 그 밖에 도울 수 있는 사람이 없었을 때, 그녀는 대필을 했으며, 출판자들과 후원자들에게 편지를 썼고, 지루한 책들을 큰소리로 읽었으나, 그가 암시한 자기—개량의 어떤 프로그램에는 착수하려 하지 않았다. 그녀는 그와 더불어 음악에 대한 사랑과, 오페라에 대한 큰 지식의 보고를 나누었다. 노라는, 휴식을 위해 언어들을 배우려고 노력한 것을 별도로 하고, 그녀의 성적 정절 못지않게 그녀의 지적 능력을 증명할 필요를 느끼지 않았다.

노라는 성숙과 경험으로 한층 우아해졌다. 그녀는, 조이스처럼, 그들이 오페라에 갔을 때 야회복을 입거나, 그녀의 검붉은 머리카락을 리본으로 장식했다. 조이스는 다른 남자들이 그녀를 감탄하는 걸 주시하는 것을 아주 즐겼다. 1912년에 30살로 바뀌면서 그리고 한층 더 자신의 집필에 몰두하면서, 그는 또 다른 남자의 포옹 속의 노라를 상상하는 스릴에 몰입하기 시작했다. 그는 그녀가 그들의 구애를 초대하도록 격려할 때까지 나아갔다. 능변이요, 솔직한 노라는, 그가 알기에, 일어나는 바를 정확히 그에게 말하리라.

노라는, 전처럼, 조이스가 가장 두렵다고 스스로 말하는 바로 속임수를 향해 그가 밀어붙이는 것을 보고 깊이 당혹했지만, 성적 모험에 준비되어 있었다. 그녀는, 충분히 이해할 수 있게도, 그가 자기를 단지 싫증내고 있는 것은 아닌지 두려웠다. 그러나 40대가 접근하고 있는 것을 보는 많은 요부들처럼, 그녀는 자기 자신의 매력을 잃는 것에 대해 걱정했으며, 그녀는 재확약을 위한 기회들을 즐거이 포착했다.

그들의 말없는 음모는 이내 그것의 첫 희생자를 요구했다. 『피콜라』지의 잘생기고, 세속적인 편집자인 프레치오소는 노라를 아주 좋아했다. 프레치오소는, 귀족적 베네치아 가족의 구성원에서 오는 매력과 지나친 자신감을 가졌으며, 트리에스테의 중요하고, 용감한 지도적 인물로, 이전의 해군 장교였다. 조이스 내외는, 프레치오소가, 그의 외모처럼 감상적이요, 양성애적兩性愛的며, 『피콜라』지의 설립자의 아들인 올도 매이어와 낭만적 애착을 가진 것으로 소문났다. 그러나 그는 또한 귀부인들의 남자였고, 혈색 좋고, 아일랜드의 발랄함을 지닌 노라를 아드리아 해海의 모퉁이에 핀 한 송이 이국적 꽃임을 발견했다. 프레치오소, 그는 1905년 이래 조이스와 밀접했었거니와, 그는 로마에로의 이주 당시에 안내를 마련했으며, 노라를 보기 위해 비아 델라 바리에라 배치아 아파트에 들르기 시작했다. 조이스는 거실의 밀폐된 문들 뒤에서든 혹은 도시의 다른 지역에 있는 학생의 가정에서든 통상적으로 레슨을 하기에 바빴다.

노라가 조이스의 여인이란 사실은 확실히 프레치오소에게 그녀의 매력의 부분이었다. 조이스는 3인 성교(troilism)라 불리는 심리적 기행에 무식하지 않았는데, 그 속에 어떤 이에 대한 호모 섹스적 욕망은, 파트너를 나누거나 혹은 나누는 것을 꿈꾸는 속에 표현된다. 이러한 것의 강한 암시가 『율리시스』에 그리고 심지어 한층 공개적으로 조이스의 연극인 『망명자들』에서 발견될 수 있는데, 그는 연극을 위해 1913년 후반에 주석을 달기 시작했다.

프레치오소의 조이스와의 매력은 모든 아일랜드 적인 것들에까지 뻗었는데, 그것은 민족주의 문제 때문에, 그것으로부터 부분적으로 성장했다. 프레치오소에게, 노라는 '아일랜디나' 혹은 작은 아일랜드였으며, 1913년 중반에, 그는 자신이 멀리 떨어져 있었을 때 그의 '작은 아일랜드'라는 노트와 엽서를 썼다. 그때까지, 프레치오소는, 아내와 두 아이들뿐만 아니라, 자신의 신문의 편집 의무에도 불구하고, 노라를 주시하면서 아파트 주변을 서성거리거나, 저녁식사를 위해 계속 머물기 위해 끝없는 시간을 가진 듯하다. 그의 라틴 식의 도회풍과 함께, 그는 낯익은 가정적 장면을 보았다. : 연약하고 강박적 남편과 함께 하는 정열적 여인이었다. 어느 날 그는 자신의 운을 시험하려고 마음먹었다("태양은 당신을 위해 뜨고 있소"). 그는 아마 그녀에게 키스했으리라.

그들 사이에 무엇이 지나갔는지는 그들 자신 간의 비밀로 남았다. 노라는, 그러나 조이스에게 프레치오소가 그녀를 유혹하려고 애쓰고 있다고 말했다. 조이스는, 한 배우가 큐를 주듯, 그가 좋아하는 역할 속으로 뛰어들었으니, 배신당한 남자였다. 프레치오소를 어느 날 거리에서 만나자, 그는 분노의 장면을 연출했다. 그들의 피차의 친구요, 곁을 지나가던, 툴리오 실베스트리는 프레치오소가 울고 있는 걸 보고 깜짝 놀랐다. 노라에로의 방문은 끝났으며, 조이스와, 트리에스테에서 그의 가장 충실한 지지자들의 한 사람 간의 우정은 끝났다.

프레치오소의 관심은 노라를 깊이 감동시켰다. 그녀는 우쭐했었다. 또 다른 극히 지적인 남자가 그녀를 참을 수 없음을 발견했고, 그녀와 솟는 태양을 연결시키는 프레치오소의 지나친 라틴 풍의 찬사에 관해 그녀는 한 친구에게 말했다. 그러나 그 늙은 남자—살인자의 신경은 결코 감동되지 않았다. 3년 뒤에 그녀는, 그녀에 대한 사랑의 우정이 깨어진 것에 동요된 채, 거리에서 울로 있는, 프레치오소를 여전히 꿈꾸고 있었다.

아무리 조이스가 노라의 부정不貞에 대한 의혹에 탐닉할지라도, 그는 간음에 대한 자신의 꿈에 계속 빠져 있었다. 1911년과 1914년 사이 언젠가 그는 자신의 부유한 학생들 중의 하나요, 트리에스테의 유대 상인의 딸인 마리아 포퍼와 강박적으로 사랑에 빠졌는데, 그곳에는 러시아의 박해를 피하는 많은 유대인들이 있었다. 조이스는 유대의 여인들을 비상하게도 관능적으로 알았다. 포퍼 양을 눈으로 탐독하면서, 조이스는 그녀의 올리브 색 피부, 그녀의 섬세한 눈시울, 그녀의 길고, 검은 머리카락, 그녀의 타닥거리는 하이힐 및 그녀의 값비싸고 따뜻한 모피에 의해 꼼짝달싹 못했다.

심취는 아마도 조이스가 1912년 여름에 골웨이에로 노라를 뒤따르기 전에 심지어 시작되었을 것이라는 사실이야말로(엘먼은 그것을 늦은 1911년과 1914년 사이의 어딘가에 두거니와) 그것이 한 정주한 기혼남자의 탐내는 생각에 불과했음을, 노라의 생각이 1913년 프레짜오소애게로 배회하고 있는 동안, 조이스의 생각 역시 다른 곳에 있었음을 암시한다. 그러나 조이스는 모든 것을 비상한 강도를 가지고 느꼈으며, 그의 모든 느낌을 자신의 예술의 소재로서 사용했다.

고통받는 '정사지망情事志望' 의 요소들은, 한 산문 애정시라 할,『지아코모 조이스』속으로 길을 모색했다. 이 단편 시는, 조이스의 사망 뒤까지도 출판되지 않았고, 그의 작품들 가운데서 트리에스테에 적을 둔 유일한 것으로, 금지된 미를 위한 그의 욕망과 그의 에로틱한 상상을 터뜨리는 위험의 공포 사이에 상심하는 20대 초반의 조이스를 보여준다. 시 속의 어떤 요소들은 부분—유대계의 애니 쉬래이머에 대한 그의 보다 초기의 끌림을 메아리 하거니와, 그녀는, 아마리아 포퍼와는 달리, 텍스트에서 생생하게 상상되듯 충수돌기蟲垂突起 수술을 받았었다.

> 외과의의 칼이 그녀의 내장을 정사하고 도로 뺐다. 그녀의 배 위에 통로의 톱니모양 얼얼한 상처를 남겼다.

『지아코모 조이스』는 초현실적 악몽으로 끝나며, 그로부터 화자는 두 절망적 부르짖음을 끌어낸다. 하나는 무기력의 고백이다. : "그걸 쓸지니, 경칠 그대! 그걸 쓸지니, 그대는 그 밖에 무엇에 쓰이겠는고?" 다른 것은 하나의 절망적 부르짖음, 그녀의 아내에게 그를 도우도록 하는 기도이다. : "별 모양의 뱀이 내게 키스했다. 한 마리 차가운 밤 뱀. 나는 잃었다!—노라!—"

조이스의 좌절은 그것이 성적인 것처럼 사교적이었다. 포퍼 아가씨는 조이스의 부유하고, 한가한 학생들 가운데 특별했는데, 이들 매력적인 소녀들이, 그들의 양친들만큼, 자신을 일개 하인으로 대우하는 식이 그의 마음을 괴롭혔다. 때때로 그들은 그의 신분을 스스로 상기시킴에 예민하지 못했다. 한번은, 조이스가 그녀의 집에서 그의 여자 학생들 중의 하나를 가리치고 있었을 때, 그가 자신의 책들을 꾸려, 떠날 준비를 하자, 그녀는 그의 머리위의 시계를 가리켰으니, 그녀가 돈을 지불했던 시간은 아직 5분이 더 남았던 것이다.

1911년 7월에 에바는 낙오했다. 그녀는 트리에테에서는 어디고 얻을 것이 없다고 스스로 말하면서 더블린으로 되돌아갔다. 트리에스테의 보다 자유로운 성적 분위기가 그녀를 한층 압도한 듯했으니, 왜냐하면 그녀가 더블린으로 안전하게 돌아갔을 때, 그녀는 트리에스테의 멋있고 잘생긴 남자들에 관해 그녀의 자매들에게 떠들어 댔다.

스태니슬로스는 한 더블린 기술 대학에서의 그녀의 월사금을 지불할 것을 동의했는데, 그곳에서 그녀는 하루의 일이 끝난 뒤, 저녁에 타이핑과 부기簿記 공부를 할 수 있었다. 노라, 짐 및 아이들로부터의 그녀 자신을 비틀어 떼는 것은 고통스러웠다. 그녀는 루치아에게 작별인사를 하기가 싫었다. "나는 그녀에게 한 만큼 결코 어떤 다른 아이에게도 연모하지 않았어"라고 그녀는 스태니더러 노라에게 말하도록 썼다.

더블린으로부터의 편지들은 곧 노라에게 '가정'을 꿈꾸는 우행愚行에 대해 상기시켰다. 에바가 되돌아 간 첫 날밤에 그녀는 심지어 잘 장소마저 갖지 못했다. 그녀의 언니들이 그녀에게 일시적 침소를 찾아 주었으나, 그녀의 아버지(존 조이스)가 세를 지불하지 않았기 때문에 주말에 그들로부터 쫓겨났다. 아버지는 먹어야 할 또 다른 입이 재차 나타남에 분노했다. 그녀의 자매들 역시 그녀의 돌아옴에 어리둥절했다. 그들이 중요한 뭔가가 필요할 때마다 그들이 얼굴을 돌린 것은 트리에스에로였고, 대답하는 이는 보통 스태니슬로스였다. 그는 심지어 가장 어린 자매인, '애기'에게 새 옷을 사도록 돈을 보냈다.

그러나 '애기'는 그것을 오래 입지 않았다. 에바가 돌아온 얼마 뒤에, '애기'는 장 지프수의 병을 앓고 1주일 이내 죽었다. 매이 조이스가 트리에스테에 보낸, '애기'의 마지막 시간들을 서술하는, 슬픈 사연은, 제임스 조이스가 가족 가운데 유일한 작가가 아님을 보여준다.[3] 매이는 그들의 아버지를 나무랐다, "파

3_시작부터 그녀는 앓는 동안 아주 조용했어. 그리고 그녀가 자신이 그토록 몸아 나쁜지 어떤지를 아는 것은 극히 어려운 일이었어……. 그녀의 목은 아렸고, 그녀가 말을 하고 있는지를 이해하는 것은 불가능했어. 그리고 이야기하려고 자신을 자극하는 듯했어. 다음 일요일(그녀가 죽기 전 일요일), 우리가 병동으로 들어갔을 때 그녀는 잠들고 있었어……. 파피(아빠)는 그녀를 내려다보며 서 있었는데, 그러자 갑자기 그녀는 놀라 잠을 깨고, 잠시 우리를 빤히 쳐다보았어. 잠시 후…… 그녀는 말하기 시작했으나 우리가 이해 할 수 있는 모든 것이란

파는 아주 쓸모없는 사람이요, 우리는 그이 없이 지내는 것이 빠를수록 더 좋아. 그는 술 마시고, 싸우고, 신음하는 것 이외 아무것도 안 해." 매이는, 만일 그가 돈을 탕진하지 않으면 그들은 적당히 먹을 충분한 돈이 있으리라, 말했다. 그리고 그녀는 스태니슬로스에게 더 많이 보내도록 요구했다.

더블린으로부터의 비극적 이야기는 조이스와 스태니슬로스 간의 간격을 넓히는 데 이바지할 뿐이었다. 스태니슬로스는, 자신의 아버지를 정열적으로 미워하면서, 매이와 동의했고, 그의 임금의 일부를 고향으로 도로 보내는 것이 그 어느 때보다 그를 한층 짓눌리게 했다. 조이스는, 동등하게 소녀들의 고통을 동정했으며, 그의 돈을 노라, 조지오, 및 루치아를 위해 보존하는 중요성을 그 어느 때보다 알았다. 게다가, 그들 가운데 그이만이 자신의 아버지를 사랑했고, 그의 과장술을 감탄했으며, 자신이 노인의 재치에 관해 기억할 수 있는 모든 편린들을 귀중히 비축했다.

1911년 9월에 노라의 생활은 조지오가 학교를 시작하자 한층 자유로웠다. 그녀와 짐은 그들의 잘생긴 아이를 아주 자랑했고, 그는 어린 나이에 멋진 노래 목소리를 들어냈다. 그러나 부모의 자랑은 파리니를 거처서 그의 학교에서 받은 조지오의 첫 성적표 때문에 상처를 입었는지라, 모든 과목에서 불만족스러웠다(그의 나쁜 행실 때문이 아니었으니—그는 몸가짐에 있어서 최고점을 받았다). 조지오는 몇몇 신체 장애로 고통을 겪었다. 이민의 가정 출신으로, 조지오는 어탈

'매이, 나는 죽어, 나는 죽고 있어, 그건 확실한 사실이야⋯⋯.' 스티비, 넌 동물이 고통을 겪고 있는 걸 여태 본 적이 있어, 그들이 눈에 겪고 있는 시선을 알아? 글쎄 그것은 우리가 우리의 불쌍한 자매에게 작별을 한 뒤 그녀가 병동 밖으로 우리를 따를 나올 때의 바로 그 시선이었다. 나는 그녀를 결코 잊지 않을 거야, 내가 언제나 그녀를 생각하다니 거기 침상에 언제나 누워 있는 것이었⋯⋯."

리아어의 지배권에서 그의 급우들과 경쟁할 수 없었다. 그는 또한, 그의 아버지처럼, 아주 어린 나이에 극히 근시안이었다. 7살에 조지오는, 그의 망령든 숙모들이 극히 당황하게도, 안경을 언제나 쓰기 시작했는데, 숙모들은 안경이 그의 용모를 버린다고 느꼈다(조이스 자신은, 홍채염으로 점진적 고통을 겪었는데, 이제 너무나 두꺼운 렌즈를 쓰고 있었기에, 1912년 더블린에서 그를 만난 아일랜드의 작가, 제임스 스티븐즈에 따르면, 그의 푸른 눈은 거의 암소의 눈처럼 커 보였다). 그러나 눈과 목소리와 함께, 아버지와 아들의 닮음은 끝난 듯했다. 조지오의 진짜 어려움은, 그의 망령든 어머니처럼, 생활이 주는 것으로 그가 만족하는 것이었다. 조이스는 결코 노라를 공개적으로 나무라지 않았다. 한 친구에게, 그러나 그는 말(馬)들과 함께 노는 조지오의 야심을 조롱했다. 얼마나 이상한가, 그는 말하곤 했는데, "지적인 아버지에다, 마구간 소년 아들 말이야."

1912년의 봄까지는, 스태니슬로스와 좀처럼 말하는 사이가 아닌, 조이스는 노라와 아이들을 트리에스테로부터 끌고 나와, 이탈리아에로 이사하도록 마음먹었다. 그의 인내는, 개인 학생 지도의 긴 시간들과 불확실한 수입 때문에 그리고 끝없는 가족의 소동 때문에 지쳐 있었다. 이탈리아의 공립학교에서 가르치는 일은, 그가 마음먹기를, 그에게 안정을 주고, 자신의 집필을 계속할 시간을 허락하리라. 그러나 이러한 자리는 단지 파두아 대학에서의 경쟁시험을 통해서만이 얻을 수 있는 증명서를 요구했다. 이 시험을 치르기 위해 조이스는 약 1주일 동안 노라와 떨어져 있어야 했다. 더블린에서 그의 1909년의 경험으로 미루어, 조이스는 이 일이 자신의 신경 기질에 부과하는 긴장임을 알고 있었다. 그는 두 필기시험들 사이에, 꼭 한 밤을 파두아에 머물음으로써 그것을 선수 쳤고, 이어 두 개의 더 많은 시험을 위해 파두아에 도로 소환될 때까지 트리에스테로 되돌아갔다.

그의 파두아 시험들에서, 그의 언어의 가르침에 있어서뿐만 아니라 그의 다양한 호기심을 끈 사업 모험에 있어서, 그가 자기 자신을 어떤 어미에서 빈민으로서 생각하지 않았음은, 속물에 대한 조이스의결여를 뜻하는 증표이다. 그는 손 안의 일이 무엇이든 간에 스스로를 그것 속으로 전심 투구했다. 파두아에서 그는 두 편의 탁월한 논문들(그들은 뒤에 여러 해 동안 구조되어 출판되었거니와), 하나는 문학의 르네상스에 관한 것이요, 다른 하나는 작가 디킨스에 관한 것이었다. 자신 있게, 그는 트리에스테에 안주한 채, 그의 높은 점수를 기다렸다. 노라는 기다릴 수 없었다. 그녀는 재차 그녀의 어머니를 만나는 걸 동경하고 있었다. 그녀의 숙부인 마이클 힐리는 그녀에게 차비를 보냈다. 일단 학교의 학년도가 끝나자(조지오는 산수와 노래에 '특점' 을 땄거니와), 그녀는 루치아를 데리고, 골웨이를 향해 출발했다.

노라가 1911년 7월 8일 웨스트랜드 로우 정거장의 임항臨港 열차에서 내렸을 때, 그녀는 망명자의 꿈의 화신이었는지라, 승리의 금의환향이었다. 그녀는 예항曳航에서 이탈리아어를 말하는 매력적인 아이를 대동했고, 그녀의 대륙적 괴벽 성을 내뿜었다. 조이스 가문의 행렬이 그녀를 만나기 위해 줄서있었다. 그들 가운데는 조이스의 아우 찰리가 끼어 있었는데, 그는 단지 두 달 전에 다른 종류의 망명자의 귀환을 했었다.─그는 해외에서 실패하여 집에 머물기 위해 왔다. 찰스 조이스는, 많은 다른 이들처럼, 의회가 아스키이스 자치법안을 통과시켰을 때 아일랜드에 많은 새로운 일거리들이 있으리라 희망했다.[4]

존 조이스는 환영의 무리들을 인솔했다. 그것은 노라와의 그의 첫 만남이었다. 1909년에 아들과 화해하게 되고, 그의 손자를 만난이래, 노인은 노라에게 편지를 썼고, 그녀에게 그리고 '조지 포지'에게 사랑을 보냈다. 그녀는 그에게 크리스마스에 선물을 보냈다. 그의 익살스런 유머 감각과 함께, 존 조이스는

---

[4]_자치법안은 얼스터 통일당원의 저항에 의해 멈추었고, 1914년의 전쟁 발발로 연기되었다.

축하를 위한 올바른 접촉이 핀즈 호텔의 만찬일거라 작심했다. 하루 이틀 뒤에, 그와 어떤 다른 이들은 노라와 루치아를 더블린 만(灣)의 북안에 있는 아름다운 곳(岬)인, 호우드 언덕으로 몰아갔다. 거기서 그들은 차와 샌드위치를 즐기면서 그리고 루치아의 노래를 들으면서, 즐거운 오후를 보냈다. 이어, 여행자가 그러하듯, 그들은 모두 우편엽서에 서명하고, 그것을 짐에게 보냈다.

다음으로 노라는 더블린에서 그녀의 주된 일에 착수했는데, 조이스의 출판자인, 마운셀 회사의 조지 로버츠를 방문하는 일이었다. 그녀는 짐에게 『더블린 사람들』을 지연시키는 것이 무엇인지 알아보겠다고 약속했다. 그러나 그의 아버지와 아우는 그토록 주요한 심부름을 그녀에게 맡기기를 원치 안았는지라, 고로 그들도 마찬가지로 동행했다. 노라는 골웨이에 도착하자마자, 조이스에게 생생한 그러나 실망적인 보고를 보냈다.

> 여기는 참 낯선 듯 느껴져요. 그러나 머지않아 당신에게 다시 되돌아갈지니 글쎄 짐 당신의 출판자에 관해 뭔가 알고 싶을 테죠. 글쎄 화요일 당신의 아버지와 찰리, 나 자신이 안으로 들어가 저 매력적인 신사를 붙들고 이런 식으로 당신을 대우하다니 무엇 때문인지 내가 물었지요. 하지만 당신의 아버지가 말하기 시작하자 로버츠는 나에게는 더 이상 주의를 기울이지 않고 당신의 아버지에게 단지 말했는데 그는 자신이 아주 바쁘니 실례하고 다시 방문토록 말했는 바 고로 찰리와 나 자신이 다음 날 두 번 방문했으나 말하기 안됐지만, 그는 우리를 회피하기에 그러나 찰리는 그가 할 수 있는 한 해보겠다고 그를 매일 살펴보겠다고 말해요. 그럼 그는 당신에게 편지할 테죠. 돌아갈 때까지 어떤 정확한 답을 얻을 일을 할 수 있을지 다시 내가 방문하리다. 찰리가 뭔가 할 수 있기를 희망해요……. 안녕, 사랑 몸조심
> 노라
>
> 조지(오)에게 사랑을

노라는 조이스가 여행으로 그와 함께 올 수 있기를 바랐으나, 그것은 전혀 불가능했다. 마이클 숙부는 어떠한 자금도 갖고 있지 않았다. 그는 써버렸으니, 노라는 조이스에게 썼다. "한 버킷 가득한 돈을 그의 코로부터 뼈를 뽑아내는

일에 쓰다니." 그리고 그녀는 트리에스테에는 쓸 돈이 없음을 알았다. 트리에스테에서 그들의 우편 저금통장은, 한때 1백 오스트리아 크라운의 고도까지 달했고, 1912년 중순까지 1크라운으로 떨어졌다.

만일 조이스가 그녀의 편지를 받았더라면, 그는 어떻게 노라가, 무차별로, 우선 조지 로버츠에 대해, 이어 그의 아우에 대해 늘 언급했는지를 주목했으리라. 그것은 그녀의 습관으로, 그가 나중에 『율리시스』에서 몰리 블룸의 독백에 큰 효과로서 고용했으리라. 그러나 조이스는 편지가 도착했을 때 트리에스테에 있지 않았다. 그는 이미 아일랜드를 향해 떠났다.

노라의 출발 뒤 첫날 가량은, 조이스는 기분이 좋았다. 그와 조지오가 가정에 여인들 없는 그들의 독신의 존재를 얼마나 즐기고 있었는지를 그는 시미치에게 자랑했다. 하지만 거의 즉각적으로, 조이스는 베네지아니 별장으로 되돌아갔으며, 노라를 따라 아일랜드에 가기 위해 시미치에게 돈을 청했다. 시미치(그는 뒤에, 크게 조이스의 격려를 통해서, 이타로 스베보로서 알려진 유명한 이탈리아의 소설가가 되었거니와)는 그를 가엽게 여겨, 한 뭉치의 레슨을 위해 미리 돈을 지불했다.

노라 없이 조이스는 정신이 혼란해졌다. 그는 문자 그대로 그녀 없이 잠잘 수 없었다. 골웨이로부터의 그녀의 첫 긴 편지와 서로 엇갈렸던 한 격노한 우편엽서에서, 그는 그녀가 자신에게 편지를 쓰지 않은 데 대해 1909년의 그것처럼 거의 사나운 고압적 꾸짖음을 그녀에게 보냈다.

한마디 소식도 없이 나를 떠난 지 닷새 당신은 엽서 위에 많은 다른 것들과 함께 당신의 서명을 갈기다니. 내가 당신을 만났고, 우리들 둘의 그토록 많은 기억을 지닌, 더블린의 여러 곳들에 대해 한 마디 말도 없이! 당신이 떠난 이래 나는 무딘 분노의 상태에 있다오. 나는 만사를 잘못으로 그리고 부당하게 생각하오.
나는 잠잘 수도 생각할 수도 없소. 나는 아직도 옆구리에 통증을 느끼오, 간밤에 나는 눕기가 두려웠소. 나는 잠자다 죽지나 않을까 생각했소. 나는 혼자가 될까 겁이 나서 조지오를 세 번이나 깨웠다오.

당신이 나를 닷새 동안 잊고 우리들의 사랑의 아름다운 나날을 잊은 듯 말하다니 소름끼치는 일이오.

나는 여기 머물기가 두려워 오늘밤 트리에스테를 떠나오. ㅡ나 자신을 두려워하며, 나는 월요일 더블린에 도착할 것이오. 만일 당신이 나를 잊었어도 나는 아니오. 나는 내가 기억하는 여인의 이미지를 만나, 걷기 위해 '홀로' 갈 것이오.

당신은 나에게 더블린에 있는 나의 누이의 주소로 전보할 수 있소.

무엇으로 더블린과 골웨이를 우리들의 기억들과 비교하겠소? 짐.

조이스의 부재에도 불구하고 노라의 편지가 남아 있음은, 스태니슬로스가 더블린으로부터의 모든 편지들을 구제했듯이, 그가 조이스의 통신을 얼마나 꼼꼼히 모아두었는가의 척도이다. 1912년 여름 동안, 그러나 스태니슬로스는 그의 형의 편에 다른 근심들이 있음을 알았다. 조이스는 자신과 노라가 공급받은 4통의 퇴거 통지서를 뒤에 남겨둔 채 급히 떠났다. 그들은 자신들의 셋집이 위험에 처해 있음을 알았으며, 서른 채의 새 주택들을 심지어 보아 왔었다. 조이스는, 그러나 잇따른 다정스런 행위로, 집주인을 믿었기에, 이사에 관해 아무것도 하지 않았으며, 그가 그들을 내보내는 데 심각하지 않을 것임을 지적했었다. 조이스는 잘못이었다.

노라는, 골웨이에서, 마음을 덜 쓸 수 없었다. 그녀는 도시의 화제였다. 당시 그녀는 아이린에게 의기양양 편지를 썼다.

너는 글쎄, 우리들의 모든 작은 말다툼 뒤로 이제 짐에게 뭐라 말해야 할지 그는 한 달 동안 나 없이 살 수 없다니 나의 기쁨을 상상할 수 있어. 짐과 아이가 장도에 오른 지 1주일 뒤에 나는 런던으로부터 전보를 받았는데 그는 기적들을 행할 수 있는 듯 내게 느껴졌어. 그는 한밤중에 깊은 바다 위의 보트로부터 내게 전보를 보내다니. 그러나 요약건대 그는 조지오와 함께 화요일 밤에 골웨이에 도착했는지라 모든 사람들이 나를 뒤따라 도망친 그에 관해 말하고 있었어…….

조이스에 대한 노라의 견해는, 많은 면에서, 정확하게 그이 자신의 것이었다. 그는 가련하고 아이 같은 단순한짐이었지만, 동시에 기적의 창조자로, 장거리와 돈 같은 장애물들을 뛰어넘을 수 있었다. 그이와 두 이이들을 그녀와 골웨이에서 함께 함은 예기치 않은 기쁨이었으니— 아일랜드의 8월에 관한 그녀의 그림에서 그녀가 아일린에게 서술했듯이, 그들은 마침내 아일랜드에 있는 아일랜드 가족이었다.

> 사랑하는 아이린, 나는 단지 개략을 말하고 있어. 우리가 만나면 모든 걸 네게 말할 테니 우리가 어떻게 하루를 보내는지 네가 알고 싶으리라 나는 상상해. 날씨가 나쁘지 않으면 한층 즐거울 텐데 매 이틀마다 비가 오니 비가 오지 않으면 우리는 보통 아침나절 해변으로 가요. 공기는 여기 아주 근사하고 음식도. 짐 조지오 및 나 자신은 숙부 댁에서 잠자요. 루치아는 어머니와 같이 자고 그녀가 매일 밤 10경 얼마나 다정한지 넌 보면 놀랄 거야 우리가 어머니 댁을 떠날 때 루치아에게 잘자요하고 말하지. 그리고 그녀는 노래하며 침대로 가요. 그녀는 근사하고 장미를 닮았어. 두 아이들은 이곳을 사랑하고 종일 밖에 나가지요. 모두들 먹기 위해 주춤대지 않는데 짐은 또한 몸이 많이 나아가고 있어. 나 자신은 사람들이 내게 말하지, 오 당신은 그토록 살이 찌니 구경거리야. 글쎄 내 생각에도 약간 살이 찐 것 같아. 사실대로 말하면 난 별로 외출하지 않아. 엄마와 거의 하루 종일 집안에 머물지요…….

애니 바나클은 그녀의 딸이 기혼 여인임을 믿었다. 노라는 손수 결혼반지를 샀으며, 조이스는 몸소 그것을 적당한 손가락에 끼었다(장님 됨을 피하기 위해, 라고 그는 말했다). 애니 바나클은 오빠를 다시 보는 게 기뻤다. 그의 이전 방문 때 그녀는 그를 위해 '오그림의 처녀'를 노래했었는데, 그가 자신의 딸에 관해 이야기했을 때 얼굴을 붉히는 모양에 감동을 받았다. 조이스는, 자기로서는, 마이클 힐리에 의해 인상을 받았다. 노라의 숙부는, 조이스가, 나이 30에, 이용할 수 있었던 아버지요, 곧추 선, 유능하고, 존경 받는 자로, 곤궁한 젊은 부부를 돕기 위해 언제나 호주머니에 손을 뻗을 채비를 갖추고 있었다. 두 남자들은 존경스런 우정을 이루었는데, 이는 1936년에 힐리의 죽음까지 지속되었다.

여행은 조이스가 노라에게 약속했던 허니문이었다. 그들은 7월 말의 닷새 동안 골웨이 경마 경기에 갔는데, 이는 도시의 사교 계절의 절정을 기록했다. 조이스는 혼자서 오토라드까지 14마일을 자전거를 타고, '죽은 사람들'의 묘지를 방문했다(그는 또한 노라의 기억에 너무나 크게 떠오르는 실질적인 묘지가 골웨이 시로부터 단지 2마일 떨어진, 라훈에 있는 것을 발견했으리라).

노라는 아란 섬을 방문하기 위해 바다까지 13마일 보트 여행에 조이스를 동행했는데, 그곳에서 조이스는 J.M. 싱이 쓴 아일랜드 농부들을 처음으로 보았다(그는 '싱'의 연극『말을 타고, 바다로』를 감탄하게 되었는데, 그것을 '싱'은 1903년 파리에서 그에게 처음 보여 주었으며, 그는, 단지 가사의 음을 위해, 영어를 말할 수 없는, 프란치니에게 그걸 크게 읽어주곤 했다). 그들 두 사람이 이니시모 섬을 산보하고 있었을 때, 한 노파가 그들을 그녀의 시골집 안으로 초대했다. 그녀는 그들에게 짠 소금 버터 바른 빵과 여러 잔의 뜨거운 차를 대접했다. 난로 가에는 한 젊은 남자가 있었다. 노라는 그가 몇 살인지 물었다.

대답은 '싱'과는 아주 무관했다. : 그는 알지 못했지만 그가 곧 나이 먹게 될 거라는 걸 알았다. 왜 그는 아내를 얻지 않았던가? 아마, 젊은 남자는 대답 했으리니, 그를 위한 여자가 없다고. 그런데 안 될게 무람? 그 무딘 질문에, 그는 모자를 벗고 그의 얼굴을 부드러운 양모 속에 감추었다. 떠날 때, 노라는 통역사처럼 행동하는 듯했는데, 차 값을 지불하려고 제의했으나, 노파는 그들을 밀어냈으니, 그들이 그녀의 집을 모욕하려 하는 것은 아닌지 따졌다.

조이스는 너무나 스스로를 즐겼는지라, 저널리즘 (신문 잡지)에로 방향을 돌렸으니, 그것은 그가 후년에 멸시한 것이었다. 그는 두 편의 기사들을『피콜로』지에 보냈는데, 하나는 섬에 관한 것이요, 다른 하나는 골웨이에 관한 것으로, 잡지는 그들을 1912년 8월에 실었다(잡지로 판단하건대, 프레치오소와의 결별은 보다 나중에, 1914년 초에 발생한 듯하다).

　'부족部族들의 도시'는 조이스가 얼마나 골웨이와 그의 주민들의 스페인다움에 의해 감동되었는지를 드러내는 것으로, 이는 그가『율리시스』의 몰리 블룸의 성격을 작업한 연관성을 의미한다. 몰리는 스페인과 아일랜드의 혼합인, 지브롤터 태생의 열혈적 여인이다. 같은 기사는 또한, '죽은 사람들'에서 아일랜드의 실체라 할, 게이브리얼 콘로이의 아내의 지역으로, 서부 여행을 결코 해본 적인 없는 데 대한 그의 죄의 메아리를 담고 있다. 조이스가 독자들에게『피코로』를 알렸듯,

　　여행을 별로 하지 않는, 그리고 자기 자신의 나라를 단지 소문으로만 아는, 게으른 더블린 사람은 골웨이의 주민들이 스페인 혈통의 후손들이라는 것 그리고 올리브 색 얼굴빛과 갈 까마귀 빛 머리카락을 한 진짜 스페인 타입을 만나지 않고는 네 발 자국도 갈 수 없음을 믿는다. 더블린 사람은 옳기도 하고 거르기도 하다. 오늘날 골웨이에서 검은 눈은 많지 않고, 까마귀 빛 머리카락도 또한 마찬가지다. 왜냐하면 타이탄의 붉은색이 대부분 우세하기 때문이다. 낡은 스페인 풍의 집들은 황폐해 가고 있고, 잡초 덤불이 돌출한 만의 창문들에 자라고 있다. 도시 외곽에는 교외가 솟고 있다……. 그러나 당신이 잠시 동안 단지 이 주체스러운 현대성에 눈을 감으면 역사의 황혼 속에 '스페인 풍의 도시'를 보리라.

　이 기사는 조이스에게 한 새로운 청중에게 무시무시한 린치의 이야기를 말하는 기회를 제공했는데, 그 자는 시장市長의 몸으로, "공포의 군중들의 눈앞에서 작별의 키스를 한 뒤 그의 아들을 창틀로부터 목매달았다."
　조이스 내외의 여행은 그들의 고향 땅으로의 낭만적 귀향이었을 것이다. 대신에 그것은 아일랜드를 영원히 거역하도록 결심하게 한 쓰라린 경험이 되었다. 트리에스테로부터 스태니슬로스는 조이스가 이탈리아의 교사 자격증을 결국 확보하지 못한 실망스런 뉴스를 중계하지 않을 수 없었다. 파두아 당국은 그에게 편지를 내고, 비록 그의 시험 성적이 그의 가장 가까운 경쟁자의 그

것보다 50점 위일지라도, 이탈리아 문부성의 고위 심의회는 그의 아일랜드의 대학 학위가 이탈리아의 규정하에 미달한다고 말했다. 스태니슬로스는 곧 더 많은 나쁜 뉴스를 보냈다. 델라 바리에라 베치아 경유로 집 주인은 퇴거에 관한 충격을 완화하지 않은 채였고, 아파트의 모든 내용물을—그것은 조이스의 원고와 그들의 자매 아일린을 포함했다.—8월 24일까지 깨끗이 치우도록 명령했다.

조이스는 『더블린 사람들』에 관한 불행한 뉴스가 없었던들 양 충격을 견딜 수 있었으리라. 더블린에서 조지 로버츠는 그랜트 리차즈가 그에 앞서 런던에서 그랬던 것처럼, 만사를 마음대로 주무르고 있었다. 시간이 지나감에 따라 그는 책의 풍문상의 비도덕성에 관해 점차적으로 놀라고 있었다. 그는 심지어 모든 주점, 레스토랑 및 다른 시설물의 소유자들의 명예훼손에 대한 고소를 당할 가능성을 염려하게 되었는데, 그들의 실질적 명칭들을 조이스는 그의 이야기들 속에 사용했다. 매번 조이스는 어떤 점을 양보했는지라—심지어 '뜻밖의 만남'의 전체 이야기의 탈퇴에 이르기까지, 왜냐하면 그것은 성적 도착자에 관한 것이었기 때문이다.—로버츠는 새로운 어려움을 발견했다. 8월 중순까지는, 조이스가 골웨이에 있었을 때, 로버츠는 계약을 전적으로 파기하도록 위협하고 있었다.

조이스는 책에 대한 최종 단계를 돌파하기 위해 몸소 더블린으로 가기로 작심했다. 그의 편집병은 이전에 결코 그토록 많이 정당화되지 않았다. 그는 자신이 하려고 애쓰는 모든 것에 징크스(불운)가 있다고 믿었다.

노라는 그가 그토록 좌절하는 것을 보다니 슬퍼하면서, 작별을 고했다. 그는 『더블린 사람들』에 관해 그녀에게 자신의 마음을 쏟아내면서, 어느 오후를 골웨이 경마장에서 보냈다. 그녀는, 더블린에서 그를 기다리고 있는 시련을 알면서, 그가 떠난 후 자신들의 사적 언어인 이탈리아식—영어로 한 통의 전보를 그에게 보냈다. : "최대의 용기를."

그는 그것이 필요했다. 로버츠와의 만남은 조이스가 염려했던 것보다 한층 나빴다. 로버츠는 있을 수 있는 소송에 대비하여 1천 파운드를 제공하도록 요구했다. 그렇지 않고는 그는 출판하려 하지 않았다. 조이스는 변호사로부터 출판자에게로 그리고 까꾸로, 출판을 가져올 모든 종류의 계획을 시험하면서, 달렸거니와, 한편 동시에, 만일 집주인이 누그러지지 않으면, 그의 가구들을 아파트 밖으로 끌어내어, 이웃 사람의 집 속에 옮겨 넣도록 편지로 스태니슬로스에게 지시했다. 조이스의 아우에 대한 냉담함은 필요 때문에 사라졌다.

노라는 곧 애처로운 편지들을 받았다. 조이스는 취소하기 위해 아일랜드에 가야 할 바로 필수적 상태에 있었다. 자진하여, 자신의 곁에 노라 없이. 골웨이에 보낸 기다란 편지에서, 그는, 자신의 사건을 설명하기 위해 심지어 그가 썼던 편지들을 손으로 복사하면서, 그의 출판자와의 협상에 대한 모든 세목들을 그녀와 분담했다. 그는, 그녀가 이해할 수 있으리라 느꼈던 말로, 자신의 절망에 관해 말했는 바, 당시 그는 생각하기를,

> 내가 써온 책, 내가 상상의 자궁 속에 몇 년이고 몇 년이고 품었던 아이에 관해, 마치 당신이 당신의 사랑하는 아이들을 당신의 자궁 속에 품었듯이, 그리고 어떻게 내가 나의 두뇌와 나의 기억으로 매일매일 그것을 키웠던가를.

놀랄 것도 없이, 자신의 모든 다른 박해들 가운데, 그의 옛 질투심이 되살아났다. 그녀의 전보는 불충분했다. 왜 그녀는 그에게 편지를 쓰지 않았던가? 그녀에게 그의 눈 부침 없이, 그녀는 골웨이에서 무엇을 하고 있었던가? 윌리 멀바(여전히 조 영의 탄산수 공장의 회계사)와 호색의 신부는 결코 그의 마음으로부터 멀지 않았다.

그러나 조이스는 이번에 유머 감각을 가졌다. 그는 『실내악』에 관한 열렬한 논평을 인용하면서, 노라에게 썼고, 그녀에게 물었나니, "소다 수 공장의 당신의 친구 혹은 성직자가 나의 운시를 쓸 수 있을까?" 조이스는 노라가 한층 못

한 인간보다 시인을 더 좋아했으리라 가정한 듯하다. 하지만 저 암담한 시간에도, 그는 노라에게 명성의 유혹을 품었으니, 마치 그것이 그녀 자신이 갈망했던 것인 양, "내가 나의 왕국에 들어갔을 때 나는 당신에게 내 곁에 있을 명성을 줄 수 있는 그날이 다가오기를 희망하오."

조이스는 그들의 트리에스테로의 귀환 배 삶을 어떻게 마련할 것이지를 생각하지도 않은 채, 8월의 마지막 주에 있을 더블린의 가장 중요한 사교적 사건인, 왕립 더블린 협회의 경마 쇼에로 노라를 호위할 계획을 세웠다. 그들은 그들 두 사람을 위해 호텔을 예약했고, 노라를 돋보이게 하기를 원하면서, 그녀에게 최고 몸치장을 지시했다. 그녀는 더블린에서 그녀의 머리카락을 치장할 수 있으리라, 그는 그녀에게 썼다. 그녀는 자신의 라일락 타이트 블라우스를 입고, 이빨을 솔질할지니, 그리고 "당신의 모자 특히 굽 높은 것을 뭉개지 않도록 확실히 하오." 만일 그녀가 근사하게 보이지 않으면, 그녀를 골웨이로 되돌려 보내리라, 그는 말했나니─있을 법 하지 않는 위협으로, 특히 그가 감동적으로, 덧붙여 말했듯, "나는 당신이 여기 있기를 원하오. 당신은 나 자신의 한 부분─ 한 몸이오." 그들이 떨어져 있는 동안, 그는 그녀가 행복하기를, 먹고 그리고 잠자기를 권했다. "당신은 이제 잠잘 수 있소. 당신을 괴롭히는 자는 멀리 있소." 그의 말은 조이스 내외의 성적 관계가 적어도 1912까지 강하게 계속되었던 분명한 증거이다.

조이스는 이 사실을 그의 미혼의 아우에게 짓궂게 되풀이하는 것을 주저하지 않았다. 노라는 조이스를 더블린에서, 합세하기를 바랐다. 이해할 수 있는 이유를 위해 그는 스태니슬로스에게 썼다. 그는 얼마나 그와 그의 가족을 부양하는 부담이 스태니슬로스를 독신으로 남게 하는지를 무시하는 듯했다. 그러나 조세핀 숙모는 이 문제를 무시하지 않았다. 그녀는 스태니슬로스에게 편지를 써서 충고했는데, "그대가 할 수 있는 한 작은 가정적 행복을 갖기를 그리고 얼마나 그대가 택한 것을 행복하게 만들지 나는 알아. 나는 그대가 결혼했다는 소식을 듣고 싶어."

　노라가 마침내 그녀의 어머니에게 작별 인사를 하고 더블린으로 돌아 왔을 때, 그녀는 '그곳이 지독한 곳인지를' 조이스와 이내 동의했다. 그녀는 트리에스테에 돌아가기를 열망했다. 그러나 결혼한 내외로서 더블린에서의 그들의 최초의(그리고 그것이 단지 드러났듯이) 출현을 위해, 그들은 기대한 구역을 충실하게 돌아다녔다. 노라는, 노파의 모든 노력에도 불구하고, 조세핀 숙모를 좋아하지 않았으니, 시어머니에게처럼 그녀에게 반응을 보였다. 그녀는 게다가 숙모 조의 딸들에게 부드럽게 대하지 않았다. "나는 머래이 댁으로부터 결코 도망가지 못하리라 생각했어, 나는 이제 그들 가운데 아무도 좋아하지 않아," 그녀는 아이린에게 털어 놓았다.

　골칫거리는 조세핀 숙모가 그녀의 조카 짐에게 소유권자의 태도를 행세한다는 것이었다. 어느 날 밤 조이스는 자신의 책의 전망에 대해 수심에 잠긴 듯 들어왔다. 그는 피아노를 연주함으로써 스스로를 위안하기 위해 이층으로 갔다. "아, 그이에게 올라가 봐," 조 숙모가 말했다. "그건 모두 널 위한 것임을 알지 못해!" 노라는 거절했다. "저는 숙모께서 그를 위해 보관한 고기 점을 그가 내려와서 먹는 것이 오히려 좋겠어요," 하고 그녀는 짧게 말했다.

　만일 노라와 조이스가 자신들의 등을 돌렸을 때 조세핀의 딸들이 무슨 짓을 했는지를 알았더라면, 그들은 덜 친근했으리라. 머레이의 소녀들은, 조이스 아이들의 양육 환경에 못마땅한 채, 조지오를 이층 목욕실로 데리고 가, 성부, 성자, 성령의 이름으로 내밀히 세례를 시켰다. 노라는 게다가 조이스의 더블린 자매들이 소용이 없었다. 어느 날 밤 그들이 모두 조세핀 숙모 댁에 있었을 때, 찰리는 그의 아내 매리가 짐이 노래하는 것을 듣기 위해 그들과 함께 하고 싶으나, 아이들을 남겨둘 수 없다고 말했다(찰리와 매리는 4살 미만의 세 아이들을 데리고 미국에서 돌아와 단칸방에 살고 있었다). 조이스는 매리가 외출 할 수 있도록 플로리가 반시간 동안 아기를 돌보려 찰리 댁에 가도록 요구했다. 플로리는 거절했다. 노라는, 한 마디 말없이, 일어나, 모자를 쓰고, 매리에게로 가, 그녀를 위로 했다.

다음 일요일 전체 가문의 사람들, 모두 12명(찰리의 아이들을 계산하여 15명)이 찰리 댁에서 만찬을 하도록 마련되었다. 노라는 매리가 그토록 많은 사람들을 위해 요리한다는 생각에 놀라, 그녀를 좀 도와야겠다고 말했다. 그러나 조이스의 자매들은 아무도 자원하지 않았다. 찰리는 분개했다. 그는 스태니슬로스에게 얼마나 노라와 짐이 그와 매리에게, 심지어 그들에게 과일과 포도주를 사면서까지(트리에스테에서 재정적 혼란에 직면한, 스태니슬로스를 기쁘게 할 것 같지 않은 뉴스), 친절했었는지를 열렬히 썼다.

한편,『더블린 사람들』에 대한 전망은, 비록 텍스트가 타이핑에 들어갔고, 페이지들이 인쇄되었을지라도, 점점 악화되어 갔다. 1912년 8월 말에, 조지 로버츠는 책이 담은, 모든 숨은 위험들에 대해 너무나 두려워했는지라(그는 조이스에게 눈에 띠는 것 보다 더 많은 것이 '죽은 사람들'에 있는지 물었거니와), 그는 자신이 투자한 시간과 노동의 대가를 위해 조이스를 고소할 것이라 말했다. 조이스는 절망 속에 출판에 대한 책임을 당연하게 생각하고, 몸소 책의 1천 부를 사겠다고 제의했다. 그러나 그는 외설의 기소에 대한 인쇄자의 위험에 관해 잊고 있었다. 인쇄자는 뒤늦게 (그이 자신의 적들 중의 하나에 의해 고무된 채, 조이스는 의심했거니와), 그가 이토록 비도덕적 책을 여태 손을 댄 것이 자신의 잘못임을 작심하고, 장정裝幀을 위해 인쇄된 페이지들을 양도하기를 거절했다. 대신, 아무도 그들을 제본할 수 없도록 확실히 하기 위해, 그는 페이지들을 파괴하고 타자기를 분쇄했다.『더블린 사람들』은 더블린으로부터 출간되어서는 안 되었다. "아일랜드는 난처한 나라임을, 내가 그러하듯 그대는 짐과 동감이리라, 나는 확신하도다," 찰리는 스태니슬로스에게 냉소적으로 썼다.

노라와 조이스는 다음 날 아침 아일랜드를 떠났다. 조이는 다시는 그곳에 발을 대지 않았다. 트리에스테로 되돌아가는 도중, 그는 자신의 분노를 분비적

分泌的 시詩인, '분화구(버너)로부터의 가스'에 쏟아부었다. 그 속에, 엄청난 항문적 이미지리로, 그는 조롱했으니, "언제나 그의 작가들을 추방하고 / 아일랜드의 풍자와 정신 속에 / 그의 지도자들을, 하나하나, 배반한 아름다운 나라." 그는 그것을 인쇄하고, 이어 그것을 찰리에게 보내 배부하도록 했다. 더블린에서, 에바와 플리는, 지독히도 비도덕적 작가 제임스 조이스와의 연관으로 그들의 죄에 대한 최초의 맛을 보면서, 찰리더러 그것에 손대지 말도록 간청했다. 그는 위험을 감수했다. 그것은 용기의 작은 행위였으나, 찰리는 노라와 그의 형 짐에게 감사하며, 그것을 수행했다.

고국에서 그가, 아마도 영원히, 비도덕성의 증표로 낙인 찍혔다는 인식이 조이스를 크게 웃게 했다. 금전의 빌려줌이 그에게 여행을 가능하게 했던 에토르 시미치에게 조이스는 선언했는지라, "확실한 것은 나는 모든 사람들보다 한 층 덕이 높다는 점이야. ─나는 진짜 일부일처주의자요, 나의 일생에서 결코 한 번밖에 사랑하지 않았어."

1912년 9월에 그들이 돌아오자, 조이스는 트리에스테의 상업 고등학교에 직업을 구했고, 거기서 아침나절을 가르쳤다. 오후에 개인 학생들이 그에게 모여들었다. 그와 노라는 자신들의 생활 수준의 상승을 즐겼다. 스태니슬로스는 도나토 브라만테 경유의 새 구역에 아파트를 임대했는데, 이는 피아짜 비코 애로 터인 길로서, 이 길은 위쪽 언덕으로 하여 트리에스테의 초점인, 산 귀이스토의 성城으로 인도했다. 그들은 고풍스런 덴마크식 가구(조이스의 스칸디나비아식 열광의 일부)의 어떤 복제를 포함하여, 새로운 가구들에 투자했다. 거실은 그랜드 피아노를 비치했는데, 그 위에 그들은 그들 두 사람이 감탄했던 어떤 조각가가 제작한 작품들의 틀에 박힌 사진들을 걸었다. 열린 악보 대 위에 노라의『실내악』의 수기를 쓴 양피지가 서 있었다.

영어 학생들의 입실이 허락되던 아파트의 유일한 부분인 화실의 엄숙한 정적은, 두 아이들이 하교에서 비명을 지르며, 늦은 오후에 달려 들어왔을 때, 흩어졌다(루치아는 1913년에 학교를 시작했고, 조이스와 노라는 그녀가 얼마나 명석한지를 보는 것이 즐거웠다. 그녀는 수기 이외에 모든 것에서 최고점을 받았다). 그러나 두 아이들은 트리에스테 거리의 방언이 지닌 가장 거친 말투로 말했다. 노라는, 조이스의 학생들의 하나가 관찰한 바, 그들을 그리고 그를 마찬가지로, 한번의 시선으로 침묵시킬 수 있었다. 그는 그녀로 인해 약간 겁이 났다.: '친절하고, 좋은 매너에, 상냥한…… 가정의 후견인 천사, 전작 아름다운 여인'이었다.

심지어 한층 더한 찬사가 화가인 툴리오 실베스트리에 의해 노라에게 지불되었다. 조이스는 실베스트리에게 노라의 초상화를 그리도록 위임했는데, 그녀로 하여금 최초로 화가의 화실을 방문하여, 그려 받게끔 그녀의 얼굴을 내밀도록 허락했으니—작가의 모델보다 한층 더 기쁘게 하는 현명한 경험이었다. 실베스트리는 그림으로 만족한 채, 노라야 말로 그가 여태 보아온 가장 아름다운 여인이라 선언했다. 그의 초상화는, 별로 남아있지 않은 사진들로 보아 그녀의 인생에서, 그녀의 침착하고 밝은 얼굴을 단 한 번에 포착했다.

조이스는 초상화를 사랑했고, 존 조이스가 더블린으로부터 보낸 가족사진과 함께 그걸 새 아파트의 벽에 걸었다. 전시는 그의 방문객들에게 고의의 효과를 창조했다. "조이스는 신사로 태어났어," 뒤에 프랜치니가 말했는데, "우리가 그의 아파트의 벽에 걸린 초상화들로부터 쉽사리 볼 수 있듯이, 말이야."

1913년에 런던으로부터, 그랜트 리처즈는 두 번째 생각을 가졌으니, 조이스가 더블린 와해 전에『더블린 사람들』의 교정쇄의 완전한 세트를 예리하게 비축했기 때문에 가격을 줄임으로써, 결국 책을 출판할 의향이라는 전갈이 왔다. 크리스마스 직전에 런던으로부터 또 다른 편지가 한층 더한 출판의 전망을 제시했다. 조이스에게 미지인 미국의 한 시인인 에즈라 파운드는, 만약에 조이스가 자신이 출판하기를 원하는 무슨 원고가 있는지를 묻는 예이츠의 추천에 대해, 유쾌하기 썼다. 조이스는 불완전한『젊은 예술가의 초상』을 보냈다. 파운드는 그걸 좋아했고, 그것을 위해, 연재 형식으로, 런던의 잡지인『에고이스트』지에 실리도록 주선했는데, 이 잡지는 전위문학 전공이었다.

"원고료를 못 드리니 범죄를 저지르는 것 같소." 파운드는 경쾌하게 사과했다. 그러나 조이스는 자신의 작품이 알려지고 평해지기를 한사코 바랐는지라, 자기 자신이 출판 비를 댈 판이었다. 그해 그의 생일날, 노라와 그는 축하 할 진짜 이유를 가졌으니, 왜냐하면 '옛날 옛적 아주 옛날 한때……'로 열리는, 그 것의 침실 이야기와 더불어, 소설의 최초의 1회분이 2월 2일부의 간행물 속에 나타났기 때문이다. 조이스가 첫 이야기인 '자매'와 '에블린'을 쓴 후, 잇따르는 6월에『더블린 사람들』이 마침내 출판되었다. 염려했던 아무런 법적 소송도 나타나지 않았다. 조이스는 이제 더 이상 한 예술가가 아니라, 한 작가였다.

이러한 성공의 어느 하나도 조이스의 가정이 보다 원만이 운영되었음을 의미하지 않았다. 노라는 조이스가 여분의 식당 의자들을 산대 대하여 분개했다. 그들은 현재 가진 것도 필요 없다고, 그녀는 나무랐다. 그러나 조이스는 그들을 샀으며, 식사자들을 위해서가 아니라, 자신의 양 팔과 다리를 위해서였는데, 그것을 그는 자신이 글을 갈기고 쓸 때 밑에 바치기를 좋아했다. 돈에 대한 노라 자신의 무책임함이 리비아 시미치를 골나게 했다. 다른 여인들이 여름에 겨울옷을 보관하면서, 계절에서 계절로 그들의 아이들의 옷을 아끼는 반면, 시미치 부인은 나중에 말했는데, 노라 조이스는 단순히 조지오와 루치아의 지금의 것을 버리고, 때가 오면 새것들을 샀다.

조이스 가족은 채권자들이 친구들이요, 친척들일 때 그들과 더 이상 신의가 없었다. 조이스는 노라의 초상화를 위해 그가 빚진 90크라운을 실베그트리에게 갚지 않았다. 그는 자신이 더블린을 떠나기 전에 그의 누이 매리가 그에게 사준 오버코트에 대해 자신이 갚겠다고 약속한 돈을 그녀에게 보내지 않았다("만일 그토록 비상하게도 분명한 태도가 필요한 것이 아니라는 그의 의견이 아니고서야, 그가 사람들을 이런 식으로 대우하다니 무슨 뜻인지 나는 모르겠어," 매리는 스태니슬로스가 그녀를 위해 돈을 수금할 수 있을 것이라 희망하면서, 그에게 편지를 썼다). 그리고 노라 자신은 청구서 수금원들로부터 독촉장을 받고 있었다. 1913년 7월에, 그녀는 자신이 더 많은 비용과 골칫거리에 직면하기를 원치 않는 한, 선적송장 船積送狀을 갚아야 하다는 한 통의 엄한 통고를 받았다. 그것은 더블린으로부터 초상화들을 운송하기 위한 청구서였는지라—조이스의 대부가 끝날 때, 비록 아내가 그녀 자신 빚이 더할 나위 없이 늘어날 수 있을지라도, 그가 그녀의 이름으로 빚을 짊어지지 않겠다는 신호였다.

세상에 빛을 본 두 책들과 더불러, 조이스는 그의 오랜 계획 중인『초상』의 속편으로 방향을 돌렸다. 그것은 현대판 어디세우스의 이야기가 될지니, 그의 방량은, 그가 마침내 자신의 아내에게로 귀가하기 전에, 자신의 알려진 세계, 더블린 시를 통해, 멀리 그리고 넓게, 그를 나르리라. 그러나 마치 그가 거의 자신의 상상의 병瓶으로부터 코르크 마개를 뽑아야 하는 양, 조이스는 1914년에 사랑, 충절 및 상상된 간음에 관한 연극을 위해 노동했다.

조이스의 모든 작품들은 자전적自傳的이지만,『망명자들』보다 더 그런 것은 없다. '리처드 로원'에 관해 읽는 것은 약간 당혹스럽거니와, 그는, 9년의 망명 끝에 그의 관습법적 아내 '버사'와 함께 아일랜드에로 되돌아오는 한 작가이다. 버사는, 그들이 아일랜드를 떠났을 때, 단순하고, 미개한, 아일랜드의 시골 소녀였다. 그들이 돌아올 때 함께한 것은 꼬마 '아치'로서, 그는 자신의 아버지를 '바보'(Babbo)로 부르는 대륙적 태도를 지닌 아이였다.

이야기 줄거리인즉, 이를테면, 한 기자요, 버사의 옛 감탄자였던 로버트 핸드라는 자가 그녀를 리처드로부터 빼앗으려는 시도와 관계한다. 외국 생활은 버사를 우아하고, 세상의 육감적인 여인으로 바꾸어 놓았으며, 더욱이 다른 남자들에게 매혹적이었는지라, 왜냐하면, 그녀가 되돌아오는 더블린에서 잘 알려지다 시피, 그녀는 아직 법적으로 자유롭다. 리처드와의 그녀의 관계는, 그러나 불안하다. 그는 그녀애게 냉정하고, 잔인하다. 그녀는 그가 그녀를 싫증난 것이 아닌가, 그 대신 로버트의 사촌 베아트리스를 좋아하는 것이 아닌가 두려운지라, 후자는 아치에게 피아노를 가르치기 위해 오는 한 지적 젊은 여인이다.

표면상으로 리처드의 최고 친구인 로버트는, 무디게 말하는 한 기자로서, 내성적이요, 민감한 작가이며, 남을 돋보이게 하는 자이다. 그는 버사에게 환심을 사고 있다. 그녀는 이들을 리처드에게 생생하고 자세하게 보고하자, 그는 그녀를 마치 성직자처럼 대질 신문한다. 그녀는 로버트가 자기에게 키스했다고 말한다.

리처즈, 당신의 입에?
버사, 한번 또는 두 번.
리처드, 오랜 키스를?
버사, 꽤 오래요. (반성한다) 그래요, 지난번.
리처드, (자신의 손을 천천히 비비며, 이어), 그의 입술로? 오…… 다른 식으로?
버사, 그래요, 지난번.

한 끈덕진 벌칙가罰則家인 리처드는, 그녀에게 그녀가 흥분했었는지 묻는데, 버사는 솔직하게 대답한다. "그는 멋진 입술을 갖지 않았지만…… 여전히, 나는 흥분했어요, 물론. 그러나 당신과는 같지 않게, 딕." 로버트가 버사에게 더블린 근처의 한 오막 집에서 약속을 제의하자, 리처드는 버사에게 그녀가 그걸 지키는 것은 자유라고 말한다. 그녀가 야회복 차림으로 도착하자, 리처드는 거기 기다리고 있다. 그는 이미 로버트에게 자신은 그들 두 사람을 홀로 남게 하겠다고 말했다. 로버트가 도움이 되도록 스스로 자리를 비우자, 리처드는 다시 한 번 버사에게 그녀가 결심을 해야 한다고 말한다. 그는 그녀를 두고 떠난다.

커튼이 2막을 시작하자, 버사는 흠모하는 로버트와 직면한다. 침실로 향하는 문은 열려 있다.

제3막에서 커튼이 오르자, 버사는 귀가하고, 로버트는 아일랜드를 떠날 것을 준비하고 있다. 그들은 사랑을 해야 하나, 하지 않아야 하나? 리처드는 확실치 않다. 조이스도 그렇지 않았다. 그는 친구들에게 그들이 무엇이 일어났다고 생각했는지 물으리라.

연극에서, 버사는 리처드에게 '진실'을 말하도록 제의한다. 하지만 그의 말은 모호하다. 그녀는 그에게 진실해 왔다고 말한다. 리처드는 그녀의 설명하려는 시도를 옆으로 쓸어버린다. 그는 자신이 결코 확신할 수 없다고 말한다. 버사가 뭐라 말하든, 그는 자신이 '결코 치유될 수 없는 의혹의 상처'를 보유할 것이라 주장한다.

노라는 자신이 문학 속으로 변질하고 있다는 사실을 망각하지 않았다. 조이스는 저녁이면 그녀와 아이린에게 자신의 작품의 구절들을 읽어주곤 했는데, 그들은 『율리시스』의 첫 페이지들을 읽는 최초의 자들 속에 있었다. 『망명자들』에서 프리찌오와 로버트 핸드 간의 평행은 그녀를 좀처럼 피할 수 없었다. 노라 역시 연극에서 조이스가 그녀에 쓴 연애편지들로부터 따온 글줄들을 알아차렸으리라. : "왜 당신의 이름에 합당한 충분한 말은 없는고?" 그리고 "당신의 얼굴은 한 송이 꽃인지라―울타리에 나부끼는 한 송이 야생화지요."

로버트 속에 빈센트 코스그래이브의 흔적 또한 있다. 로버트가 질투가 나서 버사에게 물을 때, "우리가 만났던 첫날밤, 우리들 셋이 함께, 왜 당신은 그를 선택했소?" 우리는 코스그래이브가 조이스를 노라에게 소개했다고 한 말에서 혹시 J.F. 번이 옳지 않았는지 그리고 혹시 그녀를 그에게 잃을까 봐 놀랐는지, 의아해 할 수 있으리라. 그리고 로버트는, 코스그래이브의 그림자이기에, 자기와 동일하지 않은 소녀와 사랑의 도피를 한 데 대해 리처드를 경고한 것을, 죄스럽게 회상한다. 로버트는, 더욱이, 리처드를, 코스그래이브가 조이스에게 그랬듯이, 그가 작업한 진전에 대해 축하한다. 로버트는 연극에서 리처드에게 말한다, "그녀는 자네 것 일세, 자네의 작품이야."

『망명자들』에서 3인 성교(troilism)는 승리 속에 나팔 분다. 로버트는 (그는, 주목해야 할지니, 그의 직업뿐만 아니라 프르찌오소로서 꼭 같은 첫 이름을 지니는지라) 리처드의 버사에 대한 욕망이 저변에 깔린 호모섹스의 매력을 분명히 고백한다 : "그리고 그것이 왜 내가, 또한, 그녀에게 끌린 이유일세. 자네는 너무나 강한지라 자네가 심지어 그녀를 통해 나를 끌고 있어."

『망명자들』에서 노라는 또한 그녀 자신의 말들을 인식했으리라. 버사는 그녀의 괴벽성에도 불구하고 거친 말씨에 대한 능력을 지속한다. "나는 아름을 날릴 만큼, 나는 이득을 가질 수 있어요," 그녀는 리처드에게 맞닥뜨린다. 만일 그녀가 한 정부요, 아내가 아니라면, 왜 그녀는 자유가 허락되어서는 안 되는가? 만일 정말로 그녀를 사랑한다면, 왜 그는 그녀를 또 다른 남자를 향해 밀치는고? 가장 두드러진 것은, 버사의 말들 속에 노라의 통찰력을 찾으려는 사람을 위해, 자신이 불행하다는 버사의 진술이다. 그녀는 자신이 리처드를 위해 모든 것을 포기했다고 선언한다. ─종교, 가족, 그녀 자신의 평화를.

> 행복! 그가 쓰는 그 어떤 것을 내가 이해하지 않을 때, 내가 어떻게든 그를 도울 수 없을 때, 내가 그가 때때로 내게 말하는 것의 절반도 이해할 수 없을 때!

『망명자들』의 한 비평적 해설자인 로버트 M. 아담스는 로버트의 구애에 대한 버사의 이상하고, 도발적인 무관심에 관해 비평했다. 노라 자신의 강력한 수동성受動性이 조이스를 확실히 안달하게 했다. 그는 그것을 능숙하게 다루었지만, 결코 자신이 없었다. 노라는 아담스가 『망면자들』에서 발견한 것을 분명히 조이스에게 전했는지라─그것은 한 남자 자신의 어떤 박식한 이상理想에 따라서, 그가 여인을 개작한다는 생각이야말로 선천적으로 우스꽝스럽다는 것이다. 노라는, 조이스가 적용하기를 도왔던 겉치장에도 불구하고, 자기 자신 그대로 남았다. 조이스는 그것을 알았다. "나의 아내의 개성은," 그는 친구들에게 후회하듯 말했으니, "나 자신의 것의 어떤 영향에도 항거하는 절대적 반증이야." 조이스의 패배는 노라의 승리이다. 리처드의 버사에 대한 인색한 항복은 『망명자들』의 해결이다.

1951년에 쓴 연극에 대한 소개에서, 조이스의 오랜 친구였던 패트레익 콜럼은 버사의 성격을 다음과 같이 평가한다.

> 버사는 그녀의 상냥함, 그녀의 프라이드, 그녀의 과거에 대한 슬픔을 통해 존재하는 바, 이는 또한 망명의 슬픔이요, 그녀 자신의 천진난만함을 인식하는데서 오는 분개이기도 하다……. 그녀는 원칙에는 사실상 관심이 없으며, 철학적 설교를 남자들의 방랑하는 마음들을 작동하게 하는 일종의 경기로 간주한다. 그녀는 자신이 지내 온 질서를 리처드가 깨뜨리려고 한다거나, 새로운 질서의 창조를 위한 그의 헌신 따위에는 별반 충격이나 매력을 느끼지 않는다. 한 여성으로서 그녀는 자신 속에 태고의 그리고 보편적 질서를 갖고 있는데…… 그것은 리처드가 파괴하려는 혹은 그가 창조하려는 질서보다 한층 원초적이다.

콜럼은 마찬가지로 노라와 제임스 조이스를 쉽게 서술할 수 있었으리라.

1918년에『망명자들』이 출간된 뒤 몇 년 동안, 연극은 조이스의 오직 실패작으로 간주되었다. 런던 무대극회는 처음에 그것을 각하했는데, 한 회원이 평설 본에 연필로 다음과 같이 표했다. "최악 상태의 스트린드버그(역주: 스웨덴의 극작가)를 닮았음." 그러나 이를테면, 1970년에 런던의 인어 극장에서 할로드 핀터가 감독한, 영국 국립 극장 제작 및 1983년 파리의 트아트래 두 롱 뽕의 프랑스 제작 같은—리바이벌들(재 공연)은 오늘의 청중들에게 흥취의 의미를 가져왔었다. : 그것은 정절을 자유와, 사랑을 우정과, 신의信義를 위문과 화회하는 방법이다.

버사의 성격은 몰리 블룸에 대한 한 대항세력이다. 그녀는 조이스가 1912년에 그녀의 아일랜드에로의 귀환을 보았을 때의 노라의 번안이요, 로버트 핸드의 말대로, "일종의 이상하고 훌륭한 개성"이다.

그들의 모든 에로틱한 소란에도 불구하고, 노라와 조이스는 브라만테를 거쳐 3년의 안정되고, 안락한 세월을 보냈다. 아일린 조이스는 그것을 그녀의 생의 가장 행복했던 시절로 기억했다. 조이스는 저녁에 그녀에게 크게 글을 읽어 주었으며, 너무나 아름답게 노래를 불렀는데, 거리의 사람들은, 밤공기를 타고 부동하는 아름다운 테너 목소리를 들으려고 멈추어 서곤 했다. 아일린 또한 트리에스테를 제2의 고향으로 알았다. 그녀는 재빨리 이탈리아어를 터득했고, 자신이 말을 할 때 두 손을 지나치게 쓰면서, 그녀의 태도에 있어서 아주 이탈리아 적이었다. 때때로 그녀는 방문을 위해 귀국을 생각했으나, 그녀의 누이 매리가 썼듯, 비록 아이린은 환영받을지로도, "그녀가 여기 머물려고 애쓰다니 그것은 광기일 것이기에 그녀는 되돌아갈 생각임을 나는 희망한다." 1914년까지는 아일린은 그녀의 망명을 포기할 의도가 전혀 없었다. 그녀는 조이스의 학생들 중의 하나인, 프라하 출신의 키가 크고, 잘생긴 은행 서기, 프란티스크 샤우렉과 사랑에 빠졌는데, 후자는 트리에스테에서 일하고 있었으며, 봄에 그들은 약혼하게 되었다. 더블린으로부터, 존 조이스는, 어버이다운 부정父情의 부활로서, 조이스에게 편지를 썼으니, 아이린으로 하여금 그녀는 그에게 어떤 건방진 말대꾸도 결코 하지 않은 그의 딸들 중 유일한 자이기 때문에, 그녀에게 자신의 미래를 망치는 스텝을 밟지 않도록 확신시키기를 요구했다.

1914년 8월에 세계 1차 전쟁이 발발했다. 오스트리아—헝가리와 독일 재국들이, 이탈리아를 그들의 편으로 하여, 연합군과 싸우고 있었다. 트리에스테는 분할된 신의로 뒤끓고 있었다. 조이스의 즉각적인 우려는 런던에로의 우편의 차단이었다.『초상』의 장들을『에고이트』지에 계속 보내는 것이 불가능했다. 그는, 그러나 이탈리아와 스위스에로 그의 봉투들을 보냄으로써, 문제에 선수를 쳤으며, 이들 나라에서 그들은 런던으로 전송轉送되었다. 이러한 비탄은 조이스가 그 여인으로부터 여태 받은 최초 편지의 주제였는지라, 그녀는, 노라 다음으로, 그의 인생을 바꾸기 위해 최선을 다했으니, 비이기적 런던 여권주의자 및 자유사상가요,『에고이스트』지의 설립자인, 해리엇 쇼 위버였다.

트리에스테는 무장한 캠프로 바뀌었다. 광장들은 군인들로 법석되었고, 아탈리아—동정의 인구들의 음울한 노여움에 맞추어, 합스부르크 재국(역주 : 옛 오스트리아의) 국가國歌의 소리들로 메아리쳤다. 스태니슬로스는, 언제나처럼 불운하게도, 1915년 1월에 경찰에 의해 발각되어, 계속되는 전쟁 동안 오스트리아의 한 성 속에 억류되었다. 그의 범죄는—트리에테를 이탈리아와 통합하는 것에 찬성하여—거리낌 없는 민족통합주의자(irredentist)가 되는 것이요, 트리에스테의 민족통합주의의 지지자들의 하나와 연합하는 것이었다.

그런고로, 1915년 4월 12일에, 조이스, 노라, 그들의 아이들 및 그들의 친구들 모두가 브라만테를 거쳐 샌 귀이스토의 장중한 15세기 성당으로 가는 짧은 거리를 따라, 아이린과 프란티섹 샤우렉(그를 가족들은 프랭크라 불렀거니와)의 결혼 행진 속에 걸어갔는데 거기 스태니슬로스는 없었다. 그곳에서 노라는 그녀가 결코 해보지 못한 결혼 의식을 자세히 보았으며, 한편 조이스는, 그의 반—가톨릭 윤리관을 제치고, (최후가 아닌) 신랑 들러리로서 행동했다.

조이스와 노라는, 비록 상업고등학교가 문을 닫고, 그의 많은 개인 학생들이 전쟁으로 갔거나, 수업을 정지했음에도, 트리에스테에 머물기를 희망했다. 그럼에도 불구하고, 이탈리아인들이 1915년 5월에 오스리아에 선전포고를 했을 때, 도시의 부분적 철거가 요구되었으며, 모든 외국인들은 의심을 받았다.

때는 떠날 시간이었다. 아이린과 프랭크는 프라하로 향했고, 거기서 그는 보헤미아 군대에 호출되었다. 노라와 조이스는 8월까지 남아 있었는데, 당시, 조이스의 직함 있는 학생들의 도움으로, 그들은 스위스 국경까지 안전한 행동을 획득했다.

이리하여, 노라는, 31살에, 아이들을 다리고, 새 언어를 가진 새로운 나라에로 조이스를 뒤따랐다. 조이스가 그와 노라가 자신들의 용기로서 발견했던 도시, 트리에스테에는, 이제 조이스 가문은 자취를 남기지 않았다. 그들 가운데 아무도 다시는 결코 보지 못할 생활에 스스로 작별을 하고 있다는 것을 알지 못했는지라, 그것은 그들의 인생이 전쟁과 및 『율리시스』로 불리는 책에 의해 흐트러지기 전에 태양과 푸른 바다의 한 목가시牧歌詩로서 그들이 기억할 생활이었다.

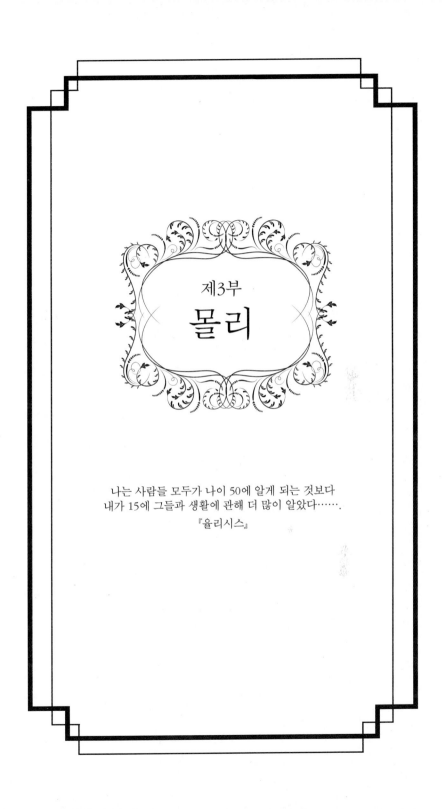

제3부

몰리

나는 사람들 모두가 나이 50에 알게 되는 것보다
내가 15에 그들과 생활에 관해 더 많이 알았다…….

『율리시스』

8

두 번째 망명

노라는 취리히와 같은 도시에 결코 살아본 적이 없었다. ─신교도의, 질서 있는, 깨끗한 곳. 그녀가 휴지 조각을 복도에 버렸을 때, 순경이나 다름없는 이가 그녀더러 그걸 집도록 했다. 도시 전체가 얼룩 한 점 없는지라 조이스는 보도에서 누구나 음식을 주워 먹을 수 있으리라 농담했다.

이토록 안정감을 주는 도시는 거의 없다. 취리히 호반의 서쪽 끝에 위치하면서, 그것은 작지만, 풍요로운, 장대하지만 말끔하다. 중요한 모든 장소는 쉽게 중심으로 도달할 수 있는 거리 이내에 있지만, 그런대도 걸어 갈 필요가 없다, 전차들이 택시처럼 도시를 종횡으로 달리고, 빤짝이는 호수로부터 숲의 언덕 속으로 높이 기어오르려고 기다리고 있다.

하지만 취리히는 조이스 가족이 도착했던 1915년의 여름의 평상시 그 자체는 거의 아니었다. 그것은 외국인, 전쟁 모리배, 피난민, 그리고 스파이로 넘치고 있었다. 중앙 유럽 출신의 사람들이 너무나 많았기 때문에 반호프 가街는 보울칸스 가로 별명 지어졌는데, 거기 모든 종류의 혁명가들, 다다이스트들, 융 그리고 (그가 페트로그라드 행 밀폐된 기차를 탔던 때까지) 레닌이 있었다. 1915년의 취리히는 영국 소설의 유형을 파괴하는 나쁜 곳이 아니었다.

노라와 조이스가 피난민으로서 생을 위해 마련한 곳은 이보다 더 나은 곳은 없었다. 정거장 근처의 그들의 옛 허니문 호텔에서의 일주일을 난 뒤에, 그들은 첫 8개월 동안, 가구가 상시 비치된 방들에로 이사했다. 그들이 그토록 자랑했던, 모든 새로 쌓인 세속적 물건들, 초상화, 덴마크 제의 가구, 그리고 모든 조이스의 원고 및 서류들은 트리에스테의 아파트에 남겨져 있었다. 그들의 첫 멈춘 곳은 레인하르드 가街에 있었는데, 거기 노라는 부엌이 주전자와 냄비 보다 쥐들로 한층 잘 공급되어 있음을 발견했다.

33살과 31살에, 비록 여전히 무일푼일지라도, 그들은 1904년의 불결하고, 고도로 비세련된 자들은 거의 아니었다. 그들은 반쯤 자란 두 아이들, 그리고 『1916의 명사록』에 초대될, 문학적 명성을 충분히 지닐 정도의 조이스를 가졌다. 서식書式을 채우면서, 조이스는 자신의 직업을 트리에테의 상업 고등학교 교사로서 기록할까 생각했으나, 그는 과도하게 겸손했다. 조이스는 자신이 한 교사로서 트리에스트를 떠났을지 몰라도, 책의 형태로 출판된『실내악』과『더블린 사람들』, 및『에고이스트』지에 계속되는『초상』의 연재(25회분으로)와 함께, 그를 천재로 선언하는 예이츠 및 뉴욕에서 그를 위해 로비를 하는 파운드와 더불어, 이제는 한 작가로서 취리히에 도착했음을 알았다.

스위스에 있어서 그들의 초기 몇 주들은 노라의 숙부 마이클 힐리로부터 15파운드의 선물로서 무마되었다.[5] 힐리 씨는 거의 자기 자신의 월급에 해당하는, 돈을 보냈는데, 조이스가 직업도 없고, 가르칠 학생도 없는 취리히에서 그들이 얼마나 곤궁할까를 알았다. 그는 조이스가 직업을 찾기 위해 아일랜드에로 되돌아오는 것이 한층 나리라 생각했다. "나는 거의 말할 필요가 없겠지만, 자

5_ 액수는 지금의 액면만큼 소액이 아니었다. 그것은 당시 $72의 값어치로, 1988년에 26배로서, 대충 400파운드 또는 $750 정도였다.

네는 5월의 꽃처럼 환영받을 걸세." 그러나 그는 사람을 잘못 알았다.

관료적인 스위스에서 거주는 끝없는 서식들의 채우기를 의미했다. 어떤 과오들이 그 과정에서 장차 남을 그들의 전기적 기록에 몰래 끼어들었다. 노라는 그녀의 나이로부터 2살을 잃었다. 그녀의 출생의 해(과오에 의한 것인지 그녀 자신의 선택에 의한 것인지 알바 없으나)는 1884년보다 오히려 1886년으로 기록되었다. 동시에 그와 조이스는 자신들의 남녀 양성적兩性的 중간 이름들을 퍼뜨렸다(노라가 태어났을 때, 그녀의 중간 이름은 요셉으로 등록되었으며, 조이스의 것은, 어떤 이유 때문에, 아마 단순한 오식인, '아가스타'로서 기록되었다). 가톨릭 국가들의 아이들은 자주 반대 성性의 성인聖人으로부터 따온 두 번째 이름들을 갖는 반면에, 취리히의 서기들은 노라의 그리고 조이스의 성姓을 조세핀과 오가스틴으로 각각 지나치도록 세심하게 바꾸었다. 그들의 가공의 결혼 날짜가 트리에스테의 서류에서 그러하듯—1904년 10월 8일로 나타났는데, 이 날 그들은 '노드 월'(북안 벽) 부두로부터 출범했었다.

조지오와 루치아는, 10살과 8살로, 학교의 새 학기를 위해 바로 알맞은 시기에 도착했는데, 학기는 8월 중순에 시작되었다. 그들은 이상한 언어를 쓰는 학교에 가는 걸 싫어했다. 아침이면 조이스는 뮬레바크 가街의 학교 교사까지 손으로 그들을 이끌고 가야 했다. 취리히의 그토록 많은 외국인들과 함께, 조이스의 아이들은 그들의 궁지에서 홀로가 아니었다. 루치아의 급우들 가운데 하나는 콜로라도 출신이었다. 그러나 스위스의 규칙은 단호했고, 5일 이내 조지오는 4학년에서 3학년으로 강등되어, 그를 수치스럽게도 자신의 보다 어린 누이의 바로 전 학년에 두었다.

학교에서, 거기 외국의 유럽 아이들은 출생 도시로서 등록되었고, 조이스 가문의 아이들은 더블린 출신으로 기술되었다. 조지오와 루치아는, 그들의 유창한 이탈리아어 및 비존재의 영어에도 불구하고, 모든 이에게 자신들은 아일랜드인으로서, 영국인으로 불려져서는 안 된다는 것을 말함으로써, 이러한 아일랜드 신분을 보강했다. 그것은 상관없었다. 학교에서 조지오는 강제로 독일어 첫 이름인ㅡ조지ㅡ를 얻었으며, 그리하여 양자는 독일어를 말하도록 기대되었다.

극심한 민족적 충성에서, 노라와 조이스의 위치는 아일랜드 자체의 그것처럼 모호했다. 그들은 영국 여권을 가진 영국의 백성들로, 그들의 고국은 아일랜드였고, 거주지는 오스트리아였다. 스위스로 가기 위한 허락을 안전하게 확보하기 위해, 조이스는 오스트리아 당국자들에게 자신은 분쟁에 편들지 않을 것임을 약속해야 했다. 이것은, 그가 그들의 은총 속에 남아있기를 원했기 때문만이 아니라, 전쟁에 관한 그리고 대영제국에 관한 강한 정치적 의심을 가졌기 때문에, 그가 쉽사리 할 수 있는 약속이었다. 그는 전쟁이 끝나자마자(짧기를 기대했거니와) 오스트리아의 트리에스테에서 그들이 전처럼 생활을 계속하리라 믿는 모든 이유를 가졌었다.

이리하여 4명의 가족은, 그들의 낯익은 트리에스테의 상황으로부터 뿐만 아니라, 아이린과 스태니슬로스로부터 차단된 채, 문화적으로나, 언어적으로 유독(惟獨)했다. 문제는 이러한 고립이, 예술가에게는 너무나 풍작을 가져올지라도, 예술가의 가족에게는 유익하지 않다는 것이었다.

가족의 혼미는 언어의 경계에 따른 내적 균열에 의해 격렬해졌다. 노라와 조이스는 통상적으로 피차에게 영어로 말했다. 그들은 아이들에게 이탈리아어로 이야기를 걸었다ㅡ"폴타 댈 래그노," "바드 알래또." 그리고 아이들은 그들의 사적 방언을 가졌는데, 처음 그들의 트리에테의 속어, 그리고 이어, 심지어 그것은 한층 더 배타적인 것이었으니, 왜냐하면 그들의 양친이 따르기가 한층 어려웠던 것으로 알았던, '쉬즈라쉬'의 취리히 사투리였다.

그러나 군거성을 지닌 조이스 가족은 오랫동안 친구들이 없지 않았다. 아이들은 이내 새로운 언어를 통달했다. 조지오는 반의 광대가 되었다. 루치아는 학교 친구들을 아름다운 트리에스테의 그리고 골웨이의 이야기들로 환대했는데, 그곳에 그녀의 할머니는 진짜 말(馬)만큼 큰 흔들 목마를 가졌었다. 노라와 조이스에게는, 전쟁을 도피하는 동료 트리에스테 인들, 그리고 영리하고 즐거운 아일랜드 작가에 의해 영어를 배우기를 열망하는 상인들과 감탄자들의 통상적 범세계 주의자들의 무리가 있었다.

곧 조이스는 학생들보다 나은 무엇인가를 가졌으니—후원이었다. 런던의 예이츠의 노력은 조이스를 위해 왕실 문학 기금으로부터 75파운드의 자금을 굳게 했다. 예이츠는, 자금의 관리자였던 작가요, 비평가인 에드먼드 고스에게, 조이스가 취리히에서 커다란 빈곤 속에 살고 있음을 설득했다. 고스는 비록 조이스가 연합 복지를 위한 어떠한 지지 성명을 하지 않은 사실을 찬성하지 않았을지라도, 자금에 대한 지원을 했다(노르웨이는, 그 문제를 위해, 예이츠를 대접했다고, 고스는 주석을 달았다).

이리하여 즉각적인 재정적 압력은, 비록 조이스가 여전히 수입의 안정적 공급원을 갖지 않았을지라도 완화되었다. 그는, 그런고로, 노라의 숙부로부터 그래도 더 많은 돈을 받고 행복했고, 후자는 레인하드 가(街)에서 크루츠 가에로 이사하는 그들의 비용을 위해 또 다른 9파운드를 보냈다. 비이기적인 마이클 힐리는, "내가 도울 수 있도록 만사가 어떤 입장에 있는지를 내게 알게 해주는 훌륭한 감각을 가진 데 대해," 조이스에게 실지로 감사했다. 그리고 그는, 자신의 수입에 투자한 무거운 요구 때문에, 더 많은 돈을 보낼 수 없는 데 대한 사과와 함께 곧 또 다른 5파운드를 보냈다. 마이클 힐리는 과장하고 있지 않았다. 그의 누이의 아이들에 대한 자신의 원조는 심지어 그들의 배우자들에까지 뻗었다. 노라의 가장 큰 언니인 매리는 영국군의 병사였던 윌리엄 블랙모어와 결혼했는데, 그는 미국으로 가기로 한사코 각오했기 때문에, 자신이 탈주하기로 미리 준비했던 전쟁 참호를 기어이 피하려 했다. 힐리는, 그러나 왕실에 언제나 충실한지라, 블랙모어가 명예롭게 이민 갈 수 있도록 돈으로 그를 군복무에서 해방시켰다.

노라는 스위스에서 생활을 위해 그녀의 가족에 장비를 갖출 필요가 있었다. 조이스는, 그의 관대함에 대해 처─삼촌에 감사하며, 노라가 돈으로 산 것을 상세하게 기록했으니, "아이들이 날씨에 필요했던 플란넬과 다른 옷가지들, 및 그녀가 자기에게 보여준 수백 개 중의 선택한 모자"였다.

그것은 노라가 샀던 모두가 아니었다. 알프스 산의 북부 이동은 그들 모두를 위하여 한 개의 전적인 새로운 옷장을 필요로 했으며, 노라는 계절에 따라 바꾸기를 언제나 좋아했다. 전시戰時의 부족량과 작업요원으로 필요한 여인들을 위한 품목은, 조이스가 너무나 사랑했던, 에드워드 왕조풍의 목털, 파라솔, 그리고 희미한 물감들을 역사의 쓰레기통 속으로 쓸어 넣어 버렸다. 취리히에서 노라는 커다란 칼라, 견장, 그리고 넓은 옷깃을 지닌, 어둡고, 군대─스타일의 오버코트로 장비를 갖추었다. 그녀의 새 모자들(그녀는 한 개 이상 필요했나니)은 언저리 없는 토크 모 또는 세일러 모였다. 오후와 저녁을 위해 그녀는 어깨를 따라, 씌운 단추 달린(군대의 또 다른 특징) 준엄한 실크 드레스, 하얀 칼라와 새침 떠는 벨벳 나비 타이를 샀다. 그녀의 옷단의 공그른 선들은 솟아 있었고, 그녀의 허리선은 처졌으며─그리고 그녀는 루치아의 것도 마찬가지임을 알았다. 한 장의 사진은 레이스를 걸친 조이스의 두 여인들을 보여주는데, 린제리─스타일의 블라우스를 입고, 뒤로 돌린 "할리퀸" 모를 쓴 노라 및 레이스 차림을 한 정교한 파티 드레스를 입은 루치아이다. 또 다른 사진은 수업 중인 루치아를 보여주는데, 다른 소녀들보다 한층 더 정교하게 드레스를 입었다. 그들은 머리카락을 간소하게 뒤로 내려뜨린 채, 평복을 입고 있는지라, 목걸이, 손목시계 및 거대한 머리 나비 장식이다.

노라는, 어떤 옷 잘 입은 아내들처럼, 그녀의 가족에 있어서 남성들의 외모를 등한히 하지 않았다. 그녀는 조이스와 조지오가 언제나 잘 재단된 바지와 잘─맨 목도리로 순결해 보이도록 조처했다. 초라하게 보이는데 대한 조이스 가족의 별난 불평에서, 조이스는 마이클 힐리에게 말했거니와, "저는 넋 빠진 독일인이 뒤에 두고 간 조가비—코코아 색의 오버코트를 입은 것으로 보일 겁니다." 그러나 흔히 그러다시피 사진들은 편지를 거짓 전한다. 취리히에서 그의 도착 직후에 찍은 한 장의 사진은 기타를 경쾌하게 치며, 멋진 블레이저코트, 놋쇠 단추가 달린 쪼끼와 가벼운 칼라의 비단 타이를 맨, 배우같이 잘 생긴 조이스를 보여준다. 사실상, 노라의 손으로, 조이스는 패션모델이 된 셈이었다. 그는 결코 멋 부리지 않았다.—그녀는 그가 몸이 좋지 않을 때 셔츠를 갈아입지 않는다거나 혹은 면도를 하지 않는 것에 대해 그에게 성가시게 굴어야 했다.—그러나 그는 자신의 의복 및 자신이 입는 편안한 우아함 때문에 멋진 모습을 취리히에서 드러냈다.

별거는 통신(편지)을 의미했다. 취리히에서 그녀의 첫 해에, 노라는 펜을 들기 위해 결코 그토록 동요되어 본 적이 없었다. 그녀는 골웨이의 어머니에게 자신의 아이들에 관해, 아이린과 스태니슬로스로부터의 뉴스에 관해, 짐의 작업의 진행에 관해 썼다. 바나클 부인은, 그녀의 딸보다 심지어 문학에 취미가 덜했거니와, 조이스와 그의 어려움에 대해서 큰 동정을 가졌다. 그녀는 노라더러 그를 격려하도록 권했다. "사랑하는 노라," 그녀는 썼다. "나는 네가 결코 안달하지 않는 것 같아 그것이 너를 그토록 젊게 보이는 이유일 테지만 그러나 네가 그토록 의기소침한 짐을 보게 되면 넌 그걸 느낄 거라 나는 확신해……."

그러나 전쟁은 골웨이의 볼린 그린까지도 영향을 미쳤다. 1915년 12월에 노라의 동생 톰은, 비록 마이클 힐리가 단지 그가 마음만 바꾼다면 미국에 있는 그의 누이 빛 그녀의 남편과 합세할 수 있도록 그의 몫을 치르겠다고 제의했을 지언정 군대 소집에 응했다. 바나클 부인은 그녀의 외아들의 출발에 상심했다. 그녀의 글을 쓰는 어려움은 한 통의 격정적 편지를 노라에게 억제하지 않았다.

나는 너무나 우려하기에 글쓰기를 상관하지 않아. 네 편지는 나를 몹시 마음 상하게 했어. 그리고 가련한 조지(조지오)―그가 톰에 관해 언제나 말하는 식이라니. 글쎄, 사랑하는 노라, 나는 지난 편지에 네게 말하고 싶지 않았어. 톰이 성탄일 바로 두 주일 전에 회사를 그만두다니 듣기 안됐겠지. 그리고 그가 군대에 입대했는지라 그는 내게 슬픈 크리스마스를 안겨 주었어.―우리는 그를 되돌리려고 할 수 있는 모든 걸 다했지. 그러나 그는 머물려고 하지 않았어 숙부는 그가 매리에게 그를 보내겠다고 말했으나 그는 말을 들으려 하지 않아……. 현재 그는 단지 주당 1실링을 받고 있으니 내가 별거 수당을 받고 있는 것보다 그의 급료의 절반을 내게 서명했어. 내가 주당 12―6실링을 받도록 말이야. 그를 생각할 때 나의 심장은 거의 찢어지는 듯……. 나는 그에게 쓸데없는 참견을 했는지라 그리고(?) 그들을 함께 뭉치고 기도서를 구하고 그들 모두에게 축복하게 할지니 나는 단지 기도만을 생각하리라 그는 오래전에 프랑스로 가려 했어. 그럼 하느님은 나로 하여금 그를 위해 기도하도록 도울지니 그리고 조지오와 루치아 역시 기도하게 하도록, 세상에 기도밖에 없지 네게 말하거니와…… 사랑하는 엄마

노라는 또한 스태니슬로스부터 소식을 받았다. 그는 그녀에게, 특히 그의 억류 초기에, 자주 편지를 썼다. 한때 그가 답장이 올 기한이 지났다고 느꼈을 때, 그는 조이스에게 편지로 말했다, "노라의 편지는 아주 마음에 들어." 노라와의 그의 관계에 있어서, 스태니슬로스는 농담술弄談術을 적용했는데, 그 때문에 형제들은 전통적으로 형제의 아내로부터 자신들의 거리를 두었다. 노라가 그이더러 독일어를 배우도록 충고했을 때 그는 웃음으로 소리 질렀다. 그는 그녀를 지분거렸는지라("형수는 그토록 공부하길 좋아하오?").

스태니슬로스는 자신이 노라를 꿈꾸었음을 그녀에게 폭로하듯 털어 놓았다. 한번은, 캠프 분대장이 그녀의 사진을 보자, 그녀가 그의 아내인지 물었을 때, 그는 고백했다, "글쎄, 그래요, 근엄하게 보이지요.―글쎄 물론 젠체하지만. 많은 사람들은 아내가 아닌가 나를 의심하지요……. 분명히 나는 보다시피 그렇게 바보는 아니요." 스태니슬로스 또한 아이들이 그에게 보낸 엽서에 숙부다운 상냥한 눈을 뻗었고, 루치아가 조지오보다 한층 잘 그리고 한층 정확하게 글

269

을 쓰는 것을 알아차렸다.

그의 캠프에서 스태니슬로스는 나쁘게 대우받지 않았다. 그의 주된 문제들은, 테니스를 하다 손목을 삔 일, 그리고 아마추어 연극 배우를 위한 의상의 부족이었다. 노라는 그이를 위해 열광적으로 쇼핑을 했으며, 그는 '아주 세심하게 선택된 모든 것'에 대해 그녀에게 감사했다. 그녀는 과일, 책, 당과, 비스킷 상자, 마른 우유, 심지어 시가까지 보냈는데, 이들을, 비애연가로서, 그는 물물교환으로서 사용했다. 그녀는 그에게 너무나 많은 코코아를 보냈는지라, 그는 여분을 아이린에게 건넸다. 그는 아일랜드에 있는 가족을 경멸했다. 노라의 숙부 마이클 힐리는, 스태니슬로스가 불평하기를, 파견자(발신자—그들이 자신들에게 보낸 그의 편지들에서 발송자 주소로부터 빼긴 말)로서 자신을 언급하지 않을 만큼 충분히 독일어에 정통한 두 가족들 가운데 유일한 사람이었다. "그들은 정말로 가장 놀랍게도 순진한 무리들이야" 하고 그는 말했다. "그들은 전쟁이 어디서 일어나고 있는지를 아는지 나는 의심스러워."

전쟁은 역시 프란치니 가족을 트리에스테로부터 이탈리아에로 도로 몰고 갔는데, 거기 오레산드로는 군 복무를 위해 신병으로 모집되었다. 크로틸드 역시 노라에게 썼다, "나는, 언제나 행복하고 즐거운, 당신을 여러 번 꿈꾸어 왔어, 나는 그것이 진실이 되기를 기도해 왔어."

노라는 무엇보다 아이린이 가장 보고 싶었다. 취리히에로의 이주는 잃어버린 애인들에 대한 모든 그녀의 기억들을 되살렸다. 아이린에 대한 그녀의 동경은 생생한 꿈으로 스스로 나타났는데, 그것을, 그녀는 과거 자신의 마음에 있던 거의 모든 것을 말했듯, 조이스에게 말했다. 그는, 평상시처럼, 열렬히 경청했다. 비록 그는 주위에 온통 유행했던 새로운 정신분석을 멸시하도록 요구하지 않았을지라도, 그는 사실상 메모들을 상세하게 적어두었다.

아일린에 대한 그녀의 꿈속에서, 노라는 언덕 위 은빛 암소들의 무리들 사이에 홀로 누워있었다. 암소들 중의 하나가 말했다, "사랑을 하고 있어요"(조이스에 따르면). 한 가닥 산山의 급류가 나타났다, 이어 아일린이. 그러자 암소는'그것의 사랑 때문에' 죽었다.

조이스는 솔직한 호모섹스의 동경을 이 꿈속에서 보았으니, 암 짐승에 의해 사랑 받는 데 대하여 그의 아내가 어떠한 혐오도 나태내지 않는데 놀라움을 표현했다. "여기," 그는 자기 자신에게 논평했거니와, "유혈에 대한, 혹은 임신에 대한 아무런 두려움이 없어." 이것은 노라가 또 다른 임신을 두려워하기 때문에 성교를 겁내고 있다는 강한 암시처럼 보인다. 그는 자기 자신과의 연관을—프레치오소와 은빛과의, 허술한 여인과 암소와의, 그리고 노라의 옛 낯익은 이야기와 죽음의 꿈과의 연관들을 덧붙였다. : "그녀의 애인들은 모두 죽음, 육체의 죽음, 청춘의 죽음, 거리의 죽음, 단지 그녀의 기억에 의해서 비춰진 추방의 혹은 절망의 죽음에 매달려 있어."

노라는 아일린이 그토록 많이 그녀를 보고 싶어 하는 것을 알고 마음의 안락을 느꼈다. 프라하로부터 아이린은 그녀의 '사랑하는 노라'를 재삼 연거푸 불으면서, 동경하듯 썼다, "얼마나 자주 나는 언니의 교제를 동경하는지 언니는 언제나 너무나 경쾌하고 그러면서도 너무나 조용했는데 그 시절이 언제나 다시 올는지 나는 의심하거니와 상상컨대 언니는 나를 잊지 않았는지 모르겠어."

결혼한 지 두 달, 아일린 역시 가족 또는 친구도 없이, 이상한 도시로 이주했다. 그녀는 보헤미아의(체코의) 그리고 체코의 요리를 배워야 했다. 오래지 않아 그녀는 병이 났는데—아마도 낙태 때문으로—그러나 이이린은 그녀가 몸소 노라에게 말할, 자세한 것들을 간직해 두겠다고 썼다.

나는 언제나 언니를 생각하고 있어요. 언니가 어떻게 무엇을 하는지 때때로 나는 바보처럼 언니를 만나기를 바라요. 그것이 불가능하다는 것을 알면서도 나는 머지 않아 우리가 만나기를 진심으로 희망해요……. 우리가 만나면 언니에게 많은 음식을 가르쳐 줄게요. 그들 중에 당과도. 우리는 가끔 말해요, "글쎄 짐이 얼마나 저걸 좋아할지 상상할 수 있어," 그리고 언니를 위해 나는 사과 롤을 만드는 것을 배웠어요.

아일린은 그들이 모두 트리에스테로 돌아와, 비록 그녀가—노라처럼—오빠의 작품을 이해할 수 없을지라도, 그녀와 노라가 전처럼 짐을 축하하며, 자신들의 조촐한 저녁식사를 요리할 수 있는 그날을 동경했다.

짐에게 최고의 사랑을 주고 그에게 비록 나는 그걸 많이 이해할 수 없을지라도 그러나 나는 그의 작품에 대한 훌륭한 뉴스를 들을 때 보다 나를 더 행복하게 하는 것은 없어요 그리고 당신들 둘 다 행복함을 알아요.

'훌륭한 뉴스'는 런던으로부터의 왕실 문학 기금과 뉴욕에서 책 형태로 『초상』의 임박한 출판과 관계했다. 아이린은, 스태니슬로스처럼, 하나의 세계보다 더 한 것이 그들과 제임스 조이스 사이에 다가오리라는 것을 느꼈다. 왕실의 딱지가 붙은 기금은 심지어 조이스의 아버지에게 감동을 주었다. 존 조이스는 그의 반영反英의 견해를 한쪽으로 돌리고, 그 뉴스를 더블린 주위에 퍼뜨리며, 비록 그것이 그런 종류의 것이 아닐지라도, '폐하(조지 5세 왕)로부터의 이토록 명예에 대해,' 그의 아들을 축하했다. 스태니슬로스는 75파운드를 그것이 무엇인지에 대한 것인지 알았으니—런던의 문학 기구에 의한 유망하고 새로운 작가에 대한 인정을—그리고 또한 더 주요한 것인즉, 그의 형의 천재와 그의 가족을 부양하기 위한 책임으로부터의 자신의 면제였다.

취리히에서 그들의 첫 해 동안, 노라와 조이스는 둘 다 건강이 아주 좋지 않음을 불평하기 시작했다. 주로 그들은 기후를 비난했다. 그들은 자신들의 생활에서 처음으로 혹독한 겨울의 냉한을 경험하고 있었으며, 눈과 어름의 대안은 회색의 하늘과 안개임을 알고 있었다. 조이스는 류머티즘, 편도선염, 그리고 필경 대장염의 고통을, 그리고 노라는 '신경성' 및 때때로 '신경쇠약'(조이스가 때때로 그랬듯이)의 고통을 겪었다. 이러한 불평들을 현대적 전망으로 보는 것은 어려운 일이나, 그들은 근심, 불면증 및 울음의 발작으로 표현되는 낙담감落膽感에 관해 이야기하고 있는 듯했다. 그들은 둘 다, 그들의 당대인들과 함께, 한 가지 치료로서 '분위기의 변화'를 단호히 믿었다.

외관상으로, 그러나 31살의 노라는 근강의 초상이요, 대단히 아름다운 여인이었다. 취리히에서 그녀가 앉아 있는 한 공식적 사진은, 검은 가장자리 테의 모자에 의해 돋보이는 그녀의 조롱조의 눈과 고무적 입을 보여준다. 취리히에 피난처를 택한 많은 외국의 예술가들 중의 한 사람인 비엔나의 작가 페릭쓰 베란은, 자신이 기숙사 정원에 앉아, 스스로의 글쓰기로부터 위로 추켜보면서, 어떻게 조이스 내외를 처음 보았는지를 서술했다.

> 안경을 쓴 미지의 홀쭉한 사람이 내게 곧장 다가왔다. 그는 소녀를 손을 잡고 안내하고 있었다. 그의 뒤 바로 가까이, 한 숙녀, 분명히. 젊고, 아름다운 눈을 한 그의 아내가 뒤따랐다. 한 건장한 꼬마 소년이 그녀의 오른손에 끌리고 있었다.

취리히에서 조이스는 보다 잘 알려지게 되었고, 노라는 보다 눈에 띠게 되었다. 트리에스테에서 조이스의 옛 벗들은 저녁에 그들의 여인들을 집에 남겨둔 남자들이었다. 취리히는 달랐다. 부르주아적 스위스 사회는 성(섹스)을 덜 분리시켰으며, 게다가, 노라의 아이들은 이제 나이 들었기 때문에 그녀는 외출하기가 한층 자유로웠다. 또한, 취리히에는 조이스를 지나친 음주로부터 막거나, 그를 집으로 데리고 올 스태니슬로스는 없었다. 노라가 그것을 몸소 해야 했다.

노라는 바로 그녀의 가족을 양육하는 일에 손이 벅찼다. 다섯 달 동안 감자는 떨어졌다. 빵, 고기가 부족했고, 그리고, 알프스 산맥의 소떼들과 목장의 나라에서 분하게도, 심지어 버터와 밀크가 부족했다. 피난민들은 스위스 사람들에게 니트로글리세린(역주 : 다이너마이트 제조용)을 만들기 위해 교전국에 생산품을 파는데 대해 비난했다.

조이스 가족은 새로운 일정 속에 안정을 누렸다. 조이스는 전적으로 집에서 작업했다. 대낮에 노라는 그이와 아이들을 위해 점심을 요리했다. 저녁에 그는 카페로 외출했는데, 거기서 노라는 그와 합세했다. 그는 바이스 크루스 카페, 테라스 카페, 또는 그의 마음에 드는 곳(거기 그는 커턴 뒤의 정규 식탁을 가졌다), 파우엔 온 하임프라츠 카페를 좋아했다. 노라는 조이스가 그의 주위에 모은 배우, 시인, 화가, 및 음악가들의 혼성을 쉽사리 받아들였다. 많은 켈트 인들처럼, 그녀는 계급에 의해 무감동적이었고, 공포감이 없었다. 젊은 미국의 작곡가 오토 루닝은 그녀가 정답고, 따뜻한 마음을 지닌 자로, 대단히 아일랜드적 임을 알았다. 노라가 파티에 합세했을 때, 그가 목격했듯, 그것이 한층 긴장을 풀게 했다. 그녀는 쉽사리 잡담했고, 만일 그녀가 물을 질문이 있으면, 그녀는 그대로 물었다. 레스토랑에서 결코 싫증나지 않은 채, 그녀는 자신의 못마땅한 시선을 다른 식객들, 특히 여인들에게 던졌다. 조이스는 자신이 말하기보다 한층 귀담아 들었으며 메모를 했다. 만일 조지오가 그들과 함께 있으면, 그들은, 그가, 얌전한 태도로, 레스토랑을 뛰어 돌아다니자, 그를 관용으로 바라보았다.

그들이 가진 트리에스테의 한 가지 습관은 오페라에 또는 극장에 가는 것이었다. 그들은 조지오와 루치아의 분노에도, 그들을 함께 데리고 가지 않았는데, 아이들은 창문으로부터 (이탈리아 말로) 고함을 질렀다. "우리를 여기 돼지우리처럼 가두다니!"

자주 왔던 동료는 오토가로 바이스로, 젊고 잘생긴 트리에스테의 유대인이요, 그는 취리히 대학에서 정치 경제를 공부하고 있었다. 노라와 바이스는, 비록 처음 그의 흥미가 그녀의 남편에 있을지라도 서로의 우정을 즐겼다. 바이스와 함께 그녀는 이탈리아어로 말할 수 있었고, 그들은 바그너의 공통의 감상을 나누었는데, 그의 음악을 조이스는 좋아하지 않았다. "바그너는 섹스 냄새가 난단 말이야." 조이스는 말하곤 했다.

노라보다 약 10년 아래인 바이스의 관심사는, 비록 그녀가 청년기에 접근하는 아들의 어머니일지라도, 그녀는 매력의 힘을 잃지 않았다는 것을 그녀에게 알리는 고마운 상기자였다. 노라가 이러한 불안들을 참고 견뎠음은 조이스가 기록한 그녀의 꿈들 가운데 가장 성적으로 분명한 것에 의해 암시된다.

> 완전히 옷을 입은 채, 그녀의 조모의 정원에서 배설하며
> 매리, 그녀의 자매가, 애인더러 기다리도록 청한다.
> 애인은 암갈색 얼굴을 하고 있다.
> 헤어 아이론을 한 그의 머리카락
> 그는 대머리라
> 그가 낯선 집 밖에 앉아 있다.
> 이제 젊지 않은 한 여인이 또한 거기 있다.
> 여인이 그녀의 다리를 치켜들자
> 그녀의 음부는 무모이라
> 조오지가 시가를 피우면서 지나간다.
> 골이 난 채
> 그녀는 집으로 그를 뒤따른다.
> 아이린과 스태니슬로스와 함께 흡연에 관한 한 바탕 싸움
> 그녀는 노여움으로 울부짖는다.
> 그녀의 애인이 만찬에로 그녀를 기대한다.

이 심상의 풍부함은 그녀의 과거와 그녀의 현재를 연결하는 노라의 한결같은 노력에 관해, 그리고 또한 아일린과 스태니슬로스와의 있을 법한 싸움인, 그녀의 흡연의 육감적 사랑에 관해 많이 암시한다. 이 강력한 이미지들이 아내로부터 남편으로 전달될 수 있음은 노라와 조이스 간의 친교의 비범한 깊이를 드러낸다. 아무리 예술적으로 조이스가 그것을 써 두었을지라도, 꿈은 노라의 것이었다.

자신의 꿈을 말하려는 그녀의 욕망은 바이스에게 귀를 기울인 것으로부터 유래할지니, 그의 형제인, 대도라도 바이스 박사는 이탈리아에서 최초의 프로이트 심리학자였다. 바이스는 그 주제에 대해 많이 이야기했으며, 융과 친숙했다.

바이스가 오스트리아의 군 복부를 위해 소환되기 전에, 그는 1915년 조이스 가족의 멋진 사진을 찍었는데, 이는 아마도 레스토랑에서 네 조이스 가족들의 첫 사진을 포함하리라. 그들은 모두 한 줄로 앉았고, 노라는 전술적으로 그녀의 남편과 아이들 사이에 자리했으며, 아이들은, 아주 빳빳한 등을 하고, 꼬마 성인인양 앉아 있다. 조지오는 그의 강철 테의 안경을 쓰고, 나이를 초월하여 어른처럼 보인다.

취리히에서 노라는 또한 그녀 자신의 친구들을 사귀었다. 영국의 배우 크로드 스키즈가 영화 각본을 쓸 가능성에 관해 조이스에게 접근했을 때, 조이스는 노라를 만나기 위해 그의 아내를 데리고 오도록 그에게 요구했다. 스키즈의 아내는 작고 멋진 영국의 여배우로서, 그녀의 무대명은 대이지 래이스였다. 그녀는 노라보다 한 살 아래였는데, 노라가 동경했던 바로 집시 같고, 활발한 영어를 말하는, 동료를 마련해 주었다. 두 여인들은 가깝게 되었지만, 그러나 노라는 그녀의 친구를 스키즈 부인으로서 이외에는 결코 달리 부르지 않았다.

노라의 물리적 상황은, 돈이 다양한 화폐로 다양한 원천과 다양한 기증으로부터 계속 나타나자 계속 개선되었다. 런던의 미스 위버, 그녀는 이제 자신이 『에고이스트』지를 편집하고 있었거니와, 조이스를 돌볼 것을 결심했고, 파운드에 의해 촉진된 채, 조이스의 건강과 작업 조건에 관해 아주 염려했다. 1915년 말에, 그녀는 『젊은 예술가의 초상』을 연재한 데 대한 '원고료'로서, 그것이 번 것이 전혀 없을지라도, 그에게 50파운드를 보냈다. 돈은 그녀 자신의 것이었다.

해리엇 위버, 당시 나이 39살로, 그녀는 대단히 강한 사회의식을 가진 의사의 딸이었다. 비록 그녀는 자신의 작고한 어머니로부터 받은 독립적 수입을 즐겼을지라도, 그녀는 상속된 부에 의해 산다는 것은 폭리에 의해 사는 것이었다. 제임스 조이스에있어서, 그런데 그는 세상이 그에게 삶을 빚졌다고 믿었거니와, 그녀는 자신의 양심으로부터 짐을 들어 올리는 이상적 파트너를 발견한 셈이었다. 1915년 12월에 그는 그녀의 선물에 대해, 그리고 런던에서 책의 형태로『초상』을 발간하도록 한 그녀의 노력에 대해, 열렬히 감사했으니, 왜냐하면, 그가 말했듯, "나는『율리시스』라는 책들 쓰고 있는지라, 단연코 타인이 방해하지 않기를 바란다."

다른 기금이, 적게, 당시는 그렇게 작지 않은, 액수로 나타나기 시작했다. 뉴욕으로부터, 존 퀸이란 아일랜드계―미국인 변호사가 조이스에게 10파운드(당시 거의 $30 값어치)를 보냈다. 그러자 1916년 8월에 영국 수상 H.H. 아스퀴스(혹은 오히려 그의 개인 비서인, 에드워드 마시, 그는 조이스의 책들을 읽었는지라)의 통제 하에 있던 영국 시민 전상장주全上場株로부터, 그는 100파운드의 실질적 자금을 부여받았다.

과분한 부조扶助는 조이스 가家의 생활수준을 향상시키는 데 이바지했다. 트리에스테에서처럼, 취리히에서 그들은 자신들이 좋은 친구들로 끝난 이방인들과 아파트를 나누어 가졌다. 1917년까지는, 그들은, 호수 가까이 시페드 가街 54번지의 방들 중 셋째 세트를, 그것이 작고, 습지고, 맨 아래층이기 때문에 싫어하면서, 폴 루지에로로부터 제의를 받아들였다. 그는 과거 영어 레슨을 받고 있었던 은행 서기였고, 조이스 가족은 학생의 아버지에 속하는 한 아파트에로 이주하는 것이 기뻤다. 새 아파트는, 호수와 평행으로, 그러나 보다 큰 방들을 가진, 꼭 같은 편리한 거리에 있었다. 거기에는 두 가지 약점이 있었으니, 5개의 방들 가운 단지 2개만이 조이스 가족에게 유용했고, 비용은 그들의 옛 주소보다 3배만큼 비쌌다.

전시에 취리히의 잠자리 주선은 전쟁 전의 아일랜드에 있어서처럼 거의 더 이상적이 아니었는지라, 조이스 가족은 그들 상호의 성적 면을 위한 프라이버시가 거의 없었다. 그들은 조지오를 거실의 캠프 침대에서 자게하고, 루치아를 그들의 방 안으로 데리고 갔다. 그러나 노라와 조이스는 시펠드 가街 73번지의 새 가정을 좋아했고, 그것을, 월 120 스위스 프랑(약 5파운드)으로, 가격에 아주 합당하다고 생각했다, 통상시처럼, 그들은 즐겁고도, 기분 전환적 이웃들이었으며, 곧 그들이 함께 구역을 분담했던 한 젊은 작곡가요, 탁월한 오페라 소프라노의 재빠른 친구가 되었다.

조이스에게 영국으로부터의 두 선물이 아일랜드의 애국자들에게 신성시되었던 사건인, 1916년의 더블린의 부활절 봉기의 어느 한쪽에 나타났다. 그가 영국의 부조로서 살고 있었을 때, 그리고 그가 여태 가진 가장 동정적 후원자 해리엇 위버가, 태도에 있어서, 원칙에 있어서, 그리고 감수성에 있어서, 그녀가 조이스에게 쓴 데로, '별 도리 없이 영국적'이었을 때, 조이스는 거의 반反—영국적이 될 수 없었다.

사실상 조이스는 좁은 의미로 정치에는 흥미가 없었다. 그는 1916년에 두 옛 친구들의 죽음을 알았다. 프랜시스 시히 스케핑튼은 더블린에서 총살당했고, 톰 케틀은 솜 전투 동안 영국 군복을 입고 살해되었다.[6] 두 남자들은 시히 자매들과 결혼했으며, 여권론자인, 스케핑튼은 그의 아내의 성姓을 자신의 것에 첨가했다. 대전의 발발에 관해, 조이스는 너무나 태연했기에 그의 친구요, 영국인 화가 프랭크 버전은 그를 희롱했다. 만일 조이스가 대전동안에 그가 무엇을 했는지 질문받으면, 버전은 말했나니, "나는『율리시스』를 썼다" 하고 그는 말할 수 있었으리라. 조이스는 하나의 독립 국가가 되기 위한 아일랜드의

6_시히 스케핑튼의 죽음은 특히 잔혹했다. 부활절 봉기 동안 약탈을 방지하려고 노력하다가, 그는 영국인에 의하여 체포되고, 수감 도중 한 영국 장교의 명령으로 총살되었다. 장교는 뒤에 미친 것으로 알려졌다.

투쟁을 지지하지 않을 것인가 스스로 질문받았을 때, 그는 반격하기를, "그런고로 나는 나 자신을 그것의 최초의 적으로 선포할 수 있을 것인가?" 그는, 비록 자신이 여러 해 전에 패프릭 퍼스와 함께 자신의 학급으로부터 반―영국적이 된다는 것은 그것 자체에 있어서 친―아일랜드적이 되는 것이 아님을 알았을지언정, 아일랜드적이 된다는 것은 반―영국적이 된다는 것을 심오하게 느꼈다.

그는 영어로 씀으로써, 자신은 영국의 문학 전통 속에 스스로 포위됨을 알았다. 그는 곧 그러한 전통으로부터 도피할 방도를 찾아내려 했다.

조이스는 역시 마이클 힐리의 한결같은 지지에 의해 아일랜드의 과도한 애국심으로부터 제지되었다. 힐리는 현저하게도 관용적인 남자였다. 그가 단독적으로 독실한 가톨릭교도인 한, 그는 조이가 자신의 글쓰기에 투입한 커다란 노동과 총체적 확신에 대한 기탄없는 감탄을 가졌다. 힐리의 존경은 심지어 조이스가 『율리시스』에 사용된 음란한 언어 때문에 악명으로 유명했을 때에도 계속되었다.

조이스의 명성이 커지자, 노라의 친척들은 노라의 남편이 작가라는 사실과 타협하지 않으면 안 되었다. 그들은 짐의 책들을 피할 수 없었으니, 왜냐하면 그가 그들에게 모든 사본들을 보냈기 때문이다. 당시 유타(역주 : 미국의 주명)에 살고 있던, 노라의 자매 매리가, 그녀의 것을 받았을 때, 그녀의 남편인 윌리엄 블랙모어는 조이스에게 아메리카의 찬가를 노래할 기회를 이용했다.

> 당신은 저들 싸우는 민족들과 아주 가깝지요. 이 나라는 그로부터 아주 잘 피하고 있어요. 우리는 아주 훌륭한 대통령을 가졌는데―그는 자신이 전쟁으로부터 피할 수 있는 한 전쟁을 믿지 않아요. 나는 이 나라를 좋아하지만 매리는 언제나 고국으로 돌아가기를 원하고 있어요……. 만일 당신이 언젠가 이 길을 도로 걷는다면 정말 좋으려니…… 나는 이제 끝내야 할 것 같은지라 잠자러 가기 전에 당신의 책의 조금을 읽어야 하기 때문에.

1916년에 노라는 거의 홀로 골웨이에 남아 있는 자신의 어머니에 관해 걱정하지 않으면 안 되었다. 단지 막내인 캐슬린만이 집에 남아 있었다. 애니 바나클을 위한 가장 심한 타격이 나타났는데, 마이클 힐리가 사업의 부족 때문에 골웨이 항에서 더블린으로 전근되었을 때였다. 그녀는 노라에게 심장이 찢어질 듯 편지를 썼다.

나는 숙부에 관해 너무나 걱정하기에 어찌할 바를 몰랐어. 그가 골웨이를 떠나다니 그가 떠났을 때 나는 세상이 온통 무너지듯 했어. 당시 그는 건강이 나빴고 지난 수요일에 일하려 가려 했어. 그러나 그건 가벼운 일임에 틀림없어. 세관은 단지 1마일 반에 있기에 그는 전차를 타지요. 그러자 이 무서운 전쟁이라니. 가련한 톰은 프랑스에 나가 있고 나는 그에게 그의 상자를 화요일 보냈지, 버터 코코아, 요리된 햄, 비스킷 차, 밀크, 그리고 모든 이러한 것들을. 하느님이시여, 그를 도우사 이 전쟁은 무서운지라 나는 그를 위해 미사를 드렸지. 가련한 사라 호먼의 남편은 죽어 매장되었어. 그가 거의 죽는 날 밤, 그녀는 양초 살 값도 없었으니 그의 친구들이 모자를 들고 모퉁이를 돌아가야 했는지라 30파운드를 모았지. 그녀의 7 아이들을 어떻게 한담, 스탠다스 부인 너가 좋아하는 그 간호원 그녀는 레번 어머니 너는 그녀에게 편지를 써야 해요……. 나는 너가 아이들더러 톰을 위해 기도하도록 하기를 바라오. 사랑하는 어머니, 안녕

애니 바나클은 당연히 노라가 여전히 자신의 종교를 수련하고 있다고 가상했다.

조이스는 고국에서 온 이들 편지들을 노라에게 읽어 주었다. 그는 과부와 그녀의 7아이들을 위해 모은 송금에 대한 감동적인 설명을 택하여, 그것을 『율리시스』속에 실었는데, 거기 패디 디그넘의 애도자들은 그의 과부를 위해 수금을 행한다. 이러한 일화는 노라의 가족에 의하여 『율리시스』에 행한 유일한 공헌은 아니다. 마이클 릴리는, 조이스의 류머티즘에 관해 듣고, 그것을 피하기 위해 그의 호주머니에 감자를 지니고 다니도록 강하게 충고했는데, 조이스는 몸소 충고를 따랐을 뿐만 아니라, 같은 목적을 위해 리오폴드 블룸의 호주머니

에 감자를 지니게 했다.

1917년 3월에, 마치 하늘이 열리듯이, 심지어 보다 큰 선물이 공식적인 레테르 없이―사실상, 전혀 래테르 없이, 도착했다. 런던의 변호사 협회는 조이스가 한 익명의 지지자로부터 4번의 연재에 대해 200파운드를 받게 된다고 그에게 알렸다. 조이스는 협회의 명칭―슬랙, 몬로 앤드 쇼―을 하리엇 쇼 위버의 것으로, 알지 못했으며, 돈이 어디서 오는지 생각이 나지 않았다. 어쨌든 간에, 그는 돈이 필요했으니, 그는 자신의 지갑을 위한 새로운 자금 요구를 가졌기 때문이었다.

조이스의 눈은 1907년의 류머티즘 열의 한 차례 심한 발작 이래 그를 괴롭혀 왔다. 취리히에 도착한 이래, 눈이 빨개졌으며, 그는 홍채염의 류머티즘 치료를 받았다. 1917년 초에, 그러나 거리를 걸어가는 동안 그는, 부어오르는 안구의 점진적 긴장인 녹내장의 공격을 받았다. 그는 고통 때문에 걸을 수가 없다.[7]

10년 동안에 처음으로, 노라는 자신이 남편인 병자와 함께 함을 알았다. 그리고 스태니슬로스 또는 어떤 다른 대리자 없이, 그녀는 자신이 가장 싫어했던 것을 했는지라, 조이스의 비서 역이었다. 그들의 수입은 출판자, 법률가, 후원자 그리고 무엇보다 미스 위버와의 점진적으로 고조하는 통신에 달려 있다. 노라는 그녀의 충성을 짐과 나누는 어떤 중요한 인물로서 미스 위버를 보게 되었다.

편지들에서, 노라가 때때로 쓴 말들은 그녀가 자신의 '나의 남편을 위한 영웅적 노력'에 대하여 미스 위버에게 감사했을 때처럼 그녀가 조이스의 받아쓰기를 행하고 있었음을 보여준다. 그러나 그가 너무 아픈 나머지 어쩔 수 없자,

---

7_그러한 경험은 한 수의 시 '반호프 가街'로 귀착하거니와, 이는 10년 뒤 『한 푼짜리 시들』에 출판되었다 : "나를 조롱하는 눈들이 신호한다 / 거기 저녁 때 내가 지나는 길을……."

그녀는 자신의 받아쓰기를 끝냈다. 존 '퀸'에게, 그녀는 거의 울부짖었다, "그이가 수술을 받기 위해 즉시 입원해야 할 것 같아요."

'퀸'은 어떤 건전한 미국식 충고를 되쏘았다.

> 자, 조이스 부인, 이것을 기억하시오, 나는 법률에 있어서처럼 의학의 전문가들을 고르는 일에 아주 많은 경험을 갖고 있소……. 올바른 의사를 갖는 것보다 더 중요한 것은 없소……. 내가 할 수 있는 모든 것이란 스위스에서 그가 필경 할 수 있는 최고의 안과 전문의 또는 그들 중 두 사람을 갖도록 조이스더러 강하게 권고하는 것이오.

의무적으로, 노라는 짐이 듣기를 원하는 뭔가를 위해 작은 문학잡지들을 조이스를 위해 읽었는데—이를 테면 아서 시몬즈가 쓴 논문 또는 파운드가 어떤 새로운 책에『율리시스』에 관한 논문을 포함하려는 것 따위. 그리하여 조이스의 통신자들이 그녀에게 썼을 때, 그녀는 원고와 교정쇄에 관한 지루한 세목들을 낭독해야 했으며, 심지어 나쁜 뉴스를 전달해야 했다. 뉴욕의 노프 씨는, 그녀도 조이스도 그에 관해 들은 바 없거니와,『망명자들』의 부본을 읽었고, 그것을 출판할 것을 상관하지 않았다.

조이스는, 결과로서, 비록 그가 수술이 불가피하다는 것을 믿었지만, '두려움 때문에 그리고 역시 수술받는 눈이 나의 것이라는 사실 때문에,' 그것을 연기했다. 고통이 진정되자, 그는 자신의 한층 절박한 관심사로 되돌아 갈 수 있었다.『망명자들』을 출판하거나『율리시스』를 쓰는 일이었다.

1917년까지는, 노라와 조이스는 공히, 그들이 결코 본적이 없는, 해리엇 위버를 그들의 제2의 어머니로 간주하기 시작했다. 미스 위버는 조이스 내외가 루치아에 관해 걱정하기 시작하는 첫 암시를 받았다. 7월 18일에 조이스는 말했는데, "나는 몇 시간 전에 당신에게 한 통의 편지를 썼지만, '멍청한거지'라 할, 나의 딸이 어딘가 거리에서 그걸 잃었다오. 고로 나는 그걸 여기 반복하오."

편지를 떨어뜨린다는 것은 어느 19살짜리든 할 수 있는 일이지만, 그때쯤 취리히에서 찍은 사진들은, 사진에 찍히는 경험에 대한 혼란스런 무표정, 멍청한 눈의 무반응을 보여준다. 노라는 또한 그녀의 딸을 염려하여, 또 다른 생생한 꿈을 꾸었는데, 이를 그녀는 조이스에게 보고했다. 그 속에, 노라는 두 유령이 나오는 셰익스피어 작의, 새로 발견된 한 편의 연극을 보았는지라, 그녀는 루치아가 겁을 낼까 두려워했다.

노라는 자기 자신의 문제들에 관해 걱정했다. 그녀의 '신경'이 자신을 괴롭히고 있었으며, 그녀의 머리카락이 빠지고 있었다. 8월 초순에, 조이스가 한층 나아졌을 때, 그녀는 이탈리아의 스위스에 있는 마기오레 호湖 상의 로카노에로 떠났다. 그녀는, 이이들을 8월 중순의 개학을 위해 정시에 데리고 갈 것을 약속하면서, 조이스를『율리시스』를 쓰도록, 그리고 고양이에게 먹이를 주도록 뒤에 두고 떠났다.

그것은 값싼 휴일이 아니었으니—시필드 가街의 그들의 아파트를 위한 반달치의 임대료보다 더한 다하임 기숙사의 주당 가격—한 사람당 하루에 거의 5 스위스 프랑이었다. 그러나 은행에는 돈이 있었고, 노라는 그것을 쓸 것을 원했다. 그녀는 더 많은 돈이 오리라는 것을 알았다. 존 '퀸'은『망명자들』의 원고를 위해 또 다른 20파운드를 약속했다. 노라는 자신이 얼마나 오래도록 머물지를 결정지을 수 있도록 '퀸'으로부터 약속된 돈이 도착하기를 원했다. 아무튼, 그녀는, 조이스가 자신들을 집으로부터 데리고 나오는 것을 기뻐해야 한다고, 느꼈다. "나는 당신이 율리시스(Ulisses)를 쓰고 있기를 희망해요," 그녀는 그에게 편지했거니와, "우리들이 당신을 괴롭히지 않고."(그녀는—그가 그걸 발음하는 대로—그것의 이탈리아 형태로, 책의 이름을 철자했으나, 끝에 한 개의 s를 첨가했다. : Oolisays.)

서로의 무리로부터의 이러한 떨어짐은 노라와 조이스가 그동안 통신하기에 충분할 만큼 오래 별거했던 1909년 뒤로 드문 기간들 중의 하나였다. 그들은 일부일처주의가 단조로움이 되는 상황에서 그들에게 드러나는 가정적 세목에 대해 빈번하게 그리고 배려로서 그렇게 했다. 노라는 세탁소로부터 그녀의 블라우스를 원했다. 그녀는 그들의 트리에스테의 부유한 친구들 중 하나의 의도에 대해 한 마디 냉소적 말을 했다. : "트립코비치는 아마도 그 밖에 다른 어떤 곳에 여섯 아이들을 가졌는지라, 미스 몰도를 바로 팽개치기 원하나 봐요." 그녀는 또한 로카르노(역주 : 스위스 남동부의 읍)에 대해 생생한 설명을 했다.

> 친애하는짐. 돈 그리고 또한 동봉한 것과 함께, 오늘 아침의 당신의 편지에 대해 참 고마워요. 그 때문에 나는 당신에게 받은 즉시로 답장을 보내요. 당신이 돈을 받았다니 기뻐요(익명의 50파운드 할부 중의 하나). 그런고로 당신은 걱정할 필요 없어요. 당신이 시간을 최고로 잘 이용하기를 바라요. 우리는 전에 당신에게 말했듯이 잘 있어요. 음식은 우리가 먹을 수 있는 것보다 한층 좋고 많으며 침실도 훌륭하고 발코니가 달려 있어요. 날씨가 한층 좋기에 우리는 어제 어떤 멋진 산보를 할 수 있었어요. 그리고 남자들이 값을 외치는 소리를 듣다니 아주 활기차요. 그리고 바로 트리에스트(독일어의 철자)에서처럼 가능한 많은 소리를 외치면서 그들은 바로 이탈리아인들처럼 활발하고 불결하고 무질서해요. 취리히와는 아주 딴판이에요.

그들 간의 새로운 냉정함이 있었다. 노라를 멀리둠으로써, 조이스가 여느 때보다 덜 걱정해서가 아니다. "편지, 전보 및 우편엽서에 대해 고마워요"로, 노라는 그에게 그녀의 편지들 중의 하나를 시작했다(그는 그녀의 안부를 묻기 위해 점보를 쳤으며, 그녀는 답으로 전화했다. "그라찌 스토 베니씨모."). 그러나 그녀는 그의 편지들을 보존하지 않았다. 그는 그녀의 것들을 간직했나니, 그들 중 하나에서가 아니라, '친애하는'이란 말보다 한층 강한 애정의 어떤 말을 그녀가 사용하고 있음을 틀림없이 목격했기 때문이리라. 만일 그녀가 결구에서 사랑을 보냈다면, 그것은 보통 아이들이 하는 식이었으리라.

노라는 자신이 기숙사에서 다른 손님들 사이에 교우관계를 찾고 있다는 암시로서 그를 조롱했다. 잔인한 위트로, 그녀의 편지들 중 하나에서 그녀는 그의 약점을, 그리고 또한 '친애하는 오쟁이'라는 말로서 편지를 열음으로써, 『율리시스』의 주요 주제들 중의 하나(성적으로 불만스런 아내의 간음)를 빗대어 말했다. 그리고 그녀는 "우린 오늘 점심 뒤에 춤을 좀 추었어요, [나도] 역시 추었어요"라고 그에게 말했다.

춤을 추다니? 오쟁이? 어찌 노라는 감히, 단지 5년 전에, 그녀를 감시하기 위해 유럽을 가로질러 달려갔던 남자에게 이런 말을 쓸 수 있담?

차이는 『율리시스』었다. 그것은 한 권의 책 이상의 것이었다. 그것은 조이스가, 자신이 성적 본능(리비도)을 자신과 더불어 취하면서, 움츠려 들었던 총체적인 사적 세계였다. 그의 옛 질투를 흔들려는 노라의 대담한 시도는 그를 되돌리려는 필사적 시도를 암시한다.

그러나 노라는 괘념치 않고 스스로 즐기려고 마음먹었다. 그녀는 꼭대기에 수도원이 있는 어떤 언덕인 마돈나 델 사쑈의 정상에 올랐다. 그녀는 마기오리 호반으로 노 저어 갔고, 그녀는 춤추었고, 지극히 잘 먹었으며, 아이들이 축음기를 터는 것을 한결같이 관대히 다루었다. 그리고 그녀는 그가 그녀에게 보낸 호색적 책을 읽었다. ― "나는 그걸 갖는 걸 아주 기뻐해요," 그녀는 말했으니, "특히 그것이 마조크의 저서이기 때문에." 음악에 있어서처럼 호색문학에 있어서, 그들은 비슷한 취미를 가졌었다.

로카르노의 날씨는 지독했다. 노라 자신의 병과 공포증은 조이스의 그것을 모방하기 시작했으며, 그녀는, 그이처럼, 천둥 폭풍우에 극히 감동적이었다.

그것은 지난밤 약 9시 반에 시작했고, 우리는 몇몇 사람들과 저녁 식당에 있었어요. 그리고 비가 하루 종일 내리고 있었는데 사람들은 그걸 기대하지 않았어요. 그러자 갑자기 밝은 천둥번개가 다가왔는데 나는 그것이 우리의 최후라 생각했어요. 나는 공포로 약 20분 동안 몸이 뻣뻣했고 그러자 비가 쏟아지고 우리는 10시 반경에야 잠자리로 갔어요. 그러나 나는 잠잘 수 없었고 폭풍우가 시작하고 아침 5시 반까지 천둥이 계속 되었죠. 그것은 전등을 끊어 놓았고 가장 무서운 인상을 주었어요. 고로 나는 밤새 어두운 방을 헤매고 있었으니 고로 당신은 내가 오늘 기분이 어떤지를 상상할 수 있을 테죠…….

노라의 휴식 치료는 아이들의 독립에 의해 도움을 받았다. 12살과 10살인 그들은 하루의 많은 시간을 스스로를 챙기기에 충분한 나이요, 노라에게 감사하게도 잘 행동했다. 한 강인한 어버이인 그녀는 법을 입안하는 방법을 알았으며, 조지오와 루치아는 그들이 아버지로부터 바랐던 것은 무엇이나 얻을 수 있었다. 그들은, 그러나 서로가 맞붙어 싸웠고, 그러자 노라는, 그녀의 특별히 솔직한 언어로 조이스에게 썼다.

아이들은 학교가 시작하기 2, 3일 전 여가를 갖기 위해 목요일쯤 집에 가기를 원해요. 나는, 그들이 아침에 일어나기 전 규칙적인 놀이를 하며 침대에서 복싱 매치하는 것 말고는 그들과 별 어려움이 없어요. 그리고 물론 나는 그들을 마루에로 끌고 나오지요. 조지오는 아주 수줍은 데다 내가 그의 잠지를 볼까 두려워 이불 속에서 뒹굴어요. 이제 머리카락을 썻어야만 하니 단지 고통스런 것은 그것이 계속 아주 많이 흘러 내려요. 희망컨대 이 편지가 만족하길 바라요.

최선의 사랑으로
아이들과 노라로부터

조이스는,『율리시스』의 세 열리는 장들에 끊임없이 작업하면서, 자기 힘으로 꽤나 잘 살고 있는 듯했다. 왜냐하면 한때 그는 노라와 떨어져서 일을 보다 더 잘했다. 낮에 홀로, 그는 고양이에게 말을 걸었고, 고양이는 그에게 말을 걸었다. 그는『율리시스』에서 리오폴드 블룸의 첫 출현 속으로 녀석을 써 넣음으로써 그녀(노라)에게 되갚았다.

—뫼야웅·!(Mrkgnao!) 고양이가 울었다.

……저놈한테는 내가 뭘러 보일까? 탑의 높이로? 아니야, 놈은 내개 뛰어오를 수 있지.

—밀크야웅·!(Mrkrgnao!) 고양이가 크게 울었다.

고양이의 두 번째 울음에서 여분의 r의 첨가는 조이스가 얼마나 의도적으로 그의 애완동물에게 귀를 기울였던가를 보여준다.

그는 노라에게 자주 전화를 걸었는데, 노라가 미치지 못하는 곳에 있는 것을 기뻐하는 듯했으나, 노라는 청구서에 관해 걱정했다.

내가 전에 얘기한 대로 여기 내가 머물고 있는 것을 상관하지 않아요. 하지만 아이들이 토요일보다 더 오래 남아 있을 것 같지 않아요. 그런고로 어찌할지 모르겠어요, 물론 집세는 아주 비싸요. 당신은 '퀸'을 기다리는 것이 퍽 피곤한 듯하군요. 만일 돈이 도착하면 나는 어떻게 해야 할지 알 수 있어요. 아무튼 당신은 내게 130크라운을 보내는 것이 좋겠어요. 그럼 우리의 기차 비와 하숙비를 물 수 있어요. 나의 머리카락은 보다 조금 나아졌어요. 사람들 말이 의사한테 가는 것이 최선이라고 해요. 그것이 아마도 생각을 막는 길인지라 그러나 내가 여기 온 이래 너무 많이 생각하지 않기 때문에 고로 점차 나아질 거예요. 아무튼 더 이상 걱정하지 않을 거예요. 당신이 건강하고, 내가 매일 조금씩 읽는 뭔가를 쓰기를 바라요…….

그러나 조지오와 루치아는 추리히로 급히 되돌아가기를 원했다. 8월 18일에 조이스는 녹내장의 새로운 공격을 너무나 고통스럽게 참아야 했고, 즉각적인 수술을 받아야만 했다. 노라는 그의 침대 가에 있기 위해 급히 되돌아갔다.

위기는 노라로 하여금 새롭게 문학적 비서의 의무 속으로 빠트렸다. 통신(편지)을 대답함에 있어서, 그녀는 적당하게 구두점을 찍도록 유의했으나, 그녀의 피로에서, 자신이 결코 달리 해서는 결코 안 될 짓을 했으며, 그녀의 남편에게 그의 별명으로 언급했는지라, 마치 그녀가 에즈라 파운드에게 썼을 때처럼

이었다.

친애하는 파운드 씨. 저는 지금까지 너무나 쇼크를 받았기에 글을 제대로 쓸 수 없었어요. 짐은 목요일에 수술을 받았어요. 시들러 교수는 수술이 복잡하고 어려웠다고 했어요. 불행이도 수술 후로 짐은 3일 동안 지속된 신경허탈에 빠졌어요. 저는 어제야 그를 보도록 허락되었고, 그는 천천히 회복되고 있어요. 그는 당신이 '퀸' 씨에게 재차 타전하도록 답을 받지 않았는지 그리고 그가 다시 퇴원하면 그 액수를 당신에게 보낼 것인지를 당신에게 간청해요.

조이스가 집에 왔을 때, 그들은 시필드 가 73번지에서 정상적인 생활을 계속하도록 노력했으나, 그는 원만한 회복을 이루지 못했고, 노라는 게다가 기분이 좋지 않았다. 10월에 그는, 자신이 미스 위버에게 말한 대로, 3번 또는 4번의 실신을 겪어야 했는데, 그것은, 그가 두려워했다시피, 심장 쇠약에 기인했지만, 의사의 말은, 한층 심한 신경과민이 원인이라 했다.

때는 겨울치고 한층 따뜻한 기후임에 틀림없다고 조이스는 마음먹었다. 그들은 로카르노에로 모두 되돌아가, 아마 전쟁이 계속되는 동안 거기서 머물리라. 그들은 자신들의 방들을 포기했고, 짐들을 꾸렸으며, 고양이를 여행 버킷속에 넣고, 취리히 밖으로 이동했다. 폴 루지에로는 그들 넷이 정거장을 막 떠난 기차를 잡으려고 달려가는 것에 관해 엘먼에게 말했다.

이사移事는 조지오 및 루치아 조이스의 교육에 있어서 또 다른 처참한 단계였다. 조이스 내외는 그들의 아이들을 사랑했다―그러나 그들을 기르기보다오히려 사랑했다. 그들은 생애를 위하여 또는 결혼을 위하여 그들을 준비할 생각을 하지 않았으며, 그들이 분위기의 변화를 느낄 때, 또는 조이스가 일할 다른분위기를 찾을 때, 그들을 학교로부터 끌어내는 것을 결코 주저하지 않았다.

로카르노에서 조지오와 루치아는 지방 학교에 들어갔는데, 그것은 이탈리아어로 그들의 수업을 계속하는 것을 의미했다. 가족은 처음에 빌라 로싸를 시도했고, 이내 호수와 중앙 광장 근처, 이전 8월의 노라의 기숙사인 다하임으로 도로 이사했다. 조이스는, 그의 타고난 재능 가운데, 심지어 작고, 비 사적 호텔 방에서, 가방 속 그의 노트와 함께, 어디서든 일하는 능력이 있었는지라,『율리시스』의 첫 3개의 삽화들을 완료했다. 그는 그들의 친구인 크로드 스키즈에게 그것을 보내 타자를 치게 했다(에즈라 파운드는 뉴욕의 전위 잡지인『리틀 리뷰』지에 연재를 마련하고 있었다). 그는 또한 얼마간을 노라에게 읽어 주었는데 그녀는 그것을 전혀 좋아하지 않았다.

그녀는 언어에 의하여, 비록 그녀가 일상의 말에 있어서 스스로 많은 단어들을 사용했지만 충격을 받았으리라. 그녀는 아마 '푸른 코딱지 같은 바다. 불알을 단단하게 하는 바다'보다 한층 더블린 만灣을 서술하는 방도들이 있다는 것을 생각했으리라. 그러나 그녀는 조이스로 하여금 계속하도록, 혹은 그가 작업하기 위해 필요한 조건들을 갖는 것을 보증하게 하려고 노력하는 데 결코 실패하지 않았다. 그의 일에 있어서 그녀의 관심은 부분적으로 그의 출세에 있어서 자기—권익에 의하여, 그리고 그의 복지의 모든 양상을 위한 불요불굴의 관심에 의하여 촉진되었다. 마치 그녀가 그해 여름에 표현했듯이,

> 나는 당신의 책이 팔리고 있다는 소식을 듣고 기뻐요. 율리시스를 계속 쓰고 있기를 희망해요. 너무 밤늦게 머물지 말아요. 당신은 자신을 위해 어떤 옷도 사지 않은 듯하군요. 확실히 그리고 그렇게 해요.

로카르노의 경쾌한 분위기 속에서 조이스는 그의 꼼꼼한 두리번거리는 눈을 만족시킬 시간을 재차 발견했다. 기숙사에서 어느 저녁 그는 한 젊은 독일 여인으로, 폐병으로부터 회복하고 있는 한 의사를 만났다. 노라처럼 닥터 거트루드 캠퍼는 키가 컸다(조이스는 스태니슬로스에게 자기는 등치 큰 여인을 좋아한다고 말했다). 아말리아 포퍼처럼, 그녀는 길고, 가느다란 손을 가졌었다. 조이스

는 흥미를 갖게 되었고, 그녀를 호텔까지 집으로 바래다주기를 요구했으나, 그녀의 친구들이 사이에 끼어들었다. 조이스 부인이 좋아하지 않을 거라고, 그들은 말했다. 조이스는 카지노 오락장 정면에서 우연히 만나는 것으로 스스로 만족해야 했다.

나중에 조이스는 그좌절된 젊은 의사에게 두 통의 편지를 보냈는데, 그 속에 그는 자신이 그녀에게 반했다고 말했으나, 또한 그의 최초의 성적 경험의 이야기로 그녀를 괴롭혔다. 한 아이였던, 그는 (한층 더없는 행복한 언어를 사용하여) 숲속에서 그의 유모의 용변 보는 소리가 그에게 수음을 야기했다고 그녀에게 말했다.

닥터 캠퍼는 알기를 상관하지 않았다. 1년 뒤 그녀가 그를 취리히의 거리에서 우연히 만났을 때, 그녀의 본래의 인상이 확증되었다. : 그는 천재적 그러나 우울한, 그리고 병약한 사나이였다. 그녀는 그가 만나자는 초대를 거절했다.

조이스가 그 망연한 젊은 의사에게 쓴 비밀들 중의 하나는, 자신이 여인과 누워 있을 때, 발각될 위험에 있다는 사실이 흥분적인 것임을 안다는 것이었다. 그는 무의식적으로 그이 자신의 아이들에게 언급하고 있었다. 1917년까지는 조이스 부부는 공동으로 루치아를 그들과 또는 그녀의 오빠(조지오)와 방을 나누는 것을 한결같이 선택해야 했고, 조지오는, 노라의 꿈과 편지가 지시하다시피, 자신의 남근에 관해 성적으로 자의식적이 되어가고 있었다. 모든 네 사람에 대한 이러한 밀접한 근접의 결과는 단지 추측할 수 있음에 불과하리라.

『율리시스』의 배경에 대한 한 학자요, 전문가인 프린스턴 대학의 A. 월컨리츠는 조이스 내외의 활동적 성생활은 이 시기 쯤에 끝났음을 암시하고 있다. 조이스가 자기 자신의 에로틱한 상상 속으로 점점 더 깊이 몰입했을 때, 그가 1906년 스태니슬로스에게 말했듯이, 그는, '나 자신의 영혼의 우물인, 성적 활동 분야 속으로 버킷'을 내렸는지라, 그가 끌어올린 모든 것을 그는『율리시스』속으로 투입했다. 소설은, 자연주의로부터 날카롭게 전향하면서, 그리고 성적 도착의 모든 형태가 맴돌며 지나가는 사창가 장면의 초현실적 환각으로 나아가면서, (리츠에 따르면) 1917년과 1920 사이 진로를 바꾸었다. 노라를 위하여―그러한 활동 분야로부터―남은 것은 아무것도 없는 듯하다. 이로 비추어, 조이스의 닥터 캠퍼와의 은밀한 통신은, 노라와의 1909년의 통신처럼, 이제『율리시스』를 위한 또 다른 준비 운동처럼 보인다.

물론, 아무런 객관적 증거는 있을 수 없으며, 그들 자신의 말들을 통해 새 나오는 암시들만 있을 뿐이다. 뭔가가 발생했었다. 노라의 잔잔한 경쾌함은 눈물과 근심으로 무너지고 있었다. 마치 조이스가 크로드 스키즈에게 썼듯,

> 나의 아내가 오늘 카드를 받은 스키즈 부인과 브라이브트로우 부인 양자에게 그녀의 침묵에 대한 변명을 제발 전해 주구려. 그녀는 한결같이 병을 앓아 왔는데, 아주 고약한 신경쇠약을 겪고 있기에 고로 나는 정말 어찌할 바를 모르겠소.―어쩌면 아파트를 발견하여 취리히로 가야 할지 아니면 여기 이 연립주택을 떠나, 여기서 아파트를 찾아야 할지. 여기 머무는 것이 몸에 좋기는커녕, 그녀를 한층 악화시키고 있소.

노라는 그들이 1918년 정월에 취리히에 되돌아갔을 때 뭔가 잘못된 것에 대한 그녀 자신의 견해를 대이지 스키즈에게 표현했다. "짐은 다하임 주택에서 내게 한 마디 말도 결코 하지 않았어."

9

예술가와 모델

조이스 가족은 취리히에 돌아와 젠트랄비브리오텍과 포웰 카페로부터 몇 분 떨어진 유니버지타츠 거리의 새 아파트에로 정주해 들었다. 그것의 오직 불리한 점인즉, 취리히 당국은 아이들을 그들의 집에서 가장 가까운 학교에 다니도록 요구했기 때문에, 조지오와 루치아는 재차 학교를 바꾸어야 했다. 그들은 자신들의 예기치 않은 귀환에 대해 로카르노의 날씨를 비난했다. 노라는 그녀가 8월에 짐에게 말했을 때가 옳았다. "기후는 취리히보다 그다지 다르지 않은 것 같아요." 그는 로카르노의 사회적 및 지적 풍토가 심각하게도 보다 나쁜 것을 재빨리 알았다.

취리히에 관한 어떤 의혹도 2월에 사라졌다. 조이스는 에젠노시스 은행을 방문하라는 신비스런 초대에 대답했고, 뭔가가 자신에게 이익이 됨을 알았다. 취리히에 살고 있는 한 미국 여인은 그가 문학적 천재임을 너무나 확신했기 때문에, 12,000 스위스 프랑(당시 480파운드)을 그를 위한 계좌計座에 담았는데, 그것은 1,000프랑(40파운드)의 월부로 갚도록 되어 있었다. 감탄자는 존 D. 록펠러의 딸인, 에디스 매코믹 부인으로 들어났다. 1913년 이래 그녀는 구 도시(올드 시티)의 한 아파트에 살고 있었고, 음악가, 작가 및 무엇보다 심리학자 칼 융에게 은혜를 베풀어 왔다.

조이스는 매코믹 부인에게 감사하기 위해 그녀를 방문했다. 그가 훌륭한 인상을 준 것은 확실한지라, 왜냐하면 그는 당시 취리히에서 그의 바람둥이 같은 우아함, 차가운 눈, 작은 턱 수염, 코안경, 완벽한 블레이저코트, 둥글고 검은 모자 및 좁은 회색 바지 때문에 주의를 끌고 있었기 때문이다. 그의 당연한 자신감은, 더욱이, 그의 자라나는 국제적 명성에 의해 보강되었다. 『초상』은 그를 현대 문학의 새로운 힘으로서 수립했었으며, 미국의 『리틀 리뷰』지에서 그의 새 소설인, 『율리시스』의 첫 장들의 출현을 열렬히 기다리고 있었다. 『망명자들』은 뉴욕과 런던에서 출판될 예정이었다. 그의 시들 또한 알려지고 있었다.

조이스와 노라는 이제, 런던으로부터의 익명의 사계수당四季手當을 포함하면서 1,500 스위스 프랑의 월수입을 가졌다. 그들은 심지어 오늘날 그와 상응하는 액수가 암시하는 이상으로, 안락을 누렸는데, 당시 스위스의 프랑 화貨는 영국과 미국의 통화와 연관하여 약한 것이었다. 그러나 조이스는, 규칙적인 수입으로 튼튼하게 된 채, 곧 그것 이상으로 생활 할 새 방도를 찾았다. 그는 글을 덜 가리치고 술을 더 마셨을 뿐만 아니라, 그의 배우 친구인 크로드 스키즈에게 암시를 받아, 영어로 연극을 공연할 한 회사를 세울 계획에 착수했다. 그것은 전쟁 노력에 대한 애국적 공헌이 될 것이다. 스키즈는, 배우로서, 감독이 될 것이요, 조이스는 그의 볼타 시네마와 방적紡績 수출의 경험으로, 사업 총감독이 될 것이다.

중립적 취리히의 존재와 더불어 모든 호전적 국민들은 문화적 선전宣傳에서 경쟁하고 있었다. 조이스는 그가 받았던 후원 때문에 그리고 있을 수 있는 군복무를 위한 영사관에 등록하는 초대를 거절했기 때문에, 영국 정부에 대해 막연한 빚을 의식했다(그는 신랄하게 거절했다. 그는 그에게 잘못 보내진 서류를 반송한다는 메시지와 함께, 총영사인, A. 퍼시 베네트에게 편지를 되돌려 보냈다).

그런고로, 그는 영국 영사관으로 가서, 영국 공연자들이라 불릴 자기 자신의 회사를 위한 공식적인 축복을 기꺼이 요구했다. 여느 때처럼, 그가 서술한 동기들은 사적인 것들에 의해 지지받았으며―그는 『망명자들』이 공연될, 있을 법한 방도를 생각했다. 자신의 마음에 너무나 친밀한, 그 연극은 공연을 위해 사방에서 거절당했었다. 그의 위대한 지지자였던, W.B. 예이츠는 애비극장을 위해 심지어 그것을 각하했다. 그러한 모험적 사업 뒤에는 또 다른 희망이 놓여 있었으니, 금전상의 이익이었다. 조이스와 스키즈는 공연자들이 그들 자신의 투자를 몇 배고 되갚으리라 확신했다.

조이스가 영국 공연자들에 투입한 노력에는 이기적인 것은 하나도 없었다. 비록 그는 단지 회사의 재정만을 위해 책임질지라도, 그는 연극, 의상 및 배역, 코치하기와 대사 일러주기, 티켓 판매, 배역의 맡김―투기사업의 모든 면에 스스로를 투신했다. 조이스의 최후의 그랜드 제스처는, 공연자들의 11,000프랑에 달하는 현저한 빚을 얻으면서, 그가 커다란 빈곤 속에 세계 제 1차 전쟁을 보냈다는 확신을 어겼다. 그가 자신의 생활에서 가장 격렬하게 창조적 기간 동안, 이러한 강박적 활동을 위해 여가를 발견했음은 그의 많은 분량의 스태미나를 말해준다. 조이스는, 그의 눈의 수술이 그의 힘을 짜내었을 때까지, 육체적으로 빈약했지만 지칠 줄 몰랐다. 1918년 5월에 '공연자들'의 첫 공연에 앞선 3개월 동안, 조이스는 『율리시스』의 3개의 에피소드들인―'칼립소', '로터스―이터즈', '하데스'를 완료했고, 리오폴드 블룸으로 하여금 아침 조반으로부터 데리고 나와, 공동 목욕탕에로 그리고 글라스내빈 공동묘지의 패디 디그넘의 장례식에로 방문하게 한다.

조이스와 스키즈가 첫 공연으로서 택한 연극은 오스카 와일드 작의 『어네스트 家의 중요성』이었는데―와일드가 아일랜드 사람이기 때문에 그는 조이스에게 특별한 기쁨의 원천이었다. 영어로 쓰인 가장 훌륭한 연극들은 아일랜드 인들에 의하여 쓰였다고, 그는 말하기 좋아했다(그의 아일랜드적 충성은, 마땅히 강조되어야 하거니와, 정치적이 아닌 문화적인 것이었다. 그는 그의 동포들이 자신들의 주의를 찰스 스트워트 파넬을 배신하는 것에 돌리기 훨씬 이전에, 그를 학대한 데 대해 결코 용서하지 않았다).

트리에스테와 더블린에서의 그들의 경험으로부터, 노라는 조이가 소송하기를 좋아하는 것을 알았다. 그를 골나게 했던 출판자들과 지주들을 다룸에 있어서, 그녀는 어떻게 그가, 영어의 어구로, '신호가 있으면 즉시' 법으로 달려갔는지를 보았으나, 그녀는 그의 소송이, 그의 낭비처럼, 자신의 명성을 단지 증진시키리라는 것을 이미 알아야 했다.

와일드의 연극이 일반의 갈채로 공연되었을 때, 조이스는 모든 배우들에게 삯을 지불했는지라, 전문가들에게는 30프랑을 그리고 아마추어에게는 10프랑을, 단지 그들의 비용을 커버하도록 지불했다. 그러나 아마추어들 가운데, 키가 크고, 전에 영사관에서 일했던 영국 군인인 헨리 카는 자신이 그러한 소액을 받은 데 대해 격분했고—그가 생각하기로, 팁에 불과 한, 돈을 조이스에게 팽개쳤다. 알제논 몬크리프처럼, 카는 흥행의 스타였는데, 자신의 역할에 너무나 반했기 때문에, 보다 잘 공연하기 위해 새 의상으로 150프랑을 썼다. 그는 자신의 의상에 대하여 변상을 요구했다. 조이스는, 그가 팔도록 받은 공연의 모든 티켓에 대해 돈을 지불하지 않았기 때문에, 카는 실지로 돈을 그에게 빚고 있다고 지적함으로써 반대했다.

카와 조이스 간에 계속된 익살스런 소동은 톰 스토파드 작의 연극인 『의상』 속에 당연히 담겨 있었다. 그것의 진짜 원인은 돈보다 한층 깊이 놓여 있었다. 카는, 프랑스에서 싸우면서, 포탄 파편에 의해 고간股間(성기)에 극심하게 상처를 입었고, 그의 일생 동안 지속될 흉터를 남겼다. 독일인들은, 그를 3년 동안 포로로 붙들고 있었는데—영국 당국이 그에게 취리히 영사관의 비전투직을 부여함으로써 이를 시인했듯이, 분명히 그가 더 이상 싸우기에 적합하지 않기 때문에 그를 석방했다. 성마른 남자, 카는, 전쟁이 어떻게 일어났는지 상관없다는 사실을 마구 털어 놓는 그 냉정한 아일랜드 인의 광경으로 격노했다.

조이스는 티켓에 합당한 25프랑을 요구했다. 카는 그가 옷에 쓴 150프랑을 대신 요구했다. 조이스가 거절했을 때, 카는 그를 악당이니 사기꾼으로 불렀다. 그는 영사관이 영국 공연자들을 위해 지원을 철회하는 것을 보게 될 것이라고, 더욱이 만일 그가 조이스를 다시 만나게 되면 그의 목을 비틀어 버리거나 아래층으로 내던져 버리겠다고 말했다.

조이스는 변호사에게 직행했다. 그는 두 개의 고소장을 보냈다. : 하나는 25프랑을 되찾는 일이요(그가 자기 자신의 자금에서 공연자들에게 아낌없이 사용하는 것과 비교되는 수당), 둘째는 공격과 명예훼손의 위협에 대한 것이었다. 법적 행동은 조이스의 건강과 감정적 에너지에 대한 심한 고갈을 의미했거니와, 그가 어느 것도 여유가 없을 때였다. 노라는 그해 여름 9주일 동안 그가 양 눈의 홍채염으로 몸져누워 있을 때 그를 간호했다.

그럼에도 불구하고, 10월까지는 그는 『율리시스』의 다음 두 장들을 완료하도록 작정했다. 이들은 『이브닝 텔레그래프』지의 사무실을 배경으로 하는, '아이올로스'와, 데이비 번의 주장에서 대부분 일어나는 '레스트리고니언즈'였는데, 주장에서 블룸은 점심을 먹고, 사랑이 품은 상관관계의 쇠퇴를 생각한다. 종국에 조이스는 만족을 갖지 않았거니와, 왜냐하면 비록 그는 첫째 고소는 승소했지만 둘째는 패소했기 때문이다. 조이스는 취리히에서 영국 문화를 위하여 그토록 많이 일을 하고 있는 동안 영국 관청의 야만적 대접의 부당성에 항의하여 그는 심지어 로이드 조지에게 편지를 썼다. 1918년에 고려할 약간의 한층 절박한 사건들을 가졌던 영국 수상은 대답할 기미를 보이지 않았다.

초기의 모순당착 속에 영국의 현역 총영사였던 베네트는 조이스를 반대하여 카의 편을 들었다. 조이스는 너무나 골이 난 나머지, 공개적으로 반―영국적 및 친―독일적이 되었는데―이는 노라가, 그녀의 숙부의 일과 그녀의 동생의 영국군의 복무 때문에, 결코 나눌 수 없던 감정이었다. 그러나 조이스는 한층 지속적 복수를 원했다. 그는 『율리시스』 속에 베네트와 카를 써 넣었다. 카는 스티븐 데덜러스를 떼려 넘어뜨린 두 촌뜨기들인, 술 취한 영국군인들 중의 하나이다. 베네트는 카의 상관이다. 조이스는 입정 사나운 카를 영국 애국심의 목소리로 삼았는지라, "나는 나의 경칠 ×할 임금님을 욕하는 어떤 ×할 사생아이든 그의 목을 삐뚤어 놓을 테다."

카의 뜻밖의 사고는, 1919년 2월의 두 번째 재판으로 계속 끌고 갔거니와, 노라의 이익에 작용했다. 영국 공연자들이 취리히의 영국 기관과의 호의에서 벗어나자, 조이스와 스키즈는 그들의 계획을 일정 비율 아래로 내리지 않으면 안 되었다. 그들의 다음 공연을 위하여, 단막극들의 세 부분으로 된 프로(그램)를 결정했다. 이들 가운데 하나로 조이스는, 아란 섬을 배경으로 한, 싱 작의 『말을 타고, 바다로』를 선택했다. 1903년에 원고를 읽었을 때 그것에 대한 반응에도 불구하고, 조이스는 그 극을 아주 좋아하게 되었다. 그가 아는 한, 그것은 대륙에서 결코 공연되지 않았다. 그녀의 마지막 아들이 바닷속에 익사하는 노파의 딸들 가운데 하나인 캐더린 역으로, 그는 노라를 배역했다.

노라는 자기 자신을 그 역할 속에 투신했다. 그녀는 언제나 여배우의 솜씨를 가졌고, 그녀가 마음 편하게 느끼는 사회적 모임들에서, 자주 이야기꾼의 역할을 했는지라, 한편 조이스는 자신의 손 뒤로 미소를 숨기면서 감상하듯 귀담아 들었다. 그녀의 자세, 외모, 그리고 무엇보다도, 그녀의 목소리는 필경 데이지 스키즈가 말했다시피 완전무결했다. 연극이 공연되었을 때, 그것은 사실상 가족 연출이었다. 조지오와 루치아는 군중 속의 아이들 역을 했고, 조이스 자신은 무대 아래 테너 가수로서 공헌했다.

공연은 1918년 6월 17일에 시작됐다. 그녀의 첫 대사들로부터, 연극의 서행, "그녀는 누워 있네, 하느님 그녀를 도우소서, 그리고 잠들게 하소서, 그녀가할 수만 있다면"을 노라는 나머지들이 뒤따르도록 보조를 취했다. 오토 루에닝은 그녀의 연기가 현저하게도 설득력이 있는 것으로 알았으며, 그녀의 연출가인, 스키즈는, 그녀가 아주 훌륭하다고 생각했다.

사진들이 제작에 들어갔을 때, 노라는 격에 맞게 포즈를 취했다. 그녀의사진은 그녀를 찍은 여태 가장 멋진 것들 중의 하나였다. 아란 섬의 의상에, 맨발을 하고, 한 손을 엉덩이에 댄 채, 그녀의 얼굴에 쾌활한 미소를 띠고, 그녀는자신 있는 관능성과 부조리극의 흥겨운 인식의 화신 바로 그것이었다. 아무래도, 그녀는 철저하게 스스로를 즐겼으며, 그 때부터 계속 언제나 극장에 관해말하기를 좋아했다. 데이지 스키즈는 그녀의 가까운 친구들 사이에서 여배우들 중의 유일한 자였다. 영국 공연자들 일당의 또 다른 한 사람은,『어네스트 가家의 중요성』에 대한 공연자들의 연출에서 종경하올 그웬돌런 페어팩스로 출연하는, 영국의 여배우, 에블린 코턴이요, 바리 작의『12파운드 얼굴』에서 심스부인은 필생의 친구로서, 노라의 인생의 만년에 한 사람의 대들보임이 증명되었다.

조이스를 단지『율리시스』의 악명만으로 아는 사람들이 자주 생각하는 것이란 그는 틀림없이 위대한 방탕자 및 계집질 하는 자임에 틀림없다고 자주 생각되었다. 반대로, 그는 일부일처주의적일 뿐만 아니라 애처가적이었다. 그의부정한 명성은, 그러나 전적으로 잘못된 것이 아니었으니, 왜냐하면 그는 노라의 덕성과 자기 자신의 것과 더불어, 성적으로 장난기가 심했기 때문이다.『율리시스』를 씀에 있어서, 조이스는 최초로 한 남편과 아버지로서, 그의 청년기가아니라, 성숙기를, 그의 기억이 아니라, 그의 일상생활을 묘사하고 있었다. 만사는, 고양이로부터 헨리 카에 이르기까지, 무엇이든 이용했다. 한층 더한 개인적 및 섬세한 일들 또한 그랬다. 그의 책속에다 그는 무르익은 어머니와 꽃피는 딸 사이의 성적 경쟁과 같은 요소들을 짜 넣었다(『율리시스』에서, 리오폴드 블룸의 딸인, 밀리는 15살이다. 블룸은 그의 아내의 이 변안에 대한 친족상간적 동경으로 고통받는다). 노라는, 만일 루치아가 아니라면, 자신은 한결같이 조이스의 응시하는 시선 아래 있고, 그이 자신의 인생의 경험들이 재미가 없을 때, 그는, 자신의 책을 위하여, 그것들을 그녀의 것으로 풍요롭게 하기를 주저하지 않음을 알았다.

자신의 아내를 짧게나마 무대 위에 올려 놓는 사소한 일은, 에를 들면, 노라로 하여금 다른 남성들에 의하여 요구되기를 바라는 조이스의 저 심금을 감촉했다. 마치 『율리시스』에서 조이스가 리오폴드 블룸에게 그의 아내(직업적 가수)의 사진을 스티븐 데덜러스에게 보여 주듯, 그이 자신은 농부의 의상을 입은 노라의 사진을 『벨파스트 텔레그래프』지의 연극 비평가인 포레스트 레이드에게 손수 보냈다. : "나는 또한 싱의 연극에 참가했던 나의 아내의 사진을 동봉합니다. 그녀는 아란 섬의 시계視界 속에서 태어났기 때문에, 내 생각에, '싱'의 대사들이 진짜 방언으로 이야기되었어요."

자신의 아내를 전시하려는 욕망은, 조이스는 잘 알고 있었으니, 간음에 대한 최소한의 동경을 은폐하는 것이었다(조이스와 노라는, 모든 그들의 친구들이 여겼듯이, 그들 자신을 정식으로 결혼한 것으로 생각했다). 이리하여 부정不貞의 행위는 조이스가 해석했듯이 간음죄와 동등했다. 그의 『망명자들』의 노트에서, 조이스는 왜 리처드가 버사를 기자인 로버트의 양팔 안에 밀어 넣는지를 설명한다.

> 리처드는, 그가 그 속의 어떤 불명예를 확신하기 때문이라기보다는 그 불륜의 관계가 그로서는 많은 거짓을 함유할 것이기 때문에, 자신의 친구들의 아내들과의 불륜의 관계를 위해 부적합 한 채, 대신 간음의 스릴을 느끼고, 그의 친구의 기관을 통하여 버사라는 한 속박된 여인을 소유하기를 원하는 듯이 보인다.

다양한 스릴을 추구함에 있어서, 1918년과 1919년의 조이스는 자신이 미약한 곳에 노라는 강하도록 희망했다. 그는 스릴을 자기 자신만을 위해 단지 원하지 않았다. 그는, 오장이의 이야기인『율리시스』를 위해 그러한 경험을 필요로 했다. 리오폴드 블룸은, 자신의 호색적인 아내, 몰리가, 그녀의 사업 매니저인, 브레이지즈 보일런과 간음을 범하는 동안 희망적으로 피하면서, 1904년 6월 16일 더블린 거리를 배회한다.

노라는 조이스가 원했던 바를 알았다. 그녀는 또한 자신이 이용당하고 있다는 것을 알자 그것을 분개했다. 너무나 자주처럼, 그녀는 조이스 자신의 아름답게 이야기된 그러나 가려진 생각들을 무서운 정확성을 가지고, 평범한 말로 번역했다. 어느 날 밤, 프랭크 버전과 카페를 떠나면서, 조이스가 뒤로 길을 처졌을 때 노라는 왈칵 눈물을 쏟았다. "짐은 내가 다름 남자들과 함께 가기를 원해요." 그녀는 버전에게 말했다. "그가 그것에 관해 뭔가 쓸 수 있도록 말이에요."

그들의 상관관계에 대한 보다 더 분명한 진술은 있을 수 없었다. 노라는 아무것도 상상하지 않고 있었다. 취리히의 그들의 친구들 가운데 또 다른 한 사람인, 신혼한 조각가, 오거스트 수터는, 조이스가 노라를 '유대인들과 희랍인들'에게, 그의 아내의 미덕을 희롱하는 의도로, 소개하는 식을 못마땅하게 쳐다보았다. 그러나 수터는, 버전처럼, 노라가 자신의 그러한 역할을 행하기 거절하는 것을, 그녀가 요부가 아닌 것을 볼 수 있었다. 그녀는 진실로 조이스를 사랑했으며, 그의 남편의 수상한 요구에도 불구하고 확고부동하게도 충실했다.

조이스 내외는 취리히에서 대학의 법률 교수인 프리츠 플레이너와 그의 아내를 포함하여 많은 새로운 친구들을 사귀었다. 그들 모두들 가운데서, 그들은 프랭크 버전을 가장 즐겼다. 그는 재빨리 그들이 여태 가졌던 가장 친밀한 친구가 되었다. 버전은 인생이나 직업을 감상할 수 있는 드문 개인이었다. 그는 영국인으로, 독학을 했으며 광범위하게 글을 읽었고, 넓은 이마에다, 좁고, 명민한 눈을 가졌으며, 튼튼하게 잘생긴 남자였다(버전은 나중에 공연자들의 담배 상자에 오른 수부의 모델로서 봉사했다). 그는 바다에로 도망친 뒤로 화가가 되었다. 세계 2차 전쟁 동안, 그는 취리히의 정보국에 고용되었다. 그들이 1918년의 여름에 만찬에서 처음 만났을 때(카의 벅찬 감격의 절정에), 조이스는 버전이 자기를 살피기 위해 영국 영사가 보낸 스파이가 아닌가 의심했다.

조이스의 취리히에서, 남은 17개월 동안, 노라는, 그녀의 남편처럼, 버전에 의지하게 되었다. 그녀는 자주 조이스를 과음하도록 격려한 데 대해 그를 꾸짖었지만, 그러나 그녀는 버전이 조이스를 그의 넓은 등에 업고 집으로 데리고 왔을 때 감사했다. 그리고 조이스는 버전을, 그가 『율리시스』에 행하려고 노력하고 있는 것에 대한 자신의 생각을 위해, 스태니슬로스가 행한 것보다 한층 성실한 공명상자격임을 알았다. 화가에게, 조이스의 이론은 완전한 의미를 띠었다. "나는 모든 단어들을 갖고 있소," 조이스는 어느 날 말했다. "내가 찾고 있는 것은 문장에서 단어의 완전한 순서라오."

버전은 무슨 단어들인지를 물었다. 조이스는 끈기 있게 대답했다.

나는 나의 책이 현대의 오디세이란 걸 당신한테 말한 듯하오. 그 속의 모든 에피소드는 율리시스의 모험에 대응하오. 나는 방금 '레스트리고니언즈' 에피소드를 쓰고 있은데, 이는 식인종과 율리시스의 모험에 해당하오. 나의 주인공은 점심을 먹으러 가고 있소. 그러나 오디세이에는 유혹의 주제가 있는데, 식인종의 왕의 딸이오. 유혹은 나의 책에서 상점 진열장에 매달린 여인의 비단 페티코트요. 그를 통해서 나는 나의 굶주린 영웅에게 그것의 효과를 표현하오. "모든 포옹의 냄새가 그를 공격했다. 굶주린 육체로 암울하게, 그는 말없이 숭배하기를 갈구하오." 당신은 혼자 힘으로 말들이 얼마나 많은 다른 방도로 스스로 이루어지는지를 볼 수 있을 거요.

노라 또한 버전에게 자신이 『율리시스』에 대해 무엇을 생각하는지를 표현했다. 그녀는 결코 조이스의 작품 중 한 개의 단어도 읽지 않았다는 전설과는 반대로, 마치 저자와 함께 살고 있는 대부분의 사람들이 최근의 책이 무엇에 관한 것인지에 대해 생각을 가지듯, 그녀는 『율리시스』 속에 무엇이 들어 있는지를 완전히 알았다. 그리고 그녀가 알았던 바를 자신은 좋아하지 않았다. "어떻게 생각하세요, 버전 씨." 그녀는 조롱조로 물었다. "여주인공으로 몸집이 큰, 살찐, 무서운 기혼 여인에 관해?"

버전은 살찐 것과 기혼과는 상관없다고 대꾸했다. 그것은 대부분의 책들의 요정 같은 여주인공들로부터 환영받는 변화였다. 그러나 조이스는 노라가 『율리시스』를 일종의 희극적 책으로 평가하지 못하는 데 괴로움을 받았다. 그는 어느 날 아침 노라가 물었을 때 격노했다. "아일랜드의 위트와 유머에 관한 이 모든 것은 도대체 뭐란 말이에요?" 버전에게 격노와 함께 조이스는 말했다, "이것이 나의 아내가 읽는 것이라오." 그리고 책 서랍에서부터 낭만적 소설들을 꺼냈다.

버전은 당시 독신자였으며, 그에게 한 그들의 말들은 분기점의 다른 편에서처럼 아주 큰 의미를 드러냈다. 그에게, 조이스는 여인에 대한 자신의 모든 견해를 생각 없는 한 짐승으로서 털어 놓았다. 어느 날 밤 대화에서, 그는 그리스도는 '완전한 팔방미인'이었다는 버전의 주장을 논박했다. 구세주는 독신자였어, 조이스는 지적했다. 그리고 결코 여인과 살지 않았어. ─ "이는 남자가 가져야 하는 가장 어려움들 가운데 하나야."

조이스는 노라를 『율리시스』를 위한 시나리오로 시연하기 위래 부정不貞 속으로 밀어 넣을 수 없자, 1918년 말과 1919년에 자기 자신의 괴상하고 상상적 시도를 했다.

1918년 10월 말에, 조이스 가족은 유니버지타츠 가街로 가로질러 안과 병원 위의 새로운 지역으로 이사했다. 29번지의 그들의 아파트 뒤쪽은 쿨만 가街를 정면으로 하는 집들의 뒤쪽을 내다보았다. 조이스는 쿨만 가街 6번지(번지가 재배치된 이후의 건물)에 살고 있던 한 젊은 여인에 대한 간음증적 열정들의 하나를 품었다. 그녀의 이름은 마르테 플라이슈만으로, 그녀는 그의 애욕적 이상理想이었다. : 크고, 까만, 유대인의 용모. 그는, 자신의 내키지 않는 막역한 친구인, 버전에게, 자신이 이웃 소녀가 화장실의 변기로부터 일어나며 사슬을 당기는 것을 보았을 때, 그녀와 사랑에 빠졌다고 말했다.

만일 조이스가 과연 목욕탕의 마르테를 얼핏 보았더라면, 그는 자신의 눈을 아주 긴장했을 것임에 틀림없으리라. 두 건물은 서로가 직접으로 반대되는 위치에 있지 않다. 게다가 1919년까지는 조이스의 시력이 너무나 감소했기 때문에 그는 글을 읽기 위해 창문으로 편지를 날라, 눈 가까이 가져가곤 했다. 그가 마르테에게 말한 이야기는 한층 그럴 듯하다. ―즉 그가 거리에서 그녀를 보았음을, 그리고 그녀는 그가 한때 더블린의 해안에서 보았던 소녀(그녀의 조망이 『초상』의 클라이맥스인, '새―소녀' bird—girl)를 자기에게 상기시켰음을.

그는 마르테를 살펴보았고, 자기 자신을 소개했으며, 그는 은밀한 편지를 썼는지라, 『율리시스』에서 마사 클리포드와 더불어 리오폴드 블룸의 내밀한 편지를 위해 사용하려 했던 꼭 같은 종류의 희랍 글자 e's를 가지고 그의 이름을 서명함으로써 스스로를 즐겼다. 그의 노력은 어떤 진전을 이루어냈다. 조이스는 버전에게 자신이 마르테를 그녀의 방에서 방문했고, 잠옷을 입은 그녀를 보았으며, 그리고 여성의 내의에 관한 주제를 그녀와 토론했음을 자랑했다("모든 조이스 독자는," 버전이 나중에 언급했듯이, "그가 감탄했던 빅토리아 중―말기의 여성 속옷 따위를 잘 알리라").

그러나 마르테는 어떤 취리히의 기사技士인, 한 보호자(이른바)를 가졌었다. 비록 그녀는 그들의 관계가 단지 플라토닉한 것이라 주장하기를 좋아했지만, 그녀는 한 정부情婦의 권태, 나태 및 종속감을 느꼈다. 그녀의 나날을 담배를 피우거나, 독서를 하며 보냄으로써, 그녀는 조이스의 편지들에 의해서 위로를 받았다(그리고 그는 자신의 뒤 창문 곁에 서서, 그녀가 책들을 읽는 것을 살펴보려고 애를 썼다).

조이스가 마르테에게 쓴 편지들은, 때때로 독일어로, 때때로 프랑스어로, 바로 투박함의 흔적을 지닌, 경쾌하게도 낭만적이었다(마르테는 한 페이지의 끝을 한마디 불결한 말로 단숨에 썼다). 편지들은 조이스의 노라에게 보낸 초기의 것들을 아련히 메아리 했다.

> 나는 혼자 안개 긴 초저녁을 상상해요. 나는 기다리고 있어요.―나는 당신이 까만 옷을 입고, 젊고 이상한 그리고 점잖게, 나를 향해 오고 있는 것을 보고 있소. 나는 당신의 눈 속을 들여다보자, 나의 눈은 내가 이 세상의 가련한 탐색자임을, 다른 사람의 운명이 아니리, 나의 운명에 대해 아무것도 이해하지 못함을, 나는 살았고 죄 짓고 창조했음을 당신에게 말해요……. 아마도 당신이 거울 속에 당신 자신을 볼 때 당신의 육체의 신비를 이해할 거요. 그곳으로부터 당신의 눈 속의 야생의 빛이 다가오지요, 당신의 머리카락의 빛이?

조이스는 그와 마르테와의 정사情事를 자신의 개인적 성스러운 날인, 생일에 한 가지 축하로서 표하기로 작정했다. 그는 버전에게 젊은 여인으로 하여금 그의 작은 화실을 방문하도록 자신이 데리고 갈 수 있는지 물었다. 버전은, 노라를 속이는 한 음모의 역할을 배당받기를 좋아하지 않았는지라, 조이스를 설득하려고 노력했다. 조이스는 요지부동이었다. 단념하다니, 그는 말하기를, "그건 내게 정신적 죽음이리라."

버전은, 조이스가 그에게 상상은 기억이라는 자신의 예술적 확신을 이미 털어 놓았었는지라, 조이스가 행하려고 애쓰는 바를 이해했다. : 마치 화가가, 생생한 모델들과 함께, 그들의 진짜 강도의 빛과 공간적 상관관계를 보기 위해, 자신의 화실 속의 한 장면을 그리듯, 조이스가 쓰고 있던 어떤 사건들의 모델을 마련하는 것이었다. 과연 버전은, 바로 이러한 조이스 편의 한 가지 문학적 행사로서 '다른 남자들과 교제하는' 조이스의 초대에 대한 노라의 눈물겨운 불평을 해명했는지라, 그리하여, 또 다른 예술가에 대한 한 사람의 예술가로서, 그는 협동하기를 동의했다. 그는 아주 커다란 엉덩이를 가진 한 나부의 커다란 묵화의 스케치를 벽에 그려, 스튜디오를 심지어 한층 보헤미아식으로 보이게 함으로써, 조이스의 소원을 들어주기까지 했다. 조이스는 자기 자신의 장면 세팅을 마련했다. 그는 분위기를 고양하기 위해, 유대의 선반 받침 촛대인 아홉 가지 제식용 촛대를 샀다. 1919년 2월 2일의 늦은 오후에, 그는 마르테를 화가의 동굴 속으로 인도했다.

버전은 이내 조이스의 흑부인(Dark Lady)이 엉덩이가 크고, 절뚝거리는 자임을 목격했으니, "조이스를 위해 그녀가 자신의 속옷을 전시하고 있다고 상상하기는 어려웠다."

마르테는, 촛불로 스튜디오 주위에로 인도된 채, 다양한 조각들과 스케치들에 감탄의, 예의 바른, 부르주아식 경탄을 보냈다. 많은 흥미를 가지고, 버전은 조이스가 '주문注文에 따라 내가 그린 그림의 거대한 궁둥이를 그가 가리켰을 때, 그가 낡은 능글 웃음'을 받는 것을 목격했다.

조이스와 그의 주노 여신 같은 이웃 사이에 잇따라 일어난 것이 무엇이든, 그는 만찬을 위해 정각으로 유니버지타츠 가 29번지의 자신의 집으로 되돌아갔다. 그의 친구 폴 루지에로, 그는 희랍의 기원을 가진 자이거니와, 노라가 그걸로 언제나 2월 2일을 축하하는 큰 향연의 일부로서, 중동中東의 음식을 요리하고 있었다. 저녁 동안, 조이스는 자신이 그날 '한 여인의 육체의 가장 뜨겁고, 가장 차가운 부분들을 탐색했음을' 버전에게 속삭일 기회를 포착했다(그는 그것이 무엇인지 말하지 않았거니와). 버전은 조이스가 단지 마르테에 대한 손의 탐색으로 스스로 만족했고, 노라는 그가 무슨 짓을 했었는지를 결코 의심하지 않았음을 결론지었다. 만일 조이스가 과연 간음의 시도를 시작했더라면, 그것은 그가 실패한 연중의 두 번째 것이었으리라.

마르테는 얽힌 남녀 관계로부터 가볍게 벗어나지 않았다. 근심과 의기소침의 잦은 공격에 굴복한 채, 그녀는 자신의 보호자로부터 춘사椿事의 비밀을 감출 수 없었다. 그는 조이스를 한 가지 환영幻影으로서 불렀다. 조이스는 그 장면을 '저 유쾌한 인간 외교, 저 마음의 선함, 저 타인들의 이해, 저 지금도 용기인 소심'―요약컨대, 모든 그의 블룸류類의 특질을 가지고 배짱으로 타개해 나갔다고, 버전에게 확신시켰다. 그러나 그는 놀랐음에 틀림없었다. 그는 폭력을 너무나 두려워했기 때문에, 『율리시스』속에 주먹 싸움을 삽입하는 것 마저 할 수 없었다고 버전에게 불평했다. 그는 분명히 마르테에 대한 효과로부터 스스로 거리를 두었다. 6월에 그는 버전에게 썼다, "마(르테)―정신병원 또는 너버난솔트에서 그러나 이제 재차 위협적 자살로 물러나다."

그 사건은 단순히 자신의 가정적 스크린에 비친 일시적 일탈이었다. 꼭 같은 편지에서, 조이스는 버전이 노라를 그린 초상으로 자신이 얼마나 만족했는지를 말했다. 그는 그것에 대한 버전의 스케치를 '섬세하고 고무적 객체'라 발음했다. 그들은 아내로 싫증난 남자의 말이 아니었다.

노라는 또 다시 자신의 초상화가 그려진 데 대하여 기뻐했다. 화가의 모델로서 앉아 있다니 그것은 예술가의 아내로서 인생의 한층 즐거운 양상들 중의 하나였다. 버전은 그녀를 최상의 모델로서 알았다. : 침착하고 참을성 있는, '당당한 존재'였다. 그에게 가장 인상을 준 것은, 그는 덧붙이기를, 그녀의 절대적 독립심이었다.

남자들과 사물들에 대한 그녀의 판단은 빠르고, 똑바른 데다가, 전적으로 개인적, 무한정의, 수식되지 않는, 한 규모의 가치들로부터 전진했다. 그녀가 무슨 기분으로 말하든 간에 그것은 아일랜드 여성의 생득권처럼 보이는 저 풍요롭고, 유쾌한 목소리와 함께 했다.

버전은 이러한 특질들을 화판 위에, 그리고 그가 조이스의 결혼에 관해 아는 무언가를 마찬가지로 포착했다.

노라가 초상화를 미워했던 것은, 아마도, 놀랄 일이 아니었다(그녀의 만년의 어느 시점에서, 그녀는 사진틀로부터 그것을 찢어버렸다). 버전은 실베스트리가 트리에스테에서 아첨했던 것처럼 그녀에게 그러지 않았다. 버전은 그녀를 감탄했지만 그녀와 사랑에 빠지지 않았다. 그녀의 초상은 풍만한 입술, 높고, 거의 동양적, 광대뼈에다, 무겁고 타원형의 눈을 가진 육감적 얼굴을 보였는데, 실쭉하나, 스스로 만족하는, 열띤 기질의, 약간 거만한, 그리고 대단히 아일랜드적 여인이었다.

플라이슈만 일화는, 조이스가 사망한 뒤, 마르테가 그녀의 편지들을 팔았을 때 드러났다. 버전은 20년 뒤에 그 사건에 대한 자신의 설명을 출판했다. 편지들은 특히 흥미 있는 것으로, 그들의 세목들이 『율리시스』에 나타나기 때문이다. 마르테의 이름과 다리의 절름거림, 숨은 통신의 에로티시즘과 비속성, 및 희랍어의 *e's*가 그들이다.

이 꼭 같은 시기 동안, 숨겨져 남아 있는 것은 오토카로 바이스가 노라와 사랑에 빠졌다는 사실이었다. 크로즈 스키즈의 아내는 노라의 최고의 친구였거니와, 그녀가 1930년대 허버트 고먼(조이스의 권위 있는 전기가)에게 털어놓은 바에 의하면, 바이스는, 그가 그렇게 말함에 있어서 미묘한 입장에 있음을 알았지만, 그는 조이스 부인과 사랑하고 있었고, 그의 결혼 신청이 퇴박맞았다고 믿었다. 고먼은, 검열관으로서 조이스와 일하면서, 응당 비밀을 노출하지 않았다. 스키즈는 노라에 대한 바이스의 애착을 목격함에 있어서 홀로가 아니었다. 루치아 조이스 역시, 비록 그녀는 당시에 오직 12살이었지만, 바아스 씨가 그녀의 어머니(그녀를 그녀는 아주 예쁜 여인으로 생각했거니와)를 좋아함을 눈치 챘다. 그녀는 또한 자신의 아버지가 어머니 때문에 바이스와 싸운 것을 알았다.

바이스는 1919년에 조이스 가족과 함께 많이 보냈다. 그는 조이스가 바로 마르테와 더불어 그의 관음적 연애 사건에 강박되었던 정월에, 군 복무로부터 취리히에로 되돌아왔다. 바이스는 심지어 조이스가 어떤 종류의 랑데부를 마련하고 있지 않나 의심했으리라, 왜냐하면 그는 조이스에게 왜 그가 7가지(枝)난 촛대를 원했는지 그리고 그의 호기심이 조이스의 대답, "흑미사를 위하여"로서 만족할 수 없었는지를 물었기 때문이다.

바이스는 그해 파티와 콘서트에로 조이스 내외를 동행했다. 그의 누이 폴라와 함께, 그는 그들을 샤프하우젠의 라인폴까지 호송했으며, 노라와 폴라를 작은 유람선에 태워 거친 강을 건넜고, 한편 조이스는, 냉소적으로 비평하면서, 카페에서, 토마토를 먹거나, 그들이 급류와 싸우는 것을 바라보며 기다렸다. 바이스는 노라 및 조이스와 함께, 뮌헨으로부터 『망명자들』에 대한 반응을 전보로 알리는 뉴스를 기다리기 위해 마련된 개인 만찬 파티에 앉아 있었는데, 연극은 1919년 8월에 그곳에서 첫 공연을 하고 있었다(연극은 실패로 끝났다. 한 뮌헨의 신문은 그것을 '아일랜드의 스튜'라 불렀다). 그리고 조이스가 버전이 그린 노라의 초상화의 전시를 축하하기 위해 파티를 벌였을 때, 바이스는, 버전이 아주 즐겁게도, 그 경우를 위해 만찬 재킷을 입었다.

바이스 애착에 대한 어떤 언급의 억제는 명성의 일그러진 한 가지 예이다. 조이스의 명성과 『율리시스』의 배경에 대한 계속적인 탐색 때문에, 플라이슈만 탈선은 조이스의 생활의 기록과 『율리시스』의 역사로서 열거되고 기록되었다. 노라가 중요하지 않다고 생각되었기 때문에, 여인의 명성은 남자의 그것보다 루머에 의하여 한층 쉽사리 변색되기 때문에, 그리고 또한 바이스 자기 자신은, 고먼이 조이스의 과거에 관한 전기적 정보를 수집하고 있었던 1930년대까지는, 국제적 은행 및 보험에서 중요한 인물이었기 때문에, 그의 기혼 여인에 대한 젊음의 맹목적 사랑(그리고 그것에 대한 그녀의 남편의 분개)은 수백만 마일 떨어진 도서관들 속에 미발표된 노트로서 사장되었다.

하지만 노라와 제임스 조이스의 진짜 생활에서, 부정不貞과의 우롱은 동시적이요, 서로 연관되었다. 바이스는, 사실상, 조이스가 자기를 그를 향해 밀고 있다고 노라가 불평한 남자였던 것처럼 보인다.

마치『망명자들』(영국의 공연자들이 결코 공연하지 않은 연극으로서)에서 리처드와 버사처럼, 조이스 내외는 두 배우들을 위한 부부 게임에 종사한 한 쌍인 셈이다. 끌리고, 상처 입은 다양한 제3의 무리들, 프리지오소, 마르테 플라이슈만 및 바이스(아마도 심지어 빈센트 코스그레이브, 조이스 이야기의 그의 측면은 결코 이야기되지 않았거니와)는 그들이 무슨 전당품典當品들(불모)인지를 알 수 없었다.

왜 프레지오소와 바이스 같은 남자들은 또 다른 남자의 아내에 대한 그들의 주의를 이야기할 수 없었던가? 필시 오디세우스가 자신이 여타 다른 곳에서 점령되었을 동안 그의 아내를 둘러싼 구혼자들을 의식하듯, 조이스는 무력했고 무관심했기 때문이리라.

『율리시스』는 블룸 내외의 불만스런 성 생활에 대한 언급들로 가득하다. 리오폴드 블룸은 그의 아내에게, 10년 이상 동안, 엉덩이에의 입맞춤보다 더 열성적 어떤 포옹도 거의 하지 않았다. '키크롭스' 에피소드에서, 바니 키어남 주점의 소란자들은 블룸의 상상되는 무능을 희롱한다.

　　―저 따위를 사내라 부르나? '시민'이 말한다.
　　―그 녀석 그걸 여태껏 넣어 봤는지 몰라, 조가 말한다.
　　―글쎄, 아무튼 자식을 둘씩이나 낳지 않았어, 잭크 파워가 말한다.
　　―그런데 그는 그게 누구의 자식인지 의심하고 있지, '시민'이 말한다.

『율리시스』에서 몰리 블룸은 간음을 범하지만, 조이스는 그 장면을 서술하지 않는다. 그는 그것을 단지 블룸의 상상 속에 그리고 몰리의 공상 속에 보였다.『율리시스』에서 유일한 성적 클라이맥스는 수음의 행위에서 나온다. 블룸은 거티 맥도웰이 불꽃을 바라보면서 그녀의 블루머를 드러내는 광경으로 흥분된 채 스스로 만족한다. "오! 그때 로마의 초가 터지자 그것은 마치 O! 하는 탄식 같았나니!"

과연, 『율리시스』에서 그것의 부재로 인해 두드러진 인간의 한 정상적인 행동은 교접(성교)이다. 인간이 일상의 날에 행하는 모든 것, 배설로부터 코 후빔에 이르기까지 모든 육체적 작용을 포함하여, 모든 정해진 행위가—심지어 로마 가톨릭 성당에 의해 기혼자들을 위해 허용되는 성적 표현의 유일한 형태, 요약해서, 종의 존속을 위해 필요한 하나를 제외하고—책 속에 있다. 왜 『율리시스』에서 성교(fucking)는 없는가? 영국의 비평가 코린 맥캐이브는 물었다. 조이스는 자신이 그것을 자신의 생활로부터 배제했었기 때문에 그의 책으로부터 배제했다는 추측은 불가항력적이다.

많은 결혼들에 대한 열쇠는 침대보다 오히려 은행 통장 속에 놓여 있다. 두 사람이 그들의 돈을 계획하는 방법은 자주 그들의 가장 개인적 비밀인지라, 그것은 그들이 모든 다른 내외와 다르며, 한 결합된 행태로서 세계를 바라보는 방법이다. 노라와 조이스는, 돈에 대한 모든 그들의 태도에 있어서(팁의 크기나 혹은 모자의 값에 때한 이따 금의 싸움을 떠나), 하나와 같았다. 노라는 짐이 관대한 인물로 칭해진다거나 혹은 그이와 마찬가지로 자신이 돈을 저축하기보다는 오히려 쓰는 편이라는 것을 단 1분 동안도 결코 의심하지 않았다.

5월에 조이스는 노라의 초상화에 대한 부분 지불로서 버전을 로카르노에로 데리고 갔다(그는 자신을 돌봐줄 사람이 있는 한, 노라 없이 기꺼이 홀로 여행했거니와). 노라는 취리히에 아이들과 함께 있었는데, 그때 런던의 몬로 쇼 회사(이전에 슬래크, 몬로 쇼)로부터 한 통의 편지를 받았다. 아이들이 그녀의 어깨 너머로 쳐다보는 가운데, 그녀는 믿을 수 없는 정도의 근사한 소식을 읽었다. : 즉 익명으로 남아 있기를 바라는, 회사의 한 의뢰인이 연 5%의 이익이 있는 5천 파운드의 전쟁 채권을 조이스에게 마련하기를 바랐다. 노라는 환호했다. 그 돈을, 그녀는 기쁘게도 조지오와 루치아에게 말했거니와, 그들의 교육을 위해 쓰리라. 그녀는 이 뉴스를 전보로 치기 위해 로카르노에로 달려갔는데, 보통 때처럼 그녀가 전보의 매체로서 알맞다고 생각한 공식적인 언어를 사용했다. "진심의 축하 노라 조이스."

조이스가 메시지를 받았을 때, 그는 버전에게 이유를 말하지 않고 달려왔다. 그는 취리히에 도착하여 노라를 찾았는데, 그녀는 그를 만나기 위해, 기차 발판에서 아일랜드의 지그 춤을 추면서 다가왔다. 그들의 돈 걱정은 끝났다. 그들은 마침내 믿을 수 있는 수입을 가졌다.

기증자는 해리엇 위버였다. 하사금은 그녀가 조이스 씨의 재정적 어려움을 완화하기 위한 한 가지 수단을 탐색하는 얼마 동안 자신의 마음에 놓여 있었다. 그녀가 보조금의 위험 없는 한 형태로서 생각했던, 규칙적인 수당보다 한층 적합한 것은, 어떤 자본의 전환이리라, 그녀는 마음먹었다. 조이스 씨는 그럼 그 이자로서 생활할 수 있으며, 미래를 위해 현명하게 계획할 수 있으리라.

그녀의 변호사들은 그녀를 상냥하게 설득하려고 노력했다. 법률 사무소의 연소 파트너는 그녀에게 썼다. 그들이 조이스 씨에게 4천에서 5천 파운드의 자본을 결정하는 그녀의 아주 관대한 제의에 관해 그에게 알리기에 앞서, 그는 궁금했는지라, "당신은 실질적으로 수순을 밟기 전에 나의 파트너와 함께 이야기를 나누는 것이 어떠할지요. 두 개의 두뇌는 하나보다 한층 나은 것으로 잘 알려져 있습니다." 그것은 회사의 연상의 파터너, 프레드 몬로가, 조이스는 쓰임세가 심하다는 것을, 추측했음을 말하는 세심한 방법이었다.

미스 위버는 멈추려 하지 않았다. 그녀는 추진했으니, 그녀의 변호사들은 익명을 위한 그녀의 요구를 준수하도록 주장했다. 조이스는, 후원자가 도대체 누구인지를 그와 노라가 알려고 노력하는 정중한 질문으로, 몬로 쇼 회사를 공략했다. 존 퀸? 아니, 돈은 영화英貨(스털링)로 되어 있었다. 커너드 부인, 아마?

프레드 몬로(미스 위버의 옛 친구)는, 지시를 수행하면서, 다시 말해, 조이스가 '어떤 부인으로부터' 희사금을 받았다는 취리히로부터의 이야기가 그에게 도달할 때까지─당연히 정보를 누설하기를 거절했다.

미스 위버는 그녀의 비밀이 드러났음을 결론지었다. 그녀는 아주 잘못이었다. 문제의 부인은 매코믹 부인이었다. 조이스는 그가 한 경쟁 여성 후원자로부터 1년 반 동안 즐겨왔던 월 1,000프랑에 관해 미스 위버에게 결코 말한 적이 없었다.

미스 위버는 따라서 그녀의 비밀을 1919년 7월 6일에 고백했다. 두려워하듯 그리고 상업 편지의 끝머리에, 그녀는 자기 자신의 교활함에 대해 조이스의 용서를 빌었다,

> 아마 나는 몬로, 쇼 회사를 통해 메시지를 보낸 것이 나였음을 그리고 내가 행한 방식과 형식으로 그것을 보낸 것을 미안하다고 덧붙여 말하는 것이 나을 뻔했어요. 변호사들을 통해 통신하는 것이 오히려 무력해요. 나는 당신이 섬세함과 말소抹消에 관한 모든 말들을 철회해야 하지 않을까 두려워요. 나는 단지 당신에게 그들에 대한 나의 부족을 용서하기를 간청할 뿐이에요.

미스 위버는, 그녀의 민감한 양심으로, 과도한 겸손보다 더한 뭔가에 그녀가 죄를 지었음을 알았다. 그녀는 조이스가 돈의 출처를 추측하려고 애쓰는 것을 쳐다보는 술래잡기 스릴을 좋아했고, 그녀는 말없이 이러한 방종에 대해 자기 자신을 꾸짖었다.

조지오 조이스는 이제 14살로, 행운의 출처를 역시 알았으나, 그는 학교 친구들에게 다르게 말했다.

그들에게 그는 자신의 아버지는 큰 책에 5년 동안 작업하고 있으며, 그걸 끝마치는 데 5년이 더 걸릴 것이요, 그리고 책의 이름은 『오디세우스』 또는 『율리시스』일 거라는 것을 자랑했다. 고로 어디서 돈이 온담? 실리밖에 모르는 조지오의 스위스 친구들이 물었다. 그의 아버지가 돈을 원했을 때 어린 조이스는, 그가 단지 어떤 영국 귀족에게 편지를 써서 1백파운드를 얻었다고 선언했다.

소년들은 또한 작가가 어떻게 생겼는지 호기심 많게도 알기 원했다. 고로 조지오는 그들을 집으로 인도했다. 집은―작가 자신을 제외한, 다정한 어머니, 요리하는 냄새, 피아노―모든 면에서 별나지 않았다. 검은 코트를 입고, 짙은 안경, 그리고 작고 뾰족한 턱 수염을 기른, 조이스는, 소년들의 생각에, 악마 자신처럼 보였다.

조이스는 또한 그 해 다른 돈을 받았다. 뉴욕으로부터 패드렉 및 매리 콜럼은 부유한 친구들로부터 $1,000(약 2백파운드)을 모아, 그것을 조이스에게 전송했다. 노라는 재차 기쁜 소식의 청취자가 될 수 있었다. 그녀는 그 소식을 전하기 위해 조이스에게 달려갔는데, 그는 자신의 면목상의 그룹과 함께하고 있었고, 단지 영국의 아내들의 하나의 말을 사악하게 들을 뿐이었다, "그래, 조이스 부인, 당신은 남편의 우편물을 여는구려?"그것은 노라가 나중에 자기 자신에게 말하기 좋아했던 이야기였다.

1918년 11월에 전쟁이 끝나자, 트리에스테의 조이스 가족의 다른 구성원들이 다시 모였다. 스태니슬로스는 감옥 캠프에서부터 돌아왔다. 아이린과 프랭크가(한 꼬마 딸과 함께 그리고 또 다른 아이를 기대하면서) 프라하에서 되돌아왔다. 그들은 모두 다 함께, 바로 주된 광장 월편의, 화려한(프랭크의 은행 직업에 감사하게도) 아파트를 얻어 기다렸다. 취리히로부터 책 상자들이 도착했으나, 노라와 조이스는 아니었다. "너희들은 영원히 취리히에 남을 생각이냐?" 조세핀

숙모가 썼다. 그녀는 또한『초상』이 아일랜드의 가족에게 끼치고 있는 당혹감
을 보고했다. 한 서평자는 책을 쓰레기의 연구라고 불렀는지라, 에바, 프로리
및 매리는 비참했다. 그들은 가족 언급을 좋아하지 않았다.

그러나 조이스는, 신경성, 과로, 및 영국 공연자들과의 끝나지 않은 사업으
로 취리히에 계속 머물렀다. 그는 또한 트리에스테로의 재입국을 위한 허락을
기다려야 했다. 그 사이에 그들이 트리에스테를 떠난 지 처음으로, 그는 브라만
테 경유의 자신들의 옛 아파트에 대한 전세 비용을 유지하는 데 실패했다. 집
주인은, 사실 그대로, 최후 통첩을 발했고, 스태니슬로스는 곧 그의 형에게 다정
한 기분으로 편지를 쓰고 있었다.

> 팔꿈치 깊이의 몬지 속의 아파트로부터 짐을 꾸리고 이사하는 것은 프랭크와 아이
> 린에게는 1주일의 불결사不潔事였어. 이사 비용으로 거의 3백 리라를 썼어. 나는 4
> 년의 공복과 권태로부터 막 헤어났어, 그리고 다시 발붙일 곳을 찾고 있어. 형은 내
> 게 휴식을 줄 수 있을 것 같아? 스태니.

스태니슬로스는 그의 답을 기대했으나, 당장은 아니었다. 두 달 뒤에 조이
스는 말했는지라, 그가 돈을 보냈으나, 잘못하여 되돌아왔다고, 그리고 스태니
가 자기에게 그의 만찬 재킷을 보낼 수 있는지?

사실상, 조이스는, 그이, 노라 및 아이들이 10월 초순에 떠날 것을 의도했
었다. 따라서 그 달 첫 날에 그는 매코믹 부인으로부터의 그의 규칙적인 수당을
찾으려 갔으나, 단지 그의 장부에는 돈이 남아 있지 않음을 들었을 뿐이었다.
미국의 여인 상속자는 경고 없이 지불을 차단해 버렸던 것이다.

얼떨떨한 기분으로, 조이스는 매코믹 부인에게 면회를 청했다. 그녀가 거
절하자, 그는, 그녀가 누그러지기를 희망하면서,『율리시스』의 원고를 그녀에게
보냈다. 그녀는 받지 않았다. 한 생생한 노트에, 넓은 펜촉을 가지고, 미국의 필
치로 급히 쓰인 채, 에디스 매코믹은 그에게 말하기를, 전쟁은 끝나고, 그가 이

제 출판자들 및 인식을 발견하리라 확신한다고 했다. 그녀의 갑작스런 마음의 변화를 어떻게 설명하랴? 조이스는 나중에 융이 매코믹 부인에게 영향을 준 데 대해 비난했다. 융은, 그는 주장했거니와, 그의 돈의 낭비벽을 치료하기 위해 그를 정신분석하기를 원했다. 그러나 그 당시 그는 추상적 동기를 거의 발견하지 못했다. 어떤 사람이, 그는 클로드 스키즈에게 말하기를, "자기 자신의 사악한 생각으로," 매코믹 부인에게 가서, 그녀에게 제임스 조이스는 포우엔 가家의 분방한 밤들에서 폭음함으로써 돈을 낭비하고 있다고 알렸던 것이다.

조이스가 의심한 사람은 오토카로 바이스였다. 바이스의 나중의 말로, "돈에 관한 약간의 냉정함"이 있었으나, 밑바닥에 깔린 긴장은, 스키즈가 수집하기로, 노라에 대한 질투였다. 그것은 노라의 딸에게 인상을 준 소동의 경우였을 듯하다.

비록 그렇더라도, 바이스는 우정을 회복하려고 노력했다. 그는 조이스에게 접근했는데, 후자는 노라와 몇몇 친구들과 함께 포엔 가에 앉아 있었다. 조이스는, 그를 앉도록 요구하기를 거절함으로써, 그를 등골이 오싹하게 했다. 노라는, 비록 그녀 자신은 바이스가 조이스를 밀고했음을 믿지 않았을지라도, 거기 무감각한 채 앉아 있었다.

조이스는 결코 바이스를 용서하지 않았다. 그는 그를 이제까지 그의 예술가적 숙명을 성취하려는 외로운 분투를 불길한 일상으로, 훼손하듯 보였던 배신자들 가운데 또 다른 자로 보았다. 조이스의 분노는 그이 자신이 노라로 하여금 애인을 가지도록 격려했던 자신의 지식에 의해 결코 약화되지 않았다.

노라 자신은 여전히 불안하게 느끼고 있었다. 트리에스테로 돌아가기 전에, 그녀는, 내과학 전문의요, 심장(병) 학자인 닥터 아달버트 펜초드 드 조텐스에게 진단을 받았다. 그녀의 내력과 나중에 부인과 의학의 어려움을 일러 받자,

그녀는, 조이스가 2년 뒤에『율리시스』의 '페넬로페' 에피소드를 썼을 때, 몰리 블룸에게 부여했던 고충인 불규칙한 월경 기를 겪었으리라. 노라 이외 아무도 없으니, 그녀로부터 조이스는, 월경이 자신을 놀라움으로 사로잡는 한 여인에 대한 생각들을 수집할 수 있었으니라.

오, 도무지 참을 수가 없는 걸, 나의 몸속에서 마구 흘러나오다니 마치 바다처럼 말이야……. 그래, 나는 깨끗한 홑이불을 더럽히기 싫어 방금 입었던 깨끗한 린넨 속옷에도 그것이 묻은 것 같아, 젠장…….

그들은 취리히에서 새 학년의 시작에 계속 매달렸다. 조지오는 스위스에서 그들의 세월 동안 성숙해졌다. 그는 아름다운 오페라의 목소리를 발전시켰으며, 자기 자신의 피아노 반주로,『일 트루베르』혹은『리고레또』를 노래 부르곤 했다. 8월에 그는 수료증을 받게 되는 체육관의 과정을 시작했다. 그러나 10월 19일에, 그는 자신의 학교에서 그리고 루치아 역시 자신의 학교에서 물러났다. 네 사람 모두는, 성 고트하드 패스를 통해 그들의 옛 도시가 아닌, 새 시골로 그들을 도로 태우고 갈 기차를 탔다. 트리애스테는 전쟁 말에 이탈리아로 전입되었다. 그들은 이미 밀라노에 도착했는지라, 당시 스태니슬로스는 한 통의 전보를 받았다. : "우리는 내일 저녁 7시에 도착한다."

10

'키르케' 파리로 가다

　아홉 달 뒤에, 그들은 모두 도시를 또 다시 바꾸면서, 기차를 타고 되돌아왔다. 조이스가 파리를 방문하게 된 것은 에즈라 파운드의 생각이었다. 그는 '라고 디 갈다'에서 이틀 동안을 조이스에게 설득했는데, 그곳에서 그는 휴가를 취하고 있었다. 조이스는 자신에게 출판과 후원을 가져다준, 미국의 시인이요, 『에고이스트』지의 문학 편집자를 마침내 만나기 위해 왔다. 조이스는, 천둥의 공포 때문에 자기 혼자서 감히 여행하지 않았거나와, 그와 함께 15살의 조지오를 대동했는지라― '피뢰침'으로서, 하고파운드에게 말했다. 조지오는 쑥쑥 자랐으며, 6척이 넘는 키에, 안경을 끼고, 심각한 채, 그의 아버지를 위한 안성맞춤의 보호자였다.

　두 작가들은, 비록 그들이 한층 더 다를 수가 없을지라도, 이내 서로 좋아했다. 파운드는 천부로 그에게 부여된, 모험과 스릴에 찬 예술가의 역할을 철저히 했다. 그는 잘생긴 머리와 짙은 황갈색의 머리털을 가진 굵고 튼튼한 사람이었다. 그는 벨벳 재킷, 목이 터인 셔츠, 그리고 외톨박이 귀걸이로 꾸몄고, 의자와 소파 위에 긴 다리를 되는 대로 떨어뜨렸다. 그가 조이스를 처음 보았을 때, 파운드는 '심술궂은 아일랜드인'으로 생각했으며, 이어 자신의 의견을 수정했다. 조이스는, 그가 판단하기를, 민감하고, 즐거운, 지친, 그러나 보기보다 한층 강한, 예이츠의 것을 능가하는 집중력과 몰두를 지닌 채 이성적이었다. 예이츠는, 파운드가 전쟁 전에 그의 비서였거니와, 『율리시스』의 응축을 요구하는 어떠한 짓도 결코 떠맡지 않았다. 조이스는, 자신이 가난하고 초라하기 때문에 (그가 파운드에게 경고했다시피) 단지 싫지만 짧은 여행을 하기로 동의했으며, 그럼에도 불구하고, 문학적 우주의 중심인, 파리에 그의 얼굴을 드러내도록 하는 파운드의 암시를 수락했다. 그는 『율리시스』가 끝날 때까지 트리에테에서 그것에 매달리는 것이 최선이라고 파운드에게 말하자, 파운드는 동의했다.

그러나 조이스는 트리에스테에서 그이 자신 재삼 뿌리 내릴 수는 없었다. 그는 누구에게도 거의 한 마디 말을 하지 않았다. 그는 『율리시스』의 마지막 장들을 쓰면서, 그의 대부분의 시간을 두 침대를 가로질러 배를 깔고 엎드려 지냈으며, 한편 그동안 노라는 『데일리 메일』지를 읽었다. 가족의 아파트는, 비록 잘 설비되었을지라도, 시끄럽고 터지는 웃음으로 충만했다. 모두 거기 11명이 살고 있었다. 취리히로부터 4명의 도착에 덧붙여, 집은, 프랭크의 골통 품 및 고대 동전들의 수상受賞 소장품들뿐만 아니라, 아이린과 프랭크 샤우렉, 그들의 꼬마 딸들(노라의 이름을 딴 새로 태어난 프리노라, 및 『망명자들』의 여주인공의 이름을 딴, 두 살 난 버사 또는 보제나), 스태니슬로스, 식모, 이이들의 유모를 모두 수용했다. 스태니슬로스는 더 이상 그의 형과 함께 살기를 원치 않았고, 한편 조이스는, 그들이 낡은 아파트에서 그의 덴마크 제의 가구를 구함으로써 그에게 호의를 베풀었는데도, 그들 무두가 그들을 사용하는 것을 보고 골이 났다. 그와 노라는 그들 자신의 아파트를 찾아 트리에스테를 뒤졌지만, 첫 지불액(할부금의)을 위한 일괄 금액을 갖지 못했다. 서로의 관계가 너무나 긴장되어 있었기 때문에 조이스 가족은 독자적으로 요리를 해야 했으며, 두 가족들이 서로 분리하여 식사를 했는지라, '우리 다 함께 조촐한 만찬을'이란 이이린의 꿈으로는 너무 지나쳤다. 트리에스테는 (조이스에게) 그것의 활력을 잃었다. 이탈리아의 한 부분이요, 항구들로서 잘 보완된 나라였으나, 오스트리아 아래에서 그랬던 범세계적 상업의 중심은 이제 아니었다. 조이스는 그곳을 지방색 짙은 것으로 보았고, 그는 심지어 기후 또한 더 좋아하지 않았다.

　노라, 조지오 및 루치아, 그들로서는, 아탈리아의 환경으로 되돌아 온 것을 기뻐했다(비록 아이들은 또 다시 학교로 도로 등교했는지라, 그리고 조이스는, 조지오의 공식적인 학교 교육을 계속하는 어떤 시도든 포기하면서, 자기 아들의 개인 가정교사에 종사했다). 그들은 옛 친구들을 찾았고─프란치니 가족은 되돌아왔는지라─바다 가까이 있는 것이 행복했다. 비아 사니타의 아파트는 그들이 여태 트리에스테에서 가졌던 최고의 주소에 있었고 (그것은 오늘 날 이탈리아 지방 전력본부電力本部이다), 그것의 발코니로부터 그들은 거리의 행진을 바라볼 수 있었다. 노라와 루치아는 무개차를 타고 발코라의 근처 수영 유흥장에로 소풍을 갔다. 노라는 햇빛 속에 앉아 있었고 ─그녀의 붉은 털의 얼굴 살갗과 함께, 그녀는 햇빛을 너무 심하게 찌는 것을 좋아하지 않았다.─그동안 루치아는 수영을 했다. 어느 일요일 그들은 베니스로 갔으며, 샌 마코를 보았다. 아이린은 그들의 아동 영어 공부에 착수했다. 그러나 노라는 그들이 취리히에서 뒤에 남겨두었던 친구들의 지적 세련미를 놓친 것이 서운했다. "우리는 당신의 우정의 상실을 잊을 수가 없어요," 노리는 버전에게 다정하게 썼다.

　조이스 또한 마음이 들떠있는 충분한 이유를 가졌다. 그는『율리시스』의 가장 어려운 에피소들 속으로 움직이고 있었다. 그들이 검열관들에게 야기한 고통으로부터 판단하건대(미국의 우체국은『율리시스』의 에피소드들을 싣고 있는『리틀 리뷰』지의 발행 부수 세편을 불태웠다), 조이스는 그가 자신의 예술적 상상력의 한계를 개척하면서, 자기 자신 정신이 불안정했음에 틀림없다. 트리에스테에서 그의 첫 몇 달은 블룸, 거티 및 불꽃과 함께, '나우시카'장을 완료하는 데 이바지 했다. 블룸의 청춘기의 딸, 밀리(거티 맥도웰의 인물 속에 굴절된 채)에 향한 그의 유죄의, 친족상간적 충동을 탐사하면서, 조이스는 그의 딸의 다가오는 사춘기에 의해 야기된 자기 자신의 각성에 예리하게 민감했음에 틀림없다.

조이스는 자신의 상상 속에 각 에피소드를 너무나 강렬하기 살렸는지라 잇따른 에피소드인, 산과 병원에 마련된, '태양신의 황소들'을 작업하고 있었을 때, 그의 머리는 반쯤—태어난 태아, 면봉綿棒, 그리고 소독제의 냄새로 너무나 충만되었기에 때문에, 음식을 먹을 수가 없었다.

『율리시스』의 클라이맥스가 앞에 놓여 있었다. : 즉 이는 한 밤중에 일어나는 '키르케' 장면으로, 이 때 블룸과 스티븐의 과거의, 성스럽고, 외설적인 이미지들이 벨라 코헨의 더블린 사창가에서 그들에게 출몰하기 위해 솟는다. 이 장을 완로하기 위해, 조이스는 그가 샤우렉 아파트로부터 멀리 떨어져야 한다는 것을 알았다. 그의 의도는, 그들이 트리에스테에서 기차를 탓을 때, 영국, 웨일스, 또는 심지어 아일랜드에서 한 장소를 발견하는 것으로, 거기서 노라와 아이들은 그가 '키르케'를 끝내는 동안 긴 휴일을 갖고, 값싸게 생활할 수 있으며, 이어 9월에 귀가하는 것이었다.

조이스가 받았던 후원금은 전적으로 돈에 대해 생각해야 하는 비애감을 증폭시키는 데 이바지했다. 그 어느 때보다 한층 그는 자기 연민을 글로 쓰고, 편지를 청하는 자신의 습관에 몰두했다. 그는 파운드에게 그들이 서로 만나기에 전에, 그의 아이들은 취리히를 떠난 이래 진짜의 침대에서 자지 않았음을 불평했다. 그들은 찌는 듯이 더운 거실 속의 딱딱한 침대에서 억지로 자야 했다. 자기 자신으로서는.

나는 아들의 신발을 신고 있소(그건 두 사이즈만큼 너무 크다오). 그리고 그가 입다 버린 양복을 (그건 어깨가 너무 좁은지라). 다른 물건들은 나의 아우 그리고 매부의 것이거나 것이었소. 나는 여기서 아무것도 살 수가 없을 것 같소. 사람들이 말하기를, 양복 한 벌에 600~800프랑이나 한다는 거요.

추신으로 조이스는 파운드에게 자신의 편지가 '중고품 의상衣裳을 위한 신중한 말의 요구'였음을 상상하지 말도록 요구했다. 그것은, 물론, 정확하게 그것이었고, 파운드는 요구된 품목들을 마련하기 시작했다. 이러한 편지들은 단지 천재의 편집광적인 자기 몰두에서만이 기원하지 않았다. 그것은 그의 부친의 아들이 갖는 직접적 모방이었다. 파운드에 행한 비탄은 조이스가 6개월 전에 더블린의 존 조이스로부터 받은 축어縮語를 단지 메아리 할 뿐이었다. "나는 옷과 구두 때문에 비참한 상태에 있어"라고 아버지 조이스는 그의 장남에게 썼다. "여기 방금 매겨진 값은, 내가 아는 한, 아주 엄청나다."

트리에스테의 가격들은 노라를 저지하게 하지 않았다. 그들이 휴가를 떠나기 전에, 그녀는 트리에스테의 주요 쇼핑 거리인 콜소로 내려가, 지아코니의 멋진 모자 상점(최고의 세공품상)을 방문했는데, 거기 그녀는 예금계좌를 갖고 있었다.

그들이 1920년 7월 19일 '가래 드 리옹'에 도착했을 때, 조이스는 그의 가족에게 한두 주일 후에 그들은 파리를 떠나 런던으로 이사할 것이라 말했다. 그러나 파운드는, 최고의 조정자인지라, 그들에게 여름을 위해 머물 곳을 찾았다. 그것은 파씨에 있는 아파트 빌딩 5층의 작은 싸구려 단칸방이었다.

조이스 가족은—나중에 『초상』의 프랑스어 번역가요, 9월 말까지 단칸방을 제공했던 '루드밀라 브로치—사비스키'가 말한 대로—방의 안락에 관해 전혀 미련이 없으며, 그것을 참작할 준비가 되어 있다는 조건으로, 이 하인들의 단칸방의 사용을 환영했다. 거기에는 욕조와 전기가 없었다. 부엌에는 가스가 없었으며, 그것은 아주 작았다. 거기에는 단지 몇 개의 접시와, 두 개의 작은 상자, 약간의 담요들이 있었다. 그리고 비록 멋진 더블베드는 없을지라도 아이들을 위한 싱글베드도 없었다. 마담 조이스는 약간의 침대들을 임대함으로써 부족한 것을 메워야만 했으리라. 이 단칸방은, 총체적으로, 만일 조이스 가족들이 그 밖에 아무것도 발견하지 못하면, 최후의 휴양처로서 오직 간주되었으리라.

라송시온 가 5번지는 스태니슬로스에게 그것을 서술했을 때 아주 딴판처럼 들렸다. "나의 방의 감탄자는, 가구 비치된, 방 3개의 아파트를, 3개월 동안 내 마음대로 할 수 있다." 그리고 조이스가 일단 그의 머리 위의 지붕을 확인하자, 영국제도英國諸島에 대한 생각이 사라졌으며, 그리하여 그는 3개월이 파리에서 그가 머물기에는 얼마나 긴 것인지를 자신의 친구들에게 말했다. 조이스는 노라로 하여금 잃어버린 가구를 찾도록 파견할 꿈을 꾸지 않았다. 그녀는 이러한 일을 위해서 프랑스어에 대한 혹은 파리에 대한 지식을 마음대로 구사하지 않았다. 그는 대신 그 일을 파운드에게 비난조로 보냈다. : 시트나 담요도 없는데다가, 한 개의 테이블이면 도움이 되리라. 파운드는, 트리에스테로부터 아일랜드의 천재가 아내와 10대의 아이들과 거치적거린 채 왔다는 것을 변명하며, 이 숙제를 프랑스의 저작권 대리자인 제니 세뤼스에게 절묘하게 떠맡겼다 ("제발 그의 지나치게 큰아들이 잘 수 있도록 침대를 하나 그에게 보내요……."). 이리하여 해방된 노라와 조이스는 바바리 레인코트를 위해 쇼핑을 나섰다.

그들의 심부름은 스태니슬로스에게 떠맡겨졌는데, 그러자 그는 자신의 형에게 구입을 위한 돈을 성급하게 보냈다. 조이스는 그 문제를 조사했고, 스태니슬로스에게 바바리코트가 가을이나 겨울의 비축용으로 저장되어 있음을 알렸다. 그것은 스태니슬로스가 그의 비웃 또는 돈에 관해 여태 들은 마지막 것이었다. 조이스는, 그이 자신이 '나의 것의 감탄자'로부터의 또 다른 선물인, 헌 군대 외투를 입고 있었기 때문에, 그의 아우는 이러한 의상이 필요하지 않음을 넌지시 비추었다.

스태니슬로스처럼 그는 자신의 상품명들을 알았다. 그는 런던제의 트레스 모자나, 스코틀랜드의 퍼스제의 가죽 구두를 주문할 것을 곰곰이 생각했다.

자신의 초라함에도 불구하고, 그는 손에 장식 반지를 끼고 있었다.

그들은 하인들의 아파트 속에 너무나 밀폐되어 있었는지라, 노라는, 버전이 어느 날 나타나, 조지오와 루치아를 뽕 드 그르렐의 수영장으로 데리고 갔을 때 기뻤다. 아이들은 둘 다 스포츠에 능했다. 노라는 버전과 조이스가 마치 그들이 취리히에서 그랬던 것처럼, 그들이 카페에로 행했을 때 그리 고맙지가 않았다. 시간은 급히 흘러갔고, 밤중이 지내서야 그들은 조용한 거리를 따라 길을 되돌아왔다. 그들은 자신들의 목소리를 낮추려고 애를 썼으나, 술을 마신 대부분의 사람들처럼, 그들은 실패했다. 소리는, 버전에 따르면, 노라의 무서운 귀구멍을 뚫고 들어갔다. 꼭대기 층 창문이 갑자기 열리자, 버전은 한 여인의 얼굴이 나타나는 것을 보았다. : "핑크색 반점…… 그리하여 그로부터 멋진 아일랜드의 사투리의 말들이 내 위로 내리쳤는지라.":

> 이 따위 일은 멈추어야 했다. 나는 내가 취리히에서 할 수 있다고 생각했던 바를 파리에서 하지 않아야 함을 주의해야 했다. 그것을, 그리고 꼭 같은 치지로 더 많은 것을.
> 나는 그녀가 말한 모든 말을 들었다. 나는 그녀가 표현한 견해를 철저하게 동의했다. 그러나 동시에, 나는 나의 일생 동안 왜 그녀가 자신의 분노를 키워, 나만을 위하여 그걸 화끈거리게 했는지 이해할 수 없었다. 곰곰이 생각건대, 그러나 나는 조이스가 아마도 4벽들 속에서 그것의 나머지 말들을 들었으리라 생각했다.

파운드, 그는 단지 두 주 전에 파리에 도착했거니와, 또한 파티를 조직했나니, 거기서 조이스는 문학계에 관계되는 모든 이들을 만날 수 있었다. 조이스와 노라에게, 그것은 마치 그들이 무대 위에 도착한 것인 양 했다. 그때까지 트리에스테와 취리히에 파묻힌 채 그들은 끊겨진 목소리였다. 영국인들은 거의 그리고 미국인들은 한층 거의 『초상』의 저자를 그리고 『리틀 리뷰』지에 나타나는 새 책의 놀라운 장들을 보지 않았다. 그러나 파운드는, 그의 새 작가들에 대한 판단으로 존경을 받았거니와, 말을 퍼뜨렸다. : "오리들의 제임스는 위대한 사람이야."

파티-뷔페-는 프랑스의 출판자인, 앙드르 스피르의 가정에서 열렸다. 노라는 그들이 걸어 들어서자 몹시 놀랐다. "저는 프랑스어를 한 마디도 못해요." 그녀는, 파운드의 영국인 아내요, 이전의 드로시 셰익스피어에게 말했다. 파운드 부인은 영어를 사용하는 많은 사람들이 출석하고 있다고 그녀에게 재확약시켰다. 그녀는 대략 노라의 나이에, 노라가 여태 만난 어떤 여인과는 달리, 심하게 컷한 비로도 블레이저와 미끈한 타이의 셔츠를 입은, 한 소녀 같은 작은 여인을, 노라에게 소개했다. 안도하면서 노라는 자신은 프랑스어로 맞설 수 없다고 말했다, "만일 이탈리아어라면……" 조이스 가족은, 그녀는 말하기를, 집에서 이탈리아어로 말했다.

그녀는 뉴저지의, 프린스턴 대학 출신인 한 목사의 딸인, 실비아 비치에게 말을 걸고 있었는데, 그녀는 센 강의 왼쪽 둑(Left Bank)에 책방을 경영했다. 실비어는 그녀 자신 신경과민이었다. 전위 문학의 동기에 대해 공헌했던 모든 그러한 자들처럼, 그녀는 조이스의 작품에 의해 현혹되었다. 그녀가 파티에로 걸어들어 왔을 때(그녀의 멋진 친구 아드리엔느 모니에르와 동행하여, 그러나 스스로 초대되지 않은 채), 그녀는 조이스가 파리에 있다는 것조차 알지 못했다. 그녀가 자신의 우상이 실지로 출석하리라는 것을 들었을 때 그녀는 가슴이 거의 사무쳤다. 그의 아내와 이야기를 시작할 수 있다니 한갓 위안이었다. : 붉은 곱슬 머리카락을 가진, 뚱뚱하지도 여위지도 않은, 다정한 태도에, 아주 아일랜드적 목소리를 가진 키가 크고, 예쁜 여인이었다.

실비아가 작가 자신을 만나기 위해 용기로 불타 올랐을 때, 그녀는 그가 서재의 책장에 기대어 몸을 숙이면서 피난하고 있음을 발견했다. 조이스는 노라 못지않게 프랑스의 지식계급자들 사이에 불안을 느꼈는지라, 그가 코르네유나 라신에 대해 적당한 경의를 표하지 않음으로써, 나쁜 인상을 주지나 않을까 두려워했기 때문이다. 그녀의, "그래, 이분이 그 위대한 제임스 조이스인가요?"라는 시작의 말에, 조이스는 나긋하고 무기력한 손을 뻗으며 대답했으니, "제임스 조이스요."

훌륭한 귀를 가졌던 실비아는, 조이스의 아내의 것에서처럼, 그의 말에서 강한 아일랜드어의 발음으로 감명을 받았으니, 그리하여 그가 th 발음에 어려움을 갖고 있음을 눈치 챘다. 그는 thing을 t'ing으로 말했으며, book과 look을 spook과 운이 맞게 발음했다. 그의 태도는 예의 있고 수줍었으며, 하지만 그는 그가 개 짖는 소리를 들었을 때 재빨리 형식적인 것으로부터 극히 개인적인 것으로 바뀌었다. "놈이 여기를 와요? 사나워요?"그는 그녀에게 물었다(재차 긴 모음을 사용하며). 그의 턱에 기른 작은 염소 수염은, 그가 설명하듯, 그가 아이었을 때 겪은 개가 문 상처를 감추기 위한 의도였다.

그의 머리털의 색깔은 모래 빛이었고, 그의 머리카락은 이마로부터 정면에서 뒤로 빗겨져 있었다. 그는 주근깨를 가졌다. 그의 태도는, 만일 꾸부리면, 우아했고, 그의 푸른 눈은 그의 안경렌즈의 짙은 유리를 통하여 얼핏 보일 때처럼, 예술가의 강도를 지녔다. 그는 손에 여러 개의 반지를 끼고 있었다. 그녀는 그가 틀림없이 아주 잘생겼다고 생각했으며, 그를 자신의 서점을 방문하도록 초청했다. 그는 셰익스피어 엔드 컴퍼니란, 서점의 명칭에 공감을 느꼈다.

노라는, 클로드, 지드 및 발레리의 장점들에 관해 열렬히 토론하는 프랑스의 지성들로 가득한 한 응접실 속에 혼자 헤쳐 나가도록 남았다. 그녀는 그들의 생활에서, 그녀 자신의 행복을 그들의 것만 못한 것으로 생각할 사람인, 새로운 스태니슬로스를 그들이 이미 만났음을 인식하지 못했다. 조이스는, 그러나 그것을 실감했다. 그는 다음 날 아침, 테니스 화를 신고, 물푸레 지팡이를 짚은 채, 실비아의 책점에 나타났다. 실비아는 심지어 전날보다 더 매혹되었으며, 그를 그녀가 여태 만난 가장 뛰어난 사람으로 생각했다. 그녀는 그에게 서점의 시설들, 작은 영어 문학잡지들, 그녀가 잦은 고객들을 위해 보관하는 편지함들, 그리고 그녀의 탁월한 대여실을 보여주었다. 조이스는 그녀의 '보니들'(실비아의 정기 대출자에 대한 별명)의 하나가 되었는데, 그가 읽을 필요가 거의 없는 한 권의 책인 『말을 타고 바다로』를 꺼냄으로써 시작했다.

'키르케'의 복잡성 속에 깊이, 조이스는, 비록 그가 한 출판자의 희망을 갖지 않았을지라도, 자신이 『율리시스』를 끝마칠 때까지, 그대로 머물러 있어야 할 것이라는 것을 곧 인식했다. 그는 다음에 어디로 갈 것인지를 알지 못했다.

어떠한 작가도 이전에 페이지들 속에 무의식의 비합리적, 괴기한, 그리고 수치스런 환상을 그토록 대담하게 투입하려고 노력하지 않았다. 이러한 어려움 아래 노동한 자는 거의 없었다. 그가―극적 대화, 노래의 단편들, 그리고 실체 없는 목소리들을 함채하면서, 소설의 영역을 확장하고 있는 동안, 리오폴드 블룸으로 하여금 섹스를 바꾸도록 그리고 스티븐 데덜러스의 곰팡 난 시의屍衣 걸친 죽은 어머니를 무덤으로부터 일어나도록 야기하면서, 조이스는 자신의 미숙한 아이들의 울부짖음에 자신의 귀를 막지 않으면 안 되었다. : 우린 얼마나 오래 머물고 있지? 우린 프랑스어를 배워야 해? 우린 학교에 가야 해?

그들이 트리에스테로 되돌아가는 것인지 아니면 런던으로 나아가야 하는지(그것은 노라에게 호소했다)에 관해 불확실한 채, 조지오와 루치아는 과거 어느 때보다 한층 고립되고 좌절되었다. 그들은 저속한 독일어로 스스로를 감쌌는지라, 이는 사람들로 하여금 그들을 빤히 쳐다보도록 야기했다. 조이스는, 뉴욕의 존 '퀸'에게 보낸 편지에서, 그의 아이들의 미래에 관한 자신이 가진 최초의 공개적 근심을 표출했다. 가족 바깥에서, 조이스는 당황하며 목격했거니와, 그들은 3개월 동안 누구와도 한 마디 말을 교환하지 않았다. 조지오는, "어느 점으로 보나, 한 인간, 나처럼 키 크고 배고픈 자로서," 의학을 공부하려는 생각을 포기하고, 조이스가 적어두었듯, 늘쩍지근함의 상태 속으로 빠져들고 있었으니, 나는 나의 딸에 관해 어찌할 바를 모르겠소."

　젊은 조이스 아이들은 둘 다 그들의 멋진 차림새로 모든 이에게 인상을 주었다. 노라는 그걸 맡았다. 특히 조지오는 나무랄 데 없는 몸단장으로 주목을 받았는데, 완전하게 다리미질 된 옷, 헤진 가장자리를 감추기 위한 도로 꾸며진 옷소매, 풀 먹인 빳빳한 칼라였다. 그들의 영어는, 그러나 그들의 프랑스어보다 거의 낳을 것이 없었고, 강세(악센트)를 가진, 비관용적인 것이었다. "나는 네게 경험하게 하고 싶지 않아." 루치아는 어느 날 한 미국인 가족 친구에게 말했는데, 그녀는 자신을 잘못되게 인도함으로써 스스로 헛된 추구에로 보내고 싶지 않음을 의미했다.

　조이스는, 그럼에도 불구하고, 그가 느낀, 이른바 그들의 빈곤과 초라함에 의해 낙담되었다. 하지만 그는 캔버스 제가 아닌 신발을 소유했는데, 자신의 신발의 상태에 관한 불평을 그의 얕잡을 수 없는 당대의 T.S. 엘리엇에 의해 영원히 구제받았다.

　조이스가 파리에 도착한 지 얼마 오래지 않아, 파운드의 런던 도제徒弟들 중의 또 다른 한 사람인 엘리엇은 파리에로 짧은 여행을 계획하고 있었으며, 그 또한 조이스를 만나고 싶었다. 런던으로 돌아온 파운드는, 그에게 소개를 주선할 것을 제의했으며, 만남을 용의하게 하기 위하여 그에게 가져가도록 짐 꾸러미 하나를 주었다.

　엘리엇은 조이스에게 짐 꾸러미에 관해 알리며, 편지를 쓰면서, 그이 자신 및 윈덤 루이스와 함께 1920년 8월 15일 저녁에 식사하도록 그를 초청했다. 조이스는 엘리제 호텔에 도착했는데, 검정색 양복을 정확히 입었고, 검은 가죽구두에 밀짚모자를 쓰고 있었다. 조지오가 그와 함께 했다. 엘리엇은 그 신비스런 짐 꾸러미를 양도하는 약간 거만한 연기를 연출했거니와, 그것을 그들이 앉아 있는 호텔 테이블 중앙에 놓았다. 조이스는 노끈을 풀려고 애썼지만, 실패했다. 그는 자신의 아들에게 이탈리아어로 칼을 요구했다. 조지오는, 난처한 듯, 자신은 칼을 갖고 있지 않다고, 이탈리아어로 대답했다. 엘리엇이 탐색에 합세하자, 결국 손톱깎이, 가위 한 벌이 조달되었다. 종이가 벗겨지자, 거기, 모두가 볼 수 있도록, 파운드의 오랜 갈색 구두 한 켤레가 놓여 있었다. 윈덤 루이스는 그 장면을 다음과 같이 재연했다.

> "오," 조이스가 희미하게 말했다. 그리고 재차 "오." 그는 외면했다. 그리고 그의 왼쪽 팔꿈치를 오른쪽 무릎 위에 놓으며, 재차 앉았다. 그리고 찌그러뜨리며, 그리고 이어 누그러트리며, 수평의 사지를.

그러자 이어, 이탈리아어로 조이스는 조지오에게 집에 가서, 엄마에게—확실히 엄마에게—아빠는 저녁식사에 집에 가지 않을 것이라 말하도록, 그리고 부수적으로, 신을 가지고 가도록 명령했다.

아버지와 아들 간의 장면은, 루이스기 이르듯, 많은 정열적 방백들과 함께, 소란스러웠다. : 그것은 '한 쌍의 나폴리의 유객遊客들 간의 말다툼의, 보다 나은 질서의 멋진 본보기'였다. 그것은 15살 난 조지오와 더불어 끝났다. 그는 '진짜로 남부의 사나움으로 이글거리는 눈으로'—그러나 런던에서 온 신사에게 엉덩이로부터 절을 하기에 앞서, 형식적인 예의로 악수하면서, 그의 팔 아래 짐 꾸러미를 끼고 돌진해 나갔다. 저녁이 끝날 무렵, 조이스는, 마치 그가 초청 주인인양, 팁과 택시를 포함하여, 계산서를 모두 지불하겠다고 주장했다.

그것은 조이스가 자신의 신발에 대해 불평하는 대로 내버려 두었던 마지막 시간이다. 그때부터 계속, 사진들은 조이스 가족이 아름답게 신을 신은 것을 보여준다. 무도화, 어슬렁어슬렁 걷는 슬리퍼, 스패츠 각반, 두가지 색 배합의 스포츠화, 평상화, 그리고 다이아몬드 버클이 달린 윤기 나는 가죽 구두, 이중 가죽 끈의 피혁화의 집합적 치장, 또는 발등을 도려낸 가죽 구두는 전쟁들 간의 프랑스 신발의 예시된 역사로서 봉사할 수 있었다. 심지어 그의 가장 가난했던 시절에, 조이스는 테니스 화를 신기 좋아했으니, 그것이 편리했기 때문이요, 그는 노라가 싫증이 나서 그걸 내던졌을 때까지 파리 주위를 산보하는 데 계속 사용했다.

블록—사비스키 가家의 복귀를 위한 협정일이 가까워지자, 조이스는 앞으로 다가오는 그의 '퇴거'에 관해 불평을 호소하기 시작했다. 그는 한 문학적 감탄자에게 자신은 '이 공동주택(만일 그렇게 부를 수 있다면)을 물러가도록 통지를 받았다'라고 썼다. 그는 그들 모두가 그곳이 습기가 찬 데다가, 성냥갑에 불과한 곳에서 이사하기를 좋아한다고 말했다. 루치아는 가구들이 침(타구)으로 함께 붙어 있다고 불평했다. 전후의 파리는 주택난을 겪고 있었으며, 누구나 집 찾기가 쉽지 않았다. 그러나 조이스의 요구 사항—오데온 구역의 방 6개짜리—은 그들을 수용하기를 어렵게 만들었다. 이러한 불편 중 아무것도 조이스로 하여금 그의 작업으로부터 멈추게 하지 않았다. 그의 집중력은, 파운드가 기록한 대로, 놀라운 것이었다. 9월 20일까지, 그가 자신이 필요했던, 그리고 트리에스테로부터 도착에 실패했던, 책 상자도 없이 작업하며, 조이스는 '키르케' 장의 여섯 초안들을 썼다.

런던에서 해리엇 위버는 제임스 조이스에게 아직 눈을 두지 않았다. 그녀는 조이스의 빈곤에 관한 불평을 동정과 놀라움으로 들었으나, 그녀는 그의 생활양식에 관해 아무것도, 그리고 분명히 그가 심하게 술을 마신다는 것을 알지 못했다. 그녀는, 그녀의 전기 가들이 말하듯, 그에게 '글쓰기에 충분한 안정된 생활양식'을 주도록 결심했다. 만일 미스 위버가 먼 그리고 사랑하는 어머니라면, 실비아는 (그녀와 미스 위버는 이제 규칙적으로 통신하고 있거니와), 유모의 역할을 떠맡았다.

미스 위버는 조이스가 그의 창작력의 최고에 달했음을 믿었다(그녀는 옳았다). 그녀는, 그가 생존의 실용성에 의해 작업이 늦춰져서는 안 된다고 결심하고, 자신이 전해에 그에게 주었던 5천파운드의 전쟁 사채(그로부터 그는 매 3개월

마다 62파운드 이상을 인출했거니와)의 그것보다 한층 접근하기 쉬운 형태의 돈을 그에게 마련해줄 결심을 했다. 그는 한 영국 관리인, 공중 수탁자의 동의 없이 원금을 만질 수 없었다.

1920년 여름에, 미스 위버는, 그녀의 숙모들로부터 2천파운드의 안정 기금인, 어떤 더 많은 돈을 상속받았는데, 이는 1년에 1백파운드의 이자가 붙었다. 그녀는 증여 금을 조이스에게 곧바로 넘겼다.

그녀는 그가 파리에서 그의 가족을 안주토록 하기 위해 자금이 얼마나 부족한지를 알았기 때문에, 그가 이자뿐만 아니라 자본에 근접하기를 바랐는데, 증여금이 대중 수탁자의 제지하는 수중으로 들어가지 않도록 주의시켰다. 이것이 이루어지자 그녀는 만족했다. 머지않아 그녀는 확신했거니와, 『율리시스』로부터의 인세가 들어오기 시작할 것이요, 그는 자신의 약속된 점진적 명성처럼 자활할 수 있을 것이다. 그녀는 자신의 조이스 씨가 돈을 손에 넣는 즉시 한 푼 남기지 않고 다 써버리는 것에, 그가 혼돈의 상태에서 지독히 작업하리라는 것에 대해 전혀 생각지 않았다.

조이스 가문은, 그들이 9월에 떠나기로 되어 있었던, 블록—사비스키의 공동 주택에서 11월 첫 날까지 버티었다. 그러자, 파운드의 후원으로, 그들은 라틴 구역의 유니버르시떼 가 9번지의 주거 호텔에로 이사했다. 작은 호텔인, 지금의 레녹스 호텔은 작가들과 지식인들에게 인기가 있었다. T.S. 엘리엇은 전쟁 전에 그가 파리에 거주하는 동안 그곳에 머물렀다. 그것은 또한 실비아의 서점에서 도보거리 이내에 있었으며, 그것을 조이스는, 많은 다른 작가들처럼, 은행, 우체국. 커피숍, 도서관 및 제 집과 같은 안식처의 합동으로서 사용하고 있었다.

조이스는 호텔로 입주하면서, 제니 세뤼스에게 빌린 침대와 매트리스를 돌려주었다. 만일 그가 공동 아파트를 발견하면, 그는 그녀에게 말하기를, 그가 재차 그들을 빌리고 싶다고 했으며, 한편으로 안락을 위해 두 장의 담요를 남겨 갖고 있었다.

조이스의 분명한 관심은 자신의 책을 완수하기 위한 사생활의 결핍에 대한 것이었다. 그는 책상이 없었다. 그는 평평한 표면을 위해 여행 가방을 양팔에 고인 안락의자 안에 앉아 글을 썼다.

그러나 주소는 편리할지라도, 노라는 그것을 발음할 수 없었다. 노라는 프랑스어의 이중모음에 어려움을 가졌다. 순수한 이탈리아어의 모음들에 익숙한 채, 그녀는 neuf를 말하는 데 어려움을 가졌다. 그녀는 그것을 neff로 발음했다. 어떤 새 친구들인, 미국의 책 채식사彩飾師, 리처드 월래서와 그의 아내, 영국의 작가, 릴리안은 아일랜드의 혓바닥에서 경쾌하게 떨어지는 말인, turf로 그것에 운을 달도록 그녀에게 말했다. 그것은 작용했다. 감사하게도, 노라가 릴리안에게 썼을 때, 그녀는 자신의 편지를 '터프 드 유니베르시데'(Turf rue de Universiade)라는 제자題字로서 썼고, 그것을, 소리 내어 웃으면서 서명했다, "우리의 아일랜드어로서."

노라는 그들이 자신들의 식사를 집에서 할 수 있도록 공동 아파트를 찾기를 원했다. 그러나 호텔의 어떤 주방 시설이 있기는커녕, 그녀와 짐은 자신들을 위한 침실마저 없었다. 조이스는 로카르노에서처럼, 단지 방 두 개만을 씀으로써 돈을 저축해야 한다고 느꼈다. 루치아는 이리하여 다시 한 번 그녀의 양친과 함께 갇혔는데, 한층 어색한 나이에(그녀는 1920년에 23살이었다) 그녀의 양친과 더불어 한 침실을 나누었다. 단지 조지오 만이 그의 사생활을 가졌다.

그들은, 요리를 할 수 없자, 외식을 해야 했다. 조이스 가문의 식탁의 광경은 조이스 전설의 한 부분이다. 노라는 요리를 할 수 없다는 믿음을 야기한다. "너무나 많은 레스토랑 그림들, 너무나 많은 먹는 그림이 있다,"라고톰 골라처는 그의 연극『조이스 씨는 파리를 떠나다』에서 말한다. 사실상, 거의 모든 국외

식민자들은 언제나 외식을 했다. 문제는 어디에서? 조이스 가문이 이 주소에 살았을 때, 그들은 근처의 '미쇼'에서 규칙적으로 식사했다. 그것은 단지 필요였어요, 조이스는 뉴욕의 존 퀸에게 주장했다:

> 우리는, 점심과 저녁을, 한 인기 있는 레스토랑에서 먹어야만 해요. 음식은 시원찮고, 요리 솜씨는 더욱 나쁘고, 포도주도 최악이오. 레스토랑들은 꽉 들어차고 그러나 단지 두 시간뿐, 왜냐하면 9시(나의 만찬 시간)에 그들은 문을 닫고 식탁 아래서 잠을 자지요. 조금만 애써 상상하더라도 당신은 나와 나의 가족이 어떤 식탁의 빈 자리를 꾸준히 기다리는 그 따위 시설들 중의 하나의 한 복판에 있음을 볼 수 있을 거요. 만일 나 혼자라면 식당에 들어가기보다 차라리 음식을 사서 거리에서 먹을 판이오.

다시 한 번 그는 과장했다. 젊은 어네스트 헤밍웨이와 그의 신부, 하드리가, 1921년 초에 파리에 도착하자, 자신들이 여행을 하며, 가능한 오랫동안 유럽에 여행하고 머물 수 있도록 돈을 늘리려고 애를 쓰면서, 그들은 조이스 가문의 생활 스타일을 시기했다. 헤밍웨이는 조이스에 대한 소개장을 그에게 써 주었던 미국의 작가 셰어우드 앤더슨에게 다음과 같이 썼다.

> 보고에 의하면 그와 모든 그의 가족이 굶주리고 있다지만, 당신은 미쇼에서 매일 밤 그들 모든 켈트의 패거리들을 발견할 수 있거니와, 거기에 비니(하드리)와 나는 단지 1주일에 한 번 갈 수 있는 여유가 있다오.

헤밍웨이와 하드리는 켈트의 패거리들을 잘 개관하기 위해 충분히 오랫동안 노려보았다.

> 조이스는 그의 두터운 안경을 통해 메뉴를 노려보며, 한 손에 메뉴를 들고 있었다. 노라는 그의 곁에, 애정 어린 그리고 섬세하게 먹는 사람. 조지오는, 가늘고, 멋 부린, 뒤로부터 매끄럽게 맵시낸 머리를 하고, 짙은 곱슬 머리카락, 아직 성숙하지 않

은 소녀, 그들 모두 이탈리아어를 말하고 있었다.

노라에게, 호텔 생활의 부수적 어려움들 중의 하나는 조이스가 글을 쓸 수 있도록 오후에 자리를 비우지 않으면 안 되었던 사실이었다. 지극히 질서적인 작가인, 조이스는 그의 큰 부피의 노트, 교정쇄, 작은 종잇조각들, 그리고 작은 손가방 속에 들어 있는 참고서적들을 운반했으며, 자신은 어디서든 작업할 수 있음을 자랑했다. 그녀가 크게 기쁘게도, 그녀는 그곳에 포르노의 레코드를 파는 상점들이 있는 데다, 거기서 그녀는 적은 요금으로, 앉아서 오후 내내 오페라를 들을 수 있음을 발견했다. 어느 날 그녀는 취리히 출신의 그들의 친구요, 파리에로 이사 온 스위스의 조각가, 오가스트 수터를 함께 데리고 갔다. 미쇼에서 그 날 저녁, 조이스는 그들이 어디로 가는지 물었다. 수터는 그에게 말했으며, 얼마나 바그나 풍의 노라가 되었는지에 관해 언급했다. 바그너의 오페라는 그녀가 듣고 싶었던 모든 것이었다. 조이스는 바그나가 음란하다고 대꾸했다.

그건 노라에게 지나쳤다. "오. 당신의 책에도 많은 음란패설이 있어요!" 그녀는 토로했다(수터에 따르건대, 그들 세 사람이 영어 또는 독일어를 함께 말했는지는 분명치 않다). 조이스는 자기 자신의 비전통적 작품에 대한 감상을 원했지만, 베르디나 푸치니보다 다른 것들에 대한 그녀의 편애를 관대히 다루려고 하지 않았다.

1920년의 거울이 다가왔고, 호텔이 얼고 있었다. 조이스는, 담요에 싸인 채, 계속 글을 썼다. 12월 1일에, 따뜻하기 위해 그리고 크리스마스를 위한 피아노를 갖기 위해, 그들은 7관구의 불르바드 라스파이 5번지의 가구 비치한 공동 아파트로 이주했다. 그것은 값비싼 것이었다. 그러나 조이스 가문은 새로 도착한 대부분의 사람들보다 한층 큰 가족을 가졌는데, 이는 조이스 자신의 신념에 의해 이루어진 문제였다. 그는 오데온 구역의 부르주아 안락을 주장했다. 임대료—연 3백파운드—가 미스 위버의 두 중요 하사금의 수입보다 더하다니, 그건 그를 놀라게 하지 않았다. 조이스는 단지 주소가, 자신의 예술의 선물이라 할, 좋은 것이 되기를 요구했다. 일단 그들이 자신들의 첫 숙소에로 이사하자, 그는 버전에게 아주 기쁘게 썼다. "여담이지만, 맨발로 도시를 들어와 결국에는 사치스런 아파트에 있게 되다니 보통이 아니잖아?"

한 아일랜드 친구는 유럽화化 된 젊은 작가로서, 이름이 아서 파우워인 예술 비평가였다. 자신의 가족을 만나는 조이스의 초청을 감수하면서, 파우워는 아파트에로 비틀비틀 걸어 들어오자, 그것이 어둡고 음울한 것을 발견했다,

> 외국인들에게 세를 준 특별한 것으로, 보상을 위해 어떤 종류의 가구가 투입되다니. 거대하고 느슨한 등 삿갓이 거실을 점령했는지라, 발레 댄서의 스커트를 상기시켰다. 그것은 방 전체를 어둠 속으로 몰아 넣었고 모든 것이 일종의 도스토예프스키식의 암울 속에 잃어버리는 듯했다.

파우워는 그의 첫 방문에서 잘 받아들여지지 않았다. 그는 파티에로 가는 길이었고, 그의 호주머니는 술병들로 절거덕거리고 있었다. 노라, 조지오 및 루치아는 그들의 남편이요, 아버지를 데리려 온 술 취한 아일랜드인을 적의로 노려보았다. 조지오는 특별히 실쭉했다. 그들은 파우워가 조이스의 카페의 면식자들 중 한층 술 취하지 않은 사람들 가운데 있는 데다가, 곧 그이 자신이 저녁식사에로 초대되는 것을 알았을 때 마음이 누그러졌다.

> 나는 이 유쾌한 아일랜드 가족과 친구가 되는 것이 얼마나 즐거운지 기억하거니와, 조지오는 막 어린이 되어 가고 있었고, 조지오보다 한층 어린 루치아는, 말이 없고, 초 민감했으며, 최후로 조이스 부인은 따뜻한 마음씨에 경쾌했다.

식사 동안에 대화는 한결같이 더블린의 화제로 돌아갔다. 파우워는 깜짝 놀랐다. 범세계화가 그의 이상이었고, 그들의 아일랜드다움이 그에게 인상을

주었다. 당시 조지오와 루치아는 거의 아일랜드를 본 적이 없음을 알지 못했지만, 그는 혼자 이 아일랜드의 가족이 대륙에 현저하게도 잘 적응했음을 생각했다. 그는 과연 노라에게서 골웨이에 대한 어떤 향수를 탐색했다.

라스파이유 공동 아파트에로의 또 다른 한 방문객 역시 노라의 훌륭한 용모와 상냥함을 좋아했다. 로버트 매칼몬은, 젊은 미국의 작가들의 자라나는 파리의 거류민단 중에서 가장 잘 알려진 인물들 가운데 한 사람으로, 그는 자신이 그녀를 보았을 때, 조이스의 시력이 아무리 나빴더라도, 자신의 아내를 고른 데 있어서 그의 눈을 사용했음이 분명했다고 생각했다. 매칼몬은 조이스가 놀랍게고 지방적이요, 다른 사람들에게(자기 자신과 같은 한 목사의 아들을 포함하여) 신학의 문제는 무엇이든 흥미가 있다고 믿을 수 있는 한 더블린의 아일랜드인임을 알았다.

조이스는, 컵 속에 눈물 방울을 떨어뜨리며, 매칼몬에게, 그는 더 많은 아이들을 원했다고 말했다(그는 당시 39살에 노라는 37살이었다). 그의 아버지(존 조이스)는 큰 가족을 낳았다. 그이 이전에 자신의 조부는 각각 12명에서 18명까지 생산했었다. 하나님의 은총으로, 조이스는 맹세하기를, 그는 여전히 한 젊은 남자요, 죽기 전에 더 많은 아이들을 갖고 싶었다.

매칼몬은 충격을 받았고, 루치아와 조지오의 어려운 처지를 너무 지나치지 않도록 막연히 암시하면서, 만일 누구든 아이들을 낳으면, 그는 그들의 형성기形成期의 해에 그들을 위해 교육하고 돌보기 위해 돈을 갖는 것이 한층 좋다고 조이스에게 말했다.

그들의 파리에로의 이동은 강렬한 사회생활에 의해 기록되었다. 파리는 사방으로의 십자로였다. 아일랜드의 그리고 영국의 친구들, 그들 대부분이 영국에서 살기 위해 되돌아갔으나, 이를테면, 프랭크 버전 및 스키즈 가족들은, 파리에서 얼굴을 쳐들었었다. 조이스는 선각자들을 방문하기 위한 위탁 정거장이 되었다. 그와 노라는 예이츠 가족과 식사를 했다. 많은 것이 전체 가족을 극장과 오페라에로 끌어냈다. 그들은 모두 존 맥콜맥을 보러 갔는지라, 노라는, 그녀가 모든 이들에게 그랬듯이, 아이들에게, 그들의 아버지는 한 때 맥콜맥과 무대를 나누었다는 것을 상기시켰다. 조이스는 다음 날 그에게 팬레터를 썼다. 그들의 사회생활에서 두드러진 것은 두 가지 새로운 요소들이었는데, 동성애자들이요, 미국인들이었다.

조이스 내외는 동성애를 눈치 채지 못한 듯했다. 비록 조이스는, 문학적 목적을 위해, 노라와 자기 자신에 있어서 그것의 기질에 민감했을지라도, 그는 친구들의 그것에 대해서 무관심했다. 실비아 비치는 그녀의 파트너요, 그녀 자신이 서점을 운영했던 룸메이트인 아드리엔느 모니에르에게 헌신적이었다. 비록 모든 이들이 자신들은 애인들인 듯 가장할지라도, 그들은 1920년대의 센 강의 왼쪽 둑의 호화생활에서 (여성)동성애자들은 아니었다.

실비아는 엄하고, 몸에 맞게 지은 의상을 입었는데, 그녀가 말하듯, 자신은 사업 여성이기 때문이었다. 비록 그녀는 여성 동료들, 특히 독신녀들을 더 좋아했을지언정, 그녀는 매력 있는 남성들에 대한 소녀다운 경외심을 가졌었다. 그녀는 헤밍웨이를 존경했으며(그는 그녀가 예쁜 다리를 가졌음을 눈치 챘거니와), 조이스를 숭배했다. 그녀는 자신이 그녀의 일생의 세 애인들이 있다고 했는데, 아드리엔느 모니에르, 그녀의 서점 및 제임스 조이스라고 정직하게 선언했다.

라 메숑 데스아미 데 리브르 거리의 아드리엔느 모니에르의 상점은, 실비아의 '세익스피어 앤드 컴파니' 및 듀퓨이트런 거리로부터의 모퉁이 근처, 로데온 거리에 있었다. 그녀와 실비아는 전적으로 상보적相補的이었다. 만일 실비아가 미국 목사의 딸에 대한 소녀다운 열정으로 충만하다면, 아드리엔느는 사부야드 산山 농부의 딸이 가진 딱딱한 기민성을 가졌다.

그녀의 옷의 스타일은 실비아의 것보다 한층 개인적인 것이었다. 마치 소련의 인형처럼 형태를 갖춘 채—아마도 그녀가 최고의 요리사였기 때문에—자신의 발목까지 뻗는 희색 스커트와 하얀 솔로 그녀의 거체를 동이었다. 아드리엔느의 다리를 본 사람은 아무도 없었다. 실비아의 머리카락은 깐닥깐닥 거렸고, 아드리엔느의 것은 아니었다. 만일 그들이 용모와 발걸음에서 대조된다면—실비아는 빠르고, 날카로웠고, 아드리엔는 반사적이요 느렸다.—그들은 자신들의 사업에 있어서 하나처럼 보였다. 그것은 작가들을 배양하기 위해 특별한 주의를 기울였다.

로버트 백칼몬은 실비아 비치처럼 호모 섹스적이었다. 수척하고, 그린위치 빌릴지의 한 젊은 작가로서, 그는 미국의 시인 D.H.(힐다 두리틀)와 연애했던 젊은 영국의 작가인, 브라이허와 편리한 결혼을 했다. 결혼은 편리한 것 이상이었는지라, 그 이유인즉 브라이허(그의 진짜 이름은 위니프레드 엘레먼이었다)는 영국의 가장 부유한 사람들 중의 하나의 딸이었기 때문이다. 매칼몬은, 심지어 그에게 맥카리몬나라는 별명을 부여했던 안정이혼安定離婚 이전에, 쓸 돈을 많이 가졌었다. 그는 곧 조이스에게 '그가 헤쳐 나가도록' 한 달에 30파운드씩을 주고 있었다. 조이스는 매칼몬이 기운차고 재치 있는 술친구임을 알았다. 헤밍웨이 또한 애초에 그랬지만, 매칼몬은 자신의 음주를 지속할 수 없고, 공공연히 병을 앓았기 때문에 우정을 포기했다. 그러나 그는 자신이 매칼몬에게 했던 것보다 한층 더한 존경으로, 조이스를 20년을 더 나이 먹은 숭배 영웅으로서 대우했다.

미국인들은 문제가 달랐다. 매력은 상호적이었고, 문화적 오해는 컸다.

파리에서 조이스 가문을 만났던 많은 미국인들은 그들이 어떤 면에서 이탈리아적이요, 대부분 아일랜드적인 가족을 보고 있다는 것을 파악하지 못했다. 거기에는—교육, 향락, 가정의 치장, 의상, 일 또는 빚에 있어서 미국적인—또는 영국적인 것은 전혀 없었다. 마이론 너팅은, 예를 들면, 조이스 가문이 저녁에 얼마나 늦게 식사하는 지에 대해(8시 혹은 9시), 그리고 친구들을 그들의 가정으로보다 오히려 레스토랑으로 초대하는 식에 대해 놀랐다. 너팅은, 에즈라 파운드가 그랬듯, 조이스의 손이 너무나 나긋나긋했는지라, "그가 가정의 물건들을 고치는, 잡역부로서 어울리지 않음을 누구나 느끼리라." 그를 당혹하게 했다. 실비아 비치 역시 손수 행하는 일을 인정했다. : 파운드는 자기 손수 테이블을 만들었으며, 그녀는 그것을 기꺼이 조이스에게 자랑해 보였다. 조이스는 감명을 받지 않았다. 왜, 시인인, 파운드는 노동자가 1주일이면 할 수 있는 것을 애써 해야 한담?

다른 사람 것과 같지 않다는 조이스 가정에 대한 비난의 목소리가 노라를 둘러싸고 있었다. 왜 그녀는 훌륭한 가정 경영으로 조이스를 그의 과잉으로부터 구하지 않았던가? 그녀는 식사를 준비하는 것도, 절약하는 것도, 책을 보관하는 것도 하지 않은 듯 보였다. 미국의 아내들은(그리고 미국의 학자들은 뒤에) 조이스와 노라가 얼마나 많은 공통점이 있는지 보지 못했다. 고등 교육이 여성들에게 가능했던 나라에 익숙한 채, 영리한 남자들은 영리한 아내들을 가져야 한다고 그들은 믿었다. 노라는 그들 대부분에게 커다란 실망이었다.

실비아 비치는 곧, "조이스 부인이," 그녀가 언제나 그녀를 그렇게 부른 대로, 조이스의 영감의 원천이었지만, 조이스 부인은 조이스 살림을 운영하는 것이외 어떠한 것으로도 성가심을 받지 않음을 인정했다. 그녀는 오페라 티켓도 기차 티켓도 사지 않았다. 그녀는 조이스를 위해 책 사냥을 하지 않았다. 그녀는 받아쓰기도 하지 않았다. 노라의 책임은 조이스를 먹이고, 그를 격려하고, 그의 그리고 아이들의 모든 옷을 고르고, 그들을 정돈하는 것이었다. 그가 사교적으로 가는 곳마다 그를 동행했고, 그를 에누리했고, 그녀가 자신의 입을 열 때마다, 아일랜드는 멀리 있지 않다는 것을 확약시켰다. 조이스는 결코 노라를 더 요구하지 않았으며, 그 밖에 아무도 감히 그러지 않았다.

노라와 조이스는, 그들로서는, 미국의 에너지에 의해 놀랐는데, 그것은 무모함에 가까웠다. 캐이 보일은, 처음으로 그들을 파티에서 만났을 때, 노라가 캐이를 쳐다보며, (캐이가 그걸 들은 대로) 다음과 같이 말했음을 상기했다. "그녀는 까만 머리카락과 흐린 푸른 눈을 한, 아일랜드 소녀의 참된 그림이 아니겠어요?"

캐이는 개인적 관심에 당황한 채 말했다, "저의 깨진 코는 어때요?"그녀는 수년전 펜실베이니아의 포코노 산의 썰매 사고로 코를 깼다.

조이스 내외는 홀렸다. 그들은 캐이가 어떻게 언덕을 미끄러져 내려가자, 올라오는 두 말들이 끄는 썰매를 만나는지를 말하자 기겁을 하며 그걸 귀담아 들었다. 길에서 탈선하자, 그녀는 전신주를 함유한, 눈 둑에 빠졌고, 그녀의 앞 이빨 하나를 삼켰다.

"내가 그녀의 이야기를 들으면," 노라는 말했다, "나는 우리들 자신의 인생이, 짐, 아주 별것이 아님을 생각하지 않을 수 없어요."

"그건 사실이야." 조이스는 말했다. "하지만 미국인들은 그런 식이지." 그러나 캐이와 노라를 위하여, 그는 바흐(역주 : 작곡가)가 아주 조용한 인생을 영위했음을 덧붙여 말했다.

조이스 내외의 예의 바름이나 얌전뺌은, 그들이 40대에 들어가면서, 그들 주위의 젊은 국외 추방자들의 제약받지 않는 행위와 대조를 이루었다. 조이스 내외는 자신들의 말씨에 있어서 심지어 꼼꼼했다. 윈덤 루이스는, 조이스가 모든 이를 '씨', '양' 또는 '부인'으로 부르도록 주장하다니, 그가 얼마나 중류계급인가를 보여주었다고 말했다. 모두는 인지했다. '하이, 보브'와 같은 말은 조이스의 입술을 통과할 수 없었다.

헤밍웨이는 조이스의 과장된 겸손을 미국식 경쾌함으로 돌리는 것을 즐겼다. 그는 심지어 조이스를 (그는 그의 산문채의 절약 때문에 그를 존중했거니와)짐으로 부른 것으로 소문났었다. 어느 날 헤밍웨이가 실비아를 위해 서점을 보살피고 있었을 때, 조이스는 '미스 비치'를 찾아 안으로 들어왔다. "실비아는 여기 없어요," 헤밍웨이가 말했다. "오, 미스 비치 말이요," 조이스는 고쳤다. 헤밍웨이는 꺾이지 않은 채 계속했다. "게다가 마이신 또한 여기 없소." "오⋯⋯미스 모쇼스 말이군요." 이에 헤밍웨이는 공격을 마이신의 누이동생에까지 확장했다. '엘렌느'도 여기 없소이다."

노라는 이러한 인습 아래 그의 권리를 뽐내듯 과시했다. 그녀는 조이스를 짐으로 부를 수 있는 유일한 사람이었으며, 그녀는 누구나 모두에게 그렇게 했다. 손님들이 그를 보기 위해 들어왔을 때, 조이스가, 밴드 지휘자와 치과의사 사이의 잡종으로 보이는, 하얀 작업복을 입고, 그의 서제에서 나타나자, 노라는 놀란 손님 정면에서 정떨어지듯 말하곤 했다, "짐, 제발 그 코트 좀 벗구려."

조이스를 받들어 모시는 자들은 충격을 받았으나, 그들을 잘 알게 된, 다른 사람들, 실비아 비치 같은 이는, 노라의 집적거림을 조이스가 즐김을 알았다. 아일랜드의 친구들에게, 그들이 대중의 역할을 하는 동안, 마치 자신들이 사적 언어를 말하고 있는 듯, 그들의 놀림은 그것에 대한 친밀감을 주었다. 아서 파우워는 그들 사이에 완전한 이해가 있음을 느꼈다.

노라는 언제나 친구들을 쉽사리 사귀었다. 그녀의 좋은 친구들 중 하나는 마이론 너팅의 아내 헬런이란 작가였다. 너팅 내외는 가르 몽 파르나스 근처에 화실을 하나 가졌는데, 노라는 방문차 빈번히 그곳을 들렀다. 노라가 근심을 가졌음을, 그들은 알았으니―돈, 조이스의 음주, 그녀의 불안정한 아이들 때문이었다. "그녀는 전혀 불평하는 여인이 아니었어." 너팅을 말했다. "그녀는 나의 아내에게 하소연하기 위해 오지 않았으나, 누군가를 신뢰하기를 좋아했어. 그녀는 헬런을 아주 좋아했는데, 그 이유 때문에, 그녀는 아주 미쳐 있었어." 너팅 내외는 조이스 내외가 궁색하다고 믿자, 그들을 데리고 자신들의 작은 시트로

엔에 있는 퐁텐블로에로 소풍을 갔다. 두 부부들은 1주일에 한 번씩 함께 만찬을 했고, 노라는 그녀가 마이론을 좋아하는 특별한 이유가 있다고 말했다. : 그가 짐을 집으로 데리고 왔을 때, 그는 짐의 코트를 가져오는 것을 기억했다.

조이스 자신은『율리시스』의 출판으로부터 상당한 돈을 벌 것이라 기대했으나, 1920년 말까지 이 시기는 곧 오지 않을 것임이 분명했다. 1921년 2월에 뉴욕에서 '죄악 금지회'는『리틀 리뷰』지와 그것의 편집자들인 재인 히프 및 마가렛 앤더슨에 대한 고소에 승소했다. 해변에서 갖는 블룸의 수음 장면은, 사건의 변호사였던 '존 퀸'의 열렬한 변호에도 불구하고, 외설적인 것으로 판결되었다. 이 뉴스는 이중으로 나빴다. : 그것은『율리시스』가 미국의 출판자를 발견하지 못할 것이요, 저작권에 의해 보호받지 못할 것임을 의미했다. 조이스가 미국으로부터 기대하고 있었던 원고료에 대한 1—천—불의 선금('퀸'은 이 금액을 제의했다) 대신, 아무것도 없었다. 설상가상으로, 불법판이 나타날 수 있는지라, 조이스가 옳게 예견한 대로, 책의 미국 수입은 해적판으로 유입될 판이었다. 고로 1914년에 그가『율리시스』를 시작한 이래 중노동의 여러 해 동안의 보수를 수확하는 기회는 암담해 보였으며,『초상』으로부터의 수령금은 1921년까지 비용을 커버하지 못했다(미스 위버는 책의 손실을 '잔여의 수익금' 및 다른 가짜수령으로 특징짓는 이상한 액수를 가지고 덮어 감추었다. 돈은 사실상 그녀 자신의 것이었다).

뉴스가 뉴욕으로부터 도착했을 때, 조이스는 '셰익스피어 앤드 컴퍼니'속으로 수심에 잠긴 채 들어갔는데, 거기서 그는 단골손님이요 주된 매력이 되었다. 실비아에게 그는 선언했나니, "나의 책은 이제 결코 나오지 않을 거요." 실비아 비치는 뒤에 회상했거니와 (자기 자신의 특별흥행을 하도록 마음먹는 미키 루니와 주디 가랜드를 약간 닮아, "바로 여기, 헛간에서!"), "당신은 '셰익스피어 앤드 컴퍼니'로 하여금『율리시스』를 출판할 영광을 갖도록 하겠소?" 실제로, 솔선하여 그 생각을 암시한 것은 조이스 자신이었다. 그는 아드리엔느 모니에르가 그녀의 서점의 날인 하에 어떤 출판을 행했던 것을 알았으며, 실비아가 고소를 갖도록 권고받을 수 있지 않았을까 의심했다. 그는 아마도 또한 실비아가, 그녀의 동성 애적 여성주의에도 불구하고, 그녀 자신이 그에 의해 현혹되었기 때문에 항복한 것이 사실이 아닌가 생각했다. 그것은 사실이었으나, 실비아는, 그녀가 자신의 누이, 홀리에게 떠벌렸듯 다른 이유가 있었다.

『율리시스』가 이곳을 유명하게 할 거야……. 이미 평판이 시작되고 있어. 그리고 사람들 떼가 서점을 방문하고 있어……. 그리고 만사가 잘 되면, 조이스를 위해뿐만 아니라 나를 위해, 그 때문에 많은 돈을 벌 것을 난 희망해. 넌 흥분되지 않아?

조이스는 더 많은 돈을 요구하며 미스 위버에 글을 썼다. 그녀는 놀랐지만 그에게 뭐든 거절하고 싶지 않았다. 그녀는 자신의 '영어'판으로부터의 원고료의 선금으로 2백 파운드를 보냈는데, 그것은 실비아 비치의 '프랑스어'판 다음으로 어떤 특별히 지정하지 않은 시기에 프랑스에서 식자판 (타이프 세트)으로 출판될 예정이었다. '영어의' 출판을 준비함에 있어서, 그는 미스 위버의 판과 실비아 비치의 것 간에 생기는 갈등을 회피했다. 그는 돈이 필요하다고, 말했는데, 미국판으로부터의 1천 달러의 선금으로, 그가 당장 받고 싶지 않는 돈을 계산하고 있었기 때문이다. 미스 위버는, 실비아 비치의 파리 판에 대한 경쟁을 수립하기보다 한층 그를 돕는다는 핑계로서, 그에게 돈을 보냈다.

조이스 가문은 얼마나 가난했던가? 그들의 재정의 상황은 다섯 가지 통화들(영국의, 미국의, 프랑스의, 스위스의 및 이탈리아의)의 자신들의 거래에 의하여, 돈의 총액을 그가 그에게 글을 쓰고 있던 사람의 통화의 가치로 옮기는 조이스의 습관에 의하여, 그리고 세계 2차대전에 잇따른 인플레이션에 의하여 흐려진다. 전쟁들 사이에 환율은 꽤나 안정적이었다. 파리에 있어서 조이스의 생활 동안 그의 주된 수입은 파운드 화貨로서였다. : 그것은 미스 위버가 그에게 주었던 전쟁 채권에 대한, 그리고 그녀기 그에게 위임했던 자본에 대한, 이자의 형식으로 다가 왔다. 그는 이자를 사계절적으로 받았으며, 미스 위버에게나 혹은 그녀의 점진적으로 난처해진 변호사들에게, 의뢰서를 씀으로써 자본을 요구했다.

미국인들은 1920년대 초반에 파리에로 왔는데, 그 이유인즉, 거기는 예술과 문학에 있어서 새로운 모든 것의 활력이 넘치는 중심이었기 때문뿐만 아니라, 거기는 또한 값이 쌌기 때문이었다. 사진사 베레니스 아보트는 그녀의 호주머니 속에 $6을 넣고 뉴욕으로부터 출범했다. 헤밍웨이 내외는 '하드리 헤밍웨이 자금'의 연 $3,000(약 500파운드)으로 유복했다. 어네스트는 가능한 오랫동안 너무나 열렬하게 유럽에 머물기를 원했기 때문에, 그들은 가장 값싼 카페들을 탐색하기 위하여 온수 공급이 없는, 다섯—층계참의, 엘리베이터 없는 공동 아파트에 삶으로써, 모든 종류의 경제를 시행했다. 엘리엇은 런던에서 로이드 은행에서 실속 있는 연 500파운드를 벌고 있었다. 진짜 부는 페기 구겐하임의 연 $22,000(4,500파운드)이었다.

조이스가 처음 파리에 왔을 때, 그는 단지 미스 위버의 첫 희사금으로부터 62파운드의 사계절 수입을 가졌다. 그러나 그는 또한 그가 존 퀸에게 그걸 썼듯, 『율리시스』의 원고를 팔고 있었고, 매칼몬의 월 30파운드 '대여'를 수령하고 있었다. 미스 위버의 200파운드의 두 번째 희사금은 그가 상당한 한도 동안 견디도록 부여되었는 바(헤밍웨이의 임대는 연 약 48파운드였다), 그리하여 그녀가 2,000파운드 가까이를 그에게 줄 때까지, 그는 자신이 궁하다고 생각할 이유가 없었다.

노라는, 파리가 가계를 꾸려나갈 올바른 장소라는 것을 결코 확신할 수 없었으니,―그것은 값비싸고, 아이들에게 미래를 제공하지 않았거니와―그럼에도 불구하고 안정된 가정을 바랐다. 심지어 한층, 그녀는 조이스에게 음주를 포기할 것을 바랐다. 언젠가는 매칼몬이 음주의 밤을 보낸 뒤 아침 10시에 조이스를 데리고 와, 침대에 쿵 누이고, 노라의 비난을 피하기 위해 도망쳤다. "짐, 당신은 20년 동안 나를 위해 이 짓을 하고 있어요……." 그리고 등등. 매칼몬은 단지 "잠자기 위해, 죽기 위해, 번민을 알기 위해, 조이스, 인생, 나 자신을 저주하기에"만 적합했다. 그가 막 잠들었을 때, 오후 3시에, 지급 전보가 조이스로부터 도착했는데, 틀림없이, 우정의 이름으로, 4시 반에 차를 마시자고 그를 불렀다. 매칼몬이 거의 걸을 수 없이, 정시에 도착했을 때, 조이스는 노라 면전에서 열렬히 말했다. "그래, 매칼몬, 우리가 가질 아파트에 관해 그자가 뭐라 했는지 자네 들었나?"

매칼몬은 재빨리 생각했다. 그는 노라가 그들의 일시적 거소에서, 한 공동 아파트로 이사할 의도임을, 그러나 조이스는 오히려 친구들이 그를 위해 하나를 발견해줄 것을 알았다. "오, 그가 방금 찾고 있어요." 맥골몬은 노라에게 거짓말을 했다. "난 그를 6시에 만날 거요."

조이스는 자신의 음주에 대한 노라의 분노에 면역되어 있었으나, 그가 미스 위버의 분노를 야기했으리라는 것에 놀랐다. 그녀는 윈덤 루이스가 소식을 터뜨린 1921년 5월까지 그 사실에 대해 전혀 몰랐다. 미스 위버는 또한 그의 출판자요, 그리고 그녀를 런던에서 방문하면서, 루이스는, 아일랜드의 작가가 얼마나 엄청난 술친구인지, 어떻게 그가 새벽 또는 그 이상까지 술을 마셨는지, 그리하여 자주 혼자서 춤을 추며, 다른 사람의 계산서를 자신 홀로 물었는지를, 경쾌하게 자세히 열거했다.

미스 위버는 아연했다. 그녀는 조이스가 얼마나 열심히 자신의 책에 작업하고 있는지를 알았으며, 다른 칼뱅주의의 미덕들이 그의 근면성을 동행하고 있으리라 가정했다. 그러나 그녀로서, 혼자 안달하거나, 은밀히 묻다니, 그것은 그녀답지가 않았다. 그녀는 이내 조이스에게 썼고, 그녀가 알았던 바를 그에게 말했으며, 음주의 악에 관해 예의 있는 설교를 했다. 그럼에도 불구하고, 뉴스는 그녀를 감동시켰다. 그녀는 음주야말로 인생의 커다란 함정임을 믿도록 가르쳤는지라, 그리하여 조용하고, 점잖은 여인으로서, 그녀는 술 취한 사람들을 무서워했다.

조이스 또한 그녀의 비난에 의해 동요되었다. 비록 그는 미스 위버의 돈에 조심하지 않았지만, 그는 그녀의 평가를 존중했다. 그는 다른 사람과 마찬가지로, 비록 그가 자신의 나쁜 습관을 즐겼을지라도, 그는 알코올 환자는 아님을 알았다. 그는 낮에는 결코 마시지 않았다. 유명한 도취는, 대충, 저녁 8시와 새벽 2시 사이, 백포도주 몇 술병의 규칙적인 소모에서 왔다. 그는 독주를 드물게 마셨다(바로 조이스의 소비가 마음의 배설적 경향에 관련되듯, 그의 음주 또한 그랬다. 그는 자주 자신이 좋아하는 스위스의 백포도주를 '요尿'[소변]와 비유했으며—확실히, 공작부인의 '요'였다. 그는 붉은 포도주를 싫어했는데, 그것은 피 냄새가 나기 때문이었다).

그는 글을 써서, 버전에게 물었는지라, 어떻게 자기 자신을 옹호해야 했던가? 버전은, 그에게 조이스는 윈덤 루이스와의 도회에서의 그의 밤들—'밤새도록의 소요의 연좌宴坐(및 무도)'을 자랑했었거니와—조이스가 그것을 일소에 부칠 것을 암시했다. 조이스는 버전의 충고를 따랐다. 그는 미스 위버에게, 자신이 소량의 명성을 얻은 이래 비난받아 왔던 모든 다른 죄악들의 길고도 재치 있는 카탈로그를 보냈다.

조이스가 자신의 명성을 얼버무리려는 스스로의 노력은 거기서 멈추지 않았다. 그는 매칼몬에게 자신의 성격의 옹호를 미스 위버에게 쓰도록 간청했다. 한층 교활하게도, 그는 그에 반대하는 비평의 실질적 증거를 회복하려고 노력했다. 초기의 경계로서, 그는 버전에게 등기 우편으로 미스 위버의 편지를 돌려줄 것을 요구했다. 그러나 한 가지 내막을 폭로하는 품목은 여전히 두드러졌다. : 버전에게 보낸 자기 자신의 편지였다. 그는 어리석게 보이지 않고 어떻게 그것을 되돌려 요구할지를 알지 못했다.

버전이 파리에 가까이 있었을 때, 조이스는 그의 기회를 보았다. 알 수 없는 편지가 버전의 작은 바랑 속에 놓여 있었다. 조이스는 그들이 주연의 밤들의 하나를 함께 했으나, 버전이 자기보다 더 술 취하게 하도록 했다. 이어, 조이스는 비틀거리는 버전의 등을 호텔 쪽으로 두게 하면서, 바랑을 낚아챘다. 집에 돌아와, 그는 편지를 꺼내고, 그 자리에 바의 계산서를 넣은 뒤, 그가 안전을 위해 바랑을 가졌다는 노트와 함께 다음 날 메시지를 되돌렸다. 버전은 이러한 서술에 분개했으며, 그들의 우정은 거의 3년 동안 결렬되었다.

조이스가, 심지어 1921년에 자신의 훌륭한 이름을 보호하기 위하여 이토록 주의를 해야 하다니, 그것은 1909년의 그의 그리고 노라의 외설적 통신에 대한 소재의 문제를 야기시켰다. 그들은 그것이 엿보는 시선으로부터 안전하다고 생각했던가? 트리에스테를 떠나면서, 조이스는 파리에로 가기 위해 한 박스의 서류를 짐 꾸렸으며, 나중에 그는 스태니슬로스의 침실의 여행가방 속에 남겨두었던 서류뭉치를 요구했다. 그는 『율리시스』를 완료하기 위해 서류가 필요했다. 그러나 그들의 고문서들의 대부분은 뒤에 남겨졌다. 에로틱한 편지들을 주위에 놓아두는 위험스런 느낌이 그 당시쯤에 그의 집필 속에 들어갔고, 또한 그의 꿈속에 들어갔다. 『율리시스』의 출판에서, 스태니슬로스가 그것의 외설에 대해 불평했을 때, 조이스는 스태니슬로스가 비밀의 문서를 탐색하지 않았나 의심했음에 틀림없다. 『율리시스』의 출판에 즈음하여 그가 기록한 어떤 꿈들은 이와 같은 것을 포함한다. : "한 젊은 여인이 분노를 점점 덜 하면서 내가 그녀에게 타협적인 편지를 썼음을 내게 말한다. 그 내용은 그녀에게 많은 충격을 주지 않으나, 그녀는 내게 왜 내가 그것을 '율리시스'라 서명했는지를 묻는다."

1921년 6월에, 도스토예프스키류類의 것일지라도 화려한 아파트에 대한 그들의 차용 계약이 끝나게 되었을 때, 그들은 조이스가 당연히 자기 것으로 느꼈던 그런 종류의 행운을 가졌다. 프랑스의 문학 비평가 발레리 라르보는 제5관구에 있는 갸르디날—르모엔 가街의 우아하고 깨끗한 독신자 아파트를 그들에게 빌려주었다. 조이스는 라르보가 그들을 위해 그것을 특별히 다시 단장하도록 요구했다. 라르보는 원만히 그렇게 했으리라. 영문학에 대한 프랑스의 첨단 해설자로서, 라르보는『율리시스』에 대해 '아주 미친' 짓으로서 스스로를 서술했거니와, 아드리엔너 모니에르의 서점에서 조이스를 프랑스의 문학 대중에게 소개하는 강연을 할 것을 약속했다.『율리시스』에서, 라르보는 주장했으니, 조이스가 아일랜드를 세계 문학에로 되돌려 놓았다고 했다.

조지오는 가족들과 함께 이사하지 않았다. 사업상의 생애를 시작하는 몇몇 실패의 시도가 있은 뒤에, 그는 어떤 친구들과 함께 취리히로 되돌라 갔다. 그는 자신의 누이가 할 수 있는 것보다 한층 쉽사리 가족 집단의 폐소공포증閉所恐怖症으로부터 도망치려 했다. 그러나 루치아는 잠시 동안 헬런 너팅의 여조카와 함께, 여름 캠프에로 갔다. 나중에 그는 짧게나마 리세 예비학교(역주 : 프랑스의 국립 고등학교)에 다녔으며, 또한 타이핑을 공부했다. 루치아는 친구들을 찾는데 어려움을 가졌다. 노라는 언제나 10대의 딸들과의 새로운 사귐을 위한 감시에 나섰는데, 조이스가 본 대로, 루치아는 오후가 되면 지루함을 느꼈기 때문이었다.

노라와 루치아는 그들의 새로운 환경에 기뻐했다. 그들은 딱은 마루, 고풍의 가구 및 군인 장난감 수집을 갖춘 아파트를 사랑했다. 경치가 너무나 푸르렀기 때문에 그들은 시골의 심장에 있는 듯 느꼈는데, 큰 쇠문이 달린 안마당을 통한 입구로 인상이 고조된 느낌이었다. 노라를 한층 기쁘게 할 수 있었던 유일한 것은 그들 자신의 아파트였다. 심지어 조이스도 그들의 가족 초상화와 감상적 가치의 다른 패물에 대해 향수적이 되었다.

아파트는 심지어, 낮고, 둥근 천정과, 전적으로 침묵 속에 일할 수 있는, 긴 테이블을 지닌 특별한 글 쓰는 방이 있었다. 조이스는, 그러나 시끄러운 환경을 더 좋아했는데, 라르보의 아파트를 무덤으로 알았다.

조이스는 거기 있는 동안, 몰리 블룸의 독백인『율리시스』의 최후의 장을 쓰면서, 너무나 고통스런 또 다른 눈의 공격을 받았는지라, 그는 울면서 마루 위에 딩굴었다. 노라는 아이들로 하여금 실비아 비치에게 달려가 그녀를 데리고 오도록 보냈고, 그녀가 조이스 곁에 있는 동안, 헝겊을 얼음물에 적셔 그걸 그의 눈에 갖다댔다.

　　노라는 몹시 골이 났다. 조이스는 비록 그가 자신의 눈의 위험에 대해 충고를 받았을지언정 심하게 술을 마시고 있었다. 그녀는 심지어 그의 친구들을 타락시킨데 대해 그를 비난했다. "짐, 당신은 당신의 술 취한 친구들을 내게 넌더리나게 데려왔어요." 그녀는 말했으니, "이제 당신은 매칼몬에게 같은 식으로 시작했어요." 그러나 매칼몬은 노라를 그녀의 위엄과 재다짐하는 태도를 좋아했으며, 조이스가 그녀를 벌주는 아내요, 사랑하는 어머니로서 행하도록 그녀에게 강요하는 이중적 역할을 이해했다. 어느 밤, 조이스와 함께 바깥에서, 매칼몬은 한 마리 쥐를 보고 부르짖자 이에 대해 조이스는 기절초풍했다.

　　매칼몬이 그를 급히 집으로 데리고 갔을 때, 그는 노라에게 무엇이 졸도의 원인지를 설명했다.—공포라니, 술이 아니고—그녀는 "즉시 부드러워졌다." 다음 날 밤 그들 셋은 카페에 있었는데, 그때 노라는 갑자기 택시를 불렀다. 그녀는 조이스의 일그러진 얼굴을 발견했기에, 그가 심하게 고통을 겪는 것을 알고, 그를 이내 집으로 데리고 갔다.

　　6주일 동안 조이스는 앓았고 너무나 고통스러웠는지라, 그의 의사가 그의 눈에 코카인을 투입하고 그의 작업 시간을 줄였다(하루에 10시간에서 6시간으로). 고통은 그의 작업에 대한 위협에 아무것도 아니었다. 운명은 잔인한 정확성으로, 그의 예술의 실행에 필요한 바로 그 기관器官에, 베토벤처럼, 조이스를 두드렸다. 홍채염이 재차 격발했을지언정, 그는 10월까지 '페넬로페'와 끝에서 두 번째 에피소드인 '아타카'를 완료하도록 작정했다. 『율리시스』는 완성되었다.

음주는 눈의 고통을 한층 악화하게 했는데, 노라는, 그들이 그의 음주를 격려함으로써 그의 시선을 해쳤다는 것을 그의 자칭 감탄 자들에게 공허하게 말하려고 애를 썼다. 그러나 그들은, 성가시게 구는 아내의 그것처럼 그녀의 경고를 각하하려 했으며, 버전처럼, 그녀의 창문 아래에서 귀담아 들으면서, 그녀의 말씨의 실체보다 음률에 더 많은 주의를 기울였다.

짐, 내 말 들어요? 당신은 이제 충분해요. 짐, 당신에게 말하지만, 나는 20년 동안 계속해 왔기에, 이제 더 이상 그걸 안 할 거예요. 당신의 눈이 당신에게 고통을 주고, 우리들 모두에게 성가시게 할 때 당신을 돌봐야 하는 것은 바로 나예요. 짐, 나는 말하지만, 아이들을 데리고 아일랜드로 되돌아갈까 해요.

노라는 조이스의 최종 기한의 압력을 이해했다. 캐슬린 사전트(그들이 버전을 통해 친해진 영국의 화가인 루이스 사전트의 아내)에게 쓰면서, 노라는 말했거니와, 눈의 고통이 너무나 불운한지라, 조이스는 『율리시스』의 끝을 쓰는 데 그리고 교정쇄를 교정하는 데 할 일이 너무나 많았기 때문이었다. 그것은 그녀에게 불운했으니 왜냐하면 그렇지 않았더라면 그들은 스위스의 턴에서 휴가를 위해 사전트 가족과 합세할 수 있었기 때문이다. 노라는 그들이 머물 공동 하숙집을 그들에게 추천했었다.

교정쇄의 교정은 과연 작업이었다. 책은 실비아의 서점 편지지를 인쇄한 디죤의 인쇄업자들에 의해 조판되고 있었다. 그들은 조이스의 영어에 맡겨둔채, 정상적인 것을 알지 못했다. 조이스는 또한 많은 것을 변경하고 첨가해야 했다. 그는 『율리시스』의 최종 텍스트의 1/3 만큼 많은 것을 교정지의 가장자리에 교정과 첨가의 형식으로 썼다.

1921년 10월에, 라르보 댁에서의 목가牧歌는 끝이 났다. 조지오는 취리히로부터 돌아온 뒤에, 그들은 유니베르시떼 가의 가족 저택으로, 전처럼 두 방 속으로 이동했다. 조지오는 자신의 방을 가졌고, 루치아는 그녀의 양친과 함께했다. 그녀는 이리하여 15살 나이에 그녀의 양친들의 침실을 나누었는데, 당시 그녀는 거의 확실하게 월경을 하고 있었고, 밤에 그녀의 월경이 시작함을 발견하는 수시의 당혹감에 굴복했다. 조이스 내외의 개인 생활에 대한 모든 막대한 세목들 가운데, 그들 셋이 이러한 조건하에 어떻게 그들의 개인적 사생활을 보호했는지의 아무런 암시는 없다.

　편리함뿐만 아니라 필요에서 셰익스피어 앤드 컴퍼니는, 이제 로 데온 가 12번지의 새 구역에서, 그들의 상업 주소가 되었다. 조이스는 『율리시스』로부터 약 1,500파운드를 벌기를 기대했다. 그러나 출판에다 자금을 공급하기 위하여, 실비아 비치는 돈을 장만할 필요가 있었다. 이러한 목적을 위하여, 그녀는 이미 악명으로 유명한 작품의 출판을 알리는 취지서를 내놓았고, 책을 주문하기를 원하는 자들에게 '구독 예약서'를 판매했다. 전위 문학의 많은 감탄자들(그들 가운데 T.E. 로렌스, 윈스턴 처칠 및 해브록 엘리스)은 주문을 받아들였고, 약간은 청약받음에 우쭐한 채, 그들의 돈을 우송했다(150프랑, 호화 장정으로는 300파운드). 조지 버나드 쇼는 그들 가운데 있지 않았다. 실비아의 초대를 거절하면서, 그는 그녀에게 썼는지라, "아일랜드에서, 그들은 고양이를 그것 자체의 오물 속에 코를 비비게 함으로써 그를 깨끗하게 하려고 하고 있어요. 조이스 씨는 인간의 주제에 관하여 꼭 같은 취급을 하려고 노력했소." 쇼는 책이 조이스의 청년 시절 더블린의 '느슨한 턱을 한 불량배'의 정확한 표현이기 때문만이라도 그가 성공하리라 희망했다.

　구독 예약이 쇄도했을 때, 조이스 식구들은 작은 현금을 위하여 규칙적으로 모두를 서점의 금고 속에 저축했다. 조지오는 통상적으로 심부름을 수행했는데, 7월 12일에 600프랑, 9월 12일에 200프랑, 그리고 10일 뒤에 200프랑을 더

인출했다. 11월 29일에, 노라 자신이 서점에 나타나, 12월 7일로 계획된 발레리 라르보에 의한 조이스에 관한 독서의 티켓의 선금 판매액으로부터 100프랑의 적잖은 액(약 $20 혹은 5파운드)을 빌렸다.

조이스는 이따금 약간의 돈을 되갚았고―12월에 300프랑을―그러나 다시 빌리기 시작했다. 그리하여 1922년 7월까지는, 『율리시스』의 출현 뒤 5개월 동안, 그는 비치에게 40,565프랑을 빚졌다. 실비아는, 정당하게도, 원고료의 선금을 그에게 지불하지 않았으며, 그는 적어도 7년 동안 책에 관해 작업해 왔었다. 그녀는 자신의 모든 비용을 조그마한 검은 노트북 속에 기록했다.: 150매의 봉투들(15프랑)을 위해 주문을 날라 오기 위한 택시 요금(8프랑).

1921년의 조이스 가족의 크리스마스는, 그들의 갇힌 호텔 생활에도 불구하고, 일상처럼 축제였다.―아이들은 많은 초콜릿을 먹었고, 그들은 사전트 가족으로부터 여러 상자의 과일을 즐겼다. 거기에는 루치아가 성장盛裝을 하고, 찰리 채플린 역을 하는 파티가 있었으나, 노라는 올 수 없었다.

일주일가량 앞서, 그녀는 가스램프 곁의 버스 정거장에서 기다리고 있었는데, 그때 한 대의 다가오는 버스가 빗나가자, 보도를 기어올라, 그녀를 램프까지 밀어붙였다. 노라는 남편처럼 미신적이었는지라, 그녀는 그것을 한 가지 전조로서 간주했다. 그녀는 작은 상처로부터 만큼 오래 공포로부터 회복하기 위해 시간이 걸렸다. 그것을 스태니슬로스에게 서술함에 있어서, 조이스는 선언하기를, "그건 거의 우연한 사고가 아니었어."

루치아는 15살로 노라가 싫어했던 의무―편지 쓰기―를 맡기에 충분히 나이 먹었다.―그리하여 그녀는 그녀의 어머니를 위하여 크리스마스 감사 편지에 매달렸다. 그러나 그녀는 연결되지 않은 산만하고 유치한 산문으로 글을 썼는지라, 이는 제3의 새로운 언어로 쓰는 것을 배우는 것 이상으로 감정적 어려움(통찰력을 가진)을 암시한다.

조이스는 곧 자기 자신의 흉조凶兆를 경험했다. 『율리시스』의 출판 전날,

그들의 신경이 불안한 채, 노라와 조이스는 젊은 미국의 저자 주나 반즈와 함께 브와 드 불론느에서 산보를 위해 갔다. 조이스를 스쳐지나가며, 한 사나이가 말했다, "당신은 지겨운 작가요!" 그것은 그의 책에 대한 불길한 징조였음을, 조이스는, 얼굴이 하얗게 된 채, 두 여인들에게 말했다.

1922년 2월 2일, 조이스의 40번째 생일에, 비록 최후의 교정쇄가 단지 이틀 전에 되돌아갔을지언정, 『율리시스』의 최초의 두 한정판이 마련되었다. 실비아는, 조이스가 아침 식탁에 한 권을 가질 수 있도록, 디죤으로부터 오전 7시 기차에 맞추기 위해 일어났다. 조이스는 하루 종일 전보로 범람했다. 서점은 다른 한 권을 일별하기를 바라는 사람들로 포위되었고, 책이 전시되었다. 그리하여 조이스는 감사로서 그녀의 미국인다운 용기의 특질을 인정하기 위하여, 셰익스피어의 노래 하나를 각색했다.

실비아는 누구인가, 그녀는 무엇인가
우리들의 모든 작가들이 그녀를 격찬하다니?
양키로서, 젊고, 용감한 그녀라
서부는 이 은총을 그녀에게 빌려주었나니
모든 책들이 출판될 수 있도록……

그러나 비록 조이스와 노라가 실비아와 아드리엔느를 대접했을지언정, 그는 1월 20일의 축하 만찬에 그들을 초대하지 않았다. 그날 밤 그들은 한 무리의 개별적 친구들을 이탈리아 레스토랑인 패라리 점으로 데리고 갔는데, 그들은 너팅 내외, 그들의 여 조카로서, 루치아와 캠프를 같이 한, 헬런 키퍼(그리고 존 퀸의 법률 파트너의 딸), 월래스 내외, 그리고 조지오와 루치아였다. 그들은 저자에게 건배했고, 웨이터들은 책을 감탄했나니, 심지어 노라도 한 마디 좋은 말을 했다. 짐은 책에 관해 16년을 생각하고, 그것을 쓰면서 7년을 보냈어요, 그녀는 자랑스럽게 말했다. 저녁이 다하자, 파티가 카페 웨버에로 계속 옮겨진 다음, 노라는 택시를 불렀다. 조이스는 타고 싶지 않았다. 그녀는 그 속으로 그를 마구 밀어 넣었다. 노라가 그를 시야로부터 밀었을 때, 리처드 월래스애게, 조이스는 부르짖었는지라, "나는 이들 장면들로부터 구해져야만 하도다."

노라는 자신이 잔소리 여자로서 역함을 알았다. 매칼몬은, 그녀가 조이스의 작품에 얼마나 필수적인지, 만일 그녀가 조이스와 인내하지 않고, 그를 현실을 직시하게 하게 하지 않았더라면, 그는 예술을 위한 젠체하는 순교자로 남을 것이요, 결코 가족 인으로 그리고 위대한 예술가로 성숙하고 무르익지 않았으리라, 그녀에게 말하려고 애를 썼다.

"당신에 찬성해요!" 노라는 대답했다. "사람들은 내가 그를 도와 천재로 만들었다고 말해요. 다음으로 그들이 말할 것은 만일 저 무식쟁이 여인이 아니었던들, 그는 어떤 사람이 되었을까 일지라! 그러나 염려 말아요. 나는 그들에게 20년 뒤에 그에 관해 한두 가지를 말할 수 있을테니……."

조이스가 노라에게 『율리시스』의 최초의 판본을 선사했을 때, 그녀는 손으로 그것의 무게를 달았고, 그녀의 머리를 아서 파워에게 기울이면서 말했다, "이걸로 얼마를 주시겠어요?" 후년에 그녀의 이 말은 그녀의 무지의 신호로서 해석되었다. 그러나 그녀를 아주 좋아했던 파워는, 그것을 그녀의 남편의 콧대를 꺾는 강하고, 자신 있는 여인의 조롱으로 생각했다. 조이스는 그러나 웃지 않았다. 그의 작품에 대한 노라의 무관심은 그를 슬프게 하고 안달하게 했다. 그의 천재가 그녀에게 흥미가 없었음은 그녀의 바람직함이요, 도달하기 어려움의 부분이었다. 그녀는 그의 범속을 위해 그를 사랑했다.

명성은 조이스의 네 가족을 모두 국제적 카페 사교계의 모임까지 고양시키고 있었다. 1922년 3월에 그들은 멋있는 젊은 미국 작가인 로렌스 배일, 그리고 미국의 여 상속자 페기 구겐하임의 결혼 조찬에 참석했다. 조이스는 왜 그들이 초청받았는지 알지 못했으나, 그는 배일이 어디선가 노라와 아이들을 만난 것으로 믿었다.

역시 3월에 그들의 생활수준은 또 다른 후원을 받았다. 미스 위버는 조이스에게 자본금으로 1,500파운드의 새 무제한 희사금을 부여했다. 조이스는 그녀에게 자신은 재차 자금이 떨어졌다고 말했고, 그녀는 충실하게 반응할 결심을 느꼈다. 그녀는 그에게 『율리시스』에 대한 그의 노동이 있은 뒤에 그가 휴식할 수 있고, 휴가를 취할 돈이 필요하다는 것에 동의했다.

런던으로부터의 희소식은, 조이스가 트리에스테를 떠났을 때 행한 10파운드의 부채의 재반환을 위한 스태니슬로스로부터의 비참한 요구에 대해 조이스의 마음을 누그러지게 하기에 아무런 도움이 되지 못했다.

> 친애하는 스태니. 나의 변호사는 이달 25일 자네에게 10파운드를 보낼 걸세. 나는 자네가 돈에 압박받고 있다는 소식을 듣고 안됐게 생각해. 그걸 어떻게 해결한담? 가족도 없이 가구 있는 아파트에 살면서, 모범적 습관으로, 모든 학생들에게 모든 수업을 하면서 말이야…….

조이스는 답답하고, 값비싼 호텔에 살면서, 그들 셋이 함께 자는 침실에서 글을 써야 하는, 자신의 어려움을 같은 편지에 계속 썼다……. 그는 그의 아우에게 미스 위버의 최근의 희사금이 그에게 8,500파운드의 총 증여를 이루었다고 덧붙여 말하지 않을 수 없었으며, 더하여, 그는, '어딘가 시골집의 복귀'를, 생색을 내듯 그리고 잘못 오해하기 쉽게 첨가했다.

하지만 그는 그달 초에 너무나 궁함을 느꼈는지라, 그는 프랑스의 남부에 있던, 매칼몬에게 만일 그가 버린 넥타이가 있으면 좋은 걸 한 벌 보내도록 부탁했다(그러자 매칼몬이 그에게 새것들을 사서, 그리고 마찬가지로 주교의 것으로―보이는 반지를 보냈을 때 그는 놀라움을 터뜨렸다).

미스 위버의 소식이 도착했을 때, 그는 마침내 자신이 필요한―그의 여생 동안 자신과 그의 가족을 부양하기에 충분한 돈을 가졌다고 믿었는지라, 그는 실비아에게 말하기 위해 급히 서둘렀다.

마침내 실비아는 그녀 자신에게 말했으니, 미스 위버의 하사금이 도착하기를 기다리는 동안 작은 대부로, 그리고 이제 나는 나 자신의 일을 계속할 수 있겠다고.

마침내 노라는 조이스에게, 자신이 아일랜드로 고향을 방문할 수 있게 되었다고 말했다.

아서 파워는 노라가 얼마나 향수적인가를 알아차렸던 몇몇 사람들 중의 하나였다. 그는 파리 생활의 부자연스러움에 대한 그녀의 멸시를 이해했다. 노라는 조이스보다 한층 금욕적이었다. 그리고 파워의 견해로, 그녀는 최악을 최선으로 받아들이는 데 훨씬 마음의 채비를 갖추었다. 아주 영락한 하숙집이든 스타 3개의 레스토랑의 명예스런 식탁이든—그것은 모두 그녀에게 꼭 같았다. 노라가 견딜 수 없었던 것은, 파워가 주목한바, 사기나 혹은 불성실이었다. 조이스로부터 그녀는 대중의 침묵을 배우고 있었으나, 그러나 그녀는 파워와 같은 동료 고국인과 동시에 말하곤 했다. 어느 날 저녁 그녀는 어떤 파티에서 파워 다음 좌석에 있었는데, 거기서 몇몇 자의식적 부부들이, 산만한 식으로 춤을 추기 시작했다. "만일 이런 일이 골웨이에서 일어난다면," 노라는 불쾌하게 말했는지라, "우리는 모두 큰 소동을 일으키며 순식간에 한길로 뛰쳐나갈 거야."

미스 위버의 과분한 부조를 따르면서, 노라는 큰 소동을 일으켰다. 출판된 『율리시스』와 함께, 그들의 금전 문제가 해결되자, 짐은 자기 자신을 돌볼 수 있었다. 노라는 전쟁 전 이래 그녀의 어머니를 보지 못했으며, 그녀의 아버지, 톰 바나클은 최근에 돌아가셨다. 애니 바나클은 그녀의 남편을, 그들의 나쁜 이간에도 불구하고, 1921년의 그의 최후의 병을 통해, 간호했고, 다음해 봄에, 집에 남은 단지 두 딸들과 함께, 노라를 다시 보기를 동경했다.

　엄청난 소동이 있었다. 조이스는 노라를 가지 말도록 간청했다. 아일랜드 는 시민전쟁의 발발 찰나에 있었기에, 그는 그녀에게, 아일랜드 신문들의 최근 의 극적 제자들을 보이면서 상기시켰다. 당연히 노라는 양보하지 않았다. 그녀 는 조지오와 루치아를 짐을 꾸리도록 명령했고, 그러자 그들은 호텔 밖으로 걸 어 나왔다. 그녀는 혹시 자신이 파리를—혹은 또 다른 술 취한 작가를—결코 재 차 보지 못할지를 상관하지 않았다.

11

자치국에서

두려운 해협의 도항은 원만히 진행되었다. 노라와 아이들은 1922년 4월 21일 런던에 도착했으며, 사우스햄턴의 보닝턴 호텔에 여장을 풀었는데, 그곳은 그들이 일단 런던을 구경한 뒤 아일랜드 행 임항臨港 열차를 탈 곳에서 멀지 않았다. 노라는 런던을 아주 좋아했는데, 파리의 회피적 아파트를 추구하는 대신에, 그곳으로 조이스더러 이사하도록 권고할 수 있으리라 생각하기 시작했다. 그들은 그곳에 그리고 그 주위에 너무나 많은 친구들을 가졌다.─스키즈 내외, 프랭크 버전, 그리고 사전트 내외─그리고 사방에서 영어를 듣다니, 일종의 위안이었다.

조지오와 루치아는 노라를 동행하는 데 별반 어려움이 없었다. 그들은 파리에서 그들 자신의 생활을 스스로 벌지 않았고, 대부분의 시간 동안 할 일이 없었다. 게다가 실비아 비치가 말했다시피, "조이스의 아이들은 아빠에 의해 노예시 당하는 것을 스스로 허락하지 않으리라 일찍 마음먹었다." (현명한 결정이라, 실비아는 생각했다.: "맙소사─나는 덫에 걸렸구나, 하지만 재미있었어.") 조지오는, 실비아가 눈치 챘는데, 그의 어머니에 대해 대단히 보호적이었다. 그는 음주, 특히 아버지의 것을 심하게 불찬성했다.

런던에 있는 동안, 그들은 트리에스테의 '카로 스태니'에게, 비록 그들은 영국인의 방식이 대륙의 그것과는 아주 딴판임을 알지라도, 그들이 얼마나 많이 자신들의 여행을 즐겼는지를 말하기 위해, 그리고 한 가지 호의를 청하기 위해, 글을 썼다. : 그가 트리에스테의 가족 초상화를 파리에로 선적하기 위해 짐을 꾸리고 있었을 때, 그는 그들의 복제품인 폼페이의 가면들을 포함시킬 수 있는지?

그들이 런던에서 찾지 않았던 사람은, 루치아가 그들의 보호자에게 언급한대로, '성 해리엇'이었다. 해리엇 위버는 그녀의 다른 피보호자, 도라 마스덴을 방문하면서, 영국의 북부에 가 있었다. 미스 마스덴은 철학의 필자요, 보상적補償的 재능은 없을지라도, 조이스처럼 거의 지나칠 정도로 요구적이었다. 파리의 조이스로부터, 그들은 자신들이 아일랜드 해를 횡단하는 것을 단념하도록 애쓰는, 연발적인 메시지를 받았다. 그들은 자신들이 계획한 주일을 추월하여 며칠을 연기했으나 더는 아니었다.

1922년 4월의 아일랜드는 1912에 노라가 떠났던 아일랜드는 아니었다. 아일랜드 혁명군이 영국군 및 무시당한 아일랜드의 민중 반란군(진압을 위해 파견된 영국군인)과 싸우는 2년 동안의 지독한 폭동이 있었다("여기는 습격과 살인 이외 아무것도 없단다"라고 조세핀 숙모는 1920년에 조이스에게 썼다). 1921년 영국과 조약을 서명한 이래, 아일랜드는, 캐나다처럼, 대영제국 내의, 자치 정부 지배의 자치국이 되었다. 4개월 안에 영국 군대와 경찰은 아일랜드에서 철수했고, 그들의 병영과 시설을 자치국에 양도했다. 희망은 조약이 평화와 안전과 오래 기다렸던 자치─정부를 아일랜드에게 가져오게 하는 것이었다.

그러나 아일랜드의 많은 이들은 조약을 배반적 앨비온(역주 : 잉글랜드의 옛 아명)만을 위한 승리로서 보았다. 조약은 아일랜드를 가톨릭 남부의 26개 군들과 신교도 지배의 북부 6개 군들로 주로 구분했다. 그리하여 그것은 어떤 의미에서 아일랜드에게 독립된 민족의 지위를 부여하지 않았다. 그것은 더블린의 아일랜드 의회의 위원들로 하여금 영국 왕실에 강제로 충성을 맹세하게 했는지라—1916년 부활절 봉기의 반도들에 의해 그들이 사망하기 전 선언된 자치 아일랜드 공화국은 거의 아니었다.

결과적으로, 1922년까지는 남부 아일랜드의 26개 군의 군민들은 조약을 좋아하는 사람들과 그를 반대하는 사람들로 분할되었다. 그의 군대, 즉 IRA 자체는 찬성 조약 군, 즉 정규군과 반대 조약 군, 즉 비정규군으로 쪼개졌는데, 후자는 비록 그것이 아일랜드인을 죽이는 아일랜드인을 의미할지라도, 독립적이요, 연합된 아일랜드를 위해 계속 싸울 준비 태세였다. 아일랜드의 투표자들 자신은 조약을 비준하는 것에 관해 스스로 어떻게 느끼는지를 파악하기 위해 1922년 6월에 실시한 총선거와 함께, 새 국가는 본의 아니게 분할되었다.

노라는 두려워하지 않았고, 아마도 무관심한 채, 고국으로 향했다. 그녀의 숙부인, 마이클 힐리는, 여전히 세관 일을 하고 있었고, 그들을 더블린에서 만났다. 적어도 파리의 조이스 것과 동일한, 훌륭한 연 수입과 더불어, 그는, 조이스의 아버지인, 존 조이스의 옛 친구, 톰 데빈과 함께, 노라, 조지오 및 루시아를 만찬으로 데리고 갔는데, 데빈은 사랑의 도피를 하는 남녀를 1904년 노드 불에서 탐지한 바 있었다. 다음 날 노라와 아이들은 골웨이에로 계속 여행했다.

기차에서 내리는 순간, 그들은 분쟁 한복판에 있었다. 에어 광장의 철도 호텔은 정규 IRA의 본부였고, 반면에 비정규군은 도시에서 약 1마일 떨어진 철길을 따른 이전의 콘노트 랜저스 렌모어 바라크 건물을 점령했다. 심지어 도회 이내에서도, 개인 건물들은 한쪽 또는 다른 쪽으로 점령된 것으로 인식되었다. 정규군은 프리메이슨 홀을, 비정규군은 세관 건물을 점령했다. 신문들은, 우체국, 은행, 주류 판매소의 강탈자들의, 그리고 멈춘 채 마구 올라타는 기차들의, 이야기로 가득했다. 시민들은 그들의 침대로부터 끌려 나갔고, 거리에서 총살당했다(마치 그들이 코크로부터 슬라이고까지의 다른 아일랜드의 도시들에서 그랬듯이). 골웨이는 너무나 긴장했는지라 사제들은 죽은 자들에게 마지막 의식을 베풀기 위해 밤에 외출하기가 겁이 났다. 유일한 위안은 벨파스트애서의 사건들이 한층 더 악화되었음을 아는 것이었다.

노라는, 아이들과 함께, 넌즈 아일랜드에 있는 오케이시 부인의 하숙집에 그들의 방을 정했다. 그녀의 근심은 정치적이라기보다 한층 개인적인 것이었다. 그녀는 파리에로 되돌아가기를 원치 않았고, 그녀가 골웨이나 혹은 런던에, 원하는 대로 머물고 있는 동안 조이스로 하여금 그녀를 부양할 수당을 자신에게 보내도록 요구했다. 그리고 그녀는 자신의 아이들이, 이제 17살과 15살로, 대륙적 괴벽성에 익숙했는지라, 그들이 10년 전에 그랬듯이 이제 애니 바나클의 작은 테라스의 집이 매력적이 못됨을 알았다. 사실상, 그들은 캐비지 끓이는 냄새를 너무나 싫어했기에, 집 안으로 들어가기를 거절했고, 바깥에 빈둥거리며, 모든 이웃 사람들이 한껏 보는 가운데, 창들 위에 앉아 있었다.

노라는 언제나 꼭 같이, 스스로를 즐겼다. 그녀는 아이들을 데리고 프레젠태이션 수녀원을 방문했다. 그녀는 집에 남은 두 자매들과 한담했는 바, 델리아는 36살, 캐슬린은 26살이었다. 노라는 괄괄한 캐슬린을 특히 흥미롭게 느꼈다. 그녀는 경치를 보았고, 상쾌한 공기를 칭찬하며, 헬런 너팅에게 우편엽서를 보냈고, 그녀의 멋진 모자를 쓰고 사진을 찍기 위해 포즈를 취했다.

한편 파리에서, 조이스는, 5년 동안 처음으로 자진하여, 일상의 일을 겨우 완수 할 수 있었다. 그는 너틴 내외로부터의 만찬 초대를 거절했고, 셰익스피어 앤드 컴퍼니에서 졸도했는가 하면, 매칼몬이 그에게 와서 그를 재확신시키도록 편지와 전보로서 그를 괴롭혔다. "그럼 당신들 생각으로 식구들이 안전할 것 같소?" 그는 매칼몬에게 계속 물었다. "당신은, 이것이 나에게 얼마나 악영향을 미치고 있는지 이해 못할 거요, 매칼몬, 나는 종일 걱정을 하고, 이것이 나의 눈을 악화시키오."

그는 노라에게 빈번히 썼다. 현존하는 편지는, 그가 그녀에게 로카르노에서 1917년에 보낸 간명한 노트들보다 1904년, 1909년 및 1912의 편지들처럼, 훨씬 더한 동경과 의존의 강도를 보여준다.

나의 애인, 나의 사랑, 나의 여왕. 나는 침대에서 뛰쳐나와 이 편지를 당신에게 보내오. 당신의 전보는 내가 방금 받은 당신의 편지보다 한층 늦은 18시간으로 소인되어 있소. 당신의 털옷을 위한 수표와, 당신 자신을 위한 돈은 몇 시간 안으로 도착할 거요. 만일 당신이 그곳에서 살기를 원하면 (당신이 1주일에 2파운드를 보낼 것을 요구하는지라), 매달 그 액수(6파운드와 4파운드의 임대료)를 매월 첫날에 보내겠소. 그러나 당신은 내가 당신과 함께 런던으로 가고 싶은지 묻고 있소. 나는 내가 가족도 없이 친구도 없이 당신과 혼자 있을 수 있음을 확신한다면 세상 어디로나 가겠소. 이 일이 일어나야 하는지 혹은 영원히 헤어져야 하는지, 비록 그것이 내 마음을 찢어 놓을지라도. 분명히 당신이 떠난 이래 내가 겪고 있는 절망을 당신에서 서술하는 것은 불가능하오. 어제 나는 미스 비치의 서점에서 까무라쳐 발작을 일으켰는데, 그녀가 달려가 무슨 약을 가져와야 했다오. 당신의 이미지는 언제나 내 마음속에 있소. 당신이 한층 젊어졌다는 소식을 듣다니 얼마나 기쁜지! 오 내 사랑, 만일 당신이 심지어 지금 내게 되돌아와, 나를 몹시 실망시키고 있는 저 지독한 책을 읽고, 나를 당신 자신에게 홀로 데리고 가, 당신 마음대로 나를 다룰 수만 있다면! 내가 이것을 쓰기에는 10분뿐이니 용서하구려. 오후 전에 재차 편지를 쓰고 전보하리다. 우선 몇 마디 말을 그리고 나의 영원하고 불행한 사랑. 짐.

이 이미지는 투버(역주 : 미국의 풍자만화가)에서 온 것이다 : 움츠리는 남자와 오만한 여인 말이다. 조이스는, 편지에서, 자신의 책과 자신의 육채를 연결했다. 그는 노라가 두 무기력한 물체를 접촉하기를 바랐다. 그는 모피를 위한 그녀의 약점을 알았고, 그것에 몰두하기에 열렬했다. 그러나 그는 '가족도 없고 친구들도 없는' 노라를 갖기를 바라는 이상한 욕망을 노정했다. 아마도 이것은 그녀를 트리에스테로부터 떼 놓는 또 다른 동기였으리라.

노라의 매월 수당에 관한 조이스의 토론이 암시하듯, 그는 긴 별거에 굴복했다. 그리고 노라는 돌아오기를 서둘지 않았다. 그녀는 4월 29일 헬런 너팅에게 썼고, 조이스 자신은 헬런에게 그녀가 답장을 쓸 수 있도록 노라의 주소를 주었다. 그러나 조이스는 IRA의 도움 없이는 소홀히 할 수 없었다.

노라는 귀가하기 위해―아일랜드의 일력에서 가장 감동적 시기―봉기의
6번째 기념일인 부활절―를 택했다. 공화국의 이전 대통령이요, 1916년의 반란
의 지도자들 가운데 유일한 생존자인 이몬 드 바레라 (그는 미국의 여론이 두려워
처형에서 구조되었으니, 미국에서 태어났기 때문이다)로서 시작된 긴장이, 골웨이에
서 4월 23일 부활절 날에 나타났다. 드 바래라는 조약을 감수하기를 거절했다.
아일랜드 국민들은 자신들이 1915년에 선포한 공화국을 지속해야 했다.

그러나 골웨이의 동정同情이 어디에 놓여 있는지에 대한 의심은 없었다.
그것은 친―조약으로, 바로 언제나 그랬듯이, 마이클 힐리처럼, 친―왕실적이
었다. 대중은 묵묵히 데빈에 귀를 기울였다. 그러나 분위기는 긴장했고, 그리하
여 군인이 되기 위한 나이와 키를 가진, 조지오는 거리의 군인들에 의해 적의의
눈총을 받았다. 한때 어떤 술 취한 군인이 그의 길을 가로막고, 그의 외국풍의,
우아한 의복을 쳐다본 다음 따졌다, "신사의 자식이 되는 느낌이 어때?"소년은,
그가 군인들을 부른 대로, '그 줄루 족'이 자기를 붙들러 올까 봐 무서움으로 밤
에 잠을 잘 수가 없었다.

그리고 어느 오후 IRA의 정규군이 오캐이시 부인 댁의 문간에 나타났으
니―조지오를 찾아서가 아니라, 거리 건너의 창고 건물을 점령했던, 비정규군
에게 발포하기 위해 그들의 기관총을 올려 놓기 위한 조이스 가의 침실 창문을
사용하기 위해서 돌입한 것이었다. 노라는 그것으로 충분했다. 그녀는 항복했
다. 짐은 결국 옳았다.

짐을 꾸리면서, 그녀와 아이들은 더블린으로 돌아가기 위해 안도감을 갖
고 기차를 탔다. 그러나 그들의 전쟁과의 작은 충돌은 끝나지 않았다. 기차가
렌모오 병영을 통과했을 때, 기차에 탄 자치국 군대와 병영의 비정규군 간에 저
격이 시작되었다. 비록 조지오는(한 주민에 의해 총성을 무시하도록 충고를 받은 채)
그대고 곳곳이 서 있었을지라도, 노라와 루치아는 땅에 엎드렸다.

사격은 절대적으로 판에 박힌 듯했는데, 매일의 발생사로—주중의 주된 사건과는 다르게—그것은 정규군에 의한 세관 건물의 재탈환을 의미했다. 골웨이 사람들은 총성에 반주하여 도시를 떠나는 것에 너무나 익숙했는지라, 젊은 부부가 신혼여행을 떠날 때, 그들의 친구들은, 한 가지 이별의 장난으로, 기차 밑에 딱총을 놓았다. 그리하여 조이스 가문의 동요된 3인조가 비교적 안전한 더블린에 도착하여, 그들의 경험담을 마이클 힐리에게 쏟아냈을 때, 후자는 너무나 심하게 웃어댔기에, 자신의 의자에서 거의 떨어질 뻔했다.

그러나 여행자들은 원주민들 보다 폭력주의에 대해 다른 견해를 취하는지라, 그들의 친척들도 그러하다. 조이스는 그 사건을 소극적으로 다루지 않았다. 그는 모든 사람에게 자신의 가족이 아일랜드의 암살을 모면했다고 말했으며, 심지어 가족이 그에게 속했기 때문에 암살이 그들에게 향해졌다고 믿기 시작했다. 그가, 자신의 더블린 친구요, 파리를 방문 중인, 변호사 콘스탄틴 커런의 정면에서, 이를 떠들어댔을 때, 커런은 그에게 그가 터무니없다고 말했다.

커런은 사건이 조이스에게 얼마나 유익했는지를 알 수 가 없었다. 하다못해 그것은 조이스에게 조세핀 숙모를 위안하는 변명을 주었다. 그녀의 조카 아들, 손녀 딸 그리고 노라를 보기 위해 10년을 기다린 뒤에, 그녀는, 그들이 그녀를 보려고 기다리지도 않은 채, 아일랜드를 떠났음을 알았다. 그녀는 깊이 상처를 입었다. "의심할 바 없이 숙모님은 노라가 자신의 고국의 똥 더미를 재차 방문하면, 그녀를 만나게 될 거예요." 조이스는 몇 달 뒤에, 비록 조지오와 루치아가 그녀를 동행할지 의심했을지라도, 그의 숙모에게 짓궂게 썼다. "골웨이의 산들바람은 몸에 아주 좋지만 현재의 가격으로 너무 비싸요."

조이스는 이리하여 IRA의 일제사격을 짜서 가족 신화를 만들었다. 그것은 노라로 하여금 자기 곁을 재차 떠나기를 막는 일종의 함정일지니, 어마어마한 "내가 당신한테 그렇게 말했잖소"였다.

이 삽화는 자유를 위한 노라의 가장 결정적 이탈의 결말을 기록했다. 그녀는 진리에 굴복했다. : 그녀는 제임스 조이스의 부인으로서 이외 어떠한 존재도 아니었다. 그것의 슬픈 역할은 그녀는 결코 '그녀의 고국의 똥 더미를 다시는' 재방문하지 않았고, 그때부터 계속 그녀는 거의 아일랜드에 관해 좋은 말을 한 마디도 하지 않았다.

12

몰 리

노라는 몰리 블룸이었던가? 조이스는 결코 그렇게 말하지 않았다. 그는,
『율리시스』가 나타난 뒤 이따금 질문을 받고, 다른 모델들이 있음을 암시했다.
그는 친구들을 레스토랑들에 초청하여 방 안의 어느 여인이 몰리인지를 추측
하게 했다.

놀라 역시 그녀가 몰리인지를 질문받는 데 익숙하게 되었다. "아니요," 그
녀는 대답하곤 했다. "그녀는 더 살쪘었어요."

몰리는, 지브롤터에서 스페인의 어머니로부터 태어났고, 노라를 닮지 않
았다. 그녀의 검은 머리카락은 조이스의 트리에스테의 학생 아말리아 포퍼로
부터, 그녀의 스페인—아일랜드계의 용모는 조이스의 아버지의 친구의 딸로부
터 따왔다. 그녀의 노래하는 목소리는 더블린의 한 보모保姆로부터, 그녀의 비
만은 트리에스테의 또 다른 자로부터 왔다. 그녀의 유명한 최후의 말인, "그래
요"는 노라의 친구 릴리안 월래스로부터 왔다. 어느 오후 조이스가 차틸론에 있
는 웰래스 가문의 정원에서 졸고 있자, 그는 릴리안이 한 친구에게 말을 걸며,
거듭거듭 "그래요"를 말하는 것을 들었다. 그는 그때 자신이 책을 어떻게 끝마
치기 원하는지를 알아차렸다. 그리고 그녀의 이름은 '몰리'(moly)로서 이루어졌
는지라, 그것은 헤르메스가 오디세우스, 또는 그를 라틴 이름으로 불러, 율리시

스에게 준 약초藥草로, 그의 부하들을 키르케의 마력으로부터 구하기 위해 그들에게 준 것이었다.

노라는 『더블린 사람들』의 시녀인 릴리로부터 『피네간의 경야』의 아나 리비아 플루라벨에 이르기까지 조이스의 모든 주요 여성 등장인물들에서 보여질 수 있다. 그녀는 심지어, 그녀의 성姓의 의미를 통하여, 그녀가 평소 연관되지 않는 조이스의 책들 가운데 유일한 것인 『초상』 속에 나타난다. 『초상』에서 스티븐 데덜러스는 바닷가를 걸어서 건너는 아름다운 소녀 속에 자신의 뮤즈 여신을 발견하는데, "그녀를 마력은 이상하고 아름다운 바닷새의 닮음으로 바꾸었다." 심지어 『율리시스』에서도 노라의 흔적은 몰리 블룸보다 다른 인물들 속에 발견될 수 있다. 조이스는, 그가 그토록 즐겼던, 노라의 공격적인 조롱을, 포주인 벨라 코헨의 인물 속에 삽입했다.

하지만 노라가 가장 동일시되는 것은 몰리이다. 실비아 비치는 그들은 하나요, 같은 자로 생각했다. 많은 조이스 학자들은 그러한 연관성을 당연시했으며, 그것을 현실에 자신을 정박碇泊시키기 위한 조이스의 노라에 대한 공헌으로서 보아왔다. 『제임스 조이스, 상식과 그 넘어』에서 로버트 M. 아담스는 몰리의 활력의 분출이 그것을 선행하는 책의 많은 것을 인위적 및 기계적으로 보이도록 한다고 말했다. 조이스는, 아담스가 말하기를, 예술의 인위성에 대한 불안을 가졌다. : "단지 노라만이 그의 문학적 외관 뒤에 그가 무엇으로 보이는지를 알았다. ―그리하여 노라를 씀에 있어서 그는 마침내 그들의 약간을 옆으로 제켜놓았음이 타당하다." 그의 노라와의 관계는, 아담스는 말하기를, "그것의 놀라운 깊이, 모순당착 그리고 모호성과 더불어, 많은 면에서 조이스가 블룸과 몰리 사이에 상상했던 것을 위한 모델이었다."

노라는 몰리가 아닌 많은 면들이 있다. 몰리는 보다 살이 쪘는데, 11스톤 및 9(163파운드)였다. 노라 자신은, 사진들로부터 판단하건대, 아마도 아이의 보육(保育) 때 이외에는(몰리는, 『율리시스』에 의하면, 그녀의 딸 밀리에게 젖을 뗀 뒤로, 9파운드가 늘었다), 한창 시절의 그것처럼 무겁지 않았다. 몰리는 또한 노라의 현대성, 타당성, 실질성, 여인들과의 밀접한 우정, 바그너에 대한 사랑이 부족하다.

그러나 허구의 작품들에서 전기적 정보를 탐색하는 것에 대한 습관적 불안은, 실지의 여인과 조이스의 텍스트의 허구적 창조 간의 분명한 평행에 직면하여 무너지지 않으면 안 된다. 그러한 연계는 『율리시스』를 위한 자세한 노트들에 의해 강화되는데, 거기에서 그는, 그가 『망명자들』에 대한 노트들에서 행한 노라에 대한 약간의 언급들을 자주 반복하면서, 많은 연관들을 분명하게 한다. : 즉 소녀다운 앞치마, 단추 채운 구두, 아메리카로 떠난 소녀 시절의 친구에 대한 슬픔이 그것이다. 조이스는, 물론, 그의 소재들을 수놓고, 확장하고, 압축했으나, 몰리에 있어서, 노라처럼 보이는 많은 것은 가시적으로 남으며, 자주 거의 변경되지 않은 듯하다.

몰리의 독백은 『율리시스』를 끝내는 '페넬로페' 에피소드를 형성한다. 심지어 인쇄된 페이지들 위의 그것의 나타남에서, 그것은 노라의 필체를 모방하고, 사실상, 8개의 긴, 산만한, 구두점 없는 문장들로 이루어진다. 이 에피소드에서, 몰리는, 한쪽 팔꿈치에 기대고, 1904년 6월 17일 새벽 2시에 말없이 전날의 사건들에 관해 혼자 생각하며 침대에 누워 있다. 그녀는 오후의 블레이지즈 보일란과의 간음을 그리고 그녀의 곁에서 자고 있는 남편과의 자신의 생활에 관해 생각한다(그녀의 오디세우스인, 블룸은 그의 방랑을 완료하고, 발을 베게 위에 그리고 머리를 침대의 다른 쪽 끝에, 일상의 위치로 누워 있다). 몰리는 젊은 시인 스티븐 데더러스에 관해 명상하는데, 그를 블룸은 방금 친구로 삼았었다. 그녀는 그가 숙박자 그리고 아마도 애인이 되기를 희망한다. 그녀는 또한 다른 연인들에 관해, 그녀의 이제 청년기의 딸 밀리에 관해, 그녀의 어린 아들 루디에 관해 생각하는데, 후자는 그가 11살 때 사망했다. 그녀는 지브롤터에서의 자신의 유년 시절에 관해, 미국으로 간 그녀의 친구에 관해, 그리고 굴蝠 값에서부터 우주의 기원에 이르기까지, 많은 뒤범벅한 일들에 관해 명상한다. 몰리는 자기 자신과 이야기하기 때문에, 자신이 말하고 있는 인물에 관해 분명히 할 필요가 없다. 그는 같은 문장에서 멀비에게 그리고 블룸에게 관련한다. 그녀의 명상 도중 그녀의 월경月經이 시작되고, 그녀는 변기 위에 앉아 있다. 그녀는 더블린 만灣을 내려다보는 호우드 언덕의 만병초꽃들 사이에 블룸과 누워 있던 기억으로 끝난다. 그녀의 최후의 말들은『율리시스』의 가장 잘 알려진 글줄들로, 도처의 '블룸즈데이'(Bloomsday) 방송의 무대 장치가 된다.

> ……그러자 그이는 내게 요구했어. 내가 그러세요,라고 말하겠는가 하고. 그래요, 나의 야산의 꽃이여, 그리고 처음으로 나는 나의 팔로 그이의 몸을 감았지, 그렇지. 그리고 그이를 나에게 끌어당겼지. 그이가 온갖 향내 풍기는 나의 앞가슴을 간촉할 수 있도록. 그래, 그러자 그이의 심장이 미칠 듯이 팔딱거렸어. 그리하여, 그렇지, 나는 그러세요 하고 말했지. 그렇게 하겠어요, 네(yes).

앞의 36페이지들에서, 독자는 몰리에 관해 많은 것을 배운다. 그리고 그것은—특히 그녀가 생각하는 식에 관해—마찬가지로 노라에 관해, 상상하도록 유혹한다. 노라는 침묵의 여인이 아니다. 그녀는 언제나 말했다. 그녀의 말씨는 생생하고, 세속적이었다. 친근한 일들에 관해, 그녀는 조이스의 귀를 갖는 유일한 여인이었다. 넝마주이 조이스는 아내의 하녀에 대한 불평과 같은 가정적 일품逸品들을 무시하려 하지 않았다.

> ……내가 그녀에게 그녀의 주일의 지시를 내렸을 때 그녀의 얼굴은 울화를 부어올랐는데……경칠 요리하기나 쓰레기 치우는 것만 아니라면 방을 나 자신 간섭 없이 청소하는 것이 한층 나으리라…….

조이스 내외의 생활에 대한 전기적 세목을 아는『율리시스』의 각 독자는 순수한 노라의 것으로 보이는 몰리의 어떤 글줄들을 발견하리라. 몰리가 갖는 남편의 잠자는 자세(조이스와 노라가 로마에서 취했던)에 대한 그녀의 의견은 노라의 것일 수 있으며, 그것은 조이스와 노라가 그들의 구애 기간 동안 비 오는 오후를 보냈을 식에 관한 암시를 포함한다.

> 모든 사람들 가운데 그와 같은 버릇을 가진 이는 둘도 없을 거야. 침대 발치에서 잠자고 있는 저 꼴 좀 봐. 단단한 베개도 없이 어떻게 할 수 있는지 몰라. 사람 얼굴을 차지 않는 게 다행이야. 그렇잖으면 내 이빨을 몽땅 부러뜨릴지도 모르지. 코 위에다 손을 올려 놓고 숨을 쉬고 있으니. 비 오는 어느 일요일 킬데어 가의 박물관에 그이가 나를 데리고 갔을 때, 에이프런을 온통 노랗게 걸치고 열 발가락을 뻗은 채 손을 베고 옆으로 누워 있던 저 인디언의 신과 닮았어. 그이는 그것이 유대교나 예수교를 합친 것보다 더 큰 종교로서 아시아 전역에 퍼져 있다고 했지. 그를 흉내 내고 있는 거야. 그이가 언제나 누군가의 흉내를 내고 있듯이 말이야. 상상컨대 그도 침대 발치에 누워 그의 커다란 마당발을 아내의 입 속까지 처넣고 잠자곤 했을 거야…….

같은 정신에서, 조이스가 노라를 프래찌오소와 바이스와의 놀아난 데 대해 꾸짖었을 때 그녀는 트리에스테 및 취리히에서 자기 자신으로서 할 이야기가 많았으리라는 가정假定으로, 몰리의 질투에 대한 견해는 부가적 흥미를 띤다. : "바보 같은 남편의 질투라니 왜 우리는 모두 그에 대해 싸우는 대신 친구로서 남아 있을 수 없담……."

조이스가 노라와 사랑에 빠진 날을 그가 자신의 일생에 있어서 가장 중요한 날로 생각한 사실은 그에 관해 우리가 알고 있는 가장 유쾌한 일들 가운데 하나다. 그가 그녀를 두고 20세기 문학에서 가장 유명한 여성 인물로 모델을 삼은 것은 그녀가 얼마나 풍요한 영감이었던가를 보여준다.

몰리의 생활과 노라의 것 사이의 대응들은 두드러진다. 그들 양자는 10월 8일인, 같은 '결혼 날짜'를 가졌다. 양자는 30대 초반에 있었는지라(노라는 조이스가 책을 시작하고 있었던 1914년에 30살에 들어섰다), 그리고 각자는, 자신이 얼마나 나이 많은지를 아주 정확하게 확신하지 않은 채, 2년을 그녀의 나이에서 잘라냈다. 양자는 15살에 성적 경험을 자랑할 수 있었고, 그들과 더불어 자신들이 화가 났거나, 때때로 혹평했던 청춘기의 딸들을 질투했다.

그들의 이름은 꼭 같은 모음과 강세의 유형을 띤다. 조이스의 날카로운 귀에, 다른 모음들은 어떤 개인적 특성을 암시했다. 그는 o를 대담(boldness)과 연결했다.

각자는 그녀의 남편을 그의 별명으로 부르는 특권을 좋아했다. 『율리시스』에서 몰리는 블룸을 단지 '폴디'로 부른다. 그녀는 그들의 파리 시절까지, 조이스를 짐이라 부르는 것을 심지어 거의 생각지 않았다(주나 반즈는 애를 썼지만, 아주 냉혹한 반응을 가졌다).

몰리와 노라는 목소리의 으르는 운을 분담했다. "차 항아리를 부셔요!" 하고 몰리는 말한다. 노라는 조이스에게 고함쳤다. 그의 여조카들 가운데 하나는, 어떻게 조이스가, 파리의 한 정거장에서 그들을 만나면서, 그의 누이로 하여금 아이린의 백을 운반하도록 애썼는지를 회상했다. "그걸 내려 놓아요!" 노라는 명령했다. "짐꾼을 불러요!" 그리고 그녀의 "짐, 당신 그만하면 됐어요!"라는 말이 이따금 몽파나 거리 주위에 메아리쳤다. 양자의 진짜 및 상상적 남편들은 공처가들이었으나, 양자는 아내의 생활에 영향을 끼치는 모든 커다란 결정을 내렸음이 분명하다.

몰리는, 노라처럼, "당신을 위해 태양이 비치고 있어요"라고 말했던 감탄자를 가졌고, 젊었을 때 그녀를 한두 번 성적 경험을 시작하게 했던 멀비(Mulvey)라는 이름의 보이 프렌드를 가졌다. 몰리의 기억—"멀비가 최초였어"—은 노라의 자신의 것과 거의 다르지 않다. 조이스는 골웨이 탄산수 공장의 그의 두려운 상대자가 실지로 그의 이름을 멀바(Mulvagh)로 철자하는 것을 거의 알지 못했으리라.[8] 양자는 무대 출현을 자랑할 수 있었으나 경력은 없었다. 몰리 블룸은 콘서트 가수이지만, 그것을 심각하게 생각하지 않는다(애인들을 끄는 방도를 별개로 하고). 1904년 6월 16일, 그녀는 1년 이상 동안 공개적으로 노래하지 않았다. 조이스가 '페네로페'를 쓰고 있었고, 영국 공연자들의 무대 위에서 가진 노라의 짧은 시간 이래 3년이 경과했었다.

양 여인들은 양산을 싫어했으며, 로스트 치킨을 좋아했고, 포르노를 읽었으며, 하나님을 믿었다. 양자는 자신들의 남편들로부터 배우려고 애를 썼으나, 지적 문제들에 관해 나이브하고도 그리 흥미 없는 질문을 하면서, 그리 심하게 배우려 하지 않았다.

각자는, 노라의 남편처럼, 몰리의 남편과 함께, 자신을 다른 남자들과 분담하는 가능성에 흥미가 있는 괴상한 결혼을 했다(블룸은 '모든 강한 멤버의 사내들에게 자신의 결혼의 파트너를 제공하는' 꿈을 꾼다). 좌절되고 헛되이 양자는 예술가의 모델의 역할에서 기쁨을 발견했다. 노라는 실베스트리와 버전을 위해 포즈를 취했는데, 그녀가 얼마나 잘, 말로뿐만 아니라 시각적으로 봉사했는지를 알았다. 양자는 그러한 역할의 에로틱한 가능성을 알았다. 노라는 조이스를 즐겁게 하는 연애 사건을 갖기를 거절했다. 몰리는 한층 정중하며, 어떻게 젊은 작가 스티븐 데덜러스를 유혹하고 감명을 주며, 자신의 보상을 받을 것인지를 꿈

8_ "멀비스[Mulveys]의 것이 최초였어"는 『율리시스』의 새 교정본에 영합된 중요한 편집적 변화들 중의 하나이다(p. 642). 한층 낯익은 판본은, 방금 부정확한 것으로 알려져 있거니와, "멀비(Mulvey)의 것이 최초였어"이다. 새로운 판본은, "멀비의 것"[Mulveys]은 몰리가 받은 최초의 연애 편지였고, 또한 "멀비의 것"은 노라의 진짜 '멀바[Mulvagh]와 더불어 있음직한 경험에 한층 적합하게도—그녀가 터치한 최초의 남근이었음을 함축한다)

꾼다.

> 나는 그이 위를 온통 느낄지니 마침내 그가 내 아래서 기절하고, 그가 유명하게 될
> 때 신문에 온통 우리들의 두 장의 사진과 함께 연인이요, 정부인 내게 관해 그는 쓰
> 리라……

각 남편은 그의 아내가 얼마나 많은 애인들을 가졌는지에 관해 확실하지
않은 채 그대로 남아 있다. 블룸은 몰리에게 두 타수 이상을 상상하지만, 학자
들은 최근 수년 동안(그의 관통의 행위에 대해 논쟁의 여지가 없는 블레이지즈 보일란
을 별개로 하고) 환상과 새롱거림으로서 대부분을 간단히 처리해 왔다. "1959년
의 후기 통계로, 휴 케너에 따르면, 보일란 이외에 "몰리의 애인의 숫자는 0과 1
사이에서 오락가락한다." 그와 같은 스코어(셈)는, 만일 가능성이 적어도 그녀
의 구혼자들 가운데 하나가 완전한 성적 정복을 했음이 고려된다면, 몰리의 것
이 될 수 있었으리라.

하지만 노라도 몰리도 섹스 문제에 있어서 전적으로 솔직하지 않다. 그들
은 행위 자체에 대한 매음적 태도를 나누었고, (몰리는 '내가 준 대가로' 한 가지 선
물을 기대한다) 속옷을 위한 돈을 감언이설로 속였다. 하지만 그들의 개성에 관
한 뭔가가 남성의 의상을 부적절하게 만들지는 않았다. 몰리가 '키르케'에 나타
날 때, 그녀는 바지를 입고 있다.─마치 노라가 한 소녀로서 골웨이의 밤의 모
험에 나설 때 행했던 때처럼.

몰리도 노라도 자신들의 남편들로부터 그들을 수음手淫으로 몰았던 음험
한 편지들을 받았다. 몰리는 회상한다.

> 그이의 미치광이 같은 편지, 나의 값진 보물이여, 당신의 영광스런 육체에 관련된
> 것은 무엇이나 무엇이란 말에 밑줄을 쳤었어. 그거야말로 영원토록 기쁨의 그리고
> 미의 장본입니다…… 하루에도 네 번 및 다섯 그런데 내가 저는 그런 짓 안 해요
> 하고 말하자……

각자는 그녀의 남편의 에로틱한 통신을 받는 유일한 수령자는 아니었다.

각자는 한 아기를 잃었고, 또 다른 것을 갖기를 두려워했다.

각자는 침실 요강을 파렴치하게 사용했다.

그들 가운데 아무도 자신이 그에게 "그래요"를 말했던 남자의 성적 욕구에 무엇이 일어났는지를 이해하지 않았다.

『율리시스』에서 몰리와 리오폴드 블룸은 꼬마 루디가 죽은 이래 완전한 육체적 교접을 갖지 않았다. 책의 보이지 않는 화자는 시간의 길이를 정확하게 알고 있다. : 10년, 5개월, 18일. 몰리는 그녀의 용모에 대한 위험을 알고 있다.

> 내가 아직도 젊은 바에야 그렇잖아, 저렇게도 냉정한 그이와 살고 있으면서 짐짓 내가 시들어 빠진 할망구가 아닌 것이 이상스러워. 나를 안아주는 것도 마음 내킬 때뿐이지, 잠잘 때는 나와 거꾸로 자지요. 게다가 추측건대 그이는 내가 누군지도 모른다니까 누구든 여자 엉덩이에다 키스하는 남자와 싸움을 하고 싶어요. 그런데도 그이는 기괴한 것이면 무엇이나 키스하려 들지요. 몸 안에 어떤 종류의 착유 한 방울 나오지 않는 곳에 말이야. 우리들 여자들은 모두 마찬가지야 두 알의 라드 기름이라니……

어떠한 비교할 수 있는 정보도 없으며, 조이스 내외의 결혼 관계에 대한 편지도 없다.

그러나 『율리시스』는 무기력과 오장이 짓에 관한 책이라기보다 오히려 사랑, 결혼의 사랑에 관한 것이다. 블룸의 마음은, 그가 잠에 몰입하자, 또한 배회하는가 하면, '이타카' 에피소드에서, 화자는, 몰리의 독백이 시작하기 전에, 교리문답식 질문에 답한다.

> 어떠한 이점들을, 점령된 침대는 점령되지 않은 침대와는 달리, 소유하고 있는가?

밤의 고독감의 재거, 비인간적 (온수기) 발열에 대한 인간적(성숙한 여인의)인 것의 질적 우위성, 조조의 접촉에 의한 자극, 바지를 정확하게 접어, 스프링 침대요 (줄무늬 있는)와 틀 침대요(담갈색의 단을 덴) 사이에다 기다랗게 까는 경우에 있어서 이루어지는 다림질의 가정 경제.

블룸과 몰리가 함께 남겨 갖는 것은 안락, 믿음, 우정 그리고 우려이다. 그 것은 기혼의 사랑 보다 한층 깊고, 덜 다툼을 실은 사랑의 형태이지만 몰리에게 환영받는 것이니, 왜냐하면 그녀는 모성애 없이 성장했기 때문이다. 몰리는 아 버지에 의해 양육된 채 말한다. "만일 그들이 내가 결코 갖지 않았던, 그들을 돌 볼 어머니를 갖지 않는다면 그들 모두는 어디에 있으랴……."

노라는, 그녀의 할머니에 의해 양육되었고, 그녀의 숙부에 의해 훈련된 채, 그녀의 개성을 위한 꼭 같은 결과를 지닌 비슷한 배경을 가졌는데, 그것은 요염 한 길로 인도되는 모성의 박탈이었다. 노라는 조이스와 인내했고, 자신들을 과 시하는 프리지오소 가문이나 코스그래이브 내외를 걷어차면서, 그에게 밀착했 는지라, 왜냐하면 그는 그녀에게 의심 없는, 무조건적 사랑, 스티븐 데덜러스가 '모성애……로 부르는 사랑……세상의 유일한 참된 것'을 줄 수 있었기 때문이 다. 노라가 조이스 속에 보았던 어머니다운 특질은 몰리가 블룸한테서 보았던 것과 같았다. 한 남자에 의해 양육되었고, 애정의 탐색에서 반대의 성을 즐기는 것으로 일찍이 향했던, 몰리를 어머니 없는 한 소녀로 만듦으로써, 조이스는, 비 록 그것이 그를 질투의 광포로 몰았을지언정, 왜 노라는 그런 식이였던가를 자신이 이해했음을 보여준다.

조이스의 두 여주인공들의 불만스런 어머니들이 두운의 이름들을 가졌음 은 그의 주목을 벗어나지 않았으리라. : 루티나 라레도(Lunita Laredo)와 호노라리 아 힐리(Honoraria Healy).

노라가 『율리시스』를 읽기를 거절했음은 그녀에 관한 가장 잘 알려진 사실들의 하나이다. 그녀가 그러지 않았던 많은 이유들이 있으니—주로, 책을 펼치는 많은, 그리고 아마도 대부분의 사람들처럼, 그녀는 그것이 너무 어려움을 알았기 때문이다. 그러나 그녀가 프랭크 버전이나 오가스트 수터에게 말했듯이, 그녀가 읽은 것이 외설적이라 발견한 것 또한 사실이다. 노라에게 약간의 구절들은 외설적인 것보다 한층 더 나빴으니, 그들은, 조이스가 밝히기를 원치 않으리라 자신이 믿었던 수치스런 것들이었다. 왜 노라는 벨라 코헨이 남자로 바뀌고, 블룸을 욕되게 하는 사창가 장면을 읽기 원했을까?

> 그 밖에 널 뭐에다 쓰겠니, 너 같은 성 불구자를? (그는 몸을 굽히고, 자세히 살펴보면서, 부채로 블룸의 엉덩이의 살찐 지방층 아래를 난폭하게 찌른다) 들어! 들어! 꼬리 없는 살쾡이야! 이건 도대체 뭐냐? 네 꼬부라진 털 난 찻잔은 어디로 갔어, 아니면 누가 그걸 잘라 버렸단 말이냐, 이 꼬끼오 놈아? 노래해요, 새야, 노래를 불러. 이건 마치 뒤에서 쉬를 하고 있는 여섯 살 난 꼬마의 것처럼 백이 없군 그래. 들통을 사든지 아니면 펌프를 팔아 버려. (소리 높이) 넌 사내 구실을 할 수 있나?

책에 대한 노라의 혐오는 인식으로부터 또한 솟아날 수 있었으리라. 글줄들의 너무나 많은 것은 그녀 자신의 것이었다. 그녀는 그들의 약간을 심지어 썼을 법하다.

조이스가 1921년의 여름과 가을에 '페넬로페'의 부분을 썼었던 수월함은 조이스가 트리에스테의 스태니슬로스의 침실에 남겨두었던, 그해 3월 전달된 서류가방의 도움을 받았기 때문이었다. 에토르 시미치는 개별적으로 조이스의 꼼꼼한 서술을 수취한 다음 그것을 회수하여, 조이스의 지시에 따라 자물쇠를 채우고 그것을 파리에로 운반했다. 가방에는 1909년의 노라의 외설적 편지들이 들어 있었으리라는 것은 있음 직하고도 남는다. 조이스는 자기 자신의 편지들이 필요하지 않았거니와, 왜냐하면 그는 그것의 내용을 너무나 잘 알고 있었기 때문이다. 그러나 한 여인의 마음의 숨은 작동을 위한 자신의 묘사를 위하여 그는 자신의 노트들—혹은, 오히려, 노라의 것들이 필요했다(조이스의 본래의 의도는, 엘먼에따르면, 몰리로부터의 일련의 편지 형식으로 '페넬로페'를 쓰려는 것이었다).

만일 그렇다면, 노라는 상상되는 것 이상으로 '페넬로페'에 대해 심지어 더 큰 영향을 끼쳤고, 문체에 대해서뿐만 아니라 몰리가 말하고 있는 소재에 대헤서 이바지했다.

조이스는 그의 책을 아일랜드의 『파우스트』가 되도록 의도했다. 그는 몰리를 '언제나 육체를 긍정하는 자이다' 또는 그가 버전에게 그것을 불완전한 독일어로 썼듯, '나는 영원히 육체를 긍정하는 자이다(Ich bin Fleisch der stets bejaht)'로서 서술했다. 이 행은 괴테의 『파우스트』의 메피스토펠레스(역주 : 『파우스트』에 나오는 악마의)의 떠벌림에 대한 정교한 변장變裝이다. : "나는 영원히 정신을 부정하는 자이다"(Ich bin der Geist der stets verneist).

몰리의 유명한 최후의 글줄("그렇지 나는 그러세요 하고 말했어, 그렇게 하겠어요, 네")은 '나는 언제나 육체를 긍정하는 자이다'의 대화적 번역이다. 그의 위대한 책의 피날레로서 그것을 사용함에 있어서, 조이스는, 만사를 조소하는 메피스토펠레스적 의학도인, 벅 멀리건에 의해 의인화된, 책의 냉소적, 합리적, 남성적 서행序行과 균형을 맞추고 있었다. 벅 멀리건이 오리버 고가티 속에 실재의 대응물을 가졌었음은 논의의 여지가 없다. 『율리시스』에서, 조이스는, 자신의 젊음에 있어서처럼, 고가티를 통해 노라를 택했다.

조이스는 블룸인가? 부분적으로 그렇다. 리처드 엘먼에 따르면, 조이스는 자기 자신을 파우스트의 운명을 피한 것으로서 보았다. : 미혼이요, 오만하고, 숙명적이요, 요령 없는 반도叛徒 말이다. 그는 대신 율리시스로서 자기 자신을 생각하기를 좋아했는지라, 엘먼은 말하기를, "평화주의자, 아버지, 방랑자, 음악가, 그리고 예술가로서 율리시스에 대한 조이스의 서술은 영웅의 인생을 자기 자신의 것에 밀접하게 묶고 있음은 놀랄 일이 아니다."

블룸은, 그의 기독교적 세례에도 불구하고, 한 유대인이다. 유대인은 술취하거나 빚을 지지 않는다. 조이스는 유대인들을 감탄했는데, 그는 버전에게 말했듯이, 그들이 박해의 면전에서 지속했던 강한 가족생활 때문이었다. 유대인은, 그는 말했거니와, "우리들보다 한층 훌륭한 남편, 보다 훌륭한 아버지 그리고 보다 훌륭한 아들이다."

풀기 한층 어려운 것은 블룸 내외의 15살 난 딸, 밀리 블룸과 루치아 조이스의 얽힌 이미지들이다. 이 덤불 속으로의 학구적 진출은, 너무 깊이 몰두하지 않은 채, 친족상간의 주제를 발견했거니와, 그리하여 텍스트적 증거는 밀리가 블룸이 세 번에 걸쳐 그녀와 함께 성적 부당성을 범했기 때문에, 집으로부터 내쫓겼음을 (그녀는 사진사의 수습생으로서 머린거에 가 있거니와) 암시하도록 제시되어 왔다. "블룸은," 프린스턴 대학의 A. 월턴 리츠가 썼듯, "그이 다음의 이어위커처럼『피네간의 경야』에서, 그의 아내의 젊은 재생인 그의 자신의 딸과 무의식적으로 연애하고 있으며, 그리하여 이 이유 때문에 그는 '바닷가의 소녀' 거티에게 끌려있다."『율리시스』는 눈(眼)의 결함과 같은, '사시안'에 대한 언급들을 포함하는데, 그에 대해 루치아와 그녀의 양친은 그녀가 청년기에 도달하자 점진적으로 걱정했다.『피네간의 경야』를 위한 노트북에서, 조이스는 썼다. : "그녀의 눈을 안으로 향하다니 오히려 매력적이다."

만일『율리시스』가, 어떤 의미에서, 조이스 가족의 앨범이라면, 조지오는 어디 있는가? 그는 심지어 책을 위한 노트에도 나타나지 않는다. 자신의 경험의 모든 편린片鱗에 관해 쓰는 듯한 조이스가,『망명자들』에서 비실재의 꼬마 아치를 별개로 하고, 그의 작품 속에 자신의 아들을 거의 이용하지 않다니 이상한 일이다.『율리시스』에서 꼬마 루디는, 1908년의 노라의 유산遺産으로, 있을 수 있었던 아들 에 대한, 조이스의 반작용으로부터 한층 끌어내어진 듯하다. 조이스가 『율리시스』를 썼을 쯤에 그의 실질적 아들이 문학에 대해 지적 및 감상적으로 흥미가 없는 듯 간단히 처리하거나, 혹은 노라에 대한 조지오의 밀접함에 대한 그의 질투가 너무나 강하기 때문에 그는 그것을 예술가의 직접 목적으로 이용할 수 없었음이 있을 수 있다. 몰리와 노라 간의 가장 큰 차이는 몰리의 아들이 단지 11일만 살았다는 것일 것이다.

의문은 몰리와 노라와의 비교에 한층 관련되어 있거니와, 왜 지브롤터인가? 모든 물리적 세목이 너무나 정확하기에 만일 더블린이 파괴되면 조이스는 자신의 책으로부터 그것을 재건할 수 있을 것이라 자랑했을 정도로 사실에 그토록 충실한 작품이, 왜 그도 노라도 여태 발을 붙여보지 못한 아열대의 도시에 관한 기다란 공상으로 끝나야 하는가?

조이스는, 지도, 여행안내서, 역사 책, 및 계보학과 함께 애정 어린 탐구에 뒤이어, 지브롤터를 정확하게 건립했지만, 그는 학자들을 곤혹스럽게 남겨두었다. 제임스 카드는, 그의 책 『페넬로페』에서, 조이스를 위해 지브롤터를, 더블린 그리고 또한 '헤르쿨레스의 기둥'을 지키는 도시, 오디세우스의 알려진 세계인, 지중해 건너편의 심연으로부터 분리하는 출입문의 대조로서 묘사한 것으로 가정했다. 카드는 또한 지브롤터에서 여성 기관(성기)의 상징적 지리를 보았다.

이러한 해석들은 유용할지도, 조이스는 그것이 노라의 고향이었기 때문에 '지브롤터'에 대해 이토록 강한 의미를 가졌음이 한층 있을 법하다. 골웨이와 지브롤터는 눈(眼)이 만나는 것보다 한층 공동의 많은 것을 갖는다. : 바다, 최면성催眠性, 불안한 영국의 연결, 그리고 (노라 시절의) 영국의 군대. 골웨이는 태양 없는 지브롤터이다. 그것의 스페인적 허식이, 그의 1912년의 트리에스테 신문 기사가 보여주듯, 조이스에게 알려졌다. 햇빛 쬐는 지브롤터의 '신기루와 환상'에 대한 조이스의 참고 노트들은, 스페인 스타일의 창문과 바람이 휩쓴 골웨이의 벽들, 그리고 노라의 조모의 집으로부터 멀지 않은, 부두 벽 아래의 낡은 이정표인, 몰리가 멀비를 골웨이의 '스페인 아치'처럼 최초의 소리가 되게 한, 무어의 벽에 아주 쉽사리 적용될 수 있을 것이다.

확실히 19세기 이민자들에게, 골웨이는 여행자들이 거의 돌아오지 않았던 서부 세계의 문호였다. 그리고 지브롤터와 몰리의 관계는 골웨이와 노라의 관계와 같았다. : 그것은 기억과 외로운 망명에 의해 숭배된 유년 시절의 장소였다.

몰리 블룸에 대한 해석은, 『율리시스』가 마침내 미국과 영국에 허용되고 영문학의 커리큘럼 속으로 길을 모색했던 1930년대 이래 진행되어 왔다. 그녀의 초기의 비평가들은 그녀의 부도덕성, 그녀의 초라함, 그녀의 상상되는 난교亂攪, 그녀의 나태, 무지 그리고 불결한 입으로 강박되었다. 초기 페미니스트인, 라베카 웨스트는 몰리를 위대한 어머니로서 인식했으나, 매리 코롬은 그녀를 '여성 골리라'로서 비난했다. 버지니아 울프는 책 전체를 혐오했다.

『율리시스』는 '부친을 찾는 자식의 탐색'으로서 가르쳐지도록 사용되었다. 스티븐 데덜러스와 리오폴드 블룸은 그들의 날을 돌아다니는지라, 더블린을 통해 배회하며, 블룸이 스티븐을 도와 사창가 바깥으로 이끌어낼 때까지 거의 만날 듯, 그러나 언제나 서로 놓치는지라, 사창가에서 스티븐은 영국의 군인, 병졸 '카'에 의해 녹아웃 되었다. 블룸은, 그의 잃어버린 유아의 아들을 마음으로부터 결코 떨어지지 않은 채, 어머니 없는 스티븐을 붙들어, 그를 역마차의 오두막, 이어 그의 '이타카,' 이클레스 가 7번지의 자기 집으로 데리고 간다. 두 남자들은, 잠시 동안 아버지와 아들로서, 결국, 그러나 화해 감을 가지고, 헤어진다. 침대 속으로 기어오르면서, 블룸은 몰리에게 스티븐과의 만남을 이야기하고, 이어 잠에 떨어지면서, 그의 생각은, 페이지에 커다란 종지부로서 인쇄된 채, 한 개의 검은 점 속으로 이울어진다.

작품의 그러한 해석에서, 몰리는 단지 군소 인물이요, 그녀의 독백은 꾸불 꾸불 부적절한 것으로 작품 자체가 끝나자 계속 시침질된다.

조이스 자신은 '이타카'가 작품을 종결지우며, '페넬로페'는 시작도, 중간도, 끝도 없는 종곡이라 말했다. 그러나 그이 자신은 또한 버전애게 몰리는 책의 '중심'이요 그것 모두가 그 위에 맴도는 축이라 말했다. 그러한 서술은, 독백 그것 자체의 말들과 함께, 마치 그가 20세기 초에 자신의 시녀―아내를 곁에 두고 작품을 쓰면서, 여성주의(페미니즘)가 다가옴을 보았고, 그것을 맞이하기 위해 그의 텍스트를 만들었던 것인 양 보인다.

그의 개별적 사회적 편견들에서, 조이스는 그의 당시의 여느 사람처럼 여성 차별주의자였고, 매리 콜럼에게, "나는 무엇이든 아는 여인들을 싫어한다," 라는 말은 그들로 하여금 자신들의 자리를 지키기를 그가 원했음을 보여준다. 그러나 아서 파우어에게, 조이스는 한층 신중한 말을 했다. 입센은, 조이스가 말하기를, 여성의 해방에 대한 신조에 의해 고무되었는데, 그러한 신조는 "현존하는 가장 중요한 관계―남성과 여성간의 관계에 있어서 우리들 시대의 가장 위대한 혁명을 야기시켰었다. 여성은 단지 남성의 도구라는 관념에 대한 여성의 반항이었다."

20세기 후반에 여성주의는, 조이스에 관한 새로운 조망을 남녀 조이스 학자들에게 제공했다. 데이비드 해이먼은 몰리 블룸을 블룸의 여성적 남성에 균형 맞는 남성적 여성으로 보았다. 휴 케너는 블룸이 몰리가 얼마나 절망적으로 고독했는지를 결코 알지 못한다고 진술했다. 블룸은 자신의 아내를 열혈熱血의 스페인 인으로 생각하기를 좋아한다. 코린 맥캐이브는 몰리의 독백의 무형의 공상 및 지엽적 생각 속에 '담화의 남근적 남성 방식의 깨어짐'을 본다. 캐롤 스로스는『율리시스』를 여성 말씨 속으로의 긴 여로로서 본다.

페미니스트들은 조이스를 읽는 새로운 방법을 발견함에 있어서 심지어 마르크스주의자들을 압도했다(마르크스주의자들은『피네간의 경야』에로 끌리는 경향이거니와). 수제트 헨크와 에래인 안크레서에 의한『조이스의 여성』및 보니 킴

스코트에 의한『조이스와 페미니즘』같은 연구서들은, 기초적 토대처럼 수상쩍게 보이는 하부구조를 드러내면서, 여권주의자 여과기를 조이스 머리 위에 두었다.

스코트는 페미니스트 발견을, 그녀가 믿는 바, 여성들이 선사적先史的, 선족장적先族長的 세계에서 그랬듯, 그들이 남성적 권위를 무시하는 '교체적交替的 여성 질서'의 하나로서 서술했다. 이러한 분석에 의해, 조이스의 여성들은, 그들이 남성의 무리 속에 있을 때 자신들의 부재나 혹은 자신들의 침묵으로 두드러진다. 그들은, 어머니, 하녀, 또는 창녀로서 남자에게 봉사한다. 큰소리치는 자들은 마음에 들지 않는다. 전반적으로, 남자들은, 젠체하듯, 계속 지껄거린다. 여자들은 그들 자신의 생각들을 생각하고, 가족생활과 사회질서를 함께 지닌다.

페미니스트들은 조이스를 그의 공상적, 서정적 목소리로서 평가한다. 스코트는 조이스가, 남근 숭배자인, D.H. 로렌스와는 달리, 묵상적, 연관적, 유아적, 양성적 언어 속으로 움직임을 주장했다. 슈로스는,『초상』에서 스티븐 데덜러스가 영국의 제주위트 교도인, 그의 교수부장의 말을 되새기는 유명한 구절 속에 이중의 의미를 읽어왔다.

> 우리가 말하고 있는 언어는 내 것이기 이전에 그의 것이다. '가정,' '그리스도,' '술,' '주점'이라는 낱말들이 그의 입술에서와 나의 입술에서 얼마나 다른가! 나는 마음의 불안 없이 이런 낱말을 말하거나 혹은 쓸 수가 없다. 그토록 귀에 익으면서도 그토록 이국적으로 들리는, 그의 언어는, 나에게는 언제나 얻어 온 말이다. 나는 낱말을 만들거나 또는 받아들인 적이 없다. 나의 목소리가 그들을 멀리하고 있다. 나의 영혼은 그의 언어의 그림자속에서 안달하고 있다.

정복자의 언어에 대한, 아일랜드인인, 스티븐 데덜러스의 분개는, 우월성에 대한 남성의 주장을 강조하는 언어 구조에 대한 오늘의 페미니스트의 그것과 유추적類推的이다. 조이스처럼, 영어가 그들을 실망시킬 때, 페미니스트들은 새 단어들을 발명한다. : 여대변자, 여(역)사.

페미니스트들은 블룸을 몰리보다 더 좋아한다. 리오폴드 블룸은, 『율리시스』의 더블린 남자들이 그를 조롱하거니와, 아마도 새로운 여성적 남성의 20세기 최초의 표본으로서 출현하는데, 그는 그의 아이들을 돌봄에 있어서 동등한 역할을 요구한다. 블룸은 자궁시기子宮猜忌로 고통을 겪는다. "오, 나는 고로 어머니가 되고 싶어!" 그는 '키르케'에서 성(섹스)을 바꾸면서, 부르짖는다.

몰리는, 대조적으로, 스코트의 말로, 하나의 만화, '한 여성에 대한 남성적 시도'처럼 보인다. 그것은, 알려진 한에 있어서, 노라의 견해였다. 사람들이 여성적 마음의 내적 작동에 대한 그의 초상에 관해 그녀의 남편을 축하했음을 듣자(융은 조이스에게 말했거니와, "아마도 악마의 조모가 여성들에 관해 그만큼 많이 알리라. 나는 그렇지 못해"), 노라는 비웃었다. "저이는," 그녀는 사무엘 베켓에게 선언하기를, "여인들에 관해 아무것도 몰라요."

몰리는 남성이 갖는 공상 여인의 모든 특질들을 소유한다. 그녀는 혼수적昏睡的, 비논리적, 비이성적, 공허적, 자기 성취적, 수동적이요, 언제나 침대 속에 있다. 『율리시스』에서 말하도록 그녀에게 주어진 최초의 소리는 심지어 한마디 말 자체도 아니다. 블룸은 말한다.

　　─아침으로 뭘 들지 않겠소?
　　외마디 졸린 낮은 신음 소리가 대답했다,
　　─음.

이러한 특질들을 가지고, 몰리는 개척적인 전후 페미니스트 작가들에 의하여 서술된 고정관념에로 쉽게 적응한다. 『제2의 성』에서 사이몬 드 배보는 썼거니와, 남자들에 대해, 여자는 결코 말들이나 심적 묘사 이외 어떠한 것도 파악하지 못한다. 고로, 모순된 행위는 그녀에게 어떠한 불안도 주지 않는다. 그녀의 머리는 이상한 뒤범벅으로 가득하다. 그리고 매리 엘먼은, 『여인에 관한 사고』에서, 문학에서 여성은 침대와 연관된다고 지적했다.

만일 오늘의 페미니스트들이 몰리를 한갓 만화로서 본다면, 그들은 어떤 동정을 가지고 그렇게 하리라. 몰리의 그리고 노라 시절의 여인들은 이 만화에 따라 생활하려고 노력했다. 헨크에 따르면,

> 세기의 전환기 아일랜드의 대부분의 여성들처럼, 몰리는 남성 신분에 의하여 생각하도록 철저하게 제약되어 왔었다. 여성의 가치는 육체적 미와 사회적 신분에 의해 결정됨을 믿도록 제기된 채, 그녀는 비틀거리는 자기─이미지를 보강하기 위해 결혼과 모성을 사용하고, 이어 흐려지는 성적 매력의 확인을 위하여 블레이지즈 보일런에게로 몸을 돌린다.

몰리는 모든 다른 여성들을 라이벌로 보며 그녀의 성을 헐뜯는다. ─ "경치게도 많은 암캐들 같으니." 그녀는 또한 자신의 퍼지는 배(腹)를 미워하고, 그녀의 딸의 날씬함을 시기한다. 몰리는, 헨크의 말로, "남성적 물가 안정책"에 의존한다. "심지어 그녀의 간음은 한 여인이 그녀의 결혼의 경계를 피할 수 있는 방도를 위한 자신의 사회에서 규정된 유형의 부분이다."

그런대도 몰리 블룸 속에 급진적 페미니스트의 많은 것이 있다. 그녀는 남자의 성이 과잉이리라 생각한다. 그녀는 자기 자신을 애무하며, 호모섹스의 환상을 갖는다. "가장 미끈한 자리는 바로 거기야, 여기 조금 사이 여기, 복숭아처럼 얼마나 부드러운가, 아 맙소사, 나는 남자가 되어서 귀여운 여자 위에 올라타는 걸 상관하지 않을지니……." 그녀는 신이 여성들에게 주었던 생리 기능을 비평하고("우리들 속에 너무나 많은 피가 있나 봐……."), 그녀의 남성 산부인과 의사를 싫어하며, 심지어 그녀 자신의 성보다 더 많이 타인을 불신한다. "나는 그들의 또 다른 섹스와 결혼하기보다 20번 이상 죽으리라……." 여성 비평가들은 블레이지즈 보일런과의 몰리의 오래 끄는 오르가즘(혹은, 오히려, 그것에 대한 그녀의 기억)에 대한 조이스의 묘사를 남성의 판타지로서 (남성 과장으로서) 각하한다.

나의 두 다리를 가지고 그이를 휘감은 채 약 5분 동안이나 덮치고 있었지. 나는 결국 그이를 끌어안지 않고서는 견딜 수가 없었어. 오 맙소사, 나는 별의별 걸 큰소리로 외치고 싶었어, ×이든 똥이든 뭐든지······.

그들은, 몰리가 그녀의 남편과의 성교로부터 만족을 갖지 않았음을 자신이 인정하는 것을, 알아차렸다. : 즉 그녀는 말하기를, 블룸과 함께, 그녀는, "그이는 끝마칠 때까지 아주 흡족한 채였지. 그리고 나 자신도 여하튼 일을 치르고 말았어. 거기에는 만족이 있을 리 만무함" 발견했다.

『율리시스』를 위한 그의 노트들에서, 조이스는 십자군에 참가하는 페미니스트처럼 심지어 더 많이 소리를 냈다. 그는 여성의 지배가 다가옴을 예견했고, 그는 몰리를 여성 혁명을 위한 대변자가 되도록 했다.

나는 상관치 않을 테야, 세상을 여자들이 지배하는 게 훨씬 나을 거야. 여자들이 서로 죽이거나 학살하는 일은 볼 수 없을 테니까. 언제 여자들이 술에 취해서 사방을 뒹굴거나 그들이 갖고 있는 돈을 마지막 한 푼까지 경마에다 다 써버리는 걸 본 적이 있었던가. 그래, 왠고하니 여자는 자신이 무엇을 하든 간에 언제 그만둬야 하는지를 알고 있지······.

몰리를 남성 권위의 참된 파괴 분자로 보다니, 그것은 몰리─숭배의 한 짧은 단계이다. 혹자에게 그녀는 대지의 여신, 기아아─텔루스로 남을 것이다. 로버트 아담스는 조이스의 창조를 굉장한 상상적 성취, 블레이크의 것과 같은 비전(조망)으로 선언했다.

몰리의 마음은, 자기중심의 축 위에 행성적行星的 위엄 속에 회전하면서, 조용히 그것 자체 내에 그를(민감한 독자) 감수하는데, 작품이 문자 그대로 세계가 될 때, 그를 독자로 만들고 보존하고 만사에 대한 그녀의 무관심 속에 그를 둘러싼다.
그녀는 인생 자체의 운동이 되었는지라, 자기 자신을 더럽히며, 자기 자신을 순화하며, 물에 빠져, 먹힌 채, 탄생하고 재탄생한 채, 소중이 여겨지고, 부패되고, 속이고, 축복받는다.

토론은 끝나지 않았다. 몰리는, 동시에 한 만화, 혁명가 및 여신, 살찌고, 게으른 가정부 그리고 우주에 대한 여성 견해의 우월성에 대한 증거이다.

몰리의 성격이 지닌 모순당착은—인생의 긍정 및 남성 의존으로서—노라 속에 존재했다. 어찌 강한 여인이 그토록 소극적이 될 수 있담? 대답은 골웨이의 여성들 및 사방의 전통에 묶인 여성들의 성격에 놓여 있는지라. : 그들은 자신들의 힘을 그들의 운명을 다듬기 위해서가 아니라, 그것을 견디기 위해서 사용한다.

하지만 인생에 대한 그들의 비전(통찰력)은 고작해야, 조이스 자신의 것처럼, 희극적이지, 비극적이 아니다. 몰리는, 그녀의 분명한 말씨와 유머 속에, '목욕하는 아내'와 경합한다. 그녀는 자기 자신의 성(섹스)에게 미의 상찬賞讚을 부여한다. 반대 성의 가장 자랑스러운 소유물로 말한다면, 그녀는 문학의 탁월한 조롱을 가지고 그것을 조소한다.

> 남자에게 저마다 두드러진 두 개의 주머니가 달려 있고, 다른 것이 앞으로 수그러져 매달려 있거나 아니면 모자걸이처럼 앞을 향해 곧추서 있으니 남자의 조각상이 양배추 잎사귀로 그것을 감추고 있는 것은 당연한 일이지…….

조이스가 이야기를 꾸렸던가? 아니면 그가 자신의 아내로부터 그것을 들었던가?

13

명 성

아일랜드로부터 노라는 명성으로 돌아갔다. 그들은 조이스 내외가 되었다. 『율리시스』의 출판 3개월 이내에, 그것은 걸작으로서 그리고 불결한 책으로서 인식되었다. 만일 『초상』이 조이스의 명성을 이루었다면, 『율리시스』는 그를 유명인으로 바꾸었다. 사람들은 그를 쳐다보기 위해 의자 위에 기어올랐다. 그들은 그를 자신과 합세하도록 레스토랑에서 쪽지를 들여보냈고, 그들은 그의 문간 벨을 울렸다. 기자들이 파티에서 모여들었다. 한 방탕자요, 으스대는 자, 상스러운 이야기의 화자를 기대하면서, 그들은 홀쭉하고, 학구적 아일랜드인을 발견하고 실망했으니, 그는 짙은 안경 뒤로 그들을 응시했고, 그의 아내 뒤에 숨는가 하면, 누군가가 한 마디 무례한 말을 하면, 얼굴이 홍당무가 되었다.

노라에게, 짐은 언어 학생들과 출판자들의 손에서 고통을 겪었던 배고픔과 수치의 수년을 겪은 다음이라, 과찬은 우스꽝스러웠다. "우리는 그를 새장에 가두고," 그녀는 말했거니와, "빗장을 통해 그에게 피넛을 먹여야 해요."

마지못한 듯, 그녀는 자신의 남편의 미친 책이 어떤 가치와 중요성을 지녔음을 수락하게 되었지만, 그녀의 수락은 언제나 그것의 외설에 대한 당황으로 경감되었다. 그러한 세월까지는, 그녀는 교회에 가는 것을 계속했다(그리고 아마 고해를 위해). 사제가, "조이스 부인, 당신은 남편더러 그 따위 지독한 책들을 쓰지 못하도록 할 수는 없소?" 그녀에게 물었을 때, 노라는 대답했다, "제가 뭘 할 수 있겠어요?"

어느 때보다 한층 그녀는 인용할 수 있는 자 노라가 되었다. 어느 날 밤, 윌리엄 카로스 윌리엄에게 조이스를 소개하기 위해 열린, 조이스가 좋아하는 레스토랑들 중의 하나인, 레 트리아농의 파티에서, 어떤 이가 노라에게 그녀의 남편의 책을 읽었는지 물었다. "물론이지요, 왜 제가 마다하겠어요?" 그녀는 대답했다. "그가 책에 관해 이야기하고 언제나 그것에 열중하다니 그걸로 충분해요. 저는 제 자신의 인생의 단편을 좋아하고 싶어요."

조이스는 여전히 그녀가 『율리시스』를 읽기를 동경했다. 조세핀 숙모에게, 그런데 그녀는 게다가 그걸 읽지 않았을 거니와, 그는 불평했으니, "노라는 겉장을 헤아리면서 27페이지까지 읽었어요." 노라에게, 1924년 1월의 한 감동적인 작은 노트에서, 조이스는 말했다.

> 사랑하는 노라, 당신이 가진 판본은 인쇄자들의 잘못들로 가득해요. 이것으로 그걸 읽어 보오. 내가 페이지들을 잘랐어. 끝에 오류표가 붙어 있어, 짐.

노라는, 그가 그녀에게 감사하지 않았듯, 그에게 감사하지 않았다. 그녀는 여전히 호텔 생활을 포기하기를, 특히 조지오와 루치아가 나이가 들어, 안정된 가정을 필요로 한 이래, 그들 자신의 장소를 갖기를 동경했으나, 짐으로부터 그러한 느낌을 가질 수 없었다. 그가 상관하는 모든 것이란 자신의 일이었다.

그들의 가족생활의 더해 가는 막연한 불안감은 주택 문제 이상으로 깊어 갔다. 조이스는 자신의 가족의 우위성에 관해 오래 그리고 크게 자랑했으나, 그들을 돌보는 자신의 노력은 애수적哀愁的이었다. 실비아 비치는, 그들 모두를 관찰하면서, 조이스는 자신의 가정생활이 얼마나 괴상망측한지에 대해, 또는 그와 함께 그것을 나누는 자들과의 고통에 대해, 아무런 생각을 갖지 않음을 느꼈다. 그는 그의 아이들이 얼마나 그의 작업과의 자신의 강박 및 한결같은 안질眼疾에 대해 반응하는지 알 수 없었다. 하지만 노라가 아일랜드로부터 아이들과 함께 되돌아온 후로 몇 달 동안, 실비아는 그의 가족이 그가 새 책을 저작하는 일을 막는 데 대해 비난했다. 조이스 씨가 필요했던 것은, 그녀는 해리엇 위버에게 썼거니와, 공간, 정숙 및 옥외의 운동이었다.

> 그가 『율리시스』를 끝내고 있는 동안의 모든 과거 세월 그의 책을 출판함에 수반되는 모험들로 과도하게 긴장된 채 그는 소란한 호텔 방을 그의 아내 및 딸과 나누고 있었는데, 자신의 매 끼니를 위해 레스토랑으로 가지 않을 수 없었어요. 나는 아파트를 구하려고 최선을 다했지만 그들은 적어도 6개의 방을 요구했어요…… [그러나] 이 지역에는 결코 가질만한 아파트가 없어요…….
> 나는 그것이 내가 알 바 아니요, 절대 비밀로 당신에게 말하고 싶은지라 내 생각에 조이스 씨의 아들 조지는 어떤 전문직이나 일을 즉시 배워야만 할 것 같아요…… 그는 17살로, 그의 가족이 겪은 비정상적 존재 때문에, 어느 날 자신의 생계를 꾸릴 수 있는 무슨 종류의 훈련도 하지 않고 있어요. 조지는 멋지고 몸이 큰 청년이지만 그는 언제나 빵 이외 할일이 없어요(그는 1주일에 한 번 이탈리아어를 가리켜요)…… 조이스는 자신의 작업에 너무나 몰두하기에, 그는 이 따위 어떤 상황도 정말 극복할 수 없어요.

실비아는 자신이 너무 지나치지 않았나 두려웠다. 그녀는 미스 위버가 그들에 관해 아무것도 할 수 없을 정도로 너무나 멀리 떨어져 있을 때, 조이스 가족의 어려움의 짐을 이야기한 데 대해 용서를 구하면서 썼다. 실비아는, 그러나 조이스 부인이 여전히 런던으로 이사하는 것에 관해 말하고 있음을 자신이 덧붙여 말해야 한다고 느꼈다.

해리엇 위버는 거의 즉시 대답했다.

> 나는 당신이 말하는 문제를 거듭 생각해 왔지만, 지금까지 나는 해결에 대해 난처

할 따름이오. 그것은 지극히 어려운 문제라, 특히 조이스나 혹은 그의 가족을 결코 보지 못한 내게는 특히 그렇소. 나는 그들 가운데 어느 누가 런던을 좋아할지 의문이요, 안락한 숙박 시설은 여기서 얻기가 여전히 어렵소. 내가 조이스 씨의 아들의 기질이나 태도에 관해 뭔가를 알 때까지 나는 그에 관해 어떤 암시를 주기는 불가능하다는 것을 느끼오. 만일 조이스 씨가 [런던에 오면] 실질적인 암시를 하는 것이 한층 쉬울 것이오. 현재로서 나는 단지 그들에 대해 걱정해봐야 아무런 성과가 없을 것 같아요.

미스 위버는 게다가 실비아 비치를 결코 만난 적이 없지만, 그들의 공동의 이유 때문에 점진적으로 밀접함을 느꼈다. 그녀는 실비아에게 '가족의 어려움'에 관해 그토록 충분히 쓴 데 대해 감사했다. 어떤 지적인 어머니처럼, 그녀는, 아무리 불쾌할지라도, 진리를 아는 걸 더 좋아했다. 조이스의 문학적 작업을 도우는 거의 10년 동안, 그녀는 그의 사적 사건들에 개입하는 것을 주저했었다. 그러나 그녀는 실비아에게 말했듯, "이제 그렇게 하는 것이 필요한 것 같아요."

미스 위버는 곧 활동적 의무를 위한 충분한 기회를 가졌다. 1922년 8월에 노라와 조이스는 런던에 도착했다. 그들은 조지오를 타이롤까지 그리고 루치아를 도우빌의 서머캠프까지 서둘러 내보냈고, 그리하여, 파리의 그들을 위한 공동 아파트를 찾도록 실비아를 파견한 뒤, 영국의 하루의 휴일을 위해 향했다. 파리에서 그들의 최초의 두 여름을 겪은 뒤에, 조이스가 『율리시스』를 끝마치고 있었을 때, 그들은 연가年暇를 통해 파리에 머무르는 과오를 결코 범하지 않았다. 노라는 너팅 내외와 함께 독일로 가는 것을 더 좋아했으리라. 그러나 조이스는 영국의 남부 해안을 보기로 작심했다. 그것은 1904의 그들의 하루 단기 체재 이래, 함께 하는 런던으로의 최초의 방문이었고, 그들은 아일랜드 행의 임항 열차의 터미널에 가장 가까운, 유스턴 호텔에 투숙했다(런던에서 유스턴 정거장은, 마치 패딩턴이 스코틀랜드의 웰스 및 킹즈 크로스를 암시하듯, 아일랜드를 암시한다).

미스 위버는 자신의 조이스 씨를 처음 보았을 때, 그녀의 기대는 충족 이상의 것이었다. 그녀는, 그녀의 전기가들이 말하듯, 매력, 기지, 커다란 위엄, 느리고, 부드러운, 아주 아일랜드적 목소리와, 그의 태도에 있어서 기대 밖의 그러나 매력적인 고집을 지닌, 한 성숙한 스티븐 데덜러스를 보았다.

1904년에 노라에게 조이스는 "내 속에 뭔가 작은 악마가 있어서, 그것이 사람들의 나에 대한 생각을 부수게 하는 데 있어서 나를 기쁘게 만든다"라고 말함으로써, 자기 자신에 대해 변명을 했는지라, 그는 미스 위버에게 충격요법(정신병 치료법)을 아끼지 않았다. 수 시간 이내에 그녀는 '그녀의' 돈이 사방으로, 웨이터, 짐꾼, 택시 운전수에게—날라 가는 것을 목격했다. 그는 자랑스럽게 그리고 마구 팁을 주었다. 3주일이 지나자, 그는 조세핀 숙노에게 허풍떨었으니, 그가 200파운드를 썼노라고. 그 돈을, 검소하게 사는, 미스 위버가 틀림없이 재빨리 계산했을 거니와, 그녀의 자본의 이자로서 연 수입의 거의 절반과 대등했다.

미스 위버는 마찬가지로 조이스의 질병의 직접적 경험을 가졌다. 조이스와 노라가 정주하자마자, 그는 결막염의 새로운 공격으로 몸져누웠다. 해안으로의 여행이 취소되었다. 노라가 그를 층계까지 부축함으로써, 조이스는 그로체스터 플레이스에 있는 미스 위버의 엘리베이터 없는 아파트를 방문하도록 되어 있었지만, 그러나 그는 대부분의 시간을 어두운 방의 침대에 누워 있거나, 혹은 그의 보호자와 함께 택시를 타고, 런던의 안과 전문의를 차례로 방문했다. 그들 중 하나가 초기 녹내장을 위한 수술을 충고했을 때, 조이스는, 그가 아는 안과의사, 닥터 루이스 보시에게로 되돌아가기를 결정했는지라, 후자는 파리의 미국인으로, 그를 실비아 비치는 전 해에 조이스를 위해 발견했었다.

미스 위버는 노라를 엄청나게 좋아했다. 그녀는 1분 동안도, 노라가 조이스의 쓰임 세를 통제한다거나, 그들의 가사를 한층 경제적으로 꾸려야 한다는 생각을 마음에 품지 않았다. 그녀는 그것이 얼마나 불가능한 것인지를 이내 알

앉다. 양 여인들은 병자를 돌보는 데 너무나 바쁜 나머지 손이 안 돌아갔다.

그들이 런던으로부터 파리로 되돌아갔을 때, 노라는 유니베르시떼 가 9번지가 여느 때보다 한층 음산한 듯 알았다. 조이스를, 그의 오른쪽 눈을 감게 하고 왼쪽 것을 희미하게 하여 일을 시키면서, 실내에 남겨둔 채, 노라와 조지오는 아파트를 찾아 밖으로 나섰다. 그들은, 로데온 가의 실비아 비치의 서점으로부터 하지만 단지 한번의 급행 택시 타기로 에꼴 밀리떼르 근처, 제 7관구의 덜 보헤미아적이요, 한층 부르주아적 환경의, 찰스 프로쿼트 가로에 위치한, 가구 비치된 안락한 아파트를 발견했다(아서 파워는 뒤에 그것을 그들이 여태 가진 가장 멋진 아파트로 판단했다). 그들은 그걸 택했다. ─조이스는 서명했고, 6개월 임대료를 지불한 뒤─춥고, 습한 파리의 겨울을 피하여 즉시 니스를 향해 출발했다. 니스에서 그들은 꿰 데세띠슈니의 오뗄 스위스에 안착했다. 루치아는 그들과 함께 있었다. 조지오는 그의 음악 선생과 뒤에 머물었는데, 후자는 소년이 오페라 가수에 어울릴 거라는 양친의 희망을 격려했다. 노라와 조이스는 누치아를 니스의 학교에 넣은 뒤, 아마 봄 내내 거기 안착하리라는 생각으로 즐거워했다. 니스는 파리보다 한층 싼 듯했는지라, 조이스는 또 다른 공동 아파트를 임대했으나(그리고 미스 위버에게 더 많은 돈을 요구하자, 그녀는 어김없이 보냈다),[9] 곧 그는 재차 병을 앓았고, 노라는 싫증이 났다.

노라가 마흔 살에 가까웠고, 조이스는 반─영구의 병자로 바뀌었을 때, 희

9 250파운드의 돈은 '영국의' 또는 에고이스트 출판사의 판본으로, 이는 또한 제2판으로 광고되었거니와, 미스 위버 자신의 『율리시스』 판본에 대한 원고료의 지불이었다. 대중과 책 판매자들은, '영국의' 판본이 프랑스에서 인쇄되었었는데, 영국의 검열관들에 의한 몰수의 두려움 때문에, 자연히 헷갈렸다. [그녀의 책의 뭉치가 런던에 배달되었을 때, 미스 위버는 그것을 우편 당국에 인도했으며, 단지 몇 부만을 그녀의 사무실에 보관했다. 나머지를 그녀는 자신의 침실의 커다란 빅토리아풍 장롱 속에 숨겨갖고 있었고, 이따금 그것을 그녀의 서점으로 손수 공급했다.] 조이스의 인세는 그의 두 출판자들 사이에 분할되었으나, 그는 자신의 후원자인 미스 위버를 선호했으며, 실비아가 경쟁 판본에 상처를 입고 골이 났을 때, 모르는 척 가장했다.

롱을 위한 그녀의 옛 취미는 사라졌다. 그 자리에 새로운 초조함이 점령했는데, 그것을 조이스는 기꺼이 만족했다. 노라는 아파트를 원했다. 그는 아파트를 점령했다. 그녀는 니스에서 겨울을 나기로 원했다. 그들은 니스로 갔다. 그녀는 쇼핑하기를 원했다. 그들은 쇼핑하러 갔다.

니스에서, 그들의 모든 여행들에서처럼, 그리고 눈의 문제에도 불구하고, 조이스 가족은 경치를 구경하거나, 기념품을 사며, 그리고 모든 그들의 친구들에게 우편엽서를 쓰는, 부지런한 여행자들이었다. 어느 날 그들은 니스로부터 멘턴으로 갔고, 프랑스와 이탈리아의 국경에서 다리 위의 노파들로부터 카메오 세공을 샀다. 조이스는 황금 반지에 하나를 박도록 했다. 니스에서 노라와 루치아는 유보장의 카페에서 차를 마시러 감으로써 그들을 즐겼다. 그들이 호텔로 돌아오자 노라는 비서의 임무를 피했으나, 루치아는 그렇게 운이 좋지 않았다. 조이스는 그녀가 할 많은 일을 가졌다. 비록 루치아의 영어는 조지오의 것보다 났지만, 철자와 발음에 잘못이 가득했는데, 그녀는 그 때문에 그의 지시한 해명들을 적어 놓아야 했다. 조이스는 또한 루치아의 손을 통해, 런던 거리 주소의 집 번지를 쓰는 실패에 대해, 미스 위버에게 사과했다 : "그녀는 자신이 스페인의 왕을 만난 이래, 여느 때보다 한층 멍청이가 되었어."(그해 여름 루치아의 캠프의 왕실 방문객에 대한 언급)

곧 노라는 파리로의 귀환을 요구했다. 조이스는 묵인함에 있어서 어려움이 없었다. 남부의 이동은 그것의 마력을 행사하는 데 실패했다. 그의 눈은 보다 좋지 않았으며, 니스의 의사들은, 한 가지 가능한 치료로서, 그의 모든 이빨을 빼버리도록 충고했다. 그러나 노라는 자신의 욕망이 최고임은 의심하지 않았다. 그녀는 확실히, 그녀가 헬런 너팅에게 서술한 대로, '니이스'에 정주하기를 원치 않았다.

오늘은 아름다운 사람들이 모두 솜 드레스를 입고 외출하는 날이에요. 그러나 결국 나는 이곳이 너무나 흥미가 없음을 발견해요. 이제 나는 상상하거니와 당신은 내가 아주 달라졌다고 생각할 거예요. 하지만 우리는 태양과 푸른 지중해만으로는 살 수 없잖아요.

그들이 파리로 되돌아오자, 루치아의 교육 문제에 다시 봉착했다. 그녀는 이제 15살이 넘었다. 그들은 파리 밖으로 그녀를 위해 한 학교를 찾았다. 그녀는 1주일 뒤에 떠났다. 그들은 그녀를 근처의 리세(예비교)에 대신 보냈는데, 그녀가 음악과 채육을 계속하리라 희망했기 때문이다. 그녀는 아주 튼튼했고, 피아노를 아주 잘 쳤다. 그러나 그들은 그녀를 걱정했다.

노라는 자신의 첫 겨울 계절을 위해 파리의 안주인으로서 자리 잡았다. 어느 밤 그들은 예이츠 내외 및 파운드 내외와 함께 만찬을 가졌다. 노라는 예이츠와 함께 적어도 한 개의 공통점을 가졌는지라. : 그는 게다가 결코『율리시스』를 다 읽지 않았다. 이제 그들은 역시 그들 자신의 만찬을 그리고 그들이 트리에스테에서 그토록 즐겼던 가정 환대를 계속할 수 있었다. 자신들의 첫 만찬 파티를 위해 그들은 라르보를, 혹시 그가 자신이 병을 앓아 왔었기 때문에, 특별한 메뉴를 원하는지 물으면서, 초청했고, 또한 실비아와 아드리엔느를 초청했는데, 그들은, 비록 자신들이 일에 바쁘기 때문에 모든 다른 사교적 약속들을 이전에 거절했을지라도 이를 수락했다. 실비아는 자신의 아버지에게 그 임박한 사건에 관해 말하기 위해 집으로 글을 썼다.

조이스 가家의 파티에 초청은 많은 평가를 받았다. 노라의 친구 헬런 너팅은, 그녀가 자신의 일기에 털어 놓은 대로, 옷을 입는 올바른 일에 대해 고민했다.

나는, 붉은 장미와, 가죽 끈이 달린, 내 기성복에 대해 한탄할 판이야. 그에 대한 많은 찬사로, M(그녀의 남편인, 마이론)은 내가 거기서 가장 옷을 잘 입었고, 그들 가운데 아무도 이런 어깨는 없다고 말했지. 커다란 위안이었어.
조이스는 내내 미소를 띠고. 파운드는, 큰 만찬으로부터 왔는데, 먹기를 거절했지. 갑자기 나의 접시에다 그의 치킨과 햄을 털썩 내려 놓았어. 나중에, 갑자기 그걸 재차 도로 잡고, 먹었지. 파운드는 나와 춤추었어, 아주 멋지게, 위대한 음률로. 또한 조이스는, 지그 춤을 추며. 솔로를 추었지, 코트 꽁지를 끌면서 그리고 마지막에 넘어졌지…….

조이스 부인은 완전히 행복한 채, 계속적으로 주위를 걸으며, 음악당 노래를 부르면서, 계속적으로 더 많은 '음식'과 음료를 돌리며…… 약 2분간의 경쾌한 중간 휴식, 이어 파운드는 떠났어. 그리고 떨어지고, 다 같이 끌어당기는, 이어 다시 흥은 시작하는, 그때의 갑작스런 친밀감이라니…….

노라는, 레프트 뱅크의 여인들 사이에서, 거트루드 스타인을 재외하고, 마음이 편했다. 스타인은 조이스를 라이벌로서 증오했을 뿐만 아니라, 또한 그녀가 개발했던 어떠한 작가의 어떠한 아내든 좋아하지 않았다. 그녀는 따분한 부부들이 자신의 길을 방해하지 않도록 하기 위해 그녀의 동료인, 앨리스 B. 토크라스를 파견했다. 한 페미니스트로서, 실비아 비치는 불찬성이었다.

이는 아드리엔느나 내가 아내들을 대우하는 식이 아니었어. 우리는 언제나 '작가 부인'과 그녀의 남편을 반드시 초청하는 것을 주장했을 뿐만 아니라, 그들이 아주 재미있음을 발견했지. 종종 아내라면 학급의 모든 교수들보다 그 문제에 대하여 한층 계몽적일 거야.

노라를 특별히 좋아했던 여성 작가들의 하나는 주나 반스였다. 주나는 키가 크고, 매력적인, 풍만한 가슴의 그리고 심히 술을 마시는 자로, 그녀의 아일랜드 혈통을 자랑했고, 조이스를 크게 감탄했으며, 그에 관해 그녀는 『허영의 시장』을 위해 한 프로필을 썼다. 주나는 충격적으로 호모에로틱한 시들인, 『불쾌한 여성들의 책』의 지하본地下本을 그녀가 출판했던, 1915년에 뉴욕에서 악명의 유명세를 얻었다. 그녀와 노라는 친구가 되었다. 그들은—여성은 좋지 않지만 남성은 한층 나쁘다는—인생철학을 나누었으며, 그들의 키, 붉은 머리카락, 깊은 목소리 및 자신 있는 웃음을 가진 채, 외모에 있어서 유사했다. 아마도 노라는, 조이스가 이미 탐색했던 여성 동성애의 흔적을 가지고, 주나의 양성애兩性愛를 시인했다. 주나는 레프트 뱅크의 여성 동성애적 반反문화에 깊이 함몰했고, 조이스 내외와의 그녀의 우정의 시기에, 여성 조각가인, 텔마 우드의 애인이었다. 나중에 주나는, 그녀의 라블레풍의 페미니스트 서사시인『밤의 숲』(이제 고도의 모더니즘의 우상 텍스트)에서, 그녀의 주된 인물들의 하나를 노라로 명명했는데, 그녀가 조이스의 아내로부터 이름을 따왔음이 가상되었다.

1920년대의 파리에서, 노라는, 그토록 오랫동안 성적 반도叛徒로서, 보헤미안들 사이의 한 부르주아로서 그녀 자신을 알았다. 그녀 주위의 보다 젊은 여성들은 그들의 난교亂交를 과시했고, 그들의 낙태와 성병에 관해 농담했다. 뉴욕의 여 상속자요 예술 옹호가, 페기 구겐하임은 그녀가 여태 만난 모든 남자와 잠자리를 같이 했다고 자랑했다(그녀의 메모에서, 그러나 그녀는 실질적인 계산은 약 1천 번이라는 루머를 부정했다). 여성 동성애자들은 나타리 바니의 금요일 문학 살롱에서 만나 지싯거렸다. 영국의 귀족 낸시 쿠나드는 흑인 애인과 농락했고, 그녀의 기다란 양팔을 원시의 아프리카의 상아 팔걸이를 가지고 씌웠다. 그러한 무리에게 현란한 장식은 괘씸한 행동만큼 중요했다. 조이스 내외는 양 계산들에서 실패했다.

심지어 주나 반스는 우롱을 억제할 수 없었다. 어느 날 그녀가 페기 구겐하임과 함께 있었을 때, 페기가 뉴욕에서 도착한 그녀의 어머니의 은제 트렁크 속에 거대하고, 흉한 빅토리아 왕조풍의 찻잔 세트에 부심하고 있었다. "그걸로 뭘 한담?" 페기는 주나에게 물었다. "그걸 노라 조이스에게 주구려." 주나가 말했다. "바로 그녀의 스타일이야."

조이스 내외는 보통의 의미에서 청교도들이 아니요, 뿐더러 그들은 위선자들도 아니었다. 그들은 단순히 건고한 상관관계를 존중했고, 여러 남자(여자)와 잠자는 것에 상을 찌푸리는 것으로 알려졌었다. 공동 아파트의 잦은 방문객인, 아서 파워가 알았듯이, "만일 우리가 한 우연한 소녀 친구를 그들의 아파트로 데리고 가면 조이스와 조이스 부인 양자로부터 아주 냉대를 받을 수 있으리라. 당신의 미인 친구라면, 좋아!—만약 그것이 언제나 여자라면—그러나 우연한 친구라면, 안 돼." 마치 그들이 실비아 비치의 아드리엔느와의 관계를 결코 무시하지 않았듯이, 조이스 내외는 발레리 라르보의 정부인, 마리아 네비아를 그들의 만찬 테이블에 규칙적으로 초대했다. 노라는 네비아 부인을 차를 위해 만났고, 아마도 그녀의 언어뿐만 아니라 이탈리아 여성의 불규칙한 신분의 유사성을 발견했으리라.

그들이 광란의 20년대를 눈치 채지 못한 척한 한 가지 이유는 그들의 아이들을 보호하는 요구 때문이었다. 어떠한 면에서도 그들은 조지오와 루치아를 심지어 구애의 정상적 의식儀式을 위해 대비하지 않았다. 하지만 양 젊은이들은 그들 주위의 분위기에 반응했고, 루치아는, 누구나 정신없이 파리를 헤매다 보면 생활이 얼마나 고약한지에 대해, 스태니슬로스에게 행복하게 글을 썼다.

이러한 분위기에서, 실비아 비치는 그녀의 조이스에 대한 무한한 헌신이 비평을 야기한다는 것을 의식했다. 아서 파워는 말했거니와, "그녀는 공공장소에서 그것이 행해지는 유일한 조건으로 그를 위해 기꺼이 십자가를 질 의향이라는 인상을 주었어." 타자들은 불가피하게 그녀와 조이스 간에 성적 관계가 있지 않나 의심했다. 비록 가장 무의식적 종류의 것일지라도, 그건 그랬다. 어떤 영국의 여성 방문객이 실비아에게 그녀의 연인들이었던 남자들에 관해 짓궂게 물었을 때, 실비아는 주저하지 않고 아무 일도 없다고 대답했다.

"이봐요, 그건 런던에서의 당신의 평판이 아니야," 그 친구는 미소 지었다.

실비아는 그녀 자신과 조이스 씨 간의 모든 교제는 그녀의 서점에서 일어남이 분명하다고 혼자 생각했다. 실비아는, 조이스 내외를 아는 어느 사람에게든, 그가 '그의 노라'로부터 한시도 떨어지는 것을 참을 수 없으며, 거기에는 부정不貞이 있을 수 없음이 분명하다고, 믿었다. 만일 조이스의 여성 출판자가 '비즈니스 타입' 대신 유혹자였다면, 조이스는 도망쳤을 것이라고 그녀는 예리하게 짐작했다.

실비아는 조이스 내외의 결혼은(그녀는 그걸 생각했거니와) 작가들에 대한 노라의 견해에도 불구하고, 그에게 여태 일어난 가장 행운의 것들 중의 하나로 믿었다. "그를 쳐다봐요, 침대에 거머리처럼 달라붙어서 말이야!"노라는 실비아에게 말하곤 했다('거머리처럼 달라붙다'라는 말은 빈들거림 혹은 어정버정이란 아일랜드 표현이다). "만일 내가 단지 넝마주이 또는 농부 혹은 작가 이외 어떤 이든 결혼했더라면……."

그녀의 입술은 조소로서 삐죽 내밀어지곤 했다. 그는 그녀에게 동료가 아니었다. 아침에 일어나면 제일 먼저 하는 일은 그가 침대 가에서 연필과 종이를 뻗쳐드는 것이었다. 그는 하루의 시간이 언제인지 결코 알지 못했다. 어떻게 그녀는 점심식사가 식탁 위에 막 마련되었을 때 집을 훌쩍 떠나는 남자를 위해 하녀를 둘 수 있었던가?

노라와 조이스는, 미스 위버에게 감사하게도, 이제 얼마간의 안락 속에 살았다. 마침내 노라는 그녀가 좋아하는 그런 종류의 가정을 가질 수 있었고, 누추한 가족 호텔로부터 풀려난 것에 안도했다. 거기 그들이 사는 지역을 쳐다보는, 드문 외래자들 가운데 하나는 노라가 아일랜드로부터 막 돌아온 뒤 녹내장의 공격 때문에 조이스를 치료했던 한 의사였다. 의사는 충격을 받았다. 그는 두 조이스 내외가, 그들 사이에 치킨 냄비를 놓고, 열린 트렁크와 빗, 타월 그리고 방 주위에 흩뿌려진 비누와 더불어, 마루 위에 앉아 있는 것을 발견했다.

그들이 자신들 주위에 그들 자신의 가구들로서 가정을 안치시켰던 경우들에서, 그러나 노라와 조이스는 꾀까다로웠고, 그리하여 그들의 방문객들은 뻔적이는 놋쇠 재품, 잘—차려진 테이블, 가구 광택제의 냄새, 그리고 전면적 부르주아의 질서정연함으로 충격을 받았다.

가정 관리의 수고는 멀리 있지 않았다. 그들이 믿기로, 하녀가 반지와 브로치 및 '맹세코 그 밖에 뭔가'를 훔쳤는지라, 조이스는, 프랑스의 남부에 머물고 있던, 포드 매독 포드에게 글을 써서, 만일 그가 멘턴에 가면 더 많은 카메오 보석을 사도록 그에게 요구했다.

조이스 가문의 가정 문제는 주로 그들의 요구에 놓여 있었다. 노라는 떠들기 좋아했고, 나쁜 인사말이나 흉한 이웃을 좋아하지 않았다. 그러나 그녀는 또한 조이스의 산더미 같은 책들 및 서류와 함께 살아야 했으며, 그것은 그들이 파리의 어디서나 감당하기에 너무 큰 것임을 발견하고 절망했다. 그들의 아이들은, 물론, 여분의 비용을 의미했다. 그러나 비록 조이스 가족이 자신들의 방랑 생활을 아일랜드로부터 그들과 함께 가져왔을지라도, 그들은 이곳에서 저곳으로 이사함에 있어서 홀로가 아니었다. "우리 모두가 그랬어." 아서 파워는 말했다. 파리의 집주인들은 자주 짧은 기간 동안 자신들의 아파트를 전대轉貸했고, 국외 추방자 자신들은 많이 여행했으며, 이중의 임대료의 지불로 부담받기를 원치 않았다.

그의 아들의 바뀐 환경에 대한 뉴스가 더블린의 존 조이스에 도달했다. 짐은 조세핀 숙모에게 편지로『율리시스』의 두 번째 판이 2기니에 팔리면서, 불과 1주일 만에 매진되었다고 알렸다. 노인은 그의 성공한 아들에게, 그의 아버지에게 얼마간의 돈을 보낼 수 있는지 묻기 위해 걸맞게도 편지를 썼다.

조이스는 가장의 무기력함으로 대답했다. 찰스 에로퀘트 가로 26번지의 생활은 값싼 것이 아니었다. 조이스는 자신이 단지 노라를 위해 파리에 살고 있다고 자신의 아버지에게 말했다. 그는 한층 싼 니스를 더 좋아했으리라. 그와 노라는 사치에 봉합되어 있지 않았다. 사실인즉, 그는 한 영국의 귀부인에 의해 인색하지 않은 금액을 희사받았으나, 그것은 1년에 단지 450파운드를 받았을 뿐이었다. 그중 300파운드는 임대료를 위해, 100파운드는 의료비를 위해, 그리고 세탁부를 위해 36파운드가 나갔다. 노라는 자기 자신의 쇼핑과 요리를 해야 했다.

조이스 자신은 4개 중 2개의 잠자리를 매일 아침 깔았고, 스토브를 나무와 석탄으로 불을 지폈다. 여전히, 그는 말했으니, 방들은 너무나 어두웠기 때문에, 그는 아침에 옷을 찾을 수가 없었다. 대체로, 존 조이스는, 더블린에서 150파운드의 연금으로 살면서, 그의 아들보다 훨씬 더 형편이 나았다.

조이스는 그의 아버지에게 진실의 전모를 말하지 않았다. 그의 규칙적인 이자 수입(그는 해외의 영국 신민이라 무관세였다)에 덧붙여, 그는 1922년에『율리시스』의 미스 위버 판으로부터 650파운드의 인세를 받았다. 또한, 그녀가 그에게 준 원금은 캐나다 철도주식과 다른 담보에 투자되어 있었다. 그가 더 많은 현금이 필요할 때마다, 그는 미스 위버더러 그녀의 변호사들에게 약간의 주식을 팔겠음을 단지 지시하도록 요구해야 했다. 그리고 그들의 불찬성을 감이 무릅쓰면서 그녀는 언제나 호의를 보였다.

어느 밤 노라와 조이스는 그들이 자주 드나드는, 프라스 달마의 새 왕래하는 곳인, 프랜시스 카페에서 저녁식사를 하고 있었는데, 그때 놀랍도록 잘생긴 젊은 남녀가 걸어 들어왔다. 그들은 미국인들로, 남자는 키가 크고, 잘생겼으며, 여자는 몸집이 작고, 검으며, 쾌활하고, 지극히 우아했다. 그녀의 의상은 랜빈 춘계 수집품 산産이었고―칼라 없는 넓은 목을 한, 갈색의 따뜻한 양복으로, 그녀의 노란, 오렌지 색 날염捺染의 블라우스를 드러내 보였다. 그녀의 모자는 맞먹는 날염의 것이었다. 그들 쌍이 레스토랑을 둘러보자, 그 남자는 조이스를 알아보았고, 그의 아내를 조이스의 식탁으로 인도했다.

그는 리옹 플라이슈만으로, 어네스트 헤밍웨이 및 주나 반스를 포함하여, 국외 추방자 및 아방가르드의 최고 작가들의 대부분을 출판했던 뉴욕의 회사인, 보니 앤드 리버라이트의 파리 대표들이었다. 플라이슈만은『율리시스』의

원래의 구독자들 중의 한 사람이었다. 그의 아내, 헬런은 페기 구겐하임의 절친한 친구요, 페기처럼 예술과 예술가을 위한 열성가를 지원하기 위해 뉴욕의 부를 사용했다. 그녀는 주나 반스의 유럽에로의 통행권을 지불했었다.

노라는 감탄하며 충격을 받았다. 헬런 플라이슈만의 의상에 관한 만사는 완벽했다. 그녀의 보석 귀걸이는 멋졌다. 노라는, 거리낌 없이, 자신의 시기심을 고백했다. 그녀 자신은 귀걸이가 그녀를 평범하게 만드는 듯 느꼈기 때문에, 그것을 결코 달지 않았다.

두 여인들은 자신들이 파리에서 공동 아파트를 발견하는 어려움에 관해 잡담했을 때, 지나치도록 주의 깊게 서로를 쳐다보았다. 헬런은 노라의 매력과 깨끗한 피부를 좋아했고, 조이스에 의해 매료되었다. 노라는, 물론, 헬런의 괴벽성을 인식하지 못했고, 헬런의 옷장 속에 파리가 제공함에 틀림없는 최고품들을 자신이 감탄하고 있음을 알아채지 못했으리라.

두 여인들은 더 이상 거의 다를 수가 없었다. 헬런은 전형적 유대계의 공주였다. 그녀는 뉴욕의 식탁용 철제 물 제조업자였던, 아돌프 캐스토의 딸이었다. 그녀의 망령든 아버지, 뉴욕의 독일—유대계의 이민자는 그녀의 모든 변덕에 몰입했으며, 노라의 눈을 사로잡았던 귀걸이를 딸에게 선사했다. 맨해튼에서, 헬런은 그곳 출신이거니와, 그녀는 스스로를 '우리들의 동아리'로 불렸던 부유한 뉴욕 독일계 유대인 집단에 속했다. 그것은 뉴욕의 이방인 사회에 의해 감수되지 못한 그룹이었으나, 그런데도 러시아와 동 유럽에서 미국으로 오는 보다 가난한 유대인들의 새로운 물결로부터 스스로 거리를 두려고 노력했던 그것 자체의 평행 기준에서 엄정한 것처럼 보였다. 헬런의 드레스 감각은 '동아리'의 표준을 요약했는지라, 최고의 직물에다, 우아한 커트, 부드러운 색채로, 만사 완전한 맛을 지녔다.

그날 저녁 그들의 만남 후로, 플라이슈만 부부는 조이스 댁으로 산보했고, 파리의 가장 위대한 문학적 유명인사와 더불어 말하는 사이가 된 것이 기뻤다.

우정은 자라났고, 그리하여 곧 플라이슈만 내외는 조이스의 가정에 초대되었으며, '아이들'에게 나타났다. 헬런은 루치아의 사시斜視가 그녀의 용모를 망쳤다고 사적으로 생각했으나, 달리 그녀를 예쁜 소녀로 판단했다. 조이스 부인은, 헬런이 눈치 챘거니와, 아들을 더 좋아했다.

1923년의 여름이 가까워지자, 공동 아파트의 임대 계약이 끝났고, 노라와 조이스는 연전에 그들을 피했던 영국 해안 휴일을 갖기 위해 이사할 채비를 갖추었다. 노라는 3개의 모자상자와 4개의 의복용 여행 가방을 꾸렸으며, 조이스는 10상자의 책, 3부대의 신문 및 4개의 트렁크를 한데 모았다. 그들은 자신들의 귀환을 위한 아파트를 구하도록 실비아 비치를 조지오와 함께 뒤에 남겼다. 조이스가 실비아에게 경쾌하게 썼으니, 잡일로 고통 받기를 원하지 않는 조지오는 '태도, 습관, 관례, 특권, 부수적 인습 및 해외의 조이스 가족이 획득한 가정적 특징에 대한 최고의 살아있는 권위'였다.

실비아는 가족을 위해 자신의 서점 위의 공동 아파트를 조지오에게 제공했다. 그가 그것을 거절했을 때, 그녀는 찌무룩했다. "그는 이상한 생각을 가졌어,"라고 그녀는 말했다. 그녀가 의미하는 바는 그가 그걸 거절하다니 목욕탕이 없었기 때문이었다.

조이스는 눈과 이빨로 비참한 해를 보냈다. 4월에 그는 모든 그의 이빨들을 뽑기 위해 입원했는데, 발치拔齒는 눈의 세 번의 작은 수술에 의해 잇따랐다. 잇몸의 고통은, 눈과 마찬가지로, 아주 심했고, 결과는 실망적이었다. 그는, 그러나 미스 위버에게, 자신은 에펠 탑 아파트 속에 잡힌, '비극적 맹인'이란, 어떤 미국의 신문 보도를 단호히 거부했다.

노라는 골웨이의 그녀의 자매 캐슬린을 그들의 휴일에 그들과 동행하도록 초청했다. 노라가 그녀의 어느 친척과 함께 머물게 되다니, 그것은 조이스와의 19년 만에 처음 있는 일이었다. 런던에서, 그녀와 캐슬린은 그들의 자매인 페그를 찾으려고 애를 썼는데, 그녀는 세계 1차 대전 동안 호텔 일을 하기 위해 런던을 향해 집을 떠났었다. 그러나 그들은 실패했다. 페그(루치아처럼 사팔눈을 한 누이)는 바나클 부인의 잃어버린 아이들 가운데 헤아려져야 했다. 노라의 남동생 톰은, 전쟁 동안 왼쪽 다리를 심하게 부상당했는데, 역시 영국으로 떠났으나, 그의 가족과의 접촉을 잃었다.

노라는, 보그노에 있는 그들의 해변의 하숙집에서의 은둔 생활에서, 그리고 엿듣는 그녀의 아이들 없이, 그녀의 어린 자매에게 자기 자신 속마음을 털어놓았으며, 그녀의 남편의 냉정함에 관해 스스로 불평했다. 그녀가 짐을 그들의 아버지와 좋지 않게 비교하다니 바로 그때였다.

그러나 톰 바나클 같은 빵 굽는 이는 국제적 세계 속으로 노라를 데리고 간다거나, 혹은 의상을 위한 그녀의 정열을 충족시키지 않았을 것이다. 노라와 짐은, 캐슬린이, 1912년 골웨이에서 마지막으로 그들을 보았을 때 알아차렸거니와, 그들의 옷장에 대하여 아주 염려했었다. 짐은 사실상 멋쟁이였고, 노라는 자신 있는 구매자였다. 그녀가 캐슬린을 위해 샀던 스웨드 구두 한 켤레가 금이 갔을 때, 노라는 상점으로 되돌아가 캐슬린 정면에서 위협했으니, "나의 남편은 작가요, 만일 당신이 바꿔주지 않으면, 신문에 그걸 발표하리다."

두 자매들은 그 밖에 많은 것을 샀다. 캐슬린은 골웨이에서 드물게 보는 고급 유행 및 그녀의 얼굴에 화장을 하고, 보링 그린에 되돌아왔을 때, 뭔가를 바나클 부인은 용납하지 않았다. 파리로부터 소포가 연달아 그녀의 귀환을 뒤따랐다. 조이스는 캐슬린을 충족시키는 데 행복했다. 그는 그녀의 식탁의 태도와 상냥함으로 경쾌하게도 놀랐으며, 심지어 그녀를 일요일 미사에 호위하고, 그녀에게 말했는지라, "글쎄 내가 안 하면 집안사람들이 뭐랄지 알아."

곧 노라는 간소한 하숙집과 검소한 기숙사에 대한 생각을 그녀의 마음으로부터 추방할 수 있었다. 미스 위버는 새롭고 보다 큰 액수의 돈—12,000파운드―을 물려받았고, 1923년의 여름에 그것 모두를 조이스에게 양도했다. 그녀는 여전히, 자신은 작업하기 위한 조용하고 휴식할 수 있도록 공간을 그에게 사주고 있다고 스스로 말했다.

그녀는 그에게 선한 일보다 해로운 것을 더 많이 하지 않았던가? 매리 콜럼은 나중에 가족을 에워쌌던 많은 어려움에 대해 미스 위버를 비난했다. 조건부가 아닌, 그토록 많은 돈에 대한 접근이라니, 그것은 그들 모두에게 나쁜 효과를 주었다고, 그녀는 판단했다. 실비아 비치도 같은 식을 느꼈으며, 그리하여 말할 필요도 없이 미스 위버의 변호사들도 그랬다. 그녀가 제임스 조이스에게 양도한 자본의 총액 21,000파운드는 작은 재산이었고―그녀 자신의 것이었다. 그것은, 1988년의 가치로서, 438,000 파운드 또는 $825,000과 동등했다.

만일 조이스가 이 하사금을 절약했더라면, 그는 일생 동안 돈 걱정은 안 해도 되었을 것이다. 그는 절약하지 않았다. 그는, 특히 자신의 이이들에게, 그것을 마구 탕진했는데, 조지오가 생애를 세워야할 어떠한 미약한 장려금도 그로부터 없애 버렸다(조지오는 1923년 짧게 은행에서 일했거니와). 조이스는 젊었을 때 너무나 가난했기에, 그의 아이들에게 그들이 요구하는 무엇이든 사 주었으며, 아무것도 그들로부터 요구하지 않았다(그들이 그의 심부름을 하는 것 이외). 미스 위버의 과분한 부조는, 어떤 이들은 논쟁하거니와, 또한 제임스 조이스로 하여금『피네간의 경야』의 나쁜 장난을 위한 그의 서정적 재능을 낭비하게 함으로써, 세계 문학을 곤궁하게 했다는 것이다. 그러나 미스 위버의 박애주의의 효과는 그녀가 판단할 것이 아니었다. 그녀가 그걸 통제할 수 없었음은 조이스가 자신의 씀씀이를 통제할 수 없음과 같았다. "해리엇은 장난꾸러기일 수는 없었어,"라고 그녀의 대녀代女는 말했다. "그녀는 제임스 조이스를 그녀를 위한 장난꾸러기가 되기 위해 필요했어."

되돌아온 파리에서, 노라와 조이스는 집을 발견하는 데 대해 끊임없이 말했다. "우리는 아파트를 추적하노라, 기진맥진 지쳐버렸다오." 조이스는 T.S.

엘리엇에게 썼는지라, 그러나 갑자기 이중의 수입으로 요새화要塞化된 채, 그들은 그 대신 몽파르나 스의 볼래스—데스고프 가의 보다 큰 호텔들 중의 하나인 '빅토리아 패리스'에로 이주했다. 캐슬린 맨스필드(역주 : 영국의 여류단편 작가)는 그녀가 전 해 죽기 전 거기 잠깐 살았었고, 조이스는 호텔을 존 미들턴 머리(역주 : 영국의 평론가)와 함께 차를 마시기 위해 전에 반문했었다. 빅토리아 파리스에서의 생활이 캐슬린에 의해 그녀의 잡지에 서술되었다.

> 여러 주들이 지나고 우리는 할일이 점점 없어지고, 그러고도 어떤 것을 하기에 시간이 없는 듯하다. 승강기 속에서 오르락내리락, 복도를 따라, 레스토랑을 들락날락, 그것이 전체 완전한 생활이라. 어떤 이가 모든 이를 위한 이름을 부른다. 어떤 이가 '우리의 식탁'을 차지하면 몹시 골을 낸다. 그리고 작은 사암砂岩의 조반 접시들이 눈에 띠지 않게 들락날락 획 움직인다. 그리고 134 스탬프 찍힌 노쇠 원반으로 저 무거운 열쇠를 사방 나르다니 아주 당연한 듯 보인다.

그러나 조이스 가족은 그것을 좋아했다. 자신들의 항의에도 불구하고, 그들은 그랜드 호텔을 즐기며 신기한 안전을 발견했고, 근 1년 동안 머물렀다. 조이스는 자신의 글을 썼고, 보그노에서 사용했던 푸른 여행 가방을 받침으로 사용했으며, 복도의 청소기 소리와 서로 불러대는 미국 여행자들의 소리를 배경에 들었다.

그들 자신의 장소의 탐색은 조이스가 유복했을 때도 계속되었다. 조지오는 스쿠올라 성가대에로 갔었고, 조이스 내외는 그의 영어를 향상시키기 위해 아서 파워를 고용했는데, 파워는 소년에게 『더버빌 가家의 테스』를 읽어줌으로써 그걸 도우려고 노력했다. 루치아는 피아노가 향상되었다.

빅토리아 파리스에서, 그들은 많은 방문객들을 가졌다. : 더블린으로부터, 이제는 중앙 우체국의 야간 서기가 된 찰리 조이스, 그리고 트리에스테로부터, 아이린의 남편인 프랭크 샤우렉(프랭크는, 스태니슬로스가 조이스에게 썼듯이, 체코슬로바키아와 베니스로 여행하기 위해 돈을 빌리고 있었다). 또한 트리에스테로부터 에토르 시미치가 왔는데, 그에게 노라는 제임스 조이스의 재능에 대한 그녀의 요약된 견해를 피력했다. "나는 언제나 그에게 글쓰기를 포기하고 대신 노래를 부르도록 말했어요."

그들의 생활의 한 면모는 변하지 않았다. : 짐의 음주요, 노라의 그에 대한 분노였다. 어느 밤, 그녀가 그를 택시에 애써 태우려 하자, 조이스가 빠져나와 거리 아래로 고함을 지르며, 껑충껑충 달려갔다, "난 자유야, 난 자유야." 노라는 도움의 제의를 옆으로 뿌리쳤다. "내가 그를 다룰 테요," 그녀는 말했다. 다른 여러 밤에, 그녀는 그를 성가시게 하지 않은 채, 카페에다 버려두고 혼자 집으로 갔다. 그녀는 그의 술친구들에게 경멸을 쏟아부었는데, 그들 가운데 약간이, 조이스처럼, 눈치를 채자, 가일층 그랬다. 헤밍웨이가 어느 밤 조이스를 집으로 데리고 왔을 때, 노라는 어수선한 두 사람을 보고 비웃으며 그들을 맞이했다, "글쎄, 여기 작가 제임스 조이스가 오다니, 재차 술 취한 채, 어네스트 헤밍웨이와 함께." 그녀는 여전히 아이들을 데리고, 아일랜드로 되돌아가겠다고 위협했으나, 그녀의 위협은 공허하게 들릴 뿐이었다.

1년 이상의 호텔 생활, 그동안 노라는 그녀의 치아를 틀니로 바꾸었고, 조이스는 두 번 더 눈 수술을 받았으며, (그의 시력이 되돌아오리라, 닥터 볼시는 약속했으나, 그러지 않았다) 그리고 브리타니에서 하루의 휴일을 보낸 뒤, 전처럼 찰스 프로끄 가로의, 그러나 8번지에, 또 다른 새 가정을 가졌는지라, 거기 그들은 5층을 모두 혼자 차지했다.

노라는 다시 한 번 하녀를 고용했고, 미스 위버에게 자랑스럽게 썼다. : "나는 아주 만족해요. 그리고 하녀는 계속 큰 성공인지라, 물론 나를 위해 한층 편하게 한다오."

노라는 너무나 많은 시간을 닥터 볼시의 안과 진료소에서 보냈다. 조이스의 수술은 끝이 없는 듯했다. 왜 그토록 많이? 스태니슬로스는 트리에스테에서 물었으니―대답하기 어렵게 만드는 질문이었다. 문제는 진짜였다. : 녹내장인, 충혈에 의해 조성되는 일연의 백내장이었다. 조이스는 자주 눈 안대나 혹은 반창고를 붙였고, 때때로 그가 쓴 것을 무엇이든 보기 위해 커다란 어린애 같은 글씨로서 숯이나 혹은 색채 클레용으로 글을 써야 했다. 조이스가 진료소에서 밤새 머물러야 했을 때, 그는, 평상시처럼, 노라가 그의 곁에 머물며 잠자도록 주장했다. 그녀는 아무도 그들을 면회하려고 오지 않는 것을, 그리고 그들이 거기 '늙은 암탉처럼 가두어져' 앉아 있는 것을 불평했다. 실비아 비치가 어느 날 방문했을 때 노라가 마루바닥에서 거머리를 집으려고 애쓰면서, 간호원과 함께 다가왔다. 의사는 조이스의 눈에 과도한 피를 빼내기 위해 눈 주위에 거머리를 붙이도록 명령했었으나 '놈들'은, 노라가 그것을 부른 대로, 그대로 붙어 있지 않으려 했다.

찰스 프로끄 가로에서, 노라와 조이스는, 조이스에 따르면, '많은 빵과 버터 및 『데일리 매일』지를 먹어 치우는' 비스킷 색깔의 고양이와 함께, 가정에 익숙하게 되었다. 조지오는 근육―신장구伸張具를 가지고 그의 체격을 발육시키는데 새로운 흥미를 갖고 있었다. 조이스는 자신의 방에 간단한 운동 기구를 발견했으나, 언제나 피곤했는지라, 재빨리 그걸 치워버렸다. 곧, 그러나 그들이 그럴 거라 알고 있었듯이, 자신들의 임대 기간이 만료되었다. 조이스는 그럼에도 불구하고 스스로 최고의 퇴거자의 얼굴을 하고, 라르보와 네비아 부인(역주 : 집주인)을, '그들이 우리를 내던지기 전에' 만찬에 초대했다.

노라는 자신의 초상화를 재차 그리게 함으로써 스스로를 위안했다. 마이론 너팅은 화가였다. 그는 또한 조이스와 노라를 그렸다. 전처럼 모델로서 그리고 그녀의 조용한 침착으로서 노라의 특질들은 빛났다. 너팅은, 3개의 조이스 초상화들 가운데, 노라의 것이 가장 성공적인 것으로, 비록 그가 그것의 제작에서 기하학적 형태와 굴곡진 면의 대담한 대조를 사용했을지언정, 그가 파리 당시의 기간 동안 그린 최고의 하나라고, 자백했다.

　　노라는 39살에, 조이스의 '여성'을 위한 마지막 위대한 초상의 모델로서 봉사하려 했다. :『피네간의 경야』의 아나 리비아 플루라벨이었다. 노라가 어리둥절한 뉴스를 털어 놓았는지라, 그것은『율리시스』의 비참함이 제거된 바로 1년 뒤인, 1923년 여름에 캐슬린에게였다. : "그이는 다시 또 다른 책에 착수했어." 그녀는 책의 비밀의 타이틀,『피네간의 경야』를 역시 알고 있었다(비록 조이스는 제목이, 다른 의미들 가운데, 세계의 피네간들로 하여금 깨어나도록[경야하도록]하는 명령을 포함할 수 있도록 그가 소유격을 생략하고 있었음을 아마도 애써 이야기하려 하지 않았지만). 제목은, 노라가 분명히 볼 수 있었으니, 자신을 제임스 조이스에게 효과적으로 선사했던 장소인 핀즈 호텔의 상표를 또한 가졌다.

　　노라는 벽돌 운반공인 피네간에 관한 아일랜드의 쾌활한 민요를 알았는지라, 그 자는 사다리에서 추락하여 죽지만, 그가 한 모금의 위스키를 마시자 자신의 경야에서 깨어난다. 그러나 그녀는 조이스가 이번에 종이 위에 쓰고 있는 것에 대해 거의 미리 조사되어 있지 않았다(거의 알 수 없었다). 1924년 4월에 최초의 초록이『트랜스어트랜틱 리뷰』지(보다 못한 경우는 온통 분노였거니와)에 '진행 중의 작품'이란 제목하에 나타났다. 이 구절은 바다 새들에 관한 것이요, 혹은 인양했다.

　　　비공한 채 날카롭게 환희를 외치며, 저 노래가 해백조를 노래했는데. 날개 치는 자
　　　들, 바다 매, 바다 갈매기, 마도요 및 물떼새, 황조롱이 및 수풀 뇌조, 바다의 모든
　　　새들이 담차게 돌림노래 하자 그때 모두들 이솔더와 함께 트리스탄의 큰 입맞춤을
　　　맛보았노라.

　　조이스가 1924년에 작품에 관해 작업했을 때, 그의 눈의 상태 때문에, 자신

은 노라에게 도움을 청했던 것처럼 보인다. 『신곡』과 틀림없이 연관되었을 『피네간의 경야』를 위한 노트에는 노라의 필적이 존재하는데, 이는 그의 문학 작품에서 그녀가 활동한 역할의 유일한 증거이다. 또한 그녀의 필적에는 이 노트에 첨부된 다음과 같은 논평이 있다. : "1924년 6월 16일 오늘 20년 뒤. 누군가 이 날짜를 기억하리라." 노라는 또한 그들의 생활에 있어서 그 날짜의 중요성을 인식했다.

비록 노라는 조이스가 그의 인생에 있어서 흑기려기(barnacle goose)에 대한 또 다른 숨은 찬사를 쓰고 있다는 것을 포착했지만, 그녀는 그 책을 더 이상 좋아하지 않으려 했다. 그녀는 그것에 대해 '당신이 쓰고 있는 잡채요리'로서 언급했다. "왜," 그녀는 그에게 탄원했나니, "당신은 사람들이 읽을 수 있는 느낄 수 있는 책을 쓰지 않나요?"

그녀는 당황한 유일한 사람이 아니었다. 스태니슬로스는 그것을 견딜 수 없을 정도의 싫증나는 것으로 알았다. 에즈라 파운드는(약간 뒤에) 단지 "수다쟁이를 위한 새로운 치료는 필경 모든 주변의 말초화末梢化의 가치가 될 수 있으리"라고 썼다. 미스 위버는 재치 있는 억제를 지속했다. 하지만 실험 문학에 대한 열성이 한이 없었고, 최초의 60페이지를 사랑했던, 발레리 라르보 자신은 생각할 수 없다고 말했다.

만일 어떤 더 먼 증거가 조이스에 대한 노라의 충절에 필요했다면, 그것은 그녀가 17년 동안 홀로 『피네간의 경야』의 제목을 그녀 속에 간직하고 있었다는 데 놓여 있다. 조이스의 열중은, 엘먼에 따르면, 그가 명칭들에 애착한 마술적 힘을 나타낸다. 그의 최초의 이름을 사용할 수 있는 유일한 사람은 강력한 법전(code)을 맡길 수 있는 유일한 사람이었다. 노라는 짐의 음주와 돈의 낭비에 대해 화가 커갔을지라도, 그녀가 볼 수 있듯, 책을 이해할 수 없을지라도, 그녀는 언제나 인도引渡하려 했던 복수의 무기를 결코 사용하지 않았다.

고급 양장점은 조이스가 그녀의 충절을 되갚은 유일한 방법이었다. 그는 그녀의 의상을 심각하게 생각했으며, 자신의 열광자인 그녀의 여성 제모사制帽 ± 수지를 위해『율리시스』의 서명 판을 그녀에게 기꺼이 선사했다. 그이 자신 은 스타일을 정하는 데 부끄럽지가 않았다. 그는 대낮에 나비 타이를 맸으니, 그렇게 하는 것은 일반의 유행이 되기 훨씬 전의 일이었다.

그들의 새로운 돈으로, 노라는 파리의 패션 집들을 발견했다. 헬런 플라이 슈만은, 제임스 조이스 부인 같은 여인이야말로 자기 자신을 깔끔하게 해야 한 다는 것을 암시하면서, 그녀를 격려했다. 그녀의 일생 동안 의상광衣裳狂인, 노 라에게 충고는 짜증나게 하는 것이었지만, 헬런은 옳았다. 그녀의 머리카락이 나 의상에 있어서 노라는 세월과 더불어 변하지 않았을 뿐만 아니라, 또한 그녀 는 고급 양장점원들의 내부 밀실을 감히 무시하지 않았다. 그들이 진짜 돈을 가 졌을 때까지, 그녀는 그렇게 할 여유가 없었으며, 1922년 골웨이에로의 여행에 서 그녀는 전쟁동안 취리히에서 입고 있었던 의상을 그대로 입고 있었다.

노라의 전환의 결과는 조이스 고문서에서 가장 잘 알려진 사진들 속에 보 존되어 있다. '1924년의 조이스 가족'은, '와일드 월드 포토즈'가 찍은 것으로, 그 들 네 식구들을 서반아 풍의 귀족으로서 자랑스럽게 보여주거니와, 머리에서 발끝까지, 미스 위버의 돈으로 산 새 옷(그리고, 조이스와 노라를 위해 새 치아)으로 입혀졌다.

노라는 1923년 또는 1924의 아마도 '루시엔 레롱 소장품'으로부터 일 지니, 검고 흰 중국 무늬의 돋을새김을 한 벨벳을 입고 있다. 루치아는 비슷한 채비 를 했는데, 분명히 노라가 산 것으로, 그것은 17살 소녀 치고는 너무 낡은 것이 요, 곧바르고, 허리 없는 코트는, 벨트 없이 몸을 가로질러 지탱되어야 했다. 양 여인들은 유행의, 털 가장자리를 한, 커프스와 칼라를 과시했다. 조이스는 그 의 커프스 단추를 보이며, 그의 나비 타이를 메고 있는 반면, 조지오는, 날개 칼 라와 치수 줄인 허리를 하고, 젠체하듯, 꼿꼿이 서서, 한 치 한 치 '신사의 아들'로 보인다.

하지만 구두는 사진에 몰래 드러내고 있다. 루치아는 우아하고, 이른바 줄무늬 진 신발을 신었으며, 노라는 심지어 한층 눈부신 한 켤레로, 발등을 가로질러 비잔틴식―스타일의 모조 다이아몬드 버클로 묶혀져 있다. 조지오는 스패츠(역주 : 발등과 발목을 덮는 짧은 각반)를 치고 있다.

사진은 1924년의 조이스 가족의 상태를 잘 드러낸다. 빈곤은 사라졌다. 에드워드 왕조의 코르셋이나 비굴함도 사라졌다. 가족들 중 셋은 마음을 빼앗긴 채 중앙을 피해 응시하고 있다. 공식적 가부장인 조이스, 긴장한 아들이요, 상속자인 조지오, 무표정하고 그녀 자신의 세계에 넋을 잃고 있는 루치아. 단지 노라만이, 자신 있게, 의기양양, 카메라를 주목하고 있다. 몰리 블룸의 한 글줄이 표제로서 잘 이바지하리라.

> 확실히 요사이 세상에서는 스타일 없이는 살아갈 수가 없어 겨우 얻어먹고 집세만으로 살아가다니 나는 수중에 돈만 있으면 아끼지 않고 척척 써버리지 단언하지만……

그러나 이러한 가족적 통합의 멋진 현시顯示는 환상적이었다. 조지오는 헬런 플리시먼에 의하여 유혹당했고, 그 유혹은 만발한 연애 사건으로 바뀌고 있었는지라, 그것은 헬런을 위해 새로운 것이 아니었다. 그녀는 자신의 남편이 격려했던 로렌스 배일과의 하나를 포함하여, 많은 연애 사건들을 가졌다. 1922년 베일과 결혼한 페기 구겐하임은 떠벌렸나니, "짐작컨대 나는 그녀로부터 그를 빼앗았어." 페기는 이전에 리옹 플리시먼과 연애했으나, 그것은 친구들 사이의 사소한 문제였다. "헬런은 상관하지 않았어," 페기는 말했는지라, "그들은 너무나 자유로웠어."

노라와 조이스는 산산이 흩어졌다. 그들은 그렇다고 자유롭지가 않았다.

그들의 아들은 20살이었고, 헬런은 31살로, 기혼인 채, 젊은 아들의 어머니였다. 성적 조숙 속에 그들 자신의 젊음의 자부심을 망각하면서, 그들은 맹목적으로 자신들의 아이들이 아이들로 남아 있기를 기대했다. 그들은 그의 주위의 분위기에 굴복했고, 단번에 몇몇의 금기를 깨는, 그들의 아들을 위한 마음의 준비가 완전히 되어 있지 않았다. 노라로서, 조지오를 헬런에게 잃다니, 그것은 이중의 충격으로 다가왔다. "그러나 그녀는 나의 친구였어!" 그녀는 슬프게 말했다.

14

호비악 광장

1925년 3월에, 노라는 조이스를 설득하여 트리에스테 이래 그들이 하지 못했던 어떤 종요한 것을 하도록 하는 데 성공했는지라―그것은 그들 자신이 가구를 갖춘 빈 아파트를 마련하는 것이었다. 그녀는 자신들의 필수품들에 대한 강한 생각을 가졌는지라, 3개의 침실, 조이스를 위한 서재 그리고 저녁 파티를 위한 만찬 식당이었다. 보헤미아풍風의 비참함은 그녀의 성미에 맞지 않다. 그녀는, 한 친구가 작업하고 있던 스튜디오를 방문한 뒤로, 그녀의 조이스를 깜짝 놀라게 한 말들의 하나로 선언했거니와, "그곳은 생쥐가 들어가 모욕하기에 적합하지 않아요."

많은 탐색 뒤에 노라는 호비악 광장에 있는 한 아파트 건물의 3층으로, 햇빛 잘 드는 임대 거실을 발견했는데, 그것은 법석대는 그르넬 가도의 북쪽 편에서 떨어진 조용한 막다른 골목이었다. 임대 아파트는, 지난 3년 동안 그들의 다른 주택들처럼, 부르주아 7번가의 중심부에, 그들의 친구들을 위해 편리하게도, 그들이 여전히 좋아하는 레스토랑인, 레 트리아농과 카페 프랜시스 근처에 있었다. 조이스는 3월에 임대에 서명했는데, 연 2만프랑, 보태기 경비부담금으로 5천 프랑에 동의했다. 곧 그들은 자신들의 가족 초상화들, 그들의 고양이, 피아노, 그리고 그들의 새 주소와 전화번호(세규르 90―20)가 찍힌 3 사이즈의 회색

필기용지로서 비치되었다. 그들은 두 개의 옷장, 식탁 테이블 및 의자, 디너 세트, 움푹한 수프용 그릇, 그리고 파리 아파트의 발코니를 위해 절대 불가결한 캔버스 차양에 돈을 투자했다. 자신들의 친구 레옹―폴―파그의 초대로, 그들은 유리 세공 공장을 방문했고, 아마도 샴페인을 위한 술잔들을 골랐다. 그들은 벽을 다시 도배했고, 마루에 카펫을 깔았으며, 여섯 창문들과 세 개의 문들을 수단으로 꾸몄다. 그들은 관리인, 보험회사, 그리고 전기기사에게 돈을 지불했다. "지금까지 집은 아주 훌륭해요." 호주 조이스는 미스 위버에게 썼다. "그러나 돈을 많이 투자한 것 같아요." 그는 그녀에게 1,500프랑의 청구서를 건네주었다. 총액은 125,000프랑에 달했고, 조이스의 연 이자 수입과 맞먹는 것이었다. 미스 위버는 조이스 가문이 3개의 방들을, 푸르고 노란, '그녀의' 색깔들로 장식한 것을 알고 위로를 받을 수도 그렇지 않을 수도 있었으리라.

그들의 친구들 모두는 구경을 위해 모여들었고, 사적으로 그것을 몹시 불쾌하게 생각했다. 가장 절친한 의견은 화가 마이론 너팅의 것이었다. : "안락하고 우아하군." 헬런 플라이슈만은 그것이 너무나 매력적이 아님을 유감스러워했으며, 심지어 미스 위버는, 그녀가 조이스더러 갖기를 원했던 새로운 안정된 노동 환경을 살피러 오는 해협 도항의 시련을 한때 경험했었거니와, 그것을 살풍경한 것으로 알았다. 실비아 비치에게, 그녀는 조이스 가문이 아파트를 한층 풍부하게 꾸미였으면 하는 희망을 피력했다(비록 그녀는 누구의 비용으로 이것이 이루어질지를 알았을지라도).

이러한 비평가들은, 대부분의 조이스의 방문객들처럼 심미적 궤변론자들이라, 그들은, 글을 쓰는 전위 예술의 지도자로서, 조이스더러, 그의 개인적 환경에 있어서 동등하게 모험적이 되기를 기대했다. 아서 파워는, 당시『파리 헬러드』지의 예술 비평가로, 센 강 외쪽 둑의 화실 진열장에서 그들이 보았던 블라끄 또는 모디그리안 풍風에 흥미를 조이스더러 갖도록 애를 썼으나, 소용이 없었다. 조이스는 그의 가족 초상화들(큰 보닛을 단 여인들과 붉은 사냥 복을 입은 남자들) 및 그의 제니의 버미어 풍風의 모조품을 더 선호했다.

조이스 가문의 디자인에 대한 무관심은 그들의 친구들을 가일층 어리둥 절하게 했거니와, 왜냐하면 노라와 조이스는 현대 음악에 흥미를 가졌었기 때 문이다. 노라는, 심지어 그녀가 홀로 오페라에 가야 했을 때에도, 바그너에 대 한 그녀의 흥미를 추구했으며, 그리하여 그들은 자신들의 친구인, 젊은 미국의 작곡가, 조지 앤테헤일의 작품을 격려하기 위해 그들이 할 수 있는 바를 다했 다. 모두 네 사람의 조이스 가족들은 앤테헤일에게 9대의 그랜드 피아노, 톱, 해 머 및 비행기 프로펠러의 총보總譜와 함께 하는, 그의 『발레 메카닉』의 첫 공연 에 그들의 출석의 명예를 부여했다(노라, 조이스 그리고 그들의 아이들이 유명인사 로 가득한 떼아트르 데 샤프─엘리세의 그들의 관람석에 줄지어 들어갔을 때, 실비아 비 치는, 그것이 마치 왕실 가족이 도착한 듯했다고, 교활하게 말했다. "누구나 아일랜드 국 가를 외치는 걸 듣는 듯 생각했다오").

그들의 파리 친구들 중 아무도 이해하지 못한 사실은 노라와 조이스가 얼 마나 많이 각자 부르주아 가족생활에 대한 생각을 좋아하는지였다. 만일 그들 이 아일랜드에 남아 있었더라면, 그것은 그들이 영위했을 인생의 매장된 조망 (비전)의 부분이었다. 조이스는, 『망명자들』을 위한 그의 노트에서, 버사를 '그래 프튼 가의 카펫을 주문하는……로버트 핸드 부인'으로 묘사했다. 사실상, 그들 의 호비악 광장의 가정은 그들이 바랐던 식으로 마련되었고, 그들은 그것을 사 랑했다. "적어도 나는 이제 한 가정을 가졌어." 조이스는 스태니슬로스에게 썼 고, 그가 그것을 구경하기 위해 파리로 오는 차 삯을 물겠다고 제의했다.

이사는 이루어졌고, '이상하지만 나쁘지 않은' 그의 시력과 함께, 조이스 가족은, 어느 선량한 파리인들처럼, 7월의 프랑스 혁명 기념일 다음에 도시를 떠났다. 그들의 새 생활 스타일은 그들이 매 여름마다 근 두 달 동안 여행을 멀 리 떠나보내는 것을 보았다. 그들은 9월 중순 전에 좀처럼 돌아오지 않았다. 조 이스는 이러한 여행을 그가 『피네간의 경야』 속으로 짜 넣고 있는 이름들과 연관성을 답사하기 위해 사용했다. 그리하여 심하게 단축된 조망에도 불구하고, 그는 여행 안내서와 열차 시간표를 숙독하는 모든 지루한 세목을 사랑했다. 그는 자신이 식료품상의 서기 같은 마음을 가졌다고 말하기 좋아했다. 그와 노라는 통상적으로 임해지구臨海地區 오른쪽의 일류 호텔을 찾아냈는데, 거기에서 그들은 일시에 몇 주 동안 안주했다. 그들이 자신들의 파리 세월에서 선호했던 시설물의 명칭들은 전쟁들 간의 최고 베데커 여행 안내서에서의 선집처럼 읽힌다.

1925년의 여름에, 예를 들면, 그들이 프랑스의 대서양 연안으로 내려가고 있었을 때, 그들은 페컴의 그랜드 오뗄 데 뱅 에 드 롱드르(거기서 그들은 루치아의 18번째 그리고 조지오의 20번째 생일을 축하했거니와)에서 시작하여, 로엔의 그랜드 오뗄 대 라 포스테까디, 거기서부터 니오르의 그래느 오뗄듀 레셀 드 불곤느까지, 이어 계속해서 보르도의 호텔 드 불곤느까지, 그리고 마지막으로 아카촌의 드앙레트레의 레지나 파리스 호텔까지 움직였다. 조이스는 언제나 이들 여행에서 현금을 지불했다. 그들이 출발하기 전에 비축을 위해, 가족 가운데 한 사람 또는 다른 사람이 셰익스피어 앤드 컴퍼니를 방문했다. 만일 그가 도중에서 더 많은 돈이 필요하면, 조이스는 실비아 비치(미스 위버가 결코 아닌)에게 전보를 쳤다.

노라는 조이스처럼 거의 우뢰(천둥)를 두려워하게 되었기 때문에, 조이스는 마치 그들이 온화한 서부 유럽에서 보다 열대지역에 살고 있는 양 그들의 일정표를 계획했다. 그들은 심한 뇌우가, 마치 공습마냥, 예견상豫見上으로 피할 수 있다는 신념에 매달렸고, 만일 그들이 하나에 휘말려들면 그것을 비상한 악운으로 생각했다. 1925년에, 그들이 노르망디를 향해 떠난 뒤에, 조이스는 자신들이 보아 드 불론느에서 무서운 폭우를 겪자, 파리를 비행했고, 노르망디에서 오직 '비, 우박, 천둥, 번개, 등등'을 만났다고 미스 위버에게 썼다. 그는 그녀가 영국의 호수 지역의 '거친 날씨'로부터 안전하기를 희망했다. 조이스는, 이탈리아 사람들이 천둥의 공포에서 전적으로 얽매이지 않은 듯한 것을 이상히 여기며, 런던과 파리 주위의 폭풍의 증가를 '모든 그 따위 무선無線'(라디오 방송은 당시 널리 보급되고 있었거니와)으로 돌렸다.

그들 궤변적 친구들의 무리는 노라와 조이스를 그들의 가족들로부터 어떻게든 차단시키지 않았다. 트리에스테로부터, 이제 마흔 살이 된, 스태니슬로스는, 그가 한 젊은 트리에스테의 학생과 약혼하게 되었음을 글로서 말했다. 그의 약혼녀는, 넬리 리크텐스타이거로, 루치아와 같은 나이었다. 골웨이로부터, 노라는, 페그에게 쌍둥이 자매인 그녀의 아래 누이 애니가 사망했다는 소식을 알았다. 그녀의 토미 숙부 역시 그랬거니와, 그 옛날 그의 개암나무 지팡이가 그녀를 조이스의 양팔 속으로 몰아 넣었었다. 더블린으로부터 또한 숙모 조세핀 머리의 죽음의 소식이 왔다. 그들은, 노라가 1922년 그녀를 방문하는 것에 실패한 이래, 그리고 『율리시스』의 출판 이래, 여전히 조이스의 숙모로부터 유리되었었다. 조세핀 숙모는 깊이 충격을 받았고, 그것을 읽기에 부적합한 책으로 불렀다(그에 대해 조이스는, 불평을 중계했던, 머리 부인의 딸인 그의 사촌에게, 대꾸하기를, "그렇다면 인생은 살기에 부적합하자"). 다행히 조이스의 동생 찰리는 그에게 숙모 조세핀이 세상을 떠나고 있음을 경고했고, 조이스는 그녀에게 화해의 아름다운 편지를 쓸 시간을 가졌다.

> 숙모는 그토록 많은 친절의 행위로서, 그토록 많은 도움과 충고 및 동정으로서, 특히 저의 어머니의 사후에, 젊은 저를 당신에게 애착하게 했으니, 마치 저에 대한 숙모의 생각은 이제 비난의 하나처럼 저에게 느껴져요……. 그러나 저가 그 점에서 유리되어 있다면, 저는 감사와 애정의 그리고 마찬가지로 존경의 많은 유대에 의해 당신에게 여전히 애착되어 있어요…….

그토록 많은 그의 상관관계에서처럼, 조이스는, 말의 힘으로, 자신의 행동에 의해, 그리고 이 경우에, 노라의 행동에 의해, 야기된 상처를 치유할 수 있었다.

　　노라와 조이스가 호비악 광장으로 이사했을 때쯤에, 그들은 조지오가 이제 자신들의 통제에서 벗어나고 있음을 감수해야 했다. 조지오는 자신의 노래 수업을 계속했고, 회계사의 사무실에서 일을 구했으나, 그의 주된 관심은 헬런 플라이슈만과의 교제를 계속하는 것이었다. 1925년에 조이스 가족은 헬런의 어떤 미국인 친척들을 만났다. 그들은 헬런의 오빠 알프레드 캐스토 및 그의 젊은 덴마크 출신의 아내 엘런이었는데, 그들은 유럽에로 여행 중이었다. 캐스토 내외는, 리옹 플라이슈만이 홀로 뉴욕으로 되돌아갔을 때, 헬런과 조지오와의 사건에 관해 알았는지라, 그리하여 그들은 노라와 제임스 조이스보다 아주 다른 눈으로 그것을 쳐다보았다. 그들은 헬런이 예술가들에 대한 편애를 가졌음을 알았다. 그들 모두는 헬런이 그녀의 시선을 제임스 조이스에게 두었음에 틀림없으며, 그녀가 그를 유혹하기를 실패하자, 그의 아들에로 스스로를 돌렸으리라 가상했다.

　　엘런은, 뒤에 앨프레드 캐스토와 이혼했거니와 헬런을 좋아하지 않았다. "그녀의 형제들은 그녀를 숭배했어." 엘런은 회상했다. "그녀는 살인자와 달아났어. 그들은 그녀가 밟은 육지를 숭배했어. 내게 그녀는 성적 흡혈귀요, 피를 빠는 자였어."

　　"우리가 그들을 만났을 때, 사건은 새롭고, 쉬―쉬였어. 우리가 그들과 함께 있었을 때, 헬런은 너무나 질투적이요―조지오는 바로 나의 나이였어―비록 나는 임신 중에 있었을지라도, 그녀는 우리를 함께 있도록 하지 않으려 했어. 나는 조지오에게 미안함을 느꼈어. 그는 있을까 말까 한 찬스를 갖지 않았어."

　　노라는 분명히 아주 꼭 같이 생각했으니, 왜냐하면 비록 그녀가 캐스토 내외를 받아드렸을지언정, 그녀는 방문 동안 단 한 마디 말도 하지 않았다. 조이스는, 의자에 앉아, 말없이, 큰 외투 속에 움츠린 채, 거의 더 이상 환영하는 눈치가 아니었다.

헬렌의 무리, 그리고 특히 그녀의 세대는, 유대성猶太性에 대해 극히 모순당착 적이었다. 스티븐 버밍함이『우리들의 군중』에서 서술하듯, 이 뉴욕 독일계 유대의 귀족 사회는 동화同化하는' 것을―즉 이단적 가족과 결혼하는 것을, 아주 바람직한 것으로 생각했다.

이들 가족들의 소녀들은 특별히 어려운 시절을 겪었다. 그들의 아버지들에 의해 방종된 채, 그러나 그들의 바쁜 어머니들에 의해 엄하고 비동정적인, 통상적으로 독일의 또는 아일랜드의 보모保姆에 맡겨진 채, 그들은 유대계의 아들들이 본질적으로 생각했던 일류급 교육을 거의 받지 못했다(헬렌의 동생, 로버트는, 필립 앤도버 아카데미와 하버드를 졸업했다. 헬렌은 대학에 가지 않았다). 방종, 무시, 그리고 나태의 이러한 결합이 부여된 채, 이러한 가족들 출신의 소녀들은 자주 성적 반역자들이 되었다. 헬렌의 훌륭한 친구인, 페기 구겐하임은 바로 그러한 고전적 예였다. 하지만 페기는―그리고 한층 덜한 정도로, 헬렌은 또한―그런 류의 가정교육, 그녀의 예술의 흥미에 대한 또 다른, 보다 덜한 자기―파괴적 결과를 드러냈다.

헬렌의 아버지, 아돌프는, 독일로부터 미국으로 온 이민자로서, 뉴욕의, 캐밀러스에 있는 '캐밀러스 커트리 회사'를 통해 재산을 모았다. 그것은 그들을 맨해튼의 독일계 유대인의 갑부들 사이에 두기에는 그렇게 대단하지 않았으나, 캐스토 아이들에게 독립적 재산을 마련해 주었으며, 아돌프 캐스토로 하여금『미국 유대인 명사록』의 한 목록을 획득하게 했다.

헬렌은 캐스토의 4자녀들 가운데 유대인과 결혼한 유일한 아이였다. 앨프레드의 아내는 덴마크인이었는가 하면, 로버트와 그들의 보다 나이 많은 자매 에드나는 미국의 이방인들(가독교도들)과 결혼했다(에드나가 워싱턴으로 이주하여, 접촉이 끊기자, 가족들은 그녀가 자신이 유대계라는 것을 알리기 원치 않기 때문이라고 말했다). 헬런은 1915년에 (맨해튼) 서부 70가 14번지의 가족 가정에서 열린, 그리고 신교도 목사에 의해 치러진 축하 속에 리옹 플라이슈만과 결혼했다. 그녀는 1919년에 데이비드라는 아들을 낳았다. 그녀의 결혼 후로 헬런은 많은 치정 사건들을 가졌으나, 그녀의 형제들은 그녀를 결코 비난하지 않았다. 렐런의 행동에 대한 그들의 철학은 '할아버지[아돌프 캐스토]에게 알리지 말라'였다.

앨프레드와 로버트 캐스토가 그들의 자매를 억제하기를 주저한 한 가지 이유는 헬런의 활발함이 광적 흥분성으로 바뀔 수 있다는 것이었다. 정신병의 우려스런 기질이, 마치 '우리들의 동아리'의 많은 것을 통해서 그랬듯이, 가족 가운데 흘렀다. 앨프레드 자신은 광적 우울증으로 고통을 받았으며, 그들의 어머니, 미니 댄저 캐스토는, 허드슨 강의 집에 오래 감금되었었다.

헬런은, 그러나 뉴욕에서보다 파리에서 한층 행복했다. 그것은 덜 반反─셈족(친 유대인적)이요, 그녀의 미와 취미를 위한 완전한 배경 막을 마련했다. 그녀는 뉴욕 출신의 많은 자들과, 국제적 예술 세계를 포함하는, 광범위한 친구들의 모임을 가졌었다. 그녀는 대접하는 법을 알았고, 그것을 행사하기 위한 돈을 가졌다. 그녀의 의자매는 헬런의 의상의 모든 세목들이 언제나 완벽했고, 그녀의 속옷에서 꺼낸 모든 손수건은 그녀의 개인적 향내를 가졌음을 기이하게 느꼈다. 헬런은 아주 최신 디자이너들, 특히 엘사 시아파렐리의 단골손님으로, 후자는 바로 그들 모두들 가운데 가장 대담한 자로 들어났다.

헬런은 자기중심적이지만 관대했다. 그녀는 자신이 의복을 산 것만큼 자유로이 그들을 남에게 주었다. "마음대로 가져요," 그녀는 그의 장롱 문을 열면서 친구들에게 말하곤 했다. 그녀는 루치아 조이스에게 의상과 세터를 주었고, 주나의 상표가 된 검은 외투를 주나 반스에게 주었다. 헬런은, 아름다운 주나가, 어떤 낡고 닳아 해진 하의를 입고, 어느 날 편지를 타자하는 것을 보면서, 주나에게 그녀의 어떤 여분의 속옷을 주도록 페기 구겐하임에게 말했다. 페기는,

그러나 헬런과는 달리, 인색한 기질을 가졌는지라, 주나에게 수선한 것을 주었다. 헬런이 그걸 알았을 때, 그녀는 격노했다. 주나도 그랬는지라, 그녀는 버린 팬티를 결코 입지 않았다.

조이스에게, 한 유대 미인에 의한 그의 아들의 성적 전수傳受는 심이 비참했음에 틀림없었다. 트리에스테 이래, 그의 꿈의 여인들은, 진짜든 말 그대로이든, 유대인, 혹은 유대인처럼 보였었다. 양친으로서, 노라와 조이스는, 비록 그들이 유대성을 감추는 스스로의 가능성을 인지하지 않았을지라도, 헬런이 단지 조지오를 노닥거리거나, 사회적 출세를 위해 그의 이름을 이용하고 있음을 두려워했다.

대체로, 그들의 친구들은 헬런을 좋아하지 않았다. 반─유대주의가, 전쟁들 사이에 너무나 유행한지라 막을 수가 없다. 스튜어트 길버트는, 예를 들면, 그녀를 '야비하게' 보았다. 다른 이들은 그녀를 신경질적이요, 침략적으로 보았다. 노라로서는, 그녀는 조지오에게 밀접했던 어떤 여인에 대해서든 적의를 품으려 했으며, 조지오야말로 그의 깊고 푸른, 거의 보라색의 눈과, 길고 검은 눈썹을 지닌 채, 아주 분명히 그녀 자신의 것이었다. 그러나 조지오의 나이에 만큼 노라 자신의 나이에 가까운, 이전의 친구에게 그를 양보하다니, 그것은 참을 수 없었다.

조지오의 도피는 조이스의 루치아에 대한 유착을 견고히 하는데 이바지할 뿐이었다. 1925년 11월에, 트리에스테로부터의 어떤 옛 친구들인, 트레비잔니 가족은, 루치아를 그들에게 와서 머물도록 초청했다. 루치아는 열렬히 가려했다. 그녀는 트래비잔니의 딸들인, 레티지아와 지오콘다를 아주 좋아했으며, 그들 모두가 1920년에 떠난 이래 그녀는 트리에스테에 있지 않았다. 조이스는 그녀더러 여행을 허락하기를 거절했다. 초대를 중계했던 에토르 시미치에게,

조이스는 자신이 12월에 일곱 번째 눈 수술을 받아야 하고, 이어『망명자들』의 첫 공연을 위해 런던으로 가야 한다고 설명했다. 루치아는, 시미치가 이해하기를, 양 경우에 그와 함께 있어야만 했다. 그는 루치아가 다음 해에 트리에스테에로 갈 수 있을 것이라 약속했다.

루치아는 1926년에뿐만 아니라, 그 다음 해도 가지 않았다. 시간이 결코 맞지 않았는지라, 루치아는 그녀의 탄생의 도시 또는 푸른 아드리아 해海를 결코 보지 못했다.

노라와 조이스가 그들의 여름휴가를 갔을 때, 그들은 언제나 루치아를 자신들과 함께 데리고 갔으며, 조지오가 더 이상 오래 그들과 동행하는 것을 거절할 때까지 그도 또한 데리고 갔다.

호비악 광장에로 이사할 시기에, 조지오와 루치아는 예술적 생애를 정한 듯 했다. 노라와 조이스는 그들의 성취를 아주 자랑했다. 루치아는, 이미 피아노에 탁월했고, 현대 무용에 멋진 스타트를 했으며, 스코틀랜드의 무용가 로이스 휴턴이 인솔하는『발레 드 리듬 에 꿀르르』와 함께 공연했다. 루치아의 큰 키에, 앙상한 체구는 추상 예술의 안무법의 상대 물이요, 그리하여 그녀는 수많은 대중 공연을 가졌으며(비록 어떤 것은 단지 학생 시연이었을지라도), 그녀의 양친은 거기 참관했다. 루치아는 마찬가지로 자기 자신의 의상을 손수 디자인했으니 —그것은 가족 지갑에 대한 또 다른 고갈을 의미했다.

그런데도 조이스 내외는 그녀를 아이처럼 다루었다. 1928년에, 루치아가 21살이었고, 그녀의 댄스 그룹과 함께, 살추버그 가까이 이사도라 던컨 학교에 갔을 때, 노라와 조이스는 그곳에서 그들의 휴일을 가질 것을 택했다. 그들의 매달림은 의심할 바 없이 루치아의 미숙함에 이바지했지만, 마찬가지로 그것에 대한 반응이기도 했다. 그들의 친구들이 눈치 채기 시작했듯이, 조이스의 딸에 대한 뭔가 이상한 것이 있었다.

그들의 정착한 가정은 자신들의 먼 곳의 친척들을 끌었다. 조이스의 진전은 한결같았다. 1926년의 봄에 아이린은 3주 동안을 그녀의 아이들과 함께 트리에스테로부터 왔다. 스태니슬로스의 두 주 간의 방문이 뒤따랐다. 그는 조이스가 이전보다 더 음주와 아첨꾼들에 의해 둘러싸임을 보고 불쾌했다. 골웨이로부터 노라의 힐리 숙부가 용기를 얻어 대륙으로 여행했다. 조이스 가문은, 많은 파리인들처럼, 여분의 침실이 없었고, 방문하는 친척들을 '숙영자宿營者'의 작은 호텔에 머물게 했다. 독실한 힐리를 위하여 노라는 조이스와 한 아일랜드 친구를 파견하여, 이웃을 정찰하게 하고, 그녀의 숙부가 매일 교회의 자신의 관례를 계속할 수 있도록 가톨릭교회 근처의 호텔을 하나 찾도록 했다.

노라는 봄에, 아이린과 좋은 재회를 가졌을 때, 그녀는 1926년 11월에 트리에스테로부터가 아니라 아일랜드의 오터래드로부터 쓴 아이린의 한 통의 편지를 받고 놀랐다. 왜 아이린은 파리에 멈추지 않고 별기에를 통해 여행하며, 트리에스테로부터 아일랜드까지 직행을 택했던가? 노라는 아이린의 여행의 뜻을 이해할 수가 없었다. 그럼에도 불구하고, 아이린의 편지는 경쾌했다. 그녀는 유쾌한 여행을 하고 있었으며, 그녀가 돌아와 파리에 머물었을 때 모든 아일랜드의 뉴스를 노라에게 보내곤 했다. 며칠 뒤에 노라와 조이스는 아일랜드로부터 보낸 그러나 비밀을 위해 이탈리아어로 쓴, 아이린으로부터의 격앙된 전보를 받고 공포에 떨었다. "프랭크 망하다." 전보는 전했고, 또는 만일 조이스가 아일린이 트리에스테에서 요구한 금액을 보내지 않으면, 그는 망할 판이라는 것을 오히려 암시했다. "우리를 구하소서." 그녀는 간청했다. 조이스는 아이린이 무슨 돈에 대해 말하고 있었는지 전혀 생각이 나지 않았고, 그는, 보통처럼, 현금이 모자랐다. 그들은 벨기에로부터 막 돌아왔으며, 그는 임대료로 5천 프랑, 세금으로 5천 프랑, 노라와 아이들을 위한 의복으로 1만 프랑을 지불했다. 그가 아일린에게 어떤 자금도 댈 수 없다고 막 전보를 쳤을 때, 그는 어떤 퉁명스럽고도 고약한 뉴스를 담은 편지를 트리에스테의 한 지인으로부터 받았다.

월요일 아침, 그의 은행이 막 문을 열자, 아일린의 남편인 프랭크 샤우렉은 권총 자살했다. 스태니슬로스로부터 전보가 또한 그 무시무시한 뉴스를 알리기 위해 도착했다.

조이스는 노라에게 그 이야기에 관해 아무것도 말하지 않았다. 트리에스테의 성공한 실업가의 모델이요, 가정의 가장이며 고물 수집자였던, 프랭크가 7만 5천프랑(약 5백파운드 혹은 $2,425)을 횡령한 것으로 발견되었고, 적어도 자금의 절반을 되갚기 위해 한 달의 여유를 받았다. 그렇게 할 수 없자, 그는 자살했다. 조이스가 노라에게 어떻게 그 뉴스를 터트릴까를 결정하려고 막 애쓰고 있었을 때, 상황은 거의 익살맞게 되었다. 더블린의 에바로부터의 전보는 아이린이 트리에스테로 되돌아오는 도중 그녀의 파리로의 임박한 도착을 알렸다. "프랭크에 무슨 잘못이 생겼어요?" 에바는 물었다. 아이린은 분명히 자신이 과부임을 알지 못했다.

조이스는 자신의 생애를 통하여 나쁜 뉴스에 맞설 수 없었다. 그의 통상적 방어는 신경질적 여성들을 보호하고 있는 것이었다. 이런 경우에, 그는 노라에게 프랭크의 죽음을 말하지 않기로, 게다가 아이린에도 말하지 않기로 작심했다. 거의 3일 동안, 파리에서, 그런고로, 그는 진실을 불쑥 말하지 않은 채, 흥분한 아이린과 어리둥절한 노라의 일행을 참고 견디었다. 대신, 아일린이 트리에스테의 정거장에 도착했을 때 프랭크의 부재를 그녀에게 미리 준비하기 위하여, 그는 그녀에게 은행 사건이 잠잠해질 때까지 프랭크가 프라하에로 되돌아갔다고 말했다. 이 거짓말은, 스태니슬로스가 기차를 만나, 그녀의 남편이 죽었다는 것을 그들의 자매에게 말하는 일을 떠맡게 만들었다. 그것은 아마도 조이스가 여태 스태니에게 행한 가장 미천한 속임수였다.

아이린을 위한 충격을 완화하기 위하여, 스태니는 그녀를 만나기 전에 그의 검은 완장과 검은 모자를 치워버렸다. 아이린이 트리에스테에 도착했을 때쯤에, 장례는 치러졌고, 프랭크의 시체는 이미 매장되었다(그는 이토록 탐욕적 수집자였기에, 트리에스테의 고물 상점들은 기념으로 하루 동안 문을 닫았다). 아이린은 그 뉴스에 그리고 검은 상복을 입은 그녀의 아이들과 울고 있는 그녀의 하인들의 광경에 너무나 어이가 없었는지라, 그것을 받아들일 수 없었다. 그녀는 조이스가 진실을 말하고 있었고, 프랭크는 정말로 프라하에 있다는 그녀의 희망을 버릴 수 있기 전까지 프랭크의 시체를 발굴할 것을 요구했다. 그러한 충격은 그녀로 하여금 몇 달 동안 그녀의 기억을 잃게 만들었다.

노라, 짐 그리고 스태니슬로스에게, 샤우렉의 자살은, 형제들이 아이린과 그녀의 아이들의 부양에 이바지했기 때문에, 새로운 재정적 부담을 의미했다. 스태니슬로스 자신의 결혼은 더 오래 3년 동안 지연되었다.

노라와 조이스는 그 당시, 해리엇 위버의 신탁금으로부터 그리고 실비아 비치가 그에게 지불했던 『율리시스』에 대한 인세로부터 거의 동등하게 획득한 2천 파운드의 수입을 즐겼다. 그들은 파리에 은행을 갖지 않았다. 대신 그들은, 『율리시스』가 벌기로 기대되었던 인세에 대한 작은 헌금 선물을 받으면서, 실비아의 서점을 이용했다. 때때로 그들은 금고에 지폐를 남겨두기도 하고, 때때로 그렇지 않기도 했다. 스태니스로스가 파리를 방문했을 때, 노라 자신은 1만 4천 프랑($400, 또는 80파운드)을 인출했다. 셰익스피어 앤드 컴퍼니의 책들에 대한 그녀의 전기가의 연구에 따르면, 실비아는 『율리시스』로부터 어떠한 이익을 남기지 않았다. 전체 가족을 위하여, 셰익스피어 앤드 컴퍼니는 은행이나 혹은 작은 돈궤보다 훨씬 더한 것이었다. 그것은 티켓 대리점, 우체국, 비서의 업무, 그리고 세관이었다. 조이스는 해리엇 위버가 런던으로부터 어떤 축음기 레코드판을 자신에게 보내기를 원했을 때, 그는 자기 자신이 공식적 형식을 다루는 것보다 미스 위버가 훨씬 낫기 때문에, 그들을 미스 비치에게 전하도록 그녀에게 말했다. 이런 것이 로데오 거리와 호비악 광장 간의 사업상 일상의 흐름인지라, 실비아는 특수한 메신저를 중개인으로서 고용했다(메신저는 그녀의 상점 조수인 마이신 모스코스의 얌전하고, 심적으로 뒤진 자매였다).

실비아는 조이스의 출판자, 대리인, 번역가, 및 독자들과의 상당한 통신뿐만 아니라, 그의 그리고 노라의 많은 개인적 청구서들을 다루었다. 한번은 휴가 도중 조이스는 실비아에게 그들의 꽃장수에게 돈을 지불하도록 그리고 전기세와 하녀에게 지불하기 위한 돈을 조지오에게 주도록 전보를 쳤다. 한때 그는 실비아로부터뿐만 아니라 그녀의 어머니로부터 돈을 빌리고 있었다.

조이스는, 자신이 박해를 받고 있다고 확신하는 동안, 그이 주변의 모든 사람을 탐색하면서, 사방으로 박해당하고 있다고 느낄 적이 많았다. 그의 안과 의사는 다음번의 눈 수술이 그의 시력을 회복할 것이라 그에게 계속 확신시켰다. 1925년 말까지는 그는 약 10번의 수술을 받았다. 저작권 침해의 고통은 한층 더 나쁘게 해쳤다. 미국의 잡지 출판자, 사무엘 로스는 1925년에『율리시스』를 연재 형식으로 출판하고, 조이스가 그걸 위임한 양 가장했다. 조이스는 아무런 지불도 판권 보호도 받지 않았다. 저작권 침해가 계속되자 (그리고 로스는 외설에 대한 고소를 피하기 위해 자신의 잡지 이름을 바꾸었다), 조이스는 모든 그의 잠재적 미국 판매가, 비록 여행자 시장으로부터의 그것일지라도, 사라지는 것을 절망적으로 보았다. 불결한 금서禁書를 사기 위에 '셰익스피어 앤드 컴퍼니'에서의 들림은, 많은 미국인들에게, 파리에로의 여행의 본질적 부분이었다. 실비아의 그리고 조이스의 많은 결합된 노력이 미국에서의『율리시스』의 저작권 침해를 막으려는 시도에로 몰입했다.

그때쯤 하여 노라는 안정되고, 자신 있는 파리인이었다. 그녀의 프랑스어는, 그녀가 영어를 말할 수 없는 친밀한 친구들과 함께 의사소통을 할 수 있는 언어들인, 그녀의 이탈리아어의 혹은 심지어 그녀의 독일어의 수준에 결코 도달하지 못했다. 그럼에도 불구하고, 그녀는 자신의 세든 사람, 그녀의 하녀, 그녀의 미용사, 그리고 그녀의 모자 상을 이해하게 할 만큼 프랑스어에 충분히 숙달했다. 어느 날 아서 파워와 택시를 편승하면서, 운전수는 그녀가 자기에게 준 주소를 찾을 수 없었다. "당신은 이런 길도 모르시오!" 노라는 그에게 말했다.

노라의 위트와 침착성은 조이스의 많은 문학적 감탄자들에게 눈에 띄지 않았다. 그들의 과찬過讚이 커 가자, 그의 배우자는 그에게 그럴만한 가치가 있지 않다는 믿음 또한 그랬다. 토마스 울프는 1926년 여름에 워털루의 버스 여행에서 조이스 가족과 함께 했는데, 후자들은 벨기에에서 휴일을 즐기고 있었다. 울프는 말없이 가족을 살폈다, 조이스는 눈에 안대를 두르고, 유머러스한 입에, 상처와 종기로 패인 붉은 코를 하고 있었으며, 조지오와 루치아는, 미국의 남자 대학생 및 건달 아가씨처럼 보였다. 그리고 그들과 함께, "내가 알아왔던 1천명의 중류급 프랑스 여인들의 용모—저속하고, 오히려 느슨한 입을 가진, 한 여인이 있었으니, 그렇게 아주 지적으로 보이지 않았다."

그것은 조이스를 주시하려 왔던, 대서양 횡단의 많은 학자들과 작가들의 노라에 대한 견해를 총괄한다. 그건 조이스 자신에게 일부 책임이 있는지라, 왜냐하면 그는 숭배자들하고는 결코 긴장을 풀지 않은 채, 말이 없고, 가까이하기 어려운 모습이었다. 그러나 어떤 이들은 그의, 그리고 노라의 방어防禦를 끝까지 지켜보았다. 마가렛 앤더슨, 그녀는, 재인 히프와 함께, 『리틀 리뷰』지의 미국 출판자들로서, 조이스를 대신하여 외설의 죄를 범한 것으로 알려졌거니와, 그들을 만난 뒤에 말했다.

나는 조이스 부인을 정당하게 평가하는 어떤 당대의 평설도 보지 못했다. 그녀는 매력적이다. 그녀는 멋진 드라마이다. 그녀의 아일랜드적 조롱과 개인적 도전은 조이스에게 계속적인, 필요한 그리고 경쾌한 펜싱 검劍을 마련해준다. 그녀는 그를 지분거리거나, 학대하기도 한다. 그녀의 목소리에는 저류低流가 흐르는데, 그것은 그녀의 조롱을 동시에 분통터지게, 흥분되게 그리고 부드럽게 만든다.
그녀는 자신의 특질을 마구 나타낸다. 그녀는, 비록 그녀가 그들에 대한 멸시를 표현함에 있어서 말을 조심스레 하지 않을지라도, '지식인들' 앞에 열등감을 갖는다. 그녀는 우리들의 존중을 보면서, 재인과 나를 재빨리 마음 편히 만든다. 노라 조이스는 한 남자가 영원히 사랑하고, 어느 날 효과적으로 목을 조르기를 희망하는 여인들 중 하나다. 그녀는 자신이 '아무도 이해할 수 없는 그런 책들을 쓸 그의 필요성'에도 불구하고, 위대하다고 생각하는 한 남자에게 그녀의 헌신을 기꺼이 중속시키는 정신과 독립심을 지녔다.

노라에 대한 아일랜드의 반응은 달랐다. 그들의 아일랜드 출신 친구들 가운데, 심지어 가장 지적인 자들일지라도, 노라는 그들로부터 사랑을 잘 받았다. 그녀는 자신들의 가정을, 그리고 조이스 자신을 아주 접근할 수 있게 만들었다. 어떤 국제적 경쟁을 위한 파리의 아일랜드 럭비 팀 중의 일원이, 예를 들면, 어느 아침 전화에로 호출되자, 상대편에 제임스 조이스가, 그를 차(티)에로 초청하고 있는 것을 알았다. 물론 아일랜드의 문필가들에게, 조이스는 명령적 태도의 부름 자체였거니와, 그들은, 자신들이 도착했을 때, '저녁이면 레스토랑에서 친구들을 만나, 술을 마시는, 가족과 함께 사는 보통의 조용한 남자'를 발견했다.

이러한 말들은 토머스 맥그리비의 것들이었는데, 그는 1926년에 '에꼴 노르말—슈페리어르'의 '덩글레 렉뚜르(강사)'에 임명되었다. 그가 덜프 거리의 멋진 사무실에 배속되자마자, 자기 자신을 소개하기 위해 조이스에게 편지를 썼다. 다음 날 아침 9시 반에 조이스가 전화를 걸었다. 맥그리비는 차를 마시려 호비악 광장에 올 수 있는지? 맥그리비가 정각에 나타나, 문에 노크를 하자, 문이 열리고, '금발의 아름다운 후광' 뒤로부터 빛이 스며나 왔을 때, 그는 눈이 부실 정도였다.

"미스 조이스?" 맥그리비는 물었다. 그러나 그것은 루치아가 아니라, 노라였고, 그녀는 큰 웃음으로 소릴 질렀다. 그것으로 그들 사이에 우정이 시작되었는지라, 그것은 한 재치 있는 독신자, 탁월한 대화자인 맥그리비에게는, 조이스와 자신의 것보다 한층 가까웠다. 조이스는 친구를 가질 필요가 없었다, 라고 맥그리비는 말했다. 그에게 상관하는 모든 것이란 그들이 그가『진행 중의 작품』을 쓰는 데 도울 것인지 아닌지였다.

노라는 즐거움이었다. 어느 날 그들의 만남 얼마 후에, 맥그리비는, 크고, 어색하게 생긴 보따리를 들고, 자신이 아는 누군가를 보지 않기를 희망하면서, 갸르 몰파르나스 근처 세탁소로 허우적거리며 걸어가고 있었다. 갑자기 누군가 그의 이름을 크게 불렀다. 노라 조이스가 뒤가 열린 택시를 타고, 그에게 고함을 치며, 손을 흔들고 있었다. "그녀는 나 같은 아일랜드인이었어," 그는 말했다. 조이스는 언제나 그의 아내와 맥그리비가 자신보다 아일랜드에 관해 더 많이 알고 있음을 시인했다.

"더블린 바깥 30마일이면, 나는 길을 잃어버려." 조이스는 말하곤 했다. 맥그리비에게, 노라는, 조이스가 눈에 띄는 모든 이에게 일을 맡기는 그의 습관을 조롱했다. "그를 상관 말아요, 톰." 그녀는 말했다. "만일 하느님 스스로가 하늘에서 내려오시면, 저는 그분이 해야 할 일을 맡길 거야. 당신은 창피하게 생각해야 해요, 짐.'" 맥그리비가 눈치 챘거니와, 조이스는 그녀의 지분거림에 미소를 뛰었고, 그가 그렇게 하자, 얼굴 정면에 손을 들었다. 거기에는, 맥그리비는 혼자 생각하기를, 그들 사이에 완전한 이해가 있는 듯했다.

또 다른 아일랜드의 문학 친구인 매리 콜럼은 처음에 노라의 교육의 결핍으로 흥미를 잃었으나, 그녀는 또한 조이스의 헌신적 애정을 아주 이해할 수 있게 되었다. 노라는 "아름다울 뿐만 아니라, 쾌활하고 유머러스해요." 그리고 매리는 '그녀의 개성은 그이에 대한 관심으로 가득 찼음을' 볼 수 있었다. 그는 사람들에 대한 그녀의 빠른 파악과 날카로운 반응을 사랑했다. 더욱이 노라는 선천적인 소질들을 가졌고, 그들 가운데 음악의 사랑과 이해, 그들을 통해서 그녀와 조이스는 밀접해졌다. 마리아 졸라스는, 후년에 가족을 그리고 결혼을 아주 잘 알게 되었거니와, 노라의 비평가들에 대항하여 그녀를 옹호했다. "노라는 언제나 아주 조심스럽게 옷을 입고, 조심스럽게 차림새를 가꾸었으며, 그는 그녀를 밖으로 데리고 나가는 것을 자랑했어. 그가 그녀로 하여금 되어 주기를 바라는 것보다 그 밖에 다른 것으로 생각하다니, 그건 부질없는 생각이야."

　　호비악 광장에는 많은 파티들이 있었다. 손님들이 그들을 즐기느냐 않느냐는 그들이 얼마나 감사하게 초청받느냐 하는 것에 달렸었다. 헬런 너팅은 노라를 따뜻하고 우아한 안주인으로 알았다. 헬런 플라이슈만은 한층 비평적이었다. 노라는 그녀의 손님들에게 식사 대접을 한층 잘했는지라―거기에는 언제나 칠면조와 햄으로 마련된 뷔페가 있었다. 실비아 비치는 파티들이 무딘 것임을 알았다. "그이는 혼자서 반주를 하며 아일랜드 노래를 불렀어요," 그녀는 자신의 아버지에게 썼다.

　　거기에는 예상할 수 있는 손님들의 일람표가 있었으니, 너팅 내외, 미국의 기자요 편집자인 위리엄 버드와 그의 아내 샐리, 실비아와 아드리앤너, 맥그리비, 그리고 조이스의 아이들과 그들의 친구들. 호비악 광장에는 그렇게 자주 있지는 않으나, 매칼몬, 캐이 보일, 및 파리에서 그들이 초기에 함께 머물었던 다른 친구들이 있었다. 매칼몬은 '제임스 지저스(예수) 조이스'로 넌더리가 났으며, 그리고 파운드 는 (또한 조이스의 요구에 지쳤거니와) 이탈리아로 이주했다.

　　조이스는 그의 주위에 새로운 무리들을 모으고 있었다. 스태니슬로스는 그들을 알랑쇠들로 불신했는데, 아마도 그들은 그랬다. 그들은 또한 열심히 일하는 알랑쇠들로, 조이스의 새롭고, 어려운 책의 준비와 출판을 위해 그를 돕는 데 깊이 헌신했다. 그들 가운데 주된 이들은 그들의 범세계적 문학잡지인『트랜지시옹』지에다『진행 중의 작품』의 발췌를 출판하고 있던 정열적 미국인 내외인 마리아 졸라스와 그녀의 남편 유진이 있었다. 또 다른 중요한 지원자는 스튜어트 길버트였다. 길버트(그이 이름을 조이스는 세 개의 철자로, 기―라―버트라 발음했다)는 버마에서 판사로서 봉사했으며,『율리시스』를 해석하고 번역하는 데 스스로 이바지했던 옥스퍼드에서 훈련받은 법률가였다. 길버트의 프랑스인 아내, 몬느는 작고 활발한 여인으로, 출판에 있어서 활동적이었다. 그녀는 곧 노라의 가장 훌륭한 친구들 중의 하나가 되었다.

조이스 가문의 손님들은 9시에 도착하기 일쑤였다. 노라는 혼자 그들을 맞이했다. 그러자 이내 그들은 자신들의 주인이 나타날 때까지 모두들 어색하게 (마시지도 않고) 기다렸다. 비록 조이스의 눈먼 것이 결코 모두는 아닐지라도 ('조이스는 그가 원하면 다른 사람처럼 잘 볼 수 있었어,'실비아 비치는 생각했다), 노라는, 마치 그가 아이인 양, 그의 손님들의 이름을 차례로 대면서, 그리고 각자에게 저녁 인사를 하도록, 그에게 지시하면서, 그를 그룹 주위로 안내했다. 이어 음주와 노래가 시작되었다. 조지오는 아리아를 부르고 루치아는 가벼운 민속 노래를, 그리고 조이스는 그가 좋아하는 민요인, '갈색과 노란색 맥주'를, 만일 노라가『진행 중의 작품』을 읽고 있다면, 그녀를 감동시켰을 가사와 함께, 불렀는데, 작품에는 술집 주인 H.C. 이어위커가 자신의 '딸—아내'에 관한 친족상간적 생각들로 넘친다. "그는 나와 같이 있는 여인이 나의 딸인지를 물었지⋯⋯. 그러자 나는 그녀가 나의 결혼한 아내라고 말했어."

실비아와 아드리엔너는, 만일 미스 위버가 파리에 있었다면, 그랬을 것처럼, 보통 자리를 일찍이 떴다. 그러자 춤이 시작되었고, 조이스는 솔로 댄스로 절정에 달했으니, 긴 거미 같은 양 다리(바지 가랑이 길이는 32 1/2인치) 그리고 긴 양 팔을 흔들면서, 언제나 대굴대굴 구르는 듯, 빙빙 돌며 그리고 급선회하며, 넋을 잃은 채였다. 노라, 그녀는 약간의 그러나 결코 많지 않은 와인을 마셨고, 잠시 동안 그걸 최고로 즐겼으며, 이어 시간이 늦어지자, 집으로 갈 손님들 때문에 눈에 띄게 초조해졌다. 만일 짐이 또 다른 노래를 시작하면, 그녀는 손가락으로 귀를 막았다. "저인 또 시작이야," 그녀는 말하곤 했거니와, "저인 결코 눈치 채지 못할까?" 노라 자신은 거친 춤을 끝냈다. 그녀는 마리아 졸라스로 하여금 피아노 연주를 멈추도록 주문했다. 그리고 골이 나 얼굴이 붉어진 채(『율리시스』의 밸라 코핸처럼), 조이스를 의자 속으로 밀어 넣었고, 거기로부터 그는 저녁을 그토록 오래 끌어온 데 대해 사악하게 미소 짓곤 했다.

노라는 티(차)타임에서 발생했던 사후 평가에 대해 다음 날 전력을 다했다. 그녀 주변의 집안사람들—조지오와 루치아, 조이스, 아마도 맥그리비와 함께, 그녀는 손님 일람표를 훑어 내렸고, 몰리 블룸처럼, 모든 여성들을 비판했다. 조지오는 그녀를 격려했다. 그는 그의 어머니만큼 사악한 잡담을 좋아했고, 조이스는 의자에 몸을 뻗은 채 말없이 들으며 미소를 지었다. 노라는 차 시간을 사랑했다. 의전儀典은 가족 모두를 위해 큰 중요성을 갖는지라, 매일의 의식儀式은 축하자로서의 노라와 함께, 아일랜드나 프랑스에서의 그들의 생활을 연결시켰다. 그녀는 음식에 크게 주의를 기울였으니, 샌드위치는 맛있었고, 아주 엷게 잘라졌다. 거기에는 언제나 두 가지 종류의 케이크, 보통 달콤한 비스킷과 마찬가지로, 이따금 뜨거운 뭔가, 아마도 스콘 빵이 있었다. 노라는 그녀의 차를 자랑했고, 짙게 다려, 뜨겁게 대접했다(조이스 작품에서 차에 대한 언급들은 한 편의 상당 크기의 박사학위 논문 감이다). 조이스 가문의 차에 초대받은 사람들은 조이스 내외의 중심 무리들 가운데 자신들을 진짜 손님들로 헤아릴 수 있었으리라. 조이스는 서재에서 나왔고, 조지오는 자신이 어디 있든 간에 귀가했으며, 파리에로의 아일랜드 방문객들은 모습을 나타내곤 했다. 조이스의 더블린 친구였던 콘스탄틴 커런의 딸인, 에라베스 커런은, 빈번한 손님이었다. 말할 필요도 없이, 노라는, 조이스 애호가가 아닐지라도, 조이스를 닮았는지라, 만일 그녀가 무슨 음식이든 살 수 있으면, 그것을 손수 만들지 않았고, 파리의 값비싼 과자점들인 리쇼 점과 럼펠메이어 점의 고정 단골손님이었다.

미스 위버가 왔을 때, 차(茶) 의식은 보다 높은 국면으로 빠져들었다. "대지는 어느 쪽에다 버터를 바르는지를 알지," 조이스는『율리시스』를 위한 그의 노트에서 말했다('대지'는 몰리의 등가물이요, 확대컨대, 노라이다). 노라는 미스 위버를 대단히 좋아했으며, 한때 그녀에게 멋진 핸드백을 사 주었는데, 그것을 미스 위버는 언제나 애지중지했다. 그러나 노라는 그럼에도 불구하고 미스 위버와 같은 방문을 어전연주御前演奏로서 간주했고, 그것이 끝나자 기뻐했다. 미스 위버는 4시의 규정 시간에 나타났다. 차는, 가장 멋진 린넨 냅킨, 정선된 케이크, 그리고 소환될 수 있는 가장 흥미 있는 문인 손님들과 함께 대접되었다. 조이스 내외는 좀처럼 미스 위버를, 설사 있다 해도, 파리의 저녁식사에로 데리고 나가지 않았다. 미스 위버 역시 이러한 방문에 마음이 편치 않았다. 그녀는 자신의 의자 가장자리에 앉아 '조이스 씨'에게 단지 "예, 조이스 씨" 혹은 "아니요, 조이스 씨"로만 대답했다.

1925년부터 1931년까지, 그러한 안정된 세월은, 노라에게 주부 및 집안 일꾼으로서 그녀의 기술을 과시할 유일한 참된 기회를 부여했다. 집안은 언제나 흠 하나 없었다고 마리아 졸라스는 말했다. 모든 것들 가운데 가장 멋진 찬사는, 감탄 자 맥그리비로부터 나왔다. 그러한 세월 동안에, 그는 말하기를, "가사家事는 [조이스]를 위해 바퀴처럼 원활히 진행되었고," 그리하여 그는 자신의 강박된 일에 자유로이 헌신 투구 했다.

그러한 세월에 있어서 미스 위버를 기쁘게 하려는 조이스의 열성을 위한 한 가지 이유는 그의 새 책에 향한 그녀의 반응이었다. 그녀는 1929년 2월에, 예의 바르게 그러나 정직하게 그에게 썼다.

> 나는 당신의 '말장난 안전 도매 공장'으로부터의 생산에 대해서 뿐만 아니라 당신의 전적으로—뒤엉킨 언어 제도의 암담 성과 불명료성에 대해 별 관심 없어요. 그것은 내게는 당신이 자신의 천재를 낭비하고 있는 것 같아요.

수줍어하듯 그 선량한 여인은 아마도 자신이 잘못일 것임을 덧붙였다. 그녀는 조이스를 낙담시키고 싶지 않았다. 그녀는, 그가 무엇을 쓰려고 선택하든 간에 스스로의 기탄없는 지지를 그에게 확신시키기 위해 개인적으로 파리에 왔다. 미스 위버는 조이스의 생활에 있어서 그녀가 행사했던 감정적 역할에 대해 아무런 생각을 갖지 않았다. 노라는 그의 글쓰기에 대해 어머니 역할을 할 수도 없고, 하지 않으려도 하지도 않았다. 그러나 미스 위버의 불찬성은 너무나 용납할 수 없는지라, 조이스는 그녀가 그것을 철회할 때까지 아주 불안하게 느꼈다. 노라는 조이스가 시도하고 있던 바를 완전히 알았다. 『피네간의 경야』는 너무나 암담한 새 언어로 쓰였기 때문에, 조이스는 미스 위버가 단지 첫 페이지만이라도 이해할 수 있도록 그녀에게 일종의 어휘 사전을 보냈다. 노라는, 짐이 자기 마음대로 씀에 있어서 스스로 만사를 어렵게 하고 있는 것은 않은지 실비아 비치에게 걱정스럽게 물었다.

조이스는 책상 위의 커다란 카드들에다 글을 씀으로서 작품을 작성했다. 그는 자기 곁의 의자에 손을 뻗고, 특별한 색깔의 카드를 집어, 그것을 그의 눈 가까이 가져간 다음 쓰곤 했다. "당신은 저 모든 카드를 가지고 뭘 하고 있어요?" 노라가 묻자, 그에 대해 그는 대답했다, "걸작을 창조하려고 노력하고 있소."

1929년에 그는 『진행 중의 작품』의 한층 접근할 수 있는 부분들 중의 하나인 '부의개미와 아도베짱이'의 우화를 발간했다. '부의개미'─개미 또는 터벅터벅 걷는 자─는 조이스가 싫어했던 윈덤 루이스에 대한 만화였다. 쾌활한 '아도베짱이'의 신분은, '언제나 급향 지그 춤을 추면서, 자신의 조의시성嘲意市性(joyicity)의 주선율主旋律에 행락했는 바,' 거의 한갓 불가사이가 아니었다.

'조의시성'은 호비악 광장에서 어느 오후 공급하기에 부족했는지라, 당시 노라는 혼자 외출하기를 원했고, 조이스는 그녀를 심부름으로 자기와 동행하기를 바랐다. 노라는 맥그리비가 와서 자신의 대역이 되도록 전화를 걸었다(자신의 눈 때문에, 조이스는 혼자서 여기저기 얼굴을 내밀 수 없었다). 그녀는 리츠 댁의 오후 파티에 초대를 받았는데, 그것을 위해 새 모자를 하나 샀다. 그녀는 조이스 때문에 그녀의 오후를 희생시키려 하지 않았다.

맥그리비가 도착했을 때, 노라는 도망가려고 애를 썼으나, 조이스는 이 핑계 저 핑계로 그녀를 계속 부르고 있었다. 마침내 그녀는 그에게 격분하여 말했다, "제발, 짐, 나로 하여금 파티에 가도록 내버려둬요. 그리고 당신은 내가 돌아올 때까지 '부의개미와 아도베짱이'나 상관하구려.' 그런 다음 그녀는 멋진 옷을 차려 입고 획 사라졌다.

매리 콜럼은, 그녀가 노라를 좋아했지만, 값비싼 옷에 대한—특히 모자에 대한 그녀의 사치를 시인하지 않는지라—이는, 매리가 생각하기로, 미스 위버의 돈이 주는 부패한 영향의 증거였다. 노라는 돈을 더부룩이 섰다. 그녀는 심지어 일 년이라도 유행이 뒤떨어진 것을 좋아하지 않았다. 예를 들면, 오스텐드(역주 : 벨기에 서북부의 항구 도시)와 워털루(역주 : 벨기에 중부의 마을)에의 그들의 휴일에, 양재업자洋裁業者의 집들이 대낮을 위해 '스포츠 패션'을 공포했을 때, 비록 노라는 조이스가 해변에서 수면 위로 돌을 튀기며 스치는 것을 살펴보는 것 이상의 운동을 하지 않았을지라도, 그녀는 당시—유행하던 베이지색으로 몸을 치장했다.

1928년까지는 노라는 자신의 용모를 총체적으로 변형시켰다. 그녀는 자신의 긴 머리카락을 유행에 맞게 '싱글'커트로, 그리고 물결 모양의 웨이브로 바꾸었다. '세퍼레이츠'(역주 : 상하 따로 따로)가 유행했을 때, 그녀 자신과 루치아를 위해(그녀는 루치아가 혼자 쇼핑하는 것을 결코 허락하지 않았다), 노라는 셔츠와 기다란 허리 없는 윗도리를 샀고, 거기다 그들은 의상 보석을 달았다. 1927년에, 패션이 물방울 무늬를 선언했을 때, 노라는 반점 있는 스커트와 튜닉 상의를 선택했는지라, 그것을 입고, 그녀는 '미국의 다다이스트 만 레이'의 조수인 버니스 애보트에 의해 사진을 찍어 받았다.

미스 애보트는 노라가 아름답다고 생각했으며, 그녀의 목소리를 사랑했다. 그녀는 세 사람 모두의 초상화들을 찍었는데, 루치아는, 길고 커다란, 이튼 칼라가 달린 블라우스를 입었고, 조이스 자신은 마티네 우상처럼 포즈를 취한 채, 흰 재킷과 나비 타이에, 치켜든 한쪽 무릎을 양 손으로 꽉 쥐고 있었다. 다시 한 번, 가족 초상화들 가운데, 노라는 가장 성공적이었으니, 왜냐하면 그녀는 카메라에 자기 자신을 공개적으로 노출시켰기 때문이다.

조이스는, 그의 아내와 딸이 최근 스타일을 지니는 것을 보는 데 만족한 채, 자신이 노라를 만났을 때 그녀가 입었던 그런 종류의 의상에 의한 자신의 향수에 굴복하지 않았다. 조각가 브란쿠시를 만나면서, 조이스는 그들 양자가 현대 여성 패션을 개탄했던 것을 발견한 뒤로 그들이 아주 서로 마음이 맞는 것을 발견했다.

의상의 상징적 중요성에 있어서 조이스 자신의 관심은 미신에 가까웠다. 그는 미스 위버에게 보낸 편지에서 장난하기를, 자신은 장님이 되는 것을 막기 위해 옷을 입기 시작했다고 했다. 다른 말로, 그는 회색, 검정색, 및 녹색의 색깔을 지닌 의상을 수집했으며, 그것을 그녀에게 자세히 서술했다. 그의 약한 시력 때문에, 그는 자신이 미스 위버에게 썼던 편지들을 받아쓰기로서 시작했는데, 그 결과 편지는 더 길어질 뿐만 아니라 한층 친근해졌다. 개인적으로 미스 위버와 과도하게 형식적이었으니, 그는, 마치 기숙사로부터 집으로 편지를 쓰는 소년처럼, 또는 그에게 편지를 썼던 1904년의 노라처럼, 편지로 소리를 내기 시작했다.

> 고로 나는 살즈버그에서 내가 산 녹색 옷감으로 뮤닉에서 재킷을 만들어 가졌으며, 내가 파리로 돌아오던 순간 나는 한 켤레의 검고, 회색 신발을 그리고 회색 셔츠를 샀지요. 그리고 나는 검정 타이를 발견하고, 한 벌의 녹색 바지 멜빵을 광고하여 구했으며, 루치아는 내게 회색 비단 손수건을 선사했고, 그 아씨(하녀)는 검은 중절모를 발견했는데, 그러자 그것으로 사진을 완료했지요.

그대의 적들을 불멸하게 하다니 그들을 용서하는 것을 의미하지 않는다.

조이스가 그의 옛 경쟁자인 빈센트 코스글래이브에게 그의 최후의 시선을 던진 지 그리고 『초상』속에 그리고 『율리시스』속에 코스글래이브를 '린치'로 이름 부름으로써 그의 옛 상처를 갚은 이래, 그는, 1904년에 코스글래이브와 노라 간의 있었던 것이 무엇이든 간에, 20년 이상을 여전히 그에 대해 불만을 품고 있었다. 그는 1926년 9월 후로 언젠가 코스글래이브가 템스 강에서 익사체로 발견되었다는 것을 알았을 때, 불쾌하지가 않았다. 『율리시스』에서 코스글래이브를 린치로 다룸에 있어서, 조이스는, 유다가 그랬듯이, 린치가 자살하리라는 것을 스티븐 데더러스로 하여금 어렴풋이 예언하게 했다.

조이스의 노라에 대한 믿음을 어떻게 코스글래이브가 없애버렸는지를 알았던 유일한 친구가 1927년 11월에 호비악 광장을 방문하려 왔다. J.F. 번은, 1909년에 이클레스 가 7번지의 그 유명한 날 이래 조이스를 보지 못했으며, 그가 조이스로 하여금 노라와 사랑의 도피를 하도록 격려했던 1904년 이래, 조이스를 결코 한번도 보지 못했다. 노라와 조이스는 번을 파리에로 초청했고, 그를 기차에서 만나, 오페라에로 데리고 갔으며, 옛 친구들에게 그를 소개했다. 방문하는 동안 조이스는 번에게 코스글래이브의 슬픈 운명에 관해 말했다. 번은 눈치 챘으니, 조이스는 그 뉴스를, '노라의 면전에서, 그녀가 듣는 가운데,' 말하는 것을 조심했다. 번은, 조이스가 얼마나 많이 노라로 하여금 그녀의 옛 감탄자의 슬픈 종말에 관해 듣기를 원했으나, 그녀는 그에게 아무런 만족스런 반응도 주지 않음을, 아주 잘 알고 있었다.

조이스 내외는 번으로 하여금 그의 방문을 연장할 것을 권장했으며, 번의 아내에게, 그녀가 그의 어머니인양, 혹시 번이 며칠 더 오래 머물 수 있는지를 묻기 위해 편지를 썼다. 번이 아일랜드로 되돌아갔을 때, 조이스 내외는 조이스의 아버지를 위한 선물로서, 『진행 중의 작품』의 '아나 리비아 플루라벨'과 『율리시스』로부터 조이스의 낭독을 담은 축음기 녹음뿐만 아니라, 조이스의 작품의 몇 권을, 그에게 짐으로 실어주었다. 그들은 그를 기차에 태워주었고, 그가 다시 그들을 방문하기를 희망한다고 말했다. 이어 조이스는 그 자리에 앉아, 그의 입의 다른 쪽으로부터 미스 위버에게 다음과 같이 썼다.

> 나의 종을 울린 최근의 아일랜드인은 『초상』 등의 '크랜리'이오! 그가 말하기를, 『초상』과 『율리시스』의 '린치'는 몇 달 전에 템스 강에서 낚여진 채 나왔다는 거요. 그는 나를 만나려 아일랜드에서 온 듯했는데, 그전에 결코 대륙에 온 적이 없으며, 프랑스어를 말할 수 없는 데다가, 파리에서 아무것도 본 것이 없자, 3일을 묵은 뒤 아일랜드로 되돌아가요.

여러 해 뒤, 조이스의 사망 후에, 이 편지가 출판되었을 때, 번은 기분이 좋지 않았다. 그는 '조이스의 종을' 울리지 않았다고 노발대발했다. 그는 명백히 초청받았고, 조이스 내외는 정중하게도 환대적이었다(그는 그렇게 생각했거니와). 조이스는 자기 자신을 '날쌘—알렉'으로 입증할 찬스를 결코 거역할 수 없었다고 그는 말했다. 번에게, 최대의 치욕은, 미스 위버에 대한 조이스의 서술과는 반대로, 조이스에게 코스글래이브에 관해 말한 자는 그이, 번이 아니라, 주변 인물이었다는 것이었다.

코스글래이브는, 그가 48세의 나이에 익사했던 1926년 즈음에, 의문의 여지없이 한 실패자였다. 그는 자신의 어머니의 유산을 탕진했으며, 런던의 블룸즈버리 지역의 방들에서 살고 있었다. 그는 결코 자신의 의학 학위를 취득하지 않았으며, 사망 진단서는 그의 직업을 애처롭게도 '이전의 의학도'로서 명기했다. 하지만 그가 자기 자신의 목숨을 빼앗았다는 증거는 없었다. 그의 시체는 1926년 9월에 과격한 폭풍의 밤이 있은 뒤 템스 강의 벨론지 둑 위에서 발견되었다. 그는 아마 익사했으리라, 그러나 그는, 아마도, 술에 취하여, 떨어졌거나, 심지어 떠밀려졌으리라. 검시관은 공개적 판결을 내렸다.

노라는 번의 방문을 그녀 자신의 것으로 이용했다. 그녀는 번을 쇼핑으로 데려가고, 그가 속임을 당하는 것으로부터 구할 것을 제의했다고, 그녀는 말했으나, 그들이 외출하는 동안, 그녀는 고백할 자신들의 프라이버시를 이용했다, "나의 행복의 호박琥珀에는 단지 한 마리 파리가 붙어 있어요." 번은 그녀가 뜻하는 바를 은근히 이해하지 못하는 척했다. 노라는 강요했으니, "그게 뭔지 모르세요?"

번은 빛나가게 대답함으로써 그녀의 감정을 상하지 않게 했다. 그녀는 여태 그것에 관해 짐에게 말했던가? 노라는 부정했다(번의 메모로부터 따온, 다음의 대화는, 문자 그대로 해석되어서는 안 되리라. 조이스의 아일랜드의 친구들은, 많은 면에서, 조이스처럼 창의적이었다. 그의 명성이 커가자, 그들이 그에게 말하는 것을 기억할 수 있었던 핵심적 중요성 또한 그랬다). 이리하여 번의 회고인즉,

> 노라…… 지나간 여러 해 동안 사건이 무엇이었던 간에, 짐은 이제 당신이 바라는 바를 행할 아무리 작은 반대도 하지 않을 것을 나는 확신해요. 나는 그것에 관해 오늘밤 당장 그에게 물어볼 테요.

번은 그가 나중에 조이스에게 그 질문을 던졌다고 말했고, 후자는 '흥분하여 승낙했다.' 그러나 조이스는 4년 이상 동안―그리고 단지 자기 자신의 이유 때문에―노라의 행복의 호박으로부터 파리를 제거하지 않았다. 노라 자신은 조이스에게 그녀가 한 기혼 여인이 되고 싶다는 것을 말할 수 없음은 그것이 그들 사이에 얼마나 민감한 문제였는지를 보여준다.

조이스의 결혼에 대한 반대들이 무엇이든 간에, 그들은 그의 가톨릭교회에 대한 이전의 광범위한 혐오를 포함하지 않았다. 1828년 4월에 조이스는 포드 매독 포드(역주: 조이스의 동료 모더니즘 작가)의 어린 딸의 가톨릭 세례에서 대부代父로서 봉사할 것을 승낙했다. 자신의 죽어가는 어머니의 침대 가에 기도하지 않겠던 자가, 성수반 곁에 서서, 아기 소녀로부터 악마를 제거하는 데

도우겠다고 승낙했다. 비록 조이스는 그녀가 그것을 그녀 자신 반대할 수 있을 것이라 상상했지만, 그이 자신은 그것을 '우정의 행위로서' 그렇게 했다고 말했다.

의식儀式이 있은 뒤, 조이스와 노라는 하루의 봄 휴일을 위해 튜롱에 있는 포드의 집의 대여를 받아들였다.

1928년에, 톰 맥그리비는 조이스 사교계에 한 사람의 새 아일랜드 회원을 소개했다. 그자는 사무엘 베케트로서, 더블린의 트리니티 대학 출신으로 23세의 학자였는데, 그는 최근 에꼴 노르말에 왔었다. 큰 키에 홀쭉하니, 생각에 잠기듯 말없는 젊은이인, 베케트는 맥그리비의 활기 찬 대화에 흥분했고, 그는 조이스에게 한 번역자 및 한 전반적 문학의 잡역부로서 자기 가신 속박되었음을 이내 발견했다. 베켓의 전기가인 데아드레 바아는, 조이스가, 한 무급의 조력자로서 아일랜드의 중—상류—계급의 신교도요, 특히 자기를 모사模寫(역주 : 사물을 형체 그대로 그림)라고 말해도 좋을 정도로까지 이내 우상화했던 자를 갖게 되었음을 행복 했다고, 주장한다. 베케트는 조이스를 한 스승, 한 반도叛徒, 언어를 사용하는 새로운 방식을 가진 한 아일랜드의 동료 개척자로서 숭배했다. 그는 또한, 보다 나중 세대가 간과하기 쉬울 정도로, 조이스의 심한 장애물에 반응했다. 조이스는, 반소경이요, 눈의 통증의 한결같은 가려움, 열, 그리고 진통을 겪는, 한 애처로운 인물이었다. 사람들은 그가 해야 한다고 느꼈던 일을 그가 수행하도록 도우기를 바랐다. 베케트는 매일 충실히 조이스의 아파트에로 갔다. 하지만 애착은 보상받으리라는 어떠한 환상 아래에도 있지 않았다. 베케트에게, 맥그리비에게처럼, 조이스는 털어 놓았는데, "나는 나의 가족 이외에 아무도 사랑하지 않아."

베케트는, 맥그리비처럼, 또한 노라와의 친구를 즐겼고, 그녀가 자신의 가정 이내 창조해 놓은 아일랜드적 분위기와 그녀가 가족을 다스리는 권위를 좋아했다(베케트의 소설『모로이』에서, 어떻게 '가정부'가 주인공의 마음 주위를 부동하며, 성적 친밀성과 영합하는지를 보는 것은 흥미로운 일이다).

그들의 생활에서 또 다른 새로운 요소는 노라의 나쁜 건강이었다. 1928년의 봄에 노라는 여러 해 동안 처음으로, 몸이 좋지 않음을 불평했다. 조이스 역시 몸이 찌뿌드드했다. 그의 몸무게는 8스톤(112파운드)에로 떨어졌고, 그리하여 그는 그와 노라가 함께 좋아하는 캔디─터키 산 눈요기, 토피 과자, 크림 당과로 배를 채움으로써, 다시 무게를 늘이려고 애를 썼다. 때는 여름이라, 루치아는 잘츠부르크(역주 : 오스트리아의 서부 도시, 모차르트의 고향))에 가 있었고, 그리하여, 길버트 내외를 친구로 삼으면서, 그들은 자신들을 프랑크푸르트, 뮌헨 및 스트라스버그를 통해 데리고 가는, 순회 마라톤으로 파리를 떠났는데, 그것은 르 하브르의 프랑스 해안에서 도로 끝났다. 길버트 내외는 조이스 내외의 여행 친구로서 그들의 역할을 즐겼으나, 그들의 생활 스타일을 결코 채택하지 않았다. 그들은, 식사와 유람을 위해 노라와 조이스를 그들의 웅장한 시설에서 만나면서도, 언제나 한층 값싼 호텔에 머물렀다.

그들은 모두 여섯 주일을 잘츠부르크에서 머물렀다. 루치아를 위해 노라는 브라함의『가곡집』을 위한 피아노 악보를 가져왔다. 루치아는 그녀의 어머니의 건강 상태를 살피자 걱정이 되었다. 그 곳에 있는 동안, 그들은 스태니슬로스와 그의 신부를 만났고, 그들은 3년의 약혼 뒤에, 8월 13일 결혼했다. 만남은 위대한 작가와 그의 젊은 아우의 그것처럼 대단한 것이었다. 두 부부들은 방문 동안 단지 두 번 그리고 양 경우에 많은 사람들과 함께 오찬에 참석했다. 루치아는 즐거운 춤으로 그룹을 환대했다. 노라와 조이스는, 새로운 조이스 부인인, 넬리에게 좀처럼 말하지 않았다. 냉정한 접대는 스태니슬로스에게 쓰린 경험임이 틀림없었다. 그의 수년간의 희생이 너무나 무시당했는지라, 그는, 자신이 예금계좌를 가졌던 실비아 비치의 서점으로부터 조이스의 새 작품에 대한 자기 자신의 할부 권수를 주문해야만 했다. 모욕에 첨가된 것은 스태니슬로스가 읽은 것에 대한 자신의 전적인 불쾌함이었다. 그는 『진행 중의 작품』에서 그것이 무엇이든 장점이라고는 찾아볼 수 없었다.

1928년에 이러한 가족 재회에서 조지오는 그의 부재로 눈에 띄었다. 조이스는 미리 이것을 애써 설명했거니와, 스태니슬로스에게 자신의 아들이 피레네 댁에 있다는 것을 두 번 편지로 알렸다. 그는 누구와 같이 있는지는 말하지 않았다. 사실상, 조지오는 프랑스 남서부의 코터레츠라는, 캐스토의 가족 별장에서 헬런과 같이 있었다. 헬런과의 그의 사건은 기세가 누그러지는 기미를 보이지 않았다. 사실상, 이 어색한 부부는 진실로 사랑하는 듯했다. 전월 11월에 헬런은 리옹 플라이슈만과 공식적으로 이혼함으로써, 그녀의 지방 시장市長으로부터 화해불성립의 법령을 득했다. 이때쯤 하여, 조이스 내외는 이 밀통으로 너무나 고통받았는지라, 그들은 헬런과의 관계를 끊고, 마치 그들이 그녀를 거리에서 지나치는 마냥 그녀에게 말을 하지 않았다.

그러나 그들의 근심은, 노라가 산부인과의 검사를 받고, 종양腫瘍을 가졌음이 발견되자, 새로운 방향으로 나아갔다. 수술이 긴급하게 추천되었다. 노라는 그걸 생각하기를 한결 같이 거절했다. 조이스가 말할 수 있는 어떤 것도 그녀를 설복할 수 없었다. 마음이 산란한 채, 조이스는 주변에서 그의 아내에게 어떤 영향을 줄 친구들을 찾았고, 그의 심통이 너무나 큰지라 그는 심지어 도움을 위해 헬런 플라이슈만에게 방향을 돌렸다.

노라의 진단은 조이스와 노라가 공이 실비아 비치의 충고에 따라 자신들을 맡겼던 한 새 젊은 여의사로부터 나왔다. 닥터 폰뗀느는 31살에다 아름다웠고, 페미니스트로, 탁월한 과학자 가족의 멤버였다(조이스가 그래도 닥터 폰뗀느를 그토록 쉽게 수용한 것은 강한 여인들에 의해 보살핌을 받는 것에서 자신이 발견한 위안의 또 다른 증후였다). 노라에게, 닥터 폰뗀느는, 몰리 블룸이 『율리시스』에서 우습게 생각하는 보잘것없는 종류의 남성 산과의사와는 다른, 일종의 환영받는 변화였다.

　노라의 수술의 전망은 온 가족을 놀라게 했다. 노라는 여러 달 동안 의사를 만나는 것을 거절했는데, 가족 가운데 환자 하나면 충분하다고 말했다. 그녀가 암을 가졌을 것이라는 게 그들 모두에게 분명했으나, 닥터 폰뗀느는 방사선 치료에 의한 가벼운 수술(아마도 자궁경관 확장과 소파)이면 충분할 것이라는 가능성을 주장했다. 노라는 느일리의 진료소에 적시에 입원했고, 조이스는 그녀와 함께 입원했다. 그녀가 입원하는 날에, 조이스는 H.C. 웰즈와 점심 약속을 가졌다. 웰즈는 방금 조이스에게 '뒷간'과 외설에 대한 그의 강박관념에 관해 통찰력 있는 그리고 잇따라 유명한 편지를 보냈다.[10] 조이스는 대화를 기대하고 있었다. 그는 영국의 작가를 우호적으로 알았으나, 그이 자신은 너무나 전도되었기 때문에 그 경우에 대처할 수가 없었다.

　수술 후에 조이스는 미스 위버에게 전화를 걸었다(그는 많은 다른 이들이 여전히 주춤거렸던 장거리 전화의 대담한 사용자였다). 그는 또한 경쾌하게 발레리 라르보와 네비아 부인에게 썼다, "우리는 하루 가량 지나면 집에 가오, 그리고 15일간의 자동―백신의 치료 뒤에 4일간의 더 많은 방사선을 위해 여기 되돌아와요."

　실비아 비치는 그녀의 친구인 닥터 폰뗀느로부터 다른 뉴스를 받았다.

10_웰즈는 1928년, 11월 23일에 조이스에게 그가 조이스의 실험적 글쓰기의 방식을 '막다른 골목'으로 본 이유를 설명하기 위해 글을 썼다.
　당신은 가톨릭을 시작했소, 즉 당신은 현실에 대한 강한 반대의 가치 재도를 가지고 시작했소, 당신의 정신적 존재는 모순당착의 엄청난 제도에 의해 강박되어 있소. 당신은 정말로 정절, 순결 및 개인적 하느님을 믿고 있으며, 그것이 음부니, 분糞이니, 지옥의 부르짖음 속에 당신이 언제나 돌발하고 있는 이유라오. 나는 이러한 것들을 아주 잠정적인 가치로서 이외는 믿지 않기 때문에, 나의 마음은 화장실과 월경대―그리고 과분한 불행의 존재에 의한 고함 소리에 결코 충격을 받지 않으오. 그리고 당신은 정치적 억압의 망상 아래 자랐을 반면, 나는 정치적 책임의 망상아래 자라났소. 도전하고 떼려 부수다니 그것은 당신에게 멋진 것처럼 보이는구려. 내게는 조금도 그렇지 않소.

그녀의 자동차로 그녀는 노라와 조이스를 태워 호비악 광장으로 되돌아갔으나, 그녀가 자신의 서점에 되돌아오자마자, 그녀는 해리엇 위버에게 침울하게 썼다. 병은—6개월 또는 수년이 지나면 재발할 분명한 가능성이 있다는 것이었다.

사실인즉, 만일 암이 퍼지면, 노라의 생명은, 물론, 어떤 새로운 치료가 그동안 발견되지 않는 한, 구할 수 없을 것이라는 것이었다. 그들이 걱정을 서로 교환하자, 노처녀들의 아무도 자신들의 조이스 씨가, 노라 없이, 어떻게 삶을 그리고 글을 여전히 계속할 수 있을지를 알 수 없었다. 그들은 노라의 죽음의 가능성을 직면하는 것으로부터 조이스를 가능한 한 오랫동안 보호할 것을 서로 맹서했다. 그러한 몇 주 동안, '해협'을 가로 질러 그들 사이 오락가락 미행했던 많은 편지들의 하나에서, 해리엇 위버는 실비아에게 약속했다.

나는 조이스 씨에게 이러한 가능성에 대해 어떠한 것도 분명히 말하지 않겠어요. 나는 확신하거니와, 그가 그것에 대해 무엇이든 아무것도 알지 말아야 하는 것이, 그러나 고통이 완전히 치료되었다고 그가 당연히 알아야 하는 것이 보다 훨씬 훨씬 나으리라. 만일 일이 정말로 다가오면, 진실이, 필요하기 전에 당장이 아니라, 점차로, 그에게 알려지는 것이 훨씬 훨씬 더 나을 것이오. 조지오는 그 가능성을 아는지? 나는 그렇지 않기를 희망하오.

두 여인들은 조지오의 세심성에 어떤 위안을 가졌다. 미스 위버는, 비록 그가 약간 손상되었을지라도, 정말로 아주 착한 소년임을 인정했다.

정월에 조이스는 미스 위버에게 경쾌한 뉴스를 썼다. 세 의사들은 노라가 치료되었다고 선언했다. 방사선 치료가 작동했고, 그의 아내의 병은 그것(그것의 이름을 아무도 여태 언급하지 않았다)의 역사상 가장 빠르고, 가장 성공적인 회복들 가운데 하나였다.

조이스는 전적으로 잘못이었다. 미스 위버는 이미 닥터 폰뗀느로부터 실비아 비치를 통해 모순당착적 정보를 받았었다. 악성 세포가 여전히 거기 존재했다. 노라는 완전한 자궁절개(혹은 그들이 점차적으로 그걸 서술했다시피, '한층 더 심각한 수술')를 위해 병원으로 되돌아가야 했다. 그러나 그들은 비밀을 그들 혼자서 지켰다. 닥터 폰텐느는 조이스에게 약 3주 동안 말하지 않았다. 그러자 사방에서 노라로부터 진실을 숨기도록 서로 공모했다. 조지오, 미스 위버, 실비아, 스튜어트 길버트—모두는 비밀에 대해 맹서했다. 심지어 트리에스테의 스태니슬로스도, 노라가 그의 편지를 읽을 경우, 그것의 주제를 언급하지 말도록 요구받았다. 남편으로서 수술을 위한 자신의 승낙을 해야 할 필요가 있었던, 조이스는 그렇게 하기를 주저했다. 심지어 조이스는 그것을 말하도록 자신을 설득했고, 마침내 그 뉴스를 노라에게 터트렸을 때도, 그는 자신의 생일인 2월 2일 후까지 수술을 연기하려고 애를 썼다("그의 아내를 원기 있게 하기 위해," 미스 위버는 결론 내렸거니와). 미스 위버 자신이 조이스와 함께 있기 위해 파리로 왔다. 어떠한 어머니인들 더 이상 할 수는 없으리라. 그녀는 믿기를, 자신이 실비아에게 썼듯이, 조이스 씨는 수술 전보다 후에 그녀를 더 필요하리라.

> 왠고하니 이러한 심각한 수술 뒤에, 상처가 아무는 동안 진료소에는 길고 지루한 기간이 있을 것이요. 그리고 조이스 씨는 우려 때문에 지금 마음이 산만하기에 아무것도 하지 못할 거요.

노라가 파리의 다른 편의 병원에 누워 있는 동안, 만일 미스 위버가 조이스는 집에서 홀로 싫증났으리라 상상했다면, 그녀는 잘못이었으리라. 조이스는 그의 곁에 노라 없이는 여전히 밤을 홀로 보낼 수 없었다. 그녀가 1929년 2월 5일에 수술을 위해 느일리의 진료소에 재차 입원했을 때, 그는 그녀와 함께 갔다. 조오지뿐만 아니라 루치아도 역시 그들의 양친이 병원에 있는 동안, 하이야만스 거리에 있는 헬런의 아파트에로 옮겨갔다. 거기 조이스는 환자 인 듯했다. 그는 노라의 옆 큰 방에로 옮겨 들어갔다. 그는, 자신의 주변에 책들을 놓아둔 채, 매일 방문하러 오는 친구들과 함께 소파에 앉거나 누워 있었다. 사무엘 베켓은 매일 우편물을 가지고 왔다. 조이스는 단지 담배와 신문을 사기 위해, 그리고 근처의 교회를 방문하기 위해 병원을 떠났는데 교회에서 그는 어둠 속에 말없이 앉아 있곤 했다.

이러한 총체적 숭배와 의존의 드러남은 노라를 감동시켰던가? 전혀 그렇지가 않았다. 짐이 그녀의 방 안으로 들어왔을 때마다, 그녀는 그를 나무랐다. "집으로 가요!" 그녀는 그에게 말했다. "나를 평화롭게 회복하게 해요!" 그는 그렇지 않았다. 그는, 환자들의 신음 소리 그리고 프랑스 직원들의 격앙된 고함소리는 말할 것도 없고, 나무들의 폭풍 치는 황량한 소리 및 날카로운 소리로 엉킨, 승강기의 꿍꿍 소리를 귀담아 들으면서, 잠 안 오는 밤을, 그곳에 남아 참고 견뎠다.

2주일 이내, 그러나 노라는 귀가할 채비였다. 그녀는 훨씬 나아 보였고, 약간의 과도하게 불어난 체중을 풍겼다. 루치아와 조지오는 많이 안도했다. 그들은 정말로 자신들의 어머니가 죽는 줄로 생각했다. 헬런은 노라가 인정 할만한 그런 종류의 귀가를 유능하게 가꾸었는지라. : 아파트를 청소하는 하녀, 꽃들 그리고 장미 패턴의 새 도자기 찻잔 세트였다.

심지어 1929년에도, 암은 치료될 수 있었다. 노라는 완전한 회복을 이루었다. 그러나 그때, 지금처럼, 재발의 가능성은 환자나 또는 그녀의 가족의 마음으로부터 결코 멀지 않았다. 2년 뒤에 조이스는 미스 위버에게 쓰고 있었으니, "나의 아내는 저 정기적 방문의 하나로 닥터 폰뗀느에게 갔는데, 그녀가 돌아올 때까지 나를 불안하게 만들고 있소.(당신이 회답을 쓸 때 이에 대한 암시는 금물.)" 바로 다음 날(그가 자신의 후원자와 지켰던 밀접한 접촉의 증후), 그는 쓸 수 있었거니와, "보고는 아주 좋았소, 감사하게도, 고로 이제 그걸로 끝났소."

1929년 2월에, 조이스 내외는 공개적으로 헬런 플라이슈만을 그들의 가족

동아리의 일부로서 인정하기 시작했다. 그녀의 프랑스 이혼이 최종적이 되고, 예의범절이 준수되었을 때, 그녀와의 그들의 관계는 두드러지게 변했다. 그 때부터 계속, 그녀는 공식적으로, 만찬에서 그리고 루치아의 무도 리사이틀에서 자주 보였다. 6월까지는, 그녀는 동아리의 한 구성원으로서 너무나 확립되었기 때문에, 그녀는 『율리시스』의 프랑스어 번역과 '블룸즈데이' 25주년을 축하하기 위해 실비아와 아드리엔느에 의해 마련된, 시골 레스토랑에로의 행락에 포함되었다. 새롭고, 경쾌한 회색 양복에, 붉은 핸드백을 단단히 쥔 채, 헬런은 철저하게 자신을 즐겼다. 맥그리비와 베케트도 또한 즐겼는지라―조이스와 노라에 어울리기에 너무나 지나칠 정도로, 왜냐하면, 유일한 아일랜드 인들인, 이 독신자들은, 너무나 술을 많이 마시고, 너무나 목이 쉬게 노래했기에, 그들은 창피를 당했기 때문이다. 율리시스 오찬(그것에 파리의 영자 신문 협회가 초대되었다)의 사진들은, 노라가 프랑스 기자 필립 수포와 '의식의 흐름'기법의 추정상의 발명가 에드워드 두자르뎅 사이에 샌드위치 된 채, 혹시 그녀가 레오폴드 호텔에서 이외의 병원이나 혹은 다른 곳에 되돌아가기를 원하는 것은 아닌지를 보여준다. 장면에 가장 어울리지 않는 사람은 루치아이다. 그 밖에 모든 이가 카메라맨을 보고 있는 반면, 루치아는, 너무나 많은 그녀의 사진들의 경우처럼, 또 다른 방향으로 노려보고 있다.

노라는 행사에서 단지 문인들만이 참석하리라는 이유 때문에 결코 집에 머물지는 않았다. 만일 그들이 그녀와 '들러붙었다'고 느낀다면, 그녀는 한층 주의하지 않을 수는 없으리라. 만일 그들이 아일랜드적이라면, 그녀는 아일랜드에 관해 말하리라. 만일 그들이 여인들이라면, 그녀는 의상과 아파트에 관해 말하리라. 만일 그들이 프랑스인이라면, 그녀는 앞만 곧장 보고, 전혀 아무 말도 하지 않으리라. 그녀는 자주 말없는 아내였지만 결코 눈에 띄지 않는 자가 아니었다. 때때로 조이스는 그녀가 한층 말이 없기를 바랐을 것이다. 어느 날 저녁, 갸르 몽파르나스 건너 레스토랑인 리베뉴에서, 조이스는 포드 매독스 포드를 거기서 만나도록 소환되었는지라, 두 문인들 사이에는 불안한 침묵이 흘렀다. 노라는 격앙했으니, "짐," 그녀는 꾸짖었다. "내가 술 취한 당신을 돌보도록 집으로 데리고 오다니 당신은 밤에 관해 뭘 그토록 떠들어대는 거예요? 당신은 방금 굴 먹은 벙어리마냥 말을 못하고 있어요, 맙소사."

그녀는 자신의 지분거림에 있어서, 남편을 결코 소중히 다루지 않았다. 어느 밤 그들이 헤밍웨이 내외와 저녁식사를 하고 있었을 때, 조이스는 헤밍웨이의 아프리카 모험에 크게 놀랐고, 아마도 그의 책들이 지나치게 세련되지 않은 것에 크게 안달했다. "아, 짐은 저 사자 사냥의 현장을 다룰 수 있어요," 노라는 헤밍웨이에게 말했다. 바로 그 생각이 조이스를 놀라게 했다. 그는 사자를 볼수 없다고 항의했다. 노라가 대답했다. "헤밍웨이가 그(사자)를 당신에게 서술할 거예요, 그럼 당신은 나중에 그에게로 다가가, 그를 만지고, 냄새 맡을 수 있을 거예요. 그것이 당신이 필요한 모두예요."

그해 여름 노라는 울음의 발작에 항복했다. 7월에 조이스는, 그녀가 언제나 즐겼던 곳인, 영국으로 그녀를 데리고 갔다. 그들은, 루치아, 조지오 및 헬런, 그리고 스튜아트와 몬느 길버트를 포함하는, 커다란 여행 일당이었다. 그들의 첫 정착지는 런던으로, 그곳에서 그들은 몇 주를 보냈고, 유스턴 호텔에 머물거나, 소호의 이탈리아 레스토랑에 가거나, 그들의 많은 친구들을 방문했다. 그들은, 아일랜드 작가인, 제임스 스티번즈와 그의 예쁜 아내, 신시아로서, 후자들은 북서쪽 런던의 킹즈베리에 살고 있었다. 조이스 가족은 일요일에 스티번즈 댁으로 가 전원에 앉아 이야기를 나누며 차를 마시기를 좋아했다. 루치아는 스티번즈 댁의 아들과 딸을 좋아했는데, 그들 또한 20대 초반이었다. 꼭 같은 방문 동안 조이스는 유스턴 호텔에서 아일랜드의 극작가 신 오케이시를 한 잔 술을 위해 초청했거니와, 그를 그는 이전에 결코 만난 적이 없었다. 그러나 오케이시는 심한 감기에 걸렸고, 두 사람은 전화로 길고도, 흥분한 대화를 나누었으며, 만날 또 다른 기회가 있으리라 확신했다. 그러나 기회는 결코 오지 않았다.

다음으로, 조이스 일당은 남서쪽, 데본의 돈키에로 이동했고, 최고급 호텔인, 임피리얼에 입주했다. 노라는, 헬런이 그랬듯이, 그 장소에 만족했고, 후자는 도회를 여행하며, 고물 점의 보물들을 사냥하기를 좋아했으니, 한편 조이스는, 블레이저코트, 흰 바지 그리고 밀짚모자로 말쑥하게 성장하고, 도회 위의 언덕들 주위를 산보했다. 모두는 호텔에서 차를 마시기 위해 만났고, 이어 만찬 복장을 위해 헤어졌으며, 그러자 그들은 한 그룹으로서 다시 만나 저녁식사를 하곤 했다.

미스 위버는 톨키에 있는 그들을 방문하려 왔으며, 조이스는 그녀가 길버트 내외처럼 한층 소박한 환경에서 머물지 않도록, 임피리얼 호텔의 지배인과 그녀를 위해 활인 요금을 심각하게 협의했다.

헬런과 조지오는 그녀가 도착하기 전에 프랑스로 약삭빠르게 떠났다. 오후에 스튜어트 길버트가 그의 하숙집으로부터 건너오자, 두 사람은 『율리시스』에 관한 길버트의 연구에 관해 작업했다. 이 연구는 많은 독자들을 위해, 비록 유머는 없을지라도, 어려운 책을 위한 필수적인 안내서가 되었다.

노라는 휴일로 원기가 북돋워졌거니와, 그러나 파리의 귀환에 의해서가 아니었다. 그녀의 '소녀'는 결혼함으로써 그녀를 실망시켰다(조이스 댁의 가정적 도움에 대한 불평은 신발에 대한 옛 불평을 계승했거니와). 게다가 노라는 런던에 대한 점진적 호감을 발전시켰다. 조이스는 그것을 '도원향桃園鄕'이라 명명했다. "나의 아내는" 그는 미스 위버에게 농담했는데, "프랑스의 공무원 및 비 공무원의 다른 형태를 공격하지 말아야 하며, 우리는 그녀가 런던에 관해 말하지 말도록 매 15분마다 종을 울려야 해."

노라의 한층 심각한 걱정은 루치아였다. 그들이 귀환하자 루치아는 무용을 포기하기로 결정했다. 그녀는 충분히 강하지 않았다고, 그녀는 말했으나, 자신의 잃어버린 생애에 대하여 울고 또 울었다. 조이스는, 루치아가 스스로 허비하고 있던 3, 4년의 어려운 일을 곰곰이 생각했을 때, 흘린 '눈물의 세월'에 관해,

미스 위버에게 말했다. 11월까지는 그럼에도 불구하고 그녀는 수업에 대한 그녀의 시각을 좁혔으며, 그녀가 그의 작품을 감탄하는, 그리고 파리로 오는 영국의 현대 무용가인, 마가레트 모리스와 합세할 수 있으리라 희망했다.

조이스는 그러한 결정이 루치아의 것이라 미스 위버에게 주장했지만, 루치아의 한 친구, 도미니끄 질레는 노라와 조이스가 그녀를 위해, 무용을 정지하도록 결정했다고 믿었다. 설명이 무엇이든 간에, 사실은 1929년 말까지는, 양 조이스의 아이들의 생애의 전망은, 24살의 조지오 및 22살의 루치아와 함께, 거의 살아졌었다는 것이었다.

조이스는 그들의 재능을 자랑했지만, 그들의 생애를 훼방 놓았다. 그는 베케트를 포함한, 그의 모든 친구들을 조지오의 노래 데뷔를 듣도록 집합시켰으나, 조지오는 마비적 무대 공포로부터 그리고 또한 아마 관련된, 자신의 목청을 맑게 하려는, 신경질적 습관 때문에 고통을 받았다. 조지오는 또한 헬런에 의해 방해 받았는데, 후자는 정말로 그가 성공하기를 원하지 않았다. 그녀의 재산은, 미스 위버의 것과 가까운지라, 조지오가 생활을 위해 일해야 하는 어떤 필요를 악화시켰고, 그의 멋 부림에 영합했다. 아무튼, 조지오는, 자신의 아버지의 것보다 자신의 나이에 한층 가까운 맥그리비와 베케트를 포함하여, 자기 자신의 친구들과 시간을 보내는 것이 행복했다.

루치아의 문제는 아주 달랐다. 그녀는 자신의 외모를 소홀이 했다. 그녀의 의상은 너저분했고, 그녀는 머리를 빗지 않았다. 노라는 자신이 아는 책략만을 애썼다. 그녀는 루치아를 꾸짖었고, 그녀를 그들이 아는 다른 젊은 여인들과 좋지 않게 비교했다. 루치아는 말대꾸를 했다. 그녀는 거의 어머니만큼 키가 컸으며, 커다란 앞가슴과, 그녀의 어머니의 짙은 눈 섶, 검푸른 눈 그리고 짙고, 탄력 있는 머리카락을 가졌다.

마치 가족 내부의 심리적 압박이 충분하지 않은 양, 조이스는 1929년 늦게까지, 스태니슬로스로부터의 소개를 통해, '파리 오페라 단'의 전임 테너 가수였던, 어떤 프랑스계 아일랜드 인, 존 설리번을 만났다.

　　설리번의 진짜 이름은 오설리번이었으나, 조이스는 '음악의 사랑을 위해,' 대신 '설리번'을 사용하도록 그 가수에게―그리고 모든 그의 추종자들에게 권했다. 애초에 조이스는 자신의 아들의 목소리에 대한 자신의 관심의 확장으로서 설리번을 그의 고정인물로 그럭저럭 받아 넘겼다. 그는 설리번을 조지오의 작은 콘서트에 초대했으며, 미스 위버에게 '나의 위대한 감탄자인,' 설리번이 조지오의 생애를 도우려 한다고 말했다. 그러나 설리번을 강박적 숭배의 점까지 밀고 있었던 것은 조이스 자신이었다. 그는 설리번을 조지오가 아니라 자기 자신과 동일시했다. 설리번은 또한, 그가 믿기로, 과소평가 받는 천재였다. 곧 그는 설리번이 아마도 살아있는 가장 강력한 극적 테너이리라 주장했다. 그는 설리번의 대중성 캠페인에 정력적으로 그리고 별나게 투신했다. 그의 친구들은 설리번의 공연에 끌렸다. 미스 위버는, 파리를 방문한 후, 호비악 광장을 방문하는 것이 얼마나 흥분적 인가를 충실하게 평가했는지라, 왜냐하면 설리번의 진전에는 언제나 새로운, 배울 것이 있었기 때문이었다. 노라는 전체 십자군 운동에 아무 소용이 없었다. 맥그리비가 그들을 방문하기 위해 왔을 때, 노라는 그로 하여금 설리번의 이름을 언급하지 말도록 그리고 만일 짐이 그렇게 하면 그것을 무시하도록 귀띔했다.

　　그것은 마치 설리번이 조이스가 갖기를 꿈꾸었던 아들―어떠한 라이벌의 고통도 그에게 야기시키지 않는 장대한 오페라 가수―이 된 것인 양 보였다. 만일 조이스가 다음 수년 넘게 설리번에게 바친 어떤 단편적 에너지를 조지오 뒤로 던졌더라면―그의 국제적 문학상 명성의 충분한 힘으로 설리번을 위해 지지를 모으고, 비평가들을 구애하며, 예약을 감언으로 유혹하고, 그의 모든 친구들로 하여금 티켓을 사도록 만드는 일에 계속 재집결시켰더라면―조지오는 적어도 최소한의 직업적 노동 생활을 가졌으리라. 그의 목소리는, 누가 들어도, 훌륭했는데, 그의 아버지의 것보다 한층 충만했었다. 그러나 조지오는, 그의 무대 공포와 기침(그에 대해 아서 파워는 노라와 조이스를 비난했거니와)에 대한 절망에 굴복하면서, 한층 파괴적 길에 착수했다. 그는 심하게 술을 마시기 시작했으니—그의 애주가인 아버지가 자신을 억제했던 백포도주가 아니라, 한층 부식적腐蝕的인 위스키와 코냑이었다.

루치아는 비슷하게 이중적 난처함에 빠졌다. 그녀의 양친은 그녀를 사람의 눈에 띄게 하고 있었으나 그런데도 그녀를 뒤로 끌었다. 조이스와 노라는 그녀의 댄싱을 격려하는 듯했다. 그들은 모든 공연에 출석했다. 1929년 5월에 루치아가 발 불리에의 경쟁에서 상을 타는 것에 실패했을 때, 조이스는 격노했다. 그는 군중의 절반이 '아일랜드 소녀'를 외치면서, 부정을 항의했다고 미스 위버에게 말했다. 스튜어트 길버트는, 따리꾼처럼, 조이스에게 자신은 절대적으로 동의한다고 말했다. 길버트는, '만일 흑인 무'에 대한 유행이 아니었던들, 루치아가 이겼을 것이라고, 말했다. 공연은 루치아가 공개적으로 춤을 추었던 마지막 때였고, 조이스의 환멸이 그녀의 생애에 대한 자신의 포기로 나아가는 요소들 중의 하나가 되었다.

대중적 출현은 루치아에게 커다란 근심을 야기시켰다. 그녀는 미숙했다 (스튜어트 길버트는 그녀가 '자신의 절반 나이의 무경험'을 가졌다고 말했다). 노라와 조이스는 건강상의 쇠약을 제압하려고 노력하고 있었다. 하지만 조이스는 그녀에게 여인들이 무대에 올라 양팔을 흔드는 것이 있을 법하지 않은 것인 양 인식시켰다.

그는 루치아에게 말했으니, "네가 방 속으로 정당히 걸어들어 오는 법을 아는 한, 그게 중요한 모든 것이란다."(그것은 그녀의 어머니의 탁월했던 한 가지 기술이었다) 사실상, 그는 자신의 아이들이, 마치 아주 그들의 아버지는 돈 많은 실업가인 양—그건, 그가, 어떤 의미에서 그랬거니와—생활을 위해 일할 필요가 없으며, 한가한 생활을 살아갈 수 있을 것이라, 조용히 만족했다. 1928년까지는, 조이스는『피네간의 경야』가 될 작품의 2/3을 썼었다.

노라는 곧 루치아에 관해 놀라게 되는 새로운 이유를 가졌다. 루치아는 젊은 남자들에 대한 통제할 수 없는 흥미를 갖기 시작했다. 성적 해방이 모든 그녀의 주위에 있었는데, 그녀는 자신을 '성적 굶주린' 자로서 보았다. 그의 오빠는 자신의 아씨와 함께 유럽을 두루 여행하고 있었으나, 그녀는 자신의 양친과 거의 매일 저녁식사했다. 노라는, 제임스 스티븐즈의 딸과 같은, 알맞은 친구들을 발견하려고 애썼으나, 그건 어려운 일이었다. 루치아는 파리에서 프랑스어에 유창할 만큼 또는 많은 친구들을 사귈 만큼 충분히 오래 학교를 다니지 않았다. 게다가, 외설적 책들의 저자로서 그녀의 아버지의 명성은 그녀에게 한층 프랑스에서보다 영국에서, 많은 부르주아 가문의 문을 봉쇄해버렸다.

　　루치아는 성적으로 경험이 없었지만, 그러나 또한, 유년 시절의 그녀의 어머니와는 달리 무방비 상태였다. 그녀는, 그녀의 사촌들 중의 하나가 나중에 판단하려 한대로, '손쉬웠다.' 엘먼은, 성적으로 재미를 본, 한 미국인 작가, 앨프레드 허브벨과의 연애 사건을, 그러나 많은 다른 이들이 있었음을 기록한다. 어느 오후 조이스 댁에서 아서 파워는 작가 리암 오플레허티(역주 : 아일랜드의 작가)의 접근을 받았는데, 후자는 그의 눈에 의기양양 승리의 빛을 띠고 있었다. "저기 저 소녀를 봐요" 하고, 자신의 소설 『밀고자』의 성공 이래 자기 자신을 명사로 생각했던 한 여성추적자인 오프라벨리가 말했다. "나는 그녀를 갸르 듀 노드에서 만날 참이야."

　　"저게 누군지 당신 알아요?" 파워는 분개한 듯 대답했다. "저건 조이스의 딸이야!"

　　루치아는 점차적으로 자신을 관리하지 못하자, 그녀는 문란해졌고, 이용당했다. 그녀의 아버지는 장님 눈으로 바뀌었으나, 그녀의 어머니는 그렇지 않았다. 노라는 미국의 조각가 알렉산더 콜더와의 루치아의 관계에 대하여 그녀에게 야단쳤다. 그러나 노라에게 그리고 조이스에게 최대의 슬픔을 야기시킨 상오 관계는 사무엘 베케트에 대한 루치아의 맹렬하고 일방적인 정렬이었다.

1906년에 태어난, 베케트는 루치아보다 한 살 많았고, 조지오보다 한 살 적었으며, 1930년 24살에, 그는 자신이 여인들에게 압도적으로 매력적임을 알지 못하는 듯했다. 그의 매력은 제임스 조이스의 그것과는 아주 딴판이었다. 조이스와는 달리, 베케트는 성욕을 유출시켰다. 그의 창백한 푸른 눈, 높은 광대 뼈, 그리고 명상적 강도는 여인들을 자극했고, 그의 수줍음은 단지 그들로 하여금 선수를 치도록 고무시켰다. 페기 구겐하임, 그녀는, 몇 년 뒤에 그를 침대에로 유혹했거니와, 그는 며칠동안 자신과 연애했으나, 그를 잊는데 여러 해가 걸렸다고 말했다. 루치아는, 그녀의 아버지와 일하기 위해 호비악 광장에 왔던, 베케트를 매일 보았거니와, 깊이 매혹되었다. 베케트는 조이스의 딸이 매일 자신의 아버지의 작업실에 그를 안내했을 때, 그녀가 잘못된 생각을 갖고 있음을 감지했으나, 그녀에게 아무런 격려를 주지 못함을 느꼈다. 그가 조이스를 못 보게 되다니, 그것은 그에게 상상할 수 없는 일이었다.

『진행 중의 작품』은 언어의 사용에 관한 그리고 시간의 틀 밖의 글쓰기에 관한 베케트의 생각을 확장시키고 있었다. 베케트는 당혹한 세계에『진행 중의 작품』을 설명하는 일련의 논문들에 이바지하도록 조이스에 의해 목록 된 자들 가운데 하나였다. 『작품』이 영어로가 아니라고 항의하는 자들에게 베케트는 말했다.

그대는 이 작품이 영어로 쓰이지 않았다고 불평할 수 없다. 그것은 전혀 쓰인 것이 아니다. 그것은 읽도록 되어 있지도 않다……. 그것은 보고 자세히 듣도록 되어 있다. 그의 글은 어떤 것에 관한 것이 아니다. 그것은 그것 자체의 어떤 것이다.

베케트는 또한 작품의 '아나 리비아 플루라벨' 에피소드를 프랑스어로 번역하는 데 도왔다. 조이스는 이 에피소드를 끝냈으며, 그것을 1924년 초에 많은 사람들은『피네간의 경야』의 가장 유쾌한 부분으로 알았다. 그는 그것을 미스 위버에게 '밤이 떨어지자 한 그루의 나무와 한 톨의 돌이 되는 두 빨래하는 아낙들에 의해 강(리피 강)을 건너 재잘대는 담화'로서, '강은 아나 리피로 불린다'라고 서술했다.

그것은 노라가 조이스더러 크게 읽는 것을 듣기 좋아했던 구절이었다. 그것은 인생의 강. 리피 강, 아나 리비아 그녀 자체로서 인생의 불결한 리넨을 씻으며, 노라 자신의 것일 수 있던 운율과 구절로 그녀에 관해 잡담하는 빨래하는 아낙들의 목소리를 띤다.

오,

내게 말해줘요, 모든 걸.

아나 리비아에 관해! 난 모든 것을 듣고 싶어요.

아나 리비아에 관해! 글쎄, 당신 아나 리비아 알지? 그럼, 물론, 우린 모두 아나 리비아를 알고 있어. 모든 것을 나에게 말해줘요. 내게 당장 말해줘요. 아마 들으면 당신 죽고 말거야. 글쎄, 당신 알지, 그 늙은 사내[HCE]가 정신이 돌아가지고 당신도 아는 짓을 했을 때 말이야. 그래요, 난 알아, 계속해 봐요. 빨래랑 그만두고 물을 튀기지 말아요. 소매를 걷어붙이고 이야기의 실마리를 풀어봐요. 그리고 내게 탕 부딪히지 말아요. ─걷어 올려요!─당신이 허리를 굽힐 때, 또는 그가 악마원惡魔園에서 둘에게 하려던 짓을 그들 셋이 알아내려고 몹시 애를 썼지. 그자는 지독한 늙은 무뢰한이란 말이야. 그의 셔츠 좀 봐요! 이 오물 좀 보란 말이요! 그게 물을 온통 시커멓게 만들어 버렸잖아. 그리고 지난 주 이맘때쯤 이래 지금까지 줄곧 담그고 짜고 했는데도. 도대체 내가 몇 번이나 물로 빨아댔는지 궁금하지요? 그가 매음賣淫하고 싶은 곳을 난 마음으로 알고 있다니까, 불결마不潔魔 같으니! 그의 개인 린넨 속옷을 바람에 쏘이게 하려고 내 손을 태우거나 나의 공복장空腹腸을 굶주리면서.

아나 노라는 얼마나 멀었던가?『피네간의 경야』에서 조이스의 언어는 단편적인 전기적 언급들로 너무나 서로 얽히거나, 흩어져 있기 때문에, 거의 모든 것을 그 속에서 발견하기 일쑤다. 상오관계는 몰리 블룸과 노라 간의 그것들처럼 거의 분명하지 않다. 한 젊은 여인으로 아나 리비아는 그녀의 남편 H.C. 이어워커 보다 아주 작은 보다 한층 작은 것으로서 묘사되지만, 그녀는 역시 강이요, 한 마리 새(鳥)이다. 바다 새가 아니라 한 마리 암탉이다.

그러나 그녀는 많은 면에서 몰리일 수 있기보다 한층 노라이다. 아나 리비아는 여성의 모든 단계를 통하여, 환멸의 늙은 나이에 도달하면서, 살아왔고, 그리고 자신의 가족을 돌보며 스스로 지쳤다. 노라와의 육체적 상관관계의 어떤 것은 밀접하다. 아나 리비아는 아름답고도 추하다. 그녀는 붉은 머리카락을 가졌고 가졌었다. 그녀는 그것의 마르셀식 웨이브를 가졌다.

『경야』 학자인 마고트 노리스는 아나가 얼마나 의상('나는 자신이 지닌 최애엽最愛葉의 의상을 너무나 세세히 즐기는데')과 새 신발, 그녀의 '최선의 구두신발'(goodiest shoeshoes)(조이스는 1904년에 노라를 '미스 선善의 두─구두'[Miss Goody Two─Shoes]로서 언급한다)을 사랑하는지 지적한다. 그녀는, 마치 돌들로 가득 찬 강 '그대는 점점 고창증이 되어 갈지니, 열두 돌들 중……'처럼, 자신의 증가하는 몸 무게를 걱정하고, 그녀의 민감한 피부를 태양으로부터 보호하며, 그 위에 화장품을 바른다.

아나는, 노리스의 페미니스트 해석에 의하면, 외로운지라, 성적으로 남자에 의해서 욕망당함으로써 그녀의 자만심을 단지 회복할 수 있다. 성적 관심은 그녀의 결혼으로부터 벗어났으나 (사실상─아나는 오랜 공동생활 뒤에 이어워커를 결혼 생활 속으로 빠뜨렸다), 그러나 그녀는 자신의 늙고, 병약한 남편에 대해 강하고, 사랑스런, 의무적 간호원이다. 그녀는 그의 과거의 탈선, 그리고 그의 야만적이요, 괴벽스런 성적 경험들을 용서한다. 그녀는, 그이보다 한층 활기찬 그리고 유동적인지라, 그를 생활 속으로 끌어올리거나 끌어내기도 한다. "일어날지라, 가구假丘의 남자여, 당신은 아주 오래도록 잠잤도다!" 그녀는 그를 손으로 인도하고 그의 의상에 대해 부산떨고, 그가 마치 아이인 양 그에게 말한다. "그리고 키 크게 설지니! 똑바로. 나는 나를 위해 당신이 멋있게 보이도록 보고 싶어요."

　베케트는 루치아의 문제에 있어서 비난 받을 것이 없지 않았다. 그는 그의 문학의 미래가 자신의 우상의 딸의 쓸모없는 배려에 의하여 위험에 싸여 있음을 알았다. 그는 여섯 명의 가족 그룹―헬런과 조지오, 노라와 조이스, 그리고 자기 자신과 루치아―속으로 끌려들어가는 것을 허락해야 했다. 사실상, 그는 너무나 자주 루치이와 함께 있는 것이 목격되었는데, 파리의 문학 그룹이 그들의 주의를 끌었다. 베케트는, 예를 들면, 두 가지 중요한 경우에 가족 그룹의 역할을 형성했으니, 1929년 4월 25일에 있었던 조지오의 노래 데뷔와 루치아가 가까스로 패한 5월의 댄스 경연이었다. 그녀가 은어銀魚 의상을 입고 가물거렸을 때, 그녀는 베케트의 날카로운 눈이 그녀에게 쏠려 있는 것을 아는 기쁨을 누렸다.

　베케트는 루치아에 의해 기분이 전환되었는데, 그녀는 많은 문제에 대하여 수다스럽게 재잘거렸으나, 그는 어떻든 간에 그녀에게 성적 흥미를 갖지 않았다. 그는, 그의 전기가가 말하는 대로, 감정적으로 뒤졌다. 그가 23살이 될 때까지도, 그는 여인에게 흥미를 갖기 시작하지 않았다. 루치아가 심취하던 시기에, 그는 독일―유대계의 사촌과 사랑에 빠졌다. 그러나 오래지 않아 그는 의문을 품었고, 캐이 보일에게, 조이스의 딸이 미쳐가고 있다고 털어 놓았다.

　1930년 5월에, 루치아의 양친이 스위스에 있었을 때, 그녀는 베케트를 아탈리아의 레스토랑에 초대했다.

　그녀는 마술적, 사적 경우 그리고 아마도 플로포즈를 기대하고 있었다. 그러나 그는, 모욕적으로, 보호를 위해 한 남자를 대동했다. 루치아는, 비록 옷을 잘 차려입었을지라도 이상하게 행동했다. 그녀는 거의 먹지도 않았고, 이어 갑자기 그리고 말없이 식탁에서 일어나, 식사가 끝나기도 전에 문밖으로 나가버렸다. 증상은 상심에 속하는 게 아니라, 정신분열증에 속하는 것이었으나, 베케트는 마침내 자신은 그녀에게 직접 이야기해야 함을 느꼈다. 그는 루치아에게 솔직한 말로 자신은 그녀에게 로맨틱하게 흥미가 없으며, 그녀의 아버지의 조력자로서 그들의 가정에 오는 것일 뿐, 더 이상은 아니라고 말했다.

루치아는 마음이 산란했다. 노라는, 자신이 스위스로부터 돌아왔을 때, 분노했다. 그녀는 베케트 자신이 조이스와 영합하기 위해 소녀를 속이고 있는 데 대해 그를 비난했다. 노라는 조이스에게 대들었고, 그의 딸의 애정이 농락당했다고 그에게 말했다. 조이스는(그는, 자신의 책에 몰두한 채, 이전에 미쳐 눈치 채지 못했으리라) 모욕당한 아버지로서 자신의 역할을 감수했다. 그는 메시지를 배달했다. 베케트의 방문은 끝나야 했다. 그는 호비악 광장의 불청객이었다.

맥그리비는 베케트를 위안하려고 애를 썼다. 때맞추어, 맥그리비는, 조이스가 루치아의 마음의 불안정을 직면하지 않으면 안 될 것이라, 그에게 말했다. 그가 그렇게 했을 때, 그는 베케트가 명예롭게 행동했음을 인정했으리라. 맥그리비는 옳았고, 조이스와 베케트는 따라서 화해했다. 그러나 조이스는 베케트가 루치아의 생의 종말까지 그녀가 가질 가장 충실한 친구들 중의 하나가 되리라는 것을 인식하기에 충분히 살지 않았다.

베케트와의 붕괴는 그들의 진짜 가족생활의 유일한 기간의 종말을 기록했던 바로 불안감들 중의 하나였다. 사건들은 그들을 강제로 호비악 관장을 떠나도록 강요했으리라. 노라는 이러한 세월을 한 스위스 친구인 자크 메르캉통에게 서술하면서, 아나 리비아의 영어처럼 분열된 프랑스어로, 그리워하듯 말했다. "우린 너무나 즐거웠어."

15

합법적 이익

1년 이내 두 개의 조이스 결혼식들이 있었는데, 하나는 파리에서, 하나는 런던에서였다. 만일 1930년 12월 10일에 조지오와 헬런의 첫 번째 것이 일어나지 않았더라면, 두 번째 것—1931년 7월 4일의 제임스와 노라의 것—은 필요하지 않았으리라.

1930년 3월에 해리엇 위버는 조이스가 파리의 아파트를 포기하고, 런던으로 이사할 생각을 하고 있는 것을 알고 깜짝 놀랐다. 그의 이유인즉, 그는 말했거니와, 경제였다. 파운드 화貨가 하락했다. 그의 돈은 파리에서 충분히 가치가 있지 않았다. 게다가 그는 덧붙였거니와, 그가 언제나 그러했듯, 이유 위에 이유를 쌓으면서, 그의 눈은 그가 일을 계속하기에 너무나 악화되었다. 만일 그가 글을 쓰지 않는다면 파리에 머물 아무런 의미가 없었다. 임대 기간이 5월의 경신을 위해 만기 되었을 때 그는 호비악 광장의 아파트를 포기했다.

곧, 그러나 조이스는 그의 진짜 의도를 토로했다. 그는, 영국에서, 영국 법률 하에, 노라와 정식 결혼하기를 원했으며, 그리하여 그렇게 하기 위해 영국의 주거를 입증할 필요가 있었다. 몬로 쇼 사무실의, 그들의 공동 변호사들은 관련사를 조사할 수 있었던가? 그러한 요구는, 미스 위버의 전기가들에 따르면, 프레드 몬로를 거의 끽소리 못하게 했는지라, 그는 조이스의 태도에 대한 충격에 자신이 익숙했다고 생각했었다. 의무적으로, 그러나 그는 영국, 프랑스 및 전쟁 전의 오스트리아의 결혼과 국적법 심사에 착수했다.

결혼을 하기 위한 압력은 분명히 몬로 쇼로부터 나오지 않았다. 그것은 노라로부터도 나오지 않았다. 수년에 걸쳐, 조이스는 결혼하려는 그녀의 욕망을 거절했었다. ─1904년에도, 1910년에도(당시 그녀의 시누이가 그 문제를 제기했거니와), 그리고 번이 방문했던 1927년에도, 조이스는 심지어 노라의 생명이 암으로 위태로웠을 때에도 그녀에게 결혼을 재의하지 않았다. 그는 분명히 어떤 의식 儀式이고 불필요하다고 생각했다. 그는 자기 자신을 그 밖에 다른 어떤 사람처럼 결혼한 것으로 믿었다.

그러나 헬런 플라이슈만은 그렇지 않았다. 1930년까지는, 프랑스의 이혼을 득하는 3년간의 과정이 마침내 완성된 후에, 그녀는 조지오와 결혼하여, 아이를 가질 것을 결심했다. 그러나 그녀는 불법적인(서출의) 남자에 의한 아이를 원치 않았으며, 심지어 그의 가족명의 권리를 갖기를 원치 않았다. 헬런은, 아마도 그녀의 아우, 로버트 캐스토의 충고에 따라, 노라와 조이스가, 만일 그녀가 아기를 자질 경우, 결혼을 해야 한다고 주장했다. 그녀는 그 점에서 단호했다.

그 전까지 헬런은 조이스 내외의 불규칙적인 신분 때문에 괴로워하지 않았다. 어느 날 조지오가 자신이 반半 영주권자였던 아파트에로 불쑥 튀어들어오며, 큰 혼미 속에 부르짖었다, "난 방금 아주 고약한 걸 알았어! 나의 양친은 결혼하지 않았어!" 헬런은 상황의 빗댐이 그로부터 새어나온 것이 기뻤다(조지오의 총체적 유머의 결핍은, 그가 어느 양친으로부터도 상속 받지 않은 특질인지라, 아마도 뿌리 없는 그의 교양으로부터 나왔으리라. 아물던, 조지오의 서출은 헬런을 거의 괴롭히지 않았다. 중년이 다가오면서 그리고 그녀 자신의 아이와 함께, 그녀는, 자신이 조이스 내외의 젊은 아들과 친해졌을 때, 그녀 자신의 아기 해산의 날들이 끝났음을 알았다). 아무튼 조지오의 서출은 헬런을 거의 괴롭히지 않았다. 중년이 다가오면서 그리고 그녀 자신의 이이와 함께, 그녀가 조이스 가문의 젊은 아들과 친밀해졌을 때,

그녀 자신의 아기 분만의 나날은 끝났음을, 그녀는 생각했다.

그녀와 조지오가 결혼에 관해 말하기 시작했을 때, 그러나 조이스가 헬런의 견해를 섬세하게 퍼뜨리자, 조이스는 그의 가족 명을 계승할 후손들을 아주 정말로 원한 것이 분명해졌다. 만일 그들이 가족을 계획하지 않았다면, 그는 주장했거니와 결혼할 이유가 없었다. 그는, 1930년 임박한 결혼에 관해 말했을 때, 패드래익 콜럼과 매리에게 고백했다, "나는 그들이 곧 나의 손자를 선사하기를 희망하오."

노라는 반대의 견해를 취했다. 그녀는 그들 쌍을 전적으로 반대했다. 원초적 레벨에서, 그녀는 헬런을 질투했는데, 후자는 스타일과 괴벽성에 있어서 그녀를 능가했고, 조이스 또한 분명히 그녀와 함께 하는 것을 즐겼기 때문이다. 그는 헬런이 방에 있을 때는 언제나 한층 생기가 돌았다. 그러나 노라는, 성격에 대한 자신의 훌륭한 판단으로, 결혼이 오래 지속될 것 같이 않음을 또한 볼 수 있었다. 헤런은 불안정했다. 그녀는 조지오에게 너무 늙었고, 너무 부자였다. 마리아 졸라스는 나중에 말했다, "그는 실질적으로─나는 '기둥서방'이란 말을 사용하고 싶지 않지만─그러나 그는 절대적으로, 이 상처 입은, 매력적인, 부자 여인이 하라는 대로 했어." 다른 이들도 과묵하지 않았다. 루치아는, 그녀의 불완전한 영어로, 기둥서방으로서 헬런에 관해 언급했다. 헬런에 대한 그들의 반응은, 작은 규모에서, 윌리스 심슨을 몇 년 뒤 맞이했던 반응과 같았다 : 즉, 그녀는 한 천진한 유럽인을 자신의 우아함과 경쾌함을 가지고 압도하는 사회적─괴짜였다. 한 가지 차이는, 그러나 심슨 부인과는 달리, 헬런은 돈을 가졌다는 사실이었다.

그러나 조이스는, 『거지의 오페라』에서 '피첨'처럼, 그가 어울리지 않은 한 쌍을 어떻게 자기의 이익으로 돌리는지를 보기 시작했다. 그는 존 퀸이 사망한 이래, 자기에게 전적으로 낯선 환경인, 뉴욕의 장면에 합당한 진짜 활기찬 대표자를 갖지 못했다. 캐스토 가족과의 건고한 재정적 연관은 그로 하여금 자신이 욕망했던 바를 안정시키는 데 도우도록 협력했을 지니, 합법적, 판권 보호를 받은『율리시스』의 미국 판으로, 그것에서 그는 자신의 긴 세월에 걸친 노동에 합당한 총수입을 획득할 수 있었다. 어떤 사회적 의미로도 조이스는 속물이 아니었다. 그가 말했을 때, 자신이 종종 그러했듯, 그는 결코 따분한 사람을 만나지 않았음을 의미했다. 계급은 그 자체에 있어서 그를 감동시키지 않았으나, 그가 살았던 모든 도시에서 그는 어떻게 부와 영향이 그를 자신의 목표에 도달하도록 도울 수 있었던가에 대해 언제나 민감했는데, 일단 그가 부가 어디에 놓여 있는지를 결정하는 한 자신의 이익을 추구함에 있어서 수치를 몰랐다.

따라서, 조이스는 헤런의 욕망에 접근하는 단계를 취했다. 1930년 동안 내내 모든 것은 그이 자신의 결혼을 위한 준비가 자신의 아들의 것과 함께 일렬로 진행되었다. 또한 동시에—조이스는 얼마나 꾸준히 자신이 헬런 플라이슈만과 로버트 캐스토의 보호적 포옹 속으로 스스로 움직이고 있는지를 알지 못하는 것 같았다.—그는 실비아 비치와의 자신의 유대를 꺾기 시작했다.

그가 런던으로의 이사를 말하기 시작했던 꼭 같은 편지에서, 조이스는 미스 위버에게 자신은 로데오 가街와 함께—즉 실비아와 아드리앤느와 함께 불화를 가졌다고 털어 놓았다. 실비아는 그의 설리번 매니아(광중)에 대한, 그러나 또한『율리시스』의 연속 판들의 인세를 위한 계속적인 요구에 대한 팽팽한 긴장을 불평했다. 그러나 조이스가 여러 해 동안 이러한 요구를 계속하고 있었을 때, 그는 떠들면서 말했거니와, 어려움의 진짜 원천은 그 밖에 다른 곳에 놓여 있음에 틀림없다. 그것은 확실히 그랬다. 조지오와 헬런은, 패드레익 콜럼과 매리에 의해 그리고 아마도 로버트 캐스토에 의해 독촉된 채, 그와 노라에게 '셰익스피어 앤드 컴퍼니'는 이제 더 이상 제임스 조이스를 위해 적합한 출판사가 못된다고 말하고 있었다. 세계적으로 유명한 작가는, 그들은 말하기를, 사실상, 초라하고, 미덥지 못한, 나이 먹은 '미국 해외 소녀,' 그리고 출판사라기보다 한층 우편 유치留置에 불과한, 먼지 투정이 서점으로부터 빠져나와야 한다고 했다.

게다가 조이스의 가족은 실비아가 『율리시스』로부터 많은 돈을 벌면서 조이스에게 그의 몫을 주지 않는다고 오랫동안 그리고 잘못 믿었다. 조이스가 이러한 논쟁에 말리기 쉬웠던 또 다른 이유가 있었으니, 1930년의 봄까지는 그는 새로운 헌신적 고용인, 그리고 '비치'보다 한층 유능한 자를 가졌었다. 그 자는 폴 레옹으로서, 1918년에 파리로 도망친 돈 많은 러시아계 유대인 이민자, 법률가, 철학자 및 사회주의자였다. 레옹과 그의 아내 루시는 그녀가 레옹 플라이슈만과 결혼했을 때 헬런을 알았고, 조이스가 러시아어를 배우기를 원했을 때, 친해졌다. 카시미르―피리에르 거리의 레옹 내외의 아파트는, 호비악 광장으로부터 병자 수용소를 바로 가로질러, 조이스 내외의 것과 가까웠다. 열렬히 그리고 무보수로, 레옹은 조이스와 매일 일했으며, 비록 약간 비관용어적일지라도 꼼꼼한 영어로 모든 그의 통신들을 취급했다. 그것은 아주 전문적이요, 시간을 요하는 봉사였으며, 실비아는, 로데온 가 12번지의 현금 등록기 뒤에 묵힌 채, 상대가 될 수 없었다. 뿐만 아니라, 그녀는 조이스의 마음의 활동을 관찰하게 하는 단순한 특권에 대한 레옹의 비 이기적 감사에 필적할 수가 없었다.

레옹과 그의 아내는, 건축 역사가인 시그프리드 기디온과 그의 아내인 예술 비평가 캐롤라 기디온―웰커와 더불어, 1930년대에 조이스를 보호하기도하고 고립시켰던 새로운 모임을 완료했다. 그들은, 직업적 성공, 실질적 적성 및 무제한적 헌신의 자신들의 혼성으로 1920년대의 보헤미아 친구들과는 달랐다. 그들은 또한, 아마도 유진 졸라스를 가능한 재외시킴으로써, 술을 덜 마셨다.

노라는 새로운 군중에게 자기 자신을 적응시켰다. 그들의 지성은 그녀를 당황하게 하지 않았다. 그녀는 빈번히 마리아 졸라스와 오페라에 갔다. 그녀는 루시 레옹(그녀는 뒤에, 루시 노엘로서, 『뉴욕 헤럴드 트리뷴』지를 위한 패션 작가였거니와)과 함께 패션을 이야기했고, 몬느 길버트는 밀접한 개인 친구였다. 단지 캐로라―웰커만이, 노라의 현상을 자신의 딸에게 '조이스가 언제나 동행했던 저 아일랜드의 단편'으로서 설명하면서, 노라를 무시하는 것 같았다. 실비아 비치는, 비록 그녀가 그것을 인식하지 못했을지라도, 마魔의 집단으로부터의 추방찰나에 있었다. 조이스는, 1930년과 1931년에, 현금과 실질적 도움을 위해 그녀와 그녀의 서점에 의존했으나, 『진행 중의 작품』의 출판을 '셰익스피어 앤드 컴퍼니'에게가 아니라, 졸라스 내외의 『트랜지시옹』에게 넘겼었다.

1930년 봄에 조이스는 실비아에게 그의 결혼 계획에 관해 아무것도, 심지어 그가 영국으로의 이주를 생각하고 있는 것조차도, 말하지 않았다. 그가 미스 위버에게 설명한 대로, 실비아는 "나의 동기에 대해 아무것도 몰라요." 미스 위버는, 그러나 알았다. 그와 노라는 영국 법률하에 그들의 아이들을 합법화하려 했다. 그들은 여전히 영국의 신민이요, 그들의 생의 종말까지 그대로 남아 있었다.

1926년에 새 영국 법안은 사생아들의 양친이 결혼할 때―만일 아버지가 결혼 날짜에 영국 또는 웰스에 거주한다면, 그들의 합법성을 허락함에 있어서 영국을 대륙의 선까지 끌어올렸다(스코틀랜드는 자체의 혼인법을 가졌고, 지금도 그러하다). 조지오와 루치아에게 합법적인 신분을 주기 위해, 그런고로, 조이스는, 트리에스테의 당국자들에게, 그의 두 아이들이 태어났을 때, 그들을 합법적인 것으로 증명하기를 권고했으나, 그는 이 요구를 뒷받침할 혼인 증서를 갖지 않았다. 또한 몬로 쇼는, 만일 조이스가 영국에 거주하고 영국 법률 하에 타당하게 결혼할 경우, 노라가 그의 재산을 상속받는 데 한층 쉬울 것이라 그에게 설명했다. 따라서 영국의 결혼은 이중으로 바람직했다.

조이스가 노라를 합법적으로 결혼한 아내로 삼으려는, 그의 계획에 대한 아내의 견해는 알려져 있지 않다. 그녀는 그들의 가정을 호비악 광장에서의 파괴하기를 원치 않았음이 알려져 있다. 그녀를 위해 행복하게도, 1930년의 늦은 봄에 가진 조이스의 새 계획은 저 까다로운 일을 연기시켰다. 조이스는 런던으로의 이사에 관해 마음을 변경하고, 대신 새로운 안과 의사를 시험하기 위해 취리히에 가기로 작정했다. 해리엇 위버는 안도했다. 그녀는 합법적 분지법分枝法(역주 : 가족의 분가법)이 발굴되기 전에, 조이스 내외가 결혼하기 위해 런던으로 직통하지 않을까 겁이 났다. 비록 파리에서 조이스의 정규 안과의사인 닥터 보슈가 사망했을지라도, 미스 위버는 기디온 내외가 스위스의 탁월한 전문의인, 닥터 앨프레드 포그트에게 그를 안내한 것을 알고, 행복했는 바, 후자의 명성은 조이스의 백내장, 홍채염 및 석회화石灰化의 거듭되는 복합적 통증을 종결시키려는 희망을 안겨 주었다.

그것은 돈을 가진 노라의 취리히에로의 최초의 방문이었다. 조지오 및 조이스와 함께, 그녀는 도시의 가장 멋진 호텔들 중의 하나인 성 고트하드에로 체크인 했다. 그녀는 옛 친구들을 찾기 시작했고, 오랜 유숙을 위해 안착했다. 조지오는 헬런에게 그들과 합세하도록 전보를 쳤다. 그는 자신이 어머니와 같이 있어야 하기에 얼마동안 취리히에 자신 역시 요청될 것이라 헬런에게 알렸다. 루치아는 파리에서, 헬런의 아파트에 되레 남았다(때는 베케트와의 위기의 시기였다).

헬런은 자기 자신 그녀의 미래의 시어머니의 환심을 사려고 크게 주의를 기울이고 있었다. 3월에, 비록 그녀는 당시 아퀴탄니아를 타고 대서양을 횡단하고 있었을지라도, 그녀는 노라의 46번째 생일을 축하하는 무선 전보를 보냈는데―그것은 조이스 이외 아무도 그날을 기억하지 않았기에, 그녀를 아주 기쁘게 하는 커다란 제스처였다. 헬런은 또한, 노라의 날카로운 입심이 그녀를 웃게 만들었지만, 그것을 크게 존경했다. 그녀와 노라가 취리히에 앉아, 자신들이 보는 바를 시민의 비매력으로서 명상하고 있었을 때, 노라는, 하나님이 인류를 창조했을 때, 그분은 스위스인들을 우선 만들고, 막 시험하고 있었음에 틀림없다고 말했다.

노라는 곧 헬런을 자기를 위해 속기사로서 일하도록 했다. 닥터 포그트는 조이스의 왼쪽 눈을 제3기 백내장으로서 수술을 단행했다. 그것은 두 개의 계획된 수술들 가운데 첫 번째 것으로, 그로부터 그는 낙관적으로(그리고 정확하게 이루어질 경우) 조이스에게 어느 한도의 실질적 시력을 회복하기를 희망했다. 하지만 조이스는 당시에 대단한 유명 인사이기 때문에 어떠한 눈의 수술도 뉴스 감이었다. 성 고트하드의 조이스의 호텔 응접실에는, 조이스의 시력의 예후豫後(역주 : 의사 진단 후의 경과)에 관한 신문사의 문의로 전화가 한결같이 울렸다. 또한 미스 위버는 충분한 의료 보고를 원했다.

노라는 헬런에게 상응하는 이러한 성가신 일들을 대신했으며, 자신은 편지를 서툴게 쓰는 자이기 때문에, 그녀는 진료소로 조이스를 방문하기에 바쁘기 때문에, 그리고, 취리히의 너무나 많은 옛 친구들과 자신이 많은 사교적 약속을 가졌기 때문에, 자신이 몸소 그녀의 남편의 수술에 관해 자세히 쓸 수 없다는 것을 미스 위버에게 설명하도록 헬런에게 지시했다. 조이스는 그의 아들의 애인을 속기사로서 크게 이용했으며, 한 달 동안 자신의 호텔에 갇힌 채, 그는 여인들의 중재자로서 절정에 달했다. 헬런은 파리의 설리번에 의해 앞으로 다가올 공연을 위한 신문사에 무료 티켓을 마련하는 일에 대해, 루치아를 통해, 실비아 비치에게 보내진 긴 받아쓰기 메시지를 수령해야만 했다(『더 타임스』지에서 온 사람은 1등 좌석에 4자리를 갖기로 함, 등등). 그녀는 또한 미스 위버를 위해 수술에 대한 포그트의 완전한 의학 보고를 복사하거나, 조이스가 미스 위버더러 수행하기를 원하는 심부름들을 위한 지시를 날라야 했는지라, 그것은 그녀가 웰스에 대한 안내서를 포함하여, 약간의 책들을 사서, 그에게 보내도록, 존 맥콜맥의 필름을 살피도록, 신문의 모든 지시들을 커트하여 취리히에 보내도록 하는 것이었다. 헬런은 그녀의 숙제들을 경쾌하게 그리고 효과적으로 수행했다. 당시 그녀의 많은 미국인 여성들처럼, 신분에 관계없이, 그녀는 타이핑을 아주 잘했다.

헬런이 조지오와 함께 파리로 돌아갔을 때, 그러나 그녀의 임무들이 노라에게 떨어졌다. 노라는, 조이스의 요구로 미스 위버에 의해 보내진 책, 발디미어 자보틴스키 저의 『나사렛인 삼손』을 큰소리로 읽으면서, 오후 내내 보내야 했다. 그녀는 위버에 대한 통신의 부담을 당연하다고 생각했다. 노라는 자신의 인생에 있어서 이 단계쯤에 우아한 편지를 쓸 수 있었다.

> 나의 남편이 수요일 진료소를 떠났어요. 조지오는 파리로 되돌아갔고…… 감사하게도 호텔 방은 아주 크고, 그가 걸을 수 있는 많은 조용한 거리들이 있어요…….
> 진료소의 사람들은 그에게 친절하고, 요구하지도 않은데 가격을 감해주며, 모든 팁을 사양하고, 포그트 교수 자신은 그의 서비스든 수술이든 어떤 수수료도 받는 것을 거절하고 있어요.

노라는 또한 닥터 보코트가 조이스더러 파리에로 되돌아가, 취리히에서 더 많은 호텔 비를 절약할 수 있도록 임시 안경을 처방해 주었음을 보고했다.

취리히로부터 마침내 풀러난 채 그들은 런던으로 갔다. 그들은 6월 20일 코번트 가든(역주 : 런던 중앙부의 지구)에서 로미오를 노래하는 존 설리번의 출현에 대한 취소가 있은 다음에, 도착했으니―그것은 설명되지 않은 취소로서, 조이스가 아일랜드의 테너에 반대하여 있으리라 믿었던, 음모가 드디어 발생했음을 오직 깊이 확신시키는 것이었다(그러나 그의 1927년의 데뷔작인, 로열 오페라 하우스에서의 설리번의 유일한 공연이 있었을 때, 런던의 비평가들은 세계에서 가장 위대한 목소리에 대한 조이스와의 의견을 나누기에는 거리가 멀었다). 조이스는 몬로 쇼를 방문했고, 아이들의 합법화에 대한 요구를 자신에게 설명하도록 했으며, 그런 다음 그와 노라는 르란더드노의 웰스의 바닷가 요양지에로 가서, 그곳 그랜드 호텔에서 한 달을 보냈다. 그들은 친구들을 그들과 합세하도록 소환했고, 웰스의 날씨에도 불구하고 그들 스스로를 즐겼다. 노라는 산책길에 부닥치는 거친 파도를 그린, 우편엽서를 사서, 뒷면에다 썼다, "웰스에 비가 억수처럼 내리고 있어요."

그들은 보통 때보다 한층 일찍 파리로 되돌아 왔는데, 그들의 견해로, 도시가 삭막함을 발견했기에, 고로 그들은 재차 떠났다. "파리는 견딜 수 없는지라, 고로 우리는 여기로 왔어요." 노라가 에트레타로부터 미스 위버에게 썼다. 조지오와 헬런은, 헬런의 아들 데이비드는, 당시 12살로, 여름을 보내고 있던 캠프 근처, 거기 골프 오뗄에 있었다. 헤런의 아우, 로버트 캐스토도 그랬다.

캐스토는, 뉴욕의 주식 브로커요 하버드 졸업생으로, 미국에서『율리시스』의 해적행위(표절)를 정지시키려고 애쓰는 조이스의 이야기를 불신하듯 귀담아 들었고, '랜덤 하우스'의 그의 친구 베네트 커프와 한 마디 상담해 보겠다고 말했다.

그들이 정말로 두 번째로 파리에 되돌아왔을 때, 노라는 가사를 계속했고, 하녀를 구했으며, 조이스가 '아나 리비아 플루라벨'을 번역하는 데 도우러 온 일군의 사람들을 위해 매일 손수 다량의 차를 마련했다. 그러나 조이스는 그녀를 정착하게 하려 하지 않았다. 몬로 쇼와의 이야기가 있은 다음, 그는 이제 런던으로 되돌아가 결혼하기로 결정했다. 9월 30일, 그는 호비악 광장의 임대를 다음 4월에 그만둘 것을 집 주인에게 알렸다.

"나의 현재의 계획"은, 그는 1930년 10월 30일 미스 위버에게 말했는데, "예식禮式을 바다 너머에서 개최하는 것이오." 그는 언제인지를 말하지 않았고, 어떤 예식을 마음에 품고 있는지 일일이 열거하지 않았다. 마치 미스 위버가 이미 그것에 대한 필요를 이해하지 않은 양, 조이스는 젊은 미국의 작가 허버트 고먼에게 자신의 결혼에 관해 아무것도 나타내지 말 것을 그녀를 위해 명확히 설명했는데, 후자는 그의 권위 있는 전기를 마련하고 있었다. "당신은 나의 다른 편지를 갖고 있소?" 그는 미스 위버에게 불성실하게 물었다. 만일 그녀가 가졌다면, 그녀는 고먼에게 다른 모든 것을 보여주기 위한 그의 승낙을 가졌으리라.

조이스는, 미스 위버가 자신의 통신의 모든 편린들을 소중하게 비장하고 있다는 것을, 그리고 자신의 사생활의 모든 사건들의 자세한 번안을 그녀에게 마련해줌에 있어서, 그가, 사실상, 자기 자신의 전기를 쓰고 있다는 것을 충분히 잘 알았다. 꼭 같은 추정으로 그리고 어떤 유명한 사람에 의해 남겨진, 필기된 흔적들의 지속성을 1930년까지 예리하게 인식한 듯, 그는 자신이 정말로 어떤 중요한 것을 비밀로 보관하기를 바랐을 때, 자신의 생각들을 종이에 내맡기지 않았다. 두 번, 결혼에 관한 실질적인 합법적 세목들을 토론하는 것이 필요했을 때, 미스 위버는 그들이 글로 쓸 필요가 없도록 파리를 한 바퀴 여행했다.

조이스가 자신의 합법적 전략을 마련하고 있는 동안, 노라는 조지오와 헬런의 결혼을 중지시키는 새로운 캠페인을 시작했다. 취리히에서 그들의 체류의 좋은 추세가, 결혼의 전망으로 떠오르자, 이어 사라졌다. 가족의 긴장과 두 여인들 간의 적개심이 너무나 컸는지라, 조이스는 닥터 포그트의 두 번째 수술에 대한 결정을 내릴 수 있도록 취리히에로의 중요한 귀환 방문을 다섯 번이나 취소해야 했다. 조이스는 미스 위버에게 자기 자신을 폭풍의 조용한 중심으로서 서술했다.

> 편지를 쓰지 못한 것을 용서하오. 하지만 나는 나의 아들의 계획된 결혼에 관해 이번 마지막 달 동안 내내 지독한 양의 걱정을 했는데 그것에 대해 내 처는 지극히 비관적이오, 그에 관해 나는 깨진 병들 위를 걷는 늙은 쥐 마냥 진행해야 하오.

그들이 11월 말에 취리히에 과연 되돌아왔을 때, 노라는 미스 위버에게 쓸 수 있었는지라, "나의 남편이 의사를 만났는데, 의사는 눈이 많이 나아졌다고 해요." 그녀의 좋은 뉴스는, 그러나 조지오가 플라이슈만 부인 댁으로 입주했음을, 그리고 "나의 아내와 약혼자는 말할 처지가 아니오"라는 그의 보호자에게 알리는 조이스로부터의 편지가 뒤따랐다.

실비아 비치는 결혼이 어떻게 그녀 자신의 생활을 바꿀 것인지를 거의 알지 못했다. 그녀는, 약간 감상적으로, 그것에 관해 집으로 썼다.

> 조지오는 플라이슈만 부인과 결혼하오……. 그이보다 나이 많은, 매력적인 여인이요, 가족의 그리고 특히 조지오의 옛 친구요……. 그녀는 그이보다 그렇게 나이 많지는 않아요.

결혼 예식의 전날인 1930년 12월 9일에, 조이스는 '셰익스피어 앤드 컴퍼니'에로 걸어 들어가, 도장이 찍힌 법률 서류로 보이는 한쪽의 조이를 실비아에게 제시하며, 그녀로 하여금 서명하도록 요청했다. 그것은, 첫 출판이 있은 지 8년 및 11개의 판들 뒤로, 그것의 미래의 출판을 위한 조건들을 마련하는,『율리시스』를 위한 계약서였다. 조이스는 책의 모든 권리를 소유하도록 되어있었다. 그러나 비치는, 본래의 출판자로서, 만일 또 다른 출판자(즉 미국인)가 그것을 넘겨받기를 원한다면 그녀 자신의 책에 대한 이익을 양도하는 것에 대하여 그녀 자신이 값을 정할 권리를 보유하려 했다.

나중에, 그녀의 실록을 마련하면서, 실비아는 두 사건들의 병치를 알아차렸다.

> 조이스와 나는 우리들 사이에 계약서를 결코 갖지 않았다. 그는 이런 것에 관해 듣고 싶지 않았고, 나는 그의 아들이 결혼할 때까지 주장하지 않았다. —그러자 이어 그는 내게 계약서를 작성하기를 원했다.

조이스는 자신의 이유를 대지 않았다고, 그녀는 말했다. 그러나 얼마 뒤에 그녀는 그 이유를 알았다. : "뉴욕에 있는 그의 약간의 친구들이 그로 하여금 어리석은 유대로부터 관계를 끊도록 권고하고 있었다."

조지오와 헬런은 다음 날 결혼했다. 목격자들은 톰 맥그리비 및 아주 인기 있는 앵글로—프랑스계의 법률 사무소 출신의 영국 변호사, 조지 보딩턴이었다. 노라는 그녀의 감정을 한쪽으로 제치고, 조이스와 함께, 제6관구의 '구청 사무소'에서의 정중한 의식에 참가했다. 그러나 그녀와 조이스는 자신들의 신분을 비밀로 지녔음에 틀림없었다. 결혼 조례는 신랑과 신부의 양친들을, 비록 4사람 모두 당시 살아있을지라도, 사망한 것으로 기록한다.

그들의 법률적 충고의 높은 질과 결혼식에서 그들의 변호사의 출석을 감안하면, 과오들은 우연일 수 없었다. 과오들은 조지오의 합법성에 관한 당혹스런 문제들을 앞질러 제압하는 가장 단순한 방도처럼 보였으리라. 더욱 중요하게도, 혼인 증서는, 헬런과 조지오가 결혼 협정에 조인했음을—아마도 결혼이 파경에 이를 경우 헬런의 돈을 보호한다는 동의서—언급한 데 실패하면서, 잠재적으로 심각한 생략을 함유했다. 펜의 빠른 아홉 획들은, 그러나 문제를 교정했고, 헬런은 조오지 조이스 부인이 되었다.

미스 위버는 곧 자신의 충분한 보고를 가졌다. 조이스는 시어머니의 문제가 해결된 것으로 선언했다.—"나의 아내와 자부는 현재 가장 절친한 관계에 있소"—그리고 과연 '나의 자부' (결코 헤런이 아닌)는 그의 성姓을 상속하는 인물들 중의 하나가 되었다.

조이스 자신은 점진적으로 헬런을 좋아하게 되었다. 명석하고, 정열적이요, 헌신적인, 그녀는 『진행중의 작품』의 팀 중에서 가장 열심히 일하는 멤버였다. 지칠 줄 모른 채, 그녀는 조이스가 그의 텍스트 속에 작업한 장소와 거리 이름들을 수집했던 『브리타니카 백과사전』으로부터 긴 발췌문들을 읽었다. "저는 여태 있었던 가장 최고의 조력자가 아닌가요, 아버님?" 그녀는 물었다.

이제 조이스는 노라와 결혼함으로써 계약의 결말을 지켜야만 했다. 그는 자신의 상황을 헬런과 자세히 토론했는데, 그녀는, 미국에 있어서 그의 노라와의 관계는, 마치 조이스가 스코틀랜드에서 그러했다고 바로 이해했던 것처럼, 관습법상의 결혼으로 인정되리라 그에게 확신시켰다. 심지어 아일랜드에서도, 그는 말하기를, "습관과 평판에 의해" 결혼이 인정되었다.

이래저래 조이스는 국제적 가족법의 미로 속에서 적어도 3년을 보냈다. 그는, 헬런이, 1927에서 1929년까지, 1916년에 있었던 그녀의 미국의 결혼으로부터 프랑스 이혼을 얻으려고 분투하는 동안, 살피며, 기다렸고, 이어 그들 자신의 상황의 모호성으로부터 자기 자신과 노라를 구출하려는 스스로의 노력을 시작했다. 조이스가 이들 문제들에 얼마나 애써 작업했는지의 한 증거는 그의 파리 서재로부터 존속하는 한 권의 책으로, 이는 결혼, 이혼 및 친족상간의 문제에 관한 종교 재판소에 의해 취해진 497항의 판례들의, 라틴어로 된, 1,400페이지의 연구서이다. 이 책은 그의 문집 중 모든 책들 가운데도 단연 가장 중후하게 사용된다. 조이스는 많은 경우들에 열심히 밑줄을 쳤거니와, 그 속의 '로마의 성직 신도회'는, 가톨릭의 판단들이 시민 법 아래 결합된 부부 결혼의 유대를 해체하는 것을 허용하느냐의 여부를 고찰했다.

이러한 세월의 연구와 고통은 헛되지 않았다. 사람들은, 보편적 가족의 이야기인, 『피네간의 경야』의 모자이크 속에서 처지를 발견했다. 리처드 브라운은, 『조이스와 성별』에서, 『피네간의 경야』의 기혼 부부는 어떤 엄격한 의미에서 분명히 결혼하지 않았다고 진술했다. 험프리 침던 이어위커(HCE)가 그들의 연고 관계의 합법성을 옹호할 때, 그의 아내에게 부여하는 이름은 그의 자신의 것이 아니라, 아나 리비아 플루라벨(ALP)의 변형이라고, 브라운은 지적하거니와, "분명히 HCE와 ALP가 결혼했을지라도, 성姓을 나누지 않는 다는 사실을 우리에게 경고하고 있는지라," 브라운은 진술하기를, 이어위커는, "유일한 아내 (유일한 아내는 미혼 여성에 대한 영국의 법률 용어이거니와)일 때, 그가 그녀[아나 리비애에게 은신처를 제공했음을," 그리고 그녀가 "결혼 사칭을 떠벌이고 있었음을," 인정한다(노라는—조이스와 마찬가지로—1904년 10월 8일로부터 1931년 그녀의 결혼 일까지 '결혼 사칭' —결혼할 가짜 요구—의 죄 됨을 의식했다).

『경야』의 가장 잘 알려진 글줄들의 하나인—"나를 득得할는데, 나를 애愛할는데, 나를 혼婚할는데, 아아 나를 피疲할는데"—는, 사랑의 의식儀式과 함께,

아마도 조이스의, 아마도 몰리의, 매혹의 부르짖음으로서 해석되어 왔다. 하지만, 이 글줄은, 문맥상으로 생각할 때, 작품의 친족상간의 주제의 그리고 저 수년 동안 조이스의 강박관념들 중의 또 다른 것의 흔적을 함유한다. 그것은 자신의 아름다운 딸이 전적으로 불결한 거래를 피해야 하는 아버지의 욕망을 암시한다.

> 그녀는 너무나 예쁘나니, 진실을 말하거니와, 야생림의 눈(眼) 그리고 장장미壯薔薇의 머리칼, 조용하게, 모든 삼림의 그토록 야생 그대로, 이끼와 다프네 요정 이슬의 담자색 속에, 얼마나 온통 그토록 조용히 그녀는 누워 있었던고, 백白자두나무 아래, 나무의 아이, 어떤 실행失亍의 잎사귀처럼, 피어나는 꽃이 멈추듯, 기꺼이 그녀는 곧 그러하리라, 왜냐하면 이내 다시 그러할 것이기에, 나를 득得할는데, 나를 애愛할는데, 나를 혼婚할는데, 아아 나를 피疲할는데!

사실상, 책의 얽힌 언어는 한 새로운 언어를 꾸미려고 애쓰는, 한 작가뿐만 아니라, 자신의 딸의 비산적飛散的 생각들이 그 속에서 정상적인 것으로 보이는 세계를 창조하려고 기를 쓰고 노력하는, 한 아버지를 암시한다.

결혼에 대한 노라의 생각은 루치아에게 집중되었고, 루치아는 걱정을 분담했다. 1930년에 23살로 바뀌면서, 그녀는 기를 쓰고 남편을 찾으려고 애를 썼다. 그녀의 양친들은 각자 한 사람씩이었다. 조지오는 헬렌을 가졌다. 그녀의 성공의 결여를 그녀는 자신의 미의 결점에, 특히 눈의 모습에, 그들의 생활을 지배했던 그녀의 아버지의 고통의 결정적 메아리와 함께 두었다. 노라는 결코 사시斜視가 차이를 나타내지 않는 척 가장하지 않았다. 매칼몬은 조이스 내외와 더불어 그것을 토론하면서 저녁을 내내 보냈던 것을 기억했다. 노라는 말했다, "그 애가 신경질이 될 때는 두 배만큼 그것이 눈에 띈단 말이야."

조이스는 그녀로 하여금 치료법을 찾아보도록 권유했고, 바르셀로나의 의학 전문가와 상담하기 위해 글을 썼다. 루치아는 마침내 파리에서 닥터 보슈의 후계자에 의해 행해지는, 수술을 결심했다. 조이스는 결과를 만족스럽게 단언했다. 그녀의 일생 동안 내내 그녀를 괴롭혔던 문제가, 20분 만에 교정 되었다고, 미스 위버에게 만족스럽게 보고했다. "그녀는 택시를 타고 귀가했고, 1주일이 지나자 양 눈은 꼭 바로 되었소."

나중의 사진들이 보여주다시피, 그것은 그의 바라던 사고思考의 힘의 또다른 예였다. 그녀가 자신의 용모를 변형시키려는 이러한 노력에까지 이르렀음은 베케트와의 실패를 가일층 낙담하게 만들었다.

노라가 루치아는 멋진 젊은 남편이 필요하다고 말했을 때, 그녀는 베케트를 의미하지 않았다. 그녀는 스스로 모습을 드러내는 모든 남성들에게 얼룩을 찍을 수는 없었다. 베케트는 분명히, 당시에, 결혼할 종류가 아니었다. 맥그리비는 고전적이요, 경근한 아일랜드의 독신자였다. 매칼몬은 실제로 루치아에게 결혼 제의를 했다(그의 영국 여상속자 아내인, 브라이허와 이혼한 다음이라). 그러나 그는 동성애자였다. 루치아가 아주 좋아했던, 캘더는 헨리 제임스의 여 손자 조카와 결혼을 약속했다. 그리고 앨프레드 허브벨는, 1930년의 여름에 캘더의 상속인으로, 기혼자였다.

매리 콜럼은 조이스에게 어떤 충고를 주었다(조이스는, 비록 그가—주로, 그는 말했거니와, 자신이 쓰지도 않는 책들에 대한 출판자들의 선금을 수취함으로써—그녀의 남편보다 더 많은 돈을 벌고 있는 데 대해서 그녀의 등 뒤에서 조롱했을지라도, 그녀의 상업 감각을 감탄했다). 매리는, 루치아가 어울리지 않는 젊은 남자들을 추적하는 것을 막기 위해, 프랑스 인들이 그러하듯, 신부新婦 지참금을 가지고 결혼을 주선하도록 조이스에게 말했다. 그들이 루치아에 관해 말했을 때, 노라는 조이스의 목소리 속의 초연함에 대해 반대했다. "단신은 결코 정말로 당신의 딸을 알지 못해요." 그녀는 말했다. "미안하지만 나는 그녀의 생각을 마음에 두고 있소," 조이스는, 마치 그것이 노라가 어려운 아이를 기르는 데 보냈던 모든 세월을 되갚기라도 하는 양 응수했다.

그러한 2년 동안, 루치아의 연약한 개성은 연달아 충격의 아픔을 겪었다.

그녀는 자신에게 새로이 순응하려고 애를 썼다. 그녀는 자신의 댄싱을 포기했고, 새로운 재능인 그림 그리기를 개발하려고 변덕스럽게 애를 썼다. 그녀는 베케트에 의해 거절당했다. 그녀는, 자신의 유년 시절의 유일한 지속적 끄나풀인, 그녀의 사랑하는 오빠(조지오)를 잃었다. 대체로, 이는 그녀가 서출임을 알게 하는 통렬한 충격으로 다가왔다.

그녀는 조지오보다 한층 멀리 동요되었다. 그들 양자는, 노라와 조이스가 매년 '기념일'을 축하하기 위해 떠드는 모든 부산함에 의해, 이해할 수 있게도 그릇 현혹되었다. 1904년 10월 8일의 25주년에, 실비아 비치는 축하할 커다란 파티를 열기까지 했다. 루치아에게, 그 뉴스는 믿을 수 없는, 타락적인 것이었다.

노라의 날카로운 혀는 그녀의 딸을 아끼지 않았다. 어느 날 루치아에게 그녀의 성미를 부리면서, 그녀는 그녀에게 고함을 질렀다, "이 사생아 같으니!" "그럼 누가 나를 그렇게 만들었어?" 루치아가 도로 소릴 질렀다. 그녀는 며칠 동안 노라에게 말하기를 거절했다. 그녀의 아버지는, 그런고로, 루치아의 분노의 공격을 참았다. "만일 내가 사생아라면, 누가 나를 그렇게 만들었어?" 그녀는 거듭 거듭 계속 따졌다. 그녀의 발광은 조이스로 하여금 가일층 노라와 결혼할 것을 결심하게 했다.

성적 혁명의 피안에서부터, 서출과 연관되는 것에 대한 루치아의─헬런의─비탄을 과소평가하기 쉬운 일이다. 서출의 아이들의 법적 상황은 합법적 아이들의 그것에 크게 열세였다. 사회적 치욕은 상당했으며, 실질적 어려움은 진짜였다. 조지오는, 예를 들면, 만일 그가 자신이 영국인임을 증명할 수 없다면, 프랑스 군대로 징집될 위험에 있었다. 이탈리아의 군대는 이미 그를 장악하려고 애를 썼다.

죄 속에 산다는 것은─영국과 미국에 우세한 기준으로─또한 수치스러웠다. 자유사상의 미국인들이 파리에로 도망치다니, 그것은 '주된 길거리'(메인

스트리트)의 응시하는 눈과 사악한 혀를 분명히 피하기 위해서였다.

1931년까지 노라와 조이스는 그들이 자신들의 결혼하지 않음을 아주 잘 감추어 왔다고 믿었다. 트리에스테로부터 영국으로 온 모든 사람들은 그들을 기혼자로 여겼다. 1931년 2월에 조지오와 헬런이 그들의 독일 신혼여행에서 돌아왔을 때, 그곳에서 그들은 헬런의 약간의 친척들을 방문했거니와, 노라와 조이스는 여전히 미혼 상태였으나, 가족의 찬장 속의 이 골격(비밀)이 노출되리라 믿을 이유는 없었다.

그들은 더블린을 무시했었다. 결혼도 않은 채 1904년의 그들의 사랑의 도피는 그들의 배(船)가 노드 월(북안 벽)을 떠나자마자 문학계의 전설이 되었고, 1920년대에 있어서, 새롭고, 극히 청교도적 민족의 출현 동안『율리시스』의 잇단 스캔들은 그것을 인기 있는 신화 속에 두었다.

1931년 3월에, 월간 잡지『가톨릭 월드』지의 미국 독자들은 조이스의 비도덕성의 냉혹한 노출을 즐겼다. 작가인, 마이클 레논은 더블린의 한 판사로서, 조이스는 그와의 친교를 어느 저녁 파리에서 아주 즐겼다. 두 사람은 늦은 시간까지 이야기하며 앉아 있었다. 그가 떠나자, 레논은 서명된 한 권의『율리시스』를 요구하여, 받았다. 그는 나중에 만일 조이스 내외가 파리를 통과할 때 그들을 방문할 수 있을지를 묻기 위해 그의 아내에게 편지를 썼다. 만남의 기쁨은 아무것도 그의 펜을 무디게 하지 않았다.

그의 극히 충격 받을 수 있는 미국의 가톨릭 독자들에게, 그들 중 많은 이들은 아일랜드인들의 후손들이었거니와, 레논은 어떻게 21살의 제임스 조이스가, 실쭉하니, 우울하여, 더블린이 싫증난 채, 1904년 트리에스테에서 글을 가르치려고 떠났는지를 서술한다.

> 한 서부 아일랜드의 소녀인, 더블린 레스토랑의 하녀를 대동하고. 그녀에게 그는 심지어 민법상 결혼의 보호도 부여하지 않았는데, 당시, 자신은 어떠한 교회 의식도, 자신의 결연을 위한 신부의 행사도 갖지 않겠다는 것을, 그러나 그가 그 소녀에

게, 그가 지켰던 약속을 잘 다루겠다는 것을, 확언했다. 그녀가 이러한 동료의식 속으로 들어가다니 확실히 그에게 이상하게도 심취했음에 틀림없었다. 그녀는 그에게 아들과 딸을 하나씩 안겨 주었는데, 그들 각자는 이제 20살이 넘었다. 아 가정이 프랑스로 간 이래, 조이스는, 나는 소식 듣거니와, 프랑스의 유언법은 기혼녀의 그리고 아주 크게 불안전한 서출의 후손의 처지를 참작하기 때문에, 의심할 바 없이, 그의 아이들의 이익을 위해, 민법상의 결혼을 맺었다.

민법상의 결혼에 대한 레논의 정보는 4개월이 시기상조였으나 정확했는지라—사실상, 그들이 함께 식사했을 때 그의 결혼의 상황에 대해 조이스에게 묻자, 조이스는 당시 이용하기로 결심했던 어떤 진짜 정보를 그가 끌어냈을 것이라는 것을 암시할 정도였다. 『가톨릭 월드』지의 기사에 실린 비난은 너무나 파죽지세였고, 콜럼 댁은 조이스로 하여금 몇 달 동안 잡지를 보지 못하도록 했으나, 그것은 미국에서, 아마도 심지어 캐스토 가족에 의해 읽혀질 것이라, 그는 아주 잘 알았는데, 그들의 좋은 의견을 그는 높이 평가했다.

1931년 3월에, 기사가 나타났을 때, 노라는 호비악 광장의 가족 초상들을 막 짐 꾸리기 시작했으며, 푸른 의자와 브로케이드 커튼과 함께 그들을 창고에다 보관했다. 그녀는 지금쯤 계획 전체를 싫어했다. 그녀는 런던과 그곳 그들의 친구들을 좋아했다. 연례의 방문과 심지어 그곳의 아파트도 아주 환영할 만했다. 그러나 그녀는 그들의 안정된 가정과 일과를 어기는 것을 아주 혐오했다. 그녀는 조이스의 건강이 비가 많은 런던뿐만 아니라 그이 자신을 이주시키기에 피로를 견디리라 생각지 않았으며, 그녀는 또한 루치아를 움직이는 데 대해 불안했음에 틀림없다. 루치아도 게다가 가기를 원치 않았다. 그녀의 그림 선생들은 그녀의 진전에 인상을 받았다. 그녀는 소설을 쓰기 시작했으며, 그녀의 어머니와의 많은 다정한 순간들에서—패션 하우스에 가는 것을 그리고 성 오노레 가로를 따라 상점들에서 향수 견본을 뽑는 걸 좋아했다.

그러나 이제 조이스를 멈추게 할 수는 없었다. 루치아처럼, 그는 조지오의 결혼에 의해 심히 불안정했다. 그는 날카로운 불면증으로 고통을 겪었다. 경기에 잃자, 경기 판을 온통 뒤집어엎는 아이마냥, 조이스는 그의 가정을 파 일구는 야만스런 즐거움을 가졌다. 그는 자신이—야기한 무가정無家庭 속에 뒹굴었다. 그는 친구들에게 줄 소유물을 고르는 양 그리고 통 속에 살기 위해 가는 양, 자기 자신을 서술했다. 미스 위버에게『진행 중의 작품』의 초기 원고를 보내면서, 그는 그것을 '조이스가 두고 떠나는, 집안의 부대 속에 발견된 어떤 쓰레기'로서 서술했다. 조이스 댁의 수호신이요, 페니테스 신들 격인—초상들, 피아노, 및 소파는 조지오와 헬런에게로 갔다. 그들의 것을 가족의 새로운 중심이 되게 하라.

많은 면에서처럼 그것은 그랬다. 희망하던 아이는, 1932년 초를 예정으로, 이미 잉태의 도상에 있었다. 또한, 파리의 사교계에서 헬런과 조지오, 헬런의 공식적인 명함이 선언한 대로, '조지 조이스 부처'는 아주 잘 어울리고 있었다 (그녀는, 비록 자신이 그를 조지오 이외는 결코 부르지 않았을지라도, 그의 친구들로 하여금 그를 덜 외국풍의 '조지'로 부르도록 주장했다). 그들은 만 래이에 의해 사진이 찍혀졌으며, 한 쌍으로서 그들의 자세는 헬런을 크기와 태도에 있어서 소녀답게, 조이오를 키가 크고, 정중하게 보여주었다. 그들의 나이의 차이는 두드러지지 않았다.

낙담한 채, 조이스는 어느 때보다 한층 심하게 돈을 탕진하기 시작했으며, 몬로가 당황하게도, 그는 그의 자본의 또 다른 100파운드가 미스 위버의 본래의 12,000파운드로부터 2,000파운드까지 총체적 소모되고 있음을 알아차렸다. 프레드 몬로는 조이스에게 글을 써서, 그로 하여금 자신의 수입 이내에서 생활하도록 충고했다.

그러나 노라의 생활 수준은 개선되었으니, 이제 조지오는『피네간의 경야』가, 무자비한 재담으로, '혼전생활婚錢生活의 미식경마米食競馬 코스'라 부를 정도의 상태로 들어갔다. 그녀는 최초로 자동차로 파리 주위를 타고 돌아다니기 시작했다. 아돌프 캐스토는 신혼부부에게 결혼 선물로서 새 뷰익을 한 대 선사했다. 조지오는 드라이브를 배웠고, 시골의 드라이브를 위해 그의 양친을 차를 내몰았고, 헬런은도회의 심부름으로 노라를 나르도록 기사(운전수)를 그녀에게 빌려주었다.

1931년 4월에 노라와 조이스는, 루치아와 함께, 배의 예인曳引으로 런던에 도착했다. 해리엇 위버는 결혼 계획을 일종의 광기狂氣로서 간주했다. 조이스는 대신 닥터 포그트와의 진단을 위해 취리히에로 되돌아와야 했다. 눈은 결혼의 상황보다 한층 중요하다고 그녀는 생각했다. 그러나 그녀는 곧 그들을 작은 아파트 속에 안주하도록 도우는 데 바빴고, 그녀의 부추김으로, 켄싱턴 부동산 '마쉬 앤드 파슨즈'는 그들을 위해 켄싱턴에 있는 캠던 힐의 캠던 그로브 18b에 아파트를 구해 주었다.

아파트는, 가구가 비치되지 않은 채, 조이스가 여태 가졌던 가장 비싼 것들 중의 하나였다. 그들은 치장을 시도했으나 보통 때처럼 충분히 구입하지 않았다. 아파트 자체는 작은 아파트들로 분할되도록 계획된 것이 결코 아닌, 매력 없는 빅토리아식의 벽돌집들 주랑의 한 부분이었다. 그것의 크고, 통풍이 잘 되는 창문들은 일련의 런던 지하철 순환선에로 내다보고 있었는데, 그곳의 기차들은 캔싱턴 하이 스트리트와 노팅 힐 게이트 사이에서 지상으로 짧게 올라온다.

여전히 노라는 런던의 많은 생활 양식을 좋아했다. 그녀는 언제나 도보 거리 이내의 그녀의 세계를 좋아했다. 그녀는, 켄싱턴의 하로즈 지역인, 바카 점의 음식부를 너무나 사랑했기 때문에, 조이스는 아파트를 '바카 점의 치킨'이라 명명했다. 그러나 부엌은 작았다. 그들은 '켄싱턴 하이 거리'의, 근처 좋아하는 레스토랑인, 스레이터 점을 재빨리 발견했으며, 조이스는 근처의 '켄싱턴 정원'을 통해 산보하기를 즐겼다. 노라에게, 자신의 모국어를 말하거나, 얼마간 마음

편히 느끼게 하는 조용한 만족이 있었다. 그녀와 조이스는 많은 면에서, 결국은, 영국적이었고, 그들의 친구들과 떨어진 채, 많은 아일랜드적인 것들을 강하게 혐오했다. 그들의 수입은 영국 화폐 스터링(파운드)으로였고, 그들은 자신들의 혼돈의 생활을 질서 있게 하기 위하여, 그들의 여성 후원자요, 그녀의 변호사들의 믿을 수 있는 지주支柱라 할, 몬로 쇼의 강한 영국적 의무감에 의존했다.

조이스는 미스 위버가 그의 새 책을 좋아하리라 희망하다니, 그것은 특히 그녀의 영국성英國性 때문이었다. 스튜어트 길버트는 파리의 조이스 문학 추종자들 가운데 유일한 영국인이었으며, 조이스가 그의 새로운 암담한 책을 준비했을 때, 조력자들─러시아인, 프랑스인, 아일랜드인 및 아메리카인─에 의해 그가 둘러싸여 있었고, 그들은 영어를 파괴하는 생각을 즐겼다고 진술했다. 미스 위버는, 다른 한편으로, 모국어의 옹호자였고, 그녀가 그의 실험에 제재를 가한 것은 조이스에게 치명적이었다.

미스 위버는, 사실상, 그가 그녀에게 보낸 말의 수수께끼들을 푸는 것을 좋아하게 되었다. 그는, 그러나 그녀가, 어머니다운 우려를 가지고, 우울과 비참의 증후를 찾아 수수께끼들을 수색하는 것을 알지 못했다. 다음의『진행 중의 작품』으로부터의 초고의 구절은, 그녀의 전기 가들이 말하듯, 그녀를 안심시키지 않았다.

> 이런 시기에 무슨 나의 머핀빵·떡배앓이인고? 혜답慧畓, 식息빵과 통痛버터 및 양 강냉이. 그럼 더 많은 통痛버터와 더 많은 양 강냉이를 취吹할지라. 그럼 무취無吹 무통無痛 그러나 수연충水蠕蟲을. 그리하여 심(Shim)은 혹가或家는 얼마간 가지리라.

조이스는 결혼 날짜를 선택했는지라, 7월 4일, 자신의 아버지의 생일날이었다. 그와 노라는 거의 아무에게도, 심지어 패트래익 콜럼에게도, 미리 말하지 않았고, 그에게 조이스는 이틀 전에 글을 썼다. 예외는, 햄프스테드에 살았던 아일랜드의 문학 친구들인 로버트와 실비아 린드였다. 조이스는 그들을 그가 『더블린 사람들』을 출판하려고 애쓰고 있던 나날 이래로 알아왔다. 로버트 린드 역시 열렬한 아일랜드의 민족주의자였는지라—그는, 로버트 캐이스먼트의 훌륭한 친구로서, 1차 세계 대전 중간에, 만일 영국이 전쟁에 패배하여, 독일어를 강제로 말해야 한다면, 그들은 단지 아일랜드 국민의 운명을 겪을 것이라 주장하는 책자를 썼었다. 결혼하기 하루 밤 또는 이틀 밤 전에 노라와 조이스는 택시를 타고 린드 내외와 저녁식사를 하기 위해 햄프스테드로 갔다.

이러한 친구들과 함께 조이스와 노라는 결혼 의식을 비밀로 지키자는 그들의 희망을 자유로이 토론할 수 있었다. 조이스는 허락에 의한 결혼을 경계하도록 했었는데—이는 단지 하루의 알림을 요구하는 절차로서—그것으로 그는 신문사의 주의를 피하기를 희망했다. 당시 그는 해리엇 위버에게 능변으로 썼다.

> 만일 26년 전에 내가 그의 귀 뒤에 펜을 꽂은 서기나 혹은 밤 셔츠를 입은 신부神父로 하여금 나의 결혼식을 간섭하기를 원하지 않았다면, 나는 지금도 확실히 그들의 손에 연필을 쥔 다수의 기자들이 그들을 원치 않는 곳에서 방해하는 걸 원치 않아요……

만일 조이스가 한 작은 영국의 도회에서 결혼하기를 선택했다면(베케트가, 비슷한 이유로, 여러 해 뒤에 그랬듯이), 그의 전략은 작동했으리라. 그러나 런던에서 기자들은 규칙적으로 중요 등기소의 혼인에 관한 책들을 세밀히 살폈고, 7월 3일에 그들은 자신들이 실화를 가졌음을 즉각적으로 알았다.

조이스 내외가 그들의 결혼 날인, 어느 토요일 잠에서 깨었을 때, 그들은, '작가 결혼하다'의 제자와 '율리시스'를 쓴 제임스 조이스 씨"라는 부제하에, 『데일리 밀러』지가 그들의 비밀 신분을 알렸음을 발견했다.

서부 캠프덴그로브의 49세 난, 제임스 A. A. 조이스의 다가올 결혼에 대한 통고가 런던 등기소에 접수되었다.

신부의 이름은 같은 주소의 47세 난 노라 J. 바나클로서 제시되었다.

조이스 씨는 '율리시스'의 저자이다. '인명록'에 따르면, 그는 골웨이의 노라 바나클과 1904년에 결혼했다.

조이스 씨의 변호사는 어제 서술했다. : "유언장의 이유로서 배우자들은 영국 법에 따라 결혼해야 함이 타당하다."

　'유언장의 이유'라는 구절은—어마어마하고 공허하게도—문의問議들을 털어버리기 위하여 조이스 자신에 의해 선택된 것이었다. 의식儀式을 수행하는 것 이외 아무것도 할 것이 없었다.

　노라의 결혼 날을 위해, 비록 그녀가 자신의 가톨릭의 마음속에 이런 일이 없을 것을 알았을지라도, 그녀는 자신이 최신 패션을 입었는데, 그것은 여성들을 야한, 말괄량이 같은 20대로부터 빼앗아 30대의 한층 의존적 여성들의 신분까지 나아가게 하는 것이었다. 그녀는 자신의 양 다리를 돋보이게 했던, 꼬인, 무릎—길이의 스커트와 함께, 가냘프고, 검은, 엉덩이—감싸는 코트를 입었다. 그와 함께 그녀는 자신이 좋아하는 여우 털, 미끄러운 실내화를 착용했고, 종 모양의 모자를 너무나 낮게 끌어내렸는지라, 회사에 입사하여, 결혼식에 아버지를 동반했던, 프레드 몬로의 아들, 라오넬 몬로가 볼 수 있었던 모든 것이란, '아주 까만 눈썹'뿐이었다. 그들의 변호사들과 함께, 조이스 내외는 말로스 한길의 캔싱틴 등기소 속으로 걸어 들어갔다.

　하찮은 작은 결혼 의식은 통상적으로 15분이 걸리거니와, 몬로 쇼의 모든 조심스런 법률상의 준비에도 불구하고, 조이스가 그들이 이전에 트리에스테에서 이미 결혼했던 것처럼 가장하려는 최후의 필사적 노력을 행하자, 시간이 걸렸다. 그의 아내는, 그가 말했듯, 거짓 이름(위가명僞假名)을 댔다.

　심지어 긴장 아래였을지라도, 조이스는 거짓 이름을 경솔하게 조작하지 않았다. 노라가 부여받은 것으로 이야기되는 이름은 '그레타 그린'으로, 젊은 애인들이 영국으로부터 그들의 부모의 승낙 없이 결혼하려고 도망쳤던 스코틀랜드 변경의 도시 이름에 대한 말장난이었다. 그러나 그 이름은 이중의 언어유희言語遊戲였으니, 그레타는 조이스가 '죽은 사람들'에서 노라에게 부여했던 이름이었다. '그린'이란 이름은 아일랜드와의 만족스런 연관을 수반한다(사망 시까지, 조이스는 『인명록』에 그가 1904년 이미 결혼했으나 자신의 요구를 지지할 증거가 없었다는 것을, 계속 기록했다).

핑계는 그날을 거의 망가트렸다. 만일 그들이 이미 결혼했다면, 등기원은 격노한 논리로 지적했거니와, 그는 그들을 결혼시킬 수 없었으리라. 그들은 이혼해야만 했을 것이다. 하지만 프레드 몬로는 준비가 되어 있었다. 조이스가 무슨 결혼을 이야기하고 있든지 간에, 그것은 영국 법의 효력을 가질 수 없다는 법적 정확한 출처를 그는 제시했다. 등기원은 정당하게 진행했고, 꼭 같은 주소의 독신자 제임스 조이스와 처녀인 노라 바나클을 결혼시켰다. 프레드 몬로는, 조이스가 자신의 직업으로서 '작가'가 아니라 '독립 재산가'라고 기록한 것을 보았을 때, 주춤했을 것임에 틀림없다. 몬로 씨는 해리엇 위버로 하여금 그러한 주장을 하는 위치에 조이스를 두지 못하도록 설득하는 한갓 가망 없는 전쟁을 해왔었다.

노라가 나타나 기자들이 그들을 기다리는 것을 보았을 때, 그녀는 조이스에게 냉정하게 말했다. "런던은 온통 당신이 여기 있음을 알고 있어요." 그날 오후 『런던 이브닝 스탠더드』지는 조이스 내외의 공식적인 결혼 초상화로 이바지했던 사진을 실었다, 그녀는 모자를 꼭 쥐고, 얼굴을 가렸지만, 기뻐 보이는, 노라, 및 섬뜩하게 보이는 조이스, 그리고 격앙된 라이오넬 몬로였다. 조이스는, 관련된 기자들 중의 하나가 아일랜드인임을 알았으니, "나는 그가 올 줄 생각했어." 그는 크게 실쭉하니 말했다.

기자에 의한 그들의 시련은 방금 시작되었다. 잔뜩 채워진 일요 신문들과 함께, 프리트 거리의 프리랜서 사진사들의 꽉 매운 무리들은 캠던 그로브 28번지 바깥에 진을 쳤는데, 그로부터 유일한 출구는 정문에 의해서이다. 포위 된 채, 조이스가 필사적으로 몬로 쇼의 사무실에 전화를 하자, 프레드 몬로는 주말을 위해 시골로 갔음을 알았다. 그는 황량하고, 버림 받은 기분이었다. 심지어 미스 위버도 궐드포드에 가 있었다. 그녀에게 그는 성마른 편지를 썼다.

> 당신은 지금쯤 신문을 보았을 테니, 글을 쓰는 것은 소용없군요. 이틀 동안을 거리는 꼬박 배회하는 섬사람들로 웅성거렸는데, 한 녀석은 밤중까지 기다렸소. 아내는 오늘 떠나기를 바랐지만, 나는 그렇게 할 방법이 없었소. 당신은 멀리 있고, 미스 위버는 프랑스를 오르락내리락 뛰어다니고 있소. 상황을 다루는 방법에 관해 아무런 충고를 가질 수 없었소. 왜냐하면 몬로 씨는 사건 뒤로 금요일 온종일 그리고 토요일 온종일을 도시 밖에 있었소. 그의 파트너도 마찬가지. 마침내 오후 8시 30분경, 그가 집에 도착하여, 당신이 알다시피, 신문협회에 그가 전화를 걸었소. 제발 내가 당신을 만날 때까지 모든 이러한 걸 아무에게도 말하지 마오. 이 집(?) 앞의 거리는 일당의 카메라맨으로 점령되었소……

조이스는 과장했다. 그들은 죄수들이 아니었다. 그와 노라는 스레터 점에서 식사를 하기 위해 나가려 하고 있었는데, 거기, 런던에 있었던, 아서 파워가 그들을 추적했다. 파워는 흥미를 가지고 말했으니, "신문에서 읽은 이야기는 재미있단 말이야." 노라가 낄낄거렸다. "난 아주 바보 같은 느낌이었어요," 그녀는 말했다. 그러나 조이스는 언짢은 얼굴을 하며, 파워에게 만일 그가 더 많은 정보를 원하면 그의 변호사들을 만나보도록 냉정하게 충고했다.

조이스가 기자의 주의에 관해 불평하는 동안, 그는 자신이 놓친 무슨 뉴스 기사를 실은 신문지를 얻으려고 노력했다. 그는 자신이 얻지 못한 총평에 대해 불평할 이유를 가졌으리라. 런던의 중요 신문들은 아무런 통고도 다루지 않았고, 『타임스』지 또는 『데일리 텔레그래프』지에는 아무것도 없었다. 『뉴욕 타임스』지는, 그러나 결혼, 죽음, 및 탄생 란에, '유언장의 이유로서 재혼한 아내'라는 제자의 언급을 들려 주었다. 실비아 비치는 조이스가 그해 후반에 그 주제에 대해 말하는 것을 들었을 때, 그녀는 그가 모든 소동을 즐겼다고 생각했다. 그녀와 아드리엔느는, 결혼에 관한 정보를 미리 갖지 않았으며, 거의 '프랑스를 오르락내리락 뛰어다니지' 않았으나, 오히려 그들은 사보이의 아드리엔느 양친의 농장에 있는 작은 시골집에 있었다.

런던으로부터의 뉴스는 아일랜드 해를 건너는 데 오래 걸리지 않았다. 골웨이에서, 보링 그린의 애니 바나클의 이웃들은 그녀로 하여금 노라와 짐에 관한 수치스러운 이야기로 직면하게 했다. 애니 바나클은 분노했으니, 1904년 노라가 결혼하지 않았다고 감히 암시하는 누구든 고소하겠다고 위협했다. 혼인증서는, 그녀가 주장하기를, 전쟁 동안에 파괴되었다. 그러나 그녀의 이웃들은 런던 신문들을 대신 믿었고, 바나클 부인은 런던의 노라에게 보낸 편지들 속에 그녀의 분노를 터뜨렸다.

노라에게 민사상의 결혼은 약간 도움을 주었다. 비록 민사상의 의식은 교회의 눈으로 그녀의 신분에 차이를 나타내지 않았을지라도, 그녀는 언제나 자신의 불규칙적인 신분에 관해 자의식적이었고, 조용히 법의 인식을 얻는 데 안도했다. 어떤 방도로서든 신문의 대중성은 조이스 내외를 은둔하게 하지 않았다. 7월 15일에, 그들은 린드(역주 : 아일랜드 태생의 영국 수필가, 비평가) 댁으로 정치인들과 자신들의 무리와 함께 신월제新月祭를 축하하는 저녁 가든파티를 위해 되돌아갔는지라, 그들 가운데는 고로니 리스와 다그라스 재이가 끼어 있었다. 조이스는 그가 피아노에 앉아, 아름답게 노래했을 때 '별의 매력'이었다.

린드 가家의 딸들의 하나인 모이라는 조이스를 불쌍히 여겼으니, "그가, 두 벌의 안경을 쓰고 있을지라도, 자신이 먹는 것을 거의 볼 수 없었기 때문이다." 그녀는 또한 말없는 두 다 자란 아이들을 동정했는데, 비밀을 바라는 조이스의 욕망은 그들의 감정을 필경 잡아두기를 의도했으리라.

그녀의 계산은 그의 양친의 결혼 시기에 조지오를 런던에 두는 유일한 것이다. 헬런은, 당시 임신으로 접어든 두 달이 어려움을 증명했기에, 그를 동행하지 못했던 것이 확실하다.

저 같은 달, 노라와 조이스는 출판자, 푸트남의 회장에 의하여 베풀어진 공식적 문학 오찬에서 손님들이었다. 그 경우는, 그것이 그들의 여름 결혼처럼 보이게 했기 때문에, 두 조이스 내외들 간의 육체적 대조에 대한 생생한 서술을 가져왔으니, 왜냐하면 손님들 가운데는 비타 색빌—웨스트의 남편인 탁월한 일기 작가 할로드 닉콜슨이 끼어 있었기 때문이다. 닉콜슨은 다른 손님들과 함께 응접실에 있었는데, 저 유명인사(조이스)가 도착하기를 초조하게 기다리고 있었다. 층계에 한 가닥 소리가 들렸다. 모두 일어섰다.

조이스 부인이 그녀의 남편을 따라 들어온다. 미의 유물과 아일랜드 말투를 지닌 한 젊어 보이는 여인은 너무나 두드러진지라, 그녀는 벨기에 사람처럼 보였으리라. 한 젊은 프랑스의 부르주아인의 의상으로 치장한 채 : 신예新藝 브로치라고나 할까. 조이스 자신은 초연한 채 장님으로 그녀를 뒤따른다. 나의 최초의 인상은 턱수염을 약간 기른 노처녀 : 나의 두 번째 인상은 필립 II세처럼 몸을 차린 월리 킹[도 자기 전문가의 그것이다. 나의 셋째 인상은 어떤 가냘픈 작은 새의 그것, 쪼면서, 등 굽고, 수줍은, 격렬하고도 소심한. 작은 발톱 같은 양손. 너무나 장님인지라, 그는, 아주 작은 부엉이처럼, 사람으로부터 옆길로 비켜 노려본다.

조이스는 어색한 손님이었다. 그는 이타로 스베보에 관해 이탈리아어로 그에게 재잘거렸던 그의 팔꿈치 곁의 여인을 날카롭게 반박했다. 닉콜슨은 뉴스 속의 사건에 대해 언급함으로써, 그리고 "당신은 암살에 흥미가 있나요?"라고 물음으로써, 조이스를 대화 속으로 끌어들이려고 애를 썼다.

"아니야," 조이스는 대답했다 (닉콜슨은 말했는지라, 피아노를 닫는 여가정교사의 제스처를 하고), "조금도 아니야."

조이스는 닉콜슨이 BBC 방송에서 그에 관해 이야기하려 한다고 했을 때만이 머리를 곧추 쳐들었다. 닉콜슨의 판단인즉 : "무례한 사람이 아니요, 조이스는 전반적으로 영국인에 대하여, 그리고 특히 '인문학 영어'에 대하여 자신이 싫어함을 감추려고 했어요. 그러나 그는 이야기 걸기 어려운 사람이오."

결혼 후에, 조이스는 스태니슬로스와 콜럼 내외에게 통지했다. 콜럼 내외에게 그는 과장된 농담을 했는데, 임금님이 '숙모의 결혼 법안'(결혼의 어떤 금지된 법주를 친척들에게 넌지시 비추는 새 법률에 대한 인기 명)을 서명하고 있는 동안, '그는 이제 아내의 결혼 법안'을 서명해야 한다고 했다. 영국의 결혼은, 조이스가 그의 아우에게 말했듯이, '유언장하의 상속을 확고히 하기 위해' 필요했고, 그리하여 심지어 스태니슬로스에게 그는 자신과 노라가 트리에스테에서 이미 결혼했다는 허구를 계속 지지했다(비록 그는 그것을 절대적 사실로서 서술하는 것을 피했을지라도).

> 1904년 나의 현재의 아내와 사랑의 도피를 한 이래, 그녀는 나의 충분한 묵인을 가지고 미스 그레타 그린이란 이름을 표명했는데, 그것은 우리를 결혼시킨 기사騎士 패브리와, 자손을 위해 합법적 증서를 발행한 단디노 백작인 유럽의 최후의 신사를 위해 아주 충분했어…….

조이스는 그의 아직 태어나지 않은 후대의 상속자들을 위해 마련된 유서를 서명하는 데 시간을 놓치지 않았다. 1931년 8월 5일에, 그는 인세로부터 생활을 위한 수입을 노라와 이어 그의 이이들 및 그들의 후손들에게 남겼다. 그는 해리엇 위버에게 그의 모든 원고들을 남겼고—그에 대한 그녀의 봉사의 인정으로—그리고 그녀를 마찬가지로 자신의 문학적 유언집행자로서 삼았다. 그는 모든 그의 세속적인 물건들을 그의 아들에게 주었으나, 루치아에게 유품, 책 또는 그림의 형태로는 아무것도 주지 않았다.—이는, 비록 조이스가 잇따른 해까지 루치아의 정신병을 공식적으로 인정하지 않았을지라도, 그녀가 얼마나 독립적 미래를 가질 것 같지 않으리라 그가 알 수 있었음을, 분명히 하는 생략이었다. 노라는 유서를 작성하지 않았다.

'골웨이에 있는 나의 아내의 가족으로부터의 과격한 감정적 폭발은' 조이스가 그들을 미스 위버에게 서술했듯이, 노라의 어린 여동생, 캐슬린이 또 다른 방문을 위해 런던으로 오는 것을 막지 않았다. 캐슬린은 노라와 조이스가 서로에게서 보았던 것에 관해 변함없이 미혹되었다. : "노라는 온통 통하고 짐은 온통 막혔어." 방문 동안, 캐슬린은 노라가 성(섹스)의 문제에 관하여 확실하게 스스로를 표현하는 것을 들었다. : "난 그걸 싫어해, 캐슬린," 노라는 말했다. 캐스린은 자매에 대한 저 아주 인습적(당시로서) 아내다운 불평 뒤에 얼마나 많은 것이 놓여 있는지 알 길이 없었다.

노라는, 그녀의 자궁 절제술 후로, 만일 있다 해도, 성적 관계를 차단했던 것이 가능하다. 루치아 조이스는 나중에 그녀의 어머니가 '덜 민감해졌다고' 기억했다. 그리고 마리아와 유진 졸라스는,『트랜지시옹』지에 실린 1927의『진행 중의 작품』의 첫 출판 이래 조이스 댁의 밀접한 친구였거니와, 조이스 내외는, 1930년대까지는, 성性 없는 결혼을 가졌다고 또한 추측했다. 노라는 마리아에게 말했다, "나의 남편은 성자야."—유진 졸라스가 자신의 아내에게 행한 한 마디 말은 단지 한 가지 의미만을 가질 수 있었다.

캐스린의 실재는 작은 아파트 속에 네 사람을 이루게 했다. 루치아는, 결혼이 이미 널리 알려짐으로 기분이 상한 채, 그녀의 원기 왕성한 숙모에 질투를 느끼기 시작했는데, 그녀를 조이스는 표준 여행자 매력까지 끌고 갔는지라, 그일에 그는 결코 피로하지 않았다. 캐슬린을 위해, 조이스는 지나치게 팁을 주는 화려한 전시를 보였다. 극장에로 방문 시, 노라는, 그들이 안으로 들어가자. 말했다. "안내원에게 팁을 주지 말아요."(영국의 극장에서 '안내원'이든 '안내양'이든, 그들의 대륙의 짝패들과는 달리, 그들은 결코 팁을 받지 않았다) 그럼에도 불구하고, 조이스는 안내원에게 그들을 좌석으로 안내하는 데 대해 10실링(약 $2.50)을 주었다. 노라는 몸을 돌리고, 밖으로 나가버렸다. 그것은 그녀의 유일한 형벌이었으며, 그것이 그를 제지시키지 않았을지라도 조이스에게 상처를 준 하나였다. 케터너 댁의 만찬에서, 그들의 손님인 미스 위버와 함께, 캐슬린은 조이스가 웨이터에게 5파운드를 팁으로 주는 것을 보았다. 그 액수는 그들의 아파트의 2주일 임대료와 정확하게 동등했다. 캐슬린은 그녀의 눈을 믿을 수가 없었다. 노라는 아주 너무나 잘 믿을 수 있었다. "오, 저인 언제나 그따위 짓을 하지요," 그녀는 말했다.

미스 위버는 노라가 조이스를 개조하는 데 실패한 곳에 자신은 성공할 수 있으리라 희망했다. 만찬에 두 병의 포도주면, 그녀는 혼자 생각하기를, 아주 충분했다. 그녀는 조이스에게 식사 때마다 한 잔의 물로 시작하여, 각각의 포도주 사이에 또 다른 물을 마실 것을 예의 있게 충고했다. 그러나 노라는 그녀더러 잠자코 있도록 말했다.

8월까지는 노라와 조이스는 재차 안달했다. 그들은 겨울 동안 파리에로 되돌아가, 봄에는 캔싱턴의 아파트에서 그들의 영국식 거주를 계속하기로 작심했다. 루치아는 발작적 초조 속에, 도버에서 호텔—지기 친구에 의해 해협을 가로질러 호위 받은 채(조이스는 말하기를, 그녀가 마치 24살이 아닌 양, 그녀의 세관 통과를 도우도록), 먼저 갔다. 그러자 루치아는, 거의 환영받지 못하는, 자신의 실재를 조지오와 헬런에게 맡겼다. 헬런의 임신은 심한 복잡성을 제시하고 있었다. 그녀는 아기가 커가자, 커 가는 난소 종기(아마도 유산된 쌍생아)를 앓았고, 유산을 피하기 위해, 그녀는 거의 모든 임신 기간을 침대에서 보내야만 했다.

조이스는 절망적 기분에 잠겼다. 그는 파리에 자신의 아내와 딸을 대령할 집이 없었다. 그는 사방에, 특히 자신의 텅 빈 캔싱턴 아파트 생각 때문에, 박해 받은 듯 느꼈는데, 아파트의 임대와 화재보험은 약 5년을 더 유효했었다.

낭비벽이 심한 사람으로서, 그는 작은 액수에 대한 심난함으로 스스로 괴로워했다. : 그의 장소를 전대轉貸할 세든 이도 없이, 그는 1주일에 2파운드 10실링을 지출하고 있었으며, 손실이 그의 신경을 계속 뭉개었다.

그를 괴롭히는 런던의 모든 자들을 벌주기 위해 말 재롱을 화살처럼 뿌리면서, 그는 챔던 그로브(Grove)를 '챔던 그래이브(무덤Grave)'로, 마쉬 앤드 파슨(Marsh and Parsons)을 '이긴 방풍나물(Mashed Parsnips)'로 명명했다. 영국 수상 람배이 맥도날드(Ramsay MacDonald)(파운드를 평가절하한 데 대해)는 '사슴머리 대둔자 大鈍者(Ramshead MacDullard)'가 되고, 코번트 가든(Covent Garden)(설리만을 시인하는 데 실패한 데 대해)은 '부엌 정원 오페라(Kitchen Garden Opera)'가 되었다. 그는 스태니슬로스에게 아파트의 6개월 임대료를 사기당했다고 말했다. 그리고 그는 한 가지 이야기가 마이클 조이스에 의해 편취당하자, 그것을 제임스 조이스에게 잘못되게 돌린 프랑크푸르트의 한 신문 때문에 그렇게 되었다고, 그는 믿었다. (이 문제를 두고, 조이스는 26통의 편지와 10통의 전보를 보냈으며, 몬로 쇼가 자신이 그런 경우를 갖지 않았음을 그에게 충고할 때까지 표절에 대하여 법적 대응으로 응하겠다고 위협했다) 노라는 그의 편집병을 절단하려고 노력했다. 그들이 어느 날 밤 런던에서 패트래익 콜럼과 함께 저녁식사를 하고 있었을 때, 그녀는 말하기를, "글쎄, 짐, 여기 친구가 있어요." 조이스는 그녀의 요점을 인정하고, 마음을 누그러트렸다.

파리로 돌아와 노라는 여느 때보다 한층 바빴다. 그는 헬런을 매일 방문했는데, 서로의 적의는 그런 환경 아래 사라졌다(그리고 헬런이, 한 미국의 산부인과 의사를 만나기 위해 뉴욕으로 되돌아가야 한다는 그녀의 형제들의 암시를, 받아들이지 않았을 때, 노라는 마음이 놓였다). 헬런은 노라에게 그녀의 아파트 사냥을 하기 위해 운전사를 빌려주었으나, 그가 병이 들자, 노라는 택시를 사용해야 했다. 노라는, 조이스의 암시, 즉 그가 미스 위버에게 쓴 대로, 그의 아내는 '모든 이를 즐겁게 하기 위해' 너무나 지쳤기 때문에, 파리의 가구 비치된 아파트를 택해야 된다는 데 마침내 동의했다. 조이스 자신은 미스 위버를 편지로 범람시켰는지라, 1주일에 몇 번씩, 때때로 하루에 한 번씩 그녀에게 편지를 썼으며, 다시 한 번, 그들의 얼굴—대—얼굴의 관계에 침투했던 냉정 및 자제와 대조되는 통신상의 친교를 보여 주었다.

조이스에게 결혼은 이내 실비아 비치로부터 직업적 절연이 뒤따랐다. 조이스와『율리시스』의 가장 중요한 출판자 간의 적대 관계는 아드리엔느 모니에르가 조이스에게 한 통의 날카로운 편지, 그녀가 오랫동안 쓰려고 마음먹었던 편지를 썼을 때 한층 악화되었다. 그녀는, 조이스가, 그녀가 말한 바, 성공과 돈에 강박되어 있을 때에도, 그 두 가지에 대해 흥미가 없는 척하는 데 대해서, 그를 비난했다. 그녀는 그의 가족을 사치 속에 살게 하려는 실비아를 무자비하게 파헤침으로써 그를 한층 공격했고, 반면에 그녀와 실비아는 빚 안 지고 살아가려고 애써 긴축하고 있었다.

조이스는 상처를 받았고, 골이 났다. 그는 그녀의 비난 속에는 진실이 없으며, 미스 위버로 하여금 자신과 동의하도록 했다. ─친한 친구들이었던 두 여인들 사이에 그것으로 균열이 생겼다. 해리엇 위버는 동성연애자가 아니었다. 그녀는 그럼에도 불구하고 여인들만의 관계의 안전에 열중했던 결정적으로 비성적 여인이었다. 1931년까지 실비아는 파리의 이국적 영토에서 그녀의 가장 좋은 친구였고, 그녀가 자신의 사적 이름인, 조세핀을 사용하는 드문 특권을 그녀에게 부여했던 사람이었다. 그러나 미스 위버는 조이스와 그의 작업이 모든 다른 이익을 선행해야 한다는 것을 믿었는지라, 선택이 다가왔을 때 그녀는 그녀의 친구를 넘어 천재를 선택했다.

조이스가 1931년 9월에 파리로 돌아왔을 때, 그는『율리시스』의 미국 출판을 안정시키려고 여느 때보다 한층 결심했다. 많은 제의들이 나타나기 시작했다. 매리 콜럼은 그에게 미국 판이 노벨상을 의미한다고 확신시켰다. 더욱 더한 것은, 뉴스가 그에게 당도했으니, 미국의 사무엘 로스는 그의 해적판을 잘 처리하고 있을 뿐만 아니라, 최근에 1만 부를 인쇄했다는 것이었다. 만일 로스가 정지하지 않으면, 어떠한 미국 바이어들도 남지 않을 것이다.

장애는 실비아였다. 전해의 12월 이래, 그녀는 자신의 권리를 양도하는 대신에 그녀의 값을 매기는 권리를 부여하는 계약서를 지니고 있었는지라, 그녀는 전혀 열렬히 그렇게 행하려고 하지 않았다. 그녀는 매년 미국의 여행자들에게 『율리시스』의 판매로부터 약 1천 파운드를 손에 넣고 있었다. 만일 그들이 본국에서 책을 살 수 있다면, 그녀는 억지로 "내 서점을 포기하고 병아리를 키워야 했으리라"(실비아는 결코 스스럼없는 미국의 상투어를 결하지 않았다).

따라서, 실비아는 자신의 권리를 해제하기 위한 그녀가 생각한 바 크고 정당한 요구를 마련했으니 : 당시에 상당한 재산인, $25,000이었다. 그녀의 요구의 크기는 당시 입찰 중의 주된 출판자로 하여금 그의 제의를 철회하게 했다. 동시에 실비아는 패트라익 콜럼으로부터 매일의 방문을 받기 시작했는데, 그는 그녀와 더불어 그녀의 요구를 줄이도록 주장했다. 또한 그녀는, 미스 위버가 결코 그렇지 못한, 조이스를 '통한' 흥미의 인물이 되었다. 노라는 어느 날 서점에서 집으로 오자, 보고하기를, "이건 또 어찌된 일인가! 미스 비치가 두통을 치료하고 있었으니, 황야의 양은洋銀처럼 보였도다."

노라는 실비아의 만성적 편두통에 대해 언급하고 있었는데, 그것은 그녀가 미국 문제를 다루는 지력이나 혹은 적성을 가졌느냐에 대한 조이스의 의심에 기여했다. 그는 그녀의 문제들로부터 물러났는지라, 그것을 그는 미스 위버에게 보낸 한 통의 솔직한 편지에서 상술했다. 편지에서 그는 최초로, 실비아의 동성애주의에 대해 공개적으로 스스로 언급했으며, 그의 규범으로, 자살, 정신병 및 편두통은 호모 섹스보다 한층 수치로서 노정했다. 그가 실비아를 불신했던 이유인즉,

> 최근의 나에 대한 그녀의 많은 친절과 매력적인 특질에도 불구하고, 그녀는 자신의 한층 지적인 파트너(많은 면에서 또한 현저하고 매력적인 여인)의 영향하에 자동인형이 되고 있는데…… 양자는 비정상적이었으니(그것은 많이 문제시 되지 않거

니와), 그러나 주로 미스 비치는 자살자의 딸이요, 그녀의 누이는 정신병원에 있어왔으며, 그녀 자신은 주기적으로 아주 이상한 두통을 앓고 있다.

실비아를 위해, 콜럼으로부터의 매일의 방문이 계속되었다. 그는 그녀의 프라이드를 낮추도록 그녀를 압력했다. 아드리앤느의 후원으로, 실비아는 거절했다. 그녀는 자신의 계약을 가졌다. 계약은, 콜럼이 그녀에게 퉁명스럽게 알렸는 바, 무의미했다. 그녀는 어떤 것이고 요구할 하등의 근거가 없었다. 되풀이하여 자신의 요점을 역설하면서, 콜럼은 실비아의 이기심을 비난했다. 그녀가 그들을 회상했을 때, 그녀에 대한 그의 최후의 말인 즉, "당신은 조이스를 훼방 놓고 있소!"

타격을 받은 채, 실비아는 손을 뻗어 전화기를 잡았다. 조이스는 대답했다. 그는 『율리시스』를 가질 수 있다고, 그녀는 그에게 말했다. 그녀는 아무런 보상 없이 그녀의 모든 권리를 양도하고 있었다.

그러나 1931년 말에, 가족 문제가 절정에 달했다. 노라와 조이스 양자는 정신병의 치욕으로부터 물러났기 때문에, 그들은 루치아를 정신병 의사에게 보일 것을 거절했다. 그들은 여러 해 동안 그들의 딸에 대한 억압된 걱정을 지니고 살아왔다. 과연, 조이스의 민감한 시詩, 루치아가 6살 때 트리에스테에서 쓴 그의 시, '나의 딸에게 준 한 송이 꽃'은 그의 아이의 눈 속의 '야생의 경이'를 지각하는 가운데 거의 예언인 것처럼 보인다. 루치아는 진실로 예술적 재능을 가졌었다. 그녀가 마음이 동요되었을 때, 노라는 그녀가 가서 그림을 그리도록 암시하곤 했다. 그러자 루치아의 의욕을 격려하기 위해, 조이스는 『한 푼짜리 시』라는 자신의 1927년의 시집에서, 시를 위한 정교한 두문자를 고안하도록 그녀에게 권유했다. 루치아는 이를 편집했고, 문자들을 만들어 냈으며, 조이스는 그들을 아름답다고 생각했다. 그러자 그는 출판자로부터 표면상, 1만 프랑을 그녀에게 지불하도록 획책했다.

노라는, 조이스를 이러한 우행에서 막도록 하는 데 속수무책인 채, 곧 새로운 위기를 통해 그를 도우지 않으면 안 되었다. 12월 29일에 사망한, 조이스의 아버지, 존 조이스는, 그가 1912년 이래 보지 못했던 아들의 사진들과 신문의 오린 족자들로 가득 찬 방에서 돌아가셨다. 조이스는 죄의식으로 압도되었다. 노인은 그가 사망하기 전에 그를 보도록 간청하고 있었으며, 조이스는 그가 너무나 공포에 질렸기 때문에 아일랜드애로 돌아갈 수 없는 사실에 결코 맞서지 않았다. 특히 『가톨릭 월드』지에서의 래논의 공격 뒤로, 그는 종교적 광신자에 의해 암살당할까, 또는 파넬처럼, 그의 눈 속에 생석회를 던져 넣게 되지 않을까, 두려워했다. 하지만 그는 자신이 아버지를 보기 위해 귀국하리라는 것을 그로 하여금 믿도록 계속 인도했다. "나는 그분이 나이 많은 걸 알아. 그러나 나는 그 분이 오래 사실 것으로 생각했어. 정신적으로 그토록 많이 나를 뭉갠 것은 그의 죽음이 아니라, 니 자신의—규탄이요." 조이스는 해리엇 위버에게 자신의 마음을 쏟아내며 말했다.

그의 슬픔 속에, 조이스는 왜 자신이 그토록 고집스럽게 그리고 도전적으로 돈을 바람에 날려버렸는지를 미스 위버에게 설명했으니, 특성은 그의 창의성과 연관되었고, 그가 자신의 부친으로부터 얽힌 채 상속받은 특질들이었다. "나는 그로부터, 그의 초상화, 조끼, 멋진 테너 목소리, 그리고 과도한 색욕적 성벽을 얻었다(그것으로부터, 그러나 보다 큰 부분의 어떤 천재의 원천을 나는 가졌으리라)……."

조이스의 가책은 너무나 컸는지라, 그는 T.S. 엘리엇에게 보낸 편지에, 그의 부친을 보러 가는 실패에 대한 이유로서, 객차 속에 저격당한 노라와 아이들의 옛 이야기를 소생시켰다. 그의 친구들은 그들이 그를 위로하기 위해 할 수 있었던 것을 했다. 골웨이로부터 노라의 숙부 마클 힐리는 장례를 위해 더블린에로 여행했고, 해리엇 위버는 병과 장례식을 위한 비용을 지불하도록 100파운드를 보냈다. 나이 많은 존 조이스는 그의 아들의 과도한 애정에 보답했다. 그는 665파운드에 달하는 자신의 작은 재산의 하나도 그의 다른 어떤 이들—과부가 된 알린, 슬픈 노처녀들 에바와 플로리, 쪼들리는 기혼 아이들, 스태니슬로스, 찰리와 매이―에게 유증하지 않았고, 대신 그는 그것을 모두 그의 사랑하는 아들, 작가에게 남겼다.

실비가『율리시스』에 대한 자신의 권리를 양도했을 때, 그녀는, 캐스토 가족들 중의 한 사람의 말로, "로버트 캐스토와 밴네트 커프가 그들 사이에 모든 걸 재빨리 요리해 치웠다"라는 생각을 갖지 못했다. 그들은 다른 이들이 밟기 두려워했던 곳에 스스로 대담해질 수 있는 듯 분명한 전략을 결정했다. 랜덤 하우스의 커프(또는, 조이스가 처음 철자한대로, 서프)는 책의 외설에 대한 법정 평가의 비용을 용감하게 맞서기로 결정했다. 조이스의 이전 출판자인 바이킹은 비용 때문에 탈락했다. B.W. 휴박은, 1931년에 바이킹을 위해 아직 무제無題의『진행 중의 작품』에 대한 권리를 이미 샀다.

커프는 그가 리옹 플라이슈만이 보니와 라이브라이트에 있었을 때 리옹을 알았기 때문에, 그리고 그가 모던 라이브러리 간기刊記(역주 : 출판 시 이름, 주소, 발행일 따위) 하에『초상』과『더블린 사람들』을 출판하고 있었기 때문에, 흥미를 가졌다. 실비아가, 1931년 12월에 내리막에 있었을 때, 커프는 유명한 변호사 모리스 어네스트에게 즉시 글을 써서, 만일 그가 잃으면 무로서, 만일 이기면 판매로부터 인세의 10%로서 라는, 부수적 임시 토대 위에『율리시스』사건과 싸우도록 그를 초청했다.

1932년 들어 두 달도 안 되어, 캐스토 관련에 대한 조이스의 두 기다리던 결과가 도착했다. 정월 하순에, 로버트 캐스토는 호주머니에『율리시스』의 랜덤 하우스 계약을 넣고 마르세유에 도착했다. 2월 15일에 헬런은 아들, 스티븐 제임스 조이스를 분만했다.

닷새 뒤에, 베네트 카프가 사적으로 도착했다. 애초에 그는 단지『율리시스』에 대한 인색한 $200의 선금을 제공했다. 조이스의 문학 대리이요, 보다 기량이 우수했던 로버트 캐스토는 청피하게도 그로 하여금 그것을 5배로 하도록, 더욱이―최고 인세―15%로 지불하도록 했다. 조이스는 실비아와 아드리엔느에게 떠벌이도록 나돌아다니는 것을 억제할 수 없었다. 그때부터 계속, 그는 캐스토를 자신이 가족으로서 간주했던 저 단단한 사람들의 무리로 인정했다.

실비아는 몹시 비참했다. 그녀는 어리석게도 낙천적인, 자신의 출판된 메모인, 『셰익스피어 앤드 컴퍼니』의 많은 초고로부터 자신의 분노를 검열하여 삭제했으나, 그러나 12년간의 노동의 열매를 박탈당했다는 느낌이었다. 비록 그녀는 자신이 출판한『율리시스』의 11째 판들의 각각으로 수입의 쇄도를 즐겼지만, 그녀는 다음 판에서 조이스의 가족에 의해 요구되는 '선금'과, 그녀가, 심지어 가족의 의료비까지 모든 것을 지불해야 한다는 그들의 기대를 잊을 수 없다. 실비아는 노라의 자궁 절제 수술에 대해 지불했다.

한층 나중 세월에, 스티븐 조이스는, 자신의 가족을 위해 논하면서, 실비아가 너무나 많이 항의했음을 느꼈다. 만일 비치가 제임스 조이스를 손에 넣지 않았던들 누가 '셰익스피어 앤드 컴퍼니'에 관해 여태 들었을 건가? 랜덤 하우스의 거래의 시기쯤에, 세기의 불황이 아주 진행 중에 있었고, 실비아의 책으로부터의 수입은 사실상 어쨌거나 종말에 있었다. 더욱 더한 것은, 단지 캐스토와 커프는 현명하게도 미국에 있어서『율리시스』에 대한 판금의 법원 도전을 위한 전략을 계획하고 있었다. 도덕적인 전체 분위기가 바뀌고 있었다. 주류 판매 금지 법이 쇠퇴하고 있었다. 불화의 고통이 1차 세계대전을 잇따른 수년의 나약하고, 외국인 혐오의 정당성을 대신하기 위하여 새로운 사실주의를 가져왔다.

1932년 초에, 그러나 조이스가 가졌던 모든 것은 랜덤 하우스의 선불과 회사가 법정 투쟁을 이기리라는 희망이었다. 그와 노라는 당장은 그들의 손자의 탄생으로 강박되었다. 그 사건은 그들에게 자신들의 후기 생활의 가장 행복한 순간을 제공했으며, 조이스는 그의 가장 감동적인 시들의 하나인, '보라, 저 아이를(Ecce Puer)'을 썼는데, 그것은 그의 부친의 상실과 한 새로운 조이스에 대한 희망과 기쁨을 연결했다. 그는 심지어 최신의 가족 구성원에 대한 숨은 언급을 끼워 넣기 위해『진행 중의 작품』의 첫 행을 분해하기까지 했다(조이스 학자인 휴 케너는, 당시 '강은 달리나니, 이브와 아담 교회를 지나'로 읽혔던 서행에 '이브 및 아담 교회를 지나'를 삽입함으로써, 조이스가 '성 이브(st Eve an)'를 끼워 넣도록 했다고 진술했다. 케너는 또한 만일 '이브와 아담 교회를 지나'라는 구절이 스티븐(Stephen)과 마찬가지로 '아빠(pa)'를 함유한다면, 그럼 우리는 '보라 저 이이를'의 주제, 즉 임종의 부친, 탄생한 손자가 된다고 지적한다).

운 좋게도, 조이스의 손자는 비상하게도 잘생겼고, 여전히 그러했다. 그가 유모차에 태워졌을 때, 낯선 사람들은 아기에 대해 평하려고 멈추어 섰다.

뉴욕에서 아돌프 캐스토는 그의 새로운 손자에게 상당한 액수를 곧 마련해주었으니, 한편 헬런은, 래이스와 느슨한 공단 잠옷을 입고, 아기를 붙들면서, 양국어兩國語의 파리 신문의 그라비아 사진 페이지에 곧 사진이 찍혔다.

> 유명한 아일랜드 작가의 자부요, 이전에 뉴욕의 미스 캐스토,
> 그녀의 아들, 스티븐 제임스 조이스와 함께.

표제는 아이의 아버지에게 부족한 믿음을 주었다. 그것은 또한 아기의 다른 조부인 아돌프 캐스토에 대한 인정을 주지 않았다. 헬런은, 아무튼, 스티븐이 가톨릭교도여야 한다고 작심했고, 그녀는 패드래익과 매리 콜럼을 대代부모가 되도록 편입했으며, 아이를 세례하게 했다. 콜럼 내외는 헬런과 조지오와 공모하여, 의식儀式을 비밀로 하게 했고, 조이스가 포드 매독 포드의 아이를 위해 대부 역을 했음을 알지 못한 채, 그는 가톨릭교회에 대해 적극적으로 혐오한다고 믿었다.

조이스는, 다른 한편으로,—리오폴드 블룸처럼, 아일랜드적 및 유대적으로 혼성된—그의 손자의 상속을 즐겼는지라, 그들이 자기의 손자를 세례시킬 것인지, 할례시킬 것인지를 알지 못했다고 농담했다. 그(그리고 아마도 노라)는 몇 년 동안 내밀한 의식을 알지 못했으나, 노라는 그것을 들을 때마다 스스로 즐거웠으리라. 후년에 그녀는 소년으로 하여금 종교 훈련을 시키도록 열심히 노력했다.

루치아에게, 조지오의 임박한 부모로서의 신분에 대한 긴장은 하찮은 것이었다. 1932년 2월 2일에, 그녀의 정신적 건강은 놀랄 정도로 붕괴되었다. 그녀는 의자를 주서 들고 노라에게 그걸 내던졌다. 조이스는 그 광경에 너무나 마음이 뒤집혔고, 그의 모든 슬픔을 미스 위버에게 보내는 편지에다 쏟아부었으니.

편지는 그녀에게 너무나 고통스러웠는지라 그녀는 그것을 파괴해버렸다. 소문이 돌자, 공통된 견해는, 루치아는 노라가 그녀의 베케트와의 관계를 부순데 대해 그녀를 비난했다는 것이었다. 그러나 루치아를 잘 아는 사람들은 진짜 이유를 조지오의 결혼 때문으로 알았다. 그를 영원히 손에 얼씬하지 못하게 하다니, 그것은 그녀에게 개인적 대재난이었다. 그는 그녀에게 언제나 아주 어려운 존재였으니, 왜냐하면 그녀는 그를 사모했기 때문이다. 그리하여 마리아 졸라스가 알아차렸듯, '그것은 그녀를 가족 가운데 보잘것없는 존재로, 단지 오빠만이 가치가 있다고 느끼게 했기 때문이다.' 제임스 스티븐즈의 딸로서, 루치아를 과거 알게 되었던, 아이리스 스티븐즈는 루치아의 몰락이 사생아 쇼크에 의해 야기되었음을 느꼈다.

조지오는, 어떠한 복잡한 이유가 그 사건 뒤에 있던지 간에, 인내를 잃었다. 그는 자신의 여동생이 미쳤다고 믿었다. 그는 조이스가 할 수 없었던 것을 했다. 그의 어머니를 보호하기 위해서만이라도, 그는 루치아를 개인 정신병 진료소로 데리고 갔는지라, 졸라스 내외가 그를 위해 마련해준 50번째 생일에, 노라를 우울한 조이스를 호위하도록 남겨둔 채 떠났다.

　노라 또한 루치아가 미쳤을까 두려워했다. 그러나 만일 그녀가 그것을 직면해야 한다면 그렇게 할 수도 있었다. 그녀가 좋아하는 말은 '우리는 참아야한다.'였다. 조이스는, 대조적으로, 가능성을 받아드릴 수 없었다. 그는 너무나 마음이 산란했기에, 미스 위버의 새일 선물들 중 최초의 것, 그녀에게 진 자신의 두드러진 빛의 취소에 대해 간신이 반응을 나타냈다. 그리고 두 번째 것은—캠턴 그로브 아파트를 위한 세입자를 발견하는 제의—너무나 퉁명스럽게 거절했기 때문에, 미스 위버는 다시 한 번 한 사람의 바쁜 간섭자로 자신을 노정한 데 대해 스스로를 꾸짖었다(그녀는 자신의 기지의 결핍에 대해 개인적으로 조이스에게 사과하기 위해 파리로 갔다).

　루치아는 단지 아주 짧은 동안 진료소에 머물렀다. 조이스는 그녀를 남아 있도록 하고 싶지 않았으며, 그녀가 21살이 넘었기 때문에, 그녀는 자신이 선택할 때마다 떠날 수 있었다. 곧 그녀는 집으로 되돌아왔고, 대부분 조용했다. 그럼에도 불구하고 노라는 그때부터 계속 그녀가 몹시도 무서워졌다.

　봄이 접근했을 때, 조이스와 노라는 런던으로 돌라가는 그들의 계획을 지키려고 애를 썼다. 노라가 그들의 캔싱턴 아파트에 대해 향수병에 걸렸다고, 조이스는 말했다. 그들은 루치아를 데리고 가는 것 말고는 어떤 대안이 없었다. 그녀는 너무나 신경질적이었는지라, 호텔에 혼자 머물거나, 친구들과 함께 같이 살려고 애쓰지 않았다. 그녀는 헬런과 조지오와 함께 입주할 수 없었으니, 왜냐하면 그들의 아파트는 이제 아기인 헬런의 아들과 유모를 포함했기 때문이었다. 1932년 4월에, 그들은 실비아 비치에게 작별하고, 모자 상자, 트렁크, 책 상자 및 여행 가방을 꾸려, 임항 열차를 향해 떠났다.

　그 장면은—노라와 조이스는 둘 다 얼마나 장면들을 싫어했던가—가르 듀 노르에서 일어났다. 조이스의 모든 짐은 기차에 쌓였고, 루치아가 히스테리가 되었을 때, 짐꾼들은 조이스 가족의 예약된 칸막이를 봉쇄하고 있었다. 그녀는 자신이 파리를 떠나고 싶지 않다고 말했다. 그녀는 영국을 싫어한다고, 고함쳤다. 그리고 그녀는 바로 고함만 치지 않았다. 그녀는 울부짖고 울부짖었다.

그녀의 강한 목소리는 기차 정거장을 통해 메아리쳤다. 그들 셋과 동석한 짐꾼들은 45분 동안 마비되었고, 그 동안 루치아는 입을 막을 수도 꼼짝 못하게 할 수도 없었다.

노라와 조이스는, 거기 서 있으면서, 막 떠나려는 기차와 함께, 세 번이나 거듭 크게 혼이 났다. 그들은 루치아의 정신 착란의 부정할 수 없는 증거에 직면했다. 그들은 신문이 조이스의 새로운 스캔들의 풍겨오는 냄새를 맡을까 두려워했다. 모든 것 중 최악은, 그들이, 영국으로 돌아가지 않음으로써, 영국 주거에 대한 자신들의 요구를 상실하는 것으로 위협받았다는 것이다.

마침내 심지어 현장의 짐꾼들마저 합세하자, 노라는 루치아를 기차 속에 강제로 태울 수도 없고 그런 상태로 뒤에 남겨둘 수도 없음을 확신했다. 짐은 모두 기차에서 내려졌다. 그녀와 조이스는 호텔로 체크인 했고, 루치아는, 그녀 자신의 고집으로, 레옹 댁으로 갔다(그리고 침대에서 9일 동안 머물렀다).

그들을 위한 런던의 주거가 있을 법하지 않았는지라, 비록 파리에 머무는 것이 조이스의 아이들의 합법성─그가 목표를 삼았던 합법성을 무효로 할지라도, 조이스는 고뇌에 찬 편지로 그의 변호사들에게 썼으니, 당시 그는 그들의 어머니와 영국 법에 따라 결혼했었다.

그는 변호사들에게, 만일 그의 아이들의 합법성이 여태 인정되지 않았다면, 아이들은 그로부터 자신들이 그의 성姓을 떠맡는 조건으로(그는 그것을 주장하는데 거의 사과했거니와) 그로부터 상속받아야 한다는 그의 유서에 대한 보족서補足書(역주 : 추가조건)를 작성할 것을 요구했다.

하지만 프레드 몬로의 견해인즉, 성명의 요구는, 비록 조이스가 결혼하지 않았더라도, 보족서로서, 유서에 첨가될 수 있을 것이라는 것이었다.

변호사의 편지는 마치 아마도 전체 불운한 결혼 모험이 불필요했을 것인 양 들렸다. 그러나 조이스가 말한 모든 것이란, 보족서의 수속이 그에게 설명되었을 때, 무미건조한 논평이었는지라, "2년 전에 내가 그걸 몰랐다니 안됐군."

그러나 그는 '런던 모험'으로의 모든 자신의 잇따른 고통의 기원을 추적하지 않았다. 스태니슬로스는 이미 글을 써서 그것에 대해 그를 꾸짖었다. 그의 결혼에 잇따른 모든 재난들을 개관하면서, 조이스는 미스 위버에게 자신은 최선의 의도로서 행동했다고 이의를 제기했다. 그러나 그가 이룬 모든 것이란, 그가 절망적으로 말했듯이, 그의 가정을 파괴하고, 그가 사랑했던 자들의 생활 속에 비참에 비참을 쌓는 것이었다. 그것은 전적으로 사실이 아니었다. 그는 노라를 합법적으로 제임스 조이스 부인으로 만들었고, 그는 미합중국에서 출판된 『율리시스』의 합법적 판본을 보려 하고 있었다.

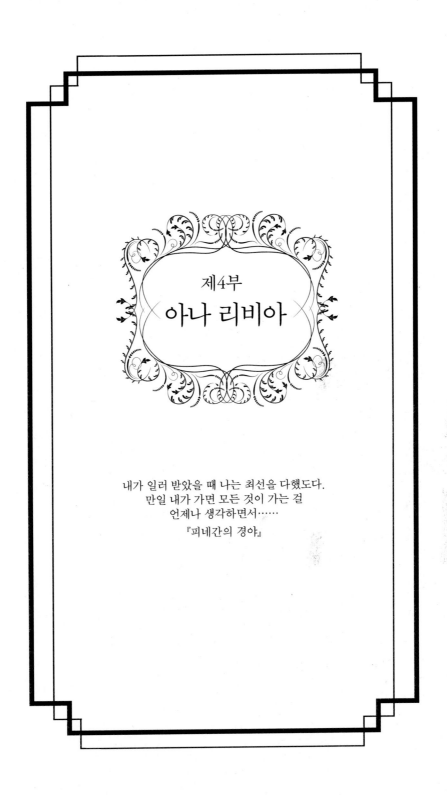

제4부
아나 리비아

내가 일러 받았을 때 나는 최선을 다했도다.
만일 내가 가면 모든 것이 가는 걸
언제나 생각하면서……
『피네간의 경야』

16

진행 중의 광기, I

　루치아의 병은 노라를 극한까지 몰고 갔다. 그녀는 자신과 루치아에게 견딜 수 없는 생활을 준 데 대해 조이스를 비난했다. 그녀는 설리번과의 지루한 강박관념, 익살맞은 술고래, 매일 밤의 숙취('뒹굴기'라고 그녀는 그걸 불렀거니와), 그리고, 무엇보다, 안정된 가정의 빈곤으로 넌더리가 났다. 1932년 5월 어느 오후, 그녀는 그를 떠나겠다고 선언했다.

　조이스는 스튜어트 길버트에게 필사적으로 전화를 걸어, 그를 당장 건너오도록 요구했다. 길버트는 노라의 모습을 보지 못하자, 조이스를 흥행과 차(茶)에로 데리고 감으로써, 그를 진정시키려고 노력했다. 그들은 함께 호텔로 되돌아갔으며, 길버트는, 조이스가 위층으로 올라가, 노라가 거기 있는지 보는 동안 기다렸다. 그는 노라가 홀로 짐을 꾸리고 있는 것을 발견했다. "다 끝났어요." 그녀는 말했다. "나는 그이와 더 이상 살고 싶지 않아요." 그녀는 돈이 없었으나, 그녀가 길버트에게 말한 대로, 애니 바나클이 그녀에게 1916년에 서술했고, 조이스가 『율리시스』에 사용했던, 아일랜드의 관습인, 기부금을 그녀의 친구들 사이에서 걷음으로써, 그녀는 생존하려 했다.

　조이스가 다시 나타났다. 그는, 노라를 빤히 쳐다보면서, 의자에 앉아있었고, 너무나 당황했는지라, 자신의 일상의 적립금을 내놓았으며, 길버트 정면에서 그는 노라에게 자기 자신을 돌볼 수 없다고 말했다. 그는 그녀가 필요했다. 만일 그가 아파트에 1년간의 차용 계약을 연장한다면, 그녀는 누그러질 것인가? 그녀는 그와 함께 여행을 떠나고 싶었던가? 노라의 대답은 간단했다. "나는 당신이 망하기를 바라요." 그녀는 말했다.

그 밖에 아무도 그런 식으로 조이스에게 말하지 않았다. 노라의 퉁명함은, 그녀의 정확한 비웃음이 그러하듯, 그녀를 그에게 가일층 불가결하게 만들었다. 그녀는, 익사야말로 그의 최악의 적인, 빈센트 코스그래이브를 요구했던 운명이었음을 조이스는 알고 있다고, 알았다.

그러나 자유를 위한 노라의 끊김은 숙명적이었다. 그녀는 자기 자신을 지탱할 방법이 없었다. 길버트가 후에 무슨 일이 일어나고 있는지를 보기 위해 전화를 걸었을 때, 대답을 한 것은 노라였다. "나는 재차 굴복했어요." 그녀는 말했다. 그녀는 이전에도 시도했으나, 언제나 실패했다. 유진 졸라스와 폴 레옹 또한 그녀의 절망적 부르짖음을 들었다, "나는 제임스 조이스라는 이름의 어떤 이도 결코 만나지 않았기를 바라요."

이 장면이 기록된, 길버트의 사적 일기는 1932년 5월로서만이 날짜를 드러내기 때문에, 노라의 반항이 그 달 그의 딸이 약혼하도록 격려하는 조이스의 무모한 노력을 앞서는 것인지 혹은 뒤따르는 것인지 알 길이 없다. 노라는 전적으로 약혼을 반대했다. 루치아는 결혼할 상태가 아니었다. 한 달 전 가르 듀 노르에서의 음울한 날 이래. 루치아는 세 번 더 발작적 공격을 받았다.

노라는 마찬가지로 그런 싸움을 잃어버렸다. 폴 레옹은, 마치 조이스에 대한 그의 무한한 헌신을 증명하기라도 하듯, 그의 아내의 동생(처남)인, 알랙 포니소브스키더러 루치아에게 프러포즈하도록 말했다. 포니소브스키는 이따금 루치아를 만찬과 극장으로 호위하고 있었다. 레옹은 이것이 그녀로 하여금 포니소브스키의 의도가 심각하다는 것을 생각하도록 인도했다고 주장했다. 포니소브스키는 동의했는지라, 아마도 부분적으로, 그는 수동적이요 올바른 젊은 남자인데 다가, 그가 러시아어를 가르쳤던, 조이스의 감탄자였기 때문이리라. 루치아는 그를 감수했다. 조이스는 그녀가 원하는 바를 자신이 발견함으로써, 이어 그것을 그녀에게 줌으로써, 루치아를 치료할 수 있을 것이라 확신했기 때문에 자신의 승낙을 부여했다. 그리고 그녀가 원하는 것은, 그녀는 주장하기를, 그녀가 7월로 만기가 되는 25살로 향하기 전에 결혼하는 것이었다. 만일 그녀가 그걸 하지 않으면, 그녀는 확신했거니와, 자신은 결코 결혼하지 않으리라. 조지오는 노라의 편을 들었다. 그는 루치아야 말로 이러한 단계에서 조건이 없다는 것을 그의 아버지에게 말하기 위해 프랑스 납부로 급히 달려갔다. 루치아 자신은 망설였다. 그녀는 화요일에 약혼했고, 토요일에 그것을 깨었으며, 일요일 재차 약혼했다. 그녀는 몇 시간이고 전화에 매달렸다. 그녀는 모든 유대인들을 싫어한다고 호통쳤다. 포니소브스키는 유대인이었다. 조이스는 약혼자가 러시아인임에 더욱 염려했다. 모든 종류의 러시아인들은, 그는 말하기를, 그에게 전율을 주었다. 노라가 짝짓기를 호의적으로 말할 수 있는 모든 것이란, 포니소브스키는, 루치아가 손에 넣는, 얼마간의 다른 남자들과는 달리(즉, 베케트와 캘더), 그녀에게 적어도 충분이 선량하리라는 것이었다.

약혼을 축하기 위해, 아마도 굳히기 위해, 조이스는 약혼한 남녀에게 오페라 (하우스) 근처의 두루엉 레스토랑에서 파티를 열었다. 그러나 축제의 기분은 좀처럼 파티를 살아나게 하지 않았다. 그것이 끝나자마자, 루치아는 래옹의 집으로 되돌아가, 소파에 드러누웠고, 긴장병의 혼수 속에 그곳에 머물렀다.

약혼은, 루치아가 열린 창문 가까이 누워 그녀의 나날을 보내도록 그리고 식사를 위해서만이 일나도록 하는 의사의 명령하에 있었음을 고려하면, 가일층 비현실적이었다. 그녀는 자신을 진정시키기 위해 베로날 진통제와 석회의 인산염燐酸鹽을 포함하는 약물 치료를 받았다. 미스 위버에게 보낸 그의 풍부한 통신에서, 조이스는, 루치아가 실질적인 가택 연금으로부터 결혼 생활로의 전환을 이룰 것을 자신이 얼마나 기대했는지, 결코 분명하게 밝히지 않았다.

조이스 내외 주위의 모든 이들은 루치아가 필요했던 것에 대해 충고를 외치고 있었으니, 휴식, 종교, 일이었다. 노라는, 문제의 극악성에 의해 상심한 채, 다양한 사람들에 의하여 위안을 받았는데, 그들은 비슷한, 단지 더 심한 이야기들을 그녀에게 했다. 자신의 걱정 속에서도, 그녀는, 조이스가 그러했듯, 루치아의 괴상한 행동을 지닌 성적 만족에 대해 자신이 스스로 눈이 멀었다니 있을 법 하지 않다.

조이스는 그것을 예쁘게 생각했다. 아마도, 그는 미스 위버에게 썼거니와, 루치아는 자신이 당연히 해야 할 것이라 주장했던 어떤 일을 했으며, 아마도 약간의 젊은 사내들이, 그의 말로, "그녀의 기력을 잃게 했다"는 것이었다. 그이 자신은 저주를 하지 않았고, 모든 젊은 사내들은, 포니소브스키를 제외하고는, 무가치했다. 루치아가 그녀 주변의 모든 사내들이 그녀를 유혹한 것을 비난했을 때, 조이스는 집으로부터 그들 모두를, 심지어 경건한 맥그리비까지, 금지시킴으로서 대응했다.

그리하여 1932년의 저 고통스런 여름에, 한 미국의 학자가, 친구들이 치료법이 될 거라 생각할 어떤 번역 일이나 사무실 일을 수행하도록 루치아를 고용했을 때, 조이스는 그 남자가 나쁜 언어와 성적 허세로 가득한 이야기들—그가 주장하다시피, 그녀가 필시 받아들일 수 없는 것들을, 복사하게 함으로써, 루치의 천진성을 지나치게 기대했음을 골나게도 믿었다.

그것은 '개미와 베짱이'의 저자로부터 우리가 기대할 그런 항의가 아니다. 조이스는 1929년에, 루치아가 그녀 자신 구애의 댄스를 시작하고 있었을 때, 『진행 중의 작품』의 한 부분인, 그 우화를 완료했다. 그것은 '한 수놈 개구리가 구애를 계속하다'에 본을 딴 것으로, 조이스가 바그너에 관해 불평하듯, 그것은 섹스를—그리고 이 경우에 친족상간(incest)(또는 '곤충' [insects])의 냄새를, 품긴다고 했다. 베짱이는,

그는 언제나 프로(빈대) 및 루스(이虱) 및 비니비니(꿀벌)에게 볼품없는 전주곡을 연주하고 있었나니 그리하여 푸파(번데기)―푸파와 빈대―빈대와 촉각(안테나)과 곤충체절昆蟲體節 놀이를 하거나 자신과 함께 충蟲 근친상간을 개시하는데, 자신의 동공洞空에다 암놈의 구기口器를 그리고 자신의 흥興부리를 거기 암놈의 촉발돌기觸髮突起에다, 심지어 단지 순결 할지라도, 상록월계수 림간林間에서, 말벌 물 단지를 후견하는도다. 그는 물론 사악하게 저주하곤 했나니, 자신의 앞 여촉각女觸角, 굴근屈筋, 수축근收縮筋, 억제근抑制筋 및 신근伸筋에 의하여, 절룩거리며, 나를 공략攻掠해요, 나와 결혼해요, 나를 매장해요, 나를 묶어요, 마침내 암놈은 수치로 암갈색이 되나니……

그러나 저자요 아버지는 다른 얼굴들을 띠었다.

결혼의 제스처 게임은, 루치아가, 레옹 댁으로부터 콜럼의 댁으로 옮기면서, 끝났고, 한층 악화되었다. 강심强心의, 매리 콜럼은 자신이 루치아를 치료할 수 있다고 확신했는지라, 같은 침대에서 자며, 그들의 잠옷을 핀으로 함께 꽂아, 루치아가 도망가지 못하도록 했다. 그녀는 그럼에도 불구하고 낮 동안에 도망쳤다. 그녀는 강했고, 교활하며, 번개처럼―빨리 살아질 수 있었다. 그녀는 붙잡지 않고는 그대로 머물 수 없음이 분명했다. 조지오는 다시 한 번 그녀의 구금의 대행자였다. 매리 콜럼과 함께 (그리고 조이스의 승인으로) 그는 루치아를 꾀어 택시에 태우고, 그녀를, 파리 외곽의, 레―레―로즈에 있는 휴양관으로 데리고 갔다. 그곳 의사들은 루치아가 어떤 진짜 휴식―모든 전화의 부름이나 양친 중 어느 하나와도 접촉을 금하는 지역―을 가질 것을 추천했다.

다시 한 번 루치아는, 법률상으로 정신이상이라 확약되지 않은 채, 그녀가 여전히 행하도록 권리가 주어졌기에 스스로 해방했다. 그러나 거리의 한복판에서의 한 번을 포함하여, 그녀가 몇 번 더한 발광적 공격을 경험했을 때, 그녀는 되돌아가야 했다. 의사들의 진단은 당일의 다양한 꼬리표들을 달았는데, 그들 중 대부분은 정신 분열병으로 해석했다. 그것이 갖는 형태는 파과병破瓜病―과도 흥분, 과속 반응 및 분열된 생각이었다. 진료소의 의사들은 조이스 내외 자신의 닥터 폰뗀느와 합세했는 바, 루치아가 엿 들여다보는 구멍(핍홀)을 통해 관찰되는, 고독한 감금 속에 놓여져야 한다는 것을 암시했다. 그것은 조이스에게 너무나 가혹했다. 루치아가 심지어 동료로서 간호원과도 남을 수 없다니? 그는 의사들을 철회시킨 뒤, 자기 자신의 손으로 그녀의 치료를 감당하기로 작정하고, 자신을 도우도록 마리아 졸라스에게 협력을 구했다. 졸라스 부인은 조이스의 생활에서 최근의 강한 여인으로 아주 지도적 위치에 있었다. 그녀는 심지어 실비아 비치나 해리엇 위버보다 한층 더 조이스를 우상시했다. 그들과는 달리 그녀는 결코 그를 방해하는 과오를 범하지 않았다. 강한 관리적 기질과 연관된, 총체적 묵낙黙諾의 출현은, 그녀로 하여금―거의 유일하게―그에게 영향을 끼칠 수 있었다.

졸라스 가족은 오스트리아의 알프스에 있는 작은 유흥지인, 펠드커치에로 하루의 휴일을 위해 아이들과 함께 갈 계획을 세우고 있었다. 조이스의 간절한 부탁으로, 졸라스 부인은 매트힐드라는 동료 간호원을 고용했고, 그 간호원은 오스트리아의 하루의 휴일을 열망하는, 그녀의 여행을 위해 자신의 저금에서 돈을 지불하는, 젊은 여인임을 루치아더러 믿도록 인도했다. 환자와 간호원은 졸라스 가족이 머물고 있는 펠드커치 호텔에 살지 않았을지라도, 그들만의 요리사와 함께, 산장에 살 수 있었으리라. 조이스는 루치아가 진료소가 아닌 분위기에서 그리고, 그가 그녀에게 시킨, 그의 알파벳 디자인을 주로 계속하게 함으로써, 이득이 될 것인지 보기를 희망했다. 그와 노라는 안전한 거리에서 계속 뒤따를 지니―즉 그들은 펠드커치로부터 두 시간 반의 거리인, 취리히에 머물리라. 졸라스 부인은, 비록 그것이 그녀 자신의 가족의 여름휴가에 커다란 침해를 의미했을지라도 동의했다. 그녀는 그럼에도 불구하고 루치아가 진료소에서 남아야 한다고 조용히 믿었다.

노라도 그렇게 했다. 헬런과 조지아도 그렇게 했다, 고로, 말할 필요도 없이, 루치아의 모든 의사들도 그렇게 했다. 심지어 루치아도(그녀의 대화는, 대부분, 합리적이었다.) 그녀의 아버지가 그녀를 못살게 굴고 있다고 선언했다. 그들의 어떠한 반대도 조이스에게 최소한의 영향을 주지 않았다.

드라마와 위기의 분위기는 두 가족들을 큰 법석을 떨게 만들었다. 헬런과 노라는 다시 싸우기 시작했다. 조이스 가족은 래옹 가족과, 그리고 루시아 레옹은 그녀의 남편과 다투었다. 그는, 그녀가 믿기를, 그녀의 형제를 비참한 결혼으로 밀어 넣으려고 애쓰고 있다는 것이었다. 조지오는 포니소브스키와 싸웠다.

조이스는 루치아를 진료소로부터, 그리고 새로운 간호원과 함께, 오스트리아 행의 기차로, 몰래 반출하기로 결심했다. 루치아에 대한 우려는 단지 그의 음주를 가중시킬 뿐이었다. 그는 여전히 낮 동안에는 삼갔으나, 저녁식사 시간이 다가오면, 그는 백포도주 병을 연달아 마시곤 했는데, 드디어 그의 담배 불이 분명히 자신의 손가락을 태울 것을 잊어버릴 판이었다. 유진 졸라스는 그를 이따금 집으로 데리고 가 침대에 누이고, 숯이 된 재와 종이를 그의 손으로부터 떨어버렸다.

조이스와 노라 자신들이 취리히를 향해 떠나려 하기 전날 밤, 그들은 윌리엄 버드와 함께 보이드 불론느 거리의 한 복판에 있는 한 레스토랑에 있었다. 일상의 논쟁이 시작되었다. 만일 그가 한 병만 더 주문한다면, 노라는 그에게 경고했는데, 그녀는 떠나겠다고 했다. 그가 그렇게 하자, 그녀도 그렇게 했다.

그럼에도 불구하고, 그들은 취리히에 도착했다. "난 언제나 여길 되돌아오는 기분이야." 조이스는 말했다. 그들은 칼틴 엘리트에 투숙했는데, 비록 루치아를 그녀의 프랑스 진료소로부터 퇴소시키는 데 10,000프랑이 들었고, 간호원 보태기, 그녀에게, 펠드커치에서 또 다른 4,000프랑을 굳히고 있을지언정, 그들은 여전히 그들의 숙박에서 아무런 절제를 마련하지 않았다. 런던으로부터 희소식이 있었다. 공중 수탁자는 아무튼 여전히 쓰지 않은 자금의 5,000파운드를 조이스를 위해, 표면상 그의 아이들의 교육을 위해, 소지하고 있었다. 또한 닥터 포그트로부터 음울한 소식이 있었다. 조이스는, 2년 동안 자신의 방문을 연기함으로써, 그의 오른 쪽 눈을 구제할 길 없이 석회화石灰化하기로 했다. 그의 왼쪽 눈(left)(유일한 진짜로 남은[left]이라, 조이스는 농담했거니와)의 시력을 지속시키기 위해, 아마도 두 번의 수술이 필요했으리라.

그녀의 아버지에게 있을 수 있는 수술의 뉴스가 루치아를 울음의 과격한 발작으로 몰아 넣었다. 그녀는 자신의 어머니와 함께 있기 위해 취리히에 가야 한다고 말했다. 이것은 노라로 하여금 조이스를 떠나, 그녀의 딸에게로 가는 거의 선례 없는 단계에로 재촉하기에 충분했다. 누차, 그녀의 남편과 그녀의 아이들 간을 선택해야 했을 때, 노라는 짐을 선택했다(또는 붙들렸다). 이번에는 달랐다. 루치아는 그녀에게 부탁했다. 한층 나아가, 루치아의 상태는 노라가 다음에 해야 할 바를 결정지었으리라. 조이스가 그의 여성 후원자에게 설명했듯.

나의 아내는 무슨 계획이 미리 이루어질 수 있는지를 보기 위해 떠났소. 그녀는 루치아가 우리를 결정적으로 떠나기를 바란다고 생각지 않지만 그러나 우리는 파리의 집을 마련해야 한다고 생각하오. 나는 그녀가 되돌아오면 당신에게 더 많이 말하리다.

또한 정치적으로 소란스러운 오스트리아에는 루치아의 신분에 대한 우려가 있었다. 독일에서 나치는 1932년의 선거에서 제일 큰 당으로서 출현했는데, 노라는 그녀의 딸을 스위스 국경의 안전 밖으로 두는 것에 불행했다. 노라는, 조이가 소위 말하는 '리어 왕의 장면들' (역주 : 만년에 딸들로부터 버림받는, 셰익스치어 작 『리어 왕』의 장면)의 하나를 루치아가 연출했을 때, 문자 그대로 도망쳤다.

취리히에 홀로 남은 채, 조이스는, 특히 밤에, 버림받은 느낌이었고 그리하여 그의 방을 안마당 가까이 1층으로 옮겼다. 노라는 진정 그에게 전화로 말했으나, 루치아가 그녀의 팔꿈치 바로 곁에 들으며 서 있기에, 그녀는 자유로이 말할 수 없었다. 조이스는 미스 위버에게 거의 매일 길고도 감정적 편지를 씀으로써, 그의 신경의 야간을 극복했다. 그는, 그의 딸이 그가 홀로 남아 있어서는 안 된다는 것을, 그녀 또한 그를 보기 원한다는 것을, 말했다고, 애처롭게 썼다. 스태니슬로스에게, 그러나 조이스는 루치아가 펠트커치에서 '여름을 나고 있다고' 슬픔에 잠긴 듯 썼다.

조이스는 한 가지 당황스런 문제가 아니었던들 노라와 동행했으리라. 그는 계산서를 해결하지 않고는 호텔을 떠날 수 없었기에, 그렇게 하기 위해 런던으로부터의 돈이 필요했다. 그는 그의 '몬로 쇼'의 변호사들에게 69파운드를 빚졌기 때문에, 사무소가 자신의 월 수표를 억제하지 않을까 두려워했고, 그리하여 그는 그것보다 한층 더 많은 돈을 원했으니, 1천 파운드의 주식을 팔기 원했다. 단호히, 미스 위버는 반대했다. 규정된 월 지출이 갚아져야 했으리라, 하지만 몬로 쇼로부터의 압력하에, 그녀는 더 많은 판매를 너그럽게 봐주기를 거절했다. 그녀는 그가 시력을 등한시함과 아울러 그의 돈을 마구 쓰는 것에 대해 그를 꾸짖는 데까지 나아갔다.

그것은, 그녀의 비참한 말을 쓰건대, '술 취한 수부처럼' 그의(즉, 그녀의) 돈을 내동댕이치는 것에 반대하는 그녀의 최후의 주된 저항이었다. 조이스는 그의 모든 고통을, 그리고 그들이 그에게 소요하는 돈을 목록함으로써 반응했고, 닥터 포그트는 그가 눈을 위해 안전이 필요하다고 말했음을 그녀에게 상기시켰다. 다시 한 번, 미스 위버는 노라처럼 양보했다. 그녀는 그를 고통스럽게 한데 대해 자책했고, 그가 자신의 아내와 딸을 펠드커치에서 합세할 수 있도록 돈의 방출을 시인했으며, 그녀는 다시는 결코 그의 소원을 어기지 않겠다고 맹세했다.

조이스가 펠드커치에 도착했을 때, 루치아가 자신의 편지 디자인을 계속하고 있는 것을 보자 너무나 안도했는지라, 그는『진행 중의 작품』을 계속할 수 있었으니, 그것의 다음 연재물을 졸라스 내외는 출판하려고 기다리고 있었다. 루치아 또한 그를 보자 마음이 놓였다. 그녀가 미스 위버에게 썼을 때(얼마나 그녀의 양친이 그녀의 제정신에 대한 희망에 매달릴 수 있었는지를 보여주는 투명하고 매력적인 편지에서), 그녀와 조지오는 의사들이 그들의 아버지를 위해 너무나 많이 활동했음을 느꼈다. 아버지는 비록 그가 이따금 지내기 어려웠을지라도, 그들 양자는 그를 진정으로 좋아했다.

그러한 여러 주 동안, 루치아는 그녀의 그림 편지들에 열심히 일했다. 어떤 것들은 두 달 뒤에 조이스의『한 푼짜리 시들』의 판본에서 그리고 2년 뒤에 '믹크, 닉크 및 메기의 무언극'으로 알려진『진행 중의 작품』으로부터의 한 발췌문에 대한 부속물로서 출판되었다. 그녀는 또한 당시에 자신의 약혼을 공식적으로 파기하는 타당한 의미를 가졌다. 그녀는 헬런이 그녀에게 준 의상을 시험하며 거울 앞에서 여러 시간을 보냈다. 그의 아버지는 그것이 좋은 증후임을 생각했다.

그것은 좋은 것이 아니었다. 마리아 졸라스는 루치아가 심한 정신병에 시달리고 있음을 믿는 데 있어서 닥터 폰태인과 미스 위버와 합세했다. 노라는, 비록 그녀가 자신의 남편을 골나게 하지 않고는 공개적으로 말할 수 없을지언정, 그때서야 동의했다. 조이스는 발작적으로 루치아를의 생애를 레트리즘(문자주의)의 디자이너로서 바람을 불어 넣으려고 노력했다. 그는, 그가 자기 자신을 보았듯, 그녀야말로 자신의 두뇌가 불타고 있는 인정받지 못한 예술가임을 가장했다. 그는 그녀의 그림이 들어 있는『초서 ABC』를 그의 친구들이 칭찬하도록, 이어 그것을 사도록 강요했다. 그들이 거절하거나 주저했을 때, 그는 그들과 사이를 파기했다. 자비로 출판한, 그녀의 '출판자'가 교정쇄로 늦어지자, 그는 그녀의 책을 위한 크리스마스 마켓(시장)을 놓쳤다고 노발대발했다. 모든 근심과 함께, 그는 잠과 몸무게를 잃었다.

　　펠드커치로부터 그와 노라는 루치아와 간호원을 베니스의 프랑스 휴양지로 데리고 갔다. 그들은 니스에서―다시 한 번 가까이 그러나 너무 멀지 않게, 자리를 잡았다. 이어 파리에로, 처음에 호텔에로, 이어 샹 에리제 월편의 갈릴레 거리의 또 다른 가구 비치된 아파트에로 되돌아왔다. 노라에게 루치아의 돌볼 부담이 떨어졌다. 소녀는 정신병에 대한 일편단심을 가졌다. 어느 순간이든 그녀는 일격을 가하고, 무엇을 내던지며, 또는 문밖을 달려 나가, 사라질 수 있었다. 어떤 형태의 간호도 더 지나치지 않았다. 조이스는 자신의 서재에 갇힌 채,『진행 중의 작품』의 제 2부를 완료하기 위해 하루 7시간을 작업했다.

　　하지만 노라는, 미스 위버가 그녀만큼이나, 그들이 가지기를 바랐던, 아파트를 물색하기 위해 자유 시간이 필요했다. 조이스는 주위에 자신의 책과 종이를 가지는 것이 필수적이었다. 노라는 마이신 모스코스를 고용하는 생각에 불을 질렀는바, 실비아 비치는 소동이 있은 다음 그녀를 해고했고, 모스코스는 조이스 가족과 아주 친숙했었다. 아침에 미스 모스코스 그리고 오후에 3시간 동안 또 다른 간호원과 함께, 노라는 하루에 적어도 6시간을 루치아로부터 떨어질 수 있었다.

　　조이스는, 그의 가족의―돌봄과 함께, 조지오가 거들어야 한다고 생각했다. 그는 조지오더러 노라의 고통을 덜기 위해 1주일 동안 루치아를 자기 집 속으로 데리고 들어가도록 권유했으나, 그는 헬런 따위는 안중에 두지 않았다. 그녀는 놀랄 것도 없이 거절했다. 루치아를 돌보는 것은 24시간의 연속된 일이라고, 헬런은 말했고, 그녀는 그럴 수는 없는 노릇이었다. 총체적 긴장은 의사들과의 논쟁으로 혼합되었다. 조이스는 의사들이 자기와 엇갈린 것에 마음이 상했다. 그가 사건을 그들의 수중에서 끌어내야 한다고 생각하다니, 노라는 그에게 말하기를, 당연했다. 그들의 생활은 실비아 비치로부터 새로운 적개심에 의해 암담해졌다. 그녀는 미스 모스코스를 고용하는 데 대해 분노했다. 조이스 내외는, 그녀가 느꼈듯이, 그녀와 아드리엔느가 그들의 생애에서 다시 보거나 혹은 듣기를 결코 원치 않는 의심스런 피고용인을 그들의 가정 안으로 불러드렸던 것이다. 그리고 불행한 루치아는 슬픔을 면치 못했다. 그녀는, 자신이 아니고, 헬런의 아들, 데이비드 플라이슈만으로 하여금 아기 스티븐을 팔에 안도록 허락함을 발견하고 마음이 상했다.

조이스는, 루치아가 그녀 주위의 여인들에게 반감을 사게 할 뿐만 아니라, 그들을, 노라 대 헬런, 헬런 대 간호원들을, 서로서로 어울리게 하는 그녀의 능력에 놀랐다. 그는 자신이 이러한 분규로부터 잘 빠져나왔다고 생각했다. 미스 위버에게, 그는, 루치아가 자신의 방문을 위해 런던으로 갈려고 생각하고 있음을 그녀가 알면 놀랄 것이라, 농담했다.

노라의 힘은 그것의 극한까지 혹사당했다. 루치아의 상태가 악화되자, 조이스의 건강도 그랬다. 많은 시간을 루치아는 낮 동안 미스 모스코스와 박물관에 참석하거나, 실쭉한 침묵 속에 그녀의 양친과 저녁식사를 하면서, 그런대로 잘 행동하는 동안, 조이스는 대장염, 신경질적 울음 그리고 예리한 심기 우울증의 재물이 되었다. 그것은, 마치 조이스가, 루치아에 대한 노라의 관심에 분개하면서, 그녀에 대한 자기 자신의 요구를 증가하는 양 했다. 1933년 정월에, 조이스는 노라에게 그가 그녀 없이 얼마나 무미하게 지낼 수 있을 것인가를 보여주었다.

노라는 설리번이 노래하는 것을 듣기 위해 밤새의 여행에 루엥까지 그와 동행하기로 약속했다.

시간이 다가왔을 때, 그녀는 자신이 루치아를 떠날 수 있다고 느끼지 않았다. 그녀의 암시에, 조이스는 또 다른 동료인, 인도—차이나의 의학도 호상豪商을 발견했다. 연주 다음 날 아침, 설리반이 루엥 정거장에서 두 남자들을 환송하고 있었을 때, 조이스는 아픔을 느끼기 시작했는데, 기차가 15분을 달렸을 때, 그는 자신의 '졸도' 중의 하나를 겪었다. 그는, 비록 자신의 동료가 그에게 자기는 열도, 감기 증후도 없다고 말했을지언정, 자신이 '극장의 기침용 좌석'에 앉음으로써 걸린, 유행성 독감의 추락한 희생자였음을 확신했다.

이틀 밤뒤에 그는 한층 심한 공격을 받았다. 조이스는 노라가 마리아 졸라스와 함께『라 트라비아타』를 들으러 갔기 때문에 혼자 애써 잠들려 하지 않았다. 그녀는 아침 1시 반까지 집에 들어오지 않았다. 그 시간에 그는 통상의 수면제 6알을 삼키고, 고통스런 잠에 떨어졌다. 노라는(미스 위버에게 한 그의 편지가 노정했다시피) 별거 침실에 있었다. 그는 문 밖의 위협적인 잡음들을 들으며, 공황과 환각의 밤을 보냈으며, 아침이 되었을 때, 자신의 외투를 들고, 눈 내리는 거리 속으로, 거기서 레옹 댁으로 달려 나가, 자신이 위급하다는 것을 말했다.

무엇이 그에게 일어났던가? 레옹의 의사(닥터 폰뗀느는 출타 중이라)로부터의 진단은 '수면의 남용'이었다. 집에서는 노라가 미스 모스코스에게 잡음을 피운다고 꾸짖었는데, 후자는 조이스로부터 구조를 외치는 소리를 자신이 들을 것으로 생각하며, 밤새 낭하를 발끝으로 오르내렸다고 말했다. 노라는 냉소적으로 조이스에게 말했거니와, "만일 당신이 잠 오는 뭔가를 먹었다면, 분명히 그녀는 잠 깨는 뭔가를 먹었을 거야." 그러나 조이스는, 자신의 졸도의 한 가지 진짜 효과는 저 '미묘하고 난폭한 사람'인, 그의 딸로 하여금 그녀의 아버지에 관해 걱정하게 하는 것이라 결론지었다. 루치아는 진심으로 그의 건강을 걱정했으며, 조이스가 체내의 예리한 고통으로 닥터 폰뗀느에게 갔을 때, 그녀와 노라는 또 다른 놀람을 가졌으나, 닥터 폰뗀느는 그가 어느 때보다 건강이 좋다고 선언했고, 신경에 대한 고통을 나무랐다.

모든 놀람의 한 가지 결과는 조이스가 어머니와 딸 둘 다에게 새 옷을 위한 돈을 준 것이었으니, 조이스가 어느 정신분석가보다 한층 좋을 것이라 루치아에게 말했던, 털 코트를 위해 그녀에게 준 4,000프랑, 노라에게 준 2,000프랑이었다. 이러한 과분한 금액의 분배를 쳐다보면서, 마이신 모스코스는 강하게 불찬성했다. 그녀는, 조이스가, 그의 아이들에게 그들이 원하는 무엇이든 주려고 애를 쓰면서도, 그들은, 그가 그랬듯, 결코 돈 없이 지낼 수 없을 것이요, 그러나 그가 루치아에게 준 돈도 이내 그리고 어리석게 낭비하리라는 것을 결심했음을 알 수 있었다. 그러나 낭비의 광경은, 폴 래옹이 조이스가 자금이 떨어지고 있음을 말하려고 그를 위해 미스 위버에게 글을 쓰는 것을 막지 못했다.

조이스는 과연 이러한 사건들로 너무나 타락했기 때문에, 그는 미스 위버에게 글 쓰는 일을 폴 레옹에게 위임했다. 비참하게, 레옹을 통해서, 그는 그녀가 자기에게 글 쓰는 것을 멈추도록 요구했다. 언제나 마냥, 미스 위버는, 조이스가 기대한바, 루치아의 청구서를 갚도록 그녀가 도울 것을 그에게 확신시키면서, 파리에로의 방문으로 응수했다.

하지만 그녀의 방문은 실패였다. 그것은, 부분적으로 그녀가 자신의 옛 친구인 실비아 비치를 방문했기 때문에, 부분적으로 그는 루치아가 불치라는 그녀의 무언의 확신을 감지할 수 있었기 때문에, 그녀를 조이스의 암흑의 책들 속에서 집어 넣는, 그들의 이전의 친밀감을 회복할 수 없었다. 그들의 친밀함은 박살났다. 다음 해 미스 위버는 2월 2일 파리에 있었고, 조이스는 그녀를 자신의 생일 파티에 초청마저 하지 않았다.

1933년 봄이 다가오자, 노라는 그녀의 두 의존자들 사이에 다시 한 번 마음이 괴로웠다. 조이스는 눈 검사를 위해 취리히에로 되돌아가야 했다. 주도면밀한 레옹이 미스 위버에게 전한 바,:

내 생각에 물질적으로나 도덕적으로 그는 자신을 동행할 조이스 부인이 필요한지라, 그럼 문제는 미스 조이스(딸)의 양친이 멀리가 있는 동안 그 주간 또는 2주일간을 그녀를 어떻게 하느냐의 사실에 한정되어 있는 것 같소.

4월에, 그리고 다시 7월에, 그들이 취리히를 방문했을 때, 그들은 루치아를 그들과 함께 데리고 감으로써, 다툼을 해결했다. 두 번째 방문에서 그들은 그것을 뉘우쳤다. 카로라 기디온—웰커는 루치아가 만나기 알맞은 젊은 남자들을 제시함으로써 조이스의 희망을 격려했으나, 루치아 자신은 그들을 단절시켰다. 그녀는 또 다른 철도 정거장 장면을 토해냈다. 그녀를 어떤 기관에 넣는 수밖에 다른 대안이 없었는지라, 고로 조이스는 최선을 다했다.

제네바 근처 니온의 레 리브 데 프란긴스는 정신병을 앓는 유복자들을 위한 일류 요양소였다. 환자들은 사치스런 호텔의 손님처럼 느끼도록 돼 있었다. 그들이 배회할 수 있는 수 백 에이커의 풍경지가 있었다. 그들은 저녁이면 만찬을 위한 옷을 입었다. 프란긴스의 분위기는 F. 스코트 피츠제럴드 작의 『부드러운 밤』 속에 포획되었는데, 그의 아내 젤다는 1931년에 그곳의 환자였다. 루치아는 7월에 프란긴스에 들어갔다. 하지만 조이스는 루치아를 아주 오랫동안 그곳의 위락을 맛보도록 하지 않았다. 1주일 이내 그는 그녀를 데리고 나왔다.

노라는 재차 변호했나니, "그녀를 거기 내버려둬요." 그러나 조이스는 그녀 및 헬런과 조지오에게 계속 저항했으며, 곧 루치아를 간호원—동료와 함께 파리에로 되돌렸다. 매일 그녀의 질병에 대한 새로운 설명이 있었는지라, 폴 레옹은 쓰는지라, "변하지 않는 유일한 것은 그(조이스)가 죄인이란 사실이다."

루치아의 병에 대한 뉴스가 터져 나오기 시작하자, 사람들은, 아서 파워의 말로, "반복할 수 없는 많은 것들을 말하기" 시작했다. 솔직한 말로, 친족상관의 유머였다. 『율리시스』와 같은 이러한 부패한 책의 저자는 그이 자신의 딸을 부패시킬 수 있으리라. 그리고 그 책은 여전히 아주 불결한 것으로 간주되었다. 1932년에, 『율리시스』를 그의 학생의 독서 목록에 두었던, 케임브리지 대학의 한 젊은 강사는 자기 자신이 '검찰총장'에 의해 조사받고 있음을 알았다.

조이스는『율리시스』와『진행 중의 작품』속에 짜 맞추어진 친족상관적 환상들을 거의 잊지 않았으며, 심지어 루치아의 병이 그녀가 어느 누구도 전혀 끌 것 같지 않은 단계에까지 진행했을 때에도, 조이스는 그녀의 상상되는 구혼자들을 그대로 질투하고 있었다.

그의 딸은, 그에게 '목서초木犀草'였고, 그는 '풋내기'에 대항하는 '비엔나 당구'로서 보이기를 상관하지 않았다. 그러나 한 환자로서 그의 옹호는, 증거로부터 판단될 수 있는 한, 악의에 찬 몰두였다. ―아동 남용으로서, 미숙한, 범죄적 및 비개성적인 어떤 것이라기보다 오히려, 그것은 노라의 인생을 망치고, 그의 아이들로 하여금 그들의 인생을 그의 것에 종속시키도록 강요했다. 그것의 강도에 있어서, 사춘기 동안 그가 루치아에게 훈련시킨 고정 관찰은 그녀를 불안하게 하는데 충분했으리라. 조이스의 전기가인 엘먼은, 조이스와 그의 딸 사이의 친족상간의 가능성에 관해 자주 질문을 받았다. 그의 견해인즉, 조이스는 '그렇게 심하게 성적이 아니었고' 이러한 생각들을 행동으로 옮길 것 같지 않았다.

조이스는, 노라에 의해 그리고 스태니슬로스에 의해 그에게 던져진, 공개적 비난, 즉 그가 자신의 가족에게 던진 불안전한 인생이 루치아를 상하게 했다는 것에 의해, 한층 동요되었다. 그는 자신의 아내와 형제가 무수한 타인들에 의해 그의 등 뒤에서 이야기되어지고 있는 것을 단지 표현하고 있다는 것을, 그리고 나라에서 나라에로, 언어에서 언어에로의 한결같은 이동, 그리고 친구들과 친척들과의 유대의 한결같은 결렬이 혼돈스런 신분에 대한 교과서적 조건들을 창조했음을 알았다. 그들의 생활 방식이 루치아에게 가장 심하게 타격을 가했다. 조이스와 노라는 서로의 사이에 휘말렸다. 조지오는, 노력도 없이 언제나 친구를 새겼는데, 헬런에 의해 일찍이 앞질러 큰 돈을 번 셈이다. 아무것도 루치아에게 쉽사리 오지 않았나니, 친구도, 생애도, 또는 애인도.

조이스는 루치아의 정신분열증을 부정하는 데 대한 또 다른 이유를 가졌다. 병의 원인들은 천성天性과 양성養成의 혼성 속에 숨어 있으나, 오늘 진정제들은 많은 정신 분열중 환자들에게 유사 정상적 생활을 제공한다. 1930년대에, 그러나 광기의 진단은 사회로부터 추방의 선고였다. 그것은 빗장 질린 창문들, 감시, 및 구속복拘束服의 인생을 위한 희생자를 규탄했다. 루치아의 초기 여러 해들로부터, 조이스가 그녀의 '얼빠짐'에 대해 농담하기 시작했을 때, 그리고 아마 한층 초기에―한 보고는 그녀의 최초의 증후를 그녀가 7살이던 1914년으로 답습하거니와―그는 자신의 딸이 그녀의 나날을 한 요양원 속에서 보내지리라는 무서운 생각들에 저항하고 있었다. 이러한 전망이 한층 가까이 움직이고, 그녀가 짧은 기간 동안 감금되기 시작했을 때, 조이스는 이러한 요양원을 언제나 예쁜 프랑스의 완곡 어구인, '건강의 집' 및 '휴식의 집' 혹은 '진료소' 및 '간호의 집'과 갖은 다정한 영어의 것들로서 서술했다.

유죄로 파괴된 사람은 그것을 나누기 원치 않는다. 그가 자신의 딸의 상태를 스스로 나무랐을 때, 조이스는 노라가 책임이 있었으리라고는 생각지 않았던 것 같다. 가능성 또한 게다가 노라에게 일어났던 것 같지 않았다. 그녀는 과오에 대해 죄가 없었는지라―그것은 조이스에 대한 그녀의 주된 매력들 중의 하나였다.

루치아는, 자라남에 있어서, 육아(어린이처럼 보살펴 주는 것)를 박탈당했는지 몰랐다. 그녀 자신 모성애를 속임당했다고 느꼈던, 노라는 그녀의 남편과 아들 속에 휘말려 있었으며, 그녀의 딸에게 어머니의 경험과 직감으로 계속 나아가는 저 유대를 수립하는 데 실패했는지 몰랐다.

또한 거기에는, 조이스가 그것에 관해 편지에서 결코 말하지 않았을지라도, 노라의 가족 쪽에 정신병이 있었다. 노라는, 조이스 자신의 것이 분명히 하듯, 골웨이에서부터 많은 편지들을 받았고, 1920년대 동안 애니 바나클을 깊이 괴롭혔던 사건은 노라의 여동생, 그녀의 딸 딜리의 정신적 쇠약이었는데, 그녀의 이름을 조이스는 『율리시스』에 삽입했다.

1925년에, 그녀는, 의학적 보고에 의하면, '극히 혼란된 상태에서' 볼리나 솔에 있는 비참한 정신병 수용소에 인도되었으며, 거기서 19개월 동안 입원했었다. 그녀는 결코 완전히 회복되지 않았다. 딜리의 경험을 마음에 두고, 애니 바나클과 그녀의 오빠인 마이클 힐리는 노라에게 계속 충고했으니, "의사 금물, 요양소 금물, 혈액 검사 금물."

거기에는 또한, 조이스가 설명하기를 원치 않았듯이 보이는, 유감스런 사실이 남아 있는지라, 그것은 아일랜드의 높은 정신 분열증 비율로서, 이는 대부분의 서양 나라들의 것보다 5배나 높은 것이었으며, 아일랜드의 전원적田園的 서부는 동부보다 한층 높은 비율을 지녔었다. 루치아가 감염되었음은 단지 아일랜드 국민의 악운의 일부분이었다. 노라는 정신병이 무엇인지 알고 있었다. 루치아의 운명에 대한 노라의 감수甘受가 무관심을 의미하지 않았음은 조이스의 완고한 거절이 사랑을 의미하지 않았음과 마찬가지였고, 그녀의 반응은 사실주의의 장점을 지녔었다.

파리에서 되돌아와 일상의 가족생활을 자극하려는 용감한 시도를 시작한 채, 노라와 루치아 및 조이스는 졸라스 내외와 함께 어느 밤 한 희극 배우를 보기 위해 극장에 갔다. 그러나 노라에게 저녁은 파괴되었는데, 그때 그들이 착석하자, 그녀는, 자신이 결코 만난 적이 없는, 루치아의 최근 정신병 치료 의사인, 닥터 코우데트라는 자가 그들 뒤에 앉아 있음을 알았다. 노라가 몸을 돌리자, 그녀는 자신이 이전에 결코 만난 적이 없는 가장 추악한 얼굴들 중의 하나와 직면하고 있음을 알았다. 이러한 귀신같은 자가 그녀의 딸을 치료하고 있다는 생각이 그녀를 너무나 전도시켰기에, 그녀는 극장을 떠나야만 했다. 조이스와 루치아는 공연의 끝까지 머물렀다. 그들이 귀가하자 노라가 말한 것은 조이스의 미스 위버에게 보낸 편지 속에 메아리치는지라, "미안지만, 그자 [코우테트]가 못생기다니, 그건 내 잘못이 아니야."

양친으로서, 조이스 내외는 루치아를 위해 친구들을 발견하려고 애썼다.

그들은, 극장으로 자신들을 동행하도록 루이스 질레의 딸, 도미니크를 뽑았다. 그들은 루치아를 알도록 자극하기 위해 일주일 동안 콘스탄틴 커런의 딸, 엘리자베스 커런을 자신들과 함께 머물도록 초청했다. 엘리자베스 커런은 갈릴레 거리의 아파트에서 조이스 가문의 손님이 되는 드문 특권을 부여받는 데 아주 흥분했으나, 그녀는, 자기보다 약간 나이 많은 루치아가, 즉석의, 무정하고, 총체적으로 자기−강박적인 것을 발견했다. 조이스 내외는 엘리자베스를 여러 번 만찬에로 데리고 갔고, 그녀가 막 스스로를 즐기기 시작하자, 그때 런던으로부터 커런이 가볍게 앓고 있다고 알리는 편지가 왔다. 조이스는 즉각적으로 엘리자베스가 짐을 꾸리기 시작하리라 생각했다. "아버지께서 아프셔요," 그는 그녀에게 말했다. "물론, 그대는 그분과 함께 있어야 해." 엘리자베스는 그녀의 아버지 곁에 달려갈 의도가 없었다. 노라는 이것을 감지했다. "오, 스스로 결심하도록 내버려둬요," 노라가 말했다. 아무런 쓸모없게도. 조이스는 사실상 엘리자베스가 아파트를 떠나 그녀의 효심의 의무를 이행하도록 명령했다.

파리에 자주 있었던 커런의 아내는 노라의 친구였다. 커런 부인은 여배우였으며, 『말을 타고, 바다로』의 본래의 애비 극장 연출에서 모오야 역을 초연初演했다. 노라는 극장에 관해 그녀에게 이야기하는 것을 사랑했다. 노라는 또한, 비록 그녀가 어떤 세목에서든 결코 속마음을 털어 놓지 않았어도, 그녀는 루치아에 관해 '어떤 영향도 주지 않았다고 짐'한테 떠들어 댔다. "나는 짐더러 꼭 이치에 닿게 할 수 없어." 그녀는 말했다. 그녀는 짐이 소녀의 치료를 변경하는 것을 멈추었으면 하고 바랐다. "나는 미스 위버가 가장 잘 안다고 그이에게 계속 말해요," 노라는 말하곤 했고, 커런은 동의했다. 그러나 노라는 그녀의 패배를 받아들였다. "노라는 결코 앓거나 꿍꿍대는 사람이 아니야," 엘리자베스는 말했다. "그녀는 기운찬 인물이야. 그녀는 결코 되돌아보지 않아. 그것이 그녀가 첫째로 그와 도망쳤던 이유의 부분이요, 꾸러미였어."

그러한 고통스런 세월에서 그들의 생활은 조이스와 폴 래옹이 해리엇 위 버더러 믿도록 인도했던 구제되지 않는 비극은 전혀 아니었다. 그들의 우울함에 찬 런던에로의 편지들은 미스 위버의 마음뿐만 아니라 그녀의 호주머니를 겨냥한 것이었다. 사실상, 노라와 조이스는 활동적 사회생활을 했다. 그들은, 언제나 정장─조이스는 비단 줄이 있는 야회복에, 실크 모자와 쇠끝이 달린 지팡이를 짚고─규칙적으로 오페라에 갔다. 그리고 그들은 외식을 했고, 친구들을 만났다. 노라는 그들의 친구인, 이탈리아의 작곡가요, 음악가인 에드가르도 카르두치 백작에 의해 이따금 호위된 채, 아파트를 향해, 파리의 미끈한 지역을 돌아다니기를 좋아했다. 궁핍이 그들 위에 재차 나타났는지라, 왜냐하면 가릴레 거리에 있는 그들의 아파트의 임대 기간이 1934년의 여름에 만기가 되기 때문이었다.

노라의 커다란 출구는 의상衣裳으로 살아남았다. 그녀는 커런 부인과 엘리자베스를 그녀와 함께 마티그농 가로 16번지의 레눙 양재점으로, 그리고 만일 그녀가 뭔가 만들 것이 있으면 용구점으로 데리고 갔다. 그녀는, 그들이 목격했거니와, 다른 여성들이 입은 것에 대해 아주 태연할 수 있었다. 그들은 노라가 언제나 잘 차려입고 있으나, 검정색과 수수함에서 잘못이 있다고 사적으로 생각했다.

노라는 그녀의 유머 감각을 잃지 않았다. 파리의 베닛 커프는 어느 날 밤 조이스와 함께 만찬을 가졌는데, 그의 저자(조이스)가 '완전히 술독에 빠진 것'을 발견했다. 그들이 조이스 내외의 아파트에 되돌아왔을 때, 조이스는, 커프에 따르면, 어떤 아일랜드 민요를 부르기로 작심하자, 조이스 부인은 그가 어떤 아일랜드 민요를 불러서는 안 되리라 마음먹었다. 거역당하지 않은 채, 조이스는 피아노에로 갔고, 그 때문에 노라는 장의자 한쪽을, 조이스는 다른 쪽을 잡고, 그들 사이에 그걸 잡아당겼다. 갑자기 노라가 놓치자, 조이스가 뒹굴러 넘어졌다.

커프는 물러갈 것을 작심했다. 노라가 그를 아래로 데리고 가, 택시에 태우고, 가정의 장면에 대해 사과하며 크게 웃었다. "언젠가 저는 책을 쓸 거예요," 그녀는 말했다. "그리고 그걸『소위―천재와의 나의 20년』이라 부를 거예요."

노라와 조이스는 어떤 좋은 친구들, 캐슬린과 르네 바이리를 방문하기 위해, 파리 근처의 엉히엔 바깥으로 택시를 타는 것에서 큰 기쁨을 끌어냈다. 바이리 가문은 무엇이고 문학적 연관은 갖지 않았다. 노라를 위해―캐슬린은, 정연하고, 금발에다, 약간 지나치게 옷 치장한 최고의 이상적 친구였다. 그녀는 어떤 프랑스 남자와 결혼한 골웨이 여인이었다. 양 여인들은 프랑스의 수도에서 그들에게 고급생활에로 가져오게 했던 운명의 부조리를 인식했다. 캐슬린은 파리의 아일랜드 대사관에서 멋진 모습을 드러내는 것을 즐겼는데, 그녀 또한, 노라처럼, 장난을 좋아했다.

르네 바이리는, 엉히엔 도회의 바로 끝에 위치한, 작은 공원으로 둘러싸인 장대한 빌라를 소유할 정도로 충분히 돈이 많은 실업가였다. 염소들이 공원에서 풀을 뜯었고, 캐슬린은 어느 날 그들의 고창鼓脹(역주 : 통통한 배)과 뿔들을 온통 황금으로 칠하도록 작심했다. 노라는 그들을 보자 큰 웃음으로 그르렁거렸다.

조이스 가족은 이토록 규칙적인 방문객들을 가졌는지라, 그는 자기 자신의 서재를 정원을 넘나보는 1층에 가졌다. 바이리 내외와 같은 충실한 친구에게, 조이스 내외를 위해 통상적으로 루치아를 대우하는 노력은 커다란 긴장이었다. 루치아는 지겨운 손님이었다. 그녀는 그녀의 아버지 다음에 착석했고, 그의 충분한 주의를 독점했다. 조이스가 그녀의 말 한 마디 한 마디를 포착하려고 몸을 굽히거나, 그녀의 모든 변덕을 충족시키려 하자, 모든 이는 발끈했다. 밤에 그녀는 그녀의 양친의 방(그녀가 10대였을 때 그랬듯이)에서 잠을 자야 했다. 조지오는, 보상이라도 하듯, 그가 거기 있자 그의 어머니에게 아주 주의를 기우리곤 했다. 그는 노라의 팔에 앉아, 간절한 질문들을 중얼거리곤 했는지라, 어머니는 자신의 스웨터가 필요했던가? 그녀는 정원 주위를 걷고 싶었던가?

노라는 자신이 바이리 댁의 집안으로 걸어 들어갔을 때 언제나 마음이 놓였다. 그녀는 뒤쪽에서 부엌으로 들어가 말하곤 했는데, "뭘 만들고 있는지 보여줘요, 캐슬린." 양 여인들은 캐슬린이 많은 직원들을 가졌을지라도, 요리를 행하는 것을 사랑했다. 때때로 노라는 자신이 손수 도우려 했고, 그녀가 좋아하는 치킨 요리 또는 머랭 과자를 꼭대기에 올린 장군 풀 푸딩을 장만했다. 그녀는 가루반죽으로 싼, 소박한 굽은 사과에 손재간이 있었다.

패션에 있어서, 그러나 노라는 헬런보다 캐슬린을 더 이상 따라갈 수 없었다. 그녀는, 손님을 위한 벽감 안의, 조이스 내외의 침실과 바이리 내외의 침실 사이에 있는, 거울이 비친, 캐슬린의 의상실을 통해 배회하면서, 연달은 의상의 선반들을 감탄하곤 했다. 노라는 이러한 옷장을 사랑했으나, 비록 조이스는 그녀의 의상 계산서—750프랑과 1,450프랑 사이를 나가는 래롱 제의 장비—에 대해 불평하지 않았을지라도, 그녀는 그런 종류의 쓸 돈을 갖지 않았다.

물론, 조이스로 하여금 그의 대부분의 자연적 우아함을 이루도록 자극한 것은 노라였다. 그는 너무나 눈이 어두웠는지라 혼자서 쇼핑을 할 수가 없었다. 1934년에 로버트 맥올몬에 의해 가릴레 가로에 왔던, 아일랜드의 한 방문객인, 제임스 스턴은, 그 남자(조이스)와 그의 의상 간의 대조에 충격을 받았다. 조이스는,—만지기에 뼈뿐인 그러나 부드러운, 은둔자의 손을 가졌다고, 스턴은 말했다. 그는 지치고, 속삭이는 듯한 목소리를 가졌으며, 턱을 들고, 머리를 약간 뒤로 제킨, '그리고 거의 조화되지 않게 스마트한 피콕의 푸른 벨벳 재킷과 검정 바지를 입은' 장님 같은 머리를 가졌었다.

스턴이 그 방문을 기억했을 때(그는, 그토록 많은 자들처럼, 방들이 가구가 비치된 숙박 시설들임을 인식하지 않은 채, 그것의 단조로운 비개성에 의해 충격을 받았거니와), 그는 사냥에 대한 정렬을 가진, 한 코크 인에 관한 일화를 말하기 시작하자, 그때 조이스는 그의 말을 가로막았다. '지독한 일이 일어났어." 조이스는 말했다.

"나는 옷을 맞추어야 해." 그의 아내는, 그가 설명했거니와, 그는 새로운 양복을 입어야 한다고 주장했다. 그는 문을 계속 쳐다보고 있었다. 그때, "한 키가 크고, 흰 머리카락에, 위엄 있는 여인이 문간을 메웠다. '이리 와요, 짐. 그가 여기 왔어요,'" 조이스는 신음 소리를 냈다. 스턴은 계속하도록 애를 썼다. "짐," 노라가 참견했다. "내 말을 들어요? 재단사가 여기 왔어요. 또 다른 주일을, 그러다간 당신은 거리에 어울리지 않을 거예요!"

조이스가 이야기의 나머지를 들으려고 긴장했을 때, 노라가 말했다, "아, 거기서 나와요," 그리고 그를 방에서부터 질질 끌어냈다. 조이스는 조금 뒤에 되돌아 왔고, 대화는 계속되었으며, 마침내 노라는 다시 나타나, '시간'이야요, 하고 선언했다.

> 잠시 동안 조이스는 듣지 않은 척하는 것 같았다. 이어 그는 그녀를 향해 머리를 천천히 들었다. 그리고, 그의 얇은 입술이, 경이, 번뇌, 근심─또는 모든 세 가지의 결합인 듯 한 것 속에 열리자─나는 얼마나 그의 태도 전체가 아이의 그것처럼 나를 감동시켰는지 기억한다.

1933년 12월에 가족은 평상시처럼 크리스마스를 보냈는데, 노라는 4개의 자두 푸딩을 만들었고, 루치아는 가족 크리스마스카드를 디자인했으며, 심지어 그녀의 아버지를 놀라게 할 가격으로 돈을 섰다. 하지만 루치아는 점진적으로 다루기 힘들었다. 그녀는 자신의 간호사들을 공격했고, 그녀의 다양한 의사들이 추천하고 있었던 괴상한 치료(바다 물의 주입이 그 하나)도 도움을 주지 않았다.

그들은 그해를 축하하기 위해 뭔가를 가졌다. 12월 6일에, 뉴욕의 연방 지방법원 판사, 존 M. 울지는, 『율리시스』 사건을 경청한 뒤, 세심한 독해를 한 다음에, 『율리시스』는 '약간 메스껍다 할지라도', '어디에고 그것이 최음제가 될만한 경향은 없음을' 발견했다. 작품은, 그의 견해로, 인류의 서술을 위한 새로운 문학 방법을 고안하는 심각한 시도였다. 그것만으로도, 그것은 미국에서 합법적으로 출판될 수 있으리라. 램덤 하우스는 판권을 안정시키기 위해 급히 100

부를 인쇄했고,『타임』지는 조이스를 그의 커버에 실음으로써 축가했다. 이 잡지는(언제나 조이스에게 호의적이었거니와) 책에 관한 의문을 달았으니, "그건 불결한가?" 그리고 한 단어의 문장으로 대답했는지라, "그렇다"였다.『율리시스』를 또한, '인간 지력의 가장 기념비적 작품들 중의 하나'로,『타임』지는 판단했다. 이러한 프로필은 가정생활에 대한『타임』지―스타일의 서술을 요구했다.

> 그의 초기 20년대에 그는 아일랜드와 교회를 영원히 떠났으며, 자기 자신과 그의 말쑥한 금발의 골웨이 아내, 노라 바나클을 이탈리아로 데리고 갔다⋯⋯. 약 3년 전에 그는 런던의 등기소에서 그의 아내와 재혼함으로써, 설명을 제공하지 않은 채, 보도원들을 열광적으로 만들었다.

『타임』지는 조이스를 51세의, 파리의 시민으로, 세계적 명성과 사실상의 장님의 기간을 가진, 수줍고, 자만한, 사적 시민으로 선언했다. 후대後代는, 잡지는 결론지었거니와, 조이스가 언어의 자극자요 발명가로서, 혹은 인쇄불가의 말을 고어로 만든 사람으로서 기억될 것인지 아닌지를, 결정해야만 하리라.

『타임』지는 조이스의 딸을 언급하지 않았다. 조이스 가문은 감사해야 했음에 틀림없다. 루치아를 신문들로부터 보호하는 것이 한결같은 걱정이었다. 1932년 4월 가르 듀 노르에서의 장면은 결국 알려졌다. 그것을 보고한 파리의 한 신문은, 그러나 '위대한 시인은 파리를 사랑했기에,' 떠나기 혐오스러운 듯, 기차에 그의 짐을 쌓아올렸다가, 이어 내린, 그날에 대한 조이스의 번뇌를 지나치게 감상적으로 해석했다.

1934년 1월에, 루치아는 집으로부터 도망쳤고, 그녀가 경찰에 의해 붙들려 되돌아오기 전까지 3일 동안 부재했다. 조이스는 어찌할 바를 몰랐다. 그는 루치아를 트리에스테의 스태니슬로스와 넬리를 방문하도록 보내는 것을 희망적으로 생각했다. 그러니 사건들은 더 이상의 결정을 손에서 떠나게 했다. 2월 2일에, 전화의 호출들이 그의 52번째 생일을 축하하기 위해 그리고 미국에서의 그의 승리를 경축하기 위해 쏟아졌을 때, 루치아는, 무시당함에 골이 나, ― '내가 바로 예술가야'라고 말하면서, 전화선을, 한번이 아니라, 두 번 끊어버렸다. 그런 다음 노라를 때림으로써, 그녀가 2년 전에 그랬던 것처럼, 그날에 흔적을 남겼다.

루치아는 제네바에로, 프란킨즈에로, 연장되고 소란스런 체재滯在를 위해, 되돌아갔다. 그것은 노라에게, 그녀가 1934년 3월에 50살의 나이에 들어서자, 거의 3년 동안 그녀의 최초의 숨쉬는 공간을 남겼다.

커다란 기쁨과 안도로서 그녀와 조이스는, 프랑스와 모나코로 향하여, 취리히에서 끝나는, 긴 자동차 여행을 갖는. 바이리 내외의 초청을 받아들였다. 노라와 조이스는 사람을 가득 태운 차를 결코 겁내지 않았다. 바이리의 두 질녀들도 마찬가지로 여행에 올랐다. 그들은 조이스가 너무나 새침한 나머지, 프랑스의 습관으로, 도로변에서 소변을 보기 위해 차를 멈추는 습관을 볼 수 없는 걸 보고 흥미를 느꼈다. 그는 필요시에는 호텔 안으로 차를 몰고 들어가도록 고집했다. 조이스 내외의 모든 돈 많은 친구들처럼, 바이리 가문은 사람들이 함께 있을 때 모든 계산서를 집어 들었고, 질녀들 중의 하나인, 에블린 샤페로는 후께에서의 조이스의 청구서가 어떤 감탄자에 의해 지불되었음을 이해했다. 그녀의 숙부는, 그러나 그와 그의 아내가 조이스 내외와 거기 식사했을 때 그의 자신의 몫을 지불했다.

여행은 한 늙고 선량한 친구인 취리히 출신의 조지 보라흐가 차 사고를 죽음을 당한 뉴스 때문에 망쳤다. 그는 세계대전 동안 '영국 공연자'의 시절 전 이래 한 학생이요, 친구였다. 조이스는 다시 한 번 노라로부터 며칠 동안―상당한 이유로, 나쁜 뉴스를 허락하지 않았다. 노라가 그것을 알았을 때, 그녀는 너무나 속이 뒤집혔는지라, 그녀는 취리히를 즐길 수 없었다. 그녀는 도시가, 보라흐의 기억으로, 귀신이 오락가락 출몰하는 것을 알았다. 독신자인, 보라흐를 슬퍼하는 양친의 광경이 그녀를 감동시켰으나―가상컨대 돈 많은 여인인, 늙은 볼시 부인이, 카페에서 차를 마시기 위해 노라를 만났을 때, 집을 떠나 자신의 가방 속에다 부서진 비스킷을 가져오곤 했던 것을 자신이 말할 수 없을 정도로, 그렇게 심하지는 않았다.

그들은 4월에 갈릴레 거리에 되돌아왔다. 조이스는 그들이 2,500킬로를 여행했다고 자랑했다. : "나의 최초의 자동차 여행이었어." 그는 경쾌하고, 조롱하는 편지들을 루치아에게 쓰는 것을 좋아했으며, 그녀에게 될 수 있는 한, 몸무게를 늘이도록 하는 노라의 축고를 전했다. 그는 또한 쓰기를,

> 마마는 전화로 이층 여인과 전화로 재잘대고 있는데 후자는 완 스텝 댄스를 너무나 잘 추지요. 그리고 엘리베이터로부터 나의 1,000짜리 리라 지폐를 뒤져 찾았지. 그들 간의 화제는 개들을 키우는 5층의 귀부인인지라……. 이제 그들은 개 이야기를 끝마쳤고, 내게 관해 이야기하고 있어.

그 문제의 여인은, 과연 잃어버린 은행 권(당시 양 $50 값어치)을 조이스에게 돌려주었는데, 조이스가 감사로서 거대한 장미 박스를 보내자 친구가 되었다. 그녀는 대신 조이스 내외를 차(茶)에로 초청했다. 조이스는 너무나 눈이 멀었기에, 앉기 전에 의자의 위치를 손으로 더듬어 찾아야 했다. 노라는 그의 차 속에 밀크와 설탕을 넣어 주었고, 접시 위에 있는 것을 말해야 했다.

몸을 풀 수 있는 대신에, 그러나 노라는 곧 새로운 충격을 받았다. 헬런은 조지오와 스티븐을 뉴욕에서 살도록 데려가고 있었다. 그러한 이사는 조지오의 생애를 도우리라, 헬런은 말했다. 그것은 노라에게 혹은 조이스에게 위안이 아니었다. 양자는 미국을 싫어했으니, 노라는, 사람들이 그곳에서 되돌아오지 않는 장소로서 그녀가 생각했기 때문이요, 조이스는, 그것이 너무나 많은 바다를 건너는 공포를 가졌기 때문이었다("우리는 그를 한번은 설복할 뻔했지," 베닛 커프는 말했으니, "그러나 그는 보트가 겁이 났어, 마지막 순간에 그는 약속을 어겼어"). 만일 조이스 내외가 미국으로 기꺼이 가기를 원했다면, 그의 친구들인, 고가티,

번, 제임스 스테븐즈 및 콜럼즈 내외처럼, 그는 자신의 재정적 문제를 해결 할 수 있었으리라. 고가티가 말하듯, "아메리카는 자신의 행복한 수지맞는 개척지였을 것이기에." 그러나 조이스는 글을 쓰는 것 이외 돈을 버는 어떤 것도 행하기를 무시했다.

그러나 단지 원거리보다 그의 공포에 대해 더한 것이 있었다. 조이스의 가족은 마치 두 번째 경우의 광기를 가지려는 듯 보이기 시작했다. 헬런은 안면 불능과 흥분의 증후를 보이고 있었다. 한동안 그녀와 조지오는 가족 초상화 전시품(당시 그것은 마찬드가 그린 그녀 자신의 하나를 포함했거니와)을 짐으로 묶어, 비엔나로 이동하도록 위협했다. 그러자 그녀는 아메리카로 돌아갈 생각이 났다. 조지오는 미국 시민의 배우자들에게 할당된 선취권 할당액 하에 드려가려고 했는데, 이는 그의 트리에스테의 출생증명서의 사본을 갖기 위해 그로 하여금 스태니슬로스에게 요구하는데 필요한 절차였다. 헬런이 조지오의 편지를 타자打字 쳤을 때, 그 속에 그는 자신의 숙부를 괴롭힌데 대해 사과했거니와, 그녀는 수상한 추신追伸를 덧붙였다. 스태니는 그녀가 그에게 전에 보낸 지나치게 성적인 편지에 대해 그녀를 용서할 것인가? 편지는 중요하지 않다고, 그녀는 말했다. 그녀는 그것을 자신이 정신이 혼미했을 때 섰었다. 조지오는 그가 그걸 쓴 것을 알기조차 하지 않았다.

헬런은 여전히 아름다웠다. 르 뚜께 해변에서 베닛 커프 및 한 젊은 여인과 함께 찍은 스냅사진은 수영복을 입고, 크게 웃고 있는, 등 뒤로 흘러내리는 검은 머리카락의 헬런을 보여준다(커프는 그의 회고록에서, 그가 '아주 존경하올, 대단히 부유한 웨스체스터의 가족 출신인 사랑스런 꼬마 소녀'를 주말을 위해 르 뚜께에로 데리고 가기 원했을 때, 조이스는 그의 아들과 며느리를 샤프롱(젊은 여성 보호자)으로서 제공했다고 주장했다).

출발을 정지시킬 수 없었다. 헬렌과 조지오는 그들의 자동차(롤스로이스)를 팔고, 5월 19일 떠났다. 근 30년 동안 처음으로 노라와 조이스는 그들의 아이들 없이 함께 있었다. 그들이, 노라와 조지오 대 조이스와 루치아, 언제나 어버이로서 오이디푸스적 선상線上으로 갈라졌었을 때, 그들은 동등하게 빼앗기고 있었다.

아이들의 부재는 조이스에게 편지를 쓰는 새로운 핑계를 주었다. 그가 편지 속에 사용한 전적으로 경쾌한 음조는, 장님, 돈의 결핍, 그리고 '로데온 거리로부터의 배제'에 의하여, 프랑스와 영국의 사교계 및 문학계로부터 차단된 사람을 묘사하는 미스 위버에게 보낸 폴 래옹의 그것과는 날카롭게 대조를 이루었다.

미스 위버가 조이스를 통한 노라의 생활의 각색을 받았더라면, 한층 균형 있는 묘사를 가졌으리라. 1934년 6월 어느 날, 경기에서 돌라 온 뒤에, 노라는 조지오와 헬런에게 썼다.

> 우리는 여기 너희들의 자리를 차지한 것 같아, 늦은 시간에까지 우리는 많은 것들을 보기 위해 지냈어……. 나는 대부분의 시간을 아파트를 찾는 데 보내고 있어. 카르두치는 어떤 근사한 것들을 보여주기 위해 나를 뉴일리로 데리고 나갔으나, 그들은 모두 임대되었어. 다이어 부인은 우리들을 저녁 파티애로 초대했는데 틀림없이 그건 멋진 것으로 그녀는 가장 훌륭한 뷔페를 차렸고 식탁 위의 온갖 것이 모두 식미지 산産임에 틀림없었어. 그중 가장 재미있는 역은 내가 새 야회복을 입고 있었을 때 옷의 등이 약간 지나치게 들어났는지라 고로 짐이 옷의 등을 꿰매야 했어 그래, 그 결과를 상상할 수 있겠지? 물론 그는 그것을 모두 비뚤게 꿰맸는데 고로 나는 꿰맨 것을 다시 모두 풀어야 했으니, 맨 등을 갖는 것이 한층 나았지. 너희는 그가 나의 살가죽과 등뼈를 함께 꿰매는 걸 볼 수 있었으면 바라요.

심지어 조이스의 흐린 시선을 가지고도, 여인의 의상에 대한 그의 계속적인 홍미는 노라의 것에 한정되지 않았다. 소설가 진 라이스는 제임스 조이스를 언제나 좋아했는지라, 왜냐하면 파리의 한 파티에서 그는 노라에게 짐의 새 검은 옷의 열린 지퍼를 닫도록 재치 있게 말했기에―그것은 그녀가 존엄하고(거의 장님으로), 유명한 작가로부터 기대하지 않았던 친절한 제스처였다.

노라는 그녀의 섹스기 나타나는 불완전에 대한 그녀의 '몰리'다운 눈의 어떤 것도 잃지 않았다. 그녀는 스티븐의 이전 유모가 그녀의 새로운 일에 불행한 것처럼 보인다고 조지오와 헬런에게 보고했다.

> 나는 사실상 그녀가 좋아 보이지 않는 것을 발견했는데 그녀가 문을 통해 들어왔을 때 그녀는 아주 산만해 보였으니 그녀의 머리카락을 주위로 내려뜨리고 모자에 꽃다발을 그리고 그녀의 허리에 또 다른 것을 그리고 만일 내 잘못이 아니라면 그녀는 그녀의 가슴에도 한 다발을 갖고 있었어…….

노라는 자신이 얼마나 많이 손자가 보고 싶은지를 덧붙였다. 그녀가 다른 꼬마 소년들이 주위를 뛰어다니고 있는 것을 볼 때마다, 그녀는 스티븐을 생각했다.

그 달에 노라는 알맞은 아파트 두 개를, 파르크 몬쏘 근처에 하나를, 그리고 제7관구의 그들의 옛 이웃에 있는, 에드몽 발렌뗑 가 7번지의 약간 더 싼 것 하나를 구했다. 그들은 나중 것을 택했는데, 그것은 4층에 5개의 방을 가졌으며―호비악 광장 보다 한층 우아한 것으로, 조이스는 생각했다. 노라는 그것으로 만족했다. 그들은 목공과 장식가를 불러들였고, 40개월 동안 처음으로 안주한데 대해 자축했다. 그리고 이어 길버트 내외와 함께 벨기에로 떠났으며, 고로 노라는 탕치湯治로서 '그녀의 신경통을 고칠 수' 있었다.

루치아는 결코 그들의 마음으로부터 멀지 않았다. 조이스는―그녀의 감정을 잡아두기 위해 조지오가 그녀로부터 이주하지 못하도록 했다고, 그는 말했다. 그는 베케트가 『걷어차기보다 더 많은 찌르기』란 그의 책을 출판하자, 걱정이 되었는데, 왜냐하면 그의 등장인물들 중의 하나가 루시(Lucie)란 이름을 가졌기 때문이다. 그러나 그는 미스 위버에게 썼으니, "그것은 아주 달라. 그녀(베케트의 루시)는 절뚝발이인가 뭔가 야. 그는 재능을 가진 것 같아, 내 생각에."

프랜긴스로부터의 뉴스는 쾌보가 아니었다.

루치아는 더블린이나 혹은 런던에 사는 나이온 점(프랜긴스)의 어떤 바람직하지 않은 신사 때문에 타락한 것 같아. 그들은 격리되고 있고, 그는 떠날 거야. 이것이 당장은 그녀를 당황하게 하고 있어. 그러나 그건 곧 지나갈 거라고 사람들은 말을 해. 나는, 여인들에 관한 한, 그것에 미친 것이라곤 볼 수 없는 것 같아.

루치아는 또한 연필로 8페이지의 편지를 갈겨썼는데, 그에 관해 노라는 단지 조금만 판독했으나, 그로부터 그녀는 루치아가 창가에 앉자 며칠을 보냈다고 말하는 것 같아 불안했다. 그들은, 벨기에 다음으로, 스위스로 향하리라 결심했다. 루시아의 의사는—비록 그들이 우선 그의 개인 별장으로 가는 것 이외 자신들의 딸에게 느닷없이 말참견하려 하지 않았을지라도—자신들이 방문을 감행할 수 있다고 말했다.

노라와 조이스가 별장으로 길을 걸어 올라가고 있었을 때, 그러나 루치아는 그들을 기다리면서 거기 서 있었다. "빨리!" 노라는 조이스에게 말했다. "애가 우리를 보기 전에 어서 들어가요." 그녀는 미끄러지듯 안으로 들어갔다. 그러나 아주 곧은 아니었다. 루치아는 그들을 보자, "아빠!" 그리고 "마마!"의 큰소리로, 그녀는, 울면서 그리고 그들에 키스하며 그녀의 양친들 위로 넘겨졌다. 간부들 중 누군가가 그녀에게 양친들이 온다고 말했고, 그녀는 그들이 도착할 곳을 미리 알았다. 그녀는 노라에게 아주 애정이 깊었다. 조이스는, 마음이 놓인 채, 그들이 호텔로 되돌아오자 당장 조지오에게 모든 걸 썼다.

그의 낙관론은 조숙했다. 의사들은 그 사건에 두 손 들었다. "그녀가 인생에 가진 듯한 유일한 위력은 우리에 대한 애정이오." 조이스는 카로라 기디온 웰커에게 썼다. 그것은 과연 가련한 위력이었다. 창살 창문의 방에서 제지당한 채, 루치아는 그녀의 방의 4 다른 곳에 불을 질렀다. 그녀는 미치지 않았다고, 조이스는 주장했다. 그는 그녀의 병에 대한 육체적 동기가 발견될 수 있는지 보기 위해 그녀를 혈액 전문의에게 데리고 갔다.

> 가련한 아이는 너무나 많은 걸 하려고, 너무나 많이 이해하려고 애썼던 가련한 소녀였어. 그녀의 나에 대한 독립심은 이제 절대적이요, 수년 동안 그녀가 억압했던 모든 애정을 스스로 우리들 양자에게 쏟고 있어. 미네르바(역주 : 지혜의 여신)는 나를 인도하고 있어.

조이스의 다음 결정은—재차 조지오의 충고에 반하게도—루치아를 취리히 근처의 정신 병원인, 버그홀즈리에로 옮기는 것이었다. 조이스는 그것을 스위스의 베드람과 대등하게 인식했는데, 그가 루치아를 보이고 싶은 혈액 전문의를 위해 그것을 선택했다. 그러나 그곳 정신병 의사가 그녀를 불치로 진단하자, 조이스는 그녀를 1주일 뒤에 데리고 나와, 그녀를 역시 취리히 근처의, 큐스낙트의 개인 요양소로 옮겼는데, 그곳 직원들 중의 스타(별)는 그가 1919년에 너무나 성공적으로 피했던 꼭 같은 C. G. 융이었다. 조이스는 이번에는 융을 좋아했는데, 특히 융이 정신분열증 환자를 정신 분석하기를 주저했을 때였다. 융, 그로서는, 이미 『율리시스』의 위대성을 인식했던 터라, 조이스의 압도적 문제를 도우려고 애썼다.

융은 그 해 아버지와 딸을 공히 목격했기 때문에, 그는 많은 자들이 여전히 의문시했던 문제에 대해 나중에 결정적인 답을 줄 수 있었다. 조이스 자신은 정신병적이 아니었던가? 『피네간의 경야』의 언어는 이상야릇하다. 그것은 심지어 언어 샐러드로서 서술될 수 있었는데—이 말은 정신 분열 자에 의해 자주 신조新造되는, 새 단어들 및 개인 언어로서 사용되었다. 융의 대답은 "천만에"였다. 조이스와 그의 딸은, 융이 말했듯, 강바닥으로 가는 두 사람들을 닮았었다—추락하는 한 사람, 잠수하는 다른 사람. 루치아 자신은 융의 감수성에 의해 인상 받지 않았다. 그녀는 그를 '나의 영혼을 사로잡으려는 등치 큰, 살진 물질 주의자의 스위스 사내'로서 조롱했다.

노라는 조이스와 함께 그녀의 인생의 최악의 삼각관계 속에 사로잡혔다. 그녀는 루치아를 돌보는 부담을 가졌기 때문에, 재차 거듭거듭 나쁜 소식들을 겪는 달갑잖은 일을 겪었다. 조이스는 노라가 방문으로부터 귀가하여, 루치아가 그녀의 얼굴을 검은 잉크로 칠했다는 것을 보고하던 날 한때 골을 냈다. 또 다른 방문에서 노라는 그녀의 딸이 아침 11시에 야회복 성장을 한 것을 발견했다. 이것을 조이스에게 보고하면서, 그녀는 그에게 단지 하나의 결론이 있다고 말했으니, 루치아는 미쳤었다. 조이스는 동의하지 않았다.

한 가지 무질서한 시간 감각은, 조이스는 무시하기를 선택했거니와, 정신 분열증의 주된 증후이다. 루치아는 많은 다른 것들을 가졌다. 그녀는 두 육체적 결함에 대해 강박적으로 걱정했는데—그녀의 턱의 작은 점이요, 질膣의 방출이었다. 그녀는 여전히 방화벽放火癖(pyromania)(또는 조이스는 그것을 한층 우아하게 방화(incendiarism)로 불렸거니와)를 저지르기 일쑤였다. 그녀는 자신이 감탄하는 사람들(그들 중 모두는 다 살아있지 않았다)에게 한 다수의 전보를 보냈으며, 그리고 그녀가 부정교합不正咬合(malocchia)에 관해 많이 들었던 자신의 트리에스테 유년 시절의 흉내로서, 그녀는 해리엇 위버가 그녀에게 나쁜 시선을 던졌다고 중얼거렸다.

한번은, 루치아가 병원의 사람들이 그녀의 물건을 훔쳤다는, 흔한 편집병적 환상을 가졌을 때, 그녀는 조이스가 자기에게 준 펜이 사라졌다고 그에게 불평했다. 그는 그 피의자의 동기가 무엇이었는지를 열렬히 암시했다는지라, 그에 대한 시기였다. 노라의 견해는 루치아가 펜을 호수에 던졌을 것이라는 것이었다.

루치아는 그녀 자신의 이론들을 지녔다. 그녀와 노라에 대한 자신의 아버지의 관용은 타인들을 시기하게 만들었다. 조이스는 퀴스나흐트가 루치아에게 선행을 하고 있다고 스스로 믿었다. 그녀는, 통상적으로 관대한 프랜긴즈 요양원이 그녀에게 강제로 부과하고 있는 듯싶은 구속으로부터 완전히 자유로운 채, 당구를 치거나 자동차 운전을 하면서, 한층 생기 있는 듯 보였다. 그러나 융은 값싸지 않았으니, 한 달에 3,600프랑, 그리고 게다가 7,000프랑의 치료비를 요구했다. 조이스는 헬런과 조지오에게 돈을 위한 약간 가장된 호소문을 썼다. 조지오는, 그의 아버지가 1만 달러를 빌리기를 원했을 때, 자신의 생애를 서두르려고 하고 있었다. 그들은 자신들의 모든 돈 많은 친척들에게 그(조이스)의 다가오는 생일에 관해 알리려고 했다. 그는 풀 먹인 칼라를 싫증내고 있었고, 오히려 다이아몬드 목걸이를 선호했다.

그는 또한 '나는 성 패트릭 날에 구빈원에 들어 갈 계획이기 때문에 미국의 모든 유대인들에게 나를 위해 모금 운동을 일으키도록' 요구할 것을 헬런에게 간청했다. 그리고 그는, 8개의 밑줄을 쳐서, 그의 생일이 다가오고 있다고 그들에게 상기시켰다.

조이스는 어떤 면에서도 반 유대주의적이 아니었으나, 그는 극도로 유대성을 의식했다. 노라도 역시 그러했을 것이고, 그 문제에 대해 입을 다물었을 것 같지는 않다. 유대인들은, 『율리시스』가 풍부하게 밝히듯, 자신들이 성장한 아일랜드에서 호기심의 대상이었다. 그리고 조이스는 최소한(노라의 견해에 대해서는 기록이 없다) 유대성을 파렴치하게 돈과 영결시켰다. 조이스의 아주 돈 많은 자부(며느리)와의 그의 농담조의 통신의 또 다른 우스꽝스런 특징은, 그가 영향을 미친 미국의 사투리(링고)의 별난 풍자의 글 속에 놓여 있었다. 헬런이 어떤 잘못에 대해 그를 분명히 꾸짖고, 루즈벨트를 칭찬하여 어떤 말을 또한 한 뒤로, 조이스는 대답했다(잘못한 책임을 폴 레옹에게 씌우며).

> '참 멋있는 존경하올 녀석이야, 그러나 그는 나나 그대처럼, 마님, 영어 문법을 몰라요. 또한 왜 그대로서 나로 하여금 얼간이(프랭캐 두들)에 관해 큰 말대꾸를 하게 하는지⋯⋯? 그러나 글쎄, 그대는 커서 훌륭한 연사가 되리라, 마님, 정말이지 그대

는 그러하리라.

조이스의 환락의 일부는 뉴욕의 조지오의 실패를 은폐하는 것이었다. 조이스는 그의 아들의 문제가 그의 어색한 말투라고 생각했다. 사람들은 조지 조이스의 이름을 가진 가수는 아일랜드의 사투리를 가져야 한다고 기대했다. 조오지오는, 그러나 유럽의 말투로서 말했으니, 하지만 심지어 그런 때에도 그는 문제가 있었다. 이탈리아어로 노래하면서, 그는 모음들 앞에 영어의 h 음 자체를 붙였는지라, 고로, 조이스에 따르면, 'cuore'(마음)과 같은 단어들이 'cuo—h—ore'로서 나타났다. 헬런의 가족은 그들 내외를 살피면서, 어려움이 다른 곳에 놓여 있음을 조용히 생각했다. 헬런은 조지오가 성공하기를 원치 않는 것 같았다. 그녀는 그를 그녀의 친구들에게 자랑삼아 보이기 위해 꼭두각시 같은 그를 더 좋아했다. 그녀는 자기와 함께 어디든 가기를 요구했다. 그녀는 심지어 그녀가 자신의 다리에 밀랍을 칠할 때에도 그와 같이 있게 했다. 그리고 조지오는 게을렀다.

아무튼, 조지오의 생애는 뉴욕의 롱비치의 캐스토 하기 별장에서 여름을 보냄으로써 향상되는 것 같지 않았다. 당시 롱비치는 뻗은 해안을 따라 '쥬위시 뉴포트(유대인의 신항)'로 알려졌다. 페기 구겐하임에게 그것은 '세계에서 가장 추악한 곳' —소화전, 뒹구는 장미, 작은 탑을 가진 빅토리아식 저택 그리고 풀 먹인 옷을 입은 하녀들, 각 아이를 위해 떼어놓은 보모保姆를 위한 불모의 세계였다.

유럽으로부터의 뉴스에 대한 조지오 자신의 놀람의 일면인즉, 자신의 아버지가 『율리시스』로부터 얻을 어떠한 돈도 모두 그의 누이의 간호를 위하여 값비싼 정신 병원들 속으로 흘러들어 가고 있을 것이라는, 그의 점진적 두려움이었다. 그는 돈이 필요했으리라. 그의 결혼은 고통 속에 있었고—조이스와 노라가 알다시피, 뉴욕에로의 그의 편지 속의 신중한 말들로 판단하건대— 캐스토 내외는 헬런을 걱정했다. 그들은 가족 속에 만연되고 있다고 믿었던, 발광적— 억압병의 긴장이 헬런의 나이 많은 오빠와 그의 덴마크 부인의 결혼을 이미 파괴했었다.

취리히에서 파리에서처럼, 조이스 내외는, 루치아에 관한 그들의 비참함에도 불구하고, 집에 머물지 않았다. 그들은 열성적 오페라 관람자들로 남아 있었다. 그해 여름 그들은 『거장 가수』와 레스피히(역주 : 이탈리아의 작곡가) 작의 새 오페라를 들었다. 그들은 기디온 내외와 자주 식사했고, 강의에 참가하며, 학장과 점심 및 저녁식사를 하면서, 대학에서 종일을 보냈다.

그들은 취리히에서 4개월 동안 루치아 가까이 있기 위해 남아 있었다. 매번 그들이, 새 아파트가 빈 채, 기다리고 있던 파리에로 되돌아가는 것을, 언급할 때마다, 루치아는 발광적이 되었다. 하지만 그들은 자신들의 방문이 그녀에게 소용이 없으리라는 것을 알았다. 한 달 내내 그들은 전적으로 집을 비웠다.

다 함께 그들은 루치아가 천리안(투시력의)임을 마음먹었다. 그들 양자는, 미신을 좋아했고, 루치아가, 그들이 그녀에게 말하지 않았는데도, 더블린에 살고 있었던, 조이스의 누이, 아이린 샤우렉이 브래이에로 이사했음을 알게 되자, 깜짝 놀랐다. (루치아는 아마도 그걸 아이린 한태서 들었으리라.)

크리스마스에 그들은 처음으로 가족이나 친구들 없이, 여전이 취리히에 있음을 알았다. 자신들은 '하느님께 버림받은 노변의 두 집시들' 같았다고 조이스는 버전에게 썼다(버전이 취리히의 칼톤 엘리트를 캠프장과 동류로서 생각할 것이라 가정하면서). 조이스는 또한 미스 위버에게 자신의 우울함에 관해 말했다.

우리는 우리와 합세할 한 사람도 갖지 못할 거요. 30년 후의 흥분이라. 그러자 미국에서 소식이 오다니, 조지오와 헬런은 여름까지 오지 않겠다는 거요, 아마도 등등까지. 그리고 게다가 나는 어제와 오늘 대장염 공격의 시작을 가졌소. 하지만 내가 쓰려고 하는 것은 책 속의 가장 터무니없게도 우스꽝스런 일이오……

루치아는 크리스마스에 만찬을 위해 그들과 합세했다. 그러자 정월에 그녀는 진료소를 떠나, 간호원과 함께 호텔의 부속건물에로 이사했다. 융은 이사를 찬성했다. 그는 그녀의 치료를 더 이상 진척시킬 수 없었다. 조이스와 노라는 다음을 어떻게 할 것인지 절망적으로 궁금히 하고 있자, 루치아가 갑자기 주도권을 잡았다. 그녀는 자신의 숙모인 아이린(그녀를 그녀는 트리에스테의 나날로부터 다정하게 기억했거니와)이 파리로 와야 한다고 결심했다. "아이린은 약간 머리가 돌았지만, 나도 마찬가지야, 사람들이 말하듯," 루치아는 그녀의 아버지에게 말했다. "나는 그녀와 함께 있는 게 좋을 것 같아."

그들의 생애에서 그 순간에, 루치아가 바라던 바를 루치아는 얻었다. 그녀는, 조이스가 믿기를, 그의 관대한 성격으로부터 이익을 얻었다. 아주 곧, 그런고로, 아이린은, 아일랜드에서의 일과 그녀의 세 자녀들도 불구하고, 파리에서 새로운 아파트 속에서, 루치아와 그녀의 양친들과 더불어, 취임했다.

이러한 진전은 미스 위버를 당혹하게 했다. 그녀는 모든 의사들이 루치아는 그녀의 양친으로부터 별거가 필요하다고 말했을 때 옳았다고 믿었다. 더욱더 한 것은, 루치아를 주위에 두고, 조이스 씨는 많은 일—그녀가 생각한 바, 새로운 아파트를 얻는 주된 목적—을 할 것 같지 않았다. 하지만 루치아는 그토록 쉽게 안착할 것 같지 않았다. 재빨리 그녀는 파리가 자신을 불안하게 만든다고 마음먹었고, 그 위에 미스 위버는 자신이 과거 1922년에 꿈꾸어 왔던 가장 싫은 일을 하기 위해(당시 그녀는 조이스 씨의 사생활에 관해 듣는 것마저 주저했거니와) 그녀의 용기를 불러일으켰다. 그녀는 루치아와 아이린을 그녀의 손님이 되기 위해 런던에 오도록 초청했다.

노라는 그녀의 딸을 도로 데려 오려고 애쓰지 않았다. 그녀는 딸을 재차 손수 돌보는 일에 직면할 수 없었다. 마치 그녀가 루치아로 하여금 호화 유람선을 마련하도록 도우고 있는 듯, 노라는 쇼핑 활동을 계속했으며, 털로 치장된 새 오페라 외투를 포함하여, 근사한 옷들로 넘치는 두 트렁크와 함께 루치아를 그녀의 여행을 위해 환송했다.

17

진행 중의 광기, II

광기를 다루는 것은 결코 쉬운 일이 아니지만, 그러나 사람들은 언제나 기꺼이 그렇게 하려고 애를 쓴다. 아이린 샤우렉―예리한 혀와 독서 카드의 취미를 가진, 1935년에 46세의 가는 몸매, 아주 팽팽한 과부―그녀는 루치아를 다룰 수 있다고 생각했다. 조이스는 그녀에게 주당 2파운드를 지불했다. 그들이 영국에 도착한 뒤, 루치아가 한 자루의 총을 요구했을 때, 아이린은 처음 것이 발사되지 않을 경우에 대비하여 두 자루 살 것을 제의했다. 해리엇 위버는 이이린이 아주 재치가 빠르다고 생각했다. 미스 위버 자신은 루치아를 돌보는 근심 때문에 대상포진帶狀疱疹(역주 : 수포성 질환)의 공격을 받았다. 그녀는 그로체스터 플레이스에 있는 그녀의 작은 아파트의 빈 방에 루치아를 과감하게 배당했고, 아이린을 근처의 작은 호텔에 묵게 했다. 젊은 여인은 하루 두 번의 따뜻한 목욕을 해야만 했는데―이는 조이스가 루치아의 고통은 근본적으로 선적腺的이리라는 희망으로 상담했던 한 파리의 선腺(역주 : 내외 분비선 따위) 전문의의 충고였다. 또한 폴 레옹의 지시를 따라, 그녀의 모든 움직임은 그녀의 아버지에게 도로 보고되어야 했다.

행동보다 말은 쉬웠다. 처음에 루치아는 아주 다루기 쉬웠고, 미스 위버는 그녀가 미쳤다고 생각한 것은 잘못이었다고 파리에로 썼다. 이 선언은 곧 공허하게 울렸다. 아이린은 갑자기 자신이 아일랜드에로 일시 되돌아 가야 한다고 선언했는데, 거기 그녀의 아이들이 있었다. 미스 위버는 환자와 함께 홀로 남았고, 그녀는 자신의 잠자리로 그녀를 데리고 갔다. 미스 위버가 그녀를 의사에게 데리고 가서, 너무 오래도록 사적으로 그에게 이야기를 하며 시간을 보내자, 루치아는 골이 나서, 밖으로 걸어 나갔는데, 그녀의 말인즉, 피커딜리를 방문한다고 했다. 그녀는 다음 날 아침까지 귀가하지 않았다. 그녀는 다 자란 여자라고, 자신이 선언했는지라, 돌봄이 필요 없었다. 미스 위버는 의무적으로 그 사건을 파리에 연락하자, 조이스로부터 질책을 받았다. 그이와의 불화를 치료하기는커녕, 그녀는 단지 자신이 그것을 애써 넓히고 있었다.

　　루치아는 런던에 친구들을 가졌다. 베케트는 그녀를 몇 번 만찬으로 데리고 갔다. 거기에는 다양한 사촌들이 있었고(런던으로 이사한 조이스의 아우 찰리의 아이들), 거기에는 제임스 스티븐즈의 딸과 폴 렌옹의 질녀인 젊은 여배우가 있었다. 루치아는 그녀의 밤의 외출로 이들 누구든 방문할 수 있었으나, 그녀는 자신이 그로체스터 플레이스에서 대체적으로 밤잠을 보냈다고 주장했다(미스 위버는 그녀를 믿었다).

　　아이린은 환자를 보살피는 일이 쉽지 않았다. 어느 날, 그녀의 귀가 후, 그들이 거리를 따라 걸어가고 있었는데, 그 때 루치아가 갑자기 윈드소 행이라 표시된 버스에 올라탔다. 아이린이 그녀 뒤를 뛰어올라 탔고, 곧 윈드소의 그랜드 호텔로부터 미스 위버가 와서, 얼마간의 옷을 가져오도록 요구하는 전화를 그녀에게 걸었다. 미스 위버는, 물론 순종했고, 그것을 보냈다. 그녀는, 아주 변덕스런 필치로 쓰인, 루치아가 보낸 감사 쪽지로서 보답을 받았고, 쪽지는 미스 위버가 혹시 지나치게 친절한 것은 아닌지를 물었다. 루치아는 또한 미스 위버가 자기를 지나치게 반항적인 인물로 보지 않기를 바라는 희망을 과감히 말했다.

그녀의 문제는, 그녀는 자칭 말하기를, 아마도 아일랜드적이 되는 것이었다.

루치아는 메시아(구세주)적 기분에 잠겨 있었다. 그녀는 자신의 아버지를, 미스 위버와 그리고—한층 야심적으로—그의 본국과 화해시키기를 결심했다. 1935년 3월 중순까지만 해도, 그녀는 양자로부터 아버지의 최후의 소외를 가져오는 길로 나아가는 도중이었다.

해리엇 위버의 커다란 지력을 그녀가 다루고 있는 상황에 대한 자신의 맹점과 화해시키는 것은 어려웠다. 아이들이나 혹은 정신병과의 경험 없이, 그녀가 그의 딸을 돌봄으로써 조이스를 도로 쟁취할 수 있는 방법은 없었다. 만일 위버가 젊은 여인이 심각하게 아프지 않은 척 가장하려 애를 쓴다면, 이것은 결과로서 거짓이었다. 위버가 피커딜리 탈출에 대해 말했듯이, 그녀가 진실을 조이스에게 말했을 때, 그는 냉소적이요 잔인했다. 한 편지에서, 그는 위버 자신이 혼자서 루치아를 다룰 수 있음을—미스 위버가 여태 가졌던 가장 싫은 요구—마구 떠들면서 그녀를 공격했다. 그는 그녀가 자신의 자매와 공모하는 것을 그리고—한층 나쁘게도—그녀가 루치아를 좋아하지 않는 것을 비난했다.

조이스는 단지 루치아를 믿기만 했다. 그는 그녀의 지리멸렬한 생각들을 자기 자신의 것과 유사한 상상적 지혜로서 간주했다. 그는 그녀가 (레스토랑에 있는 동안) "우린 모두는 이대로 앉아 있다가 몇 시간 뒤에 모두 자리에 드러눕는다고 생각하다니 참 이상스러워"와 같은 무의미한 것을 말할 때, 놀랐다. 조이스는 그의 그리고 노라의 친구들에 관해 루치아에게 솔직히 잡담했으니, 캐슬린 바이리는 참 엉뚱해, 그는 말했는지라, 그리고 카로라 기디온—웰커는 약간 히스테리야. 그리고 그는 사건들에 대한 그녀의 소견을 들었다. 그녀는 한 편지에서 미스 위버가 코냑 한 병을 훔쳤다고 그에게 말했을 때, 조이스는 아이린에게 평하기를, "아마도 긴장이 그녀를 술 마시게 하고 있는 거야."

그녀의 사치스런 생활을 가능하게 했던 여인과 그녀의 아버지와의 관계를 파괴한 다음, 루치아는 이어 아일랜드를 향해 출발했다. 노라는 루치아가 골웨이에로가 아니라 그곳으로 가야 한다는 데 동의했다. 조이가 그걸 아이린에게 설명했듯이,

그녀(노라)는 루치아가 골웨이에 가는 것에 대해 그렇게 달가워하지 않아 왜냐하면 그녀는 그녀의 친정 사람들이 루치아가 미사, 참회, 성찬에 그리고 한꺼번에, 가지 않을 것을 찾아낼 때 그녀가 고심을 예상하기 때문이지. 그러나 그녀는 공기가 그녀에게 좋다고 생각해. 또한 아일랜드의 계란은 전 세계적으로 유명하지.

그러나 노라는 의심할 바 없이 자신의 딸을 골웨이의 잡담으로부터 피하기를 바라는 다른 이유들을 가졌다.

조이스는 그의 딸을 집으로부터 심지어 한층 먼 곳으로 옮겨 놓는 데 대해 한 가지 이익을 볼 수 있었다. 루치아의 성적 취약성에 대한 한 가려진 언급에서, 그는, 미스 위버에게 말했거니와, 하나 걸러 남자들이 성적 범죄자들이라 할 사악한 도시인, 런던으로부터 루치아가 떨어져 있는 것을 보는 것이, 기쁘리라. 청교도적 아일랜드는 암암리에 한층 안전했다.

노라에게 루치아의 부재는 엄청난 정신적 안도였다. 그것은 1935년 2월에 에드몽 발랜뗑 아파트로 안주하는 평화를 주었는데, 이 아파트는 전해 9월 이래 계속 임대 기간을 가져왔다. 아파트는, 크고, 높은 천정의 방들을 가졌으며, 전체 빌딩은, 각 층계 마루에 거울을 비치하고 있을 정도로, 호비악 광장에서의 이전 아파트보다 한층 웅대했다. 노라는, 비록 조이스가 그런 종류의 잡음을 상관하지 않았을지라도, 그녀의 엉터리 프랑스어로 노동자들과 함께 행복하게 잡담했는가 하면, 이층의 아이들의 소리에 귀를 막으려고 애를 썼다. 그

녀는 6개의 큰 그리고 5개의 작은 거울들을 걸었다. 그녀가 소장했던, 모든 푸른 커튼을 아래로 드리웠고, 조지오와 헬렌이 함께 찍은, 가족 초상화를 재생시켰다. 그녀는 자신의 새 응접실을 위해 템스 강의 벽화를 치우도록 버전에게 위탁했다. 그녀의 작업이 끝나자, 그녀는 발을 쳐들고,『아이리시 타임스』지를 읽었다.

노라는 조지오의 뉴스를 위해 살았다. 그녀는, 대서양 횡단 기선의 하나가 르 하르블에 정박할 때 마다, 편지를 기대했다. 5월에 그녀는, 뉴욕에 있었고 조지오를 보아왔던, 존 맥콜맥으로부터 개인적 뉴스를 얻기 위해 브레멘으로부터 임항 열차를 만나러 갔으나, 맥콜맥은 그녀가 그를 만날 수 있기 전에 정거장을 이미 떠났는지라, 그녀는 실망한 채 귀가했다.

조지오는 역시 그녀를 보고 싶었는지라, 그녀에게 사진을 보내도록 청했다. 노라가 집을 둘러보자, 모든 것이 시원찮음을 생각했으며("자신의 사진으로 만족하는 어떤 여인이고 내가 찾으면," 조이스는 말했으니, "나는 교황에게 꽃다발을 보내리라"), 새것을 찍기 위해 즉시 출발했다. 그녀는 조지오가 그녀의 '한창 꽃피는'(조이스는 그 말을 그녀가 선택한 것을 좋아했거니와) 모습을 보고 싶어 한다고 조이스에게 말했다. 결과는 놀라운 것이었으니 : 마린(몬로)으로서 노라를 의미했다. 그녀는 그것을 다음 보트로 우송했다. 사진의 할리우드 취향으로―한쪽 어깨 위로 극적으로 드리운 하얀 여우 털, 마르셀 식 웨이브의 머리카락, 프로필로 된 육체―그것은 자기 자신 만족한 중년의 여인, 자신의 아들에게 보여 줄 자랑스러운 용모를 묘사하고 있다. 그것은 패배 당한 여인의 초상화가 아니다.

노라는 또한 그들의 생활을 짜 맞추는 데 큰 기쁨을 누렸다. 조이스는 말하기를, "나는 엄마가 토끼처럼 주위를 뛰고 있는 동안 하루에 계속 다섯 단어를 쓰지요." 그녀는 직물업자인 아드리엔느 모니에르의 자매가 베푸는 면직물 전시회에 갔는데, 후자는 그들의 객실을 위해 리피 강을 나타내는 융단 디자인을 그들에게 짜주었다. 그리고 그녀는 그들에게, 일시적으로, 한 마리 새로운 애완동물을 찾아주었다. 어느 밤 카페 프랑시스에서 나오며, 그녀는 한 배회하는 검정고양이―그녀의 행운의 상징―를 발견하고, 그것을 집으로 데리고 갔다. 고양이는, 그러나 다른 생각을 가졌고, 이내 훌쩍 도망쳐 버렸다.

오페라는 계속적인 기쁨이었다. 어느 밤 레 트리마논에서 노라는 그녀의 친구에게 말했다. "간밤에, 설리번 씨, 당신은 신처럼 노래했어요." 그는 장쾌하게 대답했으니, "마님, 당신의 남편 다음 가는, 저는 한 마리 곤충일 뿐입니다!" 마리아 졸라스는 노라가 수년간 트리에스테에서 얻은 오페라에 대한 그녀의 지식에 경악했다.

> 그것은 비상한 수의 오페라들이었고, 그들로부터의 가사들이라니…… 이탈리아 말들, 물론―그걸 그녀는 기억했는지라…… 아무도 더 이상의 이름을 알지 못하는 오페라를. 노라는 노래를 부르곤 했지 그리고 나는 말하나니, "그건 어디서 온 거요?" 그러자 그녀는 내가 결코 이전에 들어보지도 못한 어떤 이름을 대곤했어.

노라는 특히 조지오가 몸이 좋지 않았을 때, 그의 귀환을 계속 동경했는지라, 이에 있어서 그녀는 남편과 맞먹었다. 조이스의 가장 큰 비탄은, 폴 레옹이 1935년에 말했거니와, (그리고 아마 정확하게), 그 문제가 아니라, 조지오와 루치아의 단순한 부재에 놓여 있었다. "그들, 그들 양자는," 그는 콘스탄틴 커런에게 쓰기를, "그토록 그의 생활의 한 부분이기에, 그들의 별거야말로 그를 우리가 상상할 수 있는 것보다 한층 큰 고독과 절망 속에 남겨두었어."

하지만 헬런은 되돌아오기를 원치 않았다. 그녀는 조지오와 스티븐을 '저지'해안에서 두 번째 여름을 위해 데리고 갔다. 롱비치에서 찍은 한 가족사진은, 뽐내는 아돌프 캐스토 뒤에서 노려보는 조지오, 밝은 헬런 그리고 활기 찬 스티븐을 보여준다. 조지오는 지루하고, 불만스러운 듯 보이며, 자신의 아름다운 스포츠 복을 입고, 많은 사람들이 그를 당연히 그렇다고 생각하는, 세련된 사나이처럼 보인다.

조이스의 편지들에서, 그는 별거 생활에 대한 그들의 권리를 존중하려고 애썼다. 그는 자신의 작은 손자가 여전히 보다 훌륭하게 자라고 있으며, 그의 아들이, 그와 그이 이전의 자신의 부친이 가졌던, 꼭 같은 부모의 자존심을 들어내는 것을 보다니, 얼마나 감동적인지를 언급했다. 하지만 그는 그들을 파리로 도로 데리고 오도록 압력을 행사하고 있었다. 헬렌에게 그는 아주 냉담했는지라, 그녀의 부친이 앓고 있으며, 그들이 뉴욕에 있기를 요구한다는 것을 그녀가 설명했을 때였다. 조이스는 당황했다. 미국에서 조지오는 비참한 시간을 보내고 있었다. 그의 생애의 전망과 그의 건강은 초라했고, 그는 헬런이 하라는 대로 했으며, 그런데도 그는 거기 머물기를 바라는 듯했다.

무엇이 잘못 되어 갔던가? "어떤 이상한 병이," 그는 미스 위버에게 쓰기를, "나의 두 아이들 위로 기어오르고 있소." 하지만 그는 책임을 부인했다. 의사들은, 그는 가로되, 두 사람의 고통을 전쟁 동안 취리히의 망명에까지 추적했다. 그는 조지오에게 편지를 써서, 비록 "나는 많은 이들에게 아주 아름답게 보이는 그 나라에 대해 아무것도 아는 바 없을지라도," 조지오가 미국에 머물 것을, 그리고 또한 그의 정신적 독립을 가질 것을 말했나니, 이는 헬런의 영향에 반대되는 뒤늦은 충고였다. 동시에 그는 그해 여름 미국에 있던, 친구 필립 소폴트에게 '저지'의 해안으로 가서, 헬런과 조지오가 파리에로 되돌아오도록 충고하기를 주선했다. 만일 그들이 그렇지 않으면, 소폴트는 그들 내외에게 경고하기를, 조이스 씨는, 이미 파리에서 심한 위장 통을 앓고 있는 데다가 그토록 멀리 떨어져 있는 그들과 함께 먹거나 혹은 잠잘 수도 없기에, 심각하게 병들게 될 것이라 했다. 그러한 캠페인은 또한 마리아 졸라스와 유진 그리고 토마스 맥그리비에 의해 취해졌다.

루치아의 아일랜드 방문은 그것을 목격한 자들에 의해 여전히 놀라움으로 이야기된다. 그녀는 1935년 성 패트릭의 날에 도착하여, 더블린의 남쪽 12마일에 위치한 경쾌한 해변 요양지인 브래이에로 인도되었는데, 거기에 아이린의 두 10대 딸들인, 보재나와 에리노라가 방갈로 속에 살고 있었다. 조이스는, 『초상』의 유명한 크리스마스 만찬을 마련할 집에서, 한 소년으로서, 과거 블래이에서 살았었다.

노라와 조이스는, 아이린을 몇 달 동안 그녀의 아이들로부터 떼어 놓자, 그녀가 미덥지 못하고 무책임한 것을 파악하지 못하는 듯하다(아마도 그러기를 원하지 않은 듯). 아이린 자신은 전혀 브래이에 살지 않았다. 그녀는 더블린의 마운트 조이 광장에 있는 한 아파트를 가졌으니, 거기 그녀는 자신의 어린 아들 패트릭과 살며, '아일랜드 투기 경마 사무실'에 직업을 가졌었다. 이따금, 아이린은 브래이로 내려가, 식료품 실을 음식으로 채우고, 이어 몇 주 동안 소녀들에 관해 잊었다. 그들은 때때로 기아의 찰나에 놓여 있었다. 아이린이 파리에로 갔을 때, 그녀의 딸들은 음식을 사기 위해 은銀을 저당 잡혀야했다.

샤우렉 자매는 강한 슬라브족의 용모를 가진, 18세 및 16세의 아름다운 소녀들이었다. 비록 그들은 루치아를 파리의 방문에서 알고 있을지언정 (그리고 그녀는 트리에스테의 꼬마 아이들로서 그들을 즐겨 기억했다), 그들은 자신들의 보다 나이 많은, 보다 강한, 보다 돈 많은, 보다 세속적인 그리고 전적으로 예측할 수 없는 사촌을 돌볼 만큼 거의 마음의 준비가 되어 있지 않았다.

당시에 노라와 루치아 사이에는 공개적 적의가 있었다. 조이스는 루치아로 하여금 다시 다짐하듯 그녀의 어머니에게 글을 쓰도록 지시함으로써, 그것을 치료하려고 노력했다. 대신 루치아는 한 통의 편지를 보냈으니, 그것이, 조이스에 따르면, 노라를 반쯤 미치게 했다. "틀림없이 그것은 너의 의도였어," 그는 루치아에게, 자신의 드문 힐책의 하나로서, 썼다. 그는 또한 루치아가 그녀의 어머니의 생일을 잊은 데 대해 그녀를 나무랐다. 노라 자신은 한 통의 편지로서 감사했거니와, 편지는 지금 남아 있지 않지만, 그것은 그 뒤로 루치아로 하여금 그들 양자에게 그녀의 편지들을 보내도록 재촉하게 했다. "엄마와 저는 언재나 아빠를 생각하고 있어요." 그러자 조이스는, 심술궂게 덧붙이며, 재확신시켰다, "어떤 경우들에서 부재는 존재의 최고의 형태인 것 같아."

조이스로서는 노라의 기진맥진은 아무도 책임이 없는 가정에 루치아를 남겨두는 우행의 구실이 되었다.

조이스는 루치아처럼 노라를 잘 달래지 않으면 안 되었고, 그녀는 딸이 안전한 곳에 있는 것이 필요했다. 조이스가 미스 위버에게 설명했듯,

> 이곳저곳 주레하게 뛰어다니는 대신(물론 당신을 의미하는 것은 아닌지라) 그녀(루치아)는 자신을 위해 마련된 집안에 있어야만 해요. 그러나 그 뒤로 4년 나의 아내의 신경 상태가 어떠한지 당신은 생각할 수 있을 거요. 그리고 그것이 문제, 총체적 문제, 문제 이외 아무것도 아니란 말이오.

정신분열증을 수출輸出한다는 것은 모든 이의 공통의 행사이다. 어떤 필사적 휴식을 위해, 정신분열적 젊은이를 가진 가족은 해외의 여행이나 혹은 분위기의 변화가 그러한 증후를 몰아낼 것이라 아주 너무나 쉽사리 확신한다. 노라와 조이스는 루치아를 보기 위해 런던으로 가는 계획으로 즐거워하고 있었지만, 종국에 그들은 그렇지 못했다. 노라 또한 혼자서 아일랜드에로 가기를 원했다. 그녀는 어머니를 보기 원했다. 조이스는, 애니 바나클이 70이 넘었기에, 그것은 오직 당연하다고 시인했으나, 그는 1922년 노라가 철도 화물차 바닥에 버려진 채 누워 있었던 그의 진부한 기억을 그녀에게 꺼냈고, 다시 한 번 그는 그녀를 자기 곁을 떠나는 것을 막으려고 노력했다.

아주 의식적意識的인 정도에까지, 조이스는 자신의 아이들 이상으로 노라에게 호의를 보였다. 그 해 봄 미스 위버에게 보낸 한 편지에서, 그는 "나의 아내는 개인적으로, 아마도 똘똘 뭉친 그녀의 두 아이들 그리고 셋 곱하기만큼의

가치가 있다오"라고 분명히 언급했다. 노라가 비상한 발랄함과 기민함을 가지고 있는 한, 그는 옳았다. 진실은, 그러나 그가 그들을 필요했던 것보다 그녀를 한층 필요했다는 것, 그리고 비록 그가 최대의 어려움을 가지고 그들과 헤어졌을지라도, 그는 그녀로부터 전혀 헤어질 수 없었다는 것이었다.

브래이에서 샤우렉 소녀들은 미드 가로의 두 가족용 방갈로의 한쪽에 살았다. 루치아를 위해 그들은 다른 쪽의 아파트를 임대했다. 루치아가 도착하던 밤, 그들의 친구들은 조이스의 딸을 만나기 위해 모여들었다. "그들을 들어오라고 해! 그들을 들어오라고!" 루치아는 고함쳤다. 그녀는 속에 아무것도 입지 않고 키모노만 입은 채, 가스난로 정면에 누워 있었다.

젊은 아일랜드인의 눈에, 루치아는 이국적이요, 매력 있는 개성이었다. 그녀는 택시로 이외에는 어느 곳으로도 결코 여행하려 하지 않았고, 그녀가 감탄하는 사람들에게 발광적으로 전화를 걸곤 했다. 모드 곤 맥브라이드가 그중 하나였다. 그녀의 낭비에 있어서 그녀는 자신의 아버지를 닮았지만, 그녀는 어머니의 체구를 가졌다. 아일랜드의 화가인 패트릭 코린즈는, 그녀의 방문 초기에 그녀를 만났거니와, 낙타의 털 코트에 지팡이를 들고, '마치 그녀가 경칠 전 세계를 다 가진 양 걷는 모습에 놀랐다. 그는 그녀를 이상하지만 커다란 흥미로 알았다. 한번은 그녀가 샴페인 병을 들고 있을 때, 그가 그녀를 만나자, 그녀는 그에게 한 목음을 제공했다. 그녀의 목소리는 유쾌했다. "목소리가 깊은 시골 우물에서처럼 부글부글 솟았어. 그녀는 자신에 대한 커다란 시야를 가졌어."

그녀의 사촌들은 그녀를 아주 예쁘다고 생각했다. 그녀의 눈의 사시는 그녀를 '놀마 셰러'를 닮아 보이게 한다고, 그들은 생각했다. 그녀는 쓸 돈을 많이 가졌었다. 조이스는 그녀에게 주 당 약 4파운드의 우편환—아일린의 주급의 두 배—을 보냈다. 그는 또한 약藥(그녀를 느긋이 하기 위한 베로날 수면제) 그리고 책들(침울하지 않도록, 조심스럽게 선발된—도스토예프스키가 아니고, 톨스토이의)을 보냈다. 루치아는 샴페인과 과일에 돈을 아낌없이 썼는데, 그들을 브래이의 가장 훌륭한 과일 가게들에서 구입했다. 그녀는 그 밖에 다른 것도 먹었다. 그녀가 원할 때마다 자신의 쇼핑을 하거나 먹음으로써, 그녀는 곧 몸무게가 늘었고, 아주 살쪄 보였다.

루치아가 행한 많은 것들이 사촌들을 웃게 만들었다. 어느 날 스튜를 만들면서, 그녀는 그 속에 폴리지 죽을 넣었다. 그녀는 생고기를 가지고 샌드위치를 만들려고 애쓰기도 했다. 그녀는 또한 소시지를 요리하지 않은 채 먹었다. 그녀는 결코 앓지 않았고, 말(馬)처럼 튼튼했으며, 때때로 바깥 벤치에서 잠을 잤다. 옆 집 방갈로에 장식용 연못이 하나 있었다. 루치아는 그곳에 핀을 가지고 금붕어를 낚으려고 갔다.

소녀들은 이러한 행위를 광기로서 해석하지 않았다. "나는 그녀가 대담해지는 것을 생각했어." 보제나는 말했다. 그들은 그녀의 의상─브레이를 위해서 보다 배던─배던(역주 : 서독 동부의 도시)을 위해 한층 어울리게도─특히 푸르고 하얀 호박단 리본으로 만든 칵테일 드레스를 시기심으로 쳐다보았ㄴ.

젊은 남자들과의 그녀의 행실은 그들을 당황하게 했다. 수녀원─교육을 받은 가톨릭교도로서 그리고 그들이 자신들의 보이 프렌드와 거리를 두려고 애쓰는 나이에, 쇼오렉 자매들은 그들의 사촌의 금제禁制의 모자람으로 당혹했다. "그녀는 너무 쉬워." 보제나는 말했다. "우리는 우리들의 보이 프렌드들과 그녀를 홀로 감히 같이 두지 않았어. 그녀는 그들의 무릎에 앉거나, 그들의 바지를 벗기려고 하곤 했어." 그녀는 결코 내의를 입지 않았고, 바다에서 나체로 수영을 하곤 했다. 그녀는 목소리를 다 해, 4개의 언어들로 노래를 부르며, 쉬지 않고 그것을 계속하곤 했다. 그녀가 좋아하는 노래는 '그대는 나의 커피 속의 크림'이었다.

어느 밤 방갈로에 밤도둑이 들었다. 자세한 것들은 아리송하지만, 루치아가 양 집들의 문을 열어둔 채 떠난 것이 분명했다. 소녀들과 아이린은 대단히 마음이 뒤집혔으며, 루치아는 그녀의 아버지에게 사건에 관해 썼다.

하지만 조이스는 그것을 경시했고, 그녀의 행실로부터 다시 한 번 성적 요소를 짜냈다. 아마도, 그는 그녀에게 썼는지라, 그녀의 방갈로에 들어 온 무법자들이 모든 예술 보물과 그것이 들어있는 금전 상자들을 요구했으리라.

브래이에서 그녀의 몇 달 동안, 루치아의 행동은 괴상한 것에서 위험한 것으로 바뀌었다. 그녀의 사촌들은 각 사건을 그것이 일어나는 대로 단순히 대처할 뿐이었다. 루치아는 그녀의 방을 검게 칠했고, 커턴 가로대에 한 줄의 검은 축음기판을 매달았는가 하면, 의자를 위해 검고 금색의 카바를 샀다. 그들은 효과가 예쁘다고 생각했다. 그녀는 가스 분출기를 트는 편애를 가졌다. 그들은 창문을 열어 두었다. 그녀는 아스피린 한 병을 몽땅 삼켰다. 보제나는 그녀가 메스껍도록 한 잔의 겨자 물을 주었다. 루치아는 그녀의 방 한복판에 불을 질렀다. 소녀들은 판단하기를, 루치아가 집 안주인에게 이미 반지를 하나 주었기에, 그녀는 루치아를 격려하여 조이스로부터 새 양탄자를 요구하도록 했으리라.

모든 것이 이처럼 계속되자, 조이스는 아무도 노라와 자기에게 편지를 쓰지 않음을 항의했다. 그것은 사실이 아니었다. 아이린은 그에게 자신의 놀라움을 전보로 알렸나, 조이스는 그녀를 무시했고, 가로되, "당신과 미스 위버를 놀라게 한 장면들은 이야기할 것이 못되오. 그녀의 어머니는 그보다 훨씬 더 나쁜 것을 4년 동안이나 참았소." 그럼에도 불구하고, 그는 콘스탄틴 커런에게, 브래이에로 무슨 일이 있는지 살펴보기 위해, 그의 아내 및 딸과 함께, 차로 내려가도록 요구했다. 그들이, 루치아가 무질서 속에 살며, 자신을 돌볼 수 없음을 아는 것은 오래 걸리지 않았다. 커런 부인과 엘리자베스는 루치아의 아름다운 옷들을 골라냈고, 옷들은 마구 쌓여 있었다. 심지어 지독한 흡연자였던 루치아가 그들을 쳐다보았을 때, 그녀의 사라사 천의 재킷이 그녀의 포켓의 성냥갑 때문에 불이 붙었다.

그들이 발견한 것에 놀란 채, 커런은 마침내 조이스에게보다 오히려 노라에게 글을 썼다. 그는 미국에서 교육받은 더블린의 정신 분석 의사에게 루치아를 데리고 갈 것을 추천했다. 조이스는, 커런이 그에게 직접적으로 보고하지 않았기 때문에 고심한 채, 그리고 정신분석자들을 불신하기에, 이러한 약속은 일우어지지 않으리라 즉시 전보를 쳤다. 조이스는 제한된 모든 의학적 시도가 실패한 것을 보면서, 루치아에게 총체적 자유를 허락하는 자신의 전략을 계속하기로 결심했다. 루치아가 싫어한 한 가지 일은, 그가 알기에, 감시 하에 있는 것이었다.

불행히도 루차아는 감시당하지 않고 있었다. 그녀는 '중국어 교습'을 위해 지방 신문에 광고를 냈으며, 그 후 신문은 곧 사라졌는데, 신문은 단지 브래이 근처 '커다란 슈거 롭 산'의 정상 가까이의 마을인 킬먼캐노그의 한 수체 속에 발견되었다. 그녀는, 그녀의 사촌들이 듣기로, 비록 그들은 그것이 무엇과 함께였는지 알지 못했을지라도, 약물을 먹었다. 아마, 그들은 추측했거니와, 신문 광고는 알약을 얻는 한 암호였으리라. 루치아는 그들과 함께 귀가하지 않았으나, 이어 그녀는 사라졌다. 이번에는 그녀는 발견될 수 없었다.

보제나는 그것 모두를 자신의 짐 숙부에게 알렸다. 루치아는 방갈로를 떠났고, 그녀는 덧붙였거니와, 아주 대단히 살이 쪘었다. 보제나는 또한 루치아 자신이 기침을 했고 피를 뱉었다고 서술했다. 조이스는 격노했다. 그의 딸이 결핵환자의 무리와 함께 하다니!

그때쯤 하여 조이스는 그의 대부대大部隊를 동원하기 시작했다. 그는 아일랜드의 캐슬린 바이리를 브래이에로 조사하도록 보냈다. 그는 또한 당시 75세였던, 노라의 숙부, 마이클 힐리를 골웨이로부터 가도록 요청했다. 조이스가 힐리 씨에게 준 약식보고(브리핑)는 그를 혹은 노라의 어머니를 거의 재확신시킬 수 없었는지라, 그녀는 그것을 틀림없이 자신의 오라버니의 어깨너머로 읽고 있었다. :

정신적 혹은 신경적 병의 형태로, 그 애는 말하자면, 정신분열증에 굴복하고 있으니, 진짜 고통은 폭행 혹은 방화 혹은 히스테리 혹은 자극된 자살 시도도 아니오……. 진짜 위험은 마비라오.

조이스는 골웨이의 동료에게 한 가지 다른 지시를 말했다. : 자신이 루치아에게 주당 4파운드를 보내고 있었다는 것을 콘스탄틴 커런에게 말하지 말도록(커런은, 당시, 사실상 아일랜드에서 조이스의 변호사였다).

힐리는, 자신이 브래이에 도착했을 때, 아무도 루치아가 아디에 있는지 알지 못하는 것을 알았다. 그는 그녀를 따라 잡으려고 엿새를 보냈는데, 그러자 루치아가 단지 더블린 주위를 홀로 나돌아 다니고 있다는 정보를 노라와 조이스에게 공급할 뿐이었다. 그는 자신의 수고에 대해 조이스로부터 냉담한 답을 받았다. 왜 이것은 그토록 바람직하지 않았던가? 힐리 씨는, 조이스는 말했거니와, 자신의 조카 손녀를 나쁜 시각으로 본다는 것이었다. 거기에는 그녀에게 다른 면이 있었다. 그러자 조이스는 그의 이전의 은인인 힐리 씨를 차갑게 해고함으로써 보답했다. 그러나 그는 힐리의 편지의 정확성을 감수했고, 조지오와 헬런이 사태가 얼마나 심각한지를— 그리고 그녀가 점점 나아가고 있다고 그들에게 자신이 재확신시킨 것이 얼마나 옳지 못했던가를 알 수 있도록 미국으로 그것을 전달했다.

노라는 그녀 자신의 의견을 가졌다. 그녀는 그것을 자신의 남편으로부터 막지 않았다. 그가 정말로 걱정하는 것은, 그녀는 말하기를, 루치아의 행실이 아일랜드에서 아빠의 명성에 어떤 구실을 할 것 인가였다. 조이스는 그녀에게 —"내가 아는 한," 그녀가 잘못이라고 말했다. 그러나 그는 걱정할 필요가 없었다. 조이스의 명예의 열성적 감시자였던 커런은, 루치아가 무슨 짓을 하든, 그녀가 자신들의 수중에 들어오면, 신문에 아무것도 실리지 말도록, 아일랜드 경찰과 한 마디 약속을 했다.

사건은 잘 될 수 있었으리라. 루치아는 그녀의 쫓기는 며칠 동안 큰 위험을 겪어야 했다. 그녀를 브래이에서 만났던, 패트릭 코린즈는 더블린에서 그녀와 마주쳤다. 그녀는 불결했고 배고팠으니, 고로 그는 '그녀를 먹이기 위해' 카폐 안으로 데리고 들어가자, 달 같은—얼굴을 한, 한 사악한 사나이가 그녀를 쳐다보고 있는 것을 알았다. 사나이는, '제임슨 위스키' 냄새를 풍기면서, 숨을 토했다, "나는 저 아씨를 여러 시간 동안 뒤따르고 있었어."

코린즈가 브래이에서 루치아를 마지막으로 본 이래, 그녀는 사적 세계 속으로 한층 깊이 이끌려 들어갔다. "저 집 이름 봐요!" 그녀는 범속한 이름을 가진 보통의 더블린 집을 향해 몸짓을 하며 부르짖었다. 하지만 그 이름은 그녀에게 억압적 취지의 의미를 띠었고, 그녀는 사납게 흥분했다.

그녀는 억류될 수가 없었다. 그녀는 더블린을 통해 부질없는 방랑을 계속했으며, 한번은 트리니티 대학으로 걸어 들어가—혹은 그렇게 그녀는 노라에게 썼거니와—조이스의 편지들을 선물하겠다고 제의했다. 그녀는 대학 공원에서 잠을 잤다. 거리를 도로 배회하면서, 그녀가 경찰에 의해 붙들렸을 때, 그녀의 처녀 숙모들인, 에바와 프로리 조이스는, 정거장에서 그녀의 거동을 가라앉혀야 했다—그들은 저 제임스 조이스와 아무런 관련이 없는 척하려고 여러 해동안 애썼던 꼭 같은 조용한 자매들이었다(조이스는, 그러나 에바에게 매달 약간의 돈을 보내고 있었다). 마침내 루치아는 충분한 돈을 가졌다. 그녀 자신의 요구로, 콘스탄틴 커런은 그녀를 수용할 요양소를 발견했다. 루치아는, 마침내 돌봄을 받게 된데 위로 된 채, 덜 동요하게 되었고, 노라에게 사랑의 편지를 썼다. 그녀는, 여러 달 동안 처음으로, 안정되고 건강해 보였다.

파리로부터 마리아 졸라스는, 조이스의 개인적 심부름꾼으로서, 도착했다. 그녀 역시 단번에 상황을 알아차렸다. 그녀는 얼마나 아이린이 그녀의 심각하게 아픈 질녀에 대해 그토록 많은 책임을 떠맡고 있는지 이해할 수 없었다. 아이린은, 마리아는 믿었거니와, 파리에로 경쾌한 핑계를 쓰고 있었다. "루치아의 움직임과 상태에 관한 진실을 그녀의 양친에게 알리지 않다니, 그것은 다정하다거나, 혹은 친절한 것이 아니었어요……. 게다가 어느 한쪽 양친도," 졸라스 부인은 커런에게 말하기를, "이러한 기록으로 전혀 납득되지 않아요." 그들의 유일한 불확실은, 그녀는 가로되, 다음에 그녀를 어디로 옮기느냐에 있었다.

왜 그녀가 현재 있는 곳에 그대로 머물게 두지 않는가? 노라는 물었다. 조이스는 그녀를 위압했다. 루치아는 가능한 빨리 아일랜드 밖으로 데리고 나와야 했다. 마리아 졸라스는 그 결정을 유감스럽게 여겼다. 그녀 또한 루치아가 더블린에서 행복한 것 같다고 생각했다. 그녀는 또한 루치아의 정신적 분열의 기원―조지오의 결혼, 그녀를 별반 중요하지 않다고 여기며, 단지 형제(오빠)만을 생각하는" 사건―에 대한 자기 자신의 이론을 콘스탄틴 커런에게 알렸다.

만일 조이스가 노라의 그리고 마리아 졸라스의 충고를 받아들였더라면, 루치아의 모든 미래는 달라졌으리라. 그녀는 심지어 아일랜드의 평화 속에 2차 세계대전을 보냈으리라. 그러나 조이스는 거기 자신의 적들 사이에 그녀를 두다니 불안했다. 게다가 그는 새로운 치료에 관해 소문을 들었다. 졸라스 부인은, 아일랜드로부터 프랑스로 가는 보트 선상에 있는 동안, 런던의 의사, W.G. 맥도날드에 의해 실시되는, 소의 혈청에 의한, 정신병 환자와 더불어 이루어지는 기적적 결과에 관해 알았다. 폴 레옹을 통해, 조이스는, 미스 위버가 루치아를 런던에서 그녀의 손님이 되게 재차 초청하도록 암시했고, 다시 한 번 그의 욕구는 미스 위버의 명령이었다.

7월 중순까지는 루치아를 아일랜드로부터 끌어내는 그리고 아일랜드 해海를 가로질러 그녀를 도로 데리고 오는 계획은 군대의 정확성으로 행해졌다. 약속된 날에 커런 내외는 보트로 루치아를 홀리헤드까지 호송하리라. 꼭 같은 당일, 오후 4시에 미스 위버는 그로체스터의 그녀의 아파트를 떠나, 아일랜드 임항 열차를 타고, 11시 반에 홀리헤드에 도착하리라. 그곳 정거장에서 그녀는 커런 내외를 기다리면서, 루치아를 맞이하리라. 미스 위버는, 루치아와 함께, 그러자 즉시 유스턴 행으로 되돌아가는 밤중 침대차를 타리라.

자신의 조직적인 마음을 가지고, 미스 위버는 심지어 커런 내외에게 대체 代替 시스템을 도입했다.

> 만일 당신이 도착하지 않으면 나는 루치아가 결국 여행을 거절한 것으로 간주하고, 홀리헤드에서 하룻밤을 보낸 뒤, 그곳에서 일요일 아침 당신에게 전화하리다.

만일 만사가 계획대로 가면, 그녀가 희망하다시피, 그녀는 커런 내외에게 그녀의 아파트에로의 루치아와의 안전한 귀환을 알릴 것인즉, 거기에는 훈련된 간호원인 에디스 워커가 이미 기다리고 있었다.

루치아는 끝내 말썽을 피우지 않았다. 고분고분 그녀는 미스 위버와 동행하여 크로체스터까지 아일랜드 해를 건넜다. 그녀는 무엇이 그녀를 기다리는지 거의 알지 못했다. 자신의 영국 휴일을 계속하기는커녕, 루치아는 자신이 감옥의 죄수임을 알았다. 작은 아파트는 요양원으로 바뀌었다. 미스 위버와 미스 워커는 모든 창문을 충분히 열 수 없도록 못을 박았다. 바로 다음 날 닥터 맥도날드가 주사의 긴 연속이 될 첫 번째를 행사하기 위해 소의 혈청을 가지고 도착했다. 루치아는 투쟁을 계속했고 정신을 잃었다. 주사는 치료의 최악의 역할이 아니었다. 비록 때는 더운 여름인데도, 닥터 맥도날드는 그녀에게 7주 동안을 침대에 누워 있도록 명령했다. 루치아는, 큰소리로 그녀의 모든 언어로 노래함으로써, 그리고 책들을 부분적으로 열린 창문을 통해 내던짐으로써 보냈다. 한 권의 책이 행인을 쳤을 때, 해리엇 위버는 그녀 자신의, 뒤에 마구간이 보이는 침실을 루치아에게 내주었다. 몇 주일 이내에, 그러나 루치아는 너무나 폭력적이 되었고, 그녀는 낮에는 두 간호원들을, 밤에는 하나를 요구했다. 파리로부터 조이스는 그녀에게 참도록 격려했다. 그는 닥터 포그트가 그를 위해 한 것을 닥터 맥도날드가 그녀를 위해 해주리라. ─다른 무든 것이 실패한 곳에 성공하리라, 희망을 보여주었다.

> 치료는 짧고, 확실한 것 같아요. 그것은 약 4주와 3주의 두 기간으로 나누어져요.
> 모두 합쳐 25번의 주사가 15번과 10번으로 나누어져요. 상상컨대 양 기간들 사이
> 에 당신은 시골로 갈 수 있을 거요.

일단 이러한 양생법養生法이 짜여지자, 노라와 조이스는 그들의 신경을 회
복하기 위해 휴일을 계속했다. 그들은 런던을 코펜하겐과 비교하여 고찰했고,
퐁뗀브루에 정주했다. 조이스의 전기가인 허버트 고먼과 그의 아내는 그들의
동료로서 동행했다. 휴일 속사사진들은 노라에 의한 30년간의 노력이 공허했
음을 드러낸다. 조이스는 여전히 흰 테니스 화를 신고 있었다.

조이스 씨를 위한 미스 위버의 자기—희생의 한계는 없어 보였다. 닥터 맥
도날드는 루치아에게 시골에서 건강을 회복할 채비를 갖추도록 선언했을 때,
미스 위버는, 레이캐이트 근처 '서리'에 있는, 정원과 아이러니한 이름의 '사랑의
땅'을 가진, 가구 비치된 오두막을 임대했다. 그녀는 미들모스트 부인이란 이름
의, 팔 힘이 센 스코틀랜드의 실질적 간호원과, 역시 한 요리사를 고용했다.

조이스는 다시 한 번 희망을 갖게 하는, 통쾌한 편지를 루치아에게 썼다. :
"이제 그것은 단순히 환경과 공기를 바꾸는…… 그리고 이어 시간을 자기 마음
대로 행하는 문제일 뿐이란다."

노라는 결코 거짓 희망으로 자신을 속이지 않았다. 어떻게든 그녀는 숙명
에 의해 혼자 발탁되었다고 느끼지 않았다. 캐슬린 바이리의 아들이 약물로 비
극적 죽음을 당했었다. 그 스캔들은 바이리 가의 결혼을 불안하게 했었는지라
—그 이유인즉, 왜 캐슬린 바이리는, 그녀의 남편이 그녀를 추적하도록 한 채,
스스로 아일랜드에로 갔던가. 노라에게, 인생은 그런 것 같았다.

조이스가 루치아에게 한 개의 카메라를 보냈을 때, 사진들을 레이개이트 정원에서 찍었고, 루치아의 가장 예쁜 것 중 하나가 파리에로 보내졌다. 그것은 그물 침대에서 책을 읽고 있는, 실쭉하지만 매력적인 소녀를 보여주었다. 조이스는 세상의 모든 주민들이 평온하게 보일 수 있기를 바라면서, 루치아에게 경쾌하게 썼다. 그러나 그날 찍은 다른 사진들은 아주 엄격한 미스 월커, 어떤 웃지 않는 미스 위버(분명히 로코 병[지랄 병]의 커다란 긴장 하에), 그리고 숱 많은 물결 머리카락을 한 아주 불행한 젊은 여인을 보여준다.

　미스 위버는 닥터 맥도날드를 출발부터 싫어했다. 그는 자신의 환자를 검진하지도 않고 치료를 시작했고, 그러자, 그녀는, 의사의 딸로서 그것이 잘못임을 알았다. 그리고 진정제를 금지함으로써, 닥터 맥도날드는 그들의 일을 한층 어렵게 만들었다. 루치아는 자살적이요, 광포해 질 수 있는 강한 젊은 여인이었다. 미스 위버, 그녀는 담당 간호원으로서, 루치아의 매일 매일의 간호에 대한 책임을 졌으니, 모든 칼들을 감추었고, 밤에는 가스를 본선으로부터 꺼야 했다. 아침에 그녀는, 루치아가, 밤에 자살할 것을 절반 희망하면서, 그녀의 방의 가스 팔부를 열어 놓은 것을, 발견하곤 했다. 한층 경쾌한 기분으로, 그녀는 목욕통의 물을 미스 위버 위로 퍼부었다. 이러한 자세한 사건들의 아무것도 파리까지 뻗지 않았다. 조이스는, 닥터 맥도날드로부터 자신이 듣기를 원하는 뉴스—즉 그녀의 진전이 고무적임을 수령했다.

　루치아는 그녀의 날카로운 혀를 계속 놀려댔다. 미스 워커와 스코틀랜드의 간호원이 그들의 나날을 체계화했을 때, 루치아는 '이틀 동안 당신들 둘과 떨어졌기에' 다음은 자신의 차례라고 말했다. 미스 워커는 미스 위버 역시 아마도 휴식이 필요할 거라고 심하게 대꾸했을 때, 루치아는 대답하기를, "그녀는 아무것도 하지 않기에 휴일이 필요 없어."

　어떻게 두 여인들이 잘 지내려고 애썼는지에 대한 한갓 생생한 서술이 미스 위버의 대녀代女에 의하여 드러났다.

루치아가 단식 투쟁을 계속했을 때, 에디스는 미들모스트 부인더러 스코틀랜드의 노래를 부르고, 하일랜드 댄스를 추도록 했으며, 한 입 가득 음식물을 넣고 소리를 내곤했는데, 그때 루치아는, 흥거운 듯, 음식을 먹어서는 안 될 자신의 결심을 한 순간 잊었어요.

그들 가운데 아무도 자신들의 부담을 다룰 수 없었을 때, 그들은 손을 빌리기 위해 지방 사람들을 징모했다.

2살 내기마냥 발광하는 28살짜리를 대우하기란 성자의 봉사였으나, 그러나 실패하고 감사받지 못하다니, 그것은 운명으로 정해진 것이었다. 루치아의 행실이 바뀌지 않았을 때, 언제나 책략이 풍부한 닥터 맥도날드는 루치아를 어떤 테스트를 위해, 런던의 북부 약 100마일에 있는 노드앰턴의 성 앤드루의 개인 정신 병원에 보내도록 요구했다. 조이스는 동의했다.

미스 위버와 미스 워커가 루치아를 기다리며 의사의 사무실에 앉자있었을 때, 그러나 그들은 루치아의 의무기록부醫務記錄簿가 내버려둔 채 책상 위에 놓여 있는 것을 보았다. 그들은 마치 그들이 그렇지 않은 양, 그것을 읽을 유혹에 빠졌다. 그들은 순간적으로 그것의 정면에 의문부가 붙은 악성 종양이란 무서운 말을 봄으로써 벌을 받는 듯했다. 미스 워커는 루치아의 만성적 문제, 질膣의 유출이 암의 증후일 수 있지 않을까 우려했다. 미스 위버는, 따라서, 자신의 양심에 복종했다. 만일 심지어 한층 더한 비극이 조이스 씨의 사랑하는 딸을 강타한다면, 그의 끝내지 않은 책에 무슨 일이 일어날 것인가? 그녀는 그러한 가능성을 어떤 이에게 가져가야 함을 느꼈고, 그러자 마리아 졸라스를 택했다. 졸라스 부인은 그녀 자신의 양심에 복종했고, 그 정보를 조이스에게 직송했다.

결과는 노호였다. 닥터 맥도날드 자신은 의혹이 근거 없는 것으로 증명되었음을 조이스에게 말하기 위해 파리로 건너 가야 했다. 그리고 그는 미스 위버로 하여금 루치아를 방문하는 것을 금지시킴으로써 그녀의 죄에 덧붙였다. 조이스는 미스 위버에게 한 통의 편지를 썼는 바—그녀가 후세에 남기지 않기로 선택한 몇몇 편지들 중의 하나였다.

그와 자신의 딸에 대한 그녀의 임무는 결코 끝나지 않았다. 그는 루치아가 털 코트로서 생기가 돌우리라는 것을 암시했으나, 이것은 노라로부터 루치아에게 한 편지에 의해 취소되었다.

> 네 머리카락을 잘 빗질하는 것이 어떤지 그리고 나는 희망하거니와 너는 사라사 천 코트가 당장은 한층 쓸모 있을 테지만, 미스 위버가 생각하고, 나는 동의하거니와, 레이개이트에서 너는 따뜻한 코트를 발견할 수 있으리라.

저 광폭한 해의 12월에, 루치아와 함께 여전히 노드햄턴에서, 조이스는'나의 선조들 제씨'라는 초상화들 둘레에다 새 사진틀을 끼웠다. 그러한 명사名士들은, 그는 그의 아버지의 친구들 중 하나에게 쓴 대로, 유럽을 한껏 많이 보았기에, 다음은 어디지? 하고 말하듯 서로 쳐다보았다.

게다가 그들은 그이 자신의 인생과 새로운 세계 전쟁이 끝난 후까지도 모습을 드러내지 않을지니, 얼마나 곧 그들이 자신들의 포장 상자 속에 도로 있게 될지 그도 그들도 알지 못했다.

저 같은 달 그들은 한층 슬픈 뉴스를 받았다. 마이클 힐리가 심장 마비로 골웨이에서 사망했다. 그는 어느 아침 미사에 참석하고 있는 동안 꼬꾸라졌다. 자신의 미친 조카딸을 위해 더블린을 가로 지르는 지친 추적이 그의 생명을 단축시켰던가? 의혹은 조이스의 마음에 일어나지 않았던 것 같았다. 그는, 독실한 가톨릭교도인, 힐리가 사망하기 위한 보다 나은 방도를 원할 수 없었으리라, 말했다.

루치아의 아일랜드 여행의 마지막 자취들이 남아 있었다. 조이스는, 루치아의 오페라 복은 말할 것도 없고, 그녀의 두 개의 트렁크의 자취가 없어졌음에 골이 나서 불평했다. 그는 아일랜드의 둔감한 원주민들이 그들을 훔쳤을 것이라고 암시했다. 그는 또한 루치아가 방갈로에서 행한 파손을 손질해야 했다. 8

월에 그는, 블래이, 미드 가로의 E. 니콜 부인으로부터, 불에 탄 카펫, 융단, 및 침구류 그리고 다른 파손물들에 대한 100파운드의 배상금을 요구하는 노한 편지를 받았다.

그녀의 파손물의 일람표는, 조이스의 경험의 현실을 부정하도록 그를 돕기 위해 노라와 미스 위버 양자가 밀집 지역에서 봉착했던, 폭력에 대한 말없는 증거를 지닌다. 1936년까지는 그는 또한 진리를 받아들이기에 스스로를 화해시켜야만 했다. 루치아는 노샘프턴의 성 앤드루를 떠나야 했는데, 왜냐하면 노라와 조이스는, 그녀의 강제적 억류를 강요하면서, 그녀를 미친 것으로 확증하려 하지 않았기 때문이다. 하지만, 루치아는, 노라에 대한 위험 때문에, 집에 갈 수가 없었다. 마리아 졸라스는 루치아를 노샘프턴으로부터, 다시 파리에로 도로, 그리고 그녀 자신의 집안으로 호송했다. 결과는 불가피했다. 3주 뒤에, 구속복拘束服이 나타났다. 루치아는 졸라스 내외의 집으로부터 다리고 나왔고, 기관(시설)의 문들이 그녀의 뒤로 영원히 닫혔다. 노라가 여태 그녀의 딸을 다시 보았다는 어떤 기록도 없다.

조이스와 미스 위버 간의 우정은 동등하게 돌이킬 수 없음이 증명되었다. 그는 그 뒤로 한 번 그녀를 보았고, 산발적으로 편지를 썼으나 공식적으로, 결코 그의 옛날 어버이의 솔직성으로가 아니었다. 그녀의 죄는, 그의 눈에는, 암癌 사건이라기보다는 오히려 루치아는 치료될 수 없다는, 그리고 『진행 중의 작품』이 그의 천재의 낭비라는 그녀의 믿음이었다. 나중의 공격은 부당했다. 미스 위버는 실험을 감탄하기에 이르렀다. 그러나 그녀는 공허한 유감으로 그녀의 시간을 낭비하지 않았다. 그녀는 이미 자신의 헌신과 자금에 대한 한 새롭고, 심지어 한층 탐욕스런 요구자를 발견했으니, 공산당이었다.

18

진행 중의 광기, III

1936년의 봄은 히틀러가 독일 군대의 진입을 라인 강의 서쪽 둑의 비무장 지대로 명령했을 때, 그가 베르사유 조약을 존중하리라는 어떠한 환상도 떨쳐 버렸다. 프랑스의 안전에 대한 이 위협은 프랑스의 다른 국외자들로 하여금 귀국을 생각하기 시작하도록 만들었으나, 조이스 가문은 닫힌 기관(제도) 속의 딸로 인해 파리에 정박하게 되었다. 루치아는 육체적 폭력의 발발 때문에, 그녀를 다루는 한층 유능한 직원들을 가진 새 진료소에로 전속되었는지라, 파리의 한 교외인, 아이브리의 닥터 아킬 델마스가 운영하는, 건강의 집이었다.

노라의 개인적 세계는 당장은 평온했다. 전운은 보였지만 멀었다. 『진행 중의 작품』은 바이킹 사와 패이버 앤드 패이버 사가 출판 일자를 토론하고 있는 점까지 나아갔다(비록 그들은 책의 진짜 제목에 관해 암흑 속에 여전히 묻혀 있었을지라도). 그녀와 조이스는 아일랜드로부터의 많은 방문객들을 접대했다. 시인이요 옛 크론고우즈 출신인 브라이언 코피는 콘스탄틴 커런의 요구로 국산 아일랜드 빵을 두 번씩이나 가져왔다. 아일랜드 지방 판사인, 케네스 레딘은, 더블린의 유명한 푸주간인, 올하우젠 점으로부터 까만 푸딩을 사왔다. 소개로 무장한 아일랜드의 방문객들은 신경질적으로 전화를 했고, '위대한 조이스' 자신에 의해 에드몽 발렌뗑 거리에로 스스로 안내됨을 알았는지라, 그들은 라 뚜르 모

부르그에서 전철(메트로)로 출발해야 했다. 일단 도착하면, 그들은 자신들 주위를 아주 밀접하게 살폈다. 브라이언 코피는 '유명한 머리(頭)'(역주 : 조이스의)에 대한 최고의 서술들 중 의 하나로 : '강남콩의 모형'을 결정했다. 아이린 오포레인과 프랭크 오코노의 각자 아내요, 친구인 아이린 오포레인과 낸시 맥카시는 조이스 댁의 새장 속의 새들에 흥미를 가졌다. 젊은 여인들은 차茶에 초청된 것을 명예롭게 여겼으며, 노라와 조이스가 여러 해 동안 미혼으로 함께 살았다거나, 조이스가 루치아를 그토록 오랫동안 정신병원에 두기를 거절했기 때문에 노라와 그녀는 불행한 시간을 가졌다는―'전체 이야기'를 아주 잘 알았다. 아이린과 낸시는 노라가 얼마나 다정하고 매력적인지를 알고 기분 좋게 놀랐으나, 조이스 가문에 대한 아일랜드의 모든 방문객들이 그러하듯, 그들이, 아일랜드 거리의 연쇄적 상점들로부터 버터 값에 이르기까지, 아일랜드의 생활의 모든 세목에 관해서 꿰뚫으려는 꼼꼼한 질문에 대해서는 마음의 준비가 되어있지 않았다. 뿐만 아니라 그들은 자신들이 그토록 밀접하게 음미당하는 것을 기대하지 않았다. "당신이 어디 출신인지는 의심의 여지가 없어요, 미스 맥카시," 조이스는 낸시의 코크 말투를 들으면서, 말했다. 아이린을 열심히 노려보면서, 그는 묻기를, "말해 보세요, 오포레인 부인, 당신은 혹시 유대인이 아닌가요?" 아이린은 조이스로부터 그런 질문이 나오다니, 무슨 인사가 그런지 거의 알지 못했다.

아일랜드는 노라의 마음에 많이 있었다. 그녀의 어머니와 그녀의 자매 캐슬린은 그녀로 하여금 귀국하여, 마이클 힐리의 일들을 정리하도록 요청하고 있었다. 그의 시민의 기질과 상반되는 부주의로, 그 노인은 유서 없이 사망했다. 지방의 루머들은, 노라의 숙부가, 검약하고 경근한 생활을 하는 동안, 8천 파운드의 재산을 모았다는 소문이 자자했다. 바나클 부인은, 안내를 위해, 유명한 작가인 그녀의 사위를 이용했다. 조이스는 게다가 전체 문제를 아일랜드에로, 오래―참고 견디던 콘스탄틴 커런에게, 선편으로 되돌려 보냈다.

나는 할 수만 있다면 그 사건에서 손을 떼고 싶어요, 왜냐하면 나의 장모님(그녀는 언제나 나에 대한 숭배자였고, 나를 기적의 창조자라 생각하지요)은 지금 모든 돈을 나의 아내에게 주기를 원하고 있소. 이전의 편지에서 그녀는 적당한 장례식, 상상 컨대, 고 빅토리아 여왕의 그것과 필적하는 굉장한 것을 갖기 위해 돈을 모두 지니기를 원한다고 말했소. 그녀의 사위처럼 그녀는 대단한 낭비가지요. 당신은 여태 이러한 우스꽝스런 상속을 들어봤소.

재산의 총계는 단지 1,662파운드—당시 골웨이에서는 그럼에도 불구하고 작은 재산이었다. 장모인 바나클 부인은 노라에게 혹은 그 밖에 다른 이에게 그것을 '모두 다 주려고' 의도하지 않았다. 그녀는 자기 자신과 딜리를 부양하기 위해 그것을 필요했다.

1936년의 늦은 여름에, 조지오의 귀환을 초조하게 기다리는 동안, 노라와 조이스는 코펜하겐으로 그들의 오래 버르든 여행을 떠났다. 그들의 휴일의 습관처럼, 그들은 여행자의 커다란 매력을 온통 차지하면서, 몇 주 동안 좋은 호텔에 안주했으며—덴마크에서 이는 엘시노, 발레, 그리고 붉은 제복의 군인들을 의미했거니와—그리고 그들의 모든 친구들에게 질풍 같은 그림엽서들을 보냈다. 조이스는 그와 같은 광경을 많이 볼 수 없었다. 그의 시력이 너무나 약했기 때문에, 그들의 귀가 도중, 자신들은 헬런의 독일 사촌들인 빌해름과 그래트 헐츠를 방문하기 위해 '본'에 머물렀다. 허쯔 내외는 조이스가 너무나 장님임을 발견했으니, 노라는 그를 위해 음식을 잘라, 그가 먹을 수 있도록 접시를 그의 얼굴까지 가져가야 했다.

노라는, 낯선 자들과의 그녀의 태도가 그러했듯, 자신의 침묵의 양상으로 빠져들었다. 힐츠 내외는, 그녀의 의상의 검은 우아함을 관찰하면서, 생각하기를, '헬런이 그녀를 많이 가르쳤구나.' 그들은 필경 캐스토 족속의 느낌을 총괄하면서, 한층 멀리 결심했는지라, "헬런이 제임스 조이스를 위해 많은 일을 했구나."

헬런은 더 많은 일을 하려고 했다. 1939년 9월에 파리에로 되돌아오면서, 그녀, 조지오, 및 스티븐은 제 17관구의 핸리 마틴 가 건너편의 작은 거리인 빌라 쉐퍼 17번지에로 이사했다. 그들은 마당으로 터인 프랑스식 문들을 가진 멋지고 넓은 아파트를 가졌다. 곧 그들의 운전수는 다시 한 번 노라와 조이스의 뜻대로 되었다. 헬런은 그들의 공식적인 여주인이 되었다. 조지오는 목 수술 뒤로 그의 목소리를 회복했고, 조이스는 그의 아들이 31살에 가수로서 생애의 문턱에 있다는 희망을 여전히 키웠다.

노라는 시어머니로서 그녀의 역할을 계속했다. 그녀는 입원 중인, 헬런의 요리사를 방문했으며, 개(犬)를 위한 수의사를 찾아 헤맸다. 그녀는 또한, 전처럼, 헤렌을 통해, 빅토 삭스 같은, 돈 많은 새 친구들을 사귀었다. 그러나 옛 적의는 여전히 남아 있었다. 헤렌은 노라를 점잖은 조이스보다 덜 만족스런 시어머니로 알았고, 조이스는 소년 이야기들을 말해 주었으며, 특히 자신을 위한 이야기 하나를 쓰기까지 했다. 여인들 가운데 아무도 얼마나 곧 노라가 렐렌으로부터 소년 생활에 나오는 어머니—모습으로서 이어받을지 알지 못했다.

헬런은, 비록 조이스가 그것을 피로라고 예의 있게 불렀을지언정, 조이스 내외에게 신수가 좋아 보이지 않았다. 긴장이 분명했다. 헤렌은 약간 휴식을 얻도록 시골의 한 집을 차지했다. 그녀는 또한 조이스 내외가 조지오에게 말하거나 혹은 글을 쓸 때, 언제 그들이 이탈리아어를 사용하는지 의아해 했다. 그녀는 그들이 그녀로부터 뭔가를 감추려고 하고 있다고 생각했다. 그녀와 조지오 간의 나이 차이는 전보다 한층 분명했다. 헬런은, 그녀의 초기 40대에서, 신경성의 안면 경련을 겪었으며, 그녀는 보다 젊은 여인들에 대한 조지오의 두리번거리는 눈에 관해 극히 우려했다. 그녀를 결코 좋아하지 않았던 사람들은 그녀를 덜 좋아했다.

1930년대의 불안한 세계에서 결정적인 개인적 도박은 불확실의 면전에서 이루어져야 했다. 허쯔 가문은, 조이스 내외의 방문 얼마 뒤에, 히틀러의 독일에 더 오래 머물지 않기로 결정하고, 취릭히의 동쪽인, 스위스의 성 골런으로 이사했다. 그것은 그들에게, 그런고로, 이탈리아의 파시즘의 봉기에 희생자로 추락했던 스태니슬로스를 도우려고 우회하는 것이었다. 스태니슬로스는 트리에스테 대학의 자신의 직으로부터 해고되었으며, 이탈리아로부터의 추방을 위협 받았는데—세계 1차 대전 동안 4년간의 오스트리아 감옥 생활로서 이탈리아에 대한 자신의 충성의 대가를 지불했음을 고려한다면, 그것은 사건의 아이러니한 전환이었다. 스태니슬로스는 스위스에서 교수직을 희망했다. 그는 생활이 그에게 반대로 작용하는 식에 비참했다. 그는 조이스에게 그와 낼리가 오랫동안 쇠오렉의 자살에 따른 부담 속에 있었다고 말했다. 결과로서, 스태니슬로스가 스위스에서 주어졌던 직은 너무나 그에게 흥미가 없는지라, 그는 이탈리아로 돌아갔다. 그와 낼리 그리고 그들의 아이(1942년에 태어난, 제임스)는 어려운 조건 하에 플로렌스에서 전쟁을 보내야만 했다.

노라와 조이스는 파리를 떠날 생각을 하지 않았는데, 부분적으로 그들은 루치아 가까이 머물기를 원했기 때문뿐만 아니라, 또한 그들은 심지어 가장 작은 문제들에서 사전 계획자들이 아니었기 때문이었다. 조이스는『율리시스』를 걸작으로 선언했던 최초의 자들 중의 하나인 영국의 비평가의 아내 시스리 허들스턴 부인에게 1937년 봄에 이를 아주 분명히 설명했다. 그녀는 그와 노라를 시골에서 하루를 보내도록 초청했다. "우리는 최후 가능한 순간에 모든 것을 결정하는 그런 종류의 사람들인지라, 고로 우리는 당신이 집에 있는지 알아내기 위해 아침에 언제나 전화를 걸 수 있어요," 그는 대답했다. "나는 그것이 최선의 계획이라 생각해요."

루치아는 좀처럼 노라의 마음을 떠나지 않았다. 노라는 루치아의 가장 현란한 정신분열증적 반작용을 자극했기 때문에, 그녀는 조이스의 아이브리에로의 의식적儀式的 일요일 오후 방문에 그를 동행하는 것이 허락되지 않았다. 이것은 그녀를 자신의 딸과의 어떤 접촉으로부터 배제시키지 않았을 뿐만 아니라, 그것은 또한, 홀로 쉽사리 갈 수 없었던 조이스를 누군가가 동행하도록 준비하면서 매 주의 많은 부분을 보내도록 그녀에게 요구했다. 이따금, 가족 친구들인, 존 설리번 부인 같은 이가 방문하곤 했다. 헬렌는 결코 가지 않았고, 조지오는 좀처럼 이었다. 노라는 출석자들과 계속 접촉했으며, 루치아가 그녀에게 편지를 쓰지 않을까 걱정했다. 방문은 조이스에게 고통스러웠다. 그는 루치아에게 이탈리아 케이크를 가져다주거나 혹은 그녀에게 라틴어를 가리킴으로써, 그녀에게 기운을 돋우려고 애를 썼다. 때때로 그들은 피아노를 치며, 함께 노래하곤 했으나, 튼튼한 간호원 하나는 결코 멀리 있지 않았다.

조이스는, 그가 루치아의 사적 세계의 유일한 다른 허락된 주민인양. 그녀의 폭행으로부터 안전한 것으로서 자기 자신을 묘사하기를 좋아했다. 하지만 한번은 조지오가 그의 아버지와 동행하자, 루치아는 그들을 보고, 부르짖었으니, 꼴좋군! 꼴좋아! 이어 돌진하며, 그들을 질식시키려고 애를 썼다.

조이스가 아이브리로부터 귀가했을 때, 그는 전적으로 맥이 빠진 듯했다. 그와 노라는 일요일 저녁에는 졸라스 내외와 식사를 했는데, 그들 중 아무도 그를 우울에서 빼낼 수 없었다. "나는 이상한 책을 쓰고 있는 것 같아," 그는 말하곤 했다. 노라로서는, 자신의 감정을 그녀 자신 속에 가두어버렸다. "당신은 그것에 관해 그녀에게 묻지 않았어요," 엘리자베스 커런이 말했다. "그녀는 그것을 토론하기를 원치 않았어요. 그것이 그녀가 그걸 받아들이는 방식이었어요."

1930년대 말까지는 노라와 조이스의 상관관계는 조이스의 음주에 의해 그리고 그들의 아이들의 비참한 생활들에 의해 긴장되었으나, 그것은 그들이 성취했던 신용과 만족의 기초 위에 놓여 있었다. 그들은 자주 서로가 지루한 듯했다. 노라는 그들의 친구들의 하나에게 불평하기를, "하루 종일 내게 한 마디 말을 하지 않고 앉아 있는 남자야." 그에 대해 조이스는 대답했다, 30년 동안 결혼을 해왔는데, 남은 이야기가 뭐 있어?" 지루함은 진지했으나, 그들의 결혼의 척도와는 거리가 멀었다. 노라와 조이스는 서로의 우정에서 기쁨을 찾았는지라, 그것은 30년 이상 뒤까지도 심지어 보다 젊은 세대가 사랑으로서 인식할 수 있는 것임을 기록했다. 어느 날 밤 파리에서 아서 파워는 조이스 내외의 바로 뒤를 따라 레스토랑을 떠났는데, 그들은 그가 거기 있는 줄 몰랐다. 군중의 소음이 사라지고, 그들이 어두운 거리에 홀로임을 느끼자, 노라와 조이스는 서로 몸을 돌리고 미소를 지었다. "이러한 애정의 시선이 그들 사이를 지나갔어," 파워가 말했다. "노라는 행동하는 체 하지 않았어. 그녀는 그걸 할 수 없었어."

수년에 걸쳐, 조이스는 노라의 계속된 종교적 믿음에 자신의 염증을 옆으로 제쳐 놓았고, 그것을 감수하기에 이르렀다. 로잔느를 방문하면서, 노라는 일요일 마다 한 젊은 문학자요, 깊이 독실한 가톨릭교도인 자크 메르캉통과 미사에 갔다. 그녀는 자신의 종교적 실행에 있어서 공개적이요, 마음이 편했다. 조이스는 그녀를 그만두게 할 어떠한 시도도 하지 않았다. 그것은 단순히 그녀가 가고 싶으면 가고, 그는 안 갈 수도 있었다. 그는 스태니슬로스처럼 열광적인 반 가톨릭교도는 결코 아니었다. 과연, 그는 만일 자신이 그렇더라도, 그가 과거 그러했듯 콘스탄틴 커런의 일생의 친구로 남아 있을 수는 없었다. 노라, 그녀로서는, 종교에 대한 그의 부족에 관해 그를 괴롭힐 것을 결코 꿈꾸지 않았다. 그러한 수년 동안, 그녀는 가톨릭교에 가장 열광적이 아니었고, 언제나 미사에 참가하지 않았다. 메르캉통과 함께였을 때, 그녀는 영성체를 받지 않았다.

많은 면에서, 노라는 조이스보다 한층 반—아일랜드적이었다. 조이스는, 메르캉통이 느끼기를, 자신이 예술을 수립한 장소를 낭만적으로 묘사했으나, 노라는 그러한 것이 없었으니, "불결하고 음산하고, 비참한 나라, 거기 사람들은 캐비지, 토마토 그리고 1년 내내 베이컨을 먹으며, 거기 여인들은 그들의 나날을 교회에서, 남자들은 술집에 보내지"라고 말했다. 그러나 조이스는 항의하기를, 더블린이야말로 기독교국의 제7도시요, 반면에 노라는 리피 강이……

"비참하고, 진흙의 외소한 흐름"이라 말했다.

메르캉통은, 퍼우워처럼, 서로에 대한 자신들의 헌신으로 인상을 받았다. 노라는 '단지 짐이외 어떤 것에 대해서도 엄청난 상냥함을 가지고' 말하지 않았다. "모든 아일랜드인들은 달랐어"라고 그녀는 메르캉통에게 설명했다. 심지어 그렇더라도, 메르캉통은 조이스가 제시하는 많은 어려움을 노라가 왜 참고 견디는지를 알 수 없었다. 그녀에게 조이스는 전적으로 상냥했으며(작은 일들에 대해서도), 그리고 그녀의 가장 작은 변덕에도 주의를 가울였다. 메르캉통은 오후를 보내는 방법에 대한 토론을 회상했다. "'뭘 하고 싶소, 노라? 그는 묻곤 했다. '난 베브리에로 산보하고 싶어요.' 노라가 말했다. 고로 우리는 배브리까지 산보하기 시작했어. 거기 그 길의 약 1/4에서, 조이스는 피곤했지요. '노라에게 우린 이제 베브리에 다 왔음을 말해요' 하고 그는 내게 간청했어요."

조이스는 노라가 행복하면 그도 행복했다. "나의 아내는 당신의 시골과 사랑에 빠졌소, 그녀를 봐요!" 조이스는 메르캉통에게 말했다. 노라는, 자신의 놀림에도 불구하고, 그를 성스럽고, 연약한 인물로서 대접했다. 조이스는 그해 여름 어느 때보다 심지어 한층 학교 학생답게 난감해 보였는데, 왜냐하면 그는 빤짝이는 천의 스위스 재킷, 너무나 짧은 플란넬 바지, 흰 구두 그리고 귀 위까지 뒤로 젖힌 누른 밀짚모자를 쓰고 있었기 때문이다.

노라는, 휴가에 관한, 그리고 종말에 도달한 『진행 중의 작품』에 관한 생각으로 미소하며, 마음이 누그러진 채, 어느 오후 홀로 뭔가를 하기 위해 사라지며, 메르캉통에게 말했다. "저이를 잘 봐요, 나는 그를 당신이 보살피기를 바라요. 그인 잠시도 혼자 있어서는 안 돼요." 잠시 뒤에, 머칸튼은 조이스가 차에 치지 않도록 그의 팔을 붙들어야 했다.

스위스에로의 저 여행 동안 조이스는, 노라가 그들이 떠나기 전 예언했듯이, 심한 위장 통으로 고통을 받았다. X레이가 추천되었으나, 그는 그것을 거절했다.

노라는 신이 접근할 수 있는 면으로서 자신의 역할을 즐겼다. 그녀는 취리히의 '기돈'댁의 환영받는 손님이었다. 그녀는 남편과 아내에게, 그녀의 습관처럼, 키스로서 인사하고, 아이들을 위해 선물을 가져갔다. "그녀가 정원에 들어서자 놀랍게도 다스한 기분이 들었어"라고 기돈 가문의 딸 버레나는 회상했다. "우리들은 달려가, 그녀에게 우리의 새 새끼 고양이들을 보여주었어. 그러나 우리는, 검은 안경을 쓴, 그이로부터 멀리 떨어져 있었어."

노라는 『율리시스』에 대해서보다 『진행 중의 작품』(비록 그것을 그녀는 '잡채'라고 선언했지만)에 한층 관용적이었는데, 특히 크게 읽힐 때의 음악성을 좋아했다. 그녀는 또한 작품이 조이스를 기쁘게 했기 때문에 그것을 좋아했다. "난 더 이상 잠잘 수 없어요, 난 더 이상 잠잘 수 없어." 그녀는 기돈―웰커 부인에게 말하자, 후자는 왜 할 수 없는지를 물었다. "글쎄, 짐은 자신의 책을 쓰고 있는데. 내가 침대로 가자, 그때 그 남자는 옆방에 앉아, 자신의 쓴 것에 관해 계속 크게 웃고 있는 거야. 그러자 나는 문에 노크했지. 그리고 나는 말하기를, '그래 짐, 글을 쓰는 걸 멈춰요, 아니면 웃음을 멈춰요.'"

노라는 여전히, 만인이 그를 그녀에게 말하듯, '그 남자'가 천재인지 아닌지를 확신하지 않았다. "나는 한 가지는 확신해요," 그녀는 기돈―웰커 부인에게 말했으니, "그이 같은 사람은 아무도 없어요."

그녀와 조이스는 여전히 한결같이 여행했고, 노라는 그때까지 짐을 꾸리고 호텔 방에 안주하는 한 예술가였다. 조이스는 빈번히 닥터 '보거'(그는 그의 시력이 향상되었다고 알았거니와)와 상담하기 위해 취리히를 방문할 필요가 있었으나, 그들의 여행은, 그녀의 생각에, 루치아를 속여 자신들이 어디 있는지를 생각도록 할 필요 때문에 복잡해졌다. 1938년의 여름에 로산느로부터, 예를 들면, 그들은, 메르캉통이 편지를 부치도록 뒤에 남겨두고, 바다 공기를 쉬려 디이페에로 몰래 걸어갔다.

이러한 속임은 단순히 죄에서 솟아나지 않았다. 조이스는 그의 딸을 깊이 사랑했고, 그녀의 마음이 갑자기 치료될 수 있으라 꿈꾸었다. 그녀의 29번째 생일을 위해 그는 초서 작의 그림 알파벳 시집인, 그녀 자신이 쓴, 한 권의 장정된 책을, 그녀의 손에 마침내 안겨 주었다. 출판 비는 그에게 15,000프랑이 들었다고, 그는 미스 위버에게 말했으나, 그는 무가치함에 대한 루치아의 생각과 겨루기를 원했으며, 그녀에게 그녀의 인생은 실패가 아니었음을 확신시키기를 원했다. 더욱 더한 것은, 그는, 아무리 타당하지 않거나, 값비싼 것이라 할지언정, 치료의 모든 가능한 희망을 추구하려고 의도했다. '경제적 정신적 감옥'에 루치아를 감금하는 것은 보다 값이 쌀 테지만, 그는 비참한 웅변술로 말했는지라, 그러나,

나는 그녀의 회복을 위해 단 한 가지 희망적 찬스를 보는 한, 감금하게 하지 않을지니, 뿐만 아니라 그녀가 인간에게 알려진 그리고 의약품에게 미지인 가장 알기 힘든 병들의 하나에 대한 희생자가 되는, 그녀가 범한 커다란 범죄에 대해, 그녀를 비난하거나 혹은 벌하지 않을지라.

냉소주의는 미스 위버에게뿐만 아니라(그녀는 책의 비용 절반을 부담함으로써 대응했거니와), 또한 조지오에게 향했는데, 후자는 무엇보다도 그의 아버지의 이러한 낭비적 형태를 분개했다. 사실상, 아리브리의 진료소는 스위스의 그것들처럼 그렇게 비싸지는 않았으며, 소장인 닥터 델마스는, 루치아가 조발성 치매(정신 분열증은 당시 자주 그렇게 불렸거니와)를 갖지 않았다고 말했으며, '구조될 뭔가가 있다'고 생각했다. 비록 그렇다 하더라도, 조이스는 그 경우를 거기서 멈추게 하지 않았다. 그는 또한 성 골런에 있는 빌헬름 허쯔에게, 니진스키가, 그가 들었기로, 인슈린(역주 : 당료병 치료제) 치료에 의하여 기적적으로 변신 했다는 그곳 요양소에 관한 정보를 묻기 위해 글을 썼다. 노라는 기적을 위한 그의 희망을 분담했을 것 같지는 않다.

1936년 만년까지는 조이스는 그가 인출할 수 있는 미스 위버의 자본금의 3/4의 몫을 썼다. 그러나 루치아의 불운한 방문 뒤로, 그들 사이에는 여전히 냉기가 돌았다. 폴 레옹은 미스 위버가 파리로 와서, 확대되어서는 안 될 작은 문제들을, 얼굴과 얼굴을 맞대고 정돈하도록 그녀에게 충고했다. 다시 한 번 그녀는 '해협'의 시련을 무릅썼기에, 그것을 그녀는 노라와 조이가 그랬던 만큼 아주 싫어했는지라, 그리하여 11월 말에 그들은 만났다. "한 마디, 한 철자도 그들의 만남을 밝히기 위해, 남아 있지 않다"라고 그녀의 전기가들은 말한다. 미스 위버는 조이스가 자신의 책을 끝마치기 위해 필요한 돈을 그에게 약속했으며, 그에 대한 그녀의 믿음을 그에게 보장했다. 언제나 그랬듯, 그는 자신의 몫으로서 후원금을 냉정하게 받았다. 그들은 다시는 서로 만나지 않았다.

노라는 조이스가 그랬던 것보다, 루치아루치아뿐만 아니라, 조지오에 대해서 한층 실질적 견해를 가졌다. 그녀는 자신의 아들을 사랑했지만, 그는 가끔 그녀를 격분시켰다. 조지오의 음주에 대한 탐닉은, 그의 아버지는 그렇지 않았듯, 능력을 잃어가고 있었다. 그러나 조이스는 루치아에 있어서처럼, 조지오에 있어서 흠을 발견할 수 없었다. 만일 조지오가 훌륭한 저음 목소리로 생애를 세울 수 없었다면, 조이스의 마음으로, 과오는 그 밖에 다른 곳에 놓여 있음에 틀림없었다. 조이스는 미국에서의 조지오의 노래 생애를 망친 데 대한 『가톨릭 월드』지의 그에 관한 마이클 레논의 공격을 비난할 정도까지 나아갔다. 그리고 그는, BBC가 시청試聽 뒤에 조지오를 '가창술에 있어서 대영국의 수준 이하'라는 판결로 각하 했을 때 노발대발했다, 그의 아들은, 그는 말하기를, 자기 자신의 비평을 감수할 정도로 너무나 마음의 준비가 되어 있었다.

조지오의 결혼이 위기에 처해지기 시작했을 때, 조이스는 아들의 편을 들어야 했음은 불가피했다. 불행이도, 폴 레옹은 조지오가 헬런의 문제에 비동정적이라 믿으며, 그녀의 편을 들었다. 논쟁은 조이스와의 레옹의 상관관계를 한층 치솟게 했는 바, 그것은 과거 포니소브스키 약혼 실수로부터 결코 충분히 회복하게 하지 않았다. 그럼에도 불구하고, 레옹 자신은 필경사로서 봉사하기를 계속했으며, 조이스를 냉담하고, 의기소침한, 거의 아무것도 보지 않는 자로서 서술하면서, 미스 위버에게 편지를 계속 보냈다. 레옹은, 그러나 자신은 조이스를 좀처럼 보지 않았음을 인정했다.

조이스는 낙담했을지라도, 그와 노라는 전처럼 그들의 사회적 일상사를 지속했다. 그들은 여전히 규칙적으로 후께에서 저녁식사를 했는지라, 거기서 조이스는, 예전처럼, 웨이터들에게 아주 인기가 좋았고, 그들에게 '백만장자의 팁'을 주거나, 메뉴뿐만 아니라, 또한 라신 혹은 코르네유에 관한 그들의 편애에 대해 의견을 물었다. 노라는 조이스가 그랬던 것보다 훨씬 더 이들 저녁들에 식사하는 기쁨을 즐겼다. 그는 평범한 음식, 버섯, 굴, 가재를 좋아했으며, 노라는 노르웨이 오믈렛 같은 값비싼 디저트를 좋아했다. 그녀 자신은 서로 경쟁하는 존재였다. 낸시 커나드는 후께에서 그들과 함께 식사하도록 호출되었는데, 조이스 내외를 그들의 일상의 가재 껍질 무더기 및 포도주 병들 사이에서 발견할 수 없었다. 낸시가 소란한 방들을 탐색했을 때, 왜 조이스 내외가 경주자들이나 스마트한 집단이 좋아하는 장소의 단골손님이 되었는지를 의아해 하면서, 그녀 자신은, "조이스 부인이 그녀가 늦은 데 대해 골이 난 것이 아닌가" 걱정했다.

노라는, 자신이 언제나 레스토랑에서 그러하듯, 다른 고객들에게 조심스럽게 눈을 붙이고 있었다. 어느 밤 그녀는 마린 다이트리히를 알아보고 기뻐했다(그녀는, 노라처럼, 그녀의 의상을 래롱에서 샀다). 노라는 조이스를 팔꿈치로 슬쩍 찔렀는데, 그는 당시 그 여배우에게 인사를 하며, 자신이 그녀를『푸른 천사』에서 감탄했다고 말했다. "그럼 선생님은," 다이트리히가 말했는데, "저를 최고로 보셨군요."

그들은, 그러나 1937년 어느 밤늦게 집에서 식사하고 있었을 때 전화가 울렸다. 그것은 사무엘 베케트로서, 그는 런던과 더블린에서 수년을 보낸 뒤 파리에서 살기 위해 되돌아왔다고 말했다. 베케트는 조이스에게 냉대받는 것을 우려했다. 그는, 친구들과 많은 포도주 및 멋진 만찬으로 기운을 북돋운 채, 자신이 어느 날 밤 용기를 불러일으킬 때까지 조이스에게 얼굴을 내미는 것을 연기했었다. 그는 조이스 대신 노라와 전화를 했을 때, 마음이 크게 놓였다. 노라는 그에게 친구들과 더블린에 관해 이야기하면서, 그를 재빨리 마음 편하게 했으며, 그 동안 그녀는, 짐이 만찬을 끝냈다고 말했다. 조이스가 수화기를 들었을 때, 처음에 그는 소원했으나, 베케트가 그를 위해 행한 작은 호의를 기억하자, 명랑해졌다.

호의는 베케트를 다음 3일 동안 조지오의 집에 머물게 했다. 베케트와 조지오는 과거 여러 해부터 좋은 친구였다. 다 함께, 그들은 『진행 중의 작품』의 어려운 가假 조판 교정의 교정쇄를 통해 열심히 일했다(조지오의 생애에서 하루도 결코 일하지 않았다는, 그를 반대하여 이루진 많은 비평들은, 그가 자신의 아버지에게 행사한 수년 동안의 무급의 노동과 균형을 이루었으리라). 베케트는 무급으로 만족했다. 조이스가 그에게 준 감사의 기부금, 즉 250프랑 및 벗어던진 오버코트 그리고 낡은 다섯 벌의 넥타이를 그가 감수하다니, 그것은 단지 예의 밖의 일이었다.

베케트는, 다시 한 번 가족 속으로 끌려들어간 채, 헬런의 분열에 직면하여 가족을 지키려는 조지오의 노력을 동정했다. 그이 자신은, 조이스가 책의 출판에 앞서 원했던 『진행 중의 작품』에 대한 분명히 새로운 해석이 아닌, 조이스의 요구에 더 이상 집필하지 않기로 결심했었다. 만일 또 다른 불화가 있었다면, 베케트는 맥그리비에게 말하기를, "적어도 이번에는 딸에 관한 것이 아니었으리라." 베케트가 악마의 무리들과 합세하는 데 대해 싫어했던 유일한 일은, 마리아 졸라가 조이스의 사건들에 대해 무엇이나 아는 체하는 지배—즉 노라가 부분적으로 나누었던 분개였다. 베케트는 졸라스 부인을 '졸라스—중고차'로서 언급하곤 했다.

마리아 졸라스는 조이스와 마찬가지로 노라를 지배했다. 노라는 강했지만, 결코 관리적이 아니었다. 조이스처럼, 그녀는 언제나 수동적으로 그리고 시간에 대한 여성보호자의 조직적 능력에 심하게 기댔다. 1930년대 후반에, 그들은, 졸라스 부인이 계획한 것을, 따랐으며, 오래지 않아 어린 스티븐은 느이리의 그녀의 에꼴 빌링에 등록되었다. 그러나 졸라스 부인은, 모두가 그러하듯, 노라와 조이스 간을 결코 간섭하지 않았으니, 어떻게 조이스가 노라에게 결코 한 마디 반대말을 하지 않는 것에 놀랐다.

어느 날 밤, 노라와 조이스는 헬런, 조지오, 베케트 그리고 헬런의 친구인 패기 구겐하임을 만찬에 가기 위해 외출했으며, 그에 잇따라 그들은 쉐퍼 별장으로 되돌아갔다. 페기를 계속 노려보고 있던, 베켓은 자신이 그녀를 가정으로 바래다줄 수 있는지 물었다. 가정은 소파에로 인도되었고, 페기가 뒤에 열거한 대로, "우리는 곧 침대 속에 있음을 알았으며, 거기 우리는 다음 저녁때까지 남아 있었다." 페기는 단지 그녀가 저녁 약속 때문에 떠났다. 베케트는 그녀에게 감사했고, "그것이 오래 계속되는 동안 기분이 좋았다"고 말했다.

1937년이 끝났을 때까지, 노라는 새로운 타격으로 고통을 겪었다. 헬런은 그녀의 아버지가 앓고 있기 때문에, 조지오를 뉴욕으로 되돌아오도록 설득했다. 그녀는 1월 8일의 차표를 예약했다. 노라는 너무나 상심하고 골이 낫기 때문에, 그들이 계획한 신년 전야의 파티를 위해 헬런과 조지오에 합세하기를 거절했다. 베케트가, 그들을 부르러 가기 위해 오자, 조이스는 노라더러 가도록 요구하고 있음을 알았다. 그녀는 단호히 거절했다. 조이스는 노라를 떠나지 않을 것이기 때문에, 그는 베케트를 헬런과 조지오와 합세하도록 파견했으며, 조이스 내외는, 동등한 우울 속에, 떨어져 저녁을 보냈다.

노라는 자신의 마음의 상태를 기록할 폴 레온을 갖지 않았기 때문에, 그녀의 근심들은 단지 상상될 수 있을 뿐이다. 그녀는 파리에서 자신의 아들과 손자를 단단히 생각했으나, 그들은 다루기 곤란할 뿐이었다. 전쟁에 관한 이야기에도 불구하고, 어떠한 떨어짐도 긴 것일 수 있었다. 그러자 헬런의 안전성 문제가 있었다. 노라와 조이스는 오랜 동안 고통이 다가옴을 보아왔다. 만일 미국에서 헬런에게 무슨 잘못이 생긴다면, 조지오 또는 스티븐을 도우기 위해 노라는 아무것도 할 수 없었다. 캐스토 가문은 당시에 괴롭힘을 당한 가족이었다. 1937년 8월에 헬런의 오빠인, 앨프레드는 자살하려고 애를 썼다. 조이스는 나이 많은 아돌프 캐스토에게 애도의, 상냥하나, 신중한 편지를 썼는데, 그 속에 그는 상술함이 없이 다음을 암시했다.

> 실질적 육체의 상처는 기차나 혹은 기계의 우연 사고의 결과로서 한층 더 나쁠 수 있으며, 그가 마성적 소유를 모면하기 위해 지불해야 했던 단지 공물이 될 뿐임이 증명되리오.

사적 위기들이, 마치 조이스의 새 책의 메시지를 뒷받침하듯, 대중적 외상을 조롱하기를 계속했으니, 즉 가족의 역사는 세계의 역사이기 때문이다. 조지오와 헬런이 출범하려 했던 전날 밤, 베케트는, 두 친구들과 함께, '북안 벽'(레프트 뱅크) 카페로부터 귀가 도중, 자신이 공격적 괴롭힘을 거칠게 털어버린, 한 뚜쟁이에 의한 칼침을 받았다. 칼이 그의 심장을 거의 삼투했으며, 그의 생명이 위독했다.

조이스는 공격에 관해 알아낸 최초의 사람들 중의 하나였다. 그는 베케트를 만나기 원했기 때문에, 그의 호텔로 전화를 걸고 있었다. 그때부터 계속 조이스 내외는 호의적 및 가장 중요한 친구들로서 책임을 졌다. 조이스는 자신의 비용으로 베케트를 개인 방으로 이사하게 했다. 그들의 닥터 퐁땐이 그 사건을 도맡았다. 그들의 아파트에서 노라는 전화에다 사람을 고정시켰는데, 그러자—'증권거래소처럼' 전화가 한결같이 울렸다. 조이스는 미국으로 떠난, 헬런과 조지오에게 편지로 보고했다. 심지어 패기 역시 '샘'이 어떤지를 보기 위해 노라를 방문했다. 노라는 병원으로 커스터드푸딩을 보냈거니와, 그것은 베케트에게 그의 회복을 돕기 위한 아일랜드 가정요리의 맛을 주었다.

베케트가 회복되기가 무섭게 정치적 분위기는 한층 암담해졌다. 1938년 3월에 히틀러는 오스리아를 합병시켰는데—그것은 독일 영토 밖의 그의 최초의 움직임인 안쉬러스 합병이었다. 같은 날 프랑스 정부는 실각했다. 조이스 댁에는 여느 때처럼 5시에 차(茶) 모임이 있었다. 친구들이 모였으나, 분위기는 초상집 같았다. 조이스는 캄캄한 의기소침 속에 잠겼다. 그는 전쟁의 다가옴을 무서운 개인적 비극으로 보았다. 만일 전쟁이 나면, 아무도 그의 책을 읽으려 하지 않을 것이다. 그날 그룹은 베케트와 엘리자베스 커런을 포함했다. 아무도 말하지 않고 있었다. 침묵은 대단했다. 그러나 노라는 침묵에 끼어들며, 세차게 말했다, "우린 그에 대해 별 도리 없어요."그녀의 조용한 숙명론이 그들 자신들로부터 그들을 끌어냈고, 일상의 생활이 회복된 채, 서로 서로 이야기하기 시작했다.

노라의 개입은 엘리자베스를 아주 아일랜드적으로 만들게 했다. 마리아 졸라스와 파리의 일련의 문인들은(베케트와 맥그리비를 별도로 하고) 결코 그녀의 아일랜드적임을 이해하지 못한 것을, 엘리자베스는 느꼈다. 그들은 언제나 '거장巨匠을 보기 위해 오는 느낌'을 주었다. 그들은 노라를 좋아했으나, 조이스가 어떻게 노라에 의해 혹사당하는 것을 좋아했는지 이해하지 못했다. "그녀는 자신의 분명하고 철저한 유머로서 그를 우울에서 벗어나 웃게 할 수 있었어,"라고 엘리자베스는 말했다. "그는 그녀를 결코 가두지 않았어, 잠시 동안도. 다른 사람들은 그를 받들어 모셨어. 노라는 받들어 모시기에는 적합하지 않았어. 그들은 존경하기에 이르렀어. 그러나 고국(아일랜드) 출신의 사람들은 그들의 친근함을 볼 수 있었어. 그는 의도적으로 타인들을 문밖으로 내보내고, 노라와 대화를 시작하곤 했어. 그들은 아주 친근한 수준으로 그들 사이 일종의 연속적인 조롱을 가졌었어. 그녀는 그를 위한 위안이요 출구였어. 그것은 놀라운 인상을 주었는데—이것이야말로 두 사람 간의 전적인 이해였어."

노라가 그녀의 남편을 놀리게 한 가지 방법은『진행 중의 작품』의 진짜 제목의 마술적 단어들을 폭로하도록 위협하는 것이었다. 조이스는,'홍두께 살비프스테이크'(Rumpelstilskin)처럼, 그의 친구들로 하여금 대담하게 그것이 무엇인지 맞추도록 하기를 좋아했다. 노라는, 어떤 미스터 플라닝간(Mr Flannigan) 및 미스터 샤니간(Sahnnigan)에 관한 아일랜드 민요의 음운을 놀리듯 흥흥거리며, 어느 밤 그러한 놀이에 합세했다.

엘먼은 그 장면을 재현했거니와,

> 조이스는, 깜짝 놀라, 그녀더러 멈추도록 요구했다. 그가 별 탈이 없다는 것을 알았을 때, 자신은 분명히, 가수가 그러하듯, F와 W를 나타내는 듯한 입술 동작을 취했다. "요정의 경야"(Fairy's Wake), 하고 마리아 졸라스는 추측했다. 조이스는 놀란 듯 보였으며, "브라보! 그러나 뭔가가 빠졌어요"라고 말했다.

수수께끼를 해결하는 것은 유진 졸라스에게 밤을 온통 새우게 했고 (그는, 결국, 작품으로부터 많은 발췌문을 말했거니와), 다음 날 밤 후께(Fouquert)에서 그것을 크게 말했다, "피니간의 경야"(Finnegans Wake) 하고. 조이스는 말했으니, "아, 졸라스, 당신은 나로부터 뭔가 중요한 것을 빼앗아 갔어." 그러나 그는—작은 동전들이 든 가방에서—그가 제의했던 보상을 다음 날 아침 청산했다.

베케트는, 그의 첫 소설『머피』가 막 출판되었거니와, 여전히 조이스를 존경했다. 그가 회복되자, 자신은 조지오의—대용자로서 조이스를 뒤따라 다니기를 만족했다. 그는, 조이스 내외가, 그가 기대했듯, 자신이 병원에서 퇴원했을 때, 그를 취리히로 그들과 함께 초청하지 않자 실망했다.

그는, 자신이 조이스 내외가 자신들의 딸의 희망 없는 열정을 고무시킨 데 대해 전적으로 잊지 않았음을 확신했다. 조이스가 루치아에 대한 그의 최근 이론—모든 그녀의 혼미가 그녀의 이빨의 병균 침입으로 야기되었을 가망성—을 베케트에게 털어 놓기 시작했을 때—베케트는 한 막역한 친구가 됨을 감사하며, 꾸준히 귀담아 들었다. 언제나 강했던, 노라에 대한 그의 감사는, 그녀가 필요 없는 많은 가구들의 약간을 그의 새 아파트를 위해 그에게 제공하자, 단지 깊어만 갔다(조이스 내외와는 달리, 베케트는 노동 계급의 지역을 그리고 단순한 생활 방식을 더 좋아했다).

그들의 사회생활은 생생하게 계속되었다. 그러나 조이스는 한 만찬 초청을 거역했는지라, 왜냐하면 초청은, 그가 저녁식사를 위해 미개한 짓이라 계속 알았던 시간인, 저녁 7시 30분을 위한 것이었기 때문이다. 노라는 5시에 위대한 베이스(저음) 가수, 채리아핀의 러시아 정통파의 장례식에, 그들 양자를 대표했다. 이어 그들의 생활은, 노라의 예감과는 반대로, 조지오와 헬런이 되돌아왔던 4월에 환히 밝아졌다.

1938년 5월에 노라와 조이스는『피네간의 경야』를 널리 알리기 위해 함께 하는 3일 간의 사진을 찍기 위해 빌라 쉐퍼에서 자신들의 모습을 드러냈다. 책은, 비록, 조이스가 희망했듯, 자신의 아버지의 생일인, 7월 4일에 때맞추어 출판될 준비가 되지 않았을지라도, 거의 끝났다. 당시 지스레 프로트(그는 아드리엔느 모니에의 동료로서 실비아 비치를 대신했거니와)에 의해 찍혀진 사진들은 가장 훌륭하고, 가장 긴장이 풀린, 그리고 조이스의 여태 찍은 가장 행복한 것들 사이에 끼여 있다. 그는, 심지어 무서운 개가 가까이 있을지라도, 미소 짓고 있는 것으로 보여진다. 헬런, 조지오(역시 드문 미소로 들어낸 채), 그리고 스티븐 역시 사진들 속에 담겨 있다. 하지만 노라는 눈에 띄지 않는다. 사진 찍히기를 아주 좋아했던 그녀는, 아무도 그녀를 보기 원치 않는다는 것을, 전통적 할머니다운 모습으로, 말하면서, 합세하기를 한사코 거절했다. 아마도 그녀는 자신의 며느리에 의해 지나치게 그늘진다고 느꼈으리라. 헬런은, 그녀의 거의 모든 사진들에서처럼, 기쁨으로 빛나 보인다.

두 달 뒤에 헬런은 몽트르의 정신 진료소에서 깊은 우울증으로 고통 받는 환자였다. 조이스는 그의 친구요, 프랑스 학술회원인 '루이스 질레'에게 썼거니와, 그는 마치 그들의 딸의 비슷한 비극이 충분하지 않은 듯했다. 노라는, 아주 잘 입증된, 1930년의 결혼에 대한 자신의 비관론을 보는 구슬픈 만족을 가졌다. 헬런의 병은 바로 루치아의 그것처럼 가족을 분할시켰다. 노라도 조지오도 헬런이 보다 크게 나아지리라는 것을 믿을 수 없었다. 조이스는 자기 자신 낙관적임을 고백했다. 그는 헤렌을 아주 좋아했다. 7월 4일에 그는 헬렌에게 꽃을 보내며, 친절하게 권고했으니, "조지오의 사랑을 위해 기운을 내어라."

1938년의 저 마감하는 달들에서, 빼앗긴 자신의 딸과 자부 그리고 전쟁에 임박한 유럽과 함께, 조이스는 『피내간의 경야』의 끝을 썼다. 그가 그것을 끝마치자, 그는 너무나 지친 나머지 움직일 수 없이, 하지만, 그로서 드물게, 만족한 채, 거리 벤치 위에 오랜 동안 앉아 있었다. 이들은 그가 여태 쓰려던 마지막 페이지들로서, 그의 가장 위대한 것들 사이에 끼어 있었다. 책의 여타의 많은 것이 아무리 암난暗難 할지라도, 이러한 페이지들은 조이스의 주장을 정당화했는지라, "만일 누구든 어떤 구절을 이해할 수 없으면, 그가 해야 할 모든 것이란, 그걸 크게 읽는 것이다."

『율리시스』의 것처럼, 『피네간의 경야』의 닫히는 구절은 한 여인—한 아일랜드의 여인의 목소리로 말해진다. 그녀는 아나 리비아 플루라벨로서, 작품의 주된 여성 인물이요, 우주의 어머니이다. 그러나 『경야』의 상징적 속기速記에서, 여인은 강이요, 리피 강이며, 그녀는, 더블린 만灣의 차가운 양팔 속에 시멸에로 흐르며, 말한다.

아나 리비아의 환상은, 바로『율리시스』의 몰리의 독백이 그녀의 날의 종말에서 한 여인을 보여주듯, 그녀의 생명의 종말의 한 여인을 보여준다. 아나는, 긴 세월을 되돌아보며, 소녀의 아름다움으로부터 지친 노령까지, 가족을 소생시키는 그리고 한 불가능한 남자에게 그녀의 생을 헌신하는 모든 비애의 무모성을 조용히 감수한다.

> 내가 일러 받았을 때 나는 최선을 다했도라. 만일 내가 가면 모든 것이 가는 걸 언제나 생각하면서. 일백 가지 고통, 십분 지일의 노고 그리고 나를 이해할 한 사람 있을까? 일천년야一千年夜의 하나? 일생 동안 나는 그들 사이에 살아왔으나 이제 그들은 나를 염오하기 시작하는도다. 그리고 나는 그들의 작고도 불쾌한 간계奸計를 싫어하고 있는데. 그리하여 그들의 미천하고 자만한 일탈逸脫을 싫어하나니. 그리하여 그들의 작은 영혼들을 통하여 쏟아지는 모든 탐욕의 복받침을. 그리하여 그들의 성마른 육체 위로 흘러내리는 굼뜬 누설漏泄을. 얼마나 쩨쩨한고 그건 모두!

노라와 조이스가 창조한 가족은『경야』의 가족이었고— 그의 잡다한 말투를 가지고, 가련한 조지오가 배운 것처럼, 어떤 문화적 문맥에서 나온 가족이다. 오늘날 조이스 애호가들 가운데 마르크스주의 학자들은, 조이스가『경야』에서, 그것의 식민지적 과거로부터 영어를 애써 손에 넣고 있음을 인지한다. 그들은 또한 20세기의 아일핸드의 두 가장 위대한 산문 작가들이 정복자의 언어 (영어)를 피하기를 선택했음을 또한 주목하는 바, 자기 자신의 언어를 발명함으로써의 조이스이요, 프랑스어로 씀으로써의 베케트이다.

하지만 조이스가 창조한 우주어는 진실로 외국의 필치와 강한 아일랜드적 말투를 가진 영어이다. 그것은 노라가 말했던 방식이다. 모든 그녀의 인생을 통해 그녀의 말씨는 아일랜드의 음률을 지속했다, "나는 하느님께 비나이다, 나는 비를 위해 매일 밤 하나님께 비나이다." 만일『경야』의 다국적 언어가

『초상』에서 학감에 의해 이야기되는 영어에 반反하는 스티븐 데들러스의 불평에 대한 조이스의 승리의 대답이라면―우리가 이야기하고 있는 언어는 나의 것 이전에 그의 것이요"―또한 몰리 블룸과 아나 리비아 플루라벨의 말들은 조이스의 것 이전에 노라의 것임은 사실이다. 우주적 진리를 언급하는 한 여성의 목소리를 사용함에 있어서―만사는 죽고 재차 태어나는 것― 조이스는 여인들의 말씨를 우주적인 말로 만들고 있었다.

그러나 무엇보다 그것은 노라의 기질―주어진 인생이 무엇이든 그에 대한, 비록 조롱적일지라도 조용한 복종에 달렸는지라. : 즉 사랑, 비이성, 때때로 외설적인 정렬이었다. 음주, 실망, 광기, 사치, 그리고 빈곤―조이스는『경야』의 종곡을 위해 끌어냈었으니, 인생의 영원성 위하여 죽음을 감수하기 위한 최후의 위대한 찬가였다.

아나 리비아가 더블린 만灣의 '무서운 쇠스랑'이요, 위대한 아버지인 바다 속의 그녀의 사멸에로 접근하자, 그녀는 신음하나니,

나는 떠나고 있도다. 오 쓰디쓴 종말이여! 나는 모두들 일어나기 전에 살며시 사라질지니, 그들은 결코 보지 못할지니. 알지도 못하고. 뿐만 아니라 나를 아쉬워하지도 않고. 그리하여 세월은 오래고 오랜 슬프고 오래고 슬프고 지쳐 나는 그대에게 되돌아가나니, 나의 냉부冷父, 나의 냉광부冷狂父, 나의 차갑고 미친 공화恐火의 아비에게로, 마침내 그의 단척안單尺眼의 근시가, 그것의 수數마일 및 기幾마일, 단조신음單調呻吟하면서, 나로 하여금 해침니海沈泥 염鹽멀미나게 하는데 그리하여 나는 돌진하나니, 나의 유일한, 당신의 양팔 속으로, 나는 그들이 솟는 것을 보는도다!

여전히 아나 리비아의 기억 속에 새로운 것은, 그녀의 이른 사랑의, 유아들로서의 그녀의 아이들의, 그녀 자신의 아버지의, 그녀를 말살시켰던 압도적인 남자에 대한 굴복의 나날이다. 그녀는 동이 트자 바다의 잔물결과 더불어 사라

진다.

너무나 부드러운 이 아침, 우리들의 것. 그래요. 나를 실어 나르는데, 아빠여, 당신이 소꿉질을 통해 했던 것처럼! 만일 내가 방금 그가 나를 아래로 나르는 것을 본다면 하얗게 편 날개 아래로 그가 방주천사方舟天使 출신이듯이. 나는 사침思沈하나니 나는 그의 발 위에 넘어져 죽으리라. 겸허하여 벙어리 되게, 단지 각세覺洗하기 위해, 그래요, 조시潮時. 저기 있는데. 첫째. 우리는 풀(草)을 통과하고 조용히 수풀에로. 쉬! 한 마리 갈매기. 갈매기들. 먼 부르짖음, 다가오면서, 멀리! 여기 끝일는데. 우리를 이어, 핀, 다시(어겐)! 가질지니. 그러나 그대 부드럽게, 기억(수水)할는데! 수천송년數千送年까지. 들을 지니. 열쇠. 주어버린 채! 한 길 한 외로운 한 마지막 한 사랑 받는 한 기다란 그

만사는 지나가나 생명은 스스로를 재생한다. 종말은 시작이다. 강은 바다가 되고 그것은 구름이 되고 그것은 비가 되고 그것은 강 위로 떨어지고 그것은 바다에로 흐른다. 만사는 빙글빙글 맴도는지라, 마치 『경야』의 마지막 미완성의 구절이 작품의 시작을 다시 합세하기 위해 빙글빙글 돌듯이.

강은 달리나니, 이브와 아담 교회를 지나 해안의 변방으로부터 만灣의 굴곡까지, 우리를 회환回還의 넓은 비코 촌도村道로 하여 호우드(H) 성(C)과 주원周圓(E)까지 귀환하게 하도다.

1939년 2월 2일에, 『피네간의 경야』의 한 권의 장정본이, 비록 책은 5월까지 출판되지 않을지라도, 준비되었다. 사건은, 한결 더 헬런이 그녀의 울병鬱病과 그녀의 진료소에서 벗어나, 멋진, 쾌활한 그리고 매력적인 모습으로 파리에 돌아와 있었기 때문에 일종의 축하를 요구했다. 그녀는 향연을 조직했으니, 조이스는 자신의 생일과 자신의 책을 축하하기 위해, 그에로 그의 모든 가까운 친구들을 초대했다. 헬런은 그녀의 재능을 충분히 즐겼다. 그녀의 탁자를 위해 그녀는 조이스의 작품과 생의 상징들을 모았나니, 리피 강과 샌 강을 의미하는 은박

지, 더블린의 넬슨 기념탑 형태인 병, 그리고 에펠 탑 형태인 유리병이었다. 그녀는 또한 빵 굽는 사람에게 위탁하여, 『더블린 사람들』로부터 『경야』까지, 한 줄로 조이스의 모든 책들의 형태로 케이크를 만들게 했다. 타인들은 그러한 전시를 황당하게 생각했을지 몰라도, 조이스는 그것을 숭배했다.

조이스는 자기 자신의 상징적 축하 속에 탐닉했다. 그는 노라에게 커다란 남옥藍玉이 달린 반지를 선사했으니, 그것은 리피 강의 그리고 그녀 자신의 상징인 생명의 강이었다. 노라는 자랑스럽게 반지를 만찬에 내보였다. "짐," 그녀는 그들 면전에서 말했다. "나는 당신의 책들 중 아무것도 읽지 않았으나, 그들이 얼마나 잘 팔릴지를 보아야 할 것 같아요." 아무도 웃지 않았다. 모두들 두 조이스 내외가 함께 지나온 배고픔, 빈곤 그리고 질병의 부담을 감지했다.

조이스는, 그의 자부子婦를 통해 미국 말투를 감수한 채, 헬런에게 『경야』의 마지막 페이지들을 읽도록 요청했다. 모두들 앉아 귀담아 듣고 있었을 때, 단지 노라는 방 안의 모두들 가운데, 리피 강이 그녀와 짐이 처음 함께 거닐었던 링센드를 지나 바다로 흘러들고, 그가 그녀로 하여금 1904년 그녀와 함께 떠나가도록 간청했던 바로 그 말들로 그의 책을 끝마쳤음을 알았다, "누구 나를 이해할 사람 있나요?" 당연히 노라는 다가오는 세월이 지나면 말하리니, "『율리시스』는 온통 어찌 되었나? 『피네간의 경야』. 그건 중요한 책입니다."

오, 비참한 종말이여. 파티는 헬런의 조지 조이스 부인으로서 마지막 연출이었다. 헬런은 재차 까무러졌고, 몽트를에로 다시 보내졌다. 에드몽 발랜텡 가로의 아파트의 임대료는 올랐고, 그들의 많은 친구들은 파리를 떠나고 있었다. 히틀러는 체코의 정령을 완료했으며, 그리고 침략에 관한 이야기가 떠돌았다. 닥터 델마스는 그의 진료소와 환자들을 브리타니의 라 볼르에로 소개시킬 계획을 세웠다. 여전히 노라와 조이스는 떠날 계획을 마련하지 않았으나, 대신 제

16관구의 조지오로부터 멀지 않는 데 빈느 거리 34번지의 새롭고 보다 작은 아파트로 이주해 들어갔다. 그들이 짐을 꾸렸을 때, 조이스는 런던의 미스 위버에게 보내도록『피네간의 경야』의 여덟 뭉치의 교정쇄를 폴 레옹에게 보냈다. 노라는 그녀 자신의 서류들을 정돈하려고 애썼다. "나는 방금 가장 지독한 날을 보냈어요," 그녀는 마리아 졸라스에게 말했다, "내게 보낸 짐의 편지들을 일부러 찢으면서, 말이요. 그들은 다른 사람이 할 일이 아니었어요. 아무튼 많지는 않았어요―우리는 결코 떨어지지 않았어요." 그녀의 말은―트리에스테에서 뒤로 남긴, 1904, 1909, 및 1927년의 통신의 출현이 나중에 폭로했듯―엄격하게 정확하지 않았다. 노라 자신이 파괴에 의해 삭제하기로 한 것이 무엇인지는 그녀 자신의 비밀로 남는다.

전쟁에 대한 노라의 정치적 견해는 그녀의 남편보다 덜 야심적이었다. 진정 그녀는 결코 반영적反英的이 아니듯, 노라는 결코 중립적이 아니었다. 조이스는 '조지오 왕'에 대한 그녀의 왕당파적 기호嗜好에 관해서 그녀를 집적이곤 했으며, 노라는 마리아 졸라스가 두 꼬마 졸라스 딸들을 쳐다보았을 때 그녀를 웃게 만들면서, 말하기를, "티나와 베스티는 언제나 나로 하여금 엘리자베스와 마가레트 로즈를 생각하게 하지요."

조이스는, 비록 1차 세계 전쟁 동안 그가 그랬던 것처럼 공개적으로 독일 찬성파는 아니었을지언정, 그의 나중의 많은 감탄 자들이 바랐던 요란한 말로서 결코 히틀러를 탄핵하지 않았다. 그는 과연 유대인들의 고통을 강하게 동정했으며, 많은 자들을 독일로부터 도망가도록 돕기 위해 그의 모든 영향을 사용했다. 그는, 그러나 수시의 말들을 터트렸는지라, 그것은 전후의 귀 속에 공허하게 울렸다.

히틀러에 관해 그는 한때 경멸조로 말했다, "그에게 유럽을 줘버려!" 그는,

둔감하게, 어느 밤, 레옹 내외의 집에서 자신이 히틀러의 지도력의 거대한 힘과 권력에 얼마나 인상을 받았는지를 말했다. 그것은 노라에게는 너무 지나쳤다. 그녀는 자신의 식칼을 들고, 위협적으로 껑충 뛰었다. "짐, 다시 한 번 더 저 따위 악마에 대해 좋은 말을 하면, 나는 당신을 암살할 테요!" 그녀의 반응은 이토록 질실한 분노와 행동의 이상한 혼성이었기에, 기돈—웰커 부인은 챠로떼 코데(역주 : 프랑스 혁명당시의 지롤드당의 여장부)를 생각했다. : "나는 갑자기 이 진취적 기상의 아일랜드 여성을 볼 수 있기를 바랐나니, 그녀는, 조이스가 아니라 히틀러에 직면하며, 그녀의 식칼을 빼어들고 식탁 머리에 방금 서 있었어." 조이스는, 기돈—웰커 부인이 계속 말했는지라, 그가 자신이 길고도 비결론적 생각을 행한 일들에 관해 그녀가 동시에 스스로를 표현했을 때 언제나 그가 그랬듯, 노라의 분노를 감탄과 매력으로 받아들였다.

1939년에 조이스는 해리엇 위버와 통신하기를 거의 끝냈으나, 그녀에게 헬런의 쇠약에 대한 설명을 보냈다. 그의 아들의 가정생활은, 그가 말하기를, 파괴되었다. 미스 위버는 동정적으로 답장을 보냈으나, 다시 한 번 잘못된 말들을 고르려고 애썼다. 조이스는 자신의 가족 문제에 있어서 그녀의 부당한 호기심을 비난하면서, 답장을 썼다. 미스 위버는 그의 편지와 헬런에 관한 이전의 편지를 파괴했는지라, 아마도 인간 조이스에 대한 그녀의 마지막 큰 봉사였으리라. 그의 그녀에게 보낸 편지는 그에게 자랑거리가 되었던 것 같지는 않다.

헬런은 스티븐이 에트르타의 여름 캠프에 있는 동안 1939년의 여름의 대부분을 몽트르진료소에서 보냈다. 노라와 조이스는 거기 그를 방문했다. 헬런은 9월에 파리에 다시 나타났는데—마음의 평화를 위한 이상적 시기는 아니었다. 전쟁이 시작되고 있었다. 9월의 첫 며칠동안, 폴란드는 몰락했고, 영국과 프랑스는 독일에 전쟁을 선포했으며, 프랑스의 침략이 언제고 기대되었다. 유진 졸라스는 미국으로 돌아갔다. 마리아는, 그녀의 남편에게 자신은 상황이 악화되면 그들의 딸들을 데리고 유럽을 떠나겠다는 약속과 함께, 비시 근처 한 마을에로 그녀의 학교를 소개疏開시켰다. 몇몇 사람들은 파리에서 계속 버티었다 : 실비아 비치, 그리고 한동안, 커트루드 사타인 및 앨리스 B. 토크라스였다. 헬런 조이스는 나날의 긴장의 증가를 참을 상태가 아니었다. 스티븐을 여름 캠프로부터 회수한 다음, 헬런은 라 볼르에서 조이스 내외에게 한 장의 엽서를 보냈다. 정면에는 슬픈 천사처럼 보이는, 스티븐의 사진이 붙어 있었고, 뒷면에는 발작으로 메시지가 갈겨져 있었는지라, 루치아와의 슬픈 경험으로, 헬런의 마음이 상했을 것이라 틀림없이 그들이 알았을 것이다.

과연 헬런은 그랬다. 커런 내외는 헬런의 최후의 붕괴를 '폐경기의 일'(헬런은 1939년에 44살이었다)로서 생각했다. 그들 모두에 대한 비극은, 그것이 종국에 경찰의 손 안에 그녀를 넘기는 괴벽한 행동의 놀라운 폭발의 형태를 취하는 것이었다. 페기 구겐하임은 그녀의 메모 속에 그 사건을 무정하게 서술했는데, 이는 헬런의 파리에서의 마지막 자유 시간에 대한 서술과 함께 '전쟁 동안의 나의 생활'이라 불리는 장章으로 시작되었다.

조지오 조이스는 큰 고통 속에 있었다. 그의 아내 헬런은 미쳐버렸고, 피리의 두 푸른 새끼 고양이와 함께 파리를 나돌아 다니고 있었는데, 그들을 그녀는 주의를 끌기 위해 사방에 데리고 다녔다. 그녀는 시골에서 어떤 집 도장공과 애정 행각을 하고 있었으며, 또한 그녀가 만나는 모든 남자들을 유혹하려고 했다. 조지오는 파리에로 은퇴했으며, 우리들의 친구 포니소브스키와 살고 있었다. 그는 내가 그를 위안하고 그에게 무슨 충고를 줄이라 희망하며, 나를 데리러 왔다. 그는 아이에 관해 아주 걱정했는데, 그를 그의 아내로부터 떼어 놓기를 바랐다. 어느 밤, 우리들이 레스토랑에 있었을 때 그의 아내가 그를 살피는 것으로 상상되는 간호원과 함께 들어 왔다. 그녀는 무서운 장면을 연출했고, 나는 즉시 떠났다. 만사는 비참했으며, 포니소브스키와 나는 조지오가 그녀(휄렌)를 자물쇠로 감금하리라 겁을 먹었다. 우리는 그녀가 얼마나 앓고 있는지 알지 못했으며, 조지오 더러 그녀를 풀어놓도록 설득하려고 애를 썼다. 그녀는 과대망상을 자신이 갖자, 모든 재단사들과 빚을 지려고 돌아다니고 있었다. 그녀는 경찰에 가서 그녀의 친구들인 엘사 쉐이아파렐리, 제임스 조이스 및 약간의 다른 사람들을 스파이들로서 탄핵했다. 그녀는 정말로 위험스럽게 되어 가고 있었으나, 나는 그녀가 감금되는 생각을 싫어했다.

파리로부터의 탈출이 1939년 9월에 기세를 모으자, 노라와 조이스는 루치아의 이사를 기다리면서 라 볼르에 있었다. 루치아는 자신의 진료소와 함께, 그 달 중순에 도착했다. 그들은 그녀 가까이 있도록 남아 있었다. 조지오는 빌라 쉐퍼에 더 이상 살지 않고, 파리의 어딘가에 있었다. 그는 헬렌을 뉴욕으로 도로 데리고 가기를 바랐다. 조이스는, 조지오의 요구를 전하면서, 레옹더러 로버트 캐스토에게 편지를 쓰도록 요구했다. 레옹은 거절했다. 조이스는 그러자 지난 10년 동안 그의 가장 밀접한 조력자였던 그 남자(레옹)와의 관계를 무참히 절단했다.

조지오는 스티븐을 걱정하여 행동하기로 결정했다. 그는 헬렌이 그를 자기 자신의 집 안으로 안내하지 않으리라는 사실에 대한 증인으로서 한 친구를 징모했는지라, 파리 외곽에 있는 그녀의 별장까지 그와 함께 나오기 위해서였다. 그들이 집(헬렌에 의해, 명명된, 쉴라)에 도착했을 때, 헬렌이 나타나, 더 이상 멀리 오지 못하도록 그들에게 말했다. 그녀는 몸을 굽혀, 그들이 물러갈 때까지 자갈길에서 돌멩이를 집어 그들에게 던졌다.

남편과 아내 간의 최후의 이별은 스티븐을 두고 육체적 잡아끌기의 형태를 취했다. 밝은 대낮에 조지오는 사실상 자신의 아들을 납치했고, 소년에 매달리는 헬렌과 함께, 그를 택시 안으로 밀어 넣었다. 조지오는 라 볼르에 있는 그의 어머니와 아버지에게 전화를 걸었다. 그들은 그를 돕기 위해 파리에로 매우 급히 돌아가기로 동의했다. 조이스는 그들이 곧 되돌아오리라는 것을 루치아에게 확신시켰으나, 그는 잘못이었다. 한 정신 나간 여인(루치아)은 또 다른 자로부터 그들을 떼어 놓았다. 그는 자신의 딸을 다시는 결코 보지 못할 판이었다.

　　노라는 데 빈느 가의 2인용 아파트에서 4인을 위한 가정을 꾸리려고 애쓰는 일을 맡았다. 정상적인 생활은 불가능했다. 10월 초에 혹독한 추위를 시작으로, 아파트 건물에는 난방이 없었다. 그들은 라스파이 가도의 오뗄 루뻬띠아으로 함께 이사하도록 결정했다. 심지어 그들이 그렇게 했는데도, 헤렌의 상태는 더욱 악화되어 갔다. 스티븐을 빼앗긴 뒤로, 그녀는 페기가 서술한 거친 낭비벽을 지속했고, 1백만의 절반 프랑의 빚으로 치달렸다. 다음 일어난 일은 1940년 1월 9일 메르캉통에게 보낸 편지 속에 조이스에 의해 슬픔과 위엄으로 서술되었다. : "나의 불행한 며느리는, 물질적 및 도덕적인 서술 불가의 파괴를 그녀 주위에 퍼트린 다음, 프랑스 당국에 의해 그녀 자신과 타인들에게 위험스런 존재로서 강제 수용되었소."

　　헬렌은, 사실상, 많은 유명한 환자들을 수용한 파리 바깥의 정신 병원인 스렌스니스의 메송 드 쌍떼에 구금되었다. 로버트 캐스토는 11월 초순에 그의 사랑하는, 한때 우아한 자매를 맨해튼의 집으로 도로 데리고 오기 위해 비행했으나, 헬렌은 너무나 흥분되었기에 비행기에 태울 수가 없었다. 당분간 그는 그녀를 수렌스니스에 남겨두는 것 이외 별 도리가 없었다. 그는 팬 아메리칸 대형 여객기로 혼자 뉴욕으로 되돌아왔다.

　　노라와 조이스는 비시 근처 마을의 소개소에 있는 마리아 졸라스 학교에 스티븐을 합세하도록 보내기로 작정했다. 11월에, 스티븐은, 꼭 7살에, 간호에서 간호에로 그리고 거의 날 때부터 학교에서 캠프에로 피하면서, 성 제랑―르―삐의 학교까지 나아갔다. 그는 아주 신경질적 상태에 있었고, 시끄러운 기숙사로부터 떨어진 독방이 주어졌다. 직원들 가운데 몇몇은, 그를 가엽게 여겨,

마담 졸라스가 그걸 모르리라 희망하면서, 몰래 그에게 당과를 반출하곤 했다.

아마도 그의 손자의 외로운 추방은 조이스에게, 6살 나이의, 1888년 아일랜드의 클론고우즈 우드 칼리지 기숙학교에 보내졌던 한 작은 소년의 향수와 고독을 상기시켰으리라. 그는 스티븐에게, 자신과, 스티븐이 노라를 불렀던 대로, '노나'가 크리스마스를 위해 그와 합세하리라, 약속했다. 파리의 비정상적 환경 속에 남겨진 채, 소등消燈과 폭격의 매일의 기대와 함께, 조이스는 자기 자신 일종의 허탈에 빠졌는지라, 거칠게 시간을 보내며, 마구 술을 마셨다. 그는 아이처럼 베케트에게 의지하거나, 어떤 물건들을 수집하기 위해 그를 비그네 가도에로 도로 데리고 갔다. 모든 것은 거기 그대로 있었다, 심지어 피아노도. 조이스는 거기 앉아, 연주하며, 전율하는 목소리와 손으로 반 시간동안 큰 소리로 노래를 불렀다. "전쟁이 무슨 소용인가?" 그는 베케트에게 물었다. 베케트는 젊은이요, 확실하고, 친親프랑스 파의 사람으로, 히틀러에 반대하는 전쟁을 개인적 침해보다 한층 더 중요한 것으로 보았으며, 뒤에 '프랑스의 반항'에서 활동적이었다.

크리스마스 이틀 전에, 베케트는 노라와 조이스를 성 제랑—르—뻬로 가는 가장 가까운 정거장인. 성—제르망—데—포스 행의 기차에 태웠다. 그들의 의복을 재외하고, 그들은 자신들이 아파트에 소유했던 모든 것을 뒤로 남겼다. 조지오도 역시 갔으나, 휴일을 마친 뒤 즉시 되돌아오기로 계획했다. 노라와 조이스는 자신들이 다음에 어디를 가는지를 알거나, 또는 상관하는 듯하지 않았다. 조이스는 연약하고 지쳤으며, 노라는 관절염의 시작으로 고통을 겪고 있었다. 그들이 파리에로 자신들의 등을 돌렸을 때, 다시 한 번 쫓겨난 채로, 손자가 그들을 필요했던 만큼 그들은 손자가 필요했다.

19

취리히에로의 비상(飛翔)

성 제랑—르—삐는 파리의 남동 거의 200마일의 작은 마을이다. 희색 거리들과 덧문 달린 집들의 격자창格子窓은 '연합국'의 황금 농장들과 크레르몽—페랑으로부터 파리까지의 중요 트럭 도로 사이에 놓여 있다. 조이스 가문은, 1939년 크리스마스 직전에 그곳에 도착하면서, 그들은, 마리아 졸라스가 그들에게 예약해 놓은 라 뺴 오뗄이, 광장과 시끄러운 하이웨이를 내려다보는 방들을 가진, 카페보다 더 크지 않은 것임을 알았다.

노라는 조이스에게 그들의 다음 이사가 한층 명확해질 때까지 거기 정주하도록 권유했다. 비록 그들 두 사람은 마을 생활의 지루함을 싫어했지만, 파리에로 되돌아갈 의도는 없었다. 적어도 그들은 성 제랑에서는 폭격이 시작되었는지 어떤지를 들으려고 온갖 신경을 긴장할 필요가 없었다. 또한 스티븐은 졸라스 기숙학교로부터 수업이 없는 일요일마다 그들과 합세할 수 있었다. 그들은 자신들의 소지품들과 차단되고 있었기 때문에, 그들의 아파트와 친구들은 자신들이 어디 있든지 거의 상관없었다. 노라의 즉각적인 우려는 조지오였다. 그는 크리스마스 다음에 파리에로 되돌아왔고, 심지어 그의 주소를 그들에게 알리려고 편지 하지 않았다(조지오는, 사실상, 루뜨아 오뗄에로 도로 이사하여, 페기 구겐하임과 혼외정사를 시작했다).

노라는 마을 생활에서 조이스가 애써 하려고 했던 것보다 한층 스스로 잘 적응했다. 그는 발꿈치를 무는 개들을 멀리하기 위해 그의 호주머니를 돌로 가득 채우고 마을을 통해 걸어가자, 고독하고 말없는 인물로 보였다. 이따금 그는 교회 안으로 슬쩍 들어가는 것이 보였고, 거기서 그는 뒤쪽 의자에 묵묵히 앉아 있곤 했다. 노라는, 대조적으로, 그들이 지나치는 모든 사람들을 곧 이름을 불러 인사했고, 아내들 간에 약간의 친구들을 사귀었다. 그들은 그녀가 유명한 작가의 아내임을 알았고, 그녀를, 최고의 자세와 멋진 아스트라칸 모조 코트를 입은, 침착하고 쾌활하며 탁월한 귀부인으로 알았다.

그들의 생활은 마비 상태에 있었다. 그들은 1940년이 시작되었을 때 유럽의 많은 사람들보다 훨씬 더 운이 좋았지만, 자신들의 앞길을 미리 볼 수 없었다. 노라는 조이스가 한층 음울한 기분에 잠겨 있음을 결코 알지 않았다. 1912년에 그는 그녀에게 자신은 검은 연못을 들어다보는 사람 같다고 썼지만, 그의 초기의 생애의 어떠한 좌절도 그가 1940년에 직면했던 심연과 비유될 수 없었다. 그의 개인적인 세계는 흩어졌고, 자신이 17년 동안 노동했던 책은 『율리시스』와 같은 어떠한 영향도 만들어내지 않았다. 설상가상으로, 그의 인생에서 처음으로, 그는 진행 중의 작업을 갖지 않았다. 오셀로(역주, 셰익스피어 작 『오셀로』의 주인공)처럼, 그의 업무는 사라졌다.

현저한 일은 얼마나 잘, 전쟁의 산만함을 고려하면서, 『피네간의 경야』의 최초의 비평가들이 작품과 조이스의 의도를 이해했던가이다. 미국의 비평가 에드먼드 윌슨은 이미 책이 완성되기 오래전에 독자들에게 유익한 열쇠를 제공했었다. 비록 오늘의 비평가들 중의 약간은 책은 꿈의 이야기요, 그것의 행동은 H.C. 이어위커의 잠자는 마음속에 일어난다는, 윌슨의 주장을 동의하지 않을지라도, 윌슨은 조이스가 바랄 수 있었던 만큼 잘 그의 새 언어의 작업을 설명했다. 조이스의 문장들 중 하나만으로도, 윌슨은 말하기를, 두 개 또는 세 개의 의미를 함유했다. 단 한 개의 단어가 둘 또는 세 개를 연결할 수 있으리라,

> 그의 어휘의 복잡함이 없이는, 조이스는 확실히 무의식이 의식과 만나는 저 정신적 절반—세계의 혼탁한 인생을 그토록 민감하고 확실한 손으로 우리를 위해 결코 묘사할 수 없을지니—마찬가지로 역사와 신화에 대한 그 장치 없이, 그는 그것을 단단히 붙들고 있는 사실적 구조를 초월한 의미의 주제와 어떤 시적 자유를 그의 주제에 제공할 수 없을지라. 우리는 H.C. 이어위커(그는 그의 두문자가 만인도래萬人到來를 의미함을 상상한다) 속에 매인을 보리라. 우리는 그의 꿈속에서 모든 인류의 가능성들을 발견할지니…… 그리고 무슨 유머, 무슨 상상, 무슨 시, 무슨 심리적 지혜를, 조이스는 이어위커의 꿈속에 집어 넣었던가!

『타임』지는, 인기 있는 문학적 비평의 또 다른 모델을 동반한 채, 다시 한 번 조이스에게 커버스토리를 제공했다. 그것은 제자의 많은 층을 이룬 의미들을 설명했다.

> 게다가 독자들에게 그들이 한 아일랜드의 초저녁을 위해 존재한다는 것을 상기시키면서, 그의 제자는 피네간들이 잠에서 깨어나는 것을 의미하는 단일 명령문으로 간주될 수 있으리라. 그러므로 함축인즉, 일상의 사람들은 (그의 주인공처럼) 잠 깨어 있지 않다. '매인'의 악몽의 존재는 단지 보다 깊은 잠 속에서 끝난다.

『타임』지는 다시 한 번 노라를 또한 우대했다. '골웨이의 한 바나클 여인'이라는 표제를 가진 한 장의 당당한 사진을 그것은 게재했고, 취리히를 '쥐가 우글거리는, 간소한 부엌세간들의' 빈곤하고 속박된 장소로서 기억함으로써 그녀를 인용했다.

영국의『브리티시 픽처』지에서 지오프리 그리그슨은 이야기의 줄거리를

"원시의 남자 및 원시의 여자, H.C. 이어위커('도처에 아이들을 갖다')와 아나 리비아 플루라벨의 모험으로서 서술했는데, 아나는, H.C. 이어위커가 바로 세계의 모든 산들이듯, 이브이요 세계의 모든 강들이다." 이 책은, 그리그슨이 판단한바, "참된 미의 구절들을 갖춘 아일랜드의 스튜(요리)" 및 "새로운" 언어는 근본적으로 영어이지만, "아일랜드어로부터 아이스랜드어에 이르기까지 모든 것으로 혼성된 것이다."

마치 자기 자신의 언어를 발명함에 있어서 조이스의 방종을 정당화하는 것 인양, 그리그슨은 말했으니, 조이스는, 마치 화가들이 피카소를 숭상했듯이, 작가들에 의하여 숭상 받는, 파리의 왕이 되었다. 과찬過讚은, 그리그슨이 암시하듯, 조이스에게 아무런 도움이 되지 않았다.

어떤 브르고뉴(역주 : 프랑스 남부지방) 주민의 마을에서 쫓겨난 예술가에게 과찬은 거의 없었다. 노라는 그녀의 남편과는 달리 여느 때보다 한층 바빴다. 그녀는 그를 전환시키기 위해, 그에게 친구들을 발견해주기 위해, 일정의 외관을 다듬기 위해 일했다. 그녀는 그에게 이발소를 찾아 주었는데, 거기서 그는, 매일 아침 자신의 면도칼을 들고, 면도하기 위해 갔고, 그녀 자신은 미용원에 갔으니, 거기서 그녀는 자신의 짙은, 이제는 희색의, 머리카락을 씻고, 시뇬 머리쪽을 가지고 그것을 손질했다. 어느 날 조이스는 노라의 미용사인, 어떤 마담 부불레라는 여인에게 자신의 머리카락을 또한 자르리라 마음먹었다. 마담 부불레는 충격을 받았고, 거절했다. 그녀는 단지 여인의 머리카락만 자른다고, 대들었다. 그러나 조이스는, 언어에 있어서처럼 조발에 있어서 성(섹스)적 영역을 무시했기에, 그녀가 항복할 때까지 그녀의 가게를 떠나기를 거절했다.

좌절되고, 지루한 채, 조이스는 '라 빼' 오뗄의 카페에서 술을 마시며 많은 시간을 보냈다. 이와 같은 작은 마을에서, 그는 노라의 감시의 눈을 슬그머니 빠져나가기 위해 그 어느 때보다 한층 열심히 일해야 했다. 그는 저녁식사 전에 페르노 몇 잔을 마시기 위해 뒷문으로 해서 카페로 들어가는 습관을 붙였고,

거기서 그는 재빨리 술에 취하게 되었다. "저 남자 봐요." 노라는 말하곤 했다. "저인 포도주 한 잔을 참지 못해요" 또는 "저인 절대적으로 경멸당할 만해요!" 그는 게다가 음식을 참을 수 없었고, 노라는 차(茶)와 함께 하는 반죽 과자 이외에 그의 식욕을 부축일만 한 것을 거의 발견할 수 없었다.

심지어 작은 '성 제랑'에서도, 노라와 조이스는 방랑자로 남아 있었다. 그들은 1년 이내 4번을 이사했다(1982년에, 마을이 그곳 조이스의 해를 축하하기 위해 기념 명판을 붙이기를 결정했을 때, 당국은 그것을 어느 주소에 달지를 결정하는 어려움을 가졌다). 그들은 부활절까지, 그들의 첫 정박지인 '라 빼' 호텔에 남았다. 이어 그들은, 아름다운 산림지에 자리한 경쾌한 시골집인, 마리아 졸라스의 학교로 향하는 도시 외곽으로 이동했다. 학생들이 방학 후에 돌아왔을 때, 노라와 조이스는 멀지 않은, 비시의 한층 괴벽스런 환경을 찾았다. 거기서 8주 동안, 그들은, 온천, 공원 및 분수를 즐기면서, '보졸 오뗄'에 살았다. 노라는 그녀의 훌륭한 친구 마리아 네비아를 방문하는 것을 즐겼는데, 후자는 거기 발레리 라르보와 같이 살고 있었으며, 그는 당시 경화증으로 거의 완전히 마비되어 있었다. 그러나 당시, 히틀러가 서부전선에서 그의 공격을 시작했기 때문에 정상적 생활의 어떤 겉모양도 사라졌다,

1940년 4월에, 독일 군대는 덴마크를 점령했다. 네덜란드와 벨기에는 5월에 함락되었다. 노르웨이 또한 그랬는지라, 영국은 노르웨이에 발판을 가질 것을 기대했기 때문에, 영국의 체임벌린 정부를 그와 함께 해체시켰다. 윈스턴 처칠이 영국의 수상이 되었으며, 던커크로부터의 철수와 더불어, 최후의 영국 군대가 6월 3일 대륙으로부터 철군했다. 그러자 때는 파리 차례였다.

헬런 조이스는 파리의 수렌스니스에 감금된 채 남았다. 독일 침략 전 최후 순간에, 뉴욕으로부터 온 로버트 캐스토는 그의 자매를 자유로이 석방하는

데 성공했다. 그는 그녀를, 진정제 하에, 두 의사들과 두 간호원들에 의해 호위된 채, 제노아에로 데리고 갔으며, 미국행 전기선에 태웠다. 헬런이 최소한 안전하다니, 그것은(그녀는 전쟁을 코네티컷의 요양원에서 보냈거니와) 조이스에게 어떤 위안이었으니, 그리하여 그는, 그녀에 대하여, 1939년 자신의 생일에 그녀가 차려준 근사한 향연에 대하여, 그녀의 『피네간의 경야』의 종곡의 감동적 낭독에 대하여, 그리고 그녀의 한결같은 사려에 대하여, 그립고도 슬픈 생각들로 가득 찼다. 그가 편지를 썼을 때, 그는 콘스탄틴 커런에게 그녀가 자신을 위해 만들어준, 만년필 펜 끝의 작은 금 장식물에 관해 말했다.

프랑스 전시 점령군 협력자 정부의 비시(역주 : 프랑스 중부의 도시)로의 도착은 노라와 조이스를 보졸래 오뗄로부터 강제로 끌어내게 했다. 프랑스 의회가 그랜드 카지노에서 회합했고, 게슈타포가 포르투갈 오뗄에서 수립되었을 때, 비시는 재빨리 그것의 15,000 호텔 방들을 정치가들, 외교관들, 및 비밀경찰들로 채우며, 패배, 음모 및 배신을 위한 국제적 본보기로 되어 가는 도중이었다. 의회의 첫 법령들 중의 하나는 84세의 페테인 원수에게 충분한 권력을 부여하는 것이었거니와, 그의 정부는 독일 군대의 완전한 힘으로부터 프랑스 국민을 구출했으나, 많은 이들이 느꼈듯이, 프랑스 명예의 대가에 의한 것이었다.

조이스 내외는 성 제랑으로 되돌아갔다. 마을은 점령의 및 비점령의 프랑스 간의 국경 남쪽 수 마일이었으며, 그것 자체는 혼잡된 충성의 장소였다. 이리하여 조이스는 자기 자신이 1차 세계 대전에서처럼 2차 대전에서, 친- 및 반-독일 양 도당에 의해 쪼개진 환경 속에 있음을 발견했고, 그는 자신의 견해를 선포하는 데 대해 성 제랑에서 감시받고 있음이 알려졌다.

그들은 일시적으로 자기 자신들의 아파트에 안주했고, 노라는 한 피난민을 자신의 가사를 도우도록 고용했다. 거기서부터 그들은 듀 꼬멜스 오뗄로 이주했고, 이어 졸라스 학교에로 되돌아, 거기서 그들은 주된 건물에 접한 한 오두막집에 살았다.

이쯤 하여 그들은 거의 홀로가 아니었다. 파리의 함락은 그들의 친구들의 약간을 자신들과 합세하도록 보냈다. 폴과 루시 레옹이 도착했으며, 조이스는 자신의 옛 친구와 냉정한 평화를 이루었다. 노라가 크게 안도하게도, 조지오 역시 도착했다. 노라는, 그녀가 그의 청년기 동안 자주 그랬듯이, 그를 식당의 침대에서 묵도록 했다.

이번에는 그가 떠나는 것에 의심의 여지가 없었다. 그는 프랑스 군대에 징집되기를 피하려고 노력하고 있었으며, 될 수 있는 한눈에 띄지 않으려고 애를 썼다. 그는, 자신이 당연히 그래야 했는데도, 시청에 등록하지 않았다. 그러나 비록 조지오가 공식적으로 무시당한 인물일지언정, 그는 곧 자신이 마시는 코냑에 대한 그리고 지방의 소녀들에 대한 자신의 취미 때문에 지방적으로 잘 알려졌다.

노라에게 그들의 나날을 활기차게 하는 일이 엄습했다. 평소처럼, 그녀는 대접했다. 축하를 위한 어떠한 경우도 놓치지 않았으며, 조이스는 자신에게 감상적이거나, 혹은 상징적 가치가 있는 모든 종류의 특별한 음식을 구입함으로써 합세했다. 어느 날 저녁, 식탁 주변에 친구들이 모이자, 그녀는 두 마리 구운 치킨으로 멋진 만찬을 준비했다. 문간 종이 울리자, 조이스가 주문한 어떤 음식을 '보이'가 날랐다. 노라는 그것을 메뉴에 덧붙였다. 제차 벨이 울렸다. 더 많은 음식이. 노라는 성가시지 않았다. 그녀는 짐을 너무나 잘 알았다. "저 사람 좀 봐요!" 그녀가 말한 모두였다. "여러분 저 사람 좀 볼 테요!" 조이스는 그녀의 융통성을 자랑했다. "아내는," 그가 말하곤 했는데, "아일랜드의 야외 덤불 난로로 늘 요리하곤 했지요."

언제나 그들의 마음에 있는 것은 파리의 버려진 아파트였다. 그들의 모든 것들이 거기 있었으며, 그리고 그들의 수입의 주된 원천인 미스 위버의 자금이 막혔고, 독일 점령에 잇따른 프랑스와의 외교적 관계를 영국이 차단시킨 이래 — 임대료는 지불되지 않았다. 레옹 내외는 파리로 돌아오고 있었고, 폴 레옹은 자신이 조이스의 근심을 덜기 위하여 할 수 있는 것을 하기로 결심했다.

　레옹은, 열쇠 없이, 비그니스 가街까지 돌아다녔고, 창문을 통해 아파트로 들어갈 수 있는 것을 알았다. 관리인에게 입을 다물도록 뇌물을 주면서, 그는 조이스의 개인적 편지들과 서류들을 가려내는 데 이틀을 보냈다. 그는 그들을 봉투에 넣었고, 자기 자신의 아파트에로 도로 운반했다. 레옹은 자기 자신의 미래가 얼마나 불확실한지 알았다. 독일인들은 파리의 유대인들을 체포하고 있었다. "여기서 뭘 하고 있소?" 베케트는 그가 그를 보았을 때 놀라 그에게 물었다. 레옹은 얼핏 조이스의 서류들을 플레이스 벤돔의 아일랜드 공사관으로 안전보관하기 위해 보낼 생각이 났다. 아일랜드는 전쟁에서 중립이었기 때문에, 그것의 구내는 공격받지 않으리라. 그는 서류를 두 약정約定과 함께, 아일랜드의 영사인, 제랄드 오켈리 백작에게 주었다. 만일 그가 죽으면 서류는 제임스 조이스에게 가리라. 만일 그들 양자가 죽으면, 서류는 아일랜드의 국립 도서관으로 보내, (서류의 '친근한 성격' 때문에) 조이스가 사망 후 50년까지 개봉되지 않으리라.

　아파트의 나머지 내용물에 대한 문제는 아주 말끔하게 해결되지 않았다. 집 주인은, 집세의 미불에 골이 나서, 조이스의 사진들과 비품들의 약간을 불법으로 경매했다. 레옹 내외는 노라와 조이스를 위해 그들이 할 수 있는 모든 것을 샀다. 그러자 레옹은 그가 도시를 떠날 때임을 마음먹었다. 그러나 그의 아들, 알렉스는 학사 학위를 위해 시험을 치러야 했고, 래옹은 시험이 끝날 때까지 출발을 연기했다.

　그러한 양친의 제스처는 그로 하여금 그의 생명을 잃게 했다. 게수타포 비밀경찰이 아파트까지 와서, 그를 납치했다. 그는 꼼뻰느 근처의 캠프로 운송되었고, 이어 실레시아로 옮겨졌다. 1942년에, 아마도 4월 4일에, 그가 다른 어떤 죄수들과 행진하고 있었을 때, 레옹은 경비에 의해 행렬로부터 끌려나와 머리에 총살당했다.

1940년 8월까지는 노라와 조이스는 그들이 이사해야 함을 알았다. 성 제랑의 그들의 존재의 지주支柱였던, 마리아 졸라스는, 그녀의 딸들을 대리고, 미국으로 되돌아갔다. 조이스 내외에게 미국은 안전한 피난처였으리라. 그들은 패트레익 및 매리 콜럼과 같은 많은 친구들을 가졌다. 조이스는 많은 감탄자들을 가졌고, 스티븐 조이스는 그의 모든 모계의 친척들을 가졌으며, 그들은 기꺼이 그를 돌볼 의향이었다. 그러나 노라는 바다를 건너는 것에 겁을 먹었고, 미국에 대한 생각을 접었으며, 조이스 또한 그러했다. 루치아가 결정적 요소였다. 브리타니에 있는 그녀의 진료소는 프랑스의 독일 점령 하의 지역에 있었으며, 그녀의 양친들은 자신들과 그녀 사이에 대양을 두는 것을 생각할 수 없었다.

스위스는 다시 한 번 타당한 피난처처럼 보였다. 그들은 전쟁 밖에 앉아 있었다. 그들은 재차 마찬가지로 노력하리라. 어려움은, 스위스 당국이, 사방의 피난민들에 의해 범람된 채, 재정적 보증인으로서 거액의 예금을 요구함으로써, 타당성을 재한하고 있었던 것이다.

불행이도, 조이스 내외의 돈에 대한 스스로의 접근이 독일군에 의해 막혀 있었다. 성 제랑에서, 노라와 조이스는 프랑스에 감금된 영국 신민을 위한 영국 정부를 대신하여 비시의 미국 대사관을 통해 지불되는 보조금으로 살았다. 조이스의 수입은, 비록 그는 그것을 받을 수 있었을지언정, 미미한 것이었다. 그것은 네 공급원에서 왔는지라, 해리엇 위버로부터, 그의 세 런던 출판사들인, 패이버, 존 래인, 및 캐이프로부터, 두 미국의 출판사인, 바이킹과 랜덤 하우스로부터, 그리고 헬런 조이스의 부친인, 아돌프 캐스토로부터였는데 후자는 스티븐을 부양하기 위해, 소년의 학교 수업료를 훨씬 초과하는, 액수를 보냈다. 그것은 모두 합쳐 스위스에서 그들을 부양하기에 충분한, 합산하여 연 $4,300와 맞먹는 액수였으나, 조이스 가족이 국경을 건너기 전에 스위스 당국이 은행에서 요구했던 20,000 스위스 프랑을 어떤 방도로도 접근할 길이 없었다.

보증금을 축적하려고 노력하는 것과는 별도로, 조이스는 점령된 프랑스

내의 독일인들과, 프랑스 비시 정부, 그리고 스위스인들로부터 이사를 위한 서명 허락을 얻기 위해, 그리고 타당한 출입 스탬프가 찍힌 그들의 영국 패스포트를 갖기 위해 노력하는 악몽 같은 일을 겪었다. 조지오는 외관상 끝이 없는 듯한 탐색에 자전거로 비시까지 오가곤 했다. 조이스가 바로 필요한 모든 서류를 수집했다고 생각했을 때, 두 가지 새로운 장애물이 생겼다. 하나는 루치아의 진료소에서 온 엄청난 계산서였다. 조이스는 그것을 해결할 돈을 갖지 못했다. 둘째는 스위스 당국이 그가 유대인이라는 이유로 그의 출원을 기각했다.

조이스는 분노했다. "다음은 뭐야, 강도들 같으니, 문둥이들?" 스위스 당국이 그의 재정적 명세서를 보면, 조이스는 친구들에게 말했듯이, 그들은 그가 얼마나 보잘 것 없는 유대인인지 알리라.

조이스가 박해를 받았을 때, 보통 때처럼 그의 사실주의가 그를 저버렸다. 스위스 당국은 의심할 바 없이 조이스의 성 골런에 있는 유대인 친척들을 알았다. 그들은 아마도 누구든 유대인과 결혼한 사람은 유대적이리라 결론을 내렸으리라. 조이스는 헬런의 관대한 아버지에게 자신의 빚짐을 감사하기 위해 더 많은 것을 할 수 있었으리라, 예를 들면, 그녀와 그녀의 남편이 그의 보증을 위해 행한 어떤 공헌을 그가 되갚으리라는 것을 자신이 캐로라 기돈—웰커에게 약속했을 때처럼 : "만일 나의 아들과 내가 보드의 학교에 있는 그 아이를 위해 그리고 성자의 집의 나의 딸을 위해 빚 갚기를 준비한다면, 우리가 생존할 방도가 전혀 없지 않으리라 나는 상상해요."

기돈 내외와 브로치바 가족, 및 다른 오래된 취리히의 친구들은, 요구되는 20,000 스위스 프랑을 개인적으로 모아, 그 돈을 조이스의 이름으로 스위스 은행에 예금하여 잘 치렀다. 루치아의 계산서를 돕기 위하여, 조이스는 또 다른 믿을 수 있는 취리히의 친구요, 유명한 크로낸홀 레스토랑의 지배인인 구스타브 쩜스테그를 이용했다.

그들의 나쁜 뉴스에는 끝이 없는 듯했다. 1940년 11월에 노라는 그녀의 어머니가 사망했다는 것을 골웨이로부터 알았다. 장례를 위해 왜, 어떻게, 또는 무슨 절차가 이루어졌는지에 대해 아무런 정보는 없었다. 스티븐 조이스는 그 사건을 기억했으니, 왜냐하면 그의 할아버지는 압도되어, 아기처럼 울었기 때문이다.

취리히 당국이 조이스 가족을 거기서 피난할 수 있도록 결정한 거의 동시에, 독일 당국은 루치아의 출국 허가를 철회했다. 그것은 결정을 한층 쉽게 만들었다. 그들은 그녀 없이 떠나리라. 노라는 그들의 트렁크를 여러 주 동안 꾸렸으며, 조이스는, 스위스로부터, 적십자사의 도움으로, 파리의 조정자로서 봉사하는 오켈리 백작과, 루치아가 그들과 합세하기 위한 주선을 한층 쉽사리 협상할 수 있을 것이라, 단판을 내렸다. 한층 즉각적인 위험은 조지오에 대한 것이었다. 만일 그가 파리에 매달려있으면, 군대가 확실히 그를 요구할 것이요, 한층 더하게도, 스위스로 들어가는, 이미 한번 연장된, 그들 자신의 비자들은 만료될 것이다.

1940년 12월 16일에, 조이스 가족은 서류들과 여행 가방, 그리고 스티븐의 자전거를 단단히 붙들면서, 프랑스를 떠났다. 그들이 탈 수 있는, 제네바 행의 유일한 기차가 새벽 3시에 근처의 마을 정거장에 도착했다. 그들이 몰래 그리고 그들의 줄어드는 소지품의 꾸러미와 함께, 성 제랑의 잠자는 거리를 통해 길을 나아가자, 그들은, 거의 40년 전, 달빛 아래, 새로운, 한층 가난한 주소로 홀렁 떠났던, 더블린의 조이스 내외와 닮았다.

노라는 취리히의 중앙 반호프에서 상륙함으로써, 그녀의 일생에서 세 번 중대한 변화를 기록했다. 이번에 그녀는 관절염으로 절뚝거리고 있었고, 조이스는 위장통으로 쇠약했으며, 괴롭힘을 당했다.

1915년에 있어서처럼, 그들은 두 부양자들을 지녔으니, 그가 소년으로서 그랬던 것처럼 거의 속수무책인 조지오이요, 사실상, 자신의 양친이 된, 조부모를 조용히 믿는, 그들의 손자였다. 스티븐은 자신의 자전거 없이 도착했다. 스위스 경비들이 조이스가 관세를 지불할 수 없자 국경에서 그걸 몰수해 버렸던 것이다.

칼턴 엘리트 가문 또는 '성 고트하드' 가족이 취리히에 머무는 데 대한 문제는 없었다. 기돈―웰커 부인은 그들을 현대의 기숙사인 델핀으로 호송했는데, 거기서 그녀는 방들을 예약했다. 기돈 댁과 브로치바 댁은 조이스 가족의 과분한 부조를 해리엇 쇼 위버 식으로 뺄칠 수는 없었다. 더욱이, 그들은 조이스가 런던의 자신의 돈을 가질 수 있는 즉시 자신들의 돈을 되받을 것을 충분히 기대했다. 조이스는, 아마도 자신이 후원을 받는 긴 역사상 처음으로, 친구들에게 빚을 지는 불안을 느꼈으리라. 노라는 그것을 싫어했다.

한 달도 못 된 뒤에 노라는 과부가 되었다. 조이스는, 59번째 생일도 채 모자라는 1941년 정월 13일, 천공穿孔 궤양으로, 사망했다. 궤양은 지난 7년 동안 치료받지 못한 채, 계속되었거니와, 다른 식으로 너무나 프로이트의 이론에 반항했던 조이스가, 그의 고통이 '신경'에 의해 야기된 정신신체증이라는 마리아 졸라스와 닥터 퐁뗀의 재 확신을 받아들렸기 때문이었다. "만일 조이스가, 마리아 졸라스 대신, 노라의 말을 귀담아 들었더라면," 아서 파워는 나중에 말했거니와, "그는 그토록 젊어서 죽지 않았으리라."

그와 노라가 함께 보낸 최후의 저녁은 정월 9일 크로넨홀에서였다. 노라는 겨울밤에 레스토랑으로 외출해야 하는 것에 불행했다. 그들이 떠날 때 그녀가 계단에서 미끄러지자, 그녀는 이탈리아 말로 조이스를 나무랐다, "왜 당신은 나를 이처럼 밤에 외출하게 만들어요?" 한밤중에 조이스는 과격한 위장통으로 잠이 깨었다. 그는 로텐 크루츠 병원으로 들것으로 호송되어, 몰핀 주사를 맞았다.

다음 날 아침 그레트 허쯔가 스티븐을 방문하기 위해 '성 골런'으로부터 도착했는지라, 의사들이 조이스를 수술할 예정임을 노라와 조지오에 의해 단지 일러 받을 뿐이었다. 그것은(그의 무수한 눈의 수술에도 불구하고) 그가 전신 마취 아래 놓인 최초의 일이었다. 그가 잠이 깨었을 때, 그는 노라에게 안도로서 말했으니, "나는 이겨내지 못할 줄 알았어." 그리고 조지오에게 그는, 자신의 고통을 스스로 조사받자 못하리라는 두려움을, 전달했다. : "암이냐?" 조지오는 그렇지 않다고 말했으나, 조이스는 그를 믿기를 거절했다. 그는 연약했으나, 회복하는 듯 보였다. "짐은 강인해요," 노라가 말했다.

정월 12일, 일요일 밤에, 조이스는 노라에게, 그녀가 입원했을 때 자신이 그녀를 위해 했듯이, 밤을 새워 자신과 머물도록 요구했다. 의사는, 그러나 그녀더러 휴식하도록 그녀의 아파트에 돌아갈 것을 권유했다. 밤에, 그러나 복막염이 일어났다. 노라와 조지오는 전화를 받았고, 재빨리 오도록 요청을 받았으나, 그들은 너무 늦게 도착했다. 슬프게도, 노라는, 짐이 잠을 깨자, 그들을 찾았음을 알았다. 그는 홀로 사망했다.

스티븐은 보살핌을 받아야 했다. 노라와 조지오는 코로넨홀 출신의 자신들이 좋아하는 여급인 크라라 헤이랜드를 소환했는데, 그러자 그녀는 왔고, 소년을 운동장으로 데리고 갔다. 이어 그레트 허쯔는 그를 그의 사촌들과 며칠 동안 머물도록 데리려 되돌아왔다. 스티븐은, 그의 할아버지가 사망하기 전에 단지 며칠 동안만, 취리히의 새 학교에 등록했고, 되돌아가야만 했다. 허쯔 내외는 그를 위안할 수 있는 바를 했다. 그들은 그가 강하고, 예민하며, 그들 생각에 과거 보다 한층 덜 신경질적이지만, 여전히 안절부절못함을 알았다. 그가 9살도 못되어, 너무나 많이 고통을 겪자, 그들의 마음은 그에게로 쏠렸다. "논노,

논노!" 그는 계속 부르짖었다. 그는, 자신에게 마음을 빼앗긴 그 밖에 다른 자, 그의 어머니에 대해 자주 이야기했다.

노라는 전혀 예기치 않았던 충격을 태연함과 불굴의 정신으로 참았다. 그녀의 첫 할 일은 장례를 차리는 것이었다. 취리히 대학의 새 영어 교수, 헨릭히 스트로만이 연설을 할 예정이었으며, 그녀는 그가 찾는 모든 전기적 정보를 그에게 마련해 주었다. 그는 노라의 상황을 위한 지휘에 인상을 받았다. 그러자 전례典禮의 성격 문제가 대두되었다. 신부가 그녀에게 접근하여, 조이스가 가톨릭 장례를 가져서는 안 되는지 물었다. 노라는 주저하지 않았다. "전 그를 위해 그렇게 할 수 없어요." 그녀는 말했다.

노라의 결정은 그녀의 종교적 신념의 깊이에 관한 문제를 야기시켰다. 비가톨릭교도에게, 그것은 그녀의 성실의 증표였다. 그녀는 조이스에게 자신이 그를 이해한다고 약속했고, 그가 자신의 교회를 신봉하지 않을 것을 알았다. 그녀는 어느 사후의 굴복을 위한 당사자가 아니리라. 가톨릭교도들에게, 그것은 그녀의 신앙이 그녀에게 별 의미가 없다는 증후이다. 하지만 노라는 어떤 모순을 보았던 것 같지는 않다. 그녀는 가톨릭으로 태어났고, 실용적이었다. 조이스가 교회의 마지막 의식儀式 없이, 참회하지 않고 사망했던 것처럼, 그녀는 구두점의 의문들을 두고 그랬듯, 자기 자신에게 말했으리라. "그것이 무슨 상관이냐?"

그녀는, 그러나 다른 장례 공식 절차를 크게 상관하지 않았다. 조이스의 사망 다음 날, 『뉴 취리히 관보』지는 죽음에 대한 검은 테두리의 공고를 실었다. 번역하건대 이러했다.

오늘 새벽 2시에 적십자 병원에서 예기치 않은 슬픔으로 우리의 사랑하는 남편, 아버지 그리고 할아버지. 깊은 애도 속에 노라 조이스 조지 조이스 루치아 조이스 스티븐 조이스.

노라는 또한 한 취리히의 조각가에게 조이스의 얼굴 데스마스크(死面)를 제조하는 허락을 기돈―웰커 부인에게 부여했다. 그들은 한 친절하고, 유머러스한 얼굴, 다부진 아일랜드의 턱, 구근球根 같은, 굴곡진 이마, 그리고 넓고, 곧은 머릿결을 보여준다. 그러한 마스크의 존재는, 그것의 소유권이 많은 논쟁을 가져왔거니와, 제임스 조이스의 머리를 하나의 우상이요, 20세기의 가장 잘 알려진 얼굴들의 하나이며, 조이스의 작품 한 페이지를 여태 넘겼던 사람들보다 훨씬 더 많은 사람들에 의해 식별되는 하나의 이미지로 만드는 데 도왔다.

조이스는 언제나 장례 화환을 크게 중요시했다. 이를 위해, 노라는 하프 형태의 푸른 나뭇잎 화환을 골랐다. "나는 음악을 그토록 사랑했던 나의 짐을 위해 이 형태를 골랐어요." 그녀는 그들의 친구 폴 루지에로에게 말했다. 음악은 그들을 묶었던 예술이었다.

작은 회중이 프룬턴 묘지의 성당에 장례 예배를 위해 모인 것은 1월 15일의 춥고 눈 덮인 때였다. 장례어구葬禮語句들은 슬프게도 이따금 잘못 선택되거니와, 그러나 조이스는 자신에게 언급되는 장례어구에 있어서 운이 좋았다. 스트로만 교수의 짧은 장례사에 이어, 베른(역주, 수위스의 수도) 주재의 영국 각료인, 더웬트 경으로부터의 달변의 헌사가 잇달았다. "영국이 아일랜드 위에 쌓은 모든 불의들 가운데," 그는 말했는지라, "아일랜드는 영문학의 걸작들을 생산하는 영원한 복수를 계속 즐기리라."

노라는 그녀 자신의 완벽한 고별사를 덧붙였다. 그녀는, 키 크고, 빳빳하게, 그리고 울지 않은 채, 관이 무덤 속으로 내려가는 것을 쳐다보면서, 서 있었다. 그녀가, 관 언저리의 작은 유리 진열 장식장을 통해 보이는 뼈뿐인 얼굴을 마지막으로 살펴보았을 때, 그녀는 자신의 낮은 목소리로 부르짖었다. "짐, 당신은 정말 아름다워요!" 그녀는 언제나 그의 용모를 사랑했다.

장례 뒤에 노라는 델핀으로 되돌아갔다. 기디온 내외는 리셉션을 열었으나, 노라는 가지 않았다. 그녀는 미래를 숙고해야 했다. 그녀는, 생애도 없는, 아내도 없는, 결정을 내릴 능력도 없는, 아들을 가졌다. 그녀는 3,000마일 떨어진 정신 병원에 어머니가 있는, 한 손자를 가졌다. 그녀는 나지—점령의 영토에 또 다른 병원에 한 딸을 가졌다. 그녀의 어머니는 세상을 떠났다. 그녀는 돈이 없었다. 그녀는 미증유의 황폐한 전쟁으로 인해 자신의 남편을 지원했던 런던의 수입과 충고로부터 차단되었다. 그녀가 자신의 세월 동안 조이스와 함께 불러 일으켰던 모든 고요한 침착함은 그녀가 그이 없이 필요했을 힘에는 아무 소용이 없었다.

20

유임(留任)

해리엇 위버는, 조이스의 죽음이 1941년 정월 13일 아침에 일어난 후로, BBC의 8시 라디오 뉴스를 통해 그 소식을 알았다. 소식은 그녀가 잠자리를 마련하고 있는 동안 거실로부터 그녀에게 반쯤 날아들었다. "조이스 씨가 돌아갔데요?" 그녀는, 자신과 함께 머물고 있던, 에디스 월커에게 물었다. 그녀는, 조이스가 가족의 빚을 메우기 위해 300파운드를 요구하는 그의 크리스마스 인사 전보 때문에 크리스마스 직전에 그가 미리 취리히에 안전하게 도착했음을 알았으나, 그녀는 그가 앓고 있다는 생각을 하지 못했다. 그녀는 깜짝 놀랐을지라도, 이내 노라를 생각했다. 조이스의 250파운드의 사계四季 이자 지불이 그녀의 자금으로부터 만기가 되었을 때, 그녀는 지급으로 돈을 송금했고, 이내 노라로부터 전보를 받았다, "돈 수령 우리의 커다란 슬픔에 대한 당신의 놀라운 원조 많은 감사 여불비례 노라 조이스." 노라는 그 달 말까지 300 스위스 프랑의 병원비를 갚았다.

노라는, 대부분의 미망인들처럼, 그녀가 이전에 자신의 남편에게 남겼던 모든 결정이 그녀에게 떨어졌을 때, 슬퍼할 시간이 없었다. 결정의 대부분은 돈에 관한 것이었다. 비록 한 아내로서 낭비적이었으나, 노라는 과부로서 빚에 대해 다른 태도를 가졌다. 그녀는 빚의 아무것도 원치 않았고, 자신이 어디에 서 있는지를 알 수 있도록 만사를 재빨리 갖기를 희망했다. 그녀의 미망인 생활의 첫 위기에서, 미스 위버는 언제나 맴도는 보호 천사처럼 보였다.

그러나 미스 위버의 힘에도 한계가 있었다. 노라는 취리히에 사로 잡혔다. 과부로서, 그녀는 한 달 전 아내로서 그랬던 것보다 한층 더 가난했거니와, 왜냐하면, 비록 스티븐이 최소한 아돌프 캐스토의 규칙적인 손금에 의해 지급될지라도, 조이스의 모든 다른 수입, 심지어 그의 책들로부터 나오는 미국의 인세는 런던의 조이스 재산 속으로 들어갔으니, 거기서 유언장의 검인이 주어질 때까지 손을 댈 수가 없었기 때문이다. 아무래도 긴 과정이었는지라, 유언장이 원거리와 세계 전쟁으로 지연되었음을 증명했다. 런던과 취리히 간의 교통은 너무나 불통했기에, 심지어 항공우편으로 보내진 편지마저도 그들의 목적지에 도착하기 위해 한 달이 걸릴 수 있었다. 노라는 여전히 자신이 가정이라 생각했던 장소―파리의 아파트―에 무슨 일이 일어났는지에 관한 정보를 갖지 못했으니, 그녀가 37년 동안 그의 곁을 거의 떠나지 않았던 사람과 헤어져 살려고 애썼던 그녀의 방향 감각의 상실은 자신의 두 아이들의 지독한 궁지에 의해 한층 악화되었다.

루치아는 '점령된 프랑스'의 라 볼르의 남부, 포니체뜨에 있는, 달마스 진료소에 있었다. 루치아는, 노라가 듣기로, 조이스의 죽음을 신문으로부터 알았다. 노라는 루차아의 청구서가 지불되고 있지 않으면 포니체뜨에 남아 있을 수 있는지 어떤지를 알지 못했다. 그녀는 심지어 루차아의 청구서가 얼마나 많은지를 확인할 수조차 없었다. 그녀의 어머니다운 악몽이 대답할 수 없는 의문들로 조장되었으니, 만일 진료소가 그녀를 내쫓으면 루차아는 어디로 갈 것인가? 독일 당국은 적의 패스포트를 가진 정신병자를 어떻게 할 것인가? 노라는 루치아를 프랑스 지배하의 스위스에 있는 요양원으로 옮기려는 조이스의 의도를 수행하도록 절실히 원했으나, 비록 그녀의 새로운 출국 허가장을 마련한다 해도, 그녀는 루치아와 호송을 위한 값비싼 여행을 지불할 가능성을 알 수 없기에,

스위스의 공공기관의 배려를 위해 내버려 두어야 했는데, 그곳 비용은 프랑스에 있어서보다 한층 높았다.

조지오의 긍지는 거의 한층 더 악화되었다. 그는, 사실상 및 법률상, 고용될 수 없었다. 그가 돈을 벌기 위해 할 수 있는 모든 것이란 노래를 부르는 것이었으나, 그의 재능의 한계는 거의 문제시 되지 않았으니, 왜냐하면 스위스 당국은 모든 피난민들에게 노동의 허가를 거절했기 때문이다. 하지만 만일 그가 스위스의 국경 밖으로 발을 들여 놓으면, 어떤 또는 다른 군대 속으로 그를 밀어 넣을 위험에 있었다. 그는 또한 무일푼으로, 그가 헬런으로부터 받아왔던 재정적 지원은 미국에로의 그의 귀환과 더불어 정지되었고, 그는 뉴욕에 있는 그녀의 가족과의 접촉 밖에 있었다.

조이스가 무덤에 들어가자마자, 노라는 과부들에게 친근한 또 다른 충격에 고통을 받았으니, 그것은 친구들로부터의 이반離反이었다. 캐로라 기디온—웰커, 그녀는 10년 이상을 조이스 내외의 비위를 맞추어 왔거니와, 노라 홀로를 위한 동정에 있어서 흥미도 또는 조차도 갖지 않았다. 조이스의 죽음의 달이 다하기 전에, 그녀는 노라로 하여금 기디온 가문이 조이스 가족을 스위스로 입국할 수 있도록 하는 재정적 보증을 위해 헌납한 15,700 스위스 프랑을 되갚도록 요구했다. 기디온—웰커 부인은 마찬가지로 영국 대관식 보석류도 요구했으리라. 노라는 기디언 웰커 부인이 알았을 터이지만—재산이 안정될 때까지 어떻든 런던 밖으로부터 돈을 구할 길이 없었다. 빚은 노라의 마음에 무거운 부담이 되었고, 기디온—웰커 부인이 노라와 조지오로 하여금 조이스의 데스마스크들 중 어느 하나를 갖도록 하는 것을 거절함으로써 환불을 위한 그녀의 요구를 따랐을 때, 냉혹함이 두 가족들 사이에 끼어들었다. 그녀는 데스마스크에 대해 대금을 지불했고, 조이스 가족이 그녀의 돈을 빚지고 있는 한 그들을 양도하려 하지 않았다.

노라는 깊이 당혹했고, 비록 아마도 그녀가 그것을 충분히 인식하지 못했을지라도, 한층 악화되었다. 취리히의 한 피난민으로서, 그녀의 등에 옷밖에 거의 아무것도 가진 것 없는, 그녀는 자신이 그 속에 빠져 있다고 느낀 돈, 건강 및 가정의 얽힌 문제들을 도울 어떤 영향력 있는 취리히 가족의 지지를 잘 이용할 수 있었으리라.

조지오는 그의 어머니를 도우려고 분투했다. 그는 자신들의 생활을 마련할 수 있도록 자신들이 의지할 수 있는 수입이 무엇인지를 그들에게 알려주도록 미스 위버에게 글을 써서 물었다. 문제는 미스 위버가 대답하기에 대단히 곤란한 것으로 나타났다.

노라의 첫 계획은, 그녀가 주위를 둘러보려고 애쓰기 시작했을 때, 그녀의 배려 속에 두 뿌리 뽑힌 남자들을 위해 가정을 마련하는 것이었다. 2월 첫 주까지, 그녀, 조지오 및 스티븐은 '기숙사 델핀'을 떠나, 두포 가街 30번지의 가구 비치된 아파트에로 이주했다. 그러나 꿈은 재빨리 시들었다. 노라의 관절염이 그녀로 하여금 필요한 쇼핑과 심부름을 위해 사방 뛰어다니지 못하도록 했다. 그녀는 자신의 아주 다재다능한 손자를, 비록 그녀가 그를 몹시 사랑할지도, 다루기 힘 드는 것을 알았고, 그녀는 스스로의 종교적 가정교육에 대해 책임을 느꼈으며, 만일 그가 미사를 노치면 그를 야단쳤다. 그는 그녀의 기질에 대해 큰 존경심을 가졌다. 조지오는, 그의 값비싼 취미와 함께, 그녀에게 심지어 더 많은 근심을 안겼다. 그러나 1941년 여름에, 히틀러의 전쟁이 러시아의 전선前線에서 일어났다. 그녀와 조지오는 비시 정부가 모든 영국 국민들로 하여금 프랑스를 떠나도록 명령했다는 것을 들었을 때, 그것이 어떻게 루치아에게 영향을 끼칠 것인지에 대한 뉴스를 가질 수가 없었다. 노라의 신경성이 들어났고, 그녀는, 그녀가 말하는, '일종의 신경쇠약'을 2주 동안 겪었다. 1941년 12월까지는 조지오는 그의 어머니 소유의 다른 기숙사에 살고 있었으며, 스티븐은 '즈그'(역주 : 스위스 중부의 주)에 있는 한 기숙학교에 다녔다.

미래는 어두워지기를 계속했다. 12월에 또한, 캐스토 가문의 유럽 분가分

家와의 최후의 직접적 인연은, 헤렌의 시촌들인, 빌헤름 및 그래트 허쯔가 최후로 로버트 캐스토의 충고를 받아, 뉴욕을 향해 성 골렌을 떠났을 때, 꺾기고 말았다. 조지오는 미스 위버에게 자신의 어머니의 생활양식이 아주 비참하다고 썼다. 그녀는 시간의 대부분을 묘지를 방문하면서 보낸다고, 그는 말했다. 노라는 결코 그녀의 '오성생활五星生活'로부터의 하락에 관해 불평하지 않았다. 그녀의 취리히에서의 생활은, 낮은 전력(와트)의 전구들, 비누 냄새, 및 만사 감시하는 안주인을 가진, 엄격한 기숙사의 작은 연달은 방들 속에서, 지나갔다. 비록 자신의 생활 방식으로 살고 있는데도, 노라는 안절부절못했고, 빈번히 기숙사를 변경했다. 그녀는 '두포'거리로부터, 아이르 거리의 기숙사로 갔으며, 이어 1943년에 그녀는 골로리아 거리의 한길 굽이에 있는 '펜션(공동) 기숙사'에로 언덕 오르막의 이사를 했다. 어느 겨울, 조이스의 한 미국 감탄자의 관용에 감사하게도, 그녀는 8개월을 난방이 잘 된 호텔에서 보낼 수 있었으며, 건강이 많이 향상되었다.

조이스의 재산을 정착시키는 일은 전쟁 이상으로 복잡했다. 루치아가 가르 듀 노르에서 건강을 해쳤던 1932년에 조이스가 정확하게 두려워했던 것처럼, 그의 주거지에 대한 모호성이 그와 그의 가족을 오락가락 붙어 다녔다.

영국의 법률 하에 재산을 관리하는 권위를 가졌어야 함을 판결하기에 앞서, 런던의 고등법원은 단연코 그 점을 해결해야 했다. 제임스 조이스는 정말로 단순히 그가 1931년 5월부터 8월까지 거기 살았기 때문에 영국의 주민으로 간주될 수 있었던가? 논쟁은 법원으로 들어갔고, 해결의 전망은 물러갔다.

해리엇 위버는 1935년에 루치아를 돌본 이래 조이스 가문의 사생활에 그토록 끌려본 적이 없었다. 유서 속에 집행자로서 명칭을 지닌, 노라는 취리히로부터 행동할 수 없었다. 더욱이, 런던의 공인 수탁자로, 그녀는 또한 명명되었거니와, 집행자로서 행동하기를 거절했다. 미스 위버는, 그런고로, 조이스의 저작 재산의 집행자뿐만 아니라 마찬가지로 그의 개인 재산의 관리자가 되었다. 조이스와 균열의 비극을 지우는 데 도왔던, 외견상—모계의 책임을 계속하면서, 그러나 미스 위버는 만사 제쳐 놓고 그렇게 했다. 1941년에 그녀는 옥스퍼드에 살고 있었다. 그녀는 대공습을 피하기 위해 런던을 떠났으니—그녀는 매리레본에서 공습 감시원이었었거니와—비급함에서가 아니라, 그녀가 그로체스터 플레이스에서 살고 있던 건물이 폭격 동안 불이 붙었기 때문이다. 옥스퍼드에서, 그녀는 공산당을 위한 자신의 일로 대단히 분주했다. 그녀는『데일리 워커』지를 노동 계급 이웃들의 집에서 집으로 배달했으며, 당黨의 서점을 운영하는데 도왔다. 잡다한 조이스의 일들을 다루는 일은 그녀로 하여금 등화관제 된 기차들을 타고 등화관제된 정거장들을 지나 런던에로 여행하도록 요구했다.

주된 문제는 전적으로 노라에게 건네질 어떤 돈이든 갖는 것이었다. 영국 당국은 해외로 돈을 내보내는 데 전혀 달갑지 않았다. 미스 위버는 '무역국의 적통상지부敵通常支部'의 통제사를 방문하여 그로 하여금 특수한 상황을 납득하게 했으나, 그는 용서가 없었다. 스위스가 중립임은 별반 차이가 없었다. 영국에는 스위스 통화가 부족했고, 어느 한 가족이 인출할 수 있는 금액이 한정되어 있었다. 조이스 가문의 경우는 돈을 두 다른 곳인, 스위스와 프랑스에로 보내는 필요 때문에 복잡해졌다. 어떻게 영국 관리들은 루치아의 진료소 몫의 돈이 독일인들의 손에 떨어지지 않으리라 확신할 수 있었던가? 끝없이, 미스 위버는 서류들을 메우면서, 기나긴 지연을 참아나가는 동안, 노라는 기다리며, 언제 그녀의 돈이 올지 결코 알지 못했다.

재산이 안정될 때까지 송금될 '조이스 돈'은 없었기 때문에, 미스 위버는, 과거에 자주 그랬듯이, 돈을 마련하기 위해 주식을 팔면서, 그녀 자신의 돈으로 틈을 매웠다. 이것은 단지 당국과의 더욱 심한 불화를 야기했으니, 왜냐하면 해외에 희사금을 보내는 데 대한 금지령이 있었기 때문이었다.

그들 간의 커다란 거리에도 불구하고, 미스 위버는 또한 충고로서 노라를 도우려고 노력했다. 그녀는 캐로라 기디오-웰커로 하여금 조이스의 재산이 안정될 때까지 그녀의 임대금액의 이자만의 환불을 받도록 요구할 것을 암시했다. 그녀는 또한 (성마른 집 주인에 대해 거의 알지 못하는) 노라에게 파리의 아파트에 대해서 우려할 필요가 없음을 재 확신시켰는지라, 왜냐하면 미국 대사관은 (미국은 아직 전쟁에 개입하지 않은 상태였다) 파리의 영국 시민들의 재산을 돌보고 있었기 때문이다. 미스 위버는 노라의 재정적 궁핍에 관계된 유일한 사람은 아니었다. 1941년 2월에 매리 및 패드래익 콜럼은, 베닛 커프, B.W. 휴박, 로버트 캐스토, 유진 졸라스, 마리아 졸라스, J.J. 스위니, 손턴 와일더 및 에드먼드 윌슨이 또한 서명한, 한 통의 편지를 조이스의 미국 감탄 자들에게 보냈다.

> 당신은 제임스 조이스의 위탁자들의 지지를 위해 기부할 수 있습니까? 만일 할 수 없다면, 당신이 그렇게 할 수 있다고 느끼는 어느 사람에게 말해 주시겠습니까? 어떤 금액도 소액이 아닐 것입니다. 우리는 학생들이 보낸 많은 $1를 받고 있습니다. 우리는 조이스가 몸소 이러한 동시적 공여를 감사하리라 확신합니다.

그러한 호소가 말해주듯, 조이스의 죽음과 루치아의 질병에 관련된 심한 비용이 있었다. "또한 취리히에는 돌보아야 할, 나중에 아일랜드에로나 또는 이 나라로 수송의 방법으로 보내져야 할, 그의 아내가 있습니다."

여하튼, 사람들이 노라의의 미래를 생각할 때마다, 그들은 아일랜드를 생각했다. 그것은, 마치 그들이, 노라가 대륙에서 거의 40년의 삶이 흔적을 남기지 않았기 때문에, 1904년 떠났던 아일랜드 생활에로 그녀가 복귀하기를 열망하거나 혹을 할 수 있으리라, 가상한 듯했다. 그들은 아주 잘못이었다. 아메리카와 아일랜드는 노라가 생각했던 거의 가장 싫은 두 나라였다. 그녀는 전처럼 아메리카로부터 물러났고, 아일랜드로 말하건, 노라는, 사람들이 그 문제를 야기했을 때 말하는 바, "그들이 나의 남편의 책들을 불태웠기에, 나는 결코 되돌아가지 않을 거요." 아무튼 그녀를 뒤로 끌어당길 것은 거의 없었다. 그녀가 염려했던 아일랜드의 유일한 사람은 사라졌다. 노라가 자신의 어머니의 사망에 관한 세목들을 가지지 못했다니, 그것은 1941년의 그녀의 번뇌의 일부였다.

곧 노라는 그녀가 싫증났던 문제에 관하여, 그리고 대하여 걱정한 것보다 더 많은 뉴스를 골웨이로부터 가졌는지라, 유서였다. 골웨이의 아무도 애니 바나클의 유서를 발견할 수 없는 듯했다.

노라의 어머니는 근처 이웃의 중요한 인물로서 82살에 사망했다. 거의 6척 키에, 백발로, 애니 바나클은, 길고 검은 카디란 스웨터에 싸인 채, 코담배를 피우면서, 그의 오두막 바깥의 딱딱한 등의자에서 그녀의 나날을 보냈다. 많은 노인들처럼, 바나클 부인은 그녀의 고인이 된 오빠, 마이클 힐리, 세관 직원에 의해, 축적된 많은 다부진 돈을 상속받았음이 지방적으로 알려졌을 때, 그녀를 청취하는 사람들이 모자라지 않았다. 이들 가운데 주된 자는 노라의 여동생, 캐스린으로, 가구 광택자인, 존 그리핀과 막 결혼했었다. 캐스린은 그녀의 어머니의 대부분의 돈을 받은 것으로 간주되었다. 그녀는 그것을 확인받았는지라, 왜냐하면 그녀는, 나머지들과는 달리, 그녀의 노모와 병약한 자매, 딜리(그녀는 강주를 좋아했다)를 돌보기 위해 골웨이에 머물러 있었기 때문이다. "캐슬린은," 바나클 부인이 말하곤 했듯이, "돈은 은행에 있고 콘캐넌 씨(그녀의 변호사)는 유언장과 모든 서류를 가졌으며, 만사는 흑백으로 인쇄되어 있는지라, 너는 문제 없단다." 그러나 콘캐넌 씨는 유언장을 갖지 않았고, 그는 왜 갖지 않았는지를 기억했다. 바나클 부인은 어느 날 그의 사무실을 방문했다. 그녀는 그에게, 그녀의 딸인, 파리에 사는 노라 조이스 부인과 그녀의 남편, 제임스 조이스 씨는 언제나 그녀에게 잘했는지라, 고로 그녀가 죽으면, 그들이 얼마나 관대하게 보답 받아야 하는지를 그들에게 보여주기 위해 그녀의 유언장을 그들에게 보내기를 원한다고 말했다. 애니는, 콘캐넌 씨에 따르면, 그녀는 유언장을 그의 사무실에 되돌려 주리라 말하며, 그것을 도로 가져갔다. 그녀는 결코 되돌려 주지 않았다. 그들의 어머니의 유언장이 파리의 어딘가 조이스의 서류들 사이에 있을 수 있었던가? 캐슬린은 편지를 써서, 노라에게 물었고, 노라는 자신은 모르는 일이라고 도로 전보를 쳤다. 캐슬린은 그녀가 납득이 되지 않자 절망했다. 조이스가 그의 아내의 가장 어린 자매에게 자신이 그토록 감탄했던 괄괄한 기세는, 중년에, 날카로운 공격성으로 바뀌었다. 게다가, 캐슬린은, 그녀의 오빠 톰과 그녀의 다른 자매들처럼, '노라가 혼자서 모든 것을 처리했음을' 그리고 노라는, 대륙에서 안락하게 살면서, 바나클 가문의 나머지들이 견뎌야 했던 혹독한 빈곤을, 거의 알지 못했을 것이라 확신했다. 캐슬린은, 그런고로, 노라와 잘 연락하는 친구 해리엇 위버에게 자신의 도움을 구하기 위해 곧장 편지를 썼다.

미스 위버는 언제나, 하루 이틀 이내에 편지를 꼼꼼하게 대답했다. 재빨리 그리고 슬프게 그녀는 캐슬린에게 알렸는지라, 만일 바나클 부인의 유언장 원본이 파리의 조이스 서류들 사이에 있다면, 그것을 손에 넣는 것은 불가능할지니, 왜냐하면 그녀는 '나치' 정부가 폴 레옹을 억류했다는 지독한 뉴스를 조지오로부터 알았기 때문이다. 레옹 씨는 만사가 어디에 있는지를 아는 유일한 사람이었다. 당연히 그녀는 또한 편지를 써서, 노라에게 캐슬린의 요구에 관해 말했다.

노라는 폭발했다. 그녀의 자매의 신분을 멀리 초월하여, 친구들을 사귀었던 한 여인의 모든 분노를 가지고, 그녀는, 자신의 열정이 솟자, 확실한 말로 글을 씀에 있어서 스스로를 표현할 수 있었음을 다시 한 번 증명했다. 그녀의 호화 주거였던, 칼턴 엘리트 호텔의 편지지를 사용하여, 그녀는 캐슬린에게 대들었다:

> 1942년 4월 8일
> 사랑하는 캐슬린. 나는 방금 미스 위버로부터 편지를 받았는데, 아씨가 어머님의 유언장의 문제를 가지고 그녀를 괴롭히고 있음에 나는 몹시 당황하고 있다오. 그녀는 아무튼 그에 관해 아무것도 아는 바 없는지라, 나는 내가 전에 여러 번 전보한 데로, 나 역시 아는 바 없다오. 혹시 언제고 어머님의 유언장 사본이 짐에게 보내졌

더라도 나는 그에 관해 절대로 아는 바 없으나 내 생각에 어머님의 변호사가 그의 유언장의 원본의 소유자일 것 같아요. 나는 단연코 희망하나니 아씨가 이 문재를 해결할 수 있을지니 재발 어떤 일이 있더라도 미스 위버에게 쓰지 말아요.

나는 아씨에게 상기하거니와 나 자신 많은 걱정이 있다오. 짐의 사망이 내게 지독한 충격을 주고 있고 루치아는 프랑스에 있는데다가 희망의 소식이 없어요. 여불비례

노라

유언장은 결코 발견되지 않았다. 골웨이에서의 캐슬린의 상담은 콘캐넌 씨가 실지로 유언장을 잃었음을, 그리고 자기 자신을 방어하기 위해 제임스 조이스와 파리에 관한 이야기를 날조했음을 암시했다. 그러자 콘캐넌 씨는 캐슬린의 변호사를 고소했으니, 왜냐하면 유언장에 대한 자신의 노동의 대가를 그가 지불받지 않았기 때문이다. 따라서 두 사람 간에 법정 싸움이 소송과 함께 사납게 몰아쳤고, 소송은 포함된 액수가 결코 4파운드보다 덜하지 않기 때문에 아무런 광포 성을 결코 잃지 않았다.

애니 바나클의 재산으로부터의 지불이, 콘캐넌 씨가 그것의 내용을 기억했던 것을 기초로 하여, 1943년 늦게 마침내 허락되었다. 캐슬린과는 별도로, 노라는 최대의 수혜금인, 100파운드를 받았다. 딜리에게는 꼭 30파운드, 톰, 매리 및 페기에게는 각각 20파운드가 있었다. 돈은, 그녀의 어머니가 모든 그녀의 이민 가족 가운데 그녀를 최고로 평가한 아주 더던 그리고 환영 받는 증거로서, 노라에게 지불되었음에 틀림없었다. 잔여금은 캐슬린에게 갔는데, 정말 싸울 가치 있는 1,467파운드의 상당한 총 액수였고, 노라의 가족이 일반적으로 믿어 왔듯 것만큼 결코 빈약하지 않다는 것을 강하게 상기시켰다. 사실상, 바나클 부인은, 그녀의 사망 시 물리적 상황이 '소박한 생활 속에 살면서…… 가장 빈약한 필수품 이외 아무 가구도 없이'로서 공식적으로 서술되었거니와, 세계적으로 유명한 작가인 그녀의 사랑하는 사위의 그것보다 한층 큰 재산을 남겼다.

조이스 자신의 재산은, 1945년에 마침내 정해졌거니와, 총계, 정확한 1,212

파운드, 순 이익 980파운드에 달했다. 그의 합법적 주거의 난문제애 대한 법정 사건은 1943년에 그에게 유리하게 해결되었으나, 그의 인생 전설을 개관하는, 그리고 자신의 비용을 들여 작은 농담들을 퍼트리는, 기회를 다시 한 번 언론에 부여했다. 청문회로부터 더블린의 『이브닝 헬러드』지는 다음의 교환을 보도했다.

> 판사 베네트 씨—무슨 종류의 책을 그는 썼었소?
> 바벡 씨[유언장의 관리자들을 대표하여]—그의 가장 잘 알려진 책은 『율리시스』라 불리는 것으로 알고 있습니다.
> 판사 밴네트 씨—그건 내게 희랍어처럼 들리는군.(폭소).

유언의 검인은 또한 편지들에 답하는 노라와 조지오의 혐오로 지연되었다. 영국 당국은 왜 노라가 그녀의 남편의 거주의 나라에 돌아올 수 없는지 이해할 수 없었다. 그들은 또한 왜 취어릭의 조이스 가문이 그토록 많은 돈이 필요한지, 또는 왜 나이 40이 가까운 유능—체구의 남자인 조지오 조이스가 생활을 위해 아무것도 할 수 없는지 이해할 수 없었다. 1943년에 노라는 편지로 미스 위버에게 그녀 자신의 답을 했는데, 그것은 마치 그녀가 자신의 런던의 변호사들로부터 받은 지시로 그것을 쓴 듯 들린다. 그 속에 그녀는 자신이 알기로 조지오의 성격에 관한 널리 퍼진 공격이 무엇인지에 대해 그를 옹호하는 기회를 포착했다.

> 당신이 친절하게도 우리에게 선불한 돈으로 우리는 살아가기에는 불가능합니다. 왜냐하면 여기 생활비는 퍽이나 비싸기 때문입니다. 저는 극심한 류머티즘 열로 고통을 받고 있는데, 지난 2년 동안 의사의 돌봄 하에 있습니다. 조지오 역시 그가 아주 나쁜 신경성 두통으로 고통을 받고 있고, 의사의 돌봄 하에 있습니다. 이러한 모든 것에도 불구하고, 그는 음악에 아주 열심히 일하고 있으며, 여기 경찰의 허락으로 지난해 10번의 콘서트를 벌려 왔습니다. 말할 필요도 없이, 이러한 콘서트는

어떠한 돈도 벌어들지 않았습니다. 저는 정말 이러한 아주 어려운 상항을 타개하도록 뭔가가 마련되기를 희망합니다.

조지오는 심한 편두통으로 고통을 받았고, 그것은 불쾌한 알프스 산의 바람인, '포혼'으로 악화되었고, 그리고 그것은 1930년대의 갑상선 수술에 의해 야기 될 수 있었으리라. 프레드 몬로에게 한 편지에서 미스 위버는 조지오의 잘못에 대한 그녀 자신의 분석을 첨가했다.

> 행운은 그에게 불리했어요. 그의 교육은 조이스 씨가 직업적으로 그가 시작하기를 기대한 노래로서 간주 되는 것 이외에, 빈약해요. 이 나중의 계획은 젊은 나이에 그리고 그의 양친의 충고에 반하게도 돈 많은 미국인 여인과 결혼함으로써 (혹은, 오히려 결혼 당했다고나 할까요) 중단되었어요…….

한층 두드러진 빚들은 유언장을 지연시켰으리니, 그런고로 1943년 말에 조이스의 책들로부터 나오는 미국의 인세는 런던의 재산으로 여전히 흘러들어 갔고, 차단되었다. "이것은 당신에게 불쾌한 것임에 틀림없어요," 미스 위버는 노라에게 그녀의 크리스마스 메시지에서 말했다. "행복한 크리스마스를 당신에게 바라다니 조롱 같군요. 나는 1944년에는 많은 보다 좋은 일이 있기를 희망해요."(노라의 보다 좋아하는 매체인 국제 전보를 통하여 보내진 그녀 자신의 인사는 그들의 늘 있는 오전誤傳된 형태로 도착했다. : "졸라 조이스로부터 해리엇 마라바"에게)

노라는 미스 위버의 한결같은 관용에 깊이 감사했고, 심지어 조지오도 감동 받았을 듯하다. 그가 조이스의 부재했던 첫 해 말에 미스 위버에게 썼듯.

> 며칠 전 우리는 몬로 씨로부터 편지를 받았는데, 그 속에 그는 우리에게 당신이 나의 아버지가 돌아가신 이래 그가 우리에게 보내는 돈을 당신이 친절하게도 선불했다고 말해요. 저는 어머니와 저가 당신이 우리에게 베푼 모든 것에 대해 얼마나 감사한지를 애써 말하는 것은 소용없어요.─저는 당신이 아니었던들 우리가 처했을 위치를 생각하기 중오할 따름이오.

전쟁이 끝난 지 잠시 뒤에, 그들의 생활의 가장 큰 변화는 당시 14살 난, 스티븐이 취리히를 떠나, 미국으로 가겠다는 결정과 함께 나타났다. 조지오는 자기 아들과 헤어지기를 원치 않았으나, 소년을 도로 붙들 수는 없었다. 스티븐은 전쟁 동안 그의 어머니를 전혀 보지 못했으며, 헬런은, 그녀의 신경쇠약으로부터 그리고 병원에서 회복된 채, 그를 그녀 곁에 원했다. 역시, 스티븐은 매사추세츠에 있는 필립 앤도버 아카데미에서 그의 공부를 시작하기를 열망했으며, 거기 그는 등록되었다. 그 뉴스는 미스 위버의 반미 감정을 불러왔으니, 그녀는 그것을 나쁜 움직임으로 생각했다—스티븐은 미국에서 망치게 되리라, 그녀는 믿었다.

1946년 여름에 헬런의 다른 아들 데이비드 플라이슈만은 당시 독일에 있는 미군과 함께 주둔한 채, 취리히의 조이스 가족을 방문했고, 그녀가 그토록 오랫동안 보지 못한 아들이 강하고 건강하게 자랐음을, 그가 가벼운 말투로 영어를 말함을, 그리고 자신은 장차 기사가 되고 싶음을, 고국의 어머니에게 썼다. 1946년 12월 17일에, 스티븐은 비행기로 미국을 향해 출발했다. 그것은 노라에게 고통이었고, 그녀는 시펠드 거리에서 그녀의 손자가 자기 곁에 멈추기 위해 자전거로부터 내는 날카로운 소리에 익숙하게 되었었다. 그이 역시 그녀를 보고 싶었으니, 여러 해 동안 보지 못했던 유일한 어머니였다. 그들은 자리에 앉아, 서로에게 솔직하게 말을 주고받았고, 서로는 그 밖에 누구와도 말하지 않겠노라 말했다. 스티븐이 나중에 회상했듯이, "우리는 앉아서, 그녀는 자신의 마음에 있는 바를 내게 말하고, 나는 나의 마음에 있는 바를 그녀에게 말하곤 했지. 마마는 대단히 솔직한 여인이었어."

전쟁의 종말은 영국에 증가된 준엄성을, 그와 더불어 '영국 은행'으로부터 노라에게 새로운 압력을 가져왔다. 은행은, 해외 이전移轉의 정화正貨에 대해 엄격한 전후 통제를 부과하면서, 그녀의 변호사인 프레드 몬로를 통해 최후의 단판을 보냈다. : 조이스 부인이 영국으로 돌아가든지, 아니면 왜 그녀가 그럴 수 없는지를 설명하는 의사의 증서를 소유하든지. 당국은 그들이 보다 두 달 일찍이 조이스 부인에게 경고했음을 그녀에게 상기시키도록 몬로에게 요구했다.

　　이쯤 하여 노라는 그녀의 많은 통신을 자신의 옛 친구인 에블린 코틴에게 위임할 수 있었다. 이 여배우는,『성실하다는 것의 중요성』(역주 : 오스카 왈드 작의 연극)이란 작품에 대한 조이스의 연출에서 공연했고, 전쟁 세월 동안 노라의 절친한 친구가 되었다. 그녀는 폴 레옹이 제임스 조이스를 위해 얼마간 행동했듯이, 방금 그를 위해 행동하기를 약속했다. 레옹처럼, 미스 코틴은 그녀가 쓴 것에 대해 자신의 비평을 첨가했는지라, 조이스 부인이, 점점 심하게 다리를 절면서, 그녀가 살고 있는 작은 다락방으로부터 계단을 오르락 내릴락 하는 것을 보다니 얼마나 애처로운지, 그리고 승강기가 있는 기숙사가 얼마나 진짜로 필요한지. 그러나 조이스 부인이 취리히를 떠나기를 바라는 데에는 의문의 여지가 없었다. "그녀의 가정을 상실했다니," 미스 코틴은 말했는지라, "그녀는 친구들이 있는 곳에 당연히 머물리라. 나이 많은 사람들이 자신들이 살고 싶은 곳에서 평화롭게 살 수 없게 하다니 정말 잔인한 것 같아." T.S. 엘리엇은 그의 영향력 있는 목소리를 그러한 원인에 첨가했다. 많은 영국 국민들은 전후에 대륙에서 살기 위해 돌라가고 있었다. 그가 논한 대로, 조이스 부인이 결코 영국에 살지 않았기 때문에 (분명히 반대를 증명할 강력한 법적 노력을 알지 못한 채), 어떤 배려가 그녀에게 뻗어져야한다고 그는 느꼈다.

노라의 취리히 의사, 닥터 W. 베렌스는, 그러나 설득력 있게 그녀의 병을 논의했다. 그는 1946년에 필요한 증서를 마련했고, 60살 난 노라의 유감스런 상황을 묘사했다(노라는 실지로 62세였는데, 그녀는 심지어 그녀의 의사에게 분명히 자신이 1884년보다 1886년에 태어났다는 허구를 지속했다). 그는 어떻게 그녀의 관절들 —무릎, 손가락 관절. 팔꿈치, 엉덩이 및 어깨—이 관절염으로 망가졌는지를 서술했다. 그녀는 고혈압으로 고통을 겪었다. 그녀는 마음의 억압된 상태에 있었다고, 그는 말했고, 예리하게 덧붙였는지라, "불확실한 미래와 돈의 이전移轉의 어려움이 상황을 한층 어렵게 만들지요." 노라는 쉽게 흥분했으니, 그건 사실이다. 그녀는 루치아에 관해 말하는 것을 견딜 수 없었다. 전쟁이 끝나고, 환자들이 파리 외곽의 아이브리에로 도로 이송되자, 닥터 댈마스는 이따금 보고를 그리고 또한 그녀의 쌓인 청구서를 보냈다. : 300,000 프랑스 프랑을 빚지고 있었다. 6월에 베렌스의 주장으로, 노라는 그녀의 관절염의 고통을 덜기 위해 입원했다.

노라는 병원에서 침대의 3주를 포함하여, 6주 동안 그녀의 입원을 견뎠다. 그것은 그녀를 한층 낫게 했으나, 그녀는 그것이 너무나 조용하고 침울함을 알았다. 될 수 있는 한 빨리 그녀는, 시펠드 거리의 넵턴에 있는 새 호텔—기숙사에로 입주했다. 기숙사는 중앙난방에, 승강기 및 방에 전화가 있었고, 기숙사의 위치는, 그녀가 좋아하는 야채 레스토랑인, 그리치로부터 바로 한 발 떨어져, 이상적이었다. 그것은 또한 호수 곁의 공원에 아주 가까웠으며, 그 곳으로 그녀는 가서, 오후의 햇빛 속에 앉아 있곤 했다. 그녀는 그곳에서 친구들을 사귀었고, 호비악 광장 이래 그녀가 여태 한 곳에 살았던 것보다 한층 길게 거기 남아 있었다.

노라는 조이스의 사망으로부터 회복된 후, 그러나 그녀는 기가 죽지 않았다. 저급한 정신은 그녀의 천성 속에 있지 않았으니—정쟁이 끝나 유럽으로 돌아오면서, 조이스의 미망인을 반드시 방문했던 미국의 조이스 학자들이 놓치는 점이었다. 그들은, 거의 남자라 해도 무방할, 빈곤의 가장자리에 살고 있는, 슬프고 지친, 여인의 한 편의 초상화를 보여주었다. 예를 들면, 노라의 온기와 매력(그리고 또한 그녀의 커다랗고, 뼈 많은 손)을 목격했던, 레옹 에델은 '줄 많은 그리고 슬픈' 그녀의 얼굴을, 그로 하여금 그녀가 돈이 모자라는 지를 묻기가 불가능하게 하리만큼 '그녀의 몸집에 대한 자만'을 목격했다.

그러나 많은 신랄함이, 보는 사람의, 또는 노라를 대신하여 돈을 구하는 자들의, 눈 속에 있었다. 1940년대에 조지오의 미스 위버에게 보낸 편지들은 20대 및 30대의 그의 아버지가 그녀에게 보낸, 마음속 같은 목적으로 쓰인 것들을 회상시킨다. 미스 위버가 1942년 노라의 여동생 캐슬린에게 썼을 때, 그녀는 조지오로부터의 한 가지 분명한 호소를 반영했다.

> 조이스 부인은 나쁜 상태에 있는 것 같아요. ─전혀 좋지가 않아, 류머티즘으로 고통을 받으며, 아주 외로이, 고로 조지오는 12월 29일에 쓴 편지에서 말했어요…….
> 희망컨대 그녀가 탕치湯治를 해보도록 주선하기를, 조지오는 그녀가 그걸 광천에서 해야 한다고 했어요.

노라가 많이 가졌던 스위스의 친구들에게, 그녀는 우울해 보이지 않았다. 그들은, 거의 그녀의 아일랜드 방문객들이 파리에서 보다 일찍 10년 전에 보았던 것처럼, 아주 다른 빛으로 그녀를 보았다.

버사 루지에로는 차를 마시기 위해 그녀를 만나는 것을 좋아했다. 웨이트리스인, 클라라 헤이랜드는 크론넨홀의 단골손님들에 관해 노라와 웃어댔다. 헨리히 스트로만 교수, 그는 가끔 그녀를 그리치에서 보았거니와, 그녀는 언제나 유쾌하게 보이는 듯했다고 말했다. 그녀는 결코 불평하지 않았다. 그녀는 평정平靜을 가지고 자신의 존재의 조건들을 감수했으며, 언제나 그이와 함께 아주 즐겁게 떠들었다. 그녀의 관절염은 혹독했으나, 그녀를 만난 더블린 출신의 한 작가가 관찰한 대로, '심지어 그것은 그녀의 평온, 그녀의 나무랄 데 없는 몸의 자세, 그녀의 거의 여왕다운 용모에 영향을 주지 않았다.' 그리고 거기에는 언제나 조지오가 있었다. 노라는 그의 한결같은 위안과 의도 속에 행복한 처지에 있었다. 비록 그가 많은 면에서 그녀를 약 오르게 했을지라도, 그를 몸소 보지 않는 날은 드물었다. 그녀는 그가 목청을 다듬거나 침을 뱉는 식을 싫어했다. 그녀는 어느 날 그이 및 스티븐이 함께 취리히 거리를 따라 걷고 있었는데, 아버지가 침을 뱉기 위해 멈출 때마다, 꼬마 아들도 그렇게 했다. 노라는 완전히 멈춰서서 선언했다. "너희들 두 사람이 침 뱉는 것을 멈출 때까지 한걸음도 더 이상 가지 않겠다." 그렇더라도, 조지오는 그녀에게 아주 귀중하게 남았고, 그가 로마에서 그랬던 것처럼, 그녀의 유일한 믿을 수 있는 동료였다. 그에 대한 그녀의 애착은 단지 깊어갔는지라, 그가, 꼭 같은 넓은 이마, 곧고, 넓은 머리결 그리고 길고, 뒤로 빗은 곧은 머리카락을 가진, 제임스 조이스처럼 더더욱 닮아갔을 때였다. 어느 날 노라가 그녀의 방안으로 들어가자 조지오가 그의 무릎에 고양이를 오려놓은 채, 비단 드레싱 가운을 입고 거기 앉아 있는 것을 발견하자, 그는 너무나 자기 아버지를 닮았는지라, 그녀는 자신이 거의 유령을 보았음을 느꼈다.

'영국 은행'과의 논쟁은 1947년으로 끌고 들어갔다. 노라는 언제 그녀의 가상되는 월 수당이 끝날지를—혹은 끝날 것인지를—결코 알지 못했다. 그녀는 자신의 궁지를, 자기—연민 없이, 따뜻한 편지로서, 뉴욕의 콜럼 내외에게 서술했다.

　　친애하는 패트릭 및 몰리에게,
　　나는 당신과 당신의 친구들이 내게 $50과 $40의 두 송금을 보낸 당신의 아주 친절한 제스처를 어떻게 감사해야 할지 모르겠어요. 당신은 내가 20파운드 이외 7개월 동안 영국으로부터 어떤 돈도 받지 않았기 때문에, 그것이 내게 어떤 재정적 도움을 받는 데 얼마나 큰 도움이 될지 상상하지 못할 거예요. 다행히 나의 변호사는 내가 미국으로부터 직접 약간의 인세를 받도록 마련할 수 있었어요. 그건 내게는 대단히 어려운지라, 왜냐하면 나는 자신의 돈이라곤 한 푼도 없고, 여기서 일을 할 수 없는 조지오를 부양하지 않으면 안 되기 때문이오. 나는 당신이 스티븐을 만나, 그토록 멋진 소년을 보게 된 것을 기뻐해요. 조지오는 그가 여기 있는 동안 자신을 위해 할 수 있는 모든 것을 다 했어요.

나는 조만간 1909년에 더블린에서 쓴 그리고 내게 헌납한『실내악』의 나의 원고를 팔아야만 할 것 같아요. 그것은 양피지 위에 쓰였고, 커버의 한쪽에 조이스의 문장을, 다른 쪽에 우리의 두문자를 새긴 크림색 가죽으로 장정된 것이오. 만일 당신 생각에 이러한 작품에 관심이 있는 어떤 이를 알게 되면, 내게 알려주어요.

나의 최고의 감사를 스위니 씨에게 [하버드 대학, 후톤 도서관의 J.J. 스위니] 그리고 아주 고마운 재정적 도움을 준 힐리 씨에게 전해주오.

당신과 몰리에게 따뜻한 감사와 절친한 존중과 함께.

여불비례
노라 조이스

이어 곧, 자금에 압박된 채, 노라는 으름장을 놓았고, 그녀의『실내악』의 판본을 뉴욕의 로버트 캐스토에게 보내, 그것을 팔도록 요구했다. 거의 동시에, 경고 혹은 설명도 없이, '영국 은행'은 항복하고 말았다. 은행 당국은 몬로 쇼에게 이제 조이스 부인을 스위스의 주민으로 간주하고, 응당 그녀에게 치러야 할 어떤 수입이든 양도를 승인하리라 통고했다. "나는 어떻게 된 영문인지 전혀 알지 못해요," 라이오넬 몬로는 해리엇 위버에게 말했다.

은행의 방향 전환은 새 딜레마를 제시했다. 라이오넬 몬로는 조이스 사건을 그의 아버지, 프레드로부터 인계받았고, 그것을 미스 위버(그의 6촌)를 위해 판독했다. 노라의 인세 총액으로 적립된 모든 돈을 그녀가 인출하는 데 아무런 장애가 없었다. 만일 그녀가 거기 얼마가 있는지를 알면─약 2,000파운드─그녀는 그것 모두를, 혹은 아마도 더한 것을 요구할 수 있을 것이오, 조지오는 그녀에게 일러 그것 모두를 요구하게 하리라. 라이오넬 몬로는 노라에게 총액이 입수 가능하다는 것을 그녀에게 말하지 말 것을, 대신 그녀에게 한 달에 50파운드의 수당을, 미국으로부터 조이스의 인세를 더해, 지불할 것을 제의했다.

"지나치군," 미스 위버는 대답했다. 35 내지 40파운드 사이면 족하리라, 그녀는 말했는바, 그리고 미국의 인세는 노라에게가 아니라 런던으로 보낼 것을 추천했다. 미스 위버 역시 조지오가, 그녀는 느끼기를, 그의 어머니에게 지나친 영향력을 갖고 있지 않나 두려웠다.

그들의 공포는 생색이나 과도한 보호로서 철회될 수는 없다. 미스 위버는 언제나 너무 신중하여, 조이스의 사건들에 대한 많은 친구들과 가족의 연관자들과의 자신의 엄청난 통신에서, 조지오가 알코르 중독자가 되었다는 사실에 대해 언급할 수 없었다. 다른 사람들은 한층 솔직했다. 이들 가운데 하나는 존 슬로컴으로, 그는 조이스의 원고와 중요 기사들을 수집함에 있어서 전후戰後 지도자들 가운데 하나가 된, 미 국무성의 관리였다. 조지오를 취리히에서 만난 뒤, 슬로컴은 그를 '자신의 아버지의 그늘 속에 사는, 그리고 노래하기를 거절함으로써 훌륭한 목소리를 잃은, 비극적 음주광으로' 서술했다.

에브린 코턴은, 그녀가 노라의 통신을 처리했을 때, 노라의 처지는 만일 그녀가 자신의 아들을 부양하지 않았더라면 한층 쉬웠을 것이라 말하는 것에, 자신을 국한했다. 전쟁 뒤 여러 해 동안 노라의 빈곤에 대한 한 가지 진실된 묘사는, 조지오의 음주에 대한 언제나 나타나는 그러나 암암리의 문제를 참작해야 한다. 미스 위버의 많은 돈이 그의 목구멍 아래로 사라졌다. 사실인즉, 심지어 전시 초의 수년까지도, 그녀는 영국의 시세로 많은 돈을 취리히에로 보내도록 했고, 그중 아무것도 루치아를 부양하는 데 들지 않았는지라, 그녀의 수수료는 런던으로부터 직접 지불되었다. 1941과 1945년 사이 미스 위버는 노라에게 약 1,200파운드를 보냈다.

1948년에, 더욱이, 조이스 작품의 전후 관심의 커다란 쇄도와 함께, 돈이 답지하기 시작했고, 노라의 재정적 근심은 사라졌다. 1948년 8월에 그녀의 인세 총액 중의 차액은 몬로 쇼의 계산으로 1,937파운드에 달했다. 이 가운데 루치아의 수수료는 절반 이상을 차지했으나, 노라는, 영국 교수가 1년에 단지 400파운드 그리고 공장 노동자가 350파운드를 벌었을 당시에, 1년에 일시불로 930파운드를 남겨 받았다. 더욱이, 미망인으로서, 노라는 제임스 조이스가 생활의 사치스런 표준을 지속하기 위해 기대했던 얼마간의 비공식 후원금을 즐겼다. 그녀는, 예를 들면, 돈을 지불하지 않고도 코로넨홀에서 식사 환영을 받았다. 쩜스테그 내외는 장부에 요금을 단지 기록했을 뿐, 그것이 넘치면, 찢어버렸다.

꼭 같은 예우는 바(주장)에서 조지오까지 뻗지 않았다. 그는 자신의 음료를 위해 돈을 지불해야 했으나, 그런데도 그는 자신이 좋아하는 물탄 코냑을 자신의 이름으로 댈 정도로 거기 정기 외상장부가 있었다. 크로넨홀의 그의 옛 술꾼들은, 조지오가 그러했듯, 큰 소리로 불러대기를 좋아하곤 했는지라, "코냑 조이스! 콘냑 조이스!" 그러나 그의 음주는 자신들의 수입의 한결같은 유출이었거니와, '영국 은행'의 통화 제한만큼 그들의 곤궁의 원인이었고, 노라는 긴 경험에 비추어 그에 관해 논쟁할 하등의 의미가 없음을 알았다.

노라도 조지오도 그들의 런던의 보호자들이, 그들 자신의 이익 및 루치아의 것을 위하여, 돈의 부족한 할당액으로 그들을 일부러 부양하고 있음을 아는 지적 교양을 갖지 않았다(노라는 몬로 쇼 법률 사무소로 하여금 루치아의 청구서를 직접 지불하도록 위임했다). 1948년까지는, 그럼에도 불구하고, 어머니와 아들은 과연 그들의 최악의 나날은 끝났음을 이해했다. 노라는 로버트 캐스토에게 그녀의 『실내악』의 판본을 돌려주도록 말을 보냈다. 이제 그것을 팔 필요가 없었다.

21

사자(獅子)들의 울음소리

노라가 '조이스 미망인'의 역할을 하게 되자, 그녀는 마침내 남편의 천재성을 믿기 시작했다. 그녀는 문학 뉴스에 흥미를 가졌고, 조이스의 작품에 관한 많은 책들이 출판되자 기뻐했다. 그녀는 『휴대용 제임스 조이스』의 3권을 선물로서 보내주도록 요구했으며, 자신을 위해, 루치아의 『초서 ABC』한 권을 요구했다.

그녀는 문학의 심문자들을 잘 받아 넘겼다. 이그나찌오 사이론의 아내는 노라에게 앙드레 지드에 관한 그녀의 의견을 묻자, 꾸지람을 들었는지라, "확실히, 당신이 세계에서 가장 위대한 작가와 결혼하면," 노라는 말했다, "당신은 군소 작가들을 모두 기억하지 못할 거요." 노라는, 조이스의 서류들과 기록 문서를 모으기 위해, 그리고 조이스의 모든 출판된 작품의 결정적 서지학을 마련하기 위해, 유럽을 여행하고 있던 존 스로컴에게 말했다, "나의 남편은 문필의 아내를 갖지 않았던 것이 좋았어요. 요리와 접시를 씻는 아내가 있었어야 했으니까." 그녀는, 때때로, 그녀의 결혼을 이상화했고, 자신과 조이스는 축복스럽게 행복했다고 말하곤 했다. 조지오는 이 말을 엿듣고, 말하기를, "나의 아버지가 그에 대해 뭐라 말했을까 궁금하군." 한층 통상적으로, 그녀는 자신의 귀에 익은 기 꺾인 음조를 고수했다. "모든 이들이 내게 나의 남편은 불멸의 자들 중의 하나라고 말해요. 나는 오히려 불멸의 자의 아내가 되기보다 그의 책으로부터 얼마간의 인세를 받았으면 해요."

트리에스테의 나날 이래, 조이스의 감탄 자들은 노라를 자세히 보아왔고, 조이스가 그녀에게서 무엇을 보았는지 추측하려고 애썼다. 실베서트리와 같은 화가들은 노라의 초상들에서 활기를 포착했으나, 아무도, 조이스는 별문제로 하고, 그녀의 목소리와 말씨의 질을 심각하게 포착하려고 하지 않았다. 다행이 후세를 위하여, 1948년에, 샌디 캠벨이란 이름의 젊은 미국 기자는 제임스 조이스 부인을 애써 찾으려고 취리히에서 파리로부터 로마로 가는 기차 여행을 중단시켰다.

캠벨이 조이스 부인이 호수 가까이 시펠드 거리의 냅턴 기숙사에 살고 있음을 알게 된 것은 도시의 가장 멋진 과자점에서였다. 때는 저녁이라, 그는 자신이 조이스 부인을 다음 날 볼 수 있을지를 묻기 위하여 메시지를 남기려고 조언을 청했다. 비서는, 그러나 조이스라는 말만을 알아듣자, 즉석에서 노라의 방에 전화를 걸었다. 노라의 낮은 목소리가 대답했다. 그래요, 그녀는 그를 즐거이 만나고 싶지만, 자신은 나이 많은 부인인 데다가, 때가 그녀의 취침시간이었다. 만일 그가 다음 날 그녀를 만나러 온다면, 어느 때고 편리하리라. 그들은 정오로 정했다.

캠벨은 일찍 도착했다. 노라는 거실에 앉아 기다리고 있었다. 거실은 작았고, 값싼 가구들로 가득했다. 노라가 그를 맞이하려고 일어섰을 때, 그는, "그녀의 음성의 고요함과 아일랜드 목소리의 아름다움에 의해 충격을 받았는데—내가 뉴욕에서 익숙했던 여배우들의 거친 아일랜드 말투와는 너무나 딴판이었다."

노라는 자신들에게 각자 두보네트 하나씩을 주문했고, 조지오가 그들과 합석하기를 희망한다고 말했다. 그녀의 아들은 아버지처럼, 훌륭한 노래 목소리를 가졌다고, 그녀는 말했으나, 스위스 당국은 그에게 직업을 허락하기를 거절하기 때문에, 스위스에서 일을 할 수 없다고 했다. 만일 조지오가 단지 할리우드에 갈 수만 있다면, 그는 일을 찾을 수 있으리라 확신한다고 했다. "하지만, 그는 노래 부르기를 걱정하지 않아요." 그녀는, 이 전적인 낯선 사람을 신뢰하면서, 말했다. "뭔가 잘못이 있나 봐요. 아마 그는 조이스의 아들이 되기가 힘든가 보죠."

캠벨은 점심식사를 제의했다. 노라는 그들이 그레이크 점에서 식사하는 조건으로 수락했는데, 그곳은 조지오가 그녀를 찾을 곳이기 때문이었다. 그녀는 말하기를, 자신은 채식주의자는 아니나, 고기를 대접하지 않는 레스토랑들은 한층 싼 곳임을 알았다. 캠벨에게 치즈, 과일, 그리고 야채는 너무나 맛있기 때문에 그는 상관하지 않았다. 그들이 먹으며, 이야기하자, 노라는 말했다, "오, 캠벨 씨, 나는 이것을 즐기고 있어요. 나는 내가 전화로 당신과 이야기 했을 때, 혹시 당신이 『율리시스』나 『피네간의 경야』의 구절이 무슨 뜻인지 묻기 위해 날 만나러 오는 사람들 중의 하나가 아닌가 했는데, 물론 나는 그걸 답할 수는 없어요. 나는 알지 못해요."

노라는 학자들 혹은 문인들과는 결코 안도하지 않았으나, 젊은 기자와는 마음이 편안했다. 그리하여 터놓고, 쉽게 이야기했다. 그녀는 정말로 자신이 취리히를 좋아하지 않으나, 파리에 있는 것이, 그녀 주변에 있는 조이스의 모든 책들과 함께, 한층 좋다고 말했다. 조이스는 읽는 것을 좋아했다고, 그녀는 말했다.[11]

무슨 작가들을? 캠벨은 문학적 정보를 위해 계속 추구했다. 노라는 미소를 띠었다. "글쎄요, 사실은, 그인 혼자서 글을 읽으며 많은 시간을 보냈어요."

11_캠벨의 회견은 노라에게 본명인 조이스로 언급하게 한다. 그녀의 일상의 관례는 짐이 사람들에게 너무나 흔한지라, 그를 '나의 남편'으로 불렀으리라.

(그녀의 솔직한 서술은, 희귀하고 전문적 작품들에 대한 조이스의 무수한 언급들이 그의 독서의 깊이와 범위에 대해 잘못된 인상을 준다는 주장을 지지한다. 그의 만년에, 자신의 침침한 시력과 더불어, 조이스는 확실히 위대한 독자는 아니었다) 노라는 자주 그가 그녀에게 의존했다고 주장했다, "그의 눈이 나빴을 때, 나는 그에게 글을 읽어 주곤 했어요, 모든 종류의 책들을. 우리는 파리에서 너무나 많은 책을 가졌었어요. 나는 파리로 되돌아가야 해요. 아마 나는 어쨌거나 잠시 동안이래도 방문할 거예요. 나는 거기 친구들이 있고, 아파트로 가지 않아도 될 것 같아요."

노라는 자신의 돈 걱정이 틀림없이 단지 수월해졌었다고 말했다. 1948년까지, 그녀는 말하기를, 자신은 한 달에 단지 30파운드만을 받고 있었는데, 그것으로 그녀는 조지오와 '프랑스의 집에 있는 조지오의 누이동생을' 부양해야 했다. 그녀는 자신의 생활이 남편이 살아있을 때와는 딴판이라고, 캠벨에게 말했다. "우린 가장 좋은 레스토랑에서 식사했고, 그인 친구들을 대접하기를 좋아했어요."

조지오가 갑자기 그들과—불안하게 합석했다. 그는 잠시 동안 캠벨을 스티븐이라 생각했었기때문이었는데, 그를 그들은 미국에서 도착하리라 기대하고 있었다. 캠벨은 일러 받지 않아도 조지오가 조이스의 아들이라는 것을 알 수 있었고, 그의 목소리가 그의 어머니의 것처럼 유쾌하다고 생각했다. 노라는 우선 한 사람, 이어 다른 사람에게 약간의 딸기를 먹도록 권유하려 했으나, 성공하지 못했다. "어머니는 제가 많이 먹기를 싫어하는 걸 바로 이해할 수 없나 봐요," 조지오는 말했다.

점심 식사 뒤에 노라는, 그녀가 소유했던 조이스의 책들 중 유일한 것을 보여주기 위해, 조지오와 함께, 캠벨을 그녀의 방으로 도로 데리고 갔다. : 책은 그녀가 트리에스테 그리고 조이스가 더블린에 있었던 1909년에 그녀를 위해 양피지 위에 복사한『실내악』의 판본이었다. "나는 다른 것들을 가졌었어요," 그녀는 말했다. "그러나 나는 그들을 사람들에게 주어버렸거나 혹은 그들이 빌린 채 보관하고 있어요. 그러나 나는 『실내악』과 떨어질 수 없어요, 왜냐하면 조이스는 이 복사판을 자신의 필치로 나를 위해 장만했기 때문이죠. 한때 내가 돈이 몹시 궁했을 때, 나는 그걸 팔도록 미국으로 발송했으나, 그것이 너무 그리워, 편지를 써서, 되돌려 보내도록 말했고, 어떤 돈으로도 그것과 헤어지지 않겠다고, 했어요."

노라의 방은, 캠벨의 눈에, 아주 작고, 아주 말끔하며, 텅 비어있었다. 그것은 한 개의 큰 창문을 가졌다. 욕실은 홀 아래 있었다. "그것은 그대가 사람들하고 심지어 오래 앉아있을 방이 아니었어," 캠벨은 생각했다. "그대가 전혀 홀로 앉아 있을 방이 아니었어." 노라가 그녀의 시집을 박엽지로부터 펼쳤을 때, 그녀는 자신이 아름답다고 생각했던 특별한 시행들을 인용했고, 시들을 암기하는 듯했다. 언급된 사람의 이름을 빈번히 반복하는, 유쾌한 아일랜드다운 습관으로 그녀는 말했는지라, "이해할 수 있겠지요, 캠벨 씨, 내가 왜 그걸 팔 수 없는지를."

노라는 자신이 낮잠을 자야 하리라는 생각을 피했다. 대신, 그녀는 그들이 조이스의 무덤을 방문할 것을 제의했다. 캠벨이 택시를 탈것을 제의했을 때, 그녀는 낭비라는 생각에 반감을 느꼈다(심지어 오늘날도 스위스의 택시비는 아주 높다). 그가 고집을 하자, 그녀는 한 대를 부르도록 서기에게 뽐내 듯 말했다. 조지오는 그녀를 다음 날 만날 것을 약속하고, 작별했다. 그들이 차를 타고 떠나자, 그녀는 조이스에 관한 드문 회상들을 쏟아냈으니, 쓰레기 수거인이 오리처럼 걷는 걸 그가 어떻게 생각했는지를, 수녀를 피하기 위해 그가 어떻게 거리를 건너려 했는지를("그걸 난 불필요하다고 생각했어요, 캠벨 씨"). 그는 개를 싫어했으나, 어떤 종류든―고양이를 사랑했다.

이어, 그들이 플룬턴에 도착하자, 노라는 말하기를, "나는 그이가 틀림없이 자신이 묻혀 있는 공동묘지를 좋아할 거라고 자주 생각해요. 그것은 동물원 가까이 있고, 누구나 사자들이 우는 소리를 들을 수 있어요."

그러한 모습은 노라의 상상력의 힘을 드러낸다. 외로운 묘지의 죽은 애인에 대한 그녀의 기억이 영문학에서 가장 아름다운 구절들 중의 하나에로 인도했던 그 여인은, 사자들의 소리를 즐기며, 그의 무덤 속에 누워, 아마도 혼자서 낄낄거리는, 자신의 남편의 조망을, 한 전적으로 낯선 자를 위해, 불쑥 마음에 생각나게 했던 것이다. 그것은 노라 자신이, 마이클 퓨리의 무덤 위에 눈이 내리는, '죽은 사람들'의 마지막 장면을 조이스를 위해, 스스로 불러일으켰음을 암시한다.

죽은 자는—주시하며, 귀담아 들으며, 그리고 삶을 판단하며—아주 가까이 있나니, 그것은 '죽은 사람들'의 메시지이다. 그것은 또한 아일랜드의 메시지인지라, 세계의 텔레비전 스크린에 비친 그의 지배적 이미지는, 사람들에 의해 운반되는 관들과 함께, 묘지에로의 행진이기에, 사람들은, 게브리얼 콘로이처럼, 과거에 속하는 자들의 존재에 의해 압도되기 마련이다.

죽은 사람들이 진작 죽지 않았다는 확신은, 왜 노라는 아일랜드에로 돌아가지 않았던가? 라는 캠벨의 질문에 대한 그녀의 대답 뒤에 놓여 있었으니, "추측컨대 그가 여기 있기 때문인 것 같아요." 그녀는 말했다. "사람들은 내가 영국에 있는 돈을 가질 수 있도록, 그곳에 살기를 원했어요, 그러나 나는 결코 거기 살아 본적이 없는데다가, 영국 사람들을 좋아하지 않아요, 그래서 나는 그렇게 하고 싶지 않아요. 나는 오히려 아일랜드의 한 오막 집을 좋아하지만, 아일랜드 사람들은 조이스를 좋아하지 않으니, 그래서 여기 머물고 있잖아요."

그들이 조이스의 무덤을 떠났을 때, 노라는 캠벨의 주의를 푸른 잎들이 달린 한 그루 나무에로 끌었다. 조이스는 꽃을 좋아하지 않았다고, 그녀는 말했다. 그녀는 캠벨더러 약간의 잎들을 그와 함께 가져가도록 초청했다. "좋은 곳이죠, 그렇잖아요?" 그녀는 그에게 말했다. "우린 오기 잘했어요. 나를 데리고 와주셔서 고마워요, 캠벨 씨."

노라는 조이스를 위해 한 망명자로서 남았다. 그녀는 "그를,"—다시 말해,

그의 시신屍身을 떠날 수 없었다. 그녀의 아일랜드에 대한 적대감은—아일랜드의 그에 대한 적대감보다—더 크지도, 덜 크지도 않았다. 같은 해 아일랜드의 한 사건은 아일랜드 사람들이 제임스 조이스를 좋아하지 않았다는 노라의 믿음을 단지 강화할 뿐이었다. 1948년에 아일랜드 정부는 W.B. 예이츠의 시신을 1939년 그가 사망했던 프랑스의 남부로부터 아일랜드로 이송해 왔다. 예이츠는 그가 사랑하는 드럼클립에 매장되기를 원했기에, 자신과 그의 가족을 위해 작은 지면을 보존했었다. 1948년에 아일랜드는 예이츠의 시신을 엄숙한 존경심과 함께 본국에 환송했다. 관은 프랑스로부터 골웨이 만灣으로 아일랜드 해군에 의해 운구 되었으며, 거기 미망인, 그녀의 아이들 및 시인의 아우가 배 위에서 호각을 불었다. 그러자 장례 행렬은 그들을 골웨이로부터 슬라이고에로 호송했고, 거기 예이츠는 의장병과, 아일랜드 정부 대표자의 감시와 함께 매장되었다.

왜 조이스에게는 꼭 같지 않았던가? 노라는, 조지오에 의해 지지를 받은 채, 아일랜드 정부가 조국의 가장 위대한 시인 못지않게 산문의 가장 위대한 작가를 대우해야 한다고 느꼈다. 조이스의 시신은, 아무튼, 취리히에서의 그의 예기치 않은 죽음에 대해 그에게 부여했던 무덤보다 한층 영원한 휴식의 장소가 필요했다. 스위스의 정책은, 죽든 혹은 살든 이민자들에게 달갑지 않게, 외국 방문객들의 시신을 고국에 환송하도록 격려했다. 그러나 노라도 조지오도 조이스의 시신을 아일랜드로 호송하는 공식적 요구를 체계화하기 위해 캠페인을 벌일 수 없었다. 이러한 배려는, 더군다나, 거의 정치적으로 불가능했다. 노라의 젊은 시절의 신교도적 우세는 책들과 신문들에 대한 엄격한 검열을 지속했던 가톨릭의 우세에 의해 지위를 빼앗겼다.

조이스의 책들은 결코 아일랜드에서 판금되지 않았으니, 왜냐하면 『율리시스』의 디지 씨가 유대인들에 관해 말하듯, 아일랜드는 결코 그들을 입국시키지 않았기 때문이다. 세관 관리들은 단순히 나라에 들어오는 누구든 발견되는 대로 체포했다. 그러나 인간 조이스는 저자 조이스로서 받아들여 질 수 없었다. 아일랜드 자치국에서 상원 의원으로 봉사한 바 있는 예이츠와는 달리, (예이츠는 자기 자신을 '미소 짓는 공인'이라 불렀다), 조이스는 전후 세월에서 아일랜드인의 마음속에 충격적, 모독적, 그리고 오만하게 남았다. 그의 기숙학교인, 클론고우즈 우드는, '한 나이 많은 클론고우즈 인'이, 공중 화장실에서 24시간을 보낸 사람에 관해 책을 씀으로써, 학교를 저락시켰다는 학생의 유머를 별개로 하고라도, 조이스의 작품을 인정하지 않았다. 그러자 조이스의 아우 찰스가 조이스 1주일 뒤에 사망했을 때, 그들이 졸업한 중등학교인, 더블린의 밸비디어는 조이스의 형제들 중 하나에게만 학교 잡지의 사망광고를 부여했을 뿐, 제임스는 아니었다. 그는 '나쁜 소년들 중의 하나'로서 생각되었다.

노라는, 그럼에도 불구하고, 미스 위버더러 그녀의 영향을 행사하도록 권유했으며, 따라서 미스 위버는 오켈리 백작 및 콘스탄틴 커런에게 접근하여 혹시 아일랜드 정부 혹은 '왕립 애한 아카데미'가 조이스의 시신의 귀환을 요구하기를 고려할 수 있을지를 보도록 했다. (만일 조이스의 시신이 스위스를 떠나면, 노라와 조지오도 역시 떠나리라, 미스 위버는 믿었다.) 마리아 졸라스는 자신의 지지를 보탰다. 그녀는 오켈리에게 글을 써서, 조이스는 의심을 넘어 훌륭한 가톨릭교도였음을, 그의 시신은, 그의 미망인이 그것을 원할 뿐만 아니라, 조이스는 아일랜드 문학의 탑 같은 인물이기 때문에 고국으로 송환되어야 한다는 것을 그에게 말했다.

그것은 오켈리 백작더러 서둘러 문의하도록 그리고 이러한 제의는 대중의 지지를 거의 받지 못하리라는 슬픈 뉴스를 마리아 졸라스에게 열거하도록 했다. 많은 가톨릭적 아카데미의 세계는 정부 및, 말할 필요도 없이, 교회처럼, 그것의 저항에 용서가 없었다.

1948년까지는 조지오는 자기 자신의 생활에서 변화를 이루도록 하기 시작했다. 헬런으로부터의 이혼은 아직 아니었으나, 그는 새로운 애인을 발견했는데—아스타 잔크—오스터발더는 독일의 안과 의사로, 그녀의 남편과 이혼하고, 두 아이들, 한 아들과 한 불구의 딸을, 가졌었다. 노라는 그러한 관계에 대해 기뻐하지 않았으나, 그것을 관대하게 보았다. 자크 메르캉통은 취리히를 방문하여, 조지오를 찾았고, 그가 아스타와 함께 경쾌한 병장에 살고 있음을 알았다. 그가 초인종을 울렸을 때, 그는 조지오뿐만 아니라 노라가 집에 있는 것을 발견했다. "당신은 여기 누가 있는지 상상할 수 없을 거요!" 조지오는 그의 어머니를 큰 소리를 불러냈는지라, 그러자 노라가 그들의 옛 친구를 보았을 때, 그녀는 그의 두 손을 잡고, 억수 같은 눈물을 터뜨렸다. 메르캉통은 그녀의 관절염의 상태를 보고 괴로웠는데, 왜냐하면 그렇지 않고는 그녀는 그에게 여전히 젊어 보였기 때문이다.

1948년 여름에 노라와 조지오는 뉴욕으로부터 방문객들을 가졌다 : 조지오의 처형인, 마가렛 캐스토(로버트 캐스토의 아내)요, 그녀의 10대의 딸, 이니드였다. 마가렛 캐스토는 따뜻하고, 다정한 여인으로, 그녀는 미국의 스티븐을 위해 집을 마련하는 데 많은 일을 했다. 이니드는, 대략 스티븐의 나이에, 처음으로 유럽을 방문하고 있었고, 그녀는 자신의 여행의 그리고 조이스 가문의 인상들을 기록한 한 권의 잡지를 보관했다.

마가렛과 이니드는 노라, 조지오, 스티븐 및 아스타와 같이 크로넨홀에서 두 번 식사를 했고, 이니드는, 식당이 높은 천정과 어두운 판벽 널을 가진 뉴욕에 있는 독일계—미국의 레스토랑을 상기시킨다고, 생각했다. 그것의 음식은 값비쌀지라도 소박했는데, 그녀는 보다 가난한 고객들이 만찬 뒤에 맥주로 시간을 보내기 위해, 잡담과, 당시 인기가 있던, 영국 산 담배, '플래이어즈'를 피우기 위해 오는 것을 살펴보았다.

이니드는, 처음으로 노라를 만나면서, '아주 백발에, 아름다운 피부와 완전히 평범한 얼굴을 한, 소박한 장미 빛의 뺨을 가진 아일랜드 여인'을 보았다. 그녀를 두고, 그녀가 주부요, 이어, 스티븐의 탄생 바로 직전에, 제임스 조이스와 같은 한 남자의 아내였음을 생각하다니 있을 법 하지 않았다. 이니드가 놀라게 도, 노라가 자신의 남편을 위대한 작가로서 생각하는 것 같지 않아 보였다. 이니드는 의아해 했으니, "그녀에게, 조이스는 어떤 남자고 가질 수 있는 과오와 미덕을 가진 사람으로 남아 있어."

이니드는 노라의 문장들의 구절뿐만 아니라 그녀의 사투리를 적어 두었다. 노라는, 스티븐이 여름휴가로 미국에서 돌아 온 밤에, 자신이 샴페인으로 '취하다니' 부끄러웠고, 이어 그들은 크로넨홀에서 화려한 스타일로 축하했다. 양 저녁에 캐스토 내외와 더불어, 포도주가 제공되었을 때, 노라는 '다른 밤처럼' 어떤 일도 일어나지 않기를 바라면서, 오히려 변덕스러웠다. 그리고 그들에게 그녀는 직접적인 개인적 말을 하는 자신의 습관을 드러냈다, "내가 이걸 말해야 하다니 모를 일이야." 그녀는 마가렛 캐스토에게 말했다. "그러나 이니드는 할리우드에서 막 나온 듯, 너무나 매혹적이야." 이니드는, 노라가 "먹으며, 잠자며, 그녀의 관절염에 대해 떠들어대며, 그리고 과거를 그녀 뒤로 미루면서," 취리히에서 행복함을 판단했다.

이니드는 조지오와 헬런이 맨해튼에 살았던 이래 그를 보지 못했다. 43살의 나이에, 조지오는 한층 늙고, 추해 보였다—"다시 말해," 그녀는 자신의 잡지에 털어 놓기를, "누군가가 그를 잘 생겼다고 생각할지라도, 나는 결코 아니야." 그의 머리카락은 길고, 강철 빛 회색으로, 그의 손은 가늘고, 손톱을 매니큐어로 짙게 칠한 데다가, 그는 깊고 저음의 흥흥거리는 이야기의 작은 단편들을 가지고 자신의 긴 침묵을 신경질적으로 깼다. 그의 영어는 말투가 강했고, 꼼꼼하게 발음했으며, 그는, 노래하기를 포기한 다음, "마시며, 담배를 피우며, 단지 조금 먹으며, 그리고 그이보다 훨씬 젊은, 자신의 걸 프렌드인, 한 정정하고 애정 어린 독일 여성과 어릿광대짓을 하며," 시간을 보냈고, 그러자 그는 스티븐을 테이블 아래로 발로 차는 게임을 행했다. 이니드에게 그의 크로넬홀의 동료들은 '그이 자신처럼…… 인생의 추방된 폐물들'로 보였다.

이니드는 아스타가 조지오와 '낭만적으로 매혹되었음을' 발견했으나, '그에게 유혹녀―어머니 역을 하다니, 그것은 안과 진료소에서 고된 하루 뒤의 몸을 푸는 방법이지, 결혼의 서곡이 아님을' 확신했다. 이처럼 민감한 여인은 이러한 결혼을 책임지지 않으리라, 그녀와 그녀의 어머니는 확신했다.

그러나 캐스토 내외는 그것을 나약하고 심기증心氣症에 걸린 조지오에 대한, 강하고, 의학적으로 훈련된 여인의 매력으로 과소평가했다. 당시 조지오는 여전히 편두통으로 고생하고 있었다. 이것이 그의 얼굴을 밝은 핑크색으로 밝혔다. 그들이 그녀를 부르듯, 부인 독토(의사)는 그를 전환시켰고, 그로 하여금 먹도록 애를 썼으며, 때때로 두통이 그 극에 달하기 전에 그를 경감시킬 수 있었다. 그녀와 조지오는 함께 남아 있었고, 1954년에 결혼했다.

노라는 조지오가 두통에 대해 불평하는 것에 대해 익숙했다. 그가 마가렛 및 이니드 정면에서 그렇게 했을 때, 그녀는 정신분석법이 아마도 그를 위해 유익할 것이라 과감히 진술했다. "쓰레기 같으니," 조지오는 콧방귀를 뀌었다. "만일 내가 그 따위 허튼 수작을 원한다면 나는 언제든 신부神父에게 나 자신을 고백할 수 있어. 그건 마찬가지 짓이야."

이전以前―관계들 사이의 관계들은 절실했다. 조지오는 스티븐이 뉴욕에서 캐스토 가문의 가족 분위기를 즐겼음을 알았고, 그의 아들과 이니드를 함께 관찰하면서, 스티븐에게 혹시 그가 그의 모든 사촌들과 좋은 관계를 가질 생각이 없는지를 물었다. 이니드는 조지오와 특별한 노력을 했는지라. : "저는 우리의 모든 가족에 대한 조지오의 강렬한 미움을 알기 때문에, 가장 호감이 가도록 진심으로 노력했고, 그것을 어느 정도까지 수정하기를 원했어요."

마가렛과 이니드는, 헤어지기 전에, 사진을 찍었고, 이는 당시 세월에서 노라의 자세와 평정의 다른 보고를 확약하는 것이다. 64세의 노라는 많은 것을 받아들이며, 자기 자신 및 세계의 호기심과 타협하는 것을 보여줌으로써, 소녀 시절 이래 카메라에 부여했던 것과 꼭 같은 꾸준한 시선을 보여준다. 그녀는 살이

쪘지만, 강하고, 곧은, 네모난 어깨를 가졌다. 그녀의 크고 검은 펠트 제의 모자, 기하학적으로 모형을 이룬 양복, 그리고 목에 부드러운 타이를 두른 블라우스는 그녀가 자신의 스타일에 대한 흥미뿐만 아니라, 그녀의 분명한 남녀 양성兩性의 태도를 잃지 않았음을 선포한다. 그녀 곁에, 어떤 취리히의 노상에, 조지오가 서 있는데, 나이 먹은 방탕아요, 중년의 나이를 가진 자로서, 그에 관해 이야기 될 수 있는 단 한 가지 친절한 것이란, 그는 자신의 어머니를 사랑했다는 것이었다.

1948년 말과 1949년에 노라는 파리를 방문하기 위해 두 번 취리히를 떠났다. 그녀는 파리의 아파트로부터 폴 래옹이 회수한 소지품들을 고르는 것을 돕기 위해 그리고 조이스 원고들, 책들 및 사진들의 전시 및 판매를 조직하는 작은 역할을 하기 위해 필요했다. 이는 '왼쪽 둑' (레프트 뱅크)의 새 서점 겸 화실인, '라 홍'도서관에서 있을 것이요, 수익은 그녀와 조지오에게 갈 것이었다.

판매를 위한 물품들 가운데는, 실버스트리와 버전이 그린 노라의 것들을 포함하여, 가족의 모든 초상화들이 있었다. 노라는, 판매를 위해서가 아니라, 전시를 위해서, 자신의『실내악』의 판본을 대부했다. 조지오는 될 수 있는 한 많은 돈을 마련하는 데 열렬했기에, 그의 아버지의 책들로부터 많은 수입이 루치아를 부양하는 무거운 비용을 감당하기 위해 소요되는 것을 여느 때처럼 분개해 했다.

조이스의 자료가 판매를 위해 대두되자, 알력이 학자들과 수집가들의 행렬을 이루어 터져나왔다. 존 스로컴은, '라 홍' 수집품을 주시하면서, 모든 것을 사서, 그것을 모교인, 하버드에 기증할 것을 희망했다. 그는, 버펄로 대학이 어쨌든 선수 쳐서, 1만 달러의 보다 높은 입찰을 했을 때 몹시 실망했지만, 그 돈은 수락되었다. 미국의 아카데미 군도群島 위로 조이스 자료를 흩어 놓으려는 싸움의 시작에서, 스로컴은 한 죄인을 염탐했고, 자신을 부지불식간에 격분시킨 데 대해 마리아 졸라스를 비난했다. 그녀는 조이스 부인의 손 안에 가능한 최대의 금액을 안겨주기보다, 하버드나 예일에 한층 관심을 쏟는 그 자를 사실상 사납게 비난했다. 귀담아 듣는 사람들에게, 그녀는 존 스로컴을 '개자식'으로서 탄핵했다.

캐로라 기디온—웰커 역시 노라와 조지오에 대한 그녀의 비애를 털어놓기 위해 '라 홍' 전시의 경우를 이용했다. 논쟁의 여지가 많은, 데스마스크의 하나를 대여함에 있어서, 그녀는 노라가 마리아 졸라스를 그녀에게 불리하게 했음을, 그리고 어떻게 기이돈 내외가 조이스 가문을 탐색했는지에 대해 조지오가 취리히 전역을 수군거렸음을, 실비아 비치에게 불평했다. 그녀 자신은 단지 가면이 박물관이나 혹은 도서관에 갈 수 있도록 제작하기를 의도한 것이라, 그녀는 말했다. 그리고 만일 그녀가 그 곳의 가면 하나를 보낼 경우, 우편료, 포장 및 보험이 지불될 것인지 아일랜드로부터 소식 듣기를 기다리고 있었다.

노라가 파리에서 접근할 수 있는 동안, 해리엇 위버는 그녀 및 전시를 보기 위해 '해협'을 건넜다. 문학의 집행자로서, 미스 위버는 조이스 서류의 출판과 입지에 관한 모든 결정을 내릴 힘을 가졌으나, 자신은 노라의 소원을 존중하기를 원했다. 두 가지 원고가 미스 위버의 마음에 있었다. 하나는 창고에서 꺼내진 문서들 사이에서 빛을 본, 『망명자들』의 노트였다. 연극에 첨부된 노트는 분명히 조이스 학자들에게 커다란 관심거리일 테지만, 어떤 논평들은 아주 개인적 언급들이며, 연극의 자서전적 특질을 고양시켰다(노트는 기억되어야 할 것이거니와, 프레치오소의 노라에 대한 애착과 노라의 소녀 시절의 기억에 대한 언급으로, '수녀원에서 사람들은 그녀를 남자—살인자라고 불렀던 것'과 같은 고답적 특수한 논평을 함유했다). 다른 것은 『피네간의 경야』의 원고에 대한 처분이었다. 미스 위버는 그것을 아일랜드 국립 도서관에 기부하기를 희망했으니, 그녀는 사실상 아일랜드가 책들을 가져야 한다고 그들의 보관자에게 약속했다.

노라는 『망명자들』, 노트 및 일체에 대한 출판을 기꺼이 승낙했다. 그러나 그녀는 『경야』 원고가 아일랜드로 가는 생각에 대한 자신의 달래기 힘든 적의로서 미스 위버를 놀라게 했다. 만일 아일랜드가 그녀의 남편의 시신을 원치 않으면, 노라는 말하기를, 그것은 원고를 가져서는 안 되었다. 대영 박물관이, 노라는 말하기를, 한층 적합한 저장소가 되리라.

사실상, 2년 보다 일찍이, 노라는, 오켈리 백작이 조이스 가족에 의한 그리고 조이스 가족에 관한 수천 편의 편지가 포함된 봉투들을 아일랜드의 국립도서관에 넘겼다는 것을, 캐슬린이 보낸 신문의 오린 기사로부터 알자, 지극히 침통해 했다. 레옹은 그들을 인도하기 전에 그녀와 조지오에게 상담해야 했으리라, 그녀는 느꼈다. 그녀는 미스 위버에게 그들을 돌려받도록 애쓸 것을 요구했다. 그러나 미스 위버가 할 수 있는 것은 아무것도 없었다. 문서들은, 폴 레옹에게 복종하면서, 콘스탄틴 커런으로부터의 분명한 지시 하에, 조이스의 사망 50주년인, 1991년까지 열지 못하도록 봉인되어 있었고, 심지어 그의 미망인 및 아들도 유증의 기간을 취소할 힘이 없었다.

미스 위버는 그 사건을 그대로 놔두도록 했으나, 노라가 '아일랜드 사람들을 위해 솔깃한 말이 없음을' 알고 동요된 채, 영국으로 되돌아갔다. 그녀 자신은, 비록 선의의 그리고 부유한 도서관들이 조이스의 자료를 사기 위해 열렬할지라도, 미국인들을 위해 솔깃한 말은 없었다. 그녀의 마음에, 미국은 '루수벨트 씨의 개탄할 죽음 이래 참을 수 없을 정도로 공격적이 되었는지라.' 그리하여 그녀는 그녀 자신의 정치적 충성을 감추려고 애쓰지 않았다. 존 스로컴의 아내가 그것에 관해 예의 있게 물었을 때, 미스 위버는 대답하기를, "이봐요, 나는 한층 잔악해요."

파리에서 노라는 전쟁 이래 루치아를 보는 그녀의 마지막 기회를 가졌다. 방문은 결코 이루어지지 않았다.─조지오와 마리아 졸라스는 그것을 막았다. 조지오는 몸소 아이브리로 가서, 그의 누이동생과 델마스 진료소의 뜰을 걸으며 한 시간을 보냈으며, 그녀의 상태에 너무나 상심한 나머지(그는 마리아 졸라스에게 말했거니와), 그의 어머니가 가서는 안 된다고 마음먹었다. 그와 졸라스 부인은, 그녀가 해리엇 위버에게 쓴 대로, [노라가] 그녀를 본 이래 세월이 너무나 오래 흘렀기 때문에, 그것은 이제 거의 필요한 것 같지 않았다." 졸라스 부인은 미스 위버에게 행한 그녀의 보고에서 그러한 결정을 용케 속였고, 대신 루치아에 관해 노라와 많이 말했다고 장담했다. "나는 결코 알지 못했어요," 그녀가 말하기를, "그녀의 어머니다운 괴로움이 얼마나 깊은지 그리고 언제나 그래 왔는지를."

노라 자신의 견해가 기록되어 있지 않았기 때문에, 그녀가 실망했는지 혹은 그녀의 정신이상의 딸과의 재결합의 긴장을 나눈 것에 그녀가 감사했는지, 알기는 불가능하다.

루치아는 점령된 브라타니의 포니채트에서 온통 전쟁을 보냈다. 가족과 친구들로부터의 총체적 고립은 그녀의 개성의 제도화를 마무르는 데 이바지했다. 파리에 되돌아 와, 조이스의 옛 친구들은 그녀를 방문했으나, 그들은 관심에 의해서만큼 호기심에 의해 고무되었다. 고가티가 1949년 9월에 한 친구에게 기꺼이 열거했듯,

> 나는 지난주 코룸을 만났어. 그는 조이스의 딸이 감금되어 있는 수용소의 방문으로부터 돌아왔었어. 그는 그녀가 흰색 머리카락에 약간의 턱수염을 가졌다고 내게 말했어. 그녀는 결혼에 대해 말하고, 맥그리비를 암시하는지라, 왜냐하면 그들 양자는 음식을 좋아하기 때문이야. 슬픈 일이지. 하지만 그것은 스로컴이 그녀의 아버지가 광기를 전파한 것을 듣고 싶지 않았음을 계속 증명하고 있어.

그러한 보고는 루치아가 그녀의 턱에 기른 털을 가진 한, 정확했다. 1982

년에 그녀의 죽음까지 그녀와 함께 남아 있었던 그러한 신체의 상태(아마도 호르몬 약물치료의 반응)는 단지 그녀의 추잡한 감각과 그녀의 외모의 결함의 강박관념을 더해줄 뿐이었다.

졸라스 부인이 노라더러 아이브리를 방문하기를 원치 않았던 한 가지 이유는 그러한 신체적 상황이 침울한 것이었기 때문이다. 독일의 폭격에 의해 입은 상처는 고쳐지지 않았다. 또 다른 이유는 루치아는 여전히 지극히도 광포했다. 닥터 델마스는 사망했고, 졸라스 부인이 그의 후계자들과 루치아의 병을 상담하러 갔을 때, 그녀는, 루치아가 여섯 개의 창문을 부수었고, 두 환자들을 공격했으며, 잠시 동안 구속복拘俗服을 입었음을 알았다. 졸라스 부인의 방문 동안, 그녀는 위험을 무릅쓰고 감히 루치아의 방에 들어갈 수 없었다. 미스 위버에게 보고하면서, 그런데 그녀는 닥터 델마스가 사망했기 때문에, 진료소가 이제 루치아를 단지 이익을 위해 붙잡고 있지 않나 우려했었거니와, —졸라스 부인은, 그와는 반대로, 직원들이 만일 미스 조이스가 또 다른 기관에 옮겨질지라도 전혀 반대하지 않았을 것이라, 말했다. 그녀의 예후豫後(prognosis)(역주 : 병후의 경과)에 관하여, 그들은 아주 비관적이었다. 그들은 그녀의 행실에 있어서'어떤 생리적 작용의 정지'까지는 어떤 개선의 희망을 보지 못했는지라, 루치아는 당시 41의 나이에 도달했다.

마리아 졸라스는, 그녀가 조이스 비망록에 대한 경쟁 관리인들(두드러지게 실리비아 비치)로서 보았던 자들을 제외한, 어떤 사람에게든 솔깃한 말을 하는 경향이었거니와, 조지오를 '탁월한 상담역으로' 알았고, 시간이 지나감에 따라 그가 자신이 어머니에게 점점 더 도움이 되리라, 자신 있게 느꼈다.

그녀는 노라로 하여금 그녀의 관절염 때문에 규정식을 먹게 함으로써 그녀를 도우려고 애썼다. 노라는 그중 아무것도 하려 하지 않았다. "나는 다른 사람처럼 먹을 수 있어." 그녀는 꾸짖었다. 아서 파워는 파리에 있었는데, 노라를 만찬으로 데리고 나감으로써, 그녀에게 원기를 도우려고 애를 썼다. "어디로 가고 싶으세요?" 그는 물었다. 그녀는 주저하지 않았다. 프랜시스 카페였다. 그러나 저녁은 성공적이 못되었다. 오래된 기억들이 자주 떠올랐고, 그녀의 관절염이 그녀를 거의 정지 상태까지 감속시켰다. 그녀가 택시를 향해 고통스럽게 움직이자, 파워 씨는 그녀의 진저리난 듯 중얼거리는 소리를 들었다, "이 너무 딱딱한 살……" 그녀는 노부인들을 위해 좋은 도시인 취리히로 되돌아온 것이 기뻤다.

이때 즈음하여 조이스 학자들은 조이스 내외의 확장된 가족의 부분이 되었고, 자주 중재자로서 행동했다. 존 스로컴은 아일랜드로 갔고, 조이스와 마이클 힐리가 교환했던 어떤 편지들을 캐슬린으로부터 획득했다. 캐슬린은, 노라가 자기를 포기했고, 자신의 편지에 답하기를 거절했다고 불평하기 위해 화가 나서 글을 썼으며, 그들의 누이인 델리아의 문제를 도우려 아무것도 하지 않았다니, 그것은 나중에 스로컨에게 한 이야기였다. 노라와 제임스 조이스가 골웨이로부터 재정적 원조를 필요로 했을 때, 그들은 필요한 모든 것을 다 부여받았다고, 캐슬린은 쓸쓸하게 말했다.

존 스로컴은 미국 도서관들을 위하여 서간문을 모으고 있었을 뿐만 아니라, 다른 문학적 탐정들도 추적하고 있었고, 그리하여 미스 위버 자신은 스튜어트 길버트가 편집하는, 조이스 서간문들의 출판을 위하여 그녀가 할 수 있는 것을 모으려고 노력하고 있었다. "조이스 부인은 스태니슬로스 조이스 씨의 주소를 가졌나요?" 해리엇 위버는 이브린 코턴에게 물었다. 미스 위버는 분명히 스로컴이 트리에스테의 스태니슬로스와 접촉했고, 사실상, 그로부터 조이스 원고를 사고 있음을 알지 못했다. 트리에스테에 있는 조이스의 서류들은 노라의 재산이요, 응당 그녀 몫인 수입금이 되어야 한다거나, 혹은 그들의 판매는 조이스의 문학적 집행자인, 미스 위버에게 보고되어야 한다는, 생각이 스로컴에게 결코 일어나지 않았다.

　노라는, 신체의 악화 속에, 그녀의 정력을 자신의 즉각적 당면 문제에 집중시켰다. 그녀는 자신이 지나치게 개인적인 것은 무엇이든 제외하기 위하여 우선 선집을 개관하도록 허락받을 것을 오직 명문화하면서, 조이스 서간문집의 수집과 출판을 기꺼이 승낙했다. 그녀는 조이스의 재정적 어려움이 허버트 고먼의 전기 속에 충분히 커버되었기 때문에, 그들에 대해서 거의 언급할 필요가 없지 않을 까 물었으나, 그녀는 자신의 사생활의 침해에 대해서 과도하게 민감하지 않았다. 매리 콜럼이 1947년 자신의 책『인생과 꿈』을 출판했을 때, 그것은 대체로 조이스 가문과의 콜럼의 우정에 관한 것이었으며, 루치아의 질병에 관한 구절들을 포함했다. 노라는 그것을 무시했고, 그것을 단지 한갓 좋은 농담으로 받들었다. 그러나 노라는 미국의 젊은 조이스 학자, 리처드 캐인이 제임스 조이스에 관한 회고집을 수집하고 있다는 암시에 불찬성의 뜻을 표했다. 그녀는 자신이 '모든 종류의 어리석은 이야기들을 출판하는 것을' 원치 않는다고 단호히 말했다. 미스 위버는 그녀와 동의했다.

　출판에 관한 한 가지 논쟁적 결정이 노라의 등 뒤에서 이루어지고 있었다. 조이스가 1941년에 사망했을 때, 마르테 플라이슈만은, 여전히 취리히에 살고 있었는데, 그녀는 그의 장례에 수반되는 공지사항을 읽은 뒤, 조이스가 그녀에게 쓴 4통의 편지들을 가지고 핸리히 스트로만에게 접근했다. 그녀는 또한『실내악』의 자서전적 판본을 하나 가졌었다. 단번에 보아 스트로만은 노라가 내용에 대해 불만스러워 하는 것을 인식하기에 족했다. : 그들은, 비록 결정적으로 천진한 성질의 것일지라도, 연애편지들이었다. 그는 플라이슈만 여인더러―그녀는 결코 결혼하지 않았거니와―국제적 매입자들이 할 수 있는 전쟁의 종말까지 기다리도록 권유했다. 그는, 그녀가 그들을 팔 마음이 생길 때마다, 그는 그녀가 제공받는 최고가의 값을 능가할 것이라고, 그녀에게 약속했다. 기민하게도 마르테(플라이슈만)는 그로 하여금 편지들을 복사하도록 하는 것을 거절하고, 떠났다.

1948년에 스트로만은 편지들을 추적하려고 애썼다. 그는, 마르테 플라이슈만이 노인 환자들을 위한 병원에 입원 중이었음을, 그러나 그녀의 자매가—모든 것, 즉 한 편의 우편엽서를 제외하고—그가 본래 보여줬던 것의 거의 모든 것을 가졌는지라, 그리하여 그는 자신의 자매를 대신하여 판매할 의사가 있음을, 알았다. 스트로만은 편지들을 산 다음, 조지오에게 그들을 보여주자, 후자는 그들이 믿을 만하다는 것을 거부했다. 그의 아버지는 '희랍어의 이'(Greek e′s)를 사용하지 않았다고, 말했다. 그의 아버지의 책을 읽는 어떠한 위대한 독자치고,『율리시스』에서 리오폴드 블룸이 자신의 필치를 위한 서투른 변장으로서 '희랍어의 e′s'를 사용하면서, 비슷하게 은밀한 통신을 행사한다는 사실을 망각하지 않은 듯 그에게 보였다. 조지오는, 비슷한 근시안을 가지고, 그 사건의 가능성을 날려버렸다. 그는 그것에 관해 들었으리라, 그는 말했거니와, 왜냐하면 그의 어머니가 확실히 알아차리면, 엄청난 폭풍을 불러 일으켰을 것이기 때문이다. 스튜어트 길버트는 나중에 조지오와 함께 편지들이 출판되어서는 안 된다는 것에 동의했다.

취리히에서 노라는 그녀의 친구들을 계속 만났다.—크론넬홀의 쩜스태그, 버사 루지에오, 그리고 크론넬홀의 클라라였다. 그녀가 함께 이야기하기를 좋아하는 동양의 카펫 상인도 있었다. 그녀는 자신의 나날을 질서 있는 일정으로 보냈다. 그녀의 뻣뻣한 관절 때문에, 옷을 입는데 오랜 시간이 걸렸다('연극 연출'이라 그녀는 큰소리로 웃었다). 그런 다음 그는 지팡이를 짚고 걸어 나가, 햇빛 속에 앉아 있었다. 그녀는 몇 거리 떨어진 성 안토니우스커치 성당의 미사에 규칙적으로 갔는데, 거기서 그녀는 개인적 고해 신부인 성직자를 만났고, 그는 좋은 친구가 되었다. 밤에 그녀는 자신의 염주도念珠禱를 외웠고, 그것을 침대 곁 테이블 위에 보관했다. 그녀의 건강은 악화되어 갔으나, 그녀는, 심지어 가까운 여자 친구들에게도, 그녀의 건강을 불평하지 않았다.

스티븐 조이스, 그가 미국으로부터 자신의 할머니를 방문했고, 한층 나이 많고, 경험 있는 눈을 통해 그녀를 보았을 때, 그녀의 용기를 감탄했다. 그는 그 녀가 자신의 아버지와 가졌던 문제들 그리고 만사에도 불구하고, 그에 대한 그 녀의 사랑을 볼 수 있었다. 스티븐은, 그의 알코올 중독자인 조지오로부터 이탈 되고 있는 도중이었으나, 그의 아버지의 잘못이 무엇이든 간에 노라는 그것을 자신의 잘못으로 생각하지 않음을 알 수 있었다.

존 스로컴은 미국으로부터의 또 다른 방문객이었다. 그는 노라의 건강 상 태가 적당히 치료되지 않고 있다는 의견을 가졌고, 아일랜드 제製의 코르타손 기적 환약 같은 깜짝 선물을 준비했다. 노라가 그것을 처음 먹었을 때, 그녀는 도취증이 되었다. 그녀는 자신의 관절염이 영원이 사라진 것으로 생각했다. 그 러나 경감은 단지 일시적이요, 치료는 값비쌌다. 해리엇 위버는, 버펄로 대학 의 '라 훙'수집품의 판매로부터 $10,000가 제공될 때까지, 노라를 도와주기 위해 ('영국 은행'의 허가로)그녀 자신의 돈 중 300파운드를 보냈다.

1950년의 여름에, 해리엇 위버의 요구로, 마리아 졸라스는『경야』원고를 아일랜드에 보내는 문제를 다시 한 번 제기하기 위해 노라를 방문했다. 당시 아 일랜드 해외 장관이었던, 숀 맥브라이드는 노라에게 글을 써서, 작품을 국립 아 일랜드 도서관에 비치할 것을 암시했고, 아일랜드 정부는 제임스 조이스를 '그 의 당시의 가장 위대한 유럽인들 중의 하나'요, 아일랜드의 아들로 자랑스럽게 주장하고 있음을 그녀에게 말했다. 이는 노라가 들으려고 기다리고 있던 공식 적인 말들이 아니었다. 마리아 졸라스의 노라 및 조지오와의 대화는 몇 시간 동 안 계속되었고, 미스 위버는 그녀가 바랐던 대로 해야 한다는 것을 노라가 어깨 를 으쓱하거나 말함으로써, 끝났다.

1950년 가을에 노라의 상태는 급격하게 악화되었다. 조지오는 그녀 곁을 거의 떠나지 않았다. 한 가지 결말은 그가 미스 위버와의 교신을 접수하자, 노라는 『경야』 원고를 더블린에 보내는 것을 승인할 어떤 가능성도 이내 단절시켰다는 것이었다. 단지 자기 자신을 위해 말하는 것이던 혹은 노라의 진짜 견해를 반영하는 것이든 간에, 조지오는 자신과 자신의 어머니는 "더블린에 대해서는 전적으로 반대"라고 말했다. 그들은 대영 박물관을 선호했다.

1950년 말기에 노라의 관절은 너무나 뻣뻣했기 때문에, 그녀는 더 이상 걸을 수가 없었다. 그녀는 호수를 내려다보는 벨비디어 공원에, 간호 수녀들에 의하여 운영되던, 파라셀러스 진료소(그것은 지금 교외로 이동했다)에 입소했다. 그것은 취리히의 가장 훌륭한 병원들 중의 하나로, 조이스 가문이 그들의 이전 생활수준의 얼마간을 회복했다는 신호였다. 새해가 동이 트자, 조지오는 미스 위버에게 그의 어머니가 아주 심각하게 앓고 있다는 것을 편지를 써서 알렸다. 그는 단조롭게 말했거니와, 희망이 없다고 했다. 그는 코르티손(관절염 치료제)을 비난했는데, 그것을 그토록 함부로 다루다니, 그녀를 돕기는커녕, 단지 그녀의 몰락을 재촉했을 뿐이었다.

조지오는 그녀를 매일 방문했다. 그의 어머니의 고통에 마음이 산란한 채, 그는 심지어 음주를 포기했다. 스튜어트 길버트는, 그가 조지오를 보았을 때, 그가 전적으로 성격이 변한 것으로, 그리고 아마도, 그 순간, 그가 그랬다고 믿었다. 제임스 조이스의 자취를 좇아 자신들의 많은 생활을 함께 매달리며 보냈던 어머니와 아들 간의 친밀함을 보는 것은 누구에게나 감동적이었다.

1951년 4월에 조지오는 노라가 사망하고 있음을 보았다. 그는 작별을 고하도록 쩜그태그 부인을 크로낸홀로부터 호출했다. 노라의 고해 신부가 진료소를 방문했고, 그녀에게 교회의 최후의 의식을 베풀었다. 그녀의 마지막 몇 주가 지나자 그녀는 무의식 속에 함몰했다. 그녀는 요독증尿毒症을 띠게 되었으며, 그녀의 심장이 악화되었다. 4월 10일에, 조지오를 그녀 곁에 하고, 노라는 예기치 않게 눈을 떴다. 그녀는 힘을 주어, 그녀의 아들의 뺨에 손을 뻗고 만졌다.

그것은 그녀의 생명의 마지막 행위였다. 골웨이로부터의 긴 여정은 끝났다. 조지오는 뉴스를 미스 위버에게 전보로 쳤다, "모친 오늘 아침 사망."

노라의 장례는 조촐했고 약 마흔 명의 사람들, 주로 스위스의 친구들 그리고 아파트로부터의 나이 많은 부인들이 참가했다. 스트로만 교수는 예나 할 것 없이 참가하여, 조이스의 장례와 연계를 마련했다. 마리아 졸라스와 스튜어트 길버트가 파리에서 당도했다. 모두는 조이스 곁에 무덤의 여지가 없음에 실망했다. 노라는 약 50야드 떨어진, 새 묘지에 매장되어야 했다. 신부가 의식을 맡았는지라, 요한 본 로츠는 노라의 규칙적인 고해 신부가 아니라, 오히려 그날 당번을 맡은 사람으로, 형식적인 설교를 했다. 스튜어트 길버트는 신부가 노라에 관해서보다 위대한 '작가'에 관해서 더 많이 말한 것을, 그리고 '단지 그녀의 절친한 친구들만이 그녀가 얼마나 사랑스러웠고, 얼마나 헌신적 아내였는지를 알았을 뿐이라니' 유감이라 생각했다.

길버트의 곁에서, 마리아 졸라스는, 들으려고 그리고 해석하려고 긴장하면서, 아침 공기를 타고 부동하는 두 마디 말을 포착했다. : 위대한 죄인"이었다.

신부는 노라를 위대한 죄인이라 불렀던가? 가련한 노라가 27년의 세월 동안 한 정부情婦로서 살았다는—비밀의 수치를 그가 노출하다니 얼마나 부당한가! 그녀 자신의 '감독파 종교'야 말로, 졸라스 부인은 홀로 생각했거니와, 거친 로마 가톨릭 교회보다 훨씬 더 관용적이었다.

역사와 전기에서, 기록은 가장 오래 사는 자들에 의해 기록된다. 마리아 졸라스는 조이스 둘레의 거의 모든 구성원들보다도 오래 살았다. 1987년, 아흔넷의 나이에 그녀의 죽음까지 많은 세월 동안, 그녀는 조이스 가문의 후기 인생의 사건들의 권위로서 도전받지 않고, 군림했다. 그녀는, 자신의 개성의 순수한 힘을 가지고, 사건들의 번안을, 흐리고, 상호 모순된, 기록에다 부과했다. 따라서, 위대한 죄인이란 별명을 노라의 전설 속으로 삽입한 것은 그녀였다. 스튜어트 길버트도 스트로만 교수도 신부의 말들 속에서 사람을 성나게 하는 구절과 같은 어떤 것도 포착하지 않았다. 졸라스 부인은, 그러나 노라의 고해 신부는 노라의 추문의 과거 때문에 당황한 나머지, 장례식으로부터 자기 자신을 제외했음을, 그리고 그가 대신 시골뜨기 신부에 의해 의식儀式을 치러지도록 했음을, 확신했다. 나중에, 심사숙고 끝에, 그녀(졸라스 부인)는, 노라의 장례식에서 자신이 들은 말들은, "습관적 수사修辭였을지라도, 나는 충격을 받았다"라고 정녕 시인했다. 그리고 그녀는, 그들이 장례식을 떠날 때, 조촐하게 출석한 장례를 두고 조이스가 가졌던 오랜 아일랜드의 농담으로, 조지오를 위안하려고 애썼다, "만일 그(사망자에 관해 언급하며)가 여기 있었더라면, 장례는 달라졌을 거야."

만일 조이스가 거기 있었더라면, 그는 과연 다른 뭔가를 들었으리라. 시골뜨기요 무식한 신부神父는 괴테의 『파우스트』로부터 귀에 익은 어구들을 지껄이는 것 이상으로 노라의 과거의 죄를 그녀의 무덤위에 던졌을 것 같지는 않았으니─괴테로부터의 인용은, 셰익스피어로부터의 영어의 인용이 그러하듯, 독일어의 평범한 교양적 표현이었다. 다음 구절은 성처녀에 대한 기도 속에 나타난다(복수형으로 쓰인 채).

그대 크게 죄 짓는 여인들
당신께 가까이 오도록 허락하사
성실한 참회에 의해 승리하면서
모든 영원을 통하여 축복을.
이 착한 영혼에 당신의 축복을 하사 하옵소서,
단 한 번 이외 누가 자기 자신을 잊었으리요
그녀가 탈선하고 있었음을 누가 몰랐으랴,
당신은 거절을 용서하지 않을지니!

비록 문자 그대로의 낭독이 '본 로츠' 신부가 위대한 죄인들과 착한 영혼에 관한 교묘한 구절을 선택했을 때 그가 노라의 불규칙적인 과거에 대해 요점을 추려 말할 수 있었음을 암시할지라도, 그이 자신은 단호하게 그 가능성을 부정했다. "그것은 나에게 절대적으로 규정상의 장례식이었소." 그는 말했다. 어쨌거나, 노라가 규칙적으로 성찬을 받았던 그녀의 마지막 세월 동안 그녀가 사면赦免받은 죄를 그녀에게 씌우다니 신학적으로 모순되었다.

그녀의 장례 예식에서 이 상상된 비방은 문학 세계가 행한 노라에 대한 마지막 그릇된 판단이었다. 조이스에게 자신의 충절, 자신의 힘, 그리고 자신의 기지를 바쳤던 그 여인은 문학사에서 그의 작품에 아무것도 이바지한 바 없는 무거운 짐으로서뿐만 아니라, 자신의 매장埋葬에서 '위대한 죄인'으로서 서술된, 뒤늦게 결혼한 부인으로서 막이 내렸다. "어떤 별명도 더 이상 적절하지 않을 수 없으리라," 엘먼은 자비롭게 결론 내린다.

그러나 만일 앞서 말들이 『파우스트』에서 온 것이라면, 더 적합한 별명들은 거의 있을 수 없으리라. 그레첸(역주 : 저명한 브라질의 여성 가수)처럼, 노라는 마왕적 자존심의 한 남자를 사랑했던 단순하고 명예로운 영혼이었다. 그리고 조이스 자신은 그녀를 파우스트의 운명으로부터 자신의 구조자로서 숭배했다. 그것은 또한 노라가 유럽 문학의 걸작들 중의 하나로부터 당연히 찬사를 받아야 했으니, 그것은 또한 어울리는 일이었다. 그녀는, 조이스처럼, 그녀의 죽음에서 참된 유럽인이었고, 그녀에게 피난처를 세 번 제공했던 도시의 뽐내는 거주자였다.

공동묘지에로의 그녀의 많은 방문들로부터, 노라는 의심할 바 없이 조이스 곁에 그녀를 위한 장소가 없음을 알았고, 그녀는 그것을 감수했다. 조이스의 많은 친구들은 그러지 않았다. 1966년에, 상당한 의식儀式과 함께 그리고 아일랜드에로의 송환에 대한 한층 더 한 생각 없이, 조이스 내외의 시신들은, 도시를 내려다보는 푸룬턴의 영원하고 멋진 풍경의 무덤 속에 함께 재매장된 채, 취리히의 영원한 일부가 되었다. 매년 수천의 조이스 애호가들은 무덤의 현장에로 그들의 길을 재촉한다. 그리고 만일 그들이 노라의 말을 회상한다면, 그들은, 푸룬턴 공동묘지에 도달하기 위해, 동물원 행의 기차를 끝까지 타야 함을 알고 기뻐하리라.

22

노라 말하다

그대 어디 있든지 간에 아일랜드는 내게 속할지니.

제임스 조이스, 알파벳 순의 노트북,

"노라" 밑의 항목

"아일랜드는 중요함에 틀림없어요." 스티븐 데덜러스는 블룸에게 말한다, "왜냐하면 그것은 내게 속하니까요." 노라는 중요하다. 왜냐하면 그녀는 조이스에게 속했기 때문에 그리고 그녀는 결코 속하지 않았기 때문에. 그녀는 두 사람들 중의 강자였으며, 그가 그녀에게보다 그녀가 그에게 훨씬 더 영향을 준 독립적 정신이었다.

오랫동안 노라가 성취했던 유일한 인식은 그녀의 남편의 휴대용 아일랜드로서였다. J.M. '싱'은, 진정한 아일랜드의 목소리를 듣기 위해 그의 어머니가 여름을 위해 임대한 정원 농가의 마루위에 누워, 아래 층 하녀들의 재잘거림을 들어야 했다. 예이츠와 레이디 그레고리는 쿨 파크에 있는 그녀의 당당한 가정에 앉아, 농민의 풍부한 경험에 관해 이야기했다. 그러나 조이스는 그의 아일랜드와 결혼했다. 노라의 간단없는 아일랜드다움은 그에게 한결같은 위안이요 영감이었다. 조이스가 세상을 떠났을 때, 켄네스 레딘은『아이리시 타임스』지에 썼거니와, "나는, 조이스 부인의 아름다운 골웨이 목소리, 그녀의 후의와 한결같은 멋진 유머…… 그리고 더블린의 해외 이식移植에 대한 결코 변하지 않는 감각을 기억한다."

노라는 결코 더 많은 인식을 기대하지 않았다. 아나 리비아의 죽어가는 말들은 그녀의 것일 수 있으리라, "나는 모두들 일어나기 전에 살며시 사라질지라. 그들은 결코 보지 못할지니. 알지도 못하고. 뿐만 아니라 나를 아쉬워하지도 않고." 하지만 그녀 자신의 죽음은 세계의 신문에 의해 알려졌다. :『뉴욕 타임스』지,『헤럴드 트리뷴』지,『런던 타임스』지, 그리고 물론, 그녀의 나이를 67세 대신 65세로 알린,『타임』지였다. 1951년, 4월 23일에,『타임』지는, 절대적으로 정확하지 않을지라도, 남편의 성취에서 노라의 역할에 대해 어떤 드문 대중적 명성을 그녀에게 따뜻하게 수여했다.

> 사망, 제임스 조이스 부인(노라 바나클) 향년 65세, 그녀의 유명한 작가 겸 남편에 대한 오랜 막역한 친구요, 문학적 산파격. 스위스의 취리히에서, 거기 조이스는 10년 전에 사망했다. 실질적인 여인으로, 그녀는 그를 안주시키고 그의 작품을 완성하게 했는데,『율리시스』를 읽은 후 한숨지었다. : "나는 그 사람의 천재를 추측하지만, 그는 얼마나 불결한 사람이었던가, 확실히!" 그가 성공을 거두고, 사망한 다음, 그녀는, 영국에 사는 것이 내키지 않은 채, 그의 소량의 인세보다 더 많이 그 나라로부터 받을 수 없었기에, 품위 있는 빈곤을 오래 참았다.

가까운 곳에서 노라를 알았던 사람들은 그녀의 공헌을 거의 의심하지 않았다. 엘리자베스 커런은 노라가 자신의 노력으로 조이스를 알코올 중독자가 되는 것으로부터 구했다고 믿었다. "짐, 그만 하면 됐어요"라는 한결같은 말이 없었더라면, 커런의 딸은 느끼기에, 그의 습관은 그의 일할 능력을 압도했으리라. 조이스가 일할 올바른 조건들을 가졌다는 노라의 주장은, 마리아 졸라스에게, 그의 작업에 대한 그녀의 상상되는 무관심과는 사뭇 달랐다. 졸라스 부인에게, 노라는, 조이스가 자신의 작품을 상관했기 때문에, 그의 것을 상관했다.─ 그것은『피네간의 경야』에 대한 그녀의 열성으로 지지받는 견해였다. 그들 친구들의 회고록에서, 노라는 일종의 평가받는 힘으로 나타나거니와, 만일 그녀의 희극적 면이 한층 약간의 문학적 인물들에 의해 강조된다면, 거기에는 그녀와 함께 웃었던, 콜럼 내외와 J.F. 번과 같은, 다른 이들이 있었다. 조이스 내외의 결혼은, 그것의 내적 긴장과 시비에도 불구하고, 그들과 가장 가까운 자들에게는 비상하게도 강하게 보였다. 실비아 비치는 그것을 자신이 아는 가장 행복한 것으로 불렀다. 스튜어트 길버트는 그가 조이스를 너무나 헌신적 남편으로서 보았기 때문에, 그가 마르테 플라이슈만의 편지들을 보았을 때, 나중에 그들을 출판하기를 거절했다. 스태니슬로스 조이스는, 그의 형의 결혼에 대한 자신의 평가를 선택적으로 요약함에 있어서, 많은 것을 말했다.

> 나는 오직 말할지니, 형은 몇 년 전에 정중한 의식으로 그의 아내와 결혼했고, 그것은 그의 사망 시까지도 계속되었으니…… 그는 단지 몇 주일 동안, 당시 본의 아니게, 그녀로부터 떨어졌었다.

한 가지 달변의 평가가 후년에 아서 파우어로부터 나왔다.

> 나는 모든 성실을 다해 말할 수 있다. 그의 아내 노라의 커다란 헌신과 용기가 없었던들, 나는 제임스 조이스가 일상생활의 어려움을 극복할 수 있었으리라 믿지 않는다. 이는 사랑과 성실한 이해에 바탕을 둔 한결같은 동료의식이었다. 조이스 씨와 부인을 알았던 그 누구도, 그가 상대 없이는 어떠한 중요한 조치도 이루어내지 못했으리라, 인식했다. 그들이 함께 있는 것을 보지 않고는, 우리는 얼마나 많이 제임스 조이스가 그의 아내 노라를 의지했는지 인식하지 못하리라. 운명이 조이스와 그의 가족을 다루었던 온갖 충격 속에, 모든 시련과 고난을 통하여, 그들은 다 같이 헌신적으로 함께 남았다.

가족을 결속시킨 것은, 파우워가 단언했듯, 노라였다. "그녀는 용기와 바위처럼 단단한 상식을 가졌었다."

그녀는 어떤 의미로도 지적 인물이 아닌 것은 사실이다. 그런데 그녀는 왜 그래야 했던가……? 그녀는 성실하고 멋진 여인, 그리고 그의 값진 동료요, 친구였으니─ 파리의 지적 온실 속의 이 골웨이 풍의 숨결이야말로.

아마도 모든 것들 가운데 가장 훌륭한 찬사는 그의 손자로부터 나왔다. "할머니는 너무나 강했어요," 스티븐 조이스는 말했다. "그녀는 바위었어요. 저는 감히 말하지만, 할아버지는 아무것도 할 수 없었을 터이니, 할머니 없이는 단 한권의 책도 쓸 수 없었을 거예요."

노라는, 후세가 자기를 심지어 요리도 할 수 없는 갱충맞게 무식한 자로서 각하하려는 것을 알았다면, 놀랐으리라. 수년에 걸쳐 조롱들이 쌓여 왔다. "그녀는 자신들이 살았던 나라의 언어들을 결코 통달하지 않았어." "교육을 받지 못한, 무식한 그의 아내(그녀는 그가 그녀를 만났을 때 하녀였다)는……『율리시스』 또는 그 밖에 그녀의 남편이 쓴 어떤 것도 읽기를 거절했어." "노라는 그들의 가정에 최소한의 평정 또는 정연함을 공급할 수 없었어." 그녀는, "몰리 블룸처럼, 집을 불결하게 가졌어." 노라는 나쁜 신문을 경시했다. 그녀는 자신의 명성을 보존했을 그런 종류의 사람들과는 마음이 편치 않았고, 그들을 지싯거리려고 애쓰지도 않았다. 그녀가 상관했던 사람들, 그녀의 친구들과 가족은, 그녀가 제임스 조이스를 돌보며─자신이 아는 대로 스스로의 의무를 수행함에 있어서, 그녀가 흠이 없음을 알았다.

노라가『율리시스』를 읽는 것을 거절했음은, 그러나 의문의 여지가 없다. 그것은, 비록 그녀가 대부분의 인류와 그것을 나눌지언정, 그녀의 가장 잘 알려진 과오이다. 그녀의 주된 비난자는 제임스 조이스였다. 그는 프랭크 버전에게 뿐만 아니라, 어떤 수의 방문자들에게 꿍꿍댔다. "나의 아내는 우리 아파트에서 가벼운 문학이 없기 때문에 불평해 왔었어. 그녀는 결코『율리시스』를 읽은 적이 없는지라, 그런데 그것은, 결국, 가볍고도, 유머러스한 책이야."그가 이런 식으로 자신의 아내를 놀려댔던, 심지어 당시에도, 모든 사람들이 다 조이스의 편을 들지는 않았다. "『율리시스』가 읽기에 재미있다고?"C.R.W. 네비슨는 말했는지라, 그는, 자신과 그의 아내가 어느 날 저녁 레 트리아농에서 조이스 내외의 식탁에 합세했을 때, 조이스가 언급하는 것을 들었던 한 영국의 손님으로, 그의 귀를 믿을 수가 없었다. "그의 책이 세계를 충격했다니, 나는 어이가 없었어."

20세기 말에, 조이스가 난해하고, 심지어 읽히지 않는 저자로서 널리 간주되었을 때(특히 케임브리지 비평가인 F.R. 리비스는 영국에서 그를 '위대한 전통' 밖으로 분류했거니와), 노라의 생략의 죄는 자기방어보다 덜 무식한 듯하다. 노라에게『율리시스』는 부분적으로 그것의 언어 때문만이 아니라, 자기 자신을 몰리의 성격과 거리를 두려는 그녀의 노력 때문에, 그리고 조이스가 가족을 부양하기 위해 더 많은 돈을 벌어야한다는 그녀의 확신 때문에, 특별한 어려움을 야기시켰다. 그녀가 조이스의 작품을 총체적인 것으로 무시하지 않았음은 그의 시들을 인용하는 그녀의 취미에 의해, 그리고『피네간의 경야』에 대한 그녀의 열성에 의해 입증되었다.

조이스 내외의 헌신적이요, 인내의 결혼은 지적 부조화의 상대로서 그것을 보도록 주장하는 사람들에게 일종의 신비로서 언제나 남아 있을 것이다. 단결을 위해서는 한층 강력한 힘들이 존재한다. 이들 가운데 주된 것은 그의 천재 이외의 모든 것에 대한 조이스의 끈덕진 불확실에 대항하는 노라의 순수한 확실성이었다. 또한 거기에는 그들의 상호 관계에 있어서 부정할 수 없는 남녀 동성애적 요소가 있었다. 반대쪽의 성(섹스)과 연관된 이러한 혼성된 특질들이 그들을 함께 묶고 있다는 사실은 상오에 대한 그들의 서간문들, 그들 친구들의 논평들 그리고 조이스의 작품으로부터 분명하다.

보다 덜 분명하고 너무나 자주 고려되지 않은 점은 그들이 서로 사랑했다는 사실이다. 그들은, 1935년에 루서네에서 캐롤라 기디온—웰커가 찍은 속사 사진 같은, 사진들로부터 가장 잘 식별될 수 있듯, 서로의 동료임을 진정으로 즐겼다. 조이스는 노라에게 밝게 웃고 있는 데다, 노라는 행복하게 자신과 그녀의 남편에게 자신감으로 넘친다.

너무나 많은 사람들이 오늘날 조이스를 단지 『율리시스』의 망설이는 악명의 유명함으로 알고 있거나, 그가 여자 꽁무니를 쫓아다니는 사내로서 추정하고 있음이 두드러지다. 그것은 사실과 아주 거리가 멀었다. 스태니슬로스는, 또다른 냉혹한 말로, 그의 형은, 많은 고국의 남자들처럼, 마치 결혼을 끝내버리려는 듯, 일찍이 결혼했고, 그 뒤로 충실한 남편이었다고 말했다. 사실상, 손에 넣을 수 있는 편지들이나 메모에 따르면, 조이스가 노라를 만나기 전에 더블린에서 그리고 아마도 나중에 트리에스테에서 창녀를 제외하고는 그가 여태 노라 이외에 어떤 여인과도 충분한 성교를 가졌다는 증후는 없다.

노라와 조이스의 서로에 대한 충성의 토대는 그들의 보다 깊은 의지함이었다. 양자가 박탈된 채, 그들은 '모성애…… 즉 인생에 있어서 유일한 진실'을 서로에게 주었다.

실제의 노라와는 별도로, 또 다를 이가 있거니와, 아일랜드의 남성 및 조이스의 생활을 아는 자들의 상상을 통해 부동하는 노라 바나클이었다. : 착한 소녀들이 '아니요'라고 말했던 나이에 '예'라고 감히 말했던, 근심 없는 붉은 머리카락의 소녀 말이다. 존 스로컴이, 1948년 아일랜드에로의 그의 방문 시에 그가 호우드 언덕으로 끌려 나간 뒤 쓴 대로, "나는 콘스탄틴 커런이 골웨이 시 출신의 한 매력 있는 젊은 바걸이었더라면 하고 때때로 바로 원했거니와, 그랬다면

『율리시스』의 저 마지막 페이지들의 환기(불러냄)가 이루어질 수 있었으리라."

노라는 '매이브' 여왕 만큼 많이 아일랜드 신화의 한 부부에 속한다. 남자들은 그녀에 관한 환상들에 대해 고백한다. 뮤지컬『노라 바나클』이 1977년에 피닉스 공원에서 공연되었거니와, 그것의 노래는 노라의 상상된 과거로부터의 재목들을 지녔었다. : '파크 몬시우'(조이스가 1904년 잠시 그녀를 저버린 곳) 그리고 '나 자신의 집(홈)'이었다. 숀 오포레인은, 한 젊고, 붉은 머리카락의 아일랜드 미인에 대한 자신의 우상이라 할, 노라 바나클의 진짜 초상을 갖기를 요구했던, 한 더블린의 문학적 따분한 사내에 관해 한 편의 단편 이야기를 썼다. 오포레인 자신은 나이 들어, 한 회견을 갖는 동안, 그녀의 개성을 다음과 같이 명상했다.

> 그녀는 조잡한 짐승 같은 골웨이 출신의 소녀였어. 그녀의 즉각적인 짐승 같은 방식은 그를 엄청나게 끌었지. 이 사이비 지성에 가장 합당한 한 친구였어. 조이스는 약간 얼간이였지만 그녀는 그렇지 않았어. 그녀는 그의 몰상식에 대해 상식적이었지만, 글쎄, 그녀는 모든 이에게 어울리지 않았으리라.

노라를 결코 잊지 않았던 한 사나이는 '그녀의 신교도'였던 윌리 멀바로서, '조 영즈 광천수 공장' 출신의 회계사였다. 두 번 홀아비였던, 윌리는 1950년대까지 집에서 통근하며 근무했는데, 그의 만년에 자신의 딸과 영국에 가정을 꾸몄다. 그는 결코 자신의 과거에 대해 말하지 않았고, 결코 책을 읽지 않았으며, 자신이『율리시스』에 나온다는 생각은 눈곱만큼도 없었다. 그런고로, 그의 딸이 어느 날 한결 더 놀랐으니, 윌리가 그 자신이 이전에 읽은 뭔가로 분명히 야기된 기억을 신문으로부터 찾아 물을 때였다, "제임스 조이스? 그인 바나클이란 이름의 골웨이 소녀와 경혼하지 않았던가?"

노라에 대한 환상들은 인식으로 길을 트고 있다.『아이리시 타임스』지는,

그녀의 탄생 1백 주년이 계획되고 있었을 때, 그녀를, "자신이 이해할 수 없는 작품을 쓴 남편만큼 스스로 거의 유명해지고 있다"고 서술했다. "그녀가 태어난 도시에서," 신문에 따르면, "거기 한때 그녀의 이름이 단지 찬성할 수 없는 숨겨진 음조로 언급되었으나, 노라는 이제 아일랜드의 궁극적 칭찬을 받기에 이르렀다. 한 주점은 그녀의 이름을 따서 명명되었다." '골웨이 여행자 클럽'은 또한 무해하게도 잘못된 정보로 가득한 명판을 보링 그린에 있는 노라의 어머니 댁에 달았다고, 신문은 심술궂게 기록했다. 지금은 '조이스 탑'으로 알려진, 샌디코브의 마텔로 탑으로부터 멀지 않은 곳인, 단 레어리에는 노라의 이름을 딴 또 다른 주점이 있다.

한층 심각하게도, 노라는 이제 많은 젊은 아일랜드 여성들의 지속적 궁지를 구체화하는 것으로 보여진다. : 정열적이요, 열렬하며, 미숙하면서, 가정과 빈곤, 종교와 성 간의 갈등에 사로잡힌 여인. 아일랜드 작가, 에드나 오브라이엔은 이러한 젊은 여성들의 경험을 문학으로 전환시켰으니, '외롭고, 절망적이요 자주 수치스런 상황에서, 아주 빈번히 남자들의 희롱 감이요, 도래하지 않는 감정적 카타르시스(정화)를 거의 언제나 탐색하는' 소녀들 중의 하나인 '노라 바나클의 세계'를 자신이 다루고 있음을 믿는다.

그와 같은 카타르시스의 탐색은 노라의 고독한 밤을 파리의 오페라에서 잘 서술한다. 홀로이 앉아, 불실한 이솔드의 사랑—죽음의 처지에 있으면서, 그녀는, 자기 자신 속으로 그리고 다른 모든 종족들을 넘어 아일랜드인들을 소유하듯 보이는 낭만적 과거를 향한 저 향수 속으로 도로 끌려 들어갔다.

오 켈리 무희舞姬들의 나날이여.
오 파이프 음률의 가락이여.
오 기쁨의 저 시간들의 하나를 위해!
사라졌나니, 우리들의 젊음의 나날마냥, 너무나 곧.
어느 정도까지 노라가 조이스의 문학에서 자신의 역할을 아는 것으로부터 만족을 찾았는지는 결코 알려질 수 없거니와, 왜냐하면 그녀는, 몰리 블룸에 대한 자신의 조야한 언급들과는 별개로, 거의 좀처럼 말이 없었기 때문이었다. 그녀는, 어느 날 밤 그들 넷이, 파리의 한 레스토랑에서 식사하면서, 첫사랑의 주제 속으로 함몰했을 때, 유진과 마리아 졸라스를 깜짝 놀라게 했다. 통상적으로 대화에서 조이스에게 미루었던, 노라가 갑자기 깨어났다.

> 그와 같은 것은 없어요. 나는 내가 소녀였고, 한 젊은 남자가 나와 사랑에 빠져, 그가 나의 창문 바깥 사과나무 아래 비를 맞으며 다가와서 노래를 불렀을 때를 기억해요, 그리고 그는 폐결핵에 걸려 죽었어요.

노라는, 졸라스 부인의 회상에 따르면, 마치 그녀가 '죽은 사람들'을 결코 읽지 않았던 양, 그러나 '우리가 그것을 읽지 않았던 양 자신의 말을 그리 많지 않게―단순히 언급했다.

그 밖에 그것이 무엇을 노정하든 간에, 그와 같은 일화는, 조이스로부터 전혀 도움 없이, 노라가 그녀 자신이 과거의 한 낭만 묘사자였음을 보여준다.

학구적 흥미는 노라에 초점을 맞추기 시작했다. '그저 아내들'인 여인들은 이제 가치를 지니는 것처럼 보이는지라, 노라는 조이스의 작품에서 모든 주된 여성 인물들의 모델로서, 그리고 한층 더한 것으로서, 인식되고 있다. 그녀의 감수성은―그녀가 중요한 혹은 성가신 혹은 우스꽝스런 것으로 알았던 것―바로 그녀의 느슨한 구문, 문장 구조, 그리고 그이 속에 자리한 구두점에 대한 무관심처럼,『율리시스』및『피네간의 경야』의 대담성에서 문학의 진로를 재현시키고, 변경시키기 위해 조이스가 쓰기로 선택했던 것에 아주 중요한 의미를 부여했다. 더욱 중요하게도, 그는 생에 대한 그녀의 견해를 가졌다. 아나 리비아가 갖는 죽음의 감수에서 노라의 조용한 극기주의를, 또는 몰리의 '그건 나를 얼굴 붉히게 하지 않는데 왜 그래야 한담 그것이 단지 천성인바에야라는 구절에서 그것의 모든 형태의 성적 관계에 대한 그녀의 파렴치한 관용을 보는 것은 많은 노력을 요구하지 않는다. 가톨릭교도로서, 노라는 한 참된 프로테스탄트였다. 그녀는 하느님이 그녀가 짐을 사랑한 데 대해 벌 하리라 믿지 않았음은, 그녀가 구교도적 장례식을 그에게 부과하기를 거절한 데 대해 벌하리라 믿지 않았음과 같다.

조이스의 작품으로부터 노라의 생각들에 관해 알아야 할 것이 많이 있으나, 그것은 단지 사색적일 수 있다. 전기와 허구 간의 장벽이 남아 있어야 한다. 예를 들면, 『망명자들』에서 노라의 말을 듣는 것은 유혹적일지언정, 버사가 그녀의 애인의 괴벽스런 친구들에 의해 겸허해지기를 골이 나서 거절할 때, 대사는 틀림없이 버사의 것으로 남는다.

저의 콧대를 꺾어요! 저는 내 자신을 아주 자랑해요, 만일 당신이 알고 싶으면. 그들이 여태 그에게 한 것이 뭐예요? 저는 그를 한 남자로 만들었어요.

노라는, 조이스가 그녀에게 말했기 때문에, 자신이 그를 한 남자로 만들었음을 알았다. 그녀는 자신의 자매에게 그녀가 그를 충분히 남자로 만들지 않았음을 말했다. 그녀는, 자신이 그를 창녀들과 영합하는 부식적이요, 창피스런 성적 죄로부터 구했음을, 그리고 자신은 그를 그들의 지배로부터 막기 위하여 그가 요구한 편지들을 그에게 썼었음을 알았다.

노라에 대한 찬사는 조이스 작품 여기저기에 산재한다. : 고결한 청춘에서 시들은 노령까지의 여자 말이다.

문학적 고고학자들은 노라에 대한 숨은 언급들을 꼬집어내기 위해 수 세대 동안 작업하리라. : 바로 핀즈 호텔이란 제목을 갖는, 『피네간의 경야』의 '하녀' 블룸 내외의 1896년, 3월 21일 (만일 21일을 노라의 생일로 간주한다면, 그녀의 12 번째 생일)에 그대로 서버린, 코네마라 대리석 시계. 학자들은 그들 모두를 결코 발견할 수 없을지니, 왜냐하면 단지 조이스만이 그들이 매장된 곳을 알았기 때문이다.

노라의 성姓에 대한, 그리고 확대하여, 거위와 바다—새들에 대한 존경은 조이스의 직품을 통하여 발견될 수 있다. 『율리시스』에는 16마리의 거위가 있고, '죽은 사람들'의 크리스마스 뷔페에는 갈색의 거위, 『경야』의 전 과정을 통하여 무수한 바다 새들이 있다. 노라의, 변신의, 그리고 부활의, 그의 상징의—흑기러기에 대한 조이스의 많은 언급들 가운데, 아마도 가장 분명한 것은 『율리시스』의 가장 불명료한 행들 가운데 하나 속에 함유되고 있다. 스티븐 데덜러스가 샌디마운트 해변을 따라 '영원 속으로' 걸어 들어갈 때, 그의 마음은 부패하고 있는 시체에 대한 생각으로부터 생과 사의 만물의 연속성으로 배회한다. 한 가닥 어구가 그녀의 마음속에 거의 수학적 방정식처럼 형성된다 : "하느님은 인간이 되고 물고기가 되고 흑기러기가 되고 깃털 포단의 산이 된다."

경험 있는 해설가들의 손에, 이 암호(code)는 다음처럼 읽혀질 수 있을 것이다 : 하느님은 지구로 하강하고, 일종의 물고기를 먹는 사람이 되고, 그것은 고기 또는 새(鳥)로 스스로 변하고, 그것의 깃털은 이불을 채우기 위해 뜯기고, 그것은 가정적 축복의 결혼 침대를 덮고, 그것은 예술가로 하여금 창조의 신 같은 높이까지 솟아오를 수 있게 하도다. 다른 식으로 해석하면, 이 글줄은 마치 하느님이 '화신'을 통하여 인간이 되듯, 그리고 그리스도가, 물고기(그가 초기의 신자들에게 알려졌던 상징)가 되듯, 조이스는 여인의 손에 의해 한 남자가 되었는지라, 그녀는 그를 결혼애結婚愛의 깃털포단의 실체로 정박碇泊시켰고, 한 새로운 예술적 비전으로 그의 눈을 열리도록 했으니, 인생에 있어서 가장 중요한 것은 사랑이라—'힘, 증오, 역사, 그 밖에 모든 것'의 바로 그 반대이다.

조이스가 노라를 그의 개인적 여신의 신분까지 고양시켜야 함은 놀라운 일이 아니다. 정상적인 것이 비정상적인 것임은 조이스가 의미하는 바다. 노라는 정상적이었다. 다시 말하면, 그녀는, 광기, 술 취함, 빈곤, 음악, 코미디 그리고 성적 명령을 가지고, 인생을 감수했다. 그녀의 비극은, 조이스가 자신이 그토록 감탄했던, 그들의 가족생활과 그녀의 성적 욕구가 자신의 예술의 제단 위에서 희생 되었던 것을 결코 눈치 채지 못한 듯한 것이었다.

『초상』을 제외하고 모든 작품에서, 최후의 말들은 한 여인, 노라라는 인물에 의하여 이야기된다. '죽은 사람들'에서 말들은 그레타의 것이다 : "오, 내가 그것을 듣던 날, 그가 죽었다는 것을." 『망명자들』에서, 그것은 버사의 것이다 : "당신, 딕. 오 나의 이상하고 거친 애인이여, 내게 다시 되돌아 와요!" 『율리시스』와 『경야』에서 최후의 언급들까지 모든 막다른 독백들은 여성의 목소리로 되어있는지라, 몰리 부룸과 아나 리비아 플루라벨은, 아드라인 그라신에 따르면, '남자가 자신의 고통을 격상시키는 도덕적 및 신학적 계획들 바깥에…… 코믹한 비밀의 그릇들'로서 말한다.

여성에로의 이러한 변천은, 『젊은 예술가의 초상』의 말미에서 선언하듯, 망명으로 나아가는 결심이야말로 '나의 영혼의 대장간에서 나의 종족의 창조되지 않은 양심을 배리기 위한' 한 젊은 아일랜드 인으로서는 호기심의 현시顯示이다. 『초상』은 조이스의 작품들 중 남성의 목소리로 끝나는 유일한 것이다. 조이스가 망명에서 창조할 아일랜드의 양심은 왜 여성의 것이어야 하는가?

한 가지 훌륭한 대답이 비평가 코린 맥캐이브에 의해 제공되었다. 그는, 여성의 욕망을 거절했던 남성적 구조들―제도뿐만 아니라 언어―을 조이스가 거절했음을 진술했다. 맥캐이브에 따르면,

만일 젊은 조이스가 자신의 세대가 촉진하려고 너무나 많은 것을 행했던 민족적 이데올로기에 대해 상반되었다면, 그것은 게일의 특수한 요구에 대해서 중히 여기지

않았기 때문이 아니라…… 게일인의 전적으로 거짓된 개념을 성적으로 그리고 종족적으로 순수한 아일랜드인의 동등하게 거짓된 개념에다 연결시켰던, 아일랜드의 순수성에 대한—명확히 말하면, 순수한 아일랜드 여성에 대한 개념을 위한 봉사 때문이었다.

아일랜드 여성의 예외적 순수성을 믿기 위한, 그리고 성적 도덕성의 문제에 대한 다른 서방 국가들보다 한층 가혹하게 남기 위한, 계속적인 아일랜드의 투쟁은 이러한 이데올로기가 강하게 계속되고 있음을 드러낸다. 따라서, 유념해야 할지니, 아일랜드의 폭력은 존재한다.

조이스는 『경야』에서 여성의 억압을 남성의 야만성과 연결시켰는데, 당시 그는 '저러한 상호분지相互分枝의 오점 문자 같은 상내만류上內滿流하는 성性(섹스)의 둥근 덮게 마냥 덮고 있는 여성의 리비도(생식본능)가 굽이쳐 흐르는 남성 필적의 획일적인 당위성에 의하여 준엄하게 통제받고 쉽사리 재차 독려督勵되는 것을 보도록 열렬히 추공追攻함'에 대해 글을 썼다.

노라는, 이렇게 비추어 볼 때, 조이스의 아일랜드보다 한층 더한 것이었다. 그녀는, 그가 그녀 자신이 당연히 그래야 한다고 생각했던, 아일랜드의 '여성'이었다. 마치 『피네간의 경야』가 역사야말로 결코 존재하도록 하지 않았던 한 아일랜드의 민족을 페이지 위에 창조하듯이, 노라는 아일랜드다움의 혼성을 여성 리비도(성본능)와 결합했으니, 이는 아일랜드 사회가 서로 떨어지게 하려고 여전히 애쓰는 두 특질들이었다. 조이스는 그녀를 침묵, 망명 및 교활의 생에 있어서 그의 동료가 될 것을 선택했으니, 왜냐하면 그녀는 자신의 직감과 자신의 정렬을 믿으며, '남성보다 더 지독하게' 되기를 자랑하는, 완고한 켈트적 여성의 관념을 구체화했기 때문이다. 그녀는, 『초상』의 농부 소녀처럼, 어둠 속의 겁 많은 낯선자에게 그녀 자신을 제공했던, 순수하고 대담한 젊은 여성이었다. 양심으로 고통받는—그녀의 애인보다 한층 더 경쾌하게, 그녀는 자신을 억제하기 위해 자리한 사회적 유대감을 풀었다.

노라를 만나는 것은 과연 조이스의 인생에 있어서 가장 주요한 날이었다. 링센드에로의 그들의 최초의 산보로부터, 그녀는, 세계에 대한 그리고 그것 뒤의 추진력에 대한, 그의 견해를 바꾸었다. 조이스가 리오폴드 블룸으로 하여금 몰리의 호소, "잠깐 터치해줘요, 폴디. 정말, 저는 하고 싶어 미칠 지경이에요." 를 회상하게 했을 때, 그는 자신의 나라 및 자신의 세기에 여성의 욕망의 목소리를 부여했다. 그것은 노라의 목소리였다.

부록

서간문 작가

가질지니. 그러나 그대 부드럽게, 기억(수水)할지라!

수천송년數千送年까지.

『피네간의 경야』

노라는 일기를 보존하지 않았다. 그녀의 개성이 재건될 수 있음은 대체로 그녀의 시동생 스태니슬로스에 힘입는다. 노라 가족의 배경, 그녀의 구애 및 그녀의 제임스 조이스와의 관계를 알려주는 거의 모든 것을 드러내는 사적 편지들의 커다란 문집을 구해낸 것은 그이요, 코넬 대학에 판 것은 그의 미망인이었다.

시장市場의 힘은 또한 노라를 세상에 드러내는 데 그것의 몫을 했다. 세계 2차전쟁의 종식과 함께, 조이스의 서류들이 서부에로 그들의 여행을 시작할 때가 되었다. 미국 대학들 간의 치열한 경쟁은 조이스와 관련된 무엇이든, 온통 유럽을 가로질러, 트럭들과 상자들로부터, 그들 도서관의 기후—통제된 안전한 특별실 속으로 몰려들어 갔다. 전쟁 직후의 기간에서 주된 수집자는 존 슬로컴이었다. 미 국무성 출신의 이 젊고, 부유한 조이스 열성가가 마이클 힐리 소유의 약간의 서간문들과 어떤 사진들을 위해 45파운드를 노라의 자매 캐슬린에게 지불했다는 신문 보도가 있자, 슬로컴은, 조이스 작품들의 꾸겨진 판본들을 팔려는 아일랜드 전역의 사람들로부터 편지들이 자신에게 답지함을 알았다.

만일 서류들이 미국의 아카데미에로 그들의 길을 모색하지 않았더라면, 몇몇 일화들과, 그레타, 버사, 몰리 및 아나 리비아에 대해 그녀가 가진 굴절된 이미지들 이외 노라에 관해 알려진 것은 거의 없었으리라. 그녀는 한 가지 암호요, 비록 그늘질지라도, 한 거친 인물로서 남을 것이었으려니와, 그녀와의 교제에 조이스는 신비롭게도 몰두했다. 1957년에 스튜아트 길버트는 그가 파리에서 수집한 문집인, 『제임스 조이스 서간문집』을 발간했다. 그 속에는 취리히에서 조이스의 최초의 눈 수술 뒤에 1917년에 그가 미스 위버에게 한 절친한 노트 이외 조이스와 노라의 사랑의 기록, 노라 자신의 편지, 그리고 조이스로부터 노라에게 한 편지들은 전혀 없다. 길버트는, 한 사람의 옛 그리고 믿는 친구의 확신을 가지고, 그러한 생략을 설명했다.

> 조이스로부터 노라에게 한 어떠한 편지도, 내가 발견할 수 있는 한, 현존하지 않는데, 이는 놀랄 일이 아니다. 두 사람은 내가 그를 아는 모든 세월 동안 문자 그대로 헤어지지 않았는지라, 조이스는 그의 아내와 떨어져 한 밤도 또는 심지어 온 낮 하루도 보내지 않았다.

길버트는 심지어 그가 아는 조이스의 중요한 편지들—마르테 플라이슈만에게 한 1919년의 연애편지들—을 삭제했다. 친구는 첫째요, 학자는 둘째라, 길버트는 조이스의 '강한 가족의 유대감, 그의 아내에 대한 깊은 사랑 및 개인적 위엄에 대한 드문 감각'에 의문을 던질 무엇이든 인쇄되라는 생각에 기분이 섬뜩했다. 그는 또한 자신의 판단을 조이스가 아마도 바랐으리라는 것에 근거를 두었는 바, 그것은 출판 금지였다. 조지오 조이스 및, 당시 하버드 졸업생이었던, 스티븐은 진심으로 동의했다. 미스 위버 및 T.S. 엘리엇을 심하게 실망시킴과 아울러, 『제임스 조이스 서간문집』이, 마치 알려진 조이스의 통신의 가장 흥미 있는 것을 대표하는 양, 출판되었다.

결과적으로, 조이스는 한 둔감하고, 무감각한 사람, 자신의 작품의 인쇄와 출판에 주로 관심이 있는 자로서 부상했다. 많은 관찰자들은 조이스가 자신이 1930년대의 세계에 제시한 얼굴에 불과하다는 것을 결론지었으니, 그는 무기력하고 냉정한 천재였다. "혹시 어떤 친교가 있다면, 그것은 단지 그의 딸뿐으로—그리하여, 게다가, 그녀가 광기의 가장자리에 있을 때이다"라고, 스티븐 스펜더는 『뉴욕 타임스의 서평』에서 말했다.

심지어 리처드 엘먼은, 당시 2년 뒤에 출판 될, 조이스에 대한 그의 위대한 전기를 쓰고 있었는데, 조이스는 과도하게 통제된 태도를 지닌 통신자임을 인정했다. "조이스는 처음부터 그의 통신을 위해 특별한 자세를 취했고, 좀처럼 그것을 늦추지 않았다,"라고 앨먼은, 1957년『커먼윌』지를 위한 길버트의 책을 평하면서, 말했다. "그가 대화에서 그의 친구들과 함께 들어낸 조용한 감정의 솟구침은 그의 편지에서 눈에 띄지 않았다." 엘먼은, 코넬 대학에 도착했고, 조이스가 서간문 작가로서 비정서적이라는 것 말고는 무엇이든 보여주었던, 큰 뭉치의 미발표된 편지들을 대상으로 바로 그 당시 그가 작업하고 있었음을 드러내지 않았다.

슬로컴(역주 : 미국의 조이스, 초기 서지학자 : 〈제임스 조이스 학회〉 첫 회장으로 조이스 연구에 지대한 공헌을 함)은 약 1년 전 버펄로 대학이 그를 선수 쳤던 1949년의 '라 훈' 경매를 추적하기 시작했다. 그는 피오폰트 몰간 도서관의 허버트 카훈과 더불어, 조이스의 서지학—최초의 서평들에서부터 『영웅 스티븐』의 사후 출판에 이르기까지, 조이스의 발표된 작품의 면밀 주도하게 서류화된 일람표—의 준비에 착수하기 시작했다. 두 사람은 조이스의 자료를 목록화할 뿐만 아니라 그것을 매입하기를 원했으며, 1948년에 그들은 유럽을 통해 그들이 할 수 있는 것을 수집하기 시작했다. "재발 당신의 여행 일정에서 트리에스테를 빼먹지 말아요," 슬로컴은 카훈에게 썼다.

슬로컴과 그의 아내 아이린은 트리에스테로 갔으며,『일 피코로』지의 사무실들에서 '조이스 씨'를 찾았다. 어느 조이스를 그들은 원했던가? 신문사의 사람들은 물었다, 아우 또는 형? 슬로컴은 그들에게 형은 사망했으니, 자신들이 찾고 있는 것은 아우라고 말했다.

스태니슬로스를 찾는 것은 어렵지 않았다. 1948년에 그는, 나이 64세에, 이전의 상업 학교였던, '트리에스테 상과 대학'에서 교수직을 즐겼다. 전쟁 뒤에, 그와 그의 아내 넬리가 플로렌스로부터 그들의 아들과 함께 돌아왔을 때, 그는 이탈리아와 유고슬라비아가 서로 그 도시를 요구했던 장기간의 논쟁에서 트리에스테의 정부연합군을 위한 통역관으로서 봉사했다. 슬로컴은 스태니슬로스가 질문들에 대답할 의향이 없음을 알았는지라, 필경, 슬로컴은 생각하기를, 스태니슬로스 자신이 그의 형의 생애를 집필하고 있었기 때문이리라. 그러나 스태니슬로스는 자신이 소유한 원고의 판매에 관한 협상을 개시하는 것에 행복했다.

슬러컴은 한 지붕 아래 조이스의 모든 서류들을 수집하는 꿈을 지니는 돈과 기동성 및 열성을 가졌다. 1948년에 스태니슬로스로부터 그는, 다른 것들 가운데서, 뒷면에 노라의 세탁소 일람표가 적힌, '참혹한 사건'의 원고를 샀다. 스태니슬로스가, 귀찮은 듯, 판매를 위한 항목들을 제공했을 때, 슬로컴은 자신이 경쟁자들을 가졌음을 감지하기 시작했다. 그는, 실비아 비치가 그녀 자신의 조이스 자료를 추적당하고 있을 때 그녀가 발표한 진실을 가슴 아프게도 알고 있었다. : "글쎄 그들은 규칙적인 무법자들인, 어떤 장사꾼 학자들이지요."

다음 해, 슬로컴은 자신의 꿈이 버펄로로 인해 흩어지는 것을 알기에 앞서, 스태니슬로서에게 글을 썼으며, 받은 자료에 대해 그에게 감사하고, 빠른 지불을 약속했다.

당신이 기꺼이 처리할 어떤 원고 또는 다른 책 자료들에 대한 가능한의 판매에 관하여, 아마 당신은 어떤 '닥터' 재이코브 쉬월츠라는 자에 관해 소식 들었으리라만,

그는, 만일 그런 자가 있다면, 매력적인 악한이요, 그러나 내가 슬프게도 약 10년 전에 알았던 악한이라오. 만일 당신이 그에게 나의 이름 또는 조건을 언급하지 않았다면, 나는 그가 당신에게 어떤 자료든 간에 제시한 것의 25%를 더 초월할 것이요. 최근에 그 자는 프랑스와 영국 전역의 조이스 애호가들을 장악하고, 자료를 전세계에 산포하고 있는데, 한편 나는 그것을 한 곳에 모아, 목록을 마련하고, 이어 언제나 학생들에게 이용될 수 있도록 하버드 대학 도서관에 비치하려 하오. 만일 당신이 혹시 당신의 형에 의한 그리고 관한 상당한 양의 자료, 책 또는 원고를 분할하기를 원한다면, 나는 기꺼이 '스태니슬로스 조이스 소장품'으로서 신원을 밝혀, 알려진 그룹으로서 도서관에 그들을 소장하려 하오.

1950년의 가을까지는, 슬로컴은, 스태니스라스 조이스가, '내가 그와 통신하면 할수록 그를 덜 알게 되는' 과민한 인물임을 알았다. 3년 뒤에 슬로컴은 스태니슬로스가 자료를 숨겨 갖고 있음을 알자, 스스로 자축했다. 그와 그의 아내가 1953년 트리에스테의 스태니슬로스를 방문했을 때 그들은 그가,

이상한 기분 속에 (있는 것을 발견했다). 그리하여 [그는] 내게 엄청난 양의 원고 뭉치를 보여 주었는데, 대부분 잡동사니, 그는 자신의 책들 속에 그가 필요한 어떤 것이든 그들과 단지 합체한 후에 기꺼이 나누겠다고 했다. 나는 그의 책의 많은 장들을 읽었는데, 그것은 절대적으로 무의미한, 매력적인 전기적 자료와 연결되는, 아주 이상스런 서류이다……. 그는 매력적이요, 그의 아내와 아들은 가장 마음에 들었다. 아이린과 나는 그들과 그날의 많은 부분을 보냈는데, 나는, 그가 여전히 그의 형의 그늘의 그늘 속에서 [있는 그대로] 살고 있는지라, 그리하여 나는 그에게 정말 미안할 따름이다. 나는 따라서 우리가 그로부터 나머지 모든 자료를 얻을 수 있으리라 상상하지만, 그가 재정적 필요의 순간에 그의 서류들 가운데서 어떤 지극히 흥미 있는 원고들을 발견하지 않는 한, 나는 우리가 그의 서재로부터 크림을 걷어 냈다는 느낌을 갖는다.

슬로컴의 직감은 그가 알았던 것보다 한층 날카로웠다. 스태니슬로스는 과연 자신의 소장품에서 어떤 지극히 흥미 있는 서류들을 남겨 가졌다. 그는, 조이스의 학교 시절로 추정되는, 그의 형의 개인적 서류들의 보물 단지 위에 앉

아 있었는데, 그것의 존재를 그는 허버트 고먼, 스튜어트 길버트, 그리고 조이스 수탁자들로부터 감추었었다. 통틀어 약 1,000건의 서류들이 있었는데, 조이스 자신으로부터 300건, 노라로부터 22건, 그리고 조이스 가족의 구성원들로부터 많은 것을 포함했다. 아마도 취리히의 노라를 제외하고, 아무도 스태니슬로스의 은닉처를, 분명히 스튜어트 길버트도 몰랐으니, 후자는 그의 서간문집에 대한 공헌을 위해 스태니슬로스를 접근했고, 그러자 그는 단지, 관련된 모든 편지들이 조이스의 최초의 전기가인 허버트 고먼에게 수년 전 인계되었다는 말만을 들었을 뿐이었다.

스태니슬로스는 그가 형에 관한 자신의 책을 끝낼 때까지 그의 재료를 혼자서 간직하기를 바랐다. 그러나 그는 늙어가고 있었고, 그의 책은, 슬로컴이 보았다시피, 쓰기 어려움을 입증하고 있었다.

1953년에 스태니슬로스는 자신의 문제들을 해결할 사람을 만났거니와, 그는 리처드 엘먼이었다. 키가 크고, 안경을 쓴, 앵글로—아이리시 문학의 전문가 엘먼은 당시 35세로, 노드웨스턴 대학의 교수였다. 그는 전후 수년 동안 더블린에서 그의 가족과 함께 살았으며, 예이츠에 관한 탁월한 연구서를 썼다. 이제 그는 제임스 조이스의 전기에 착수했다. 그의 탐구의 부분으로서, 그는 트리에스테로, 그리고 마침내 그의 비밀의 보고를 드러낸 미국의 이 학구적인 스태니슬로스에게로 나아갔다.

엘먼으로서는, 그것은 발굴하지 않고 있는 투탕카멘 왕의 무덤의 심장부에 인도된 듯했다. 스태니슬로스는 조이스의 초기 생활과 가장 깊숙한 생각들의 거의 나날의 설명을 소유했다. 1904년 노라와 조이스가 어떻게 사랑에 빠졌는지의 기록이 그랬던 것처럼, 심지어 조이스가 굶주리는 21살의 나이로 어머니에게 파리로부터 집으로 쓴 편지들이 소장품 속에 들어 있었다. 스태니슬로스는 또한 그이 자신의 매우 귀중한 일기들을 가졌는데, 첫째 것은 1905년에 트리에스테를 향해 더블린을 떠나기 전 수년을 망라했고, 둘째 것은 형제들이 세계 1차 대전에 의해 헤어질 때까지 트리에스테에서의 거친 세월들을 망라했다. 이러한 풍부한 재료와 함께, 엘먼은, 작가요 비평가로서 그의 탁월한 능력을 아주 별개로, 자신의 조이스 전기가 비상한 것이 되리라는 것을 확신했다. 그것은 1939년에 출판된, 고먼의 것을 전적으로 무색하게 할 것이요, 그것을 사실 있는 그대로를 들어낼지니, 그것을 저작했던 사람(고먼)에 대한 알려지지 않은, 비굴하고도, 김빠진 스케치였다.

70살이 가까운, 스태니슬로스에게, 기회는 저항할 수 없었다. 그는, 자신의 형의 인생에 대한 자기 자신의 변형을, 그 속의 자기 자신의 역할에 대한 특별한 강조와 함께, 탁월하고, 민감한 학자의 손에 맡길 수 있었다. 엘먼을 통하여, 그는 기아로부터 노라와 아이들을, 그리고 세계문학을 위한 제임스 조이스를 구하려 했던 자신의 요구에 대해 목소리를 낼 수 있었다. 그는 심지어 어떻게 그가 1909년의 자신의 형의 결혼을 구했는지를(코스그래이브의 비난에 반대하여 노라를 옹호함으로써) 마침내 폭로할 수 있었다.

스태니슬로스는 또한 엘먼이 그이 자신의 원고에 대한 산파역을 할 수 있는 길을 얼핏 볼 수 있었다. 트리에스테에서, 영문학 현장으로부터 너무나 멀리 살면서, 스태니슬로스는 한 작가로서 야심을 이루기 위한 커다란 어려움에 대항하여 분투하고 있었다. 좌절은 그의 노력, 및 낡은 수치에 붙어 다녔다. 예를 들면, 1948년에 BBC의 초대에서 그는 자신의 형에 관한 이야기를 자랑스럽게 녹음하려 했거니와, 결국 송신이 늦어졌음을 알았으니, 그 이유인즉 더블린에서 온 그의 누이동생 아이린이 BBC에 접근하여, 자신도 마찬가지로 이야기를 녹음할 수 있는지 물었기 때문이다. BBC 당국은 두 회견이 한쪽만으로 이루어지기로 결정함으로써, 스태니슬로스의 것을 미루었다. 그는 분노했다. 그는 호통 치기를, 아이린은 거의 편지 한 통 쓸 수 없었다. BBC의 가장 지적인 프로그

램을 위해 담화를 혼자 하게 하다니! 더욱이, 그녀의 주제넘은 짓으로, 그녀는 그로 하여금 돈을 쓰게 했다고, 그는 말했다. 그의 이야기는『청취자들』지에 재차 프린트 될 것이요, 그는 그것으로 사례금의 두 배—3기니—를 '라디오 트리에스테'의 스튜디오에서 담화를 녹음하는 대가로 받게 될 것이었다.

밑바닥에 깔려 있는 모든 것이란 스태니슬로스의 비참함이었다. 그는 자기 자신을(약간 정당하게도) 천재의 역사에서 최악의 대접받은 형제들 중의 하나로서 보았다. 그가 '소홀한 무관심을 갖고' 오직 대우받으려고 자기 자신의 행복을 희생하다니, 그것은 그이 자신의 책의 거듭되는 주제였다. 그의 형은, 스태니슬로스는 세상에 말하려고 준비하고 있었거니와, 괘씸하게도 자기 자신 것 이외 어떤 다른 필요에도 무관심 했다. 짐이 필요했던 것을, 짐은 가졌다. "그는 허락도 없이 나의 일기를 읽곤 했어," 스태니슬로스는, 자신의 소년 시절을 회상하면서 말했으니, "그리고 그것에 관해 오히려 익살맞았어." 1890년대의 가족의 가파른 몰락 때문에, 스태니슬로스의 교육은, 비록 그가 분명히 상당한 지적 능력을 가졌음에도, 그의 탁월한 형의 것과는 열세였다. 그에게 클론고즈 우드 칼리지는 없었고, 그리하여 그것을 그는 '나라가 계급과 종교를 가진 한 소년에게 제공해야 했던 최고의 교육'으로서, 후년에 사실적으로 서술했다. 게다가, '유니버시티 칼리지 더블린'도 아니었다. 오직 짐과 찰리가 또한 다녔던, 예수회의 주간학교인 베비디어뿐으로, 그리하여 그 뒤로 회계사로서의 훈련이었다.

또한 조이스는 그의 글쓰기에 있어서 스태니슬로스에게 수치를 쌓았다. 그는『더블린 사람들』을 스태니슬로스에게 바치겠다는 약속을 어겼다. 그러자, 『영웅 스티븐』을『초상』으로 바꾸었을 때, 조이스는, 예술가의 민감한 형제요, '친구도 없이 홀로' 서 있는 예술가를 나타내기 위하여 보다 나은 자인 모리스의 인물을 제거해 버렸다.

생략보다 더 고약한 것은 조이스가 그의 작품 속에 도입한 약간의 글줄들이었는지라, '형제는 우산처럼 쉽게 잊어버린다.' '나의 금풍金風의 태형怠兄.' 『더블린 사람들』의 한 이야기인 '뜻밖의 만남'은 조이스와 스태니슬로스가 학교 게으름쟁이 놀이를 함께 하던 유년 시절의 사건에 기초한다. 그 속에서 소년─화자는 그의 동료에게 말하기를, "나의 마음속에 나는 언제나 그를 약간 무시했지."『경야』에서 조이스는 쌍둥이 형제들인, 셈과 숀을 창조했는데, 셈(제임스)은 '문필가'인, 창조적 예술가요, 숀(스태니)은 '우편배달부'로서, 음주보다 음식을 더 좋아하는, 단조롭고 힘든 일을 하는 사람이다. 이들은 모두 해침을 의미하는 가시 돋친 말들이요, 그들은 그랬다.

이러한 좌절과 경멸(그리고 특히 트리에스테에서 함께 한 세월의 고통)은 스태니슬로스로 하여금─자신이 엘먼을 만나기 훨씬 전에─그가 자신의 기억과 형의 서류로부터 자기 자신과 가족을 위해 할 수 있었던 것을 얻도록 결심하게 했다.

산더미 같은 편지들이 존속했거니와, 왜냐하면 두 형제들은 비축자들이었기 때문이다. 스태니슬로스는 그의 형이 보통 사람이 아니라는 것을 인식하자마자 자신의 조이스 문집을 시작했다. 짐이 폴라와 트리에스테로부터 더블린의 집으로 보낸 편지들뿐만 아니라, 1905년에 트리에스테로 이사하면서, 조이스의 초기 생활의 기록 문서를 대동한 것도 그이였다. 예를 들면, 그는 심지어 조이스가 노라와의 환멸에 관해 그가 1905년에 쓴 편지들을 더블린의 조세핀 숙모로부터 구조했다. 트리에스테에서 스태니슬로스는 더블린의 가족으로부터, 이어 로마로부터 쏟아져 들어왔던 편지들을, 자신의 비축에다 첨가했다. 나중에, 그가 오스트리아의 감옥 캠프에 있었을 때, 그는 취리히의 조이스와 노라로부터의 편지들을 첨가했다.

조이스는 또한 다람쥐였다. 그는 모든 자매들로부터, 찰리로부터, 그의 아버지와 숙모 '조'로부터, 모든 출판자들과 변호사들로부터의 편지들을—하나도 버리지 않았다. 노라는 전혀 그렇지 않았으며, 미래의 명성을 예상하는 기록 보관인은 아니었다. 그녀의 통신자들은 주로 여성들이었다. 그녀는 편지들을 읽은 다음 내버렸고, 그들도 (헬런 나팅, 릴리안 월래스 및 핼렌 조이스가 노라의 편지를 보관할 가치가 있다고 생각했던 파리의 세월까지) 그녀의 것을 내버렸다. 예를 들면, 노라의 어머니에 대한 그녀의 편지들은 남아 있지 않다. 그녀의 어머니가 취리히의 그녀에게 보냈던 몇몇 유사문학類似文學의 것들이 스태니슬로스의 비축에 들어간 사실은 조이스가 문학적 목적을 위해 그들은 앗아, 가족이 1919년 트리에스테로 되돌아갔을 때 취리히로부터 그들을 날라갔음을 암시한다.

이러한 것들에 대한 노라의 무관심은 그녀가 1909년의 극히 당혹스런 통신을 보존했음을 가일층 비상한 것으로 만든다. 조이스가 그녀에게, "여보, 당신한테 한, 나의 편지들을 보관하구려. 그들은 당신을 위해 쓴 거요"라고 지시했을 때, 그녀는 메시지의 두 부분을 다 가졌으니, 그녀는 편지들을 비밀로 보관하려 했을 뿐만 아니라, 그들을 그대로 보관하려 했다.

이래저래, 외설적 편지들이 서류의 소장 속으로 들어갔는데, 그들은 조이스 가문이 살림살이를 바꾸었을 때 트리에스테 주위를 맴돌았고, 두 개의 세계 전쟁 후까지 존속했다.

1920년에 조이스와 노라가 되돌아오기를 의도하면서, 파리를 향해 트리에스테를 떠났을 때, 그들은 자신들의 모든 서류를 아이린과 프랭크 샤우렉의 아파트에 뒤로 남겼다. 조이스는 2년 뒤에 그들에 대한 자신의 인식의 첫 증후를 드러냈다. 『율리시스』가 그를 세계 무대에로 발사하여, 그가 명성의 형벌을 맛보기 시작했던 바로 직후—그는 1922년 초에 트리에스테에서 행해진, '광장의 벌거벗은 조이스'라는, 프란치니의 사악한 강연에 의해 깊이 상처를 받았다.―조이스는 스태니슬로스에게, 자신은, '몇몇 잡동사니를 수집하기 위해 그대의 쾌적한 도시에로: 실례지만, 내가 트리에스테로부터 출발할 경우에 나의 트렁크 속에 내가 넣을 수 없는 몇몇 것들을 한 다발로 묶기 위해' 돌아올 것이라 썼다. 그는 결코 돌아오지 않았으나, 전쟁 후에 그렇게 할 것을 의도했으리라. 그는 1941년에 사망할 것을 기대하지 않았다.

1921년 초에, 그는 에토르 시미치로 하여금 트리에스테로부터 파리의 자기에게 어떤 비밀 자료들을 가져오도록 예방책을 강구했다. 이것들은 몰리 블룸의 독백을 쓰기 위해, 1909년의 노라의 호색적 통신의 끝을 함유했으리라. 조이스가 시미치에게 서류들이 어디에서 발견될 것인지에 대해 지시했던, 재치 있게도 조야한 트리에스테의 속어는, 그가 자신의 '잡화상 서기의 마음'으로서 조롱했던 것과 함께, 모든 것이 트리에스테의 어디에 보관되고 있는지를 그가 정확하게 기억했음을 보여준다.

> 트리에스테의 나의 매부의 아파트에…… 나의 아우가 현재 점령한 침실에…… 수녀의 배(腹) 색깔을 한 고무 밴드로 묶은, 그리고 근 95센티와 70센치 규모의 유포 서류가방이 있는데. 이 가방 속에 나는 나의 영혼을 가로질러 때때로 비쳤던 음울한 불똥들의 쓰인 상징을 수용하고 있소.

조이스는 시미치에게 아무도 열 수 없도록 트렁크 속에 서류가방을 넣어 자물쇠로 채우도록 충고했고―심지어 그는 그에게 가방을 어디서 구입할 것인지를 말했으며, 교수인, 그의 아우가 대금을 치르리라 특별히 덧붙였다. 조이스는 자신이 『율리시스』를 끝내기 위해 이러한 자료가 필요하다고 당시 말했다.

조이스는 적어도 노라의 사생활을 보호하고 있었음이 가능하다. 있을 법하게도, 그가 1909년 늦게 더블린에서 편지들을 받았을 때부터, 그와 노라가 1939년 파리를 떠났을 때까지, 그에게 한 노라의 외설적인 것들은 그의 소유로 남아있었다. 노라의 편지들에게 무슨 일이 일어났던가? 편지들은 아마도 노라가 1939년에 그들을 찢고 있는 것을 마리아 졸라스가 본 것들이었으리라. 그러나 이야기들은 그들이 폴 래옹에 의해서 구조된 서류들 사이에 끼어 있는, 그리고 1991년에 열도록 되어 있는, 아일랜드 국립 도서관에 위탁된 것이었다고 주장한다.

조이스는 뒤에 남은 편지들의 단어 하나하나를 스태니슬라스가 읽어야만 한다고 생각했던가? 1922년에 스태니슬로스가 "모든 불결한 것은 쇠똥이 파리를 위해 갖는 꼭 같은 거역할 수 없는[있는 그대로] 매력을 형을 위해 갖는 것 같아" 하고 냉혹하게 썼을 때, 그는 『율리시스』에 대해서 뿐만 아니라 그의 형의 개인적 편지들에 대해서도 잘 언급할 수 있었으리라.

조이스는 스태니슬로스더러 트리에스테의 뒤에 남은 서류들로부터 멀리 하도록 하려고 애쓰지 않았음이 분명하다. 그러기는커녕, 그는 스태니슬로스로 하여금, 문학적 사건들에 대한 증명서들 및 편지들을 샅샅이 뒤지면서, 그의 트리에스테의 관리자로서 바쁘게 행동하도록 했다. 1931년에, 고먼으로 하여금 그의 전기를 쓰도록 권한을 부여한 다음, 조이스는 스태니슬로서에게 '저 경칠 지긋지긋한 통신'을 애써 다 읽도록 요구했다.

스태니슬로스는 소원을 들어주었고, 고먼에게 툴툴댔다.

나는, 내가 판단할 수 있는 한, 복사할 편지의 약 1/10을 대표하는 편지 묶음을 동봉하오. 일은 대단히 느리게 진전되고 있소. 나는 타자를 치지 않거니와 타자기도 없소. 그러나 나의 친구 중 하나가, 영어에 상당한 지식을 가졌는데, 지금까지 친절하게 도와주고 있소. 그가 나의 형의 필채를 읽기 힘들기에, 내가 받아쓰고, 그가 타자를 쳐요. 이런 식으로 6……. 700 단어의 오히려 긴 편지는 한 시간 반이 걸리고, 10편의 긴 포스트카드는 3시간이 걸려요. 나는 이 작업을 위해 나의 여가를 실질적으로 모두 보냈는데, 곰팡내 나는 낡은 짐 상자 더미에서 편지들을 골라내는 그리 달갑잖은 일을 하고 있소.

편지들은 세 가지 범주로 분류되었다, 스태니슬로스는 골먼에게 말했는지라, "로마의 것, 폴라의 것, 트리에스테의 것." 그것은 전부 진실이 아니다. 네 번째 범주가 있었으니, 더블린의 것이었다. 편지들 가운데는, "나는 눈이 멀었나 봐요. 나는 오랫동안 붉은—갈색 머리카락을 가진 머리를 찾고 있었어……" 로부터 시작하여, "내가 썼던 책을 생각하며, 당신이 당신의 자궁 속에 당신이 사랑하는 아이들을 지니듯, 상상의 자궁 속에 몇 년이고 몇 년이고 내가 지녔던 저 아이……"라는, 당시 그가 더블린으로부터 골웨이의 그녀에게 썼던, 1912년의 절망적 편지들에 이르기까지, 노라에 대한 조이스의 초기 연애편지들의 모두가 들어 있었다.

그러나 스태니슬로스는 조이스의 전기를 위하여 선택을 행사하면서, 형을 치켜세우려 하지 않았다. 편지들 중 어떤 것은, 스태니슬로스가, 그들을 넘겨주면서 말했거니와, "내 생각에 과거에 그리고 지금도 여전히 고칠 수 없는, 평균적인 경제적 조건들에 대한 나의 형의 부당성"을 보여주었다. 그는 고먼을 위한 자신의 꾸러미 속에, 어떤 놀랍게도 개인적 자료—예를 들면, 샤우렉의 자살에 관한 편지—를 포함했다. 그는 또한 자신의 '생활'을 참되게 하기 위하여 자신의 트리에스테의 일기 발췌문을 고먼에게 제공했다. 심지어 1931년에도, 스태니슬로스는 그의 형의 생활에 대한 자신의 각본을 위해 출구를 찾고 있었던 듯하다.

스태니슬로스는 또한 고먼에게, 그가 나중에 엘먼에게 그랬듯이, 비참함을 토로했다. 그는 말하기를, 자신은 1905년에 트리에스테로 갔는지라, 왜냐하면 그의 형이 '이야기할 누군가를 갖기를 원했기' 때문이요, 그리고 그는 아일랜드를 다시 방문하려고 결코 애쓰지 않았다. 1909년에, 스태니슬로스는 고먼에게, 자기는 조카인, 조지오를 데리고, 고국 여행을 준비하고 있었다고, 말했다. 그러나,

나는 언제나 내심으로 그가 그러할지 의심했는데, 마지막 순간에 나의 형은 가기를 원했소. 그는 "스태니는 어디 있어?" 하고 그에게 묻는 가족 그룹에 의해 더블린의

웨스트 로우 정거장에서 만났소. 그것은 내가 나 자신에게 가끔 묻는 질문이오. 여불비례

스태니슬로스 조이스

1954년에, 스태니슬로스가 더블린을 떠난 지 거의 반세기 뒤에, 그는 '영국 해협'을 너머 고국으로 도항했다. 그는 트리에스테의 학생들 그룹의 지도자로서 여행을 했으나, 그는 단지 런던에까지만 도착했다. 그는 더블린까지 가는 초대를 거절했다. 그는 아일랜드 공화국과 그의 형에 대한 그들의 태도를 혐오했다. 런던에 있는 동안 그는 해리엇 위버를 처음으로 만났고, 리처드 엘먼을 재차 보았다. 앨먼은 스태니슬로스가 피곤하고, 얼굴이 좋지 않음을 관찰했다.

트리에스테에 되돌아오자, 스태니슬로스는 자신의 영어 수업을 다시 계속했고, 1955년으로 들어갔으나, 거의 건강이 악화됐다. 6월 중순에 그는 가슴에 지독한 통증을 받았는데, 고뇌 속 3일 뒤에 그는 사망했다. 그는 71세였다. 그의 사망일은 6월 16일 '블룸즈데이'였다. 그의 장례에 자신의 미숙한 아들, 지미는 비통하게 울었다. 대학의 학장이 조사弔辭를 했다.

그러나 대학 당국은 스태니슬로스의 미망인과 아이를 도울 더 많은 일을 할 수 없었다. 스태니슬로스는 자신이 외국인이기 때문에 연금을 받을 자격이 없었다. 그의 아내, 넬리 조이스는, 절망적으로 재정적 궁핍에 빠졌다. 그녀가 영국 시민권을 취득했기 때문에, 그녀 또한 외국인이요, 취업하기가 어려움을 알았다. 돈이 전혀 없는 채, 한 가지 유일한 수입원이 있었는데, 그녀가 거의 알지 못한 시숙의 서류들을 최고의 입찰로 미국의 도서관들 간에 파는 것이었다.

1956년 12월 5일에, 윌리엄 메넌은 뉴저지의 모리스타운에 있는 애프터세이브 로션 회사의 회장이었는데, 그의 아침 우편에 놀라운 초대를 받았다. 그가 사랑하는 모교인, 뉴욕 주의 이타카에 있는 코넬 대학의 도서관은 제임스 조이스의 서간문집─개인 수중의 조이스 자료의 최대 소장품이요, 1920년까지 조이스의 생활에 관한, 세계에서 가장 값진 자료원資料源─을 사는 데 도울 기증

자들을 찾고 있었다. 소장품은 또한 원고, 조이스의 초기 학교 논문들, 많은 가족 통신들, 사진들 및 다른 서류들을 포함했다. 메넌은 일러 받았거니와, 조이스의 아우의 미망인에 의하여 판매를 위한 '조용한 제의가' 이루어지고 있으며, 코넬은 그것에 대한 선택권을 가졌었다. '기본적 소장품'의 가격은, 사서인 스티븐 A. 맥카시에 의하면, $30,000였다. 또한 부가적 그룹의 편지들이 있을 수 있는 가능성이 있었다. 만일 그렇다면, 그의 가격에 또 다른 $60,000이 첨가될 수 있었다.

코넬은, 하버드가 행정적 이유로, 조이스의 문서를 갖기를 취소함으로써 스로컴의 꿈을 망쳤음을, 또한 스로컴의 서류들을 획득하여, '존 및 아이린 스로컴 조이스 소장품'으로 그들의 레테르를 달았던 예일이 가격 때문에 새로운 재의를 각하했음을, 알지 못했거나 혹은 상관하지 않았다. 코넬은 근처의 버펄로 대학을 능가하는데 한층 흥미를 느꼈는데, 후자는 그것 자체로 조이스의 인상적 자료집을 가졌으나, 가격 때문에 역시 제지당했다. 코넬의 문리과 대학장은 트리에스테로부터 조이스 자료를 획득하기로 결심했다. '소장품'은, 그는 주장하기를, "문리과에 대한 사이클로트론(역주 : 하전荷電 입자 가속 장치)의 관계는 영문과에 대한 그것과 같다."

코넬은 유사—군사적 비밀을 가지고 매입을 계획했다. 거래에 대한 비밀은 지나지게 강조될 수 없었을 뿐만 아니라("소장품의 유용성은 단지 몇몇 사람들에게만 알려져 있다), 신속을 위한 필요 또한 마찬가지였다. 도서관은 그들이 심지어 $1,000의 부담을 떠맡을 수 있다는 희망으로, 그것의 몇몇 친구들에게 '조용히' 제의가 이루어지고 있었으며, 만일 단일 기증자가 혼자서 그것을 할 수 있으면, '그것은 정말 훌륭하리라.'

1957년 1월 11에, 스티븐 맥카시는 자신이 기다리던 편지를 받았다. 메넌 카메오 세공으로 돋을새김 된, '메넨 회사'의 사장 사무실로부터, 환영사가 당도했다, "나는 조이스 소장품을 대학에 증정하려는 당신의 제안을 받아들일 의향이기에, 당신의 희생양犧牲羊이외다." 메넨은 그의 지불을 3년 거치로 할 것을, 자신은 3개월 동안 남미로 떠남을, 그리고 코넬이 여분의 돈을 위해 '바삐 서둘러, 또 다른 산타 클로즈를 찾아내도록' 상쾌하게 말했다.

거기 부가적인 통신의 몇몇 묶음들이 있음이 드러났고, 그들 가운데 가장 중요한 것은 제임스─노라의 통신으로 이루어졌다. 그것은 어떻게든지 짐으로 분리하여 꾸려졌다. $7,000의 가격이 이 '2차의 소장품'에 마련되었고, 빅토 에마누엘과 C. 윌라 바랫으로부터 선물로서 치러졌다. 넬리 조이스는, 그녀의 코넬과의 협상에서, 두 중개인들의 도움을 받았다. 한 사람은 리처드 엘먼으로, 그는 넬리를, 동정에서 그리고 조이스의 새 전기에 의한 스태니슬로스에 대한 감사로서, 열렬히 도왔다. 엘먼은 편지들이 자신의 모교인, 예일로 가는 것을 더 좋아했으리라, 그러나 스태니슬로스의 가족을 위한 준비가 한층 높은 선취권을 가졌음을, 알았다. 타자인들 더 적합하게, 더 숙련될 수 없었으리라. 그는 취리히 출신으로 조이스 가문의 옛 트리에스테 친구, 오토카토 바이스였다.

1950년대까지 바이스는 뉴욕에 살고 있었다. 그는 부유하고 성공적인 실업가로서 '월'가街 그리고 또한 뉴욕 주의 버펄로에 주식을 가졌고, 거기 그는, 유럽과 뉴욕에서 활동하는, '트리에스테 & 베네치아의 총연합'이란 커다란 이탈리아 보험회사의 의장이었으며, 또한 앞서 '총 연합회'가 매입하여, 유럽과 미국에서 활동했던, '버펄로 보험회사 위원회'의장이기도 했다. 그는 1949년에 버펄로에게 파리의 '라 훈 소장품'의 매각을 충고했고, 트리에스테의 한층 큰 소장품의 존재를 알고 있던, 자였기 때문에, 바이스는 누구보다도 조이스 서류들 중 세계에서 가장 중요한 소장품들의 두 개를 뉴욕 주의 오지 속으로 끌어들이는 데 책임이 있었다. 바이스는 1919년의 조이스와의 결별에 관해 여전히 비참했던가? 알 길이 없었다. 시간의 경과는 조이스의 옛 친구들에게 다르게 영향을 미쳤다. 비록 그들 가운데 많은 자들이 그들의 청년 시절에 조이스로부터 유리

되었을지라도, 대부분은, 조이스의 명성이 커가자, 반사된 영광을 누리기 위하여 모두를 용서했다.

그의 동기가 무엇이든 간에 그리고 아무리 소장품의 내용에 대해 그가 무식하던 간에, 바이스는 그럼에도 불구하고 조이스의 가장 친밀한 성적 환상들과, 조이스의 아내의 육체적 모든 비밀의 균열과 체취에 대한 서술을 세계에 들어내는 구매를 마련하는 데 도왔음은 사실로 남는다.

1957년 5월 21일에 트리에스테의 모든 서류들이 아타카에 도착했고, 코넬이 그가 사이클로트론이 아니라 폭탄을 사 드렸음을 인식하는 데 오래 걸리지 않았다.

재빨리 대학은, 취득을 서술하면서, 약간의 개인적 통신을 포함하여, (편지들의)부분들이 제한되리라 말했는데, 왜냐하면 아직 살아있는 사람들에 대한 언급들 때문이었다. 단지 중요한 부분은 목록을 짜서, 학자들에게 유용하게 할 작정이었다.

그러나 사건들은 다르게 변해 갔다. 전체 소장품이 목록으로 짜여졌다. 박사학위 주제를 찾고 있던 한 젊은 대학원 학생인, 로버트 스콜즈는 자신의 할당된 몫을 끌어들였다. 편지들은 이미 대충의 연대기적 순서로 잡혔다. 스콜즈는, 당시 지하 2층의 원고 보관실에 앉아, 모든 필사본에 정통했고—조세핀 숙모의 것과 바나클 부인의 것은 거의 읽을 수 없었다—모든 다른 자료들을 아름답게 깨끗한 순서로, 1에서부터 1,450까지, 마련했다. 그는 개인적 편지들의 소재를 확인하기 위해, 첫 행의 서두와 인사 문구를 갖는 단순한 형식을 따랐다. 1909년 12월 9일의 편지는 '나의 감미로운 작은 매조梅鳥'로 시작한다. 스콜즈는 정확한 인용을 사용했다. 스콜즈의 목록은 '제임스 조이스와 그의 아내 노라간의 친밀하고 들어난 통신'에 대해 언급하는 소개와 함께, 1961년에 출간되었다.

조이스가 『율리시스』를 지루하게 느끼도록 하는 편지들을 그의 아내에게 썼다는 말은 조이스 학자들 사이에 오래 퍼지지 않고 있었다. 코넬 대학에로 여행한 자들은 그렇지 않은 자들에게 말했다.

그러나 엘먼의 전기에만 의존하는 보통의 독자에게, 서로 상반된 통신의 질 또는 양에 대한 암시는 거의 없었다. 엘먼은 편지들이 코넬에 팔리기 전에 그들 모두에게 충분히 접근했던 터라, 조이스의 노라에 대한 가장 서정적 이미지들을 인용했다, '그녀의 영혼! 그녀의 이름! 그녀의 눈! 그들은 내게 낯설고 아름다운, 어떤 엉킨, 비에 젖은 울타리에 자라는 푸른 야생화처럼 보이도다'―하지만 그는 편지 속의 거친 언어에 대해, 그들이 조이스와 노라의 성적 행사에 관해 노정하는 것에 대해, 거의 손대지 않았다. "문체는 베를르네의 것이나, 목소리는 마조흐의 것이라," 그는 말했거니와, "당신이 나의 나체의 떨리는 살결에 나를 사악하게 매질, 매질, 매질하기를 느끼도록!" 동경하는 것에 관한 조이스의 글줄의 의미를 가져오기 위해서였다. 엘먼은, 조이스와 노라가 "블룸과 '마르테 클리포드'의 것보다 한층 공개적인 편지를 교환했다"는, 짧고도, 기념비적 간단한 표현으로 전체의 비상한 통신을 총괄했다.

그것은, 거의 900페이지 길이의 전기에서, 조이스의 노라와의 관계에 관한, 『율리시스』와 『피네간의 경야』의 광포한 항문 이미지리와 성적 죄에 관한, 그리고 또한 노라 자신의 성격에 관한, 그토록 많은 것을 노정하는 외설적 편지들로부터의 유일한 직접적 발췌문이다.

이리하여 엘먼의 전기를 읽는 독자들은 노라 또는 그녀의 의욕적 굴종에 대해 조이스가 행한 요구의 강도와 조잡함을 감상할 길이 없었다. 심지어 그러한 사실에 대해 1950년대의 지적 전기들은 자신들이 그들의 당사자들의 성 생활과 관계가 기대되지 않음을 인정한다 할지라도, 이러한 판단력은 그럼에도 불구하고 왜곡된 한 형태였고―1951년의 존 매이나드 키네스의 권위 있는 전기로부터, 로이 해로드 경에 의한, 그의 동성애에 대한 여하한 언급의 생략처럼,

독자에게는 오해하기 쉬운 것이다.

엘먼은 이러한 자기 검열로 행복하지 않았다. 그것은 조이스 제산 관리자들을 대표하는, '작가 협회'에 의해 그에게 부과되었으며, 그들은 편지들을 둘러싼 악명을 최소화하기를 애썼다. 그들은 엘먼으로 하여금 그가 준비하고 있던 조이스의 서간문들의 새 판본에서 외설적 통신의 광범위한 선택을 발표하도록 했고, 단지 전기 속에 그러한 서간문들의 암시만을 허락했다.

1959년 엘먼의 전기가 나타났을 때, 그것은 바로 당시의 최고 문학적 전기들의 하나요, 조이스에 관한 결정적 작품이며, 그것 자체가 하나의 예술 작품으로서 갈채를 받았다. 하지만 그것은 결점이 없지 않았다. 심지어 그것의 출판 전에, J.F. '번'은 엘먼에게, '비참하고 좌절된 혼돈스럽고 비정확한 사람'인 스태니슬로스에 의해 그에게 주어진 사건들의 해석에 지나치게 많이 의존함에 대하여 경고했다. 스태니슬로스에 대한 그의 의지함 때문에 '출발부터 책이 왜곡되다니,' 휴 케너에 따르면, "결코 '결정적'이지 않았다."

엘먼이 신판을 위해 자신의 전기를 개정했을 때, 그것은 1982년에 나타났거니와, 그는 다시 한 번 불결한 편지들로부터 물러서기를 선택한 것이 목격될 수 있었다. 다시 한 번 그는 그 외설적 무더기로부터 아주 한정된 인용을 자신의 독자에게 제공했다. : "당신에 대한 부드럽고 고통스런 숭배로, 한 가닥 희미한 찬가가 나의 심장의 어두운 수도원으로부터 솟는 것이 들릴 때, 나의 음경陰莖은 당신에게 주는 최후의 야만적 욕구 때문에 여전히 뜨겁고, 뻣뻣한 채 떨리고 있소."

그러나 편지들은 엘먼의 조이스 서간문들의 2권 및 3권이 출판되었던 1966년에, 부분적으로 대중에게 유용해졌다. 이들은 1권으로 알려진 스튜어트 길버트의 책을 크게 개선한 것으로, 코넬 소장품의 심장부와 합동했다. 엘먼의 2권은, 비록 많은 삭제를 가지고 있을지언정, 1909년의 불결한 편지들을 포함했다.

엘먼은 그의 책에 대한 소개에서 문학적 고려가 최우선적이었다고 말함으로써, 조이스에 대한 자신의 전기로부터 마지못해 삭제했던 것을 포함시켰음을 옹호했다, 편지들은 조이스의 성적 느낌의 비상한 기록으로 구성되었다. "편집자는 노력했다," 그는 썼거니와, "모든 편지들을 총체적으로 출판하도록, 왜냐하면 신세대는 죽은 저자의 부부생활의 사적 비밀을 확인하지 않기 때문이다." 그러자 1975년의 새 책인『제임스 조이스 서간문 선집』에서, 엘먼은, 단 하나의 생략 없이, 1909년의 통신 전부를 출판했다. 모든 불결한 말들이 거기 있었다.

조이스 재산 관리자들은(1961년에 사망한 미스 위버를 포함하지 않고) 편지들이 널리 표절되거나, 인용되는 것을(잘못 인용되는 것을) 정지시키기 위해 출판에 마침내 동의했다. 그들은 많은 사람들에 의해 읽혀졌다. 한 프랑스의 학자는 그들을 속기로 복사하고, 그들을 프랑스에서 출판했다. 학자들은 학구적 출판물들 속에서 그들을 토론했다(특별히 값진 분석은 1964년에 예일의 매리 T. 레이놀즈에 의해 행해졌다).

그러나 그들은 출판되어야 했던가? 논쟁은 찬반 양측으로부터 거의 그렇게 쉽사리 해결될 수 없다. 바이킹 출판사 출신으로 조이스의 나이 많은 편집자인, B.W. 휴브시는, 불결한 편지들이―무슨 이유로든―존속하는 이상, 그들을 파괴하는 것은 범죄일 것이요, 그들이 존재하는 한, 조이스 작품의 학생들로부터 그들을 막는 것은 헛된 일이라고 주장했다. 더욱 더하게도, 조이스의 천재가 인간적 상상력의 금기(타부) 및 일상의 사상들을 프린트함으로써, 현대 문학을 해방시켰을 때, 그의 사적 편지들은 어떤 방도로도 그의 명성을 감소시킬 수는 없었을 것이다.

다른 이들은, 비록 조이스가 편지들이 존속하기를 과연 원했을지라도, 그가 결코 편지들이 여태 프린트되리라 꿈꾸지 않았을 것이라고, 대답했다(아이러니 하게도, 그의 자신의 말들은 그가 파괴했던 인습에 의해 보호될 수 없었다). 조이스 집안의 밀접한 친구들 가운데 많은 이들, 예를 들면, 사무엘 베케트와 캐이 보일은 깊이 감정을 상했다. 아서 파워 또한 그랬다. 편지들을 출판하는 것은, 1984년의 그의 사망 직전에 그가 말하기를, "일종의 부패된 행위였다."

가족의 감수성이 고려되었고 이어 파기되었다. 조지오 조이스는 『서간문 선집』이 계획되었을 때 여전히 살아 있었으나, 그는 재산 관리자들과 싸우기에는 너무나 병약했고 알코올 중독자였다. 스티븐 조이스는 격앙했으나 무력했다. 그가 믿기를, 미스 위버는 출판을 결코 허락할 것 같지 않았다.

미스 위버는 자신이 민감하다고 여겼던 조이스 가족 문제들에 대한 편지를 감춘 것은 사실이다. 조이스의 편지들의 많은 것을 대영 도서관에 전달함에 있어서, 그녀는 약간을 '나 자신 손수' 파괴하려 했음을 솔직하게 시인했다.

이들 편지들 중의 하나는(루치아가 노라에게 의자를 팽개친 다음) 조이스가 1932년 2월 6일에 쓴 기다란 것이었다. 『서간문 선집』의 소개문에서 엘먼은 말하기를, "조이스가 그녀에게 행한 수백 통의 편지들 가운데, 많은 것은 개인적으로 고통스런 문맥으로, 3통 또는 4통은 참을 수 없는 것이었다는, 그녀의 확신을 우리는 인정해야 한다."

만일 미스 위버가 이러한 편지들이 참을 수 없음을 알았더라면, 노라의 손자, 스티븐 조이스는 추측했거니와, 그녀가 외설적 편지들을 발견했더라면 얼마나 더 많이 그랬을까? 다른 한편으로, 미스 위버의 대녀代女요, 전기가인 재인 리다데일은, 자신의 대모가 검열에, 그리고 억압에 의한 약탈을 초래하는 것에 반대했기 때문에 그녀가 출판에 호의를 보였을 것이라 믿는다. 미스 위버는, 그녀의 새침 떠는 외모에도 불구하고, 충격을 받을 수 없었고, 분명한 차별을 보았다. 조이스의 자기 아내와의 관계에 관한 편지들은 조이스의 작품에 밀접한 관계가 있었다. 루치아의 행실에 대한 편지들은 그렇지 않았다. 그녀가 마르테 플라이슈만의 편지들의 발간에 호의를 보였음은 기록의 사실이다.

　　의문은 남거니와, 왜 조이스는 스태니슬로스에게 호색적 편지들을 반환하도록 요구하지 않았던가? 노라의 가까운 친구였던 모운 길버트에 따르면, 조이스는 정확히 그것을 요구했었다. "그는 그들을 부탁했다!" 마담 길버트는 한 회견에서 격렬하게 말했다. 베케트의 친구였던 프랜시스 에버즈 역시 단언했거니와(마리아 졸라스와의 대화를 기초로 하여), "조이스 내외는 전시의 트리에스테 [편지들]을 뒤에 남겼으며, 아마도 그들을 파괴할 의도로서, 나중에 [그들을] 반환하도록 노력했다." 그러나 "이러한 편지들은 트리에스테에서 그들을 회수했던 자들에 의해 그 또는 그의 아내에게 결코 되돌아오지 않았다."

　　아마도 조이스는 스태니슬로스에게 편지를 써서, 자신의 유죄의 통신의 반환을 요구했으리라. 코넬 대학의 트리에스테 소장품의 한 가지 두드러진 특징은 그 곳에는 스태니슬로스를 나쁜 관점으로 보여주는 것은 전혀 없다는 것이다. 트리에스테의 길고도 비참한 세월 동안, 당시 그이 자신은 실비아 비치의 서점으로부터 조이스의 작품들의 약간을 주문해야 하는 동안 그는 형의 세계 명성이 커져감을 보았는데, 당시 그는 조이스가 8,500파운드에 달하는 미스 위버의 새로운 선물을 자랑하는 꼭 같은 편지에 10파운드의 대부貸付의 반환을 요구한 데 대해 조롱받았으니, 스태니슬로스는 자기 자신에게 유리하게 서류를 검열할 충분한 시간을 가졌다. 소장품의 두드러진 격차는 그가 그랬음을 암시한다. 헬런이 말하기를, 그녀가 조지오 몰래 스태니에게 쓴 근심스런 편지의 증후는 보이지 않는다는 것이다. 고먼의 전기를 위해 편지들을 마련하도록 스태니슬로스에게 행한 조이스의 본래의 지시를 함유하는 편지는 없다. 조이스가 자신의 통신의 반환을 요구하는 것을 나타내는, 코넬에 도착한 어떠한 편지도 존속하지 않는다는 사실은, 조이스가 하나도 쓰지 않았다는 것을 의미하지는 않는다.

논쟁은 가시지 않았다.

스티븐 조이스는 그의 조부모(그들을 그는 자기 혼자 부르기로 되어 있는 이름인, '노노'와 '노나'로 부르거니와)의 사생활에 대한 여타의 침해에 대항하여 정열적으로 싸우기를 계속했다. 그는, 편지들을 노라 자신이 지니도록 그녀에게 행한 조이스 자신의 충고보다 더 많이 말할 필요는 없다고 믿었다. 1984년 6월에 프랑크푸르트에서 열린 '제9차 제임스 조이스 국제회의'에서 스티븐은, 리처드 앨먼과 다른 조이스 학자들을 직시하면서 선언했다.

친근하고 아주 개인적 사적 편지들이, 그들은 결코 대중의 눈을 위해 의미하는 것은 아니거니와, 판매되고, 약탈당하고 출판되었다. 사적인 것에 대해 이러한 용납할 수 없는 파렴치한 침략을, 만일 나의 조부모들이 여기 오늘 내 곁에 서 있다면, 자신들도 그렇게 했을 거니와, 나는 비난하고 개탄한다.

스티븐은, 『국제 헤럴드 트리뷴』지에 보낸 한 편지에서 상술했다.

나의 불만은 이러한 편지들의 출판에 이바지한 모든 이들에게 향한다. 확실하고 적절한 보호 없이 편지들을 판매한 사람, 사실상 스태니슬로스 조이스의 아내 넬리, 코넬 대학 도서관으로부터 그들을 약탈한 프랑스의 기자―저자 및 그들을 처음 출판한 프랑스의 간행물, 그리고 『서간문 선집』의 편집자뿐만 아니라 출판자인 엘먼 교수.

스티븐은 자신의 조부의 편지들에 대한 취급을 스태니슬로스의 트리에스테 일기의 출판의 보류와 대조시켰고, 이에 대해 엘먼은 허락을 받았는데, 그것은 스태니슬로스의 성생활에 대한 분명한 구절을 포함한다. 그것은 불행한 일로서, 스티븐은 말해왔거니와, 꼭 같은 세심성이 그의 조모에게 행한 조부의 편지들에게까지 뻗지 않았었다.

편지들의 완전한 출판은, 코넬에게 판매 시에 약속된 것이 무엇이든 간에, 그들에게 어떠한 강압적 금지령도 있지 않음을 나타내었다.

넬리 조이스는, 친근한 통신을 세계에 유출한 것에 대한 책임을 지는 것을 떠나, 판매된 내용에 대해 어떤 지식을 갖고 있음을 부정해 왔다. 그녀의 남편은 그녀보다 여러 해 연상으로, 자신의 책에 갇힌 채 밤을 보내는데, 그녀가 아는 한, '정치, 정치, 정치'에만 관심이 있었다, 그녀는 그럼에도 불구하고, 편지의 판매에 대하여 깊이 감사하고 있었다. 나이 많은 여인으로서, 그녀는 한 회견에서 단순히 말했거니와, "그들은 나의 재산입니다." 코넬의 돈은 그녀를 영국으로 이사하게 하도록, 그녀의 아들을 교육시키도록, 그리고 집을 살 수 있도록 했다.

만일 조이스가 편지들이 존속하기를 원치 않았다면, 그는 1910년 초에 트리에스테로 귀환한 후에 그들을 파괴시켰을 것임은 논의의 여지가 없다. 그는 자신의 문학의 소재素材가 자기 자신의 생활이요, 문사文士 셈처럼, 그가 '있을 수 있는 유일한 대판지의 모든 평방 인치 위에 썼다는' 사실을 어떤 비밀에도 부치지 않았다.

노라는 확실히 그녀의 편지들이 출판되기를 원치 않았을 것이다. 그러나 그들의 내용에 대해 너무나 많이 알려져 있듯, 노라의 감탄자들은 악명 높은 통신에 대한 그녀의 국면이 코넬에 도착하지 않았던 유감에 대해 특별한 이유를 갖는다. 조이스의 아일랜드인 전기가, 피터 코스텔로가 『아이리시 타임스』지에 쓴 바에 의하면, 노라의 편지들의 파괴─또는 은익─은 '조이스의 결혼에 대한 아주 일방적 견해가 드러났음을, 그리고 노라 조이스의 개성이 그녀의 남편에 의해 지나치게 그늘져 왔음을 의미했다.'

노라가, 조이스는 감히 행할 최초의 자가 아니었음을 씀에 있어서, 그녀가 보인 주도권은, 조이스 이외의 모든 자들이 알아주지 않았던, 그녀의 커다란 용기, 에로틱한 상상, 그리고 충절을 보여주었다. 조이스가 "당신의 편지는 나의 것보다 한층 고약하오"라고 썼을 때, 그것은 과연 칭찬이었다.

스태니슬로스는, 비록 사후일지언정, 문학사로서 인정받는 자신의 꿈을 성취했다. 그의 형에 관한 책인 『나의 형의 파수꾼』은 T.S. 엘리엇에 의한 서문과 함께, 1958년에 페이버에 의해 출판되었는데, 그 속에 엘리엇은 말하기를,

> 스태니슬로스는, 자신의 회고록의 주제에 의해 강박되었을지라도, 그의 육체에 박힌 가시의 악화 아래, 자기 자신 한 작가로서, 책 선반 위에 그의 형의 작품들 곁의 영원한 자리를 점령할 가치가 있는 이 한 권의 책을 쓴 저자가 되었다.

스태니슬로스가 무덤 저쪽으로부터 자신의 보상과 자신의 복수를 가졌음은 또한 논의의 여지가 없다. 그의 미망인이 코넬로부터 총액으로 받은 근 $50,000은, 노라가 그녀의 과부 시절 동안 조이스의 작품들의 인세로 여태 받은 것보다 더 많았다. 코넬에게 편지들의 판매와 함께 우체 배달부인 숀은 자신의 짐을 날랐었다.

1951년 3월에, 노라의 사망 직전, 루치아 조이스는 아이브리의 델마스 진료소로부터 영국의 노드햄프톤에 있는 성 안드루 병원으로 옮겨졌는데, 거기서 그녀는 1935~36 동안의 환자였다. 영국으로의 이동은 그녀를 자신의 합법적 보호자였던 해리엇 쇼 위버와 한층 가까이 있게 했다.

루치아는 1982년 그녀의 사망 시까지 성 안드루 병원에 남아 있었다. 거기서 그녀는 옛 친구들과 조이스 학자들의 많은 방문객들을 받아들였다. 1961년의 미스 위버의 사망에 이어 그녀의 보호자는 미스 위버의 대녀代女인, 미스 재인 리더대일로서, '영국 시민 봉사'의 잠정적 멤버였던, 따뜻하고, 원기 찬, 극히 지적인 여인이었다. 미스 리더대일은 규칙적으로 루치아를 방문했으며, 끝까

지 그녀의 이익을 돌보았다.

조지오 조이스는 그의 두 번째 아내와 함께 서독에 가정을 꾸몄으며, 1967년에 루치아를 방문했는데, 당시 그는 더블린에서 열린 '제1회 국제 제임스 조이스 심포지엄'에서, 프랭크 버전과 함께 주빈이었다. 그 뒤로, 그는 건강 악화로 고생을 겪었으며, 심한 발작 뒤에 서독의 콘스탄츠에서, 1976년에 향년 71세로 사망했다. 그는 취리히의 푸룬턴 묘지의 자신의 양친 곁에 매장되었다.

루치아는 그녀 자신의 선택에 의해 노드햄프톤에 매장되었지만, 아직 푸룬턴 묘지에는 한 자리가 그녀를 기다리고 있다. 거기 가족 묘석에 쓰인 비문은 ─이름 하나를 더하기 위해 남겨 놓은 공백과 더불어,『피네간의 경야』의 거의 마지막 페이지처럼 갑자기 멈춘다. : "제임스 조이스, 노라 조이스, 조지오 조이스……" 헤밍웨이가 조이스 가족을 그렇게 보았듯이, '모두 게일의 선원들,' 조이스가 함께 모으려고 그토록 애썼던 자들은 불완전하게 거기 누워 있다.

조지오는 자신의 재산을 아내에게 남겼다. 루치아의 재산의 순 수령액은, 그것이 1985년 1월에 유언 검인을 받게 되었을 때, 176,105파운드로 산정되었다. 그녀의 유언장은 그녀의 상속자들로서 자신의 형제(또는 자신의 미망인, 그렇게 판명될 경우) 그리고 결혼에 의한 그녀의 숙모, 넬리 조이스를 명명했다. 이러한 여인들의 사망에서, 수입은 그녀의 조카인 스티븐 조이스 그리고 넬리의 아들인 지미 조이스에게로 가리라. 넬리 조이스는, 그녀의 아들과 함께 런던으로 이사했으며, 성 안두루 병원의 루치아와 꾸준한 접촉을 가졌다.

이리하여 제임스 조이스의 작품으로부터 수입의 큰 부분은 영원히 스태니슬로스의 아내와 아들에게 전용되었으니, 그리하여 형의 파수꾼으로서 스태니슬로스에게 그의 여러 세월 동안 한층 더한 사후 보상을 안겨주었다.

이리하여, 또한, 스티븐 조이스는, 자신의 아버지로부터 유리되었었거니와, 그가 자신의 할아버지의 책들에 의존해서 살고 있다는 대중의 가정과는 반대로, 1982년『아이리시 타임스』지에게 자신은 '단 한 푼의 인세도' 결코 보지 못했다고 말함에 있어서, 정당함이 아주 입증되었다. 그러나 그는 1963년에 사망한 자신의 어머니, 헬런 캐스토 조이스의 주된 상속자들 중의 하나였었다.

스티븐은 제임스 조이스와 노라의 유일한 직접적인 자손이다. 파리에서, 그는 현재 아내 '소랑'과 함께 살고 있거니와, '경제협력 및 개발 기구'에서 선임 자리를 지니며, 조이스 재산 관리에 점진적으로 관심을 드러내고 있다. 미남이요, 성마른 하지만 호감 가는 스티븐은, 그의 아버지처럼 엄숙하고, 그의 할아버지처럼 애처가적으로, 조이스의 이름을 띤 모임들에서 흥분과 경외의 원천으로 남아 있는지라, 왜냐하면 그는 자신의 할아버지와 너무나 닮았기에, 그가 말하기를, "사람들은 거리에서 내게 다가와, 내가 누군지를 말한답니다."

주요 등장인물 일람

바나클, 노라 : 여주인공

조이스, 제임스 : 그녀의 남편

조이스, 조지오 : 그들의 아들

조이스, 루치아 : 그들의 딸

조이스, 플라이슈만 : 그들의 며느리(조지오의 아내)

조이스, 스티븐 : 그들의 손자(조지오와 플라이슈만의 아들)

고가티, 올리버 : 조이스의 친구(의과 대학생) & 『율리시스』에 등
     장하는 스티븐의 친구, 벅 멀리건의 모델

고먼, 허버트 : 1920년대 후반과 1930년대 조이스 주위의 열렬한
     미국인 작가요, 조이스 초기 전기가

구겐하임, 페기 : 1920년대 파리의 노라 지인 및 친구, 당대 뉴욕
     여상속자 및 거부, 예술 옹호가로, 성적 광분자

기디온, S : 조이스 내외의 친구

길버트, 스튜어트 : 조이스 내외의 친구, 『율리시스의 연구』의 저
     자 및 번역가, 『조이스 서간문집』 I권 편집자

길버트, 모언 : 노라의 친구 및 그녀의 여행 동료

너팅, 마이론 : 조이스의 친구

닉콜슨, 할로드 : 탁월한 일기 작가, 조이스의 지인

닥터 베렌스 : 조이스의 안과 의사

닥터 포그트 : 조이스의 안과 의사

닥터 애킬 댈마스 : 루치아의 주치의

닥터 포그트 : 조이스 가문의 주치의

닥터 폰뗀느 : 루치아의 주치의, 31살로 페미니스트 및 탁월한 과
학자

닥터 캠퍼 : 루치아의 상담의

데덜러스, 스티븐 : 『초상』의 주인공, 『율리시스』 주요 인물,
예술가

뒤자르댕, E : 프랑스의 작가, '의식의 흐름' 기법의 창안자로
조이스에게 영향을 줌

디그남, 패디 : 『율리시스』의 등장인물(사자)

레이디 그레고리 : 조이스의 당대 아일랜드 여류 작가

레옹, 폴 : 파리의 조이스 가문 친구, 작가

로버츠, 조지 : 몬셀 회사의 『더블린 사람들』 출판 계약자

로츠, 요한 본 : 노라의 장례 집행 신부

매칼몬, 로버트 : 노라의 친구, 파리의 젊은 미국 작가들 및 거류
민들 중 가장 잘 알려진 인물

머리, 조세핀 : 조이스의 숙모

멀바, 윌리엄 : 노라를 결코 잊지 않았던 한 사나이 및 애인 신교
도, '조 영즈 광천수 공장' 출신의 회계사, 『율리시
스』의 몰리의 첫사랑인, 윌리 멀바의 모델

메 넌, 윌리엄 : 미국 뉴저지의 모리스타운에 있는 애프터세이브
로션 회사의 회장으로, 코넬 대학의 조이 스 서간
문 매입을 위한 재정적 조력자 중 하나

맥콜맥, 존 : 조이스의 선배로, 아일랜드의 그랜드 가수

메르캉통, 자크 : 조이스 가문의 스위스 친구

맥그리비, 토머스 : 노라의 친구, 그는 1926년에 호비악 주재 '에
꼴 노르말—슈페리어르'의 '덩글레 강사'에 임
명됨

모스, 필리스 : 루치아의 친구

바나클, 브리지트 : 노라 바나클의 자매

바나클, 매리 : 노라의 자매

바나클, 애니 힐리 : 노라의 어머니

바나클, 애니 : 노라의 자매

바나클, 캐슬린 : 노라의 자매

바이스, 오토가로 : 조이스 가문의 동료, 트리에스테의 젊은 유대
인, 노라와 한 때 사랑에 빠진 미남, 1950년대
뉴욕의 부유하고 성공적인 실업가가 되었으
며, 조이스 서간문 구입을 도움

반스, 주나 : 노라를 특별히 좋아했던 여성 작가들의 하나로, 자
신의 아일랜드 혈통을 자랑했고, 조이스를 크게 감
탄했다.

배란, 페릿쓰 : 취리히에 피난처를 택한 많은 외국의 예술가들 중
의 한 사람인, 비엔나의 화가

버전, 프랭크 : 조이스의 화가 친구, 『율리시스의 제작』의 저자

번, J. 프랜시스 : 조이스의 유년 시 친구, 『초상』의 클랜리의 모델

베케트, 사무엘 : 아일랜드 작가, 실존주 작가의 거장, 조이스

내외를 도움, 한 때 루치아의 연인

보딩턴, 조지 : 앵글로―프랑스계의 법률 사무소 출신의 영국 변
　　　　　호사

부루니, C., 프란치니 : 조이스 내외의 친구

블룸, 리오폴드 : 『율리시스』의 주인공

블룸, 몰리 : 『율리시스』의 여주인공

블룸, 밀리 : 『율리시스』에서 L. 블룸의 딸

샤우렉, 프란티스크 : 조이스의 누이 아일린의 남편, 프라하 출신
　　　　　의 잘생긴 은행 서기, 뒤에 자살함

설리번, 존 : '파리 오페라 단'의 전임 테너 가수였던, 프랑스계 아
　　　　　일랜드인

스베보, 이타로 : 조이스의 격려로 유명해진 당대 아탈리아의 소
　　　　　설가

스콜즈, 로버트 : 조이스의 서간문 정리자 및 브라운 대학의 저명
　　　　　한 영문학자, 그는 조이스의 1에서부터 1,450까
　　　　　지의 서간문 원고를 정리하여 출판함

스터, 오가스트 : 취리히의 조이스 내외의 친구, 신혼한 조각가

스타인, 거트루드 : 당대의 미국 여류 작가 및 조이스의 친구, '잃
　　　　　어버린 세대'의 대표적 작가

스트로만, 헨릭 교수 : 조이스의 장례식 조문 낭독자

스티븐, 조이스 : 조이스의 손자, 하버드대 출신, 현 『조이스 재산
　　　　　관리 위원회』 고문, 현재 파리 거주

슬로컴, 존 : 조이스 자료, 특히 그의 서간문 수집자요, 미 국무성
출신의 젊고, 부유한 조이스 열성가

시미치, 에토르(이타로 스베보) : 이탈리아의 작가, 조이스의 친구
및 조력자

시몬스, R.W. : 골웨이의 가장 훌륭한 사진사, 노라의 어머니 또
는 그녀의 조모 캐더린 힐리의 사진을 찍다.

아담스, 로버트 M. : 제임스 조이스의 초기 학자

아스타 자크—오스터발더 : 독일의 안과 의사로, 그녀의 남편과
이혼하고, 조지오의 만년의 정부가
됨.

엘리엇, T.S. : 조이스 내외의 지인이요, 당대 미국 시인, 런던의
『에고이스트』지 편집장, 『황무지』의 저자

엘먼, 리차드 : 조이스저명한 전기 『제임스 조이스』의 저자, 만년
에 옥스퍼드 대학의 '올리버 골드 스미스 교수'로
임명됨

예이츠, W.B. : 조이스의 선배, 당대 아일랜드 시인의 거장, 조이
스의 후원자

오플레허티, 리암 : 아일랜드의 소설가, 자신의 소설 『밀고자』
의 성공 이래 자기 자신을 명사로 생각했던 한
여성(루치아) 추적자

위버, 해리엇 쇼 : 조이스의 어성 친구 및 필생의 후원자

울지, 존 : 뉴욕 지방법원 판사, 『율리시스』의 해금을 판결함

유진, 레옹—폴 : 조이스 내외의 지인

융, 칼 : 정신분석학자 및 의사, 조이스 및 그의 딸 루치아의 상담의

이니드, 마가렛 : 로버트 캐스토의 10대의 딸

이어위커, H.C. : 『피네간의 경야』의 주인공

입센, 헨릭 : 노르웨이의 극작가, 조이스의 우상, 그의 「사자가 깨
     어날 때」는 조이스에게 큰 영향을 줌

자크, 메르캉통 : 조이스 가문의 지인

쩸스테그, 구스타브 : 루치아의 취리히 친구 및 유명한 크로낸홀
     레스토랑의 지배인, 루치아를 재정적으로
     도움

질레, 루이 : 프랑스의 지식인으로, 조이스의 친구

조세핀, 머레이 : 조이스의 숙모

조이스, 아이린 : 조이스의 자매

조이스, 에바 : 조이스의 자매

조이스, 스태니슬로스 : 조이스의 남동생, 교수 및 작가, 『나의
     형의 파수꾼』(조이스의 전기)의 저자

조이스, 찰스 : 조이스의 아우

조이스, 플로리 : 조이스의 자매

조이스, 포피 : 조이스의 제일 큰 자매

졸라스, 마리아 : 조이스 가의 친구 및 후원자, 조이스의 조력자
     유진 졸라스의 아내

졸라스, 유진 : 졸라스 마리아의 남편 및 조이스의 후원자요 친구

카르두치, 에드가르도 : 노라의 친구, 이탈리아의 작곡가요 음악가

캐스토, 로버트 : 『율리시스』의 출판 조력자, 뉴욕의 주식 브로커
요 하버드 졸업생, 미국에서 『율리시스』의 해
적행위(표절)를 정지시키려고, '랜덤 하우스'의
친구 베네트 커프와 상담함

캐스토, 마가랫 : 조지오의 처형이요, 로버트 캐스토의 아내

캐슬린 : 노라의 자매

캠브렌시스, 지랄더스 : 12세기에 더블린을 방문한 웰스의 성직자

커런, 콘스탄틴 : 조이스의 유년 시 친구

컨, 매리 : 트리에스테의 조이스 가문의 하녀

케너, 휴 : 저명한 조이스 학자

콜럼, 메리 : 노라 및 조이스의 오랜 친구

코스텔로, 피터 : 조이스의 아일랜드인 전기가

�퀸, 존 : 뉴욕의 변호사로 『율리시스』 옹호자

파운드, 에즈라 : 조이스 가문의 친구, 미국의 모더니즘 문학의 주
창자 및 조이스 조력자

파워, 아서 : 조이스 내외의 친구, 비평가 및 작가. 조이스 서간문
출판 조력자, 『제임스 조이스와의대화』의 저자

포니소브스키 : 소련 청년으로, 루치아의 약혼 남자

포퍼, 마리아 : 트리에스테의 조이스의 개인 교사 학생, 조이스의
단시 『지아코모 조이스』의 여주인공

포드 매독스 포드 : 미국의 당대 모더니스트 작가, 조이스의 파리

친구

퓨리, 마이클 : '죽은 사람들'의 등장인물(사망), 및 노라의 유년
                   시 골웨이의 연인

프레치오소, 로베르토 : 트리에스테의 『피코라 델라 세라』지의
                          편집자요, 조이스의 초기 학생들 중의 하
                          나, 노라의 한때 연인

프로이트, 지그문트 : 저명한 정신분석학자

플라이슈만, 마르테 : 취리히에서 조이스가 일시 간음증적 열정
                        을 품었던 여인, 뒤에 조이스의 아들 조지오
                        조이스와 결혼함

플라이슈만, 헬런 캐스토 : 조이스의 자부(조지오의 아내)

플루라벨, 아나 리비아 : 『피네간의 경야』의 여주인공

헤밍웨이, E. : 조이스 당대의 미국 작가 및 그의 친구, '잃어버린
                  세대'의 대변자

핸드, 로버트 : 『망명자들』 중의 등장인물

힐리, 마이클 : 노라의 외숙부

힐리, 패트릭 : 노라의 조부

노라
NORA

초판 1쇄 발행일 2011년 11월 24일

지은이 브렌다 매독스
옮긴이 김종건
펴낸이 박영희
편집 이은혜·김미선·신지항
책임편집 김혜정
인쇄·제본 AP프린팅
펴낸곳 도서출판 어문학사
　　　　132-891 서울특별시 도봉구 쌍문동 525-13
　　　　전화: 02-998-0094/편집부: 02-998-2267
　　　　홈페이지: www.amhbook.com
　　　　트위터: @with_amhbook
　　　　블로그: 네이버 http://blog.naver.com/amhbook
　　　　　　　다음 http://blog.daum.net/amhbook
　　　　e-mail: am@amhbook.com
　　　　등록: 2004년 4월 6일 제7-276호

ISBN 978-89-6184-252-5　93840

정가 32,000원

이 도서의 국립중앙도서관 출판시도서목록(CIP)은 e-CIP홈페이지(http://www.nl.go.kr/ecip)와 국가자료공동목록시스템(http://www.nl.go.kr/kolisnet)에서 이용하실 수 있습니다.(CIP제어번호: CIP2011004701)

※잘못 만들어진 책은 교환해 드립니다.